U0444030

朝内
766
人文文库

朝内166 人文文库·中国当代长篇小说

马上天下

徐贵祥 著

人民文学出版社

图书在版编目(CIP)数据

马上天下/徐贵祥著.—北京:人民文学出版社,2012
(朝内166人文文库.中国当代长篇小说)
ISBN 978-7-02-009402-8

Ⅰ.①马… Ⅱ.①徐… Ⅲ.①长篇小说—中国—当代 Ⅳ.①I247.5

中国版本图书馆 CIP 数据核字(2012)第 171752 号

责任编辑　脚　印
装帧设计　刘　静
责任印制　苏文强

出版发行　人民文学出版社
社　　址　北京市朝内大街166号
邮政编码　100705
网　　址　http://www.rw-cn.com

印　　刷　河北新华第一印刷有限责任公司
经　　销　全国新华书店等

字　　数　479千字
开　　本　880×1230毫米　1/32
印　　张　19.25　插页3
印　　数　1—10000
版　　次　2009年2月北京第1版
印　　次　2013年1月第1次印刷

书　　号　978-7-02-009402-8
定　　价　39.00元

如有印装质量问题,请与本社图书销售中心调换。电话:01065233595

出 版 说 明

以"文库"形式荟萃本社历年出版物之精华，是国际知名品牌出版企业的惯例和通行做法。作为新中国建社最早、规模最大、读者知名度最高的国家级专业文学出版机构，人民文学出版社在自己六十余年的历程中，已累计出版了古今中外文学读物凡一万三千余种，沉淀下了丰富的精神资源，出版我们自己的"文库"不仅生逢其时，更是为了满足广大读者精品阅读的需求。

有必要对"朝内166人文文库"这样的命名予以简要说明："朝内166"是我们赖以栖身半个多世纪的所在地，从这里走出了一位位大师，沁透着一股股书香，这里是我们的精神家园与灵魂地标；"人文文库"似已毋须赘言；而随后还将对文库该辑所集纳之图书某一门类予以描述，我们的描述将是客观的、平实的，诸如"经典"、"大全"、"宝典"一类的炫丽均不是我们的选择。

"文库"将分门别类推出，版本精良、品质上乘是我们的追求，至于门类的划分则未必拘于一格，装帧也不强求一致。总之，我们将通过几年的努力，为广大读者奉上一套精心编就的、开放的文库。恳请广大读者不吝赐教。

人民文学出版社编辑部
二〇一二年五月

第 一 章

一

十六岁以前,陈秋石一度认为自己是贾宝玉或者梁山伯,至少也是张生。那时候在他的脑子里,隐贤集是一个古老的城镇,而他的那个陈家圩子,同大观园应该有差不多的光景。

隐贤集不大不小,在大别山西北的一个平坝上,一个"卞"字形的老集镇,主街东西走向长二里有余,南北走向不过一里,街心一条青石板路,抵到头最东边的那一点,就是陈家圩子了。陈家圩子四面环水,自成一体,通过那条宽不到五尺、长三丈有余的竹笆吊桥同老街面相连。

陈家圩子就是陈秋石的家。圩子最南面是一个厚砖门楼,进门两手各有砖墙草顶厢房三间,一条略微向上的缓坡,往上十几步,仰头便是明三暗五的正房,灰砖黑瓦,飞檐翘角,颇有气势。

陈秋石的书房在正房的后面,两间精致的青砖小屋,门前一条碎石甬道,同前院连接。甬道两边,各有一个砖垒的花台。石榴桂花蔷薇芍药,春夏秋冬都有颜色。一句话说到底,陈家圩子这个小小的后院,同前院截然两个天地。前院都是人间烟火,吃喝拉撒,牛羊鸡鸭;后院闹中取静,宛若世外桃源,是一个白天能看美景、夜晚能做美梦的好地方。

陈秋石把自己当成贾宝玉,跟他家的这个圩子有很大的关系。

倘若住在佃农的草房里，他断然不会产生这样的联想。年少时偷读《石头记》，书中的锦绣文章他背得不多，风花雪月的故事倒是记了不少。陈家圩子在他的心里被分成了好几块，一块是怡红院，自然就是他的那两间小房子。至于哪里是潇湘馆，哪里是梨香院，就要看心情了。每每从私塾馆回来，走在陈家圩子的竹桥上，陈秋石的心里头装的尽是大观园的秋菊春兰。锥刺股驱不走那份向往，头悬梁拴不住那颗心，孤灯枯坐，看门前花开花落，听夜雨时轻时重，幻想葬花黛玉的滴滴血泪，憧憬抱病补裘的晴雯，品味初试云雨的袭人……

　　七想八想，就想出毛病了，梦中被窝里的狼藉故事自不必说，白天看人的眼神儿也不一样。有一次在学校排戏，对戏的是隔壁爱群女校新来的安筱芬，一个穿着洋装的娇小玲珑的女孩子。他看着安筱芬，恍惚间思接千古，神游八荒，本来是排新戏《山河魂》的，他居然咿咿呀呀地唱了一段，不知道那调门是黄梅戏还是庐剧，南腔北调，不三不四，倒也情真意切：滴不尽相思血泪抛红豆，开不完春柳村花满画楼，睡不稳纱窗风雨黄昏后，忘不了新愁与旧愁……

　　陈秋石在不知不觉中唱得十分投入，两眼含泪。安筱芬没办法接戏，干瞪眼看着他唱。好在是排戏，而且是自编的新潮戏，怎么唱怎么有理。后来编剧本的同学赵子明发现不对劲了，跑到台上瞪着眼珠子问，你唱的是什么？怎么像贾宝玉样？陈秋石这才警醒过来，眼珠子一转说，什么贾宝玉？我在练嗓子呢。

　　陈家圩子自然比不得大观园的排场，事实上这只是一个乡村财主的土圩子，脏兮兮的全然没有大观园的优雅和繁荣。每次陈秋石从前院走过的时候，就会感到一种莫名的沮丧。前院东边的厢房，一间用来囤积粮食饲料，另一间是灶屋，里面还住着陈家唯一的老妈子杜郭氏和她的男人杜驼子。西边的厢房，除了堆放农具，农忙时也供短工住宿。厢房后面还有牲口棚，紧挨着圩沟，前前前后后除了牛粪、猪粪,还有鹅粪、鸡粪、鸭粪、狗粪……这些粪便都是他爹的宝贝,每日大早起,牲口在前,他爹在后,倒钩粪铲,背着粪箕,先圩沟外,后圩沟里,先房前,后塘边,就像拾金子那样拾粪,寸土不留,一泡不剩,全都倒进粪窖里,发酵数日,臭气熏天。等他爹把粪拾完,太阳就该出来了。太阳一出来,杜驼子就迈着母鸭一样的步子,顶着龟壳一样的脊背,吆喝着水牛下田了。

这情景陈秋石小时候习以为常了,可是自从上了淮上州的国立中学,见识过城里的花园洋房,领略过城里人身上的气息,他就有点自卑了。说到底,他还是个乡下人啊。

最让他自卑的,还是他的爹。就是从他爹陈本茂的身上,他彻底弄明白了,别说贾宝玉,就连同窗赵子明那样的日子,离他也十分遥远。赵子明的爹是淮上州的律师,家里住着洋房,上学还有黄包车接送,有皮鞋领带,而他呢,除了一个两间砖房的小屋,要说还有什么,那就是一个俗不可耐的家了。

清明节的前一天,国文先生黄德胜带着新潮剧社几个同学下乡踏青,还特邀了安筱芬,响午在陈家圩子吃饭。爹娘倒是很客气,杀鸡摸鱼打豆腐,在后院搞了七碟子八碗,让陈秋石在他的老师同学面前狠狠地抖了一回面子。

那天陈本茂倒是识相,黄先生再三邀请,陈本茂坚持没有跟斯文人同桌进餐,而是跟陈秋石的娘和杜驼子杜郭氏一干人等在前院灶屋里吃。偏偏安筱芬热心,吃了半截,自作主张端了半碗栗子炒鸡往前院送,没想到就看到了那一幕——陈秋石的爹正在舔碗。

陈本茂舔碗的历史比他的年纪约略只小一岁,有四十多年光景了,杜驼子舔碗的历史是在他给陈家圩子当长工之后,这二人舔碗的技艺都很高超,各有特点,陈本茂是左三圈右两圈,从外沿到碗底,这样可以避免脸皮刮到稀饭汤。杜驼子舔相差点儿,是双手捧碗,从下到上,从左到右。舔碗成了陈本茂和杜驼子吃饭后的一道不可或缺的工序,即便是丰年,家里顿顿有大米白面,他们也还是要舔碗,如果不让他们舔碗,他们那一顿饭就算白吃了,吃多少都饿。

一个有几十亩良田的当家人,居然舔碗底,伸个大舌头卷来卷去,像个大牲口似的,委实很不雅观,这也是陈秋石对他爹诸多不满意中最不满意的一件事情。有一次陈秋石实在看不下去了,壮起胆子说,爹,家里粮食又不是不够吃,你舔碗干啥?

他爹伸长脖颈子看着他说,够吃?啥时候粮食能让人可着肚皮吃?丰年够吃还有灾年呢,啥时候都不能忘记勤俭。

陈秋石说,那也用不着舔碗啊,舌头在碗底转来转去,看着恶心!

他爹说,恶心?读了几年洋书,你就把自己当金枝玉叶啦?我跟你说,读完这几年,你照样回来给我下田,喝稀饭你得把碗底给我舔干净。

说了几次没用,反而被老爹抑扬顿挫地挖苦,陈秋石以后就不再说了,只是尽量不去看他爹的舔相,眼不见,心不烦。他爹变本加厉,照样舔碗不说,还搜肠刮肚编了一个顺口溜:大米稀饭胜白银,粘在碗底亮晶晶,舌头一卷刮肚里,勤俭持家不丢人。有时候高兴了,开饭前老地主会洋洋得意地哼几句,好像是故意气他的儿子。

好在,过去的岁月里,老地主舔碗不为外人所知,倒也无伤大雅,没想到这次就舔出洋相来。

陈秋石的爹和杜驼子吃的都是杂粮饭,半干半稀,就着萝卜干,已经吃完一碗了,正在做最后的清场。安筱芬端着半碗栗子炒鸡走近灶屋的时候,一眼就看见陈秋石的爹在舔碗,舔得叭叭地响。安筱芬愣住了,进不是,退也不是,扑哧笑出声来,转身就跑,正好撞在随后而来的陈秋石的怀里。

陈秋石感到纳闷,眼睛从安筱芬的肩膀上面看灶屋,他爹在那当口正端着碗傻呵呵地看着他。陈秋石一看他爹那副模样,顿时就明白了,又气又恼,一把推开安筱芬,面红耳赤地说,安筱芬,谁让你到灶屋来的?

安筱芬端着碗,很委屈地看着陈秋石说,对不起陈秋石,我……老人家把好吃的都给我们了,我不忍心啊!

陈秋石说,我们家就是这规矩,你来凑什么热闹?顿了顿又说,不许跟大伙儿说啊!

安筱芬眨巴眨巴眼睛说,说什么?我什么也没有看见。

这件事情对陈秋石的打击太大了。似乎就在那一瞬间,当头一棒使他明白过来了,他是贾宝玉吗?非也!看看他的爹就知道他今生今世不可能是贾宝玉了,他的爹不是贾政,不是贾赦,甚至不是贾珍,他爹充其量就是个焦大,不,连焦大也不如,焦大还不舔碗呢!这个陈家圩子,哪里有一点大观园的景象?

二

陈秋石在隐贤集读过六年私塾,又考到淮上州国立中学,人就变了个样子,即便回家,也是一身干干净净的学生装,头上一顶黑呢子学生帽,兜上还挂着一根自来水笔,人模人样的。他爹陈本茂一看见陈秋石坐在书房里读书写字摆弄学问,心里就很滋润。他哪里能想到,儿子不光念书,还唱戏,不光唱戏,还结交三朋四友,男男女女都有。常常是在放假那几天,儿子回来,屁股后面还跟着几个,后院里搬几个凳子,装腔作势,高谈阔论,什么时局啦,军阀啦,民主啦,国民革命啦……陈本茂一听这些云山雾罩的东西心里就别扭。

陈本茂是个正经的土财主,有了一份殷实的家业,他还照样和长工短工一起下田干活,连一泡尿都舍不得在别人的地里拉,哪怕赶集在外,也必定要夹紧裤裆把尿带回到自己的地里撒。陈本茂把汗水摔成八瓣落在田里,供儿子上学读书,是巴望他能像他堂兄那样在淮上州、顶不济也在玫山县里谋个正经的差事,打官司也有了底气。可陈秋石却不以为然。有一次他爹愁眉苦脸央求他不要结交那些游手好闲之徒,不要去搞什么青年会主义团之类的半吊子事情,岂料陈秋石眼皮一闪,有板有眼地说,大丈夫当有经天纬地之志,此值风云际会江山板荡之际,正是我等有志青年大展宏图改良民族的时机,小小的玫山,岂是我辈久留之地?

陈本茂听得半是明白半是糊涂,陈本茂跟他的表哥,镇上的秀才马先生说,这小子成天像没头苍蝇样,学堂一停课就乱窜,你说咋办?

马先生琢磨了半天说,老表,你有麻烦了,咱这表侄在城里念了几年书,怕是把心念野了。赶快找个好人家,给他娶房媳妇。你管不住了,让他媳妇拴住他,裤腰袋拴人比大牢都管用。

这话正对了陈本茂的心思。陈家人丁不旺,三代单传,愁的就是后嗣香火。看这个半吊子的光景,倘若下手迟了,没准哪天他就跟那些半吊子同学远走高飞了。陈本茂自从听了马先生的话,就把给儿子说媳妇当成了头等大事。

民国十五年,大别山闹出一件轰轰烈烈的大事,一帮子城里人,联络了一帮子乡下人,成立了农会,要搞土地运动。隐贤集附近的几家大户惶惶不可终日,组织了民团,派人来找陈本茂,要他出钱买枪,维持地方治安。陈本茂连想都没想就把来人撵走了。陈本茂说,他打他的天下,我种我的田,井水不犯河水,我凭什么出钱买枪?

话是这样说,但是这件事情还是让陈本茂的头皮麻了一阵。钱,陈本茂自然是不会出的,就算闹土匪,也应该由政府出钱,关他什么事情?他担心的是他的儿子惹麻烦。陈本茂斗大的字认不得一箩筐,可是这个世界上的道理他懂得不比儿子少。儿子结交的朋友都是些什么人,他寻常看在眼里记在心里,那都不是本分的过日子的人,一个个牛哄哄的,把脸涂得花里胡哨,戏台上当了两天关羽岳飞,就真把自己当成关羽岳飞了。眼下大别山里闹暴动,没准哪天一不留神,让他们把儿子给撺掇上山了,那就把本亏大了。想来想去,一不做,二不休,赶紧给儿子找个媳妇儿,把他拴在女人的裤腰带上,或许是个上策。

陈秋石的叔伯姑妈、隐贤集著名媒婆陈小嘴给陈家提的第一个人选就是蔡菊花。

三

陈秋石还没有见着蔡菊花,就先一肚子不受用。十六岁那年,他已经明白了他没有贾宝玉的命,不太可能有那种用水做的国色天香来爱他,可是他毕竟念过私塾,上过中学,淮上州里见过洋房,码埠街上听过庐剧,算是有见识的人。再不济,也不至于找个裹脚女人当媳妇啊!他想找一个像安筱芬那样的女学生,搞一场自由恋爱。那年头,外面的世界乱哄哄的,正在提倡新式恋爱新式婚姻,城里的女人早就不裹小脚了。

蔡菊花的祖上是胭脂河的茶叶商,家境殷实,这倒在其次,重要的是陈小嘴那张小嘴委实厉害。陈小嘴说,这菊花啊,知书达礼,心灵手巧,人呢,细皮嫩肉,长腿细腰。腰细屁股大的女子,主生男娃,一生一个准,不上二十年,保你陈家下上七个八个。

自然,陈本茂也不会单听陈小嘴的一面之词,他让婆娘拿上陈秋石和蔡菊花的生辰八字,找街北头的孙半仙给算了一卦,别的不问,单卜生男育女。

陈秋石他娘颠着小脚,舞扎着巴掌,迈着罗圈腿,笑逐颜开而去,愁眉苦脸而归。问是怎么啦?他娘就把孙半仙的说辞一五一十地说了——家有万金不为富,五个儿子绝户头。陈本茂没有听明白,婆娘就解释给他听,家有万金,就是十千金,一个女婿半个儿,十个女婿不是五个儿子吗?有了这五个儿子,照样是绝户头。

陈本茂一听这话,原本伸长的脖颈子立马就缩回来了,垂下的脑袋就像被霜打的茄子秧,蔫了半晌才抬起头来,抠抠眼窝瞅着老娘儿们说,咋会这样,咋会这样,你是咋搞的?

婆娘说,你问我,我问谁去?

陈本茂说,你是不是把啥子搞错了?

婆娘说,我都是按你说的,这生辰八字一个字不差啊。

陈本茂问,那块光洋给了吗?

婆娘说,这么大的事,哪敢打折扣?

陈本茂不看婆娘了,看墙,看了好一阵子,才对着墙头说,孙半仙啊孙大头,我跟你前世无冤今世无仇,你怎么就给我弄出这么个卦呢,你这不是要我的命吗?

就此一卦,陈本茂一病不起,三天只喝了两碗稀饭。

陈秋石他爹一病倒,他娘就慌了,跟儿子商量,赶紧找个媳妇吧,给爹一个定心丸,别让你爹一病不起啊。

陈秋石对于娶亲本来没有什么积极性,只不过他爹火烧屁股地急着抱孙子,他才勉强应付。再说,林黛玉只能活在梦里,而对于女人的渴望却是与日俱增的。他有自知之明,他早就过了贾宝玉的年龄。

基于以上想法,陈秋石才答应了他爹的要求。但是答应娶妻不等于答应娶蔡菊花,一听说蔡菊花和他的八字不合,陈秋石心中暗喜。陈秋石对他娘说,棉花落地砸不烂脚后跟,活人还能被尿憋死?爹的病是心病,缘起蔡菊花,咱跟他蔡家八字没一撇,不提这门亲事不就得了吗?

他娘说,儿啊,你对那菊花就没动点心思?那可是方圆十里人见人夸的好闺女啊!

陈秋石说,井里的蛤蟆簸箕大的天,离了张屠夫,不吃带毛猪。

8

他娘眨巴眨巴眼睛说,儿的话,是咱别处提亲?

陈秋石说,天涯何处无芳草,哪里没有好女子?那蔡菊花,一听名字儿子就不喜欢,儿子不喜欢菊花,儿子一闻菊花,身上就起疱痘,娘又不是不知道。

他娘听明白了,跑到里屋跟当家的说了,当家的坐起来,啃了一块鞋底大的馍馍,当天就把事情定下来了,掉过头去,另选一家。

另选的一家姓袁,女子名叫冬梅。陈秋石一听这名字就高兴,后来又听说这袁冬梅读过新学,而且没有裹过小脚,陈秋石更是动心,摇头晃脑地吟诵道,宝剑锋从磨砺出,梅花香自苦寒来。善哉善哉,冬梅秋石,珠联璧合也!

这次不找陈小嘴了,找了码埠街的张大脚,也是方圆有名的媒婆,比陈小嘴还有来历。张大脚一番游说,两边美言,弄来袁冬梅的生辰八字,请孙半仙再算一卦。这次带去的是两块光洋。

在贴着神像的供堂前,孙半仙洗手焚香,面壁而坐,闭目揖手,嘴里念念有词。陈秋石他娘心里七上八下,眼里一半惊恐一半敬仰。约摸两袋烟的工夫,孙半仙睁开眼睛,抓住签筒,左三圈右两圈,然后让陈秋石他娘抽签。

陈秋石他娘的手抖着,颤着,心里一狠,伸出鸡爪一般瘦骨嶙峋的五指,抽了一根竹签,自己没敢看,双手擎着送到孙半仙的面前。

孙半仙举着卦签,对着门外的日头,眯缝起老眼左看右看,然后眼睛猛然一睁说,恭喜恭喜,上上签,家有万金做新娘,一门十郎新姑爷。

陈秋石他娘没有听明白,说,神仙,你再说一遍。

孙半仙说,家有万金,是说十个千金娶进门。你们家十个少爷,不是别人家的十个姑爷么?

陈秋石他娘这回听明白了,颠着小脚一溜小跑回到家里,如此这般说了。陈本茂那时节正坐在前院中间的磨盘上吸水烟,端着

9

水烟筒愣了半响,没防备眼泪就出来了,哽咽着说,苍天有眼,苍天有眼啊。我陈家世代行善积德,修桥铺路,造福一方,老天爷他都看在眼里啊!

接下来的事情就简单了,两家说好,下了庚帖,定金彩礼嫁妆一应齐备,择吉日良辰,吹吹打打,欢天喜地就把人给娶回来了。娶了儿媳妇,陈本茂趁热打铁,让陈秋石干脆把学也退了,免得让那半吊子学堂弄得人提心吊胆,专心致志地在家给他造孙子。

小家碧玉袁冬梅果然俊俏,生得鼻子是鼻子眼睛是眼睛。新婚之夜,两个学问人琵琶半遮,谈起男欢女爱的感受,陈秋石撑着眼皮说,金榜题名时,洞房花烛夜,只知道做这事快活,没想到这么快活!

半年不到,陈秋石的眼眶子越凹越深,袁冬梅的肚子鼓了起来。

一家人都把袁冬梅当作鸡蛋一样捧着,地是不让下的,灶屋也是不让进的,连针线活都不让做了。

陈秋石有点不高兴,对袁冬梅说,叫你别怀上,可你偏偏给怀上了,大个肚子,多俗气啊!

袁冬梅一点儿也不恼,笑吟吟地说,一个巴掌拍不响啊,怀上了也不是我一个人的事啊!

妊娠四个月,为了确保孙子平安,陈本茂还做了一件不近情理的事情,让婆娘子搬进新房,陪伴儿媳妇一起住。儿子又回到后院,住进了书房。书房外间放着陈本茂的一张床,陈本茂夜夜睡在这张床上给孙子把门,为的是防止猴急的儿子熬不住饥渴,去袭扰孙子的好梦。

跟媳妇分床的头几天,陈秋石彻夜不眠,在床上翻来覆去地烙大饼,把被褥都揪烂了。陈本茂在外间听儿子一会儿唉声叹气,一会儿狼啸虎吟,丝毫不为所动。这种事情他经历过,扛一扛就过去了。

渐渐就到了临产期。有时候大白天里,娘到外面忙活了,陈秋石就窜回自己的卧房,手忙脚乱地把媳妇的衣裳扒了,不能干,看看总是行吧?可是越看越上火,妊娠期的袁冬梅更是丰盈水灵,那一对渐渐饱满的乳房,宛如雪白的凝脂,上面镶嵌着两枚花瓣一样暗红色的乳晕,缀在乳晕上面的,是两颗鲜艳娇嫩的乳头,就像雨后太阳下晶莹剔透的樱桃,让陈秋石垂涎欲滴。

陈秋石迷醉妻子的身体,那经过灌溉的身体是那样的洁净,那样的高贵,那样的实惠。可是,他不能再继续下去了,门外他爹就像一条警惕的老狗,随时都有可能破门而入照他脸上给一掌,媳妇肚皮里面还有一个不知模样的对头,正在警惕地防御着他的偷袭。

大约半年,陈秋石都是在饥渴和愤恨中度过的。

就这么捧到瓜熟蒂落,哪里想到坐月子撞到了天大的麻烦,袁冬梅的肚子里揣着个横胎。全家人折腾了一夜,第二天早上,一张黄纸盖上了袁冬梅的脸,三天后从陈家抬出一大一小两副棺材。喜事转眼变成了丧事。

丧事吹吹打打办了好几天。陈本茂这次倒是没有病倒,但是那张老脸眼看着就失去了血色,最后连水色也不见了,活脱脱一张薄纸蒙在颧骨上。一连几天,陈本茂一言不发。

大难当头,还是陈秋石稳住了阵脚,有天晚上喝稀饭的时候跟他爹说,自古好事多磨,天将降大任于斯人也,必先劳其筋骨,饿其体肤,命中有此一劫,劫后余生,必有后福。

陈秋石的半吊子话他爹永远似懂非懂。陈本茂端着稀饭碗,眼睛不看儿了,看稀饭,碗面上映出树皮一样的皱纹。陈本茂说,诸葛亮本事大吧,不也娶个丑婆娘?婆娘是啥?就是下蛋的母鸡!

陈秋石说,姻缘玄机,讲究缘分,爹就不要再操心了,儿子自有主张。

陈本茂端着碗叭叭哒哒转了一圈,半碗稀饭就进了肚子,再转

11

一圈,碗底就空了。陈秋石赶快把爹的碗接过来,到灶屋又盛了一碗稀饭,双手捧给爹。陈本茂接过碗,抬头看着儿子说,你爹这一辈子脸朝黄土屁股朝天,没日没夜地土里刨食,盼就盼有个香火。你爱唱大戏吹大牛,读半吊子书,做半吊子事,爹都不管。给爹留下一男半女,你爱到哪里到哪里,你就是到天上当孙悟空,爹都不管你。

陈秋石说,爹你不能把我看成半吊子,我有理想有抱负,怎么能说是半吊子呢?生儿育女,是人都会,这个有什么发愁的?

陈本茂把稀饭喝完,伸出大舌头舔碗底。自从袁冬梅死了之后,陈本茂就恢复了舔碗的习惯,而且变本加厉,吃到最后一碗,不管碗底有没有东西,不管舔了几遍,无事可做,就再舔一遍。陈本茂舔碗底的功夫十分了得,嘴不动碗动,碗在陈本茂的手里,就像安在轴上的轮子,转得非常匀称,左三圈,右两圈,碗底的稀饭汤就荡然无存了。

陈本茂舔完碗底,又伸出舌头舔嘴,舔完了把碗往磨盘上一搁说,别说是人都会,那也得看是什么人。你要是有能耐,就给我正正经经过上个把二年好日子,娶个媳妇,留下个带把的,哪怕他也是个半吊子,爹也认了。到那光景,你去走你的阳关道,爹不拦你。

陈秋石说,好,爹你就等着吧。

过了半年,陈家恢复了元气,提起精神,给陈秋石再娶一房,是码埠街王家小姐。没想到这次更是蹊跷,新娘子进家门还不到半个月,没来由突发急症,一命呜呼。

一家老小上天无路,入地无门,哭得死去活来,媳妇娘家更是不依不饶,呼啦啦几十号人从码埠街涌到隐贤集上,要打架,要验尸,要偿命。倘不是玫山县官判案明白,陈秋石父子差点儿就进了大牢。

四

　　一场官司打下来,陈家就败落了,卖了四十亩水田和隐贤集街面上的三间作坊。陈本茂还在咬紧牙关活着,活着的陈本茂对儿子只有一句话,不孝有三,无后为大,不见孙子,我死不瞑目啊!

　　这次不找孙半仙了,在陈本茂的眼里,孙半仙的话终于成了屁,于是回过头来再找陈小嘴。

　　陈小嘴说,事可过一,不可过二,过二不可过三。你们家呀,就是因为不听我的话,才有了这两年的背运。

　　陈秋石爹说,是是是,他姑说的句句在理。

　　陈小嘴说,你们家如今找媳妇恐怕难了,方圆一百里都知道,你们家少爷克妻,娶一房死一个。

　　陈本茂面如死灰,呆了半晌才说,他姑,你那张小嘴千金难买,死的也能说成活的,你再给咱想想办法吧,你不能看着咱陈家断子绝孙啊!

　　陈小嘴说,老哥哥,我问你,蔡菊花哪点不好?

　　陈本茂说,哪点都好,就是孙半仙说八字不合,要生十个丫头呢。

　　陈小嘴说,孙半仙的话你要是再听,我立马拔腿走人。

　　陈本茂舔着嘴唇说,别说孙半仙他才是个半仙,他就是全仙,咱也不听他的了。咱听你的,你是神,神比仙大。

　　尽管家道中落,陈本茂还是勒紧裤腰带拿出一块光洋,让陈小嘴去胭脂河蔡家走动。岂料此一时,彼一时,蔡家不干了。蔡家说,怎么着,贩牲口啊?他陈家已经是穷光蛋了,他陈家少爷克妻的命呢。咱可不能把黄花闺女送到火坑里。

　　回话传来,陈本茂差点儿上吊,厚着脸皮央求陈小嘴再去说

13

合。陈本茂说,花钱不怕,横竖还有几十亩田,要是绝后,陈家还要这些田做啥?

不知道又费了多少周折,幸亏陈小嘴的伶牙俐齿,讨价还价搞了七八个回合,才算把这门亲事给定下来。此时的陈家,只剩下十几亩薄田和一间染坊了。

隐贤集的街坊邻居都说,陈秋石娶蔡菊花,是天定的姻缘,老天爷就是要让陈家一败涂地之后,才会把蔡菊花送到陈家,不然的话,陈秋石怎么能看上蔡菊花呢?

蔡菊花的丑,是老天爷也帮不上忙的,小眼睛,方脸盘,完全不是陈小嘴夸赞的那样水灵,只不过有一点陈小嘴没有撒谎,那就是细腰肥腚。洞房之夜,掀开盖头,陈秋石一看蔡菊花的模样,犹如当头一棒,眼前金星直冒。他过去是知道这女子不漂亮,他没有想到这么不漂亮。

那夜,陈秋石坐了半宿,蔡菊花哭了半宿。她知道自己模样不俊俏,她配不上陈秋石。她担心陈秋石今夜不碰她,也许就一辈子不碰她了。那她还有脸活着吗?生不如死啊!

蔡菊花的担心是多余的。再不俊俏的女人也是女人。陈秋石是娶过两房女人的男人,他懂得女人是什么滋味,同床异梦,长夜难眠,是不可能持久的。

陈本茂看出了他的儿子不喜欢自己的媳妇,一着急,就顾不上长辈的尊严了,就顾不上斯文体面了,半夜里把儿子叫出门,手指头点着儿子的鼻子骂,男人立身三件宝,薄田丑妻破棉袄。什么俊不俊丑不丑的,夜黑吹了灯,东西还不是一样的东西?

话粗理不粗,爹说的没错啊。陈秋石叹了一口气,回到洞房,恶狠狠地吹了灯,上床后啥话也不说,把对面的人搬过来,摸摸,东西果然是一样的东西,上面软软的,下面湿湿的。这一摸,就摸出了个别样滋味。此时在他身边的,已经不是什么蔡菊花了,而是袁冬梅。他二话不说,骑上那热热的软软的身子,满腹的愤懑和憋屈都在那一瞬间凝聚在一起,铸成一柄坚硬的犁铧,插进那一片深不可测的水田里。他先是听见了一声隐忍的呻吟,紧接着肩膀就被掐住了。

第二天早上,陈秋石摸摸后背,并没有起疱痘,而是泛起了几条血印子。那血印子不痒,却有点疼。

陈秋石醒来的时候,蔡菊花还在酣睡。陈秋石起身到尿桶边上撒了一泡尿,抖落着自己的玩意儿回到床边,瞥了一眼蔡菊花的睡相,心里突然涌起一阵悲哀,这个提心吊胆的女人终于把自己嫁出去了,她的那块黑乎乎肥沃的土地,终于有了男人插进了犁铧,哪怕就播种这一次,她也算完成了一个女人的事业,她可以当之无愧地作为一个女人活在世上了。而她的成功,意味着他也成功了吗?

陈秋石掀开了盖在蔡菊花身上的被子。他盘算着,如果这个丑婆娘惊叫,他就干脆来硬的,强行把她拖在地上,让她大喊大叫,让他的那个只要孙子不要儿子的老爹听个明白,他要通过欺负自己的媳妇达到报复老爹的目的。

可是出乎意料,当他把被子从蔡菊花的身上扯开的时候,这个丑女人并没有尖叫,也没有反抗,她只是缩起了膀子,把赤裸的身体团成一团,在床上瑟瑟发抖。

陈秋石有些不忍了,他踌躇了一下,还是动手把蔡菊花的胳膊搬开了,让她四肢伸展。他要毫不遮掩地打量他的丑婆娘的全部。蔡菊花好像明白了他的心思,他把她翻过去的时候,她只是略略反抗了一下,就放弃了,她把自己伸开了,闭着眼睛,一言不发地把她的全部袒露在他的面前,袒露在这个知书达理却又有着禽兽心肠的男人面前。

陈秋石终于看清了女人的全部,他的失望和痛苦就像梅雨季节的河水一样汹涌澎湃。他再也见不到袁冬梅那样雪白如凝脂的乳房了,再也见不到那晶莹剔透的樱桃般的乳头了。眼前的乳房,就像粗糙的杂面馍馍,发黑、发黄;眼前的乳头,就像两颗从刺窝里剥出来的紫黑色的桑葚,没有一点鲜花盛开的气息。这哪里是乳房啊,这叫奶子,他妈的这是乡下人的奶子啊!

两行眼泪从陈秋石的眼角流了出来。就在他要扭头的一瞬间,他发现床上伸开四肢咬紧牙关躺着的那个人,已经是泪流满面了。陈秋石的心霎时又软了。他走上前去,把被子盖在了丑女的身上。

日子依旧按照陈本茂的设想往前走。

翌年春天,蔡菊花给陈家生了个大胖小子。这一年陈秋石刚满十七周岁。陈家重振雄风,上下一片喜气洋洋,陈本茂老泪纵横,把半米袋子铜钱扛到院子外面,像播撒稻谷一样地漫天撒。

那正是春荒时节,有不少叫花子从十里八乡赶过来,陈家圩子门楼外面支起一口熬粥的大锅,但凡有来贺喜的叫花子,稀饭管饱。

就在这一片欢天喜地中,陈秋石却闷闷不乐。陈秋石一见那孩子就不喜欢,那孩子一点也不像他,没有双眼皮不说,眼睛小得眯成一条缝,大方脸,一看就是蔡菊花的模板。

他爹忙里忙外,陈秋石却熟视无睹,把脸拉得老长,站在门楼西边的大槐树下冷眼相观,就像看别人家的热闹。他爹眉开眼笑,忙得满头大汗,热气腾腾地蹦到他身边说,大喜的日子,你哭丧个脸干啥?还不去好好照顾你媳妇!

陈秋石看着他爹,没搭腔。

他爹说,你媳妇是有功之人啊,陈家的恩人啊!往后不许你再骂她一句,你老子要见到十个孙子才闭眼。

陈秋石哼了一声说,老母猪下窝子啊?还十个呢,像这种丑八怪,生出一个我都嫌多!

他爹伸长脖颈子,暴着青筋,抡起巴掌说,孽种,你说啥?

儿子满月的第二天,陈秋石从隐贤集上消失了。

那正是鄂豫皖地区闹红军的时节。关于陈秋石的去向,有很多说法,当然孙半仙的说法最有权威性。孙半仙言之凿凿地说,他在淮上州亲眼看见陈秋石跟着国军江亭耀部队走了,因为他念过书,肚子里有文墨,到了国军里就当了军官。离开淮上州的时候,他骑着一匹大马,屁股后面还挂着盒子枪。

五

陈秋石并没有跟江亭耀的部队走。

孩子满月的第二天,赵子明来了,约陈秋石回到学校排戏。过去陈秋石参加排戏并不是因为爱好,而是因为新潮剧社不光有赵子明这样的英俊小生,还有几个新潮女生,大家在台上演生死爱情,如醉如痴物我两忘。演戏可以让死水一潭的生活变得丰富多彩,可以让陈秋石体会到生活中不曾体会到的豪迈和英雄气概。在寻常日子里想都不敢想的事情,在戏里就能够做到,金戈铁马,鼓角争鸣,甚为壮烈。

自从娶了袁冬梅并且退学之后,排戏对他来说已是幼稚的游戏了,兴趣日渐淡薄,而自从袁冬梅罹难之后,他都快把这件事情给忘记了。

赵子明这次来隐贤集,样子有点神秘。赵子明说,这次排戏,要见到大人物,要做大事。陈秋石稀里糊涂地问,难道一个小小的新潮剧社,还能把天给翻了?赵子明说,差不多吧,我们就是要翻天。陈秋石心头疑疑惑惑,再问,赵子明却不愿意多说了,赵子明说,到时候你就知道了。

到了淮上州之后,陈秋石才发现,这一次的所谓排戏,真的是要上演一场大戏了。赵子明领着他到皋城大饭店参加了一个秘密会议，会议的主要内容是成立淮上州军事特委，同白色恐怖开展武装斗争。

陈秋石既不是共产党员，也不是青年团员，他不知道为什么要让他参加会议。据说这次开会还很危险，外面有人站岗，风声倘若传出去，被江亭耀的部队抓去，那是要杀头的。

陈秋石参加革命的想法并不是没有，而那主要停留在口头上，跟叶公好龙有点相像，说几句大话，唱几句高调，发一些无关痛痒的牢骚，或者附庸风雅，都是没有问题的，真的拿起刀枪去血肉横飞的战场上冲杀，他一点思想准备也没有。

最初坐在会场的旮旯里，陈秋石心猿意马，老是担心会场会被军警突然包围。会议领导人周因德在台上讲话的时候，他的两只眼睛不停地骨碌。他在察看出逃的路线，一旦有了情况，从正门是跑不脱的，他右手边有个窗户，栏杆是枣木的，虽然硬了点，抱起板凳还是能砸开的。

旁边的赵子明见他老是心不在焉，低声问他，秋石，你是怎么啦？这是党的重要会议，关系到淮上州革命力量的生死存亡，你要认真聆听上级的指示。

陈秋石支吾说，啊，我在听啊……是不是要组织军队上战场啊？

赵子明说，要成立淮上州独立师，开到大别山同江亭耀的部队作战，配合红四方面军反围剿。

陈秋石一听这话，脑袋都大了，心里埋怨赵子明没有早一点把话说清楚。赵子明当初劝说他到淮上州来，只是说要排戏，至多搞搞学生运动，哪里想到是成立军队去打仗啊？可是事已至此，他又不好反悔。

陈秋石说，跟国民党开什么仗啊，不就是国共合作搞的北伐吗，军阀都是他们打倒的啊！

赵子明说，糊涂，那是历史了！现在国民党背叛革命，清洗共产党,已经成了新的军阀,我们必须同他们血战到底!

陈秋石半天不吭气,表情怪怪的,就像屁股上被踹了几脚的狗。

赵子明说,陈秋石,军中无戏言,不能当叶公啊!

陈秋石这才知道,赵子明已经是地下党员了。他后悔得要死,不该被赵子明拖到这个危险的旋涡里去。他说过要参加革命吗?好像有这方面的流露,可是,可是……他不得不承认,自己过去信誓旦旦地说过不少大话,什么国家有难匹夫有责,什么砍头只当风吹帽,什么甘当革命马前卒之类的话都说过,覆水难收啊,现在退缩是要遭人耻笑的。

陈秋石正在忧心忡忡的时候,袁春梅出现了。

袁春梅的出现,就像黑暗中突然升起了太阳,使这个空气沉闷的会场骤然间明亮起来,空气中洋溢着桂花的香味,众多的眼睛开始放光,就像一支支刚刚点燃的烛火。

女性给这个充满了紧张和恐惧的场合带来了很大的安抚作用。在少年陈秋石的心目中,凡是有女人参与的事情,都是靠谱的,也是安全的,连漂亮的女子都来了,你的小腿肚子还抖什么抖!

袁春梅是陈秋石首任妻子袁冬梅的堂妹。过去陈秋石在袁冬梅家见过袁春梅,那时候她还是小姑娘,十二三岁的样子,一双纯净的眸子天真无邪,跟在堂姐的身后,像个跟屁虫。转眼之间,这个跟屁虫长大了,脑后的发髻被剪掉,理了一个二刀毛革命头,明眸皓齿,面如桃花。她现在是会议的工作人员,给大家分发传单,发到陈秋石面前的时候,她的眸子里闪烁着惊喜的光芒,低声说,姐夫,没想到你也参加到革命队伍里来了,我们一起战斗,去打倒列强,打倒军阀,打倒帝国主义!

陈秋石傻傻地看着袁春梅,一不留神,眼睛就有点下滑,滑到了袁春梅的胸脯上,那微微隆起的胸部让他在那一瞬间恍如隔世。他分明看见了袁春梅的两只雪白高耸的乳房和饱满的乳头,同袁冬梅的似乎一模一样。直到袁春梅嗨了一声,他才骤然警醒,惶恐地抬起眼睛,为自己的下作心跳不已。好在袁春梅并没有察觉他的走神。

陈秋石呆呆地看着袁春梅,垂下眼皮,又抬起脑袋,慢吞吞地说,小妹,我们这是要跟谁战斗啊?

袁春梅一掠刘海说,跟反动军阀战斗啊!他们背叛革命,屠杀仁人志士,是可忍,孰不可忍!

陈秋石说,可我们是个学生,手无缚鸡之力,我不知道我能做什么。

袁春梅说,正因为我们是学生,才大有作为。革命需要知识,需要文化,需要的就是我们这些读书人。

陈秋石木着脸想了半天问,那以后我们还住在家里吗?

袁春梅说,你没有听韩子君同志说吗,我们要组织一支红色武装力量,开到大别山去和江亭耀的部队作战。

陈秋石哦了一声,目光从袁春梅脸上移开,看着窗户外面渐渐西沉的夕阳出神。他在心里想,赶快结束吧,开完这个会,他还是赶快滚蛋,回到隐贤集,和他那丑妻薄田小眼睛儿子过日子。他可不想到山里和江亭耀的部队打仗。

可是,他的如意算盘又打错了。当天晚上散会之前,淮上州地下组织的领导人周因德宣布了几项决定,一是特批二十六名同志加入淮上州地下组织;二是淮上特委军事部即日移师三十铺,游击支队宣告成立;三是为了加强武装斗争力量,派遣赵子明等十名同志,隐瞒身份,报考黄埔军校南湖分校,连夜出发坐船到信阳,再改走陆路到武汉;四是⋯⋯

往下还有几条决定。后面的决定陈秋石一句也没有听进去。他做梦也没有想到,他也在特批加入组织的人员当中,而且还是被派往黄埔南湖分校的人员之一。

转眼之间,陈秋石就冷汗嗖嗖了。到饭馆吃饭的时候,陈秋石瞅个空子问赵子明,怎么连招呼也不打一个,就让我加入地下组织了?

赵子明停住筷子,惊愕地看着他说,怎么没打招呼?我上午在路上不是跟你说得很清楚吗,我们要加入地下组织,为革命事业抛头颅,洒热血。你当时还很激动,说大丈夫纵也天下横也天下,生当作人杰,死亦为鬼雄。

陈秋石把肠子都悔青了。他恍惚记起来了,那些话他确实说过。

那顿晚饭不算差,除了青菜豆腐,居然还有叶集风味萝卜炖羊肉。可是陈秋石吃到嘴里,索然无味,感觉就像在吃最后的晚餐。他想质问赵子明,虽然我同意加入地下组织,但是我没有说要报考南湖分校啊,为什么不打招呼?但是这次他没有问,他变得聪明起来了,他知道现在一切都迟了,而且他从周因德和赵子明等人的表情上看,这是一件很重要很严肃的事情,他如果三心二意,组织上秘密处置他的可能性不是没有。

陈秋石庆幸的事情有三件:一件是到南湖报考黄埔分校,毕竟比参加游击队直接拉到大别山去打仗要好,考上黄埔军校,就能当上军官,没准以后可以当个团长旅长,骑高头大马,身后跟着卫士,八面威风,衣锦还乡,也可以对父母弥补不辞而别的过失。二是同船到南湖的还有两个女生,两个女生中就有袁春梅。袁冬梅去世之后,他日有所思,夜有所梦,常常在惊悸中哭醒,而袁春梅比她的堂姐还要漂亮,天生丽质,神清气爽。他乡遇故知,倘若以后志同道合,就一封休书把丑婆娘蔡菊花给休了,跟袁春梅过上有爱情的日子了。

陈秋石庆幸的第三件事情是,他已经有了儿子,无论怎么说,他给爹妈有了交代,丑是丑点,好歹是个传宗接代的种啊!

吃完饭,大家就分头行动了。各人行李都很简单,连书都不用带,南湖分校内部的同志已经安排好报考入学事宜,不出意外的话,那个军校,考得上要上,考不上也得上。

组织上给大家发了盘缠,每人三块大洋。

袁春梅跑过来对陈秋石说,姐夫,太好了,我们就要投身到火热的武装斗争当中了。我的心已经飞到了南湖,飞到了长江边上,飞到了火热的战场上了。

陈秋石淡淡一笑说,小妹,上军校可是要吃苦的哦,不像你想得那么罗曼蒂克。

袁春梅说,那有什么,难道你不想接受严峻的考验?难道你害怕了,退缩了?

陈秋石看着袁春梅那双漂亮的晶莹的眸子,突然来了精神,腰杆一挺说,天将降大任于斯人也,必先劳其筋骨,饿其体肤……

袁春梅高兴地说,姐夫,你这样想真是太好了,好男儿志在四方,功名应向马上取……

陈秋石随口接道,男儿何不带吴钩,直取关山十五州……

袁春梅说,三十功名尘与土,八千里路云和月……

两个人一唱一和,越说越多,越说越投机,越说越来劲,到了最后,陈秋石真的激动起来了,好像他已经纵身骑在马背上,挥军掩杀,所向披靡,攻无不克战无不胜。在一片血红的夕阳下面,他披着红色的将军大氅,踏着满地庆功的鲜花,从凯旋门前大步走过,而貌若天仙的袁春梅正从晚霞簇拥的地方脉脉含情向他款款走来……

这以后,袁春梅就不喊他姐夫了,喊他秋石兄。

四天后到了南湖,应考的卷子很简单,形同过场戏,问了一些三民主义的常识,然后就是中国古代一些著名军事人物和著名战例。这时候陈秋石才发现,他过去在新潮剧社里排戏得到的那些知识,远远比他在淮上州国立中学学的数学物理管用得多,他是以高分考入黄埔军校南湖分校的。

六

陈三川最早的名字不叫陈三川,叫陈继业。

继业的名字喊了三年,陈秋石杳无音信。那一年小继业生了一场热病,把一家人吓得魂都没了。陈本茂豁出了老本,雇了一驾马车拉着孙子到淮上州治病,而且进的是洋医院,用的是西洋的药品。继业的病倒是治好了,家里的大洋也折腾掉不少。回到隐贤集,陈本茂还是不放心,又请孙半仙给孙子看前景。孙半仙说,你知道你孙子为啥老是头疼脑热吗?你儿子娶了两房媳妇,都是不到二十岁归西的,阴魂不散啊,她们阴魂不散找谁去?就找你的孙子。

陈本茂一听这话,膝盖头一下子就软了,扑通一声跪在孙半仙面前说,大仙啊,救救我的孙子吧,她们阴魂不散,就来找我这个老头子吧,都是我这个老不死的作孽啊,我的孙子还小,关他什么事啊!

孙半仙说,你这话说得有道理,可是她们找你又有啥用呢,她们找你的孙子不就是要你的命吗?

陈本茂老泪纵横,匍匐在地,磕头如捣蒜,一个劲儿哀求孙半仙想办法解救他的孙子。

孙半仙举着右手,手心朝内,手背朝外,问一句,陈本茂答一句,末了,孙半仙说,你那两个死去的儿媳妇,一个难产而死,是善鬼,对你家怨气要小一些。还有一个暴病而亡,不是善终,是厉鬼,对你家怨气冲天。春天你孙子头疼脑热,是善鬼作祟的小劫,破财消灾,她收几个香火也就罢了。可是秋冬属阴,厉鬼猖獗,你孙子到了秋天还有一大劫难。

陈本茂一把把孙半仙的腿给抱住了,哭着喊,大仙啊,咋办啊?

孙半仙说，你这孙子是戊辰年丙辰月生的，没错吧？

陈本茂说，千真万确，一点不差。

孙半仙说，属龙的。而你那阴间厉鬼儿媳，是属虎的。龙虎一斗，两败俱伤。

陈本茂说，只求大仙指点迷津，救救我的小孙子。

孙半仙叹了一口气，说了声，难啊，拿腔拿调地扭捏了半天，直到陈本茂表示再奉献三十块洋钱的香火，这才慢悠悠地说出了陈继业的前景和处置的方法。孙半仙说，我在关帝爷那里为你的孙子改了八字，从今往后，他就是丁卯年生人了，改龙为兔。

陈本茂听了半天，连连说，好好，这样我的孙子就大了一岁多，也就躲过了那厉鬼的魔爪。不过，什么时候还能改回来呢？

孙半仙说，我都跟关帝爷把关节疏通了，改了就改了，不能再改回来了。要是二十岁上不出毛病，我再跟关帝爷探探口气。

陈本茂一骨碌从地上翻起来说，大仙，咱听你的，今儿个晚上，咱就摆席给孩子长岁。

就这一会儿工夫，陈继业就多长了一岁零六天。

没有了陈秋石的陈家，就像断了脊梁骨的狗，光景一天不如一天。两个姑娘相继出嫁，杜驼子和杜郭氏也先后离开陈家圩子，家里能下田的人越来越少，只有老两口了。蔡菊花是不能下田的，她的全部营生就是给陈家照管孙子。

陈本茂有一次红着眼睛对蔡菊花说，闺女，嫁到陈家屈了你，可是没办法，这是天意，是观音菩萨派你来的，就是来给陈家送烟火的。你还年轻，陈家不能圈你一辈子，但是眼下你不能走。娃子长到十岁，你愿意到哪里到哪里，陈家会像嫁闺女一样给你办嫁妆。

蔡菊花也红着眼睛，眼泪扑扑簌簌往下掉。蔡菊花说，爹，我给陈家当一天媳妇，就是陈家一辈子的人。我哪里也不会去，我生是陈家的人,死是陈家的鬼。

陈本茂说,闺女,你走不走,爹跟你娘都不强求,但有一条,陈家的这根独苗你得给我带好,圩塘边上不去,后山草窠不去,咱家房前屋后,有蛇有虫有蝎子蜈蚣,你不能让他自个儿出门玩。

蔡菊花指着院子当中的石磨说,爹爹你放心,少他一根汗毛,我就一头撞死在这磨盘上。

陈本茂那时候也就四十多岁的样子,披星戴月地侍奉他那剩下的十几亩薄田。家里的长工辞退了,春耕秋收忙不开的时候,请两个短工,大鱼大肉吃上三五天,把庄稼收上来之后,还是吃咸菜萝卜干。老母鸡下蛋是断然不许吃的,放进罐子里攒着,赶集的时候,由老头子自己挑上街头,卖几个铜钱,再放到另一个罐子里。陈本茂攒这些钱,不像过去是为了买地,而是为了孙子。儿子的出走使他明白了一个道理,买地再多,也拴不住人心,他的地盘再大,儿子长腿一蹽就能走出去,用不上一袋烟的工夫。

日子终于又恢复了平静,清贫使得陈家多了很多忧愁,多了很多思念,却又少了一些烦恼。

继业一天一天地长大了,咿呀学语,蹒跚学步。陈本茂白天一身泥水一身汗,晚上顶着星星回来,累得佝腰偻背,但只要见到孙子,两眼立马放光,连水也顾不上喝,就地一坐,让孙子坐在腿上,摸摸孙子的脑瓜子,摸摸孙子裤裆里的小玩意儿。

陈本茂最喜欢看小孙子撒尿,一泡尿憋得小玩意儿硬邦邦的,对着磨盘,直直地射出去,就像箭镞一样。

陈本茂说,尿到磨眼里。

孙子扭扭屁股,两手托着小玩意儿,那条线冲着磨眼浇了过去,沙沙地响。

陈家一日三餐是不缺的,继业碗里的东西永远要比他爷爷碗里的好,三天一小荤,十天一大荤,小荤就是鸡蛋鸭蛋,大荤则是鸡鸭鱼肉。但是有一条,吃干饭老头子要求孙子碗底一粒不落,喝稀饭则必须把碗底舔得不用水洗。到了三岁头上,陈继业已经把舔碗底的技术掌握得八九不离十了,像他爷爷那样,左三圈右两圈,从外沿到碗底。并且学会了他爷爷创作的顺口溜:大米稀饭胜白银,粘在碗底亮晶晶,舌头一卷刮肚里,勤俭持家不丢人。

陈本茂对蔡菊花说,种瓜得瓜,种豆得豆。孩子就像庄稼,春分撒谷,谷雨养苗,清明栽秧,芒种灌浆,小暑割稻。气候节令,一步都不能落下。

蔡菊花说,爹,我懂了,春夏秋冬,该吃什么,该穿什么,媳妇都记住了。

陈本茂说,人说富不过三代,没想到这话在我这一代应验了。世上万物,都是轮回的。继业这一代,是第四代了,要开始发迹了。怎么发迹啊?我是想让孩子读书,可是我又怕让孩子读书。读书害人啊,秋石不就是被读书给害了吗,读书把人眼眶子读高了,把人心给读野了,读书把人读成了半吊子。

蔡菊花说,爹爹,您要是怕读书把人害了,咱就不让继业读书,还是种田吧。

陈本茂闭眼沉思,骤然睁开眼睛说,不行,不行啊!还是要读书,要读大书,不能像他那个半吊子爹,读半吊子书,当半吊子人,做半吊子事。咱们的继业,要读大书,上大学堂,做大学问,当大人物。

七

一步走错了,步步都是错。到了黄埔南湖分校,发了一身国军军服,戴上了青天白日军帽,陈秋石再后悔也没有用了。赵子明清清楚楚地跟他说了,从现在起,你就是组织里的人了,一切都要服从组织的分配。如果对革命三心二意,一切后果自负。

赵子明的话听得他后背发凉。后果自负是什么意思？就是吃不了兜着走，就是要脑袋的意思。

分班之后，上了几天思想教育课，就开始上基础课，有队列、刺杀、射击等等课目。

体能技能，搞这些东西陈秋石不是强项。他出身并不贫寒，小时候没吃过多少苦头，前几天弄得筋疲力尽，还老是被教官训斥。跟陈秋石相比，赵子明更是名门之后，但是赵子明思想准备充分，训练场上一丝不苟，刺杀射击很快都拿到了好成绩。

晚饭后有了时间，赵子明找陈秋石谈话，要他放下公子哥的架子，同工农子弟打成一片。

陈秋石不说话，他在心里说，他妈的我算被你害苦了。老子是革命的料子吗？硬是被你明里暗里拖上了这条破船，今天被太阳晒得暴皮不说，明天没准还会被子弹打成筛子。我要是有个三长两短，做鬼我也得找你算账。

基础课很快就过去了，陈秋石磕磕绊绊搞了个合格的成绩。

进入到战术常识课，陈秋石的兴趣渐渐地就被调动起来了。恍惚中，屁股后面有一队兵供他指挥，供他驱使。恍惚中，他就是一个将军，骑高头大马，蹬长统皮靴，背盒子枪，挎指挥刀，风流倜傥，八面威风。

动脑子的事情，陈秋石不怕，他天生爱动脑子，凡事都爱琢磨个一二三四。地形运用，敌情分析，兵力部署，火力分配，时机把握，机动展开等等，很快就弄出了名堂。最让陈秋石得意的是攻防战术演练，学员们分别被赋予营、连、排军官职责，布阵谋局。站在野外作业场地上，山川河流，道路桥梁，集镇田野，芸芸众生，尽收眼底。这种感觉让陈秋石有几分亢奋，感觉自己很神奇，很了不起。

战术课里的基础课目是地形，主教官杨邑非常重视地形知识的教育，尤其令他欣喜的是，他很快就发现，那个名叫陈秋石的学员对于地形有着异乎寻常的悟性。

地形课的关键就是定点,确定站立点和目标点。有了这些点,再把周围的地物地貌连接起来,就形成了对整个战场地形的全面掌握。奇怪得很,陈秋石练习看地图,三分钟就能记住所有的图例和标注,一个小时就能堆出沙盘。现地勘察的时候,几个点一定,就能把地形图绘制出来,而且同制式的不相上下,这个本事让杨邑大为惊奇。他问陈秋石为什么会有这样的功夫,陈秋石老老实实地回答,他也不知道是为什么,他看地图的时候,眼前出现的就是实际的地物地貌,他看实地的时候,眼前就是坐标系和等高线。

杨邑说,那你麻烦了,要么你是个土地爷化身的小鬼,要么你就是个军事家。

陈秋石不解,傻乎乎地看着杨邑。杨邑说,打仗总是要在一定的地区展开,陆军的战争,成也地形,败也地形。可以说,陆军打仗,除了知己知彼,最重要的就是要会利用地形,以少胜多靠地形,以弱胜强靠地形,以逸待劳也靠地形,长驱直入靠地形,剑走偏锋也靠地形。一个军官,对于地形的熟悉出神入化,就好比布置战场于股掌之上,如此焉不稳操胜券?

陈秋石心中窃喜,但还有点不放心。课余时间,在校外红山脚下和秋子河边,肉眼吊线,判断方位物的高程距离,绘于图上,以后再用仪器测量,总是大同小异,于是信心倍增,冥冥中竟然觉得自己将会成为一代名将,今日韩信,当代孔明啊!

连排攻防战术演练考核的时候,杨邑给学员们出的课目是山岳丛林连队防御战斗。在课堂兼指挥所里,陈秋石在地图前把他担负的防御地段黄石崖一带地形研究得滚瓜烂熟,沙盘做得逼真,首先就赢得了杨邑的夸赞,指定由陈秋石担任首轮演练指挥。

但接下来出了问题,实施兵力火力分配的时候,陈秋石大胆使用了一线四点配置,仅用一个排的兵力担任阵地防御,另外两个排欠一个班分别配置在敌方进攻必经之地洋河无名高地和后退必经之地筛子坑。

杨邑看了陈秋石的部署方案,良久不语,问其理由,陈秋石振振有词地说,黄石崖一带地形外细内深,犹如葫芦,此处设防,应是虚设。他若来攻,也必然是佯攻,意在牵制我方。如果我的判断正确的话,长官交给我的这个仗应该是以虚对虚,战斗一旦发起,真正的战场并不在这里,第一战场应在洋河无名高地。

杨邑问,你能肯定长官的意图在于以虚对虚?

陈秋石说,长官交给我的敌情和地形条件,完全不是打阵地阻击战的态势,如果不是以虚对虚,那就是长官的战术思路出了毛病。

陈秋石讲这话的时候,胸有成竹,底气很足,出言不逊,让赵子明等同学暗中为他捏了一把汗,心里埋怨陈秋石这个书呆子得意忘形。

果然,杨邑的脸色很不好看,阴沉了很长时间才把目光转向其他同学说,你们谈谈看法。

众学友于是七嘴八舌,有的认为陈秋石的布防可以出奇制胜,有鬼斧神工之妙,有的认为这样出奇的用兵风险太大,有一厢情愿之嫌。赵子明是持不同意见者,他甚至认为陈秋石这是标新立异哗众取宠。他的观点还是老老实实地打阵地战,以主力布防在一线,最多派出一个排的兵力在两翼打援。

杨邑一直沉吟不语。等众人说完,杨邑缓缓打开他的讲义夹,将里面的《黄石崖防御战斗兵力部署示意图》展开,挂在墙上,众学员慢慢看明白了,瞠目结舌。原来杨邑的战术就是虚晃一枪,在战斗发起后将主战场延伸到洋河无名高地和筛子坑一线。也就是说,陈秋石的部署,同杨邑的战术设想不谋而合。

这一下,陈秋石更是声名大振。杨邑在训练处的教学会上说,陈秋石对于战略战术的悟性是他近两年中第一次遇见的,不仅知己也知彼,讲究诡道,也有章法,尤其善用地形。同样一个地形,经他勘察,可以做出攻防、明暗、白昼等数个方案,滴水不漏,此人如果加以实战锻炼,很快就能成为战术高手。

因为有了这个成绩,陈秋石获得休假一天的奖赏。

陈秋石的面貌马上就不一样了。过去他的军姿一直是受到责备的,总是弯腰驼背,而在那几天里,他似乎找到了感觉,一举一动都规范了起来,腰板挺直,目不斜视,言谈举止俨然是个标准军官了。

杨邑对陈秋石的器重是显而易见的,为了鼓励陈秋石,他甚至把自己喜爱的一套厚厚的十本线装书《阵中要务令详解》送给了陈秋石。杨邑对陈秋石说,万丈高楼平地起,带兵打仗,要从最底层做起,当得连长,就当得团长。品行操守,率先垂范,运筹帷幄,工于心算,此乃为将之基石。

陈秋石诚惶诚恐地问,长官,你认为我能长久扛枪吃粮吗?

杨邑说,时势造英雄啊!以你的天分,应该是个将才。

学业上有了起色,就开始想家了。尤其是在训练学习间隙,身体闲下来了,脑子就开始乱,千里之外故土山水常在梦中萦绕。还有那个刚刚满月就被他抛弃的娃儿,虽然那模样他看着不顺眼,但那毕竟是自己的骨血,还没有认真地睁开眼睛,就失去了生身之父,想想那孩子委实可怜,自己这个当爹的委实不是个东西,是个半吊子。

情到深处,不禁潸然泪下。

休假日的那天上午,袁春梅来看他,两个人在校园外面的秋子河边散步。袁春梅说,秋石兄,你们队里的分数榜我都看了,器材技术和战术指挥连续三期名列前茅,你进步得真快啊!

陈秋石笑笑说,运兵之妙存乎一心。军事上的学问,只要有了兴趣,便心有灵犀,运用自如。

袁春梅说,为什么有了兴趣?说明你的革命觉悟提高了。听赵子明说,照这么学下去,你很快就会成为我们革命武装的骨干力量。

陈秋石一怔,不言语了。他似乎这时候才意识到,他学的这些东西,可不仅仅纸上谈兵,不仅仅是用来显示才华的。革命是什么?在哪里革命,怎么革命,革谁的命,这些问题对他来说至今仍然抽象,仍然茫然。他问袁春梅,有没有同家里通信,知道不知道老家的情况?

袁春梅说,我们的组织有铁的纪律,既然参加革命了,就不能再受个人感情的羁绊,我们的行动是高度保密的,离开了大别山,我们就从这个世界上消失了,直到革命取得成功的那一天,我们再回去建设我们的美丽家园。

袁春梅说得很动情,袁春梅说这番话的时候,眼睛里充满了神往。

陈秋石尽管还不知道革命是个什么样子,可他从袁春梅的眸子里看见了革命的美好远景,就像天空一样晴朗,就像太阳一样明亮。这明亮常常使他魂不守舍,日月颠倒。这明亮常常照亮了他的天目,能够看见过去的岁月,看见那一对饱满柔韧的乳房和含苞待放的樱桃。跟袁春梅在一起,他就会情不自禁,常常会犯脑子一热的错误。此刻陈秋石的脑子又热了起来,昂着脑袋说,春梅,我跟你说,大丈夫纵也天下横也天下,我陈秋石既然投身革命,就断无半途而废的道理,马革裹尸在所不辞。组织上指向哪里,我就打向哪里!

袁春梅兴奋地说,秋石兄你有这样的觉悟,革命就没有不成功的道理。我们的革命武装,缺的就是你这样的知识分子。我们很快就要毕业了,让我们积极进取,争取早一点投入到火热的武装斗争中去吧,是英雄,很快就有用武之地了!

袁春梅说得激情充沛,那张娇媚的小脸蛋,此刻被激情燃烧得红扑扑的,军装下面微微隆起的胸脯诱人地起伏着。啊,远在天边，近在眼前的美丽啊，伸手可及的诱惑啊，让陈秋石心惊肉跳。

在这个阳光明媚的上午，在秋子河边一望无际的油菜花地里，在一片莺飞蝶舞的夏天的阳光下，世界是那样的美好，革命是那样的美好，未来是那样的美好！

陈秋石被感染了，热血在胸口处奔涌。他脱口说道，天下者我们的天下，未来者我们的未来！春梅，请你向组织转达我的请求，把最困难的最危险的任务交给我吧。我要做革命洪流的中流砥柱，绝不做知难而退的懦夫！

袁春梅转身，仰脸，举起亮晶晶的双眸，深情地看着他，注视良久，眼睛里洋溢着灿烂的光芒。袁春梅说，你这几个月学业突飞猛进，深得教官的赏识。根据上级安排，我们在毕业的前夕，不仅要把我们自己的人拉到革命队伍里，还要在教官中发展同情革命的力量。你的任务是秘密接触杨邑，试探他的态度，争取把他发展为自己的同志。这个人军事上很有作为，我们的队伍需要这样的人。

陈秋石一听这话顿时愣住，脑袋哗的一下就大了。他看着袁春梅，怔怔地半天没有做声。

袁春梅问，你怎么啦，难道你不想接受这个任务？

陈秋石把眼皮耷拉下来，好半天才支支吾吾地说，杨教官赏识我是不错，可杨教官是老牌的军人，疏于政治，专心治学。这样的人，油盐不进，我怎么可能把他拉到革命队伍呢？我若去跟他讲我是共产党，那不是拿鸡蛋往石头上碰吗？

袁春梅说，你搞战术挺明白，做兵运工作怎么这么刻板呢？没有人让你明火执仗地去跟他说你是共产党。杨邑也是咱们的江淮乡亲，你可以以这个理由经常接近他，经常跟他探讨时局，拐弯抹角地流露对于国民党的看法。如果他同情你的看法，说明有工作的余地，如果他态度强硬或者暧昧，说明暂时时机还不成熟。你的任务就是试探。

陈秋石把头摇得拨浪鼓一般说，那怎么行？杨教官是战术专家,倘若他察觉我的身份,给我来个将计就计,我不是自投罗网吗?

袁春梅看着陈秋石,陈秋石是满脸的认真,袁春梅想了想,细细一琢磨,看陈秋石这个模样,恐怕真不是搞秘密工作的料。于是说,你的顾虑也有一定的道理,我向组织反映。不过,你不能放松,有机会,你还是要多接近杨邑。

八

陈家的灭顶之灾降临在继业五岁那年。那年淮上大旱,寸草不生,饥民遍野,大别山里闹起了匪患。

一个月黑风高的夜晚,土匪董占水的队伍摸进了隐贤集。陈本茂一听见镇上人喊马叫,就知道上土匪了。老头子最先想到的就是孙子,心急火燎地扎了一个火把,让蔡菊花赶紧带着孙子回胭脂河娘家。

蔡菊花眼含热泪,结结巴巴地说,爹爹,你跟娘一起跑反吧,咱们一家先到胭脂河避两天风。

老地主头摇得像拨浪鼓说,我和你娘跑不动了,不能拖累你们,你们娘儿俩快跑。

蔡菊花背起继业,担心二老,一步一回头,出门才走几步,公公就追了上来,往圩沟一指说,从竹桥往西数,第三棵柳树下面有东西。往后回来倘若见不到我和你娘,你就把那东西取出来。记住,要让继业读书啊!

蔡菊花说,媳妇记住了。

老地主又说,要让继业娶一门好亲,陈家不能断根啊!

蔡菊花说,爹爹你放心,媳妇一定办到。

老地主说,往后万一我和你娘不在人世了,你就嫁个好人家,不过孩子不能改姓。陈家只有这一根独苗了,你不能让我断子绝孙。

蔡菊花说，我不会再嫁人的，我就是死也要等到他爹回来，把孩子交到他手上再死。

老地主说，别提那个半吊子了。我们陈家败落至此，都是这个半吊子带来的祸害。把孩子的名字给改了，再也不要盼他那个半吊子父亲了，就当他死了！

蔡菊花说，那怎么行啊，他是孩子的爹啊，他就是妖魔鬼怪，我和孩子也得盼他回来。

老地主一跺脚说，闺女，你往前看，一二三，前面有三道山梁，出了这三道山梁，就是通向淮上州的官道。继业继业，往后就不叫继业了，大名陈三川，走出三川，大路朝天。闺女你可记住了？

蔡菊花说，媳妇记住了。

说完这话，老地主推了儿媳妇一把，转身走了。

土匪是半个时辰之后杀到陈家的。其实土匪也早就知道陈家败落了，但土匪头子董占水认定了一个死理，瘦死的骆驼比马大，陈家再穷，也比那些木匠铁匠强，所以陈家这一站是不能漏掉的。

半夜时分，陈家圩子燃起了熊熊大火。董占水的队伍把陈家大院里三层外三层挖地三尺搜了一遍，除了一些破旧的衣物，只有几吊铜钱，折合十块大洋都不够。

董占水很是失望，命令小喽啰架上火，把老地主老两口吊在上面烤，烤一阵用竹帚捅一阵。老两口的惨叫不绝于耳，但是至死也没有说出藏钱的地方。

蔡菊花带着儿子没有逃回胭脂河，惊慌之中，她把路走错了，硬是在深山老林里转了两天多，直到第三天天明时分她才发现，她和儿子走到了一个完全陌生的地方，一打听才知道，这个地方叫东河口。

那一天娘儿俩在东河口的西街头坐了半个时辰，孩子又累又饿,却不哭,睁着一双混沌的小眼睛,看头顶上飞舞着苍蝇。蔡菊花欲哭无泪,不知道下一步路该往哪里走。回娘家吧,两个哥哥已经娶亲,嫂子都不是省油的灯。以往都知道她嫁了隐贤集的大户人家,那时节回去,大包小包的礼物带着,嫂子们还有个笑脸,如今家破人亡,她又是被丈夫抛弃了的,孤儿寡母,寄人篱下,那滋味能不能受得了,她不知道。

正在愁肠百结之际,从东河口街中心走过来一个面相斯文的男人,穿着一身灰色长衫,脚下一双千层底布鞋。男人走到蔡菊花娘儿俩身边,停下步子,细细打量。男人说,我看你娘儿俩风尘仆仆,满脸惊慌,莫非有难处,为何枯坐街头?

蔡菊花不摸这男人底细,抱过孩子,一言不发。

男人说,大小姐你不用怕,我是东河口的教书先生,正正经经的读书人,见你母子可怜,想必是外乡落难之人。有何难言之隐,但说无妨,本人或许可以帮你指出一条生路。

蔡菊花听说这人是教书先生,就松了三分戒备,抬头看了男人一眼。

男人说,天已晌午,看这光景,你娘儿俩已受颠沛流离之苦,想必又累又饿。我这里有铜钱三文,你且拿去买两个烧饼,要一壶粗茶,充饥解渴。若前方有路,随你自便。若无处可去,我家就在北头,打听郑秉杰家便是。我或可为你作保,在镇上谋一帮工营生。

男人说完,将几枚铜钱轻轻放在孩子身边,叹了一口气,掉身走了。孩子看见铜钱,并不欢喜,迟疑了片刻,伸出脚去,用脏乎乎的鞋底踩住铜钱。蔡菊花看着男人的背影,觉得那人背影挺得很直,方方正正,晌午的阳光从头顶斜下来,落在那人的肩上,那人就像扛着太阳行走。蔡菊花把孩子一推,站了起来,喊了一声,大哥!

男人站住,转身。

蔡菊花掠掠脑门前的乱发,揉揉眼角,抠抠眼屎,抻抻衣襟,迈出不小的小脚往前走了几步说,大哥,乱世之中,好人难寻,算咱娘儿俩有福,遇上大哥这等面善之人。大哥好人做到底,就帮俺娘儿俩寻个落脚的地方,贱妇粗活针线样样做得,有一口饭吃,把孩子拉扯大,贱妇来世做牛做马报答大哥的恩情。说着,扑通一声跪下双膝,冲着男人磕了个响头。

男人慌忙奔过来,弯腰想扶起蔡菊花,又停住了,搓着手说,大姐快快请起,有话从长计议。

蔡菊花仍然跪着说,俺娘儿俩的生路,就拜托大哥了。

这时候围过来几个闲人,站在一边看热闹。一个十来岁的半大橛子吸着鼻子说,郑大先生的皮又痒了,领个丑娘儿们回家,又有好戏了,到你家看上吊。

男人顿时涨红了脸皮,冲那半大橛子说,刘锁柱,你不去帮你爹拉风箱,到这里起什么哄!

刘锁柱挤眉弄眼,活脱脱一个小无赖,摇头晃脑地唱道,郑大先生好好好,穿着长衫满街跑,前脚领个要饭的,后门太太忙上吊。

男人说,滚!再不滚我告诉你爹揍你!

刘锁柱说,我爹才不信你的话,我爹说你是酸秀才!

说完,冲男人一龇牙,做了个鬼脸,转身一溜烟跑了。

男人转向蔡菊花说,大姐,你快起来,跪在这里成何体统?我已经跟你说了,逢人有难,我不会袖手旁观。你跟我到学校去吧,住下后我再给你谋个差事。

蔡菊花一听,又往地上磕了两个头,这才起身,往四下里看了看,拉起孩子,昂首挺胸,跟着男人走了。

九

陈秋石最终没有接受策反杨邑的任务,怕担风险是问题的一个方面,杨邑的为人是另一个方面,而且是重要的方面。

刚到黄埔分校不久,学员们就知道了,杨邑是一个非常厉害的角色,此人陆军保定军官学校出身,在北伐时期就是左路军前卫连的连长,在同张中常的部队作战中,屡立战功。黄汀一役,杨邑身先士卒,率部攻关夺隘,从涯子关打到长江北岸,创造了日行百里、鏖战六次、歼敌四百的战例,曾经得到过北伐军总司令的表彰,黄汀战役结束后即升任营长。

杨邑虽然作战骁勇,但是也有不尽如人意的地方。此人自恃甚高,比较傲慢,通常不把人放在眼里。北伐胜利,杨邑在一个团里当参谋长,因为拒吃空饷,同团里多数军官交恶,后来发展到同团长动枪,并且关了那位团长的禁闭。这件事情导致大家都不愿意同这个不识时务油盐不进的家伙同僚。不久杨邑就被调离战斗部队,到黄埔南湖分校当了一名战术教官。

关于参谋长关团长禁闭的故事,在黄埔分校广为流传,陈秋石就是通过这件事情对杨邑有了更深的认识。这个人是个铁血军人,信奉三民主义,言必谈带兵治军道德,文不离兵法战术,其他一概不感兴趣,似乎不食人间烟火。像这样一个刻板固执的军官,你去动员他改变信仰,去跟泥腿子闹革命,那确实是一件碰壁的事情。所以,尽管赵子明等地下组织负责人殚精竭虑地做工作,直到一年后本期学员临近毕业,对杨邑的策反工作也还是没有头绪。

次年五月,红军鄂豫皖根据地形势恶化,部队在国民党军的围剿下,被迫向西南实行战略转移。

红四方面军亟需军事和技术人才,组织上决定赵子明、陈秋石等人先走一步,由地下组织护送到宜昌,转道川陕根据地。这样一来,陈秋石不仅同杨邑不辞而别,也同袁春梅分了手。袁春梅是学习无线通信技术的,据说那时候红四方面军的设备奇缺,就是有技术人员,也派不上用场,袁春梅和另一个来自淮上州的女子韩锦奉命继续求学。

出逃之前的晚饭后,陈秋石不顾赵子明的严厉警告,硬着头皮跑到女兵队，通过一个熟人，把袁春梅叫到了女兵宿舍后面的假山旮旯里。袁春梅一见陈秋石，神情非常紧张说，你怎么来了？不是规定离校人员同留校人员不再联系吗？你这样违反纪律，会给革命带来损失的。

陈秋石说，我不能连你的面都没有见到就离开，我有话要跟你讲。

袁春梅说，情况紧急，你赶快说吧。

陈秋石却说不出口了，扭扭捏捏憋了半晌才说，春梅，这一别也不知道何年何月才能重逢。

袁春梅明白了，不动声色地看着陈秋石，看了一会儿才说，秋石兄，你不要想多了。我们是革命同志，在武装斗争形势十分严峻的时刻，我们不能缠绵于小资产阶级情调。你马上就要投身到武装斗争的第一线，你一定要记住，任何时候，都不能违反组织纪律。

陈秋石说，你会到川陕根据地吗？

袁春梅说，傻话，我现在怎么能肯定？不过，有一点是可以肯定的，在不久的将来，我也会离开南湖，回到组织的怀抱。到那时候，即使我们天各一方，我们也一定会为同一个信仰和同一个目标战斗。

十

蔡菊花给自己改了一个名字，叫黄寒梅，这也是陈本茂在最后的关头交代的。陈本茂知道自己老两口大限将至，土匪一旦打家劫舍，都讲究斩草除根，以绝后患，活着的人必须隐姓埋名。

黄寒梅带着陈三川在东河口落了下来。

安顿之后才知道，那个被人称为郑大先生的郑秉杰，是东河口公立小学的校长，也是方圆数里家喻户晓的大善人。郑秉杰的父亲是淮上州有名的中医,家道殷实,但郑秉杰自从江淮国立中学毕业后,不屑继承家业,独自一人来到东河口,搞什么乡村教育,创办了东河口小学。

郑秉杰替黄寒梅在东河口谋的差事,是在一家豆腐坊里干粗活,本来说好的只是摇浆,但是豆腐坊老板桂得安很会节省劳力,推磨的活计也让黄寒梅干。

黄寒梅人在他乡,举目无亲,有个安身的地方,有口饭吃,也就心满意足了,并不计较活轻活重。倒是郑秉杰有一次来豆腐坊,看见黄寒梅居然在推磨,很生气,当即就找桂得安理论说,这个女子是我挽留下来的,说好了摇浆,怎么能让一个妇道人家推磨呢?

桂得安不紧不慢地说,这么个丑女人,不推磨她能干什么?

郑秉杰恼火地说,这是什么话!难道干什么活还要以长相论吗?这是驴干的活啊!

桂得安说,这是驴干的活不错,可是我问过黄氏,她并没有说不愿意推磨。她要是不愿意推磨,也可以另谋高就。

郑秉杰说,你这分明欺负人家孤儿寡母无家可归,就这么拿一个女子当驴使,简直为富不仁!

桂得安嘿嘿一笑说,郑大先生,你怜香惜玉找错了对象。你要是觉得不合适,那你可以给她谋个好差事,你不能拿我的豆腐坊做人情,我还要赚钱养家糊口呢。

郑秉杰不跟桂得安一般见识,找到黄寒梅说,大姐,你收拾东西跟我走,我再也不能让你在这里当牛做马了。

黄寒梅却说,郑大先生,您的恩情我领了,可是我不能走。我在这里推磨不要紧,我能推得动,东家待我不薄,管吃管住,一天一块铜钱,一年能攒六块洋钱,三年十八块,孩子就能到你的学堂念书了。

郑秉杰说,什么管吃管住?吃的是豆腐渣,住的是驴棚。他们这些土豪劣绅简直是把人当牲口,早晚有一天会得报应的。你跟我走吧,到学校去当厨子也行。凭你这身力气,劳动吃饭,饿不死。

横说竖说,黄寒梅就是不走,坚持在豆腐坊里推磨。

黄寒梅并不是不知道桂得安心狠,她不离开自有她自己的打算。一来她知道郑大先生的太太是个醋坛子,她虽然是嫁过人的妇女,还是个丑妇,但毕竟年轻,她既不能给郑大先生添累赘,也不想给自己泼脏水。二来,她的心眼儿并不少,在豆腐坊里,桂得安和大师傅的一举一动她都看在眼里,她在暗中琢磨做豆腐呢。一旦东西学到手了,她琢磨自己也开一个豆腐坊。

郑秉杰见黄寒梅主意已定,也不好多说什么。再说,真把黄寒梅领到学校,也是个问题,因为学校已经有了一个厨子,是个瘸腿老汉,也是他收留的叫化子。

黄寒梅像驴一样地干活,想回到过去的日子是千难万难了。有时候她觉得对不起二老,她没有办法让他们的宝贝孙子吃上好饭好菜,甚至连一般人家的饭菜也没有。娘儿俩在豆腐坊帮工,吃的是下人灶,难得吃上一顿粮食稀饭,大米里面要掺上苞米和红薯干,就这东西陈三川还是喝得满头大汗,喝完了还叭哒着嘴舔碗。有一回工友张大脚看不下去了,把自己的半碗稀饭倒给陈三川,没想到这小子吃完稀饭还舔碗。张大脚说,这孩子怎么这样啊,就像狼巴子似的,总也吃不饱。黄寒梅笑笑说,生成的骨头长成的肉,他就这样,跟他爷爷学的,肚子撑破了他也照样舔碗。

陈三川吃饱了就开始唱,大米稀饭胜白银,粘在碗底亮晶晶,舌头一卷刮肚里,勤俭持家不丢人。

转眼之间,一年多的光景就过去了。端午节过后第十天,黄寒梅向东家告假三天,把孩子交给张大脚,戴上一顶斗笠,包袱里塞了几块豆渣饼,便踏上了返回隐贤集的路程。

这是早就谋划好了的。在东河口落脚稳定之后,黄寒梅就留心打探情况,渐渐地搞清楚了,如今落脚的这个地方,已经在隐贤集东边五六十里路了。这时候她才有点后怕,想那个月黑风高杀机四伏的夜晚,她背着一个么事不懂的孩子,居然在一夜之间逃出几十里路,真像是在梦里。

快到玫山境界,黄寒梅就起了戒心,换了一身男人的行头,这是跟张大脚借的。白天不走夜里走,大路不走走小路,撇过她的娘家胭脂河,多绕了十几里地,第二天傍晚眼看就到了隐贤集,她不走了,卸下包袱,在洭史河边上寻了一个破败的土王庙,就着河水啃了一块豆渣饼,斗笠盖着脸睡了一觉,一直睡到月上东山,这才顺着白天看好的路线,向隐贤集摸去。

好在熟门熟路,不一会儿就找到了街北头,过了月牙堰石板桥,再上一个坎子,就是陈家圩沟。朦胧月光中,竹桥依稀可见,已经不成样子了,一根吊绳断了,一根挂着竹桥的一边,半悬在空中。她不知道圩子里面还有没有人,公公和婆婆是死是活一概不知。她记住了公公当时的话:从竹桥往西数,第三棵柳树下面。凭借月光,她很快就辨明了方向,然后拽着一根柳枝,打着寒悸钻进腥臭的水里。

岸上的柳树都还在,她很快就寻到第三棵树下,她的心在这一瞬间剧烈地颤抖起来。她知道当初公公对她说的"东西"指的是什么,那是公公和婆婆省吃俭用为他们的宝贝孙子留下的最后的财富,是一罐子洋钱。她要把这些钱找到,返回东河口,买上三间草房,开一个豆腐作坊,要让陈三川有一个家,有一个不被人轻贱欺负的名分。

可是,她在水下摸索了两个多时辰,仍然两手空空。她没有找到那个用油纸密封的罐子,水蚊子把她的脸叮起了指头大的包,腿上好像钻进了蚂蟥,疼痛钻心。一声嘹亮的鸡鸣从远外传来,接着又是一声,再往后,村狗也断续吠了起来。

她终于绝望了,借着微弱的晨曦,她从水面上看见了自己的倒影,蓬头垢面,目光呆滞。她已经筋疲力尽了,她感到自己的身体冰凉,似乎已经是一个半死人了。

太阳从薄雾中钻了出来,她拖着无力的双腿,踏上了返回东河口的山路。

十一

在前往川陕根据地的路上,陈秋石想象着不久的将来,有点激动,也有点忐忑。他估计,按他的能力,至少可以在红军的部队里当个连长。

陈秋石想破头也没有想到,分配给他的第一个职务是在一个团里当书记员,这使他多少有点失落。

当年杨邑教官的那些话对他的诱惑太大了,杨邑说他不是土地爷派来的小鬼,就是军事家的料子。是不是军事家他暂时还不敢想,就算当一个英勇善战的军官,也是八面威风啊。现在让他当书记官,说幕僚不是幕僚,说副官不是副官,算是什么名堂啊!

书记员的工作相对清闲,打仗的时候负责管理弹药,分派民工,登记阵亡人员和伤员。而陈秋石担任书记员的这段时间,恰好没有仗打,他就更是闲得不得了。

有一天上午,陈秋石无事可做,正在看杨邑送给他的那套《阵中要务令详解》,见团部有四个勤务兵围在那里掷骰子,这几个勤务兵都是给团首长当差的,平时的工作就是喂马打水扫地,闲了就聚在一起赌博,赌资无非是烟卷干粮什么的。陈秋石灵机一动,也跑去赌,他掷骰子的功夫很高,一会儿就把那几个勤务兵的烟卷赢光了。陈秋石问,你们想不想跟我学本事?一个叫冯叮当的勤务兵说,学什么本事啊,我们就是跑腿听差的,眼珠子活就行。陈秋石拿出军官的做派说,那怎么行啊,我们红军官兵,都要学会打仗,还要会指挥打仗。

几个人你看看我,我看看你,都不吭气。

陈秋石突然喊了一声,立正!

兵们没有防备,被他这一喊,吓了一跳,情不自禁地就把脚后跟靠拢了。这几个兵原先没受过队列训练,军姿很不像样,松松垮垮的。陈秋石就一遍一遍地纠正,立正,稍息,敬礼,报数,搞得像模像样。几天下来,军人面貌大不一样。陈秋石就开始教他们认识地形,讲一些单兵战术。再后来,其他几个勤务兵、警卫员,甚至还有马夫也都抽空跑来参加训练,最多的时候有十六个人。

终于有一天,团长突然发现自己的勤务兵不一样了,腿脚勤快了,说话灵巧了,办事规矩了,感到奇怪,一问,知道是陈秋石在训练他们,就亲自观看了一次,看得非常满意。团长拍着陈秋石的肩膀说,他们说你思想落后,我看不落后嘛,会搞军姿训练,有两下子。

陈秋石没说话,笑笑,心想,这算什么?老子是堂堂黄埔分校的高才生,老子还会搞战术呢。

团长把团部的勤杂人员召集在一起,成立了一个松散型的学习队,正式任命陈秋石为队长,相当于连级干部,陈秋石这才真正开始了带兵的生涯。以后陈秋石在运动中写自述,说自己在抗日战争和解放战争中指挥过千军万马,而最初是从训练四个勤务兵开始的。

不久部队同田颂尧的部队打了一仗,基层缺乏指挥员,陈秋石被派到赵子明当政委的红二六三团当了连长。

陈秋石搞战术,从理论上讲是无懈可击的,可是他有一个弱点,做不到身先士卒,而且他还振振有词,说一个高明的指挥员,应该是最后一个战死的,只要还有一个战斗员,他就必须履行指挥员的责任。他的这个论调在红军中是受到鄙视的。

反"六路围攻"的时候,有一次红二师被包围,二六三团在孔雀岭一线打掩护,陈秋石的连队在右翼第一线,由于敌人攻势凶猛,眼看有全军覆没的危险,他的脸都白了,差点儿带着连队撤离了战场。后来,赵子明带着另一个连队从左翼打了过来,一看陈秋石还缩在战壕里研究地图,正在琢磨撤退路线。赵子明二话不说,拔出盒子枪就把枪口对准了他的脑门,吼道,在主力部队撤离之前,你要是敢离开阵地半步,我就枪毙你!

陈秋石看着赵子明,哭丧着脸说,我不是要当逃兵,可是仗怎么能这样打啊,人为刀俎,我为鱼肉,他炮火猛,攻势强,把我们摆在这里,不是让我白白送死吗?

赵子明说,我们团是全师的殿后,你们连是全团的殿后,如果能够在孔雀岭顶住敌人的进攻,师主力就能突出包围圈,你这个连队,我们这个团队,就是打光了,也是值得的。

陈秋石说,这个我知道,可是如果我们想办法,既能顶住敌人的进攻,我们又不被打光,岂不两全其美?

赵子明说,不要为你的逃跑路线狡辩!你有什么更好的办法?

陈秋石说,我琢磨,防御重在防是不错,可是不能就这一味死守。兵法云,以攻为守,以退为进,这就是把死仗打活的道理。你还记得杨教官给我们上的黄石崖防御战斗那一课吗?

赵子明说,什么杨教官,他是个死硬的反动派!而且那次防御作业的前提是以虚对虚,你不要拿反动派的教条给你的贪生怕死当挡箭牌。

说话间,敌人新的一轮进攻又开始了。一发迫击炮弹突然落在不远处,陈秋石先是扑倒在地,炮弹爆炸了,他也回过神来了,纵身一跃,压在赵子明的身上。

等炮火消停了,赵子明从地上爬起来,看着陈秋石发愣。他已经搞不清楚陈秋石趴在他身上,是炮弹爆炸之前还是之后。

陈秋石说,赵政委,你没事吧?没事你就听我把话说完。

赵子明拍拍屁股说,嗨,说你贪生怕死吧,你在关键的时候还知道保护首长。你说吧。

陈秋石说，赵政委你看，我现在手里只有六十个兵力，全团也不过三百个兵力，如果在这里死守，也许用不着三轮，我们就会被打光。如果我们后退一步，给敌人造成错觉，认为我放弃防御，他就会沿盘山道向上冲锋，从而被迫进入山腰狭窄地带。这时候我们的另外四个连队在左后方七十米无名高地展开，分三段袭击敌人进攻部队，就会造成大部队反攻之效果，敌首尾不能呼应，自相残杀的可能性不是没有。

赵子明说，你说得轻巧，他如果不沿盘山道进攻怎么办？你的想法也太出格了，一厢情愿啊！

陈秋石说，兵不厌诈，所谓用兵，就要出奇制胜。我料定他不敢相信我们会分兵主动袭击，为了快速夺取通道，他有乘胜追击的心理，所以不会放弃盘山道。如果他放弃了，那就是说依然要和我们形成胶着状态，这样我们还有时间收复失地。这样一打，仗就活了。无论如何也比被动挨打要好些。

赵子明耸起鼻子吸了吸，像是嗅着硝烟的味道，想了想说，那好，就按你的打法。

又说，他妈的，你成团首长了！不过，我要警告你，我们的任务是殿后掩护，为了完成这个任务，红二六三团就是打光，我们也不能后退。临阵脱逃，军法从事！

后来就调整了兵力。团长牺牲了，赵子明把军事指挥权交给了陈秋石。二六三团是个小团，其实只有五个连队，战前每个连队兵力不足八十人，在敌人的前几次进攻中，又损失了四分之一。余下的兵力，在陈秋石的指挥和赵子明的监督下，采取主动退让、侧翼奇袭、分段穿插等灵活战术，把死守变成了活守，把敌我阵线明确的战场变成敌中有我、我中有敌的犬牙交错状态，迫使敌人的重要火力无法展开，而且确实如陈秋石预计的那样，战斗当中，由于敌人队形被打乱了，出现自相残杀的局面。

经过七八个小时的反复争夺，孔雀岭守卫战以圆满完成防御任务而告结束，被上级表彰为以少胜多、以战术制胜的范例。

总结战例的时候，师长周因德让陈秋石登台给三十多名团长和连长讲孔雀岭战斗，陈秋石此刻的风光不亚于一年前在黄埔分校，不同的是那时候他是一身笔挺的国军军服，下蹬一双野战胶鞋，此时却是一身灰色的土布军装，下面打着绑腿，脚上是一双草鞋，而其春风得意之情，远远胜于当年。

一仗下来，陈秋石当上了红二六三团团长，赵子明给他当政委。

进入雨季，由于川军内讧，加之川军同中央军矛盾加剧，对川陕红军的围剿外紧内松，这就给红军一个很大的喘息机会。部队趁机发展，小团由原先的五个连逐渐地扩展到三个营九个连，二六三团因为在反"六路围攻"中立下大功，多编了一个迫击炮连，一个重机枪排，一个警卫排。

反"六路围攻"战役，陈秋石还有一个重要的收获，他的部队缴获了一匹土库曼山丹马。这种马速度极快，驰骋疾如流星，蹄如滚雷，脖子上鬃毛如飘扬的旗帜。师长周因德听说二六三团缴获了一匹山丹马，派人来借，借去了就不说归还。可是周因德也只是欣赏了几天，听说这马的价值昂贵，不敢擅自享用，又送给了徐向前总指挥。徐总指挥说，马是好马，可是要是等我骑上这匹战马冲锋陷阵，红四方面军也就完了。还是把它交给一线指挥员使用吧。

周因德想来想去，既然总指挥有了这个话，这匹马他是不能要了。那么谁最有资格骑这匹马？总指挥说把它交给一线指挥员使用，当然应该是陈秋石。

陈秋石最初得到这匹马的时候，也是诚惶诚恐，那天夜里他还做了一个梦，他骑着山丹宝马，挺一柄方天画戟，从天之一角如疾风闪电，身后的黑色大氅犹如猎猎作响的战旗，麾下是潮水一般涌动的士卒……

第二天早上，陈秋石什么事情也没做，连警卫员也没有带，牵着山丹宝马走进了营地西边的龙原,他同战马进行了一场征服与反征服的激烈角逐。他在黄埔南湖分校的时候就听杨邑讲过,真正的战马,服硬不服软,良禽择木而栖,宝马识人而服。做了那个梦,陈秋石坚信他就是山丹宝马最佳的驭手。

这匹马过去的主人是川军的一个军长,是见过大世面的,它大约看不起这个清瘦的新主人,陈秋石几次跳上马背,都被它摔了下来。直到中午,搏斗才见分晓,山丹宝马终于温顺地接受了陈秋石,驮着遍体鳞伤的陈秋石回到了营地。当陈秋石从马背上跳下来的时候,赵子明和团部的几名干部全都傻眼了,陈秋石的身上到处都是血水,一半是他的,还有一半是马身上流出的汗。

再往后,陈秋石就阔气了,到师里或者军团受领任务,他自己骑着山丹宝马,后面还有四匹马跟着,四个警卫员都是双枪,背上斜插着大刀,枪柄上和刀柄上的红绸子迎风招展,煞是威风。

有时候骑在马上,踏在川陕的碎石路上,陈秋石就有点心猿意马,想家。屈指一算,离家已经六个年头了,不知道二老情况怎么样。前一时期战事稍闲,他曾经写过家书,半年也没有收到回信。负责粮秣的同乡、师里的供给科长吴东山曾经回大别山扩红,陈秋石托他打探家乡的消息,吴东山回来后支支吾吾,说都挺好,二老叫他安心革命,不要三心二意。

陈秋石心里直犯嘀咕,因为二老没有捎来一纸半页文字。而过去,他在淮上州念书的时候,离家时间久了,父亲都要托马二先生之乎者也地写上几句。如今他离家已经六年,又是兵荒马乱的岁月,二老倘若得到他的讯息,不可能只让吴东山捎来几句不痛不痒的口信。

倥偬岁月,他参加过很多次战斗,身经百战算不上,但确实从一个稀里糊涂的知识分子,成长为一个能征善战的红军指挥员了,见识随之增加,感情也随之丰富。现在他最内疚的,除了当时脑子一热没有跟二老辞别,就是抛家别子。那个当初看起来不顺眼的小儿子,在他的脑子里,一天一天地长大,一天一天地变得顺眼起来,虎头虎脑,聪明伶俐。每每看见营地老乡家里有年龄相仿的孩子,他就情不自禁地想起自己的孩子。可是,到现在他还不知道孩子的名字。给孩子取名字,这本来应该是他这个父亲应该做的事情,但是他却放弃了。倘若孩子长大了,知道了这件事情,孩子会怎么想,他怎么面对孩子,怎么能说得清楚这件事情?

还有袁春梅。南湖一别,转眼也是五年多过去了,袁春梅是否也到川陕根据地了,或者是到别的部队了,陈秋石一无所知。在川陕根据地的日子里,他无数次回味南湖秋子河边那个莺飞蝶舞的初夏的上午,那片一望无际的油菜花地在战火硝烟的间隙,在陈秋石的心里珍藏了无数个日日夜夜。袁春梅夸赞他的时候,那双眸子里洋溢着的晶莹的光芒,袁春梅向他展望未来的时候,脸上流淌着的陶醉的红晕,在他的心里酝酿发酵,就像一罐米酒,时间越久,就越是甘美醇浓。那时候,袁春梅的下巴离他那么近,袁春梅的小胸脯跳得那么明显,袁春梅的眼眉都充满了深情。如果他勇敢一点,把她拥在怀里,也许她不会拒绝。不,不是也许,简直就是肯定。

可是,在那个春意盎然心迷神醉的初夏的上午,在那一片摇曳着明媚阳光的油菜花地里,他一股气没有提上来,他的脚底板在悬空三毫米之后又重新落下,他在即将发起进攻之前、在距离袁春梅两米远的地方立定了,稍纵即逝,那个千载难逢的机会就飞天遁土了。如果他的拥抱得逞了,也许他们就不会分开,也许他们就会一起来到川陕根据地。那么,他今天的英姿,今天的威风,今天的赫赫战功,今天的纵横驰骋,就会被一双美丽的眼睛悉所容纳。

天南地北,如今她在哪里啊?

第 二 章

一

陈三川眼看着一天天地长大,这个孩子平时不怎么说话,问一声答一声,那双眼睛却是阴沉沉的,像个忧心忡忡的小老头。在同街上那些试图欺负他的孩子打斗中,陈三川表现出了不要命的英勇,越打越出名了。

东河口的孩子们长大了,都知道豆腐坊有个来历不明的黄大嫂,黄大嫂又带着一个来历不明的陈三川。母亲帮人推磨,他的主要时光都是在驴棚马厩度过,他同驴马成了好朋友,趁人不备,他会变着法儿折磨驴马,譬如把锯末拌在饲料里给驴吃,譬如揪下马鬃搓绳子绷弓箭。陈三川很小就会使用弓箭,能够射中水下三尺的黑鱼。

很多年以后,陈三川仍然能够清晰地记得那天的情景。那是一个春天的上午,院子里的桃花开得正红火,东河口的赶集日热闹非凡,陈三川混在一群半大橛子里面在街面逛荡,顺手牵羊偷东西吃。街东头突然传来一阵惊呼,大人小孩一窝蜂跑到东头看热闹。那热闹大了,不知道从哪里冒出了一匹枣红马,那马甚为高大,膘肥皮亮,像是抽风一样,肉疙瘩突突乱跳,正在扬起前蹄向另一匹黑马猛扑。在一个高坎子上,枣红马追上了黑马。陈三川不知道这匹马想干什么,很好奇,也不怕被人踩着,冲到人群前面去看,后来就看见了那永生难忘的一幕。他听见大人们说发情了发情了，要上了要上了，后来他果然真的看见了枣红马爬到了黑马的背上，黑马竟然一动不动。他扬起脑袋，看见了那匹枣红马就像半空中的一座高山，突然从它的后腿之间抽出一条长长的物件，闪电般地插进了黑马的屁股，枣红马的肚子急遽地起伏，就像从那里面涌动着浪潮。两匹马似乎都在颤抖，整个高坎子和整个街面似乎都在摇晃，大人小孩都不再喧闹了，所有的眼睛都聚集在枣红马的胯下和黑马的屁股上。

陈三川记住了枣红马胯下抽出的那个长长的物件，他想，这时候要是有一把刀，刷的一下从枣红马胯下，挨着黑马的屁股砍下去，枣红马的那个长长的物件，会不会就留在黑马的屁股眼里。

这个童年的记忆折磨了他很长时间，以至于在数年之后，当他自己有了一匹战马的时候，他老是喜欢打量那匹马的胯下，他想看看它们交配的情景，然后真的挥舞战刀，一刀砍过去，把雄马的那玩意儿留在雌马的牝穴里。

这个隐秘的念头很奇怪。

豆腐坊对面有个油条铺子，新轧出来的豆腐皮，还散发着豆浆的芬芳，卷上刚刚出锅的油条，外面是白的，里面是黄的，外面是软的，里面是脆的，外面是清香，里面是油香，一口咬进嘴里，什么美味全都有了。

豆腐皮卷油条是东河口有钱人家的奢侈品，一般百姓一年半载也很难吃上几回，陈三川倒是经常吃，在眼里吃，在心里吃。有一次黄寒梅亲眼看见，在别人大嚼大咽豆腐皮卷油条的时候，陈三川趴在铺子外面的长条板凳上，小脑袋钩在板凳下面，从下往上盯着人家的嘴巴，那双小眼睛里闪动着狼一样的绿光。

每每看到这一幕，黄寒梅的心里像针扎一样难受，回想当年，在隐贤集没有受到匪害的时光，陈三川是不缺豆腐皮卷油条的。现在孩子连个豆腐皮卷油条都吃不上，硬是馋出了这副丢人现眼的模样!

那天,黄寒梅狠狠心,从积蓄里拿出一枚铜钱,到对面的油条铺子里买了一根焦黄脆香的油条,掖在褂襟下面,急匆匆地跑回豆腐坊,见东家桂得安一家还在堂屋喝稀饭,便扯了一张豆腐皮,把儿子叫到驴棚里,抖着两手说,儿啊,趁热赶快吃,吃了别忘记把嘴擦干净。

陈三川一看见豆腐皮卷油条,二话没说,黑乎乎的两只小手就像狼爪子一样扑了过来,转眼之间油条和豆腐皮就不见了踪影,吃完了还像当年他爷爷那样,伸出长长的舌头,左一圈右一圈地舔,嘴边再也见不到任何痕迹了。

黄寒梅没有想到,她犯了一个天大的错误。孩子好几年没有吃过豆腐皮卷油条了,过去只闻其香,不识其味。这回亲口尝到了,那就一发不可收拾了。白天想的是豆腐皮卷油条,夜里梦的是豆腐皮卷油条,眼睛里装的全是豆腐皮卷油条。

终于有一天,陈三川下手了。他已经琢磨明白了,卖油条的什么时候最忙乱,最忙乱的时候,他那双脏乎乎但是又在暗中训练多时的小手,就像闪电般地伸出,缩回来的时候,一根油条已经被他拢在棉袄的袖子里了。再然后,豆腐皮的问题似乎要简单一点,他根本不用进豆腐坊,他从驴棚里扒开了一个洞口,他甚至不让娘亲发现,就能用他自制的竹子箭杆远距离地挑出一张豆腐皮来,然后躲进驴棚里,美美地、慢慢地、一口一口地蚕食他的战利品。

这种情况持续了三四个月也没有被人发现,而且陈三川的技艺越来越精湛,动作越来越从容,次数也越来越多。后来还是在次数上出了问题,因为有了高超的技术,陈三川已经不满足于一天只吃一根豆腐皮卷油条,这样就显得他太没有木事了。后来他给自己定下的目标是,一天至少吃三根,早晨吃两根,晌午吃一根。

最早发现失窃的是油条铺老板许得才,生意好的时候,油条篓子里少根把油条,还不怎么显眼。有一天,刚炸好的两根油条,还没有卖出去,转眼之间就没有了,难道是上天入地了不成?许得才瞥一眼旁边若无其事的陈三川,立马就明白了。但是他没有轻举妄动。

到了第二天,情况就不一样了,就在陈三川施展绝技的时候,早有防备的许得才把炸油条的长筷子往油锅里猛地一掷,案子后面闪出两个彪形大汉,如狼似虎地把陈三川按住,小鸡一样拎起来,从陈三川的袖筒里掉出了两根油条。等黄寒梅赶到,陈三川已经被打得鼻青脸肿,但是还是牙咬腿踢,脖子上的青筋一跳一跳的。

黄寒梅眼睁睁地看着孩子被打,立马明白是怎么回事,一头撞了上去,喊道,他还是个孩子啊,我赔还不行吗?

许得才说,赔?你知道这个小贼种偷过我多少油条吗?按一天两根算,这几年他少说偷掉我两千根油条。我这小本生意,硬是被他偷得蚀本!你赔得起吗?

黄寒梅拼命地护着孩子说,你凭什么说他偷了几年,孩子还小,他不过是一时嘴馋!

许得才说,好,别打了,你来给我算算,该赔多少。

这时候从街南头走过来郑大先生,穿着长衫,背着手,走到跟前咳嗽几声说,许老板,大家都是穷苦人,过活不容易,得饶人处且饶人,念他初犯,我看算了吧!

很是奇怪,郑大先生只是这么淡淡一说,许老板的脸皮马上松弛下来,冲郑大先生一哈腰说,大先生,你是不知道,这个小贼种可不是初犯,我起早贪黑,没想到让这个小贼种……

郑大先生摆摆手说,许老板,街坊邻居的,说话不要那么难听。三川你过来,给许老板赔个不是,黄大嫂你拿两块铜钱给许老板,这件事情就算了结了。

许得才叫道,郑大先生,你这样办案不公啊!

郑秉杰说,怎么才公啊?许老板你看看他娘儿俩,孤儿寡母,背井离乡,上无片瓦遮雨,下无立锥之地,你还要他们怎么样?

许老板眨巴眨巴眼睛,耷拉下眼皮,想了想,抬起头来看着黄寒梅,半天才说,黄大嫂,看在郑大先生的面子上,你就,你就算了吧,以后你可得管好这小子。再让我发现,我就不客气了!

黄寒梅千恩万谢,拉过三川,先给郑大先生鞠躬,再给许得才鞠躬。嘴里念念有词,许老板你放心,往后再也不会了。

事后黄寒梅才知道,许得才之所以对三川网开一面,确实是因为郑大先生的面子。许老板当年也是逃荒要饭的穷光蛋,郑秉杰曾经资助过他,他的油条铺子就是郑秉杰出钱给他买的。

黄寒梅领着青一块紫一块的三川回到豆腐坊,东家桂得安早已知晓事情的原委,阴沉沉地看着黄寒梅。黄寒梅心虚,搓着褂襟子说,东家,孩子还小,这是第一次啊!

桂得安说,明枪易躲,家贼难防啊,你卷铺盖带着你的贼儿子另谋高就吧。

黄寒梅说,我向东家保证,倘若发现三川偷豆腐皮,我就打断他的腿。

桂得安说,你打断他的腿,那是你的事,我不能白白被偷。你要是还想给我帮工,先交三块大洋。他犯一次毛病,你这三块洋钱就打水漂了。

黄寒梅无奈,只好允诺。交完三块大洋押金,黄寒梅把三川拎到驴棚里,又是一顿暴打。黄寒梅一边打一边骂,她不骂三川,只骂三川的爹,骂那个薄情寡义不顾一家老小的半吊子,骂他来生变成叫花子,让人啐唾沫扇耳光。

三川一动不动,一言不发,头也不抬,任他娘的拳头耳光雨点般地落在他的脸上屁股上。

打累了,他娘一屁股坐在草堆上,呼呼喘着粗气。三川扑通一声跪在娘的面前说,娘啊,你打吧,你想打谁就打谁,你想打谁儿子就是谁!

黄寒梅没有防备儿子会说这样的话,孩子才七岁啊。黄寒梅一把搂过三川,抱在怀里,泪水像河水一样地落在三川的脑袋上。黄寒梅喃喃地说,孩子,娘对不起你,也对不起你的爷爷奶奶。你就忍着吧,等娘自己办了豆腐坊,咱天天吃豆腐皮卷油条,咱一天吃三根,一年吃一千根。

陈三川望着他娘说,娘,我再也不吃豆腐皮卷油条了。

黄寒梅说,三川,你要学好,等几天,娘买了行头,就送你到郑大先生的学堂里上学。

三川不吭气。

黄寒梅又问,孩子,你长大了,想做什么?

陈三川抬起眼睛说,杀人,把他们全都杀死。

黄寒梅怔怔地看着儿子,儿子的小眼睛里闪烁着狼一样的绿光。黄寒梅突然发一声喊,半吊子啊,你这个挨千刀的,你作的是什么孽啊!

二

黄寒梅在东河口哭骂陈秋石作孽的时候,陈秋石倒是没有干出什么大坏事,只是惹了一点小纰漏。

这年秋天,军团成立了一个随营学校,开办了军事、政治、文化和炮兵、无线电技术补习班。师长周因德找陈秋石谈话,要他到军团随营学校当战术教官。陈秋石有点泄气,觉得一个威风凛凛的团长去当教官有点降低身份。但是周因德说得很严肃,这是组织的决定,是徐向前总指挥亲自点名要他去的。

陈秋石一听这话,脑子就热了。他没有想到,连徐向前都知道他陈秋石。看来孔雀岭战斗,他的名声确实传得很远。陈秋石二话没说,当即就答应了。

临走的时候,陈秋石提出,他要带走他的山丹战马,被周因德否决了。周因德说,哪有当教员还带着马的,难道你想一直在随营学校干下去?把马留下,我给你保管,等你从随营学校回来,我保证完璧归赵。

到了巴中随营学校,教务部分配陈秋石当战术教学组的组长,因为没有现成的教材,就自己动手编。陈秋石文化底子厚,编了一本图文并茂的《攻防战术十大图例》,油印,下发到班。

课堂设在一家流亡地主的祠堂里。第一次上课,陈秋石兴致勃勃,军容整洁,只遗憾没有皮鞋,不能像杨邑那样仪表堂堂,但绑腿还是扎得一丝不苟。他首先从战术起源、原理、意义讲起,来龙去脉,引经据典,滔滔不绝,讲到了孙子吴子尉缭子,还讲到了北伐战争的一些战例。

学员大都是团营连三级干部,大家也是正襟危坐目不斜视,讨论的时候,陈秋石发现不对劲了,多数学员似乎并没有听明白他讲了些什么,也不感兴趣,他们最感兴趣的是他画的那些插图,指指点点,交头接耳,有的说像,有的说不像。

陈秋石说,像不像并不重要,重要的是战斗过程和结果。我在黄埔分校受训的时候,我的教官杨邑先生曾经谆谆告诫我,没有战术远见的人,永远只能当参谋而不能当参谋长,而没有战术观念的人,最多只能当连长而绝不能让他当团长。

学员中有人说,陈教官你别扯那么远。你就告诉我们,敌人进攻的时候我们怎么打,敌人防御的时候我们怎么打。

陈秋石说,这个要慢慢来,我们要从基础讲起。

还有人说,十六字原则我们大家全体倒背如流,比你讲的这个子那个子管用得多。

陈秋石说,十六字原则是大的方针,但是具体到战争实际,还要细化。比如说敌疲我打,怎么才能让敌疲劳,我们怎样才能以逸待劳,在什么样的情况下才可以打。然后就举例,举孔雀岭战斗,如何以小股兵力牵制敌人,如何以部分兵力设伏,如何以主力迎击敌大部,分段袭击。

一个学员说,陈教官你让我们搞作业,还要搞作战图,算兵力火力账,我们搞不来。打仗主要靠的是勇敢,不能如此这般慢条斯理。上级叫进攻,咱就迎着枪林弹雨往上冲,上级叫防御,咱就搬起石头往下砸。你的这些战术,在孔雀岭是碰巧了,在其他地方不一定管用。

陈秋石有些恼火,口气很硬地说,什么叫碰巧?战术上的一些基本原理都是相通的,如果我们连基本的东西都不掌握,就是有了凑巧的条件,也会被凑巧错过。

陈秋石有点犯傻,他没有搞明白,这里的学员多数来自于战斗一线,有初小文化就算知识分子了,给他们出敌情地形情况,让他们设计上中下策,搞预案和第一第二方案,这就好比让驴子唱歌,自然搞不来,搞不来,他就不想听你的课,他就有工夫对你画的那些插图横挑鼻子竖挑眼。

几堂课下来,陈秋石讲得口干舌燥,效果平平。他布置的那些作业,交上来的五花八门。有的模仿他的做法,也搞文字配图,但文不对题,图是涂鸦。有的一个字写得鸡蛋大,一张黄草纸,写不过三五个字。还有的干脆什么也不写,画上一个人,帽子上缀一颗五角星,算是红军,红军端着枪,瞄准另一个人,另一个人的帽子上缀着青天白日,算是白军。白军举着两只手,表示投降。

陈秋石翻着交上来的作业,气不打一处来,在课堂上抖着厚厚一摞黄草纸说,太差了太差了,简直是乌合之众!这样的文化程度怎么能当团长营长?再学三年也赶不上国民党的一个连长!

就这一句话,被学员告到了教务部,说陈秋石的立场有问题,这个从国民党黄埔军校毕业的军官,看不起工农干部,长敌人志气,灭自己威风。

教务部长张咸清找陈秋石谈话,严肃地批评说,你怎么能信口开河贬低我们的同志？他们都是从战场上摸爬滚打出来的，实践证明都是好样的，哪个人身上都是一身伤疤，哪个人都是战功赫赫的，你居然说他们再学三年也赶不上国民党的一个连长，居然说他们是乌合之众。这话有严重的政治问题！

陈秋石说，我说的是事实。他们在战场上立功是不错，但那跟他们的军事素质是两回事。现在我们是偏安一方，国民党没有跟我们打大规模的兵团战术，大家都是小打小闹，可以凭借匹夫之勇，而从长远看……

陈秋石的话还没有说完，就听见桌子响了一下，是张咸清拍的。张咸清拍着桌子说，陈秋石，你说话注意一点！什么叫偏安一方，什么叫小打小闹？国民党几十万大军对我们围追堵截，我军几万将士浴血沙场，你居然说不是大规模，居然说是小打小闹，是可忍，孰不可忍！

陈秋石傻了，惶惶地看着张咸清，语无伦次地说，张部长，我不是这个意思，我是说，以后如果真的大部队作战，我们，我们一定要，要讲究战术，要让我们的指挥员懂得用兵之道，不能光凭勇敢，打仗不能搞人海战术。如果我们早一点注意运用战术，启用那些受过正规教育的指挥员，也许，我们会减少很多牺牲，也许，我们现在的力量会更加强大……

陈秋石还在字斟句酌地说着，张咸清的脸色已经变得铁青了。张咸清站了起来，盯着陈秋石说，好啊陈秋石，陈秋石同志，我现在还喊你一声同志，可是我提醒你，你得好好地改造你的思想了。据我所知，你出身在剥削阶级家庭，又在黄埔分校受过训……

陈秋石急赤白脸地说，我去黄埔分校是奉命……

张咸清又把桌子拍了一下说，知道，我们全掌握！虽然是组织上派你去的，但是不排除你在那里受到国民党军官的影响很深，流毒很深。你言必谈黄埔分校，动不动就搬出那个杨邑，杨邑这么说，杨邑那么说，杨邑简直就成了我们随营学校的幽灵了，可是杨

57

邑是什么人？组织上比你更清楚,杨邑是铁杆反动派,是杀害我们革命同志的帮凶,是我们不共戴天的敌人！以后如果组织上再发现你散布杨邑的那一套,我们就要调查你的阶级立场！

张咸清义愤填膺地说完,把桌子上的大茶缸端起来,咕咕咚咚地喝了几口,重重地往桌上一放,看着呆若木鸡的陈秋石说,你先回去吧,这几天的课你不用上了,好好反省,想明白了再来找我。

陈秋石憋了一肚子气,回到住处想了很长时间,也没有想明白他到底犯了什么错误。那天晚上,他只喝了一碗苞米掺南瓜稀饭,就没了胃口。

搜肠刮肚一直苦恼到半夜,他有点头绪了,自己是太书呆子气了,怎么能拿工农干部跟国民党军官相提并论呢？从阶级感情讲,这些工农干部都是革命的财富,是红军的宝贝,国民党军官都是臭狗屎。可是从学问上讲,国民党军官,尤其是他在黄埔分校接触过的那些军官,譬如杨邑等人,都是受过系统军事教育且又在战争实践中历练出来的军人,二者之间有着天壤之别,放在一起比较,用一个标准要求,确实风马牛不相及。

终于,到了后半夜,他有些明白了。随营学校这种方式,是为了解决战争问题不得已而为之的权宜之计,有着现炒现卖的应急性质。这种应急的学校,往往缺乏科学性和长远性,如果真的要培养适应正规战争的干部,首先要提高干部的文化素养,要让他们有了开阔的眼界,然后才能谈得上提高战术水平。如果先给他们普及文化知识,循序渐进,分段提高,也许就会避免很多误解。

想到这里,陈秋石激动起来了,起身披衣下床,他要去向张部长建议,还是要先解决文化问题,对基层干部进行文化补习,然后才上战术课。张咸清也是个文化人,他应该接受这个观点。

陈秋石扣好衣服,还扎上了皮带,兴冲冲地出了门,可是还没有走出房东的院子,就被哨兵拦住了。哨兵把枪一横说,警卫连有规定,夜晚不许出门。

陈秋石顿时呆若木鸡,他明白了,他被软禁了。

三

陈三川八岁启蒙,被郑秉杰收进学堂念书。郑秉杰没有让黄寒梅搞祭祖拜师那一套礼节,只对黄寒梅说,你用土布给孩子缝两件像样的衣裳,用竹子编个书篓就行了,书本费和学费就免了。

黄寒梅说,那怎么行,学校里也不富裕,那么多先生杂役也要养家糊口呢,咱不能坏了规矩。

郑秉杰见黄寒梅主意笃定,也就依了她。

那年三川偷油条事发不久,黄寒梅就离开了豆腐坊,到邱记成衣铺里打杂。这下就算找对了门路。一来黄寒梅当姑娘的时候,娘家家境尚好,富裕人家小姐必修的针线活她都会一些;二者成衣铺里的老板邱裁缝是个厚道人,见黄寒梅做事勤恳从不偷懒,把成衣铺像自己家一样打点,从内心喜欢,工钱给得公道,多干活还加工钱,一年下来,竟攒了十几块洋钱,远比在豆腐坊好得多。更可喜的是,邱裁缝店铺后面有两间草房,邱裁缝让人修修补补,给黄寒梅娘儿俩栖身。黄寒梅于是有了独门独灶,自己起火吃饭。

学校离成衣铺不远,在街东头的土地庙里。有时候给人送衣路过,黄寒梅会在学校外面,听里面抑扬顿挫的读书声,仿佛看见陈三川在里面摇头晃脑。听着听着,就有两行热泪从腮帮脸上滚过。她想,磕磕绊绊熬到今天,总算有了安身之地,孩子能够进学堂念书,就算没有辜负他爷爷奶奶的苦心。也不知道二老眼下是个啥光景。也许他们已经不在人世了,九泉之下,听见娃的念书声,二老想必也是高兴的。

听郑秉杰说,三川虽然有些不安分,先生的话还是听的,上学几天,就认识很多字,成绩不高不低。郑秉杰说,这孩子有些野性,爱惹事,尤其好打架,油条铺和豆腐坊两家的孩子,比他小的他欺负,比他大的他也敢打。也许,再大一点就好了。

黄寒梅心知肚明,孩子虽小,但是有血性,还记着仇呢。

放学回来,娘在灶上淘米做饭,儿子在灶下添柴续火。娘说,娃啊,咱娘儿俩有了今天不容易,全靠好心人帮衬,你要记恩。

三川说,娘,我记住了,我听郑大先生的,长大了我要报答他们。

娘说,娃啊,往后不要跟人打架了,街坊邻居,牙齿还咬嘴皮呢。咱不记仇,不惹事啊!

三川说,我长大了,一把火烧了油条铺。

黄寒梅大骇,沉下脸说,娃啊,不许胡言乱语。咱孤儿寡母的,谁也惹不起,该忍的咱得忍住。以后再惹事,娘就不管你了,让街上的无赖懒汉把你当狗打。

陈三川说,娘,你不用吓唬我。三十年河东,三十年河西,我长大了,把那些欺负过咱家的人,全都打一顿!

娘叹了一声说,这孩子,记仇记得这么深!像谁呢?你爷爷走路都怕踩死蚂蚁,你爹更是一个脓包,没想到陈家出了一个猛张飞。

三川说,我不是猛张飞,我是常山赵子龙,我长大了,要骑马挺枪打天下,把狗日的奸臣坏人赶尽杀绝!

黄寒梅听了这话,怔怔地半天说不出话,这次倒是没有训斥三川,只是说,娃啊,你长大了做什么,也许娘就管不了了,可是眼下,你必须发奋读书,书中自有黄金屋,书中才有赵子龙。笆斗大的字认不得几个,一肚子青苔屎,你别说当不了赵子龙,阿斗都当不上。

三川认真了,瞪着一双小眼睛问他娘,书中真有赵子龙?

黄寒梅点点头说,做大事,要有大学问。赵子龙也是读书人呢。

这话三川记住了,再往后,打架的次数就少了,学业上也用功多了,半年下来,居然背了不少唐诗宋词,让郑秉杰暗暗称奇。

　　三川进学堂的第三年,日本人从北方打了过来,淮上州人心惶惶,郑秉杰家里派人来接郑秉杰回城,说是要到安庆避避风头。

　　郑秉杰自然不会走。他给学生放了假,可是郑大先生似乎更加忙碌了,学校里的人比往日还多,都是一些成年人。

　　不久,学校的门前就竖起了一块大牌子,上面写着"大别山抗日动员会"。这时候老百姓才知道,这个郑大先生不是一般的人,他是个共产党,这些年以教书为掩护,在霍州、苏镇、玫山、商城、楚城一带联络了不少人,一旦风吹草动,就拉队伍上山。他的学校里也有很多人是共产党,比如刘汉民和江碧云。

　　这一天大雪纷飞,把山里通向山外的路都封死了,头天来了一个说书的先生没走成,就在詹家祠堂里接着讲《三国演义》,老百姓早早地吃了晚饭,三三两两地去听书。

　　黄寒梅和三川也去听。黄寒梅不喜欢那些打打杀杀的故事,她去听书,实际上是给郑秉杰通风报信,她现在已经成了地下组织的秘密联络员,而且是唯一的联络员。自从郑秉杰那几个人隐进了西华山,就不断有人从外面过来,有的打扮成山货商,有的假装串亲戚,黄寒梅心知肚明,这些人都是从山外来的抗日分子,都是准备拉队伍的,这些人到了东河口,就要找黄寒梅,对上联络暗号之后,由黄寒梅领着去找郑秉杰。

　　日军还没有打到淮上州,谍报组织就已经渗透过来了,除了侦察国民党部队的情况,也捎带着侦察共产党地下抗日组织的情况。上级让郑秉杰保存力量,转移到大华山腹地,可以说是很有先见之明的。

　　三川现在没有学上了,快活得像是飞出笼子的小鸟,除了帮娘干活,就是看戏听书,再有就是下河摸鱼上山打鸟。小小年纪,长得老气横秋,小眼睛一眯缝,满肚子都是主意。三川喜欢听《三国》,尤其喜欢听赵子龙的故事,百听不厌,小小的心灵充满了向往,要像赵子龙那样,一杆长枪打遍天下。这晚正好讲的是"子龙救主"的故事,说书的自称姓张,一口伶牙俐齿,那书说得风起云涌,悬念迭起,说到要紧处,卖一个关子,喝两口大叶子茶,一招一式都像有大学问,连漱口的动作也是从容不迫,举手投足无不显示是个见过大世面的。

因为张先生的书说得好,把个赵子龙说得活灵活现的,三川崇拜赵子龙,连张先生也一起崇拜了。

说完书,张先生留下一句"欲知后事如何,且听下回分解",众人于是散伙。三川觉得不过瘾,眼巴巴地看着张先生收拾铜钱和说书的家伙。这一瞬间,他觉得当个说书先生太了不起了,他长大了,要是当不成赵子龙,当个说书先生也是件美事啊。

半夜里三川就进入到一个神奇的世界里了,穿着白袍,骑着战马,挺着红缨长枪,呀呀呀漫山遍野追逐着敌人。可敌人是谁呢,三川心目中的敌人有限,只是油条铺老板和豆腐坊老板,于是他的眼前全是这两个人,两个人在前面屁滚尿流连滚带爬落荒而逃,他在后面威风凛凛昂首挺胸地追赶,就像追赶一群猪羊。后来他追上那两个家伙了,他勒住缰绳,胯下的白马四蹄腾空,咴咴咴一阵长嘶。他对身后的兵丁喝道,把这两个家伙捆起来,每个人先打八十大板,再把他们的脑袋砍下来!

那一梦做得真过瘾啊!可是没有等到他把那两个人的脑袋砍下来,他就被一个声音吵醒了,好像是开门的声音。睁眼一看,家里漆黑,他蹑手蹑脚地下床,摸摸对面娘的床,床是空的,被窝里还有一丝热气。这时候他听见外屋有人说话,细细一听,他的心就轰轰烈烈地跳了起来,原来是说书的张先生,张先生的声音低得像蚊子嗡嗡,三川还是听清楚了。张先生说,黄寒梅同志,形势非常严峻。你向郑秉杰同志转达地委的决定,我们很快要成立西华山抗日游击队,希望他把他掌握的骨干带到苏镇万佛湖南岸,届时我将在那里接应。

三川听他娘说,我记住了。可是这么大的雪,你们怎么出山啊?

这时候三川才发现,在火塘边上还坐着一个眉清目秀的小女子,三川心里一惊,这不是学校的江碧云江老师吗?但他眼下还不知道,江老师就是当年那个投水被郑秉杰救下的小姐。他听见张先生说,不要紧,碧云同志已经找好了向导,我们趁夜黑雪大,反而隐蔽,就这二十里的山路摸过去,就到了苏家埠,那里有小驳轮,可以从水上直接到万佛湖。

三川看见他娘起身,好像在门后的锅灶里摸出了什么东西交给了江老师说,还是热的,你们填填肚子,多保重啊!

江老师说,黄大姐,你也小心。过段时间,我们在队伍上见。

再往后,三个人都站起来了,木板门又吱呀响了一声,那两个人影就不见了。

黄寒梅轻手轻脚回到里屋,摸摸三川的床,三川睡得很死,还打着小呼噜。

其实三川在黑暗中眼睛瞪得老大。娘和张先生说的话,他不是很明白,但是他知道,他们是在做大事,这大事恐怕不比赵子龙做的事情差。三川的心里充满了神秘感,也充满了兴奋。

以后才知道,就在日军向南挺进的时候,皖中的国军守备团抵挡不住,整团投敌了,国军主力紧急调整了部署,淠史河防线已经危在旦夕。江老师是郑秉杰地下支部的书记员,这次秘密返回东河口,就是为了接应张先生的。而那位张先生,真实身份是地委军事部长韩子君。

到了这年秋天,为了适应抗日的需要,东河口也成立了抗日政权,郑秉杰又被派回东河口,公开了身份,担任抗日政府的区长,黄寒梅被选为妇抗会主任。

从此之后,三川娘的生活就发生了翻天覆地的变化。当娘的经常参加抗日政府的会议，颠着一双不小的小脚走村串户，宣讲抗战纲领，鼓动参加抗战。

四

全面抗战爆发之前，陈秋石是西路军的一名连长。

这几年，陈秋石在红四方面军里只担任过两个职务，要么就是团长，要么就是连长。

那次在随营学校，他被软禁了两天，写了一份深刻的反省材料交给张咸清，张部长又把他的问题向校首长做了汇报。后来陈秋石才知道，当初派他到随营学校的时候，周因德跟他说是徐向前总指挥亲自点的将，是糊弄他的。徐总指挥虽然知道孔雀岭战役中，有个连长很会运用战术，但并不知道他陈三川的名字。徐总指挥只是在会上说，孔雀岭战斗有很多值得深思的东西，特别是那个连长，善于用兵，讲究战术，把死仗变成活仗打，这是打仗必须掌握的能力，各级指挥员要向那位连长学习，提高战术水平。就因为徐总指挥的这句话，陈秋石才被破格提拔当了团长，徐总指挥本人并不知道。

徐总指挥真正了解陈秋石，还是因为他的"犯了错误"。

那时节，红四方面军经常搞运动，有些人莫名其妙就被罗列一个罪名，动不动就被处决了。战争年代，艰难时期，没有多少道理好讲，也很少有劳动改造以观后效之说，因为条件不允许。但凡发现思想或者历史有问题的，多数只有两个结局，一是经过甄别，问题澄清，继续使用；二是枪毙。像陈秋石这样的，既没有被澄清，也没有被枪毙的，实属侥幸。

陈秋石的那份检查，有真诚的成分，也有投机的成分。他的措辞很有讲究。譬如他说"对同志有消极看法"，其实是避重就轻，他绝口不提当时他说的"学三年也赶不上国民党的一个连长",也绝口不提"简直是乌合之众"的说法。以后想想都后怕,贬低自己的同志,就是美化敌人,而这些话一旦被人揪住,就有可能定反革命罪,杀头是一件轻而易举的事情。

好在没有人揪住他不放。张咸清把他的检查交给了校首长,校首长看了,觉得这个人虽然有点教条,但认识问题还算深刻,杀头过分了,留用不合适,就报到徐总指挥那里。

看到这份检查报告,徐总指挥才知道自己的麾下有个陈秋石,原来就是那个在孔雀岭战斗中初露锋芒的人。徐总指挥调阅了陈秋石的档案,对校首长说,旧知识分子,思想上偶尔有偏差,在所难免。以后打大仗,我们的部队需要懂战术的人。让他教学,不太合适,还是放回部队,让他在战争实际中提高觉悟。

徐总指挥一句话,救了陈秋石一命。

回到部队,团长位置没了,由二营营长宋得凡接任了。赵子明提议陈秋石担任参谋长,又被师政治部否决了,说陈秋石同志需要到基层锻炼,还是当连长合适。

陈秋石心里很憋气,暗暗埋怨周因德胡搞,老子团长当得好好的,你东拉西扯诓老子去当什么教员,三下五除二就把老子的团长撸了,那匹山丹战马再也找不到了,真是天上掉下来的晦气。转念一想,当连长就当连长吧,好歹脑袋还在自己的肩膀上扛着。

连长当了不到三个月,形势有了变化,红四方面军要北上,同中央主力会师。北上就要打仗。在大金子山同国民党的追军激战一天一夜,二六三团死伤大半。

陈秋石这年二十七岁,在连长里面是最老的,就是在团长里,这个年龄也是最大的。

大金子山战斗赋予二六三团的任务是攻打黄龙高地,为主力穿越大金子山开辟道路。宋得凡让陈秋石的七连跟随团部行动,实际上是想让陈秋石出谋划策。

陈秋石说,离大部队穿越还有半天时间,我们不能这么按部就班地行军,避免战斗发起时仓促上阵。你让我带一个班,轻装急行军,先去看地形,侦察敌情。

宋得凡说,你是老团长,把你当侦察兵用,别人会认为我容不得人。尖兵分队让别人带吧。

陈秋石说,宋团长你不要这么想,我现在是连长,而且是一个年龄大有经验的连长。这次任务很重要,如果不能很快拿下黄龙高地,主力上来了,就要吃大亏。我去了把握大。

宋得凡问赵子明,让陈连长亲自去侦察敌情地形是否合适?

赵子明说,要想打漂亮仗,就让他去。

陈秋石带着一个精干的手枪班,在拉弓山口脱离大部队,走捷径,攀绝壁,提前半天进入大金子山地域。陈秋石抵近敌人阵地前沿,来回察看了两遍,情况就比较清楚了。

等宋得凡和赵子明率领二六三团主力到达,陈秋石已经将进攻作战的方案搞得天衣无缝了。陈秋石的方案很细,小分队从哪里穿插,第一个接敌时机和地点,诱敌出动后的机动路线和第二个围困敌人的时机地点,等等,如此这般,都有安排。

宋得凡文化程度不高,听陈秋石介绍他的作战方案,有点听不懂,说老陈你这个方案太复杂了,一步一步的,敌人要是不按你的来怎么办?

陈秋石说,方案搞复杂一点,打起来就简单了。只要我们按计划一步一步地发展,敌人必须出动,这就像钓鱼,我把诱饵放到他嘴边,他不可能不咬钩。

宋得凡还是犹豫。宋得凡说,你老陈把敌情地形都侦察清楚了,立了很大的功。但现在毕竟我是团长,这一仗怎么打,还得听我的。

宋得凡采取的战术还是人海战术,他不习惯把部队割得七零八落,更不习惯什么真打假打,也搞不清楚什么时候真打,什么时候假打。就像一台机器，零件搞得太多了，搞得他眼花缭乱，部队撤出去了收不拢怎么办？

陈秋石见宋得凡固执己见，考虑到自己身份特殊，不便争辩。当然他也不可能甘心无谓的牺牲，暗暗地给自己的连队留了后手，要求担任侧翼进攻。宋得凡同意了。

战斗发起后，宋得凡带领的进攻部队刚冲到半山腰就被打了回来，只有陈秋石的七连趁乱沿后山摸到敌人前沿阵地五六十米的地方。一边打，陈秋石一边骂宋得凡蛮干，倘若按照陈秋石的计划，这时候正应该是杀回马枪的大好时机，可惜宋得凡率领的主力已经被压在山下抬不起头来，宋得凡阵亡，坐失良机不说，还使得陈秋石孤军深入腹背受敌。

陈秋石是在二号高地最后一战负伤的，当时他的身边只剩下了十三个人，连队已经完成了钳制敌人的任务，正在寻路撤退，被敌人前后夹击，陈秋石先是腿部中弹，继而左膀子被弹片削掉一块，整个军上衣血肉相连。挡不住敌人重兵突击，战士们很快就被打散了，陈秋石躲在一个鹰嘴岩后，差不多快绝望了，已经把手枪举到自己的脑门了。

这时候发生了一件神奇的事情，就在敌人蜂拥而来之际，陈秋石突然发现眼前闪过一道白色的闪电，一匹战马似乎从天而降，越过鹰嘴岩，准确地落在陈秋石的面前。天哪，是他的山丹宝马，是它啊，是他的久违的山丹宝马。陈秋石从随营学校被贬回部队之后，曾经打听过它的下落，听吴东山说，这匹马太难驯服，周因德师长驾驭不住，交代军马科，好生养着，以后再说，可是没过多久，这匹马就不见了，据说是趁马大邋马之际逃进深山了。

没想到擅自脱离队伍的山丹宝马会在半年后出现在陈秋石的危急关头，难道它已经知道了它的故主危在旦夕吗？

当下，陈秋石精神一振，收起手枪，纵身一跃，跨上马背。山丹宝马一声长啸，鬃毛直立，前蹄高扬，飞过山涧，转眼之间就消失在林莽之中。

这一仗下来,二六三团差不多快打光了。战后清点人数,只剩下四百人不到,编了五个连队,又成了缩编团,陈秋石的伤养好之后,再次被任命为团长。

陈秋石的部队里后来就有了传说,说山丹宝马同陈秋石前世有缘,没准前世的陈秋石是这匹马的恩人,今世它就变成了一匹战马,报答陈秋石。这话连赵子明都说过。赵子明以后问陈秋石说,很奇怪啊,这马失踪那么多天了,怎么就在你的生死刹那间出现了呢?未尝你伙计真有神助?

陈秋石笑笑说,我也不知道是为什么,你要说有神助,那好啊,我求之不得啊!

总的来说,黄龙高地战斗是一次胜利的战斗,在大金子山战役当中,拿下黄龙高地,就打通了一百多公里的狭长通道,保障了红军主力北上。红原整编的时候,军团首长表扬了红二六三团,再次提到陈秋石讲究战术,兵力火力使用得法,指挥灵活机动。

可是陈秋石却高兴不起来,对政委赵子明说,什么胜利?充其量胜利了一半,一锅夹生饭。歼敌八百,自损一千,胜利也是拿同志们的生命换来的。这场战斗要是按照我的方案,不仅不会牺牲那么多人,也不会打那么久。要不是有我的马,我的坟头也该长草了。

赵子明说,行了老陈,你正确行不行?老宋都死了,你就不要责备了。

陈秋石说,老宋牺牲了我难过,但是老宋不讲战术一味蛮干,错误是不能原谅的。以后我们再也不能蛮干了,要让连长们都学会运用战术。不懂战术,再勇敢也只能打成夹生饭。

赵子明说,是啊,教训是应该吸取。

红原整编之后,二六三团被编入西路军。上级传来的指示是要打到新疆去，打通国际通道。可是新疆的边还没有挨上，就在祁连山被马家军咬住了。西路军鏖战数日，弹尽粮绝，部队变成了细水流沙，陈秋石在最后一战中负伤，幸亏找到一座破庙，被里面的和尚救下，躲在庙里当了一段时间病和尚，直到中央派刘伯承组织了援西军，陈秋石得到消息，辗转找到援西军总部。

西安事变之后，国共第二次合作，组成统一战线一致抗日，以援西军为主体整编了第十八集团军一二九师，陈秋石担任师部作战参谋。

五

游击队成立的时候，陈三川十二岁，加上孙半仙给他多弄出来的一岁，算是十三岁。

这一年，日军已经占领了三十铺以东的众多集镇，盖上了炮楼，建立了汉奸政权。学校彻底停课，人去楼空。

游击队招兵的告示张贴在东河口方圆十几里的几个集镇上，不少人来报名，有老的，也有小的。但是年轻力壮的并不多。有些人报名参加游击队就是为了混口饭吃，譬如刘锁柱，他是个光棍。一人吃饱，全家不饿，没有牵挂。听说游击队共产共妻，他快活得要死。他这一辈子还没有沾过女人的边，能够共妻，这等天上掉下来的美事岂能放过，所以他报名的时候嚷嚷得最积极，逢人就喊，参加游击队了，抗日了，把嗓子都喊哑了。

许得才参加游击队是自愿的，他不仅人来了，还把炸油条的家伙也装上牛车运来了，他这一辈子对郑秉杰感恩不尽，要到山里来炸油条给郑秉杰吃。

许得才在正式成为游击队员之前，还做了一件事情，就是坑了桂得安一把。他自己报名之后，又找到妇抗会主任黄寒梅说，你看我把炸油条的锅都给扛上了,我绝不会把油条锅留给日本鬼子,我要让咱们的游击队照样天天吃油条。可是光有油条不行,还得有豆腐皮。桂得安不愿意参加游击队,他是什么企图,难道他想给日本人磨豆腐?那不是汉奸吗?

黄寒梅没有文化,那时候并不知道革命是怎么一回事儿,只知道跟着郑秉杰没错。一琢磨,许得才的话很有道理,就带着许得才刘锁柱等人去动员桂得安参加游击队。

桂得安压根儿就没有打算参加游击队。他走南闯北有些见识,知道参加抗日就是打仗,打仗可不是搞着玩的,子弹不长眼睛,弄得不好是要掉脑袋的。

可是由不得他了。黄寒梅大义凛然地走进她当年帮工的豆腐坊,对她的老东家桂得安说,国难当头,匹夫有责,有力出力,有钱出钱。你看许得才,为了让游击队吃上油条,主动参军,这就是爱国行为。你不愿意参加游击队,难道是想给鬼子磨豆腐?

桂得安不屑地看着黄寒梅,撇撇嘴说,啊,真是世道变了,老鸹变孔雀了。告示上说参加游击队完全是自愿的,不能强求。我不自愿,你们能把我的鸟咬了?

许得才说,你要是给鬼子磨豆腐,那就不是咬不咬你的鸟的事儿了。当汉奸是要杀头的。许得才说着,还用手往脖子上比划了一下,嚓!

刘锁柱也阴阳怪气地说,桂老板,识时务者为俊杰啊,参加游击队抗日,不仅是分内的事情,还有好处呢,共产共妻啊,没准你还有桃花运呢!

黄寒梅脸都气白了,指着刘锁柱说,什么共产共妻?你再胡说,就是破坏抗日!

刘锁柱脖子一缩说,我给你帮腔,动员桂老板参加游击队,你还训我,真是不知好歹。

黄寒梅说,我们是抗日政权,要说人话,不要说鬼话!共产共妻那是反动派污蔑我们的,你怎么能把这话挂在嘴边?

刘锁柱说,要不是共产共妻,我还不参加你这个游击队呢,秀才造反,胡球整!

桂得安说,你们都给我滚蛋,什么乱七八糟的玩意儿!我是本分的生意人,能跟二流子一个锅里吃饭吗?滚吧滚吧,我还要磨豆腐呢!

一句话把黄寒梅惹恼了,黄寒梅对许得才说,我看桂老板是铁了心要给日本人磨豆腐了,是铁了心要当汉奸了。你到区公所向刘队长报告,派几个人来把他给我捆了。

许得才说,桂老板,你可别再惹黄大嫂生气了,她现在不是你家磨豆腐的长工了,她是抗日政权的主任,翻身做主了。你拿鸡蛋往石头上碰,可不要怪我不帮你忙。

桂得安东张西望,看看许得才,又看看黄寒梅,见黄寒梅怒容满面,他倒是不紧不慢,翻着眼皮道,怎么啦,还真的要下手,那你就来吧!我就不相信抗日政权还敢对老百姓动武。

事情搞成了僵局,这是黄寒梅没有想到的。以后郑秉杰批评她鲁莽,不讲工作艺术和策略。黄寒梅委屈地说,我只当抗日人人拥护,谁知道桂得安这么顽固,这样的人,不就是亡国奴吗?

郑秉杰说,老百姓的觉悟不一样,道理要靠慢慢讲。再说暂时也没有必要动员桂得安参加游击队。他参加游击队能做什么?

黄寒梅说,磨豆腐啊,游击队总要吃饭吧?

郑秉杰说,成立游击队,就要有吃苦的准备,往后能不能吃上饭都很难说,磨什么豆腐啊?

因为郑秉杰有了这个态度,游击队成立的时候,就没有把桂得安算在里面。刘锁柱虽然积极,但是郑秉杰一直不想要他,在最后圈定名单的时候把他一笔勾销了。

刘锁柱听说郑秉杰不让他参加游击队,眼泪都出来了,在黄寒梅面前说,他不让我参加游击队,就是不让我抗日,我跟他鱼死网破。

黄寒梅说,你敢！你要是对郑大先生不恭敬,那就是对抗日队伍不恭敬,不要别人动手,我黄大嫂就能把你收拾了你信不信？

刘锁柱嘿嘿一声冷笑说,那你就等着瞧吧！

到了游击队成立那天,郑秉杰让人把东河口区公所门前的戏台布置成会场,戏台上有三张板凳,坐着队长兼指导员郑秉杰、副队长刘汉民、军事教官马建科和妇抗会主任黄寒梅、书记员江碧云。

六十二名游击队员集合在戏台下面,这里面还包括陈三川。本来郑秉杰是不同意陈三川参加游击队的,可是黄寒梅要上山,这孩子没了去处,黄寒梅提出,孩子已经懂事,这几年也接触了地下抗日活动,望风送信的事情做了不少,很多大人做不到的事情,他已经能够胜任了。带到队伍上,也许能派上大用场。郑秉杰仔细一琢磨,也只有这样了。

事情决定下来之后,黄寒梅正经八百地跟儿子说了半天话,提了很多要求。譬如不许乱跑,不许打架,不许说脏话,不许顶撞大人,等等。陈三川都一一答应了。他娘又提出来,参加了队伍,就是革命军人了,往后再也不能舔碗了。陈三川骨碌着眼珠子问他娘,舔碗有什么不好？

黄寒梅说,舔碗样子难看,丢人。

陈三川想了想,摇头晃脑地唱了起来：大米稀饭胜白银,粘在碗底亮晶晶,舌头一卷刮肚里,勤俭持家不丢人。

黄寒梅说,孩子你要记住,这是你爷爷的话。但是你爷爷的话也不一定哪里都能用,在革命队伍里,舔碗是一件不光彩的事情。

陈三川说,那我碗底的稀饭汤怎么办,难道白白让水冲掉？

黄寒梅想想,孩子说的也有道理。于是说,用筷子刮,万一稀饭稠了,刮不干净,背过人眼,用指头刮。

陈三川这才说,好,儿记住了。

陈三川已经是个小伙子了,嘴唇上面已经毛茸茸的了,个头跟他娘差不多。站在队伍里,陈三川似乎比那些成年人还像个兵,不像那些人歪歪斜斜吊儿郎当的,陈三川的两条腿站得笔直,上下都很匀称,两眼纹丝不动地注视着戏台上面,炯炯有神。那模样,委实像个少年战士。

游击队的副队长刘汉民宣布西华山抗日游击队成立大会开始,就由郑秉杰讲话。郑秉杰腰里扎着皮带,皮带上别了一把盒子枪,往台前站定,刚讲了一句"同志们",刘锁柱突然从戏台一侧蹿了上去,手里还舞着一把菜刀。黄寒梅眼疾手快,一个箭步抢上去,挡在郑秉杰的前面。

哪里想到,刘锁柱并不是要砍郑秉杰,而是对着自己的胳膊砍了一刀,砍出一个寸把长的口子,顿时血流如注。刘锁柱挥舞着菜刀向台下高喊,老少爷们,大家睁开眼睛看清楚了,我刘锁柱是不是孬种?我要参加抗日,可是郑区长却看不起我,不要我。我是报国无门啊,不让抗日还不如死了算了,郑大先生你再不让我参加游击队,我就死在戏台上。

说着,把菜刀一横,昂首挺胸看着郑秉杰。

郑秉杰没有防备刘锁柱会来这一手,气急败坏地指着刘锁柱说,你简直是胡闹,就你这个样子能参加游击队吗?

刘锁柱脖子一梗说,我这个样子怎么不能参加游击队?我不怕死!

黄寒梅在一旁对郑秉杰说,郑区长,刘锁柱参加游击队是铁了心的,我们不应该打击他抗日的积极性,我看就收了他吧。

郑秉杰没有马上回答,眉头皱了几下才说,那好,刘锁柱我问你,你知道不知道,抗日是要担风险的,弄得不好是要死人的。

刘锁柱说,知道,砍头不过碗大的疤。

郑秉杰说,你知不知道,抗日游击队的条件很艰苦,有时候连饭都吃不上。

刘锁柱说，知道。日子你们能过，我也能过。

郑秉杰说，刘锁柱我再问你，你知不知道，抗日武装是有纪律的，不许欺负老百姓，不许偷鸡摸狗，不许开小差，不许侮辱妇女，不许……

郑秉杰一口气讲了六七个不许，把刘锁柱讲愣了，但是此时此地，不允许他反悔，所以他只能把脖子继续梗下去。刘锁柱说，知道，不管什么规矩，只要你们能做得到，我也能做到。

郑秉杰说，那好，你这个兵我们要了。以后违反纪律，军法从事！

说完，扭头对戏台一边的江碧云说，加一个名字，刘锁柱。

刘锁柱一听，大喜，嘴里喊道，谢长官恩典！抬起胳膊要给郑秉杰敬礼，没想到手里还举着菜刀，差点儿把自己的耳朵给削了。

游击队成立之后，就开到西华山进行训练，淮上抗日支队司令员韩子君给郑秉杰的游击队派来了四个教官，每天搞刺杀射击投弹训练。没过几天，刘锁柱就坚持不住了，嚷嚷说原指望当兵抗日吃香喝辣的，哪里想到这么累，伙食还差得要命，别说豆腐皮卷油条了，连米饭都吃不饱，还要吃芋头干。

落到这步田地，许得才也没了用武之地，没有油条可炸，他跟刘锁柱一样，也是天天抱着鸟枪练习刺杀射击，叫苦不迭。

游击队的武器装备很差，只有郑秉杰和刘汉民各有一把盒子枪，还有十几支汉阳造步枪和鸟枪，一半以上的人发了手榴弹和大刀。训练的时候，那几条步枪轮换使用，抱在刘锁柱的手里，就像抱着一根烧火棍，耍得别别扭扭，经常把自己打得鼻青脸肿。

出乎意料的是陈三川，这小子自从来到队伍上，就跟刘锁柱和许得才分到一个班上，他娘忙乎自己的，基本上不管儿子。陈三川倒是能吃苦，话很少，学射击学刺杀有模有样，经常受到刘汉民的表扬。刘汉民对许得才和刘锁柱说，看看，人家一个孩子，学东西都比你们快。你们这个样子,别说到战场上夺枪了,鬼子打来了,跑都跑不赢。

有一次,刘汉民出了个馊主意,让刘锁柱和陈三川对练刺杀,陈三川手握大枪,纹丝不动,单等刘锁柱出招。刘锁柱心想,妈的一个乳臭未干的鸡巴孩子,我还能怕你不成?舞着大枪呀呀呀就冲了上去。陈三川冷冷地看着他,待他逼近了,突然闪身往边上一跳,刘锁柱扑了一空,还没有回过神来,背上就挨了一家伙。陈三川出手很重,把刘锁柱打了个嘴啃泥。刘锁柱恼羞成怒,爬起来要揪陈三川的领子,没想到陈三川腰一哈,一头撞在他肚子上,当场又搞了个仰巴叉。

这以后,刘锁柱就不敢小看陈三川了,背后跟许得才嘀咕说,你看这小杂种,简直就是活土匪。妈的以后遇上鬼子,让这小杂种打头阵,看这个半吊子有几个脑袋!

六

神仙岭大战之后,陈秋石被派到三三六旅二团一营当营长。八路军的建制比红军的建制个头大多了,陈秋石的那个营,有四个步兵连队,还有一个机炮连,一个手枪排,一个骑兵排,每个连平均一百二十多人,总兵力超过红军时期的一个二类团,武器装备比红军时期不知道要好多少倍。

当营长就可以骑马了,旅供给部的吴东山看在同乡同学的面子上,给陈秋石选了几匹好马,有焉耆雄驹,有红山赤兔,还有两匹缴获日军的东洋马,高大剽悍,雄风勃发。陈秋石亲自到供给部的马厩选了半天,一匹也没有看上。陈秋石对吴东山说,求马和求婚一个道理,要讲缘分。

吴东山说,我伺候过旅首长,也伺候过团首长,没想到你这个鸡巴大的营长这么难伺候。你倒是说说,你要什么样的马,我这个军马助理心里也得有个谱吧。

陈秋石摇摇头说,算了,到了我应该有马的时候,它自然会出现。

那一年,黄龙高地战斗之后,山丹宝马重新服役,并再次成为陈秋石的坐骑。后来在祁连山同马家军作战当中,西路军弹尽粮绝,韩子君的一个师,打得只剩下三百多人,被压缩在刘家营子不到三里长的沟壑里。

最后的时刻到了。枪里已经没有多少子弹了,肚子里四天粒米未进,大刀已经卷了刃,身上的衣服已经被刺刀、荆棘和寒风撕扯成了碎片。

白雪皑皑的祁连山谷,残阳如血。陈秋石永远记住了那片雪地和那片残阳。

师部下达命令,埋锅杀马,打火造饭。

幸存的战马还有四匹,其中就有陈秋石的山丹宝马。前几次杀马的命令下达,陈秋石的那双眼神,如丧考妣,让人看之不忍。那些时光他一直守在山丹宝马的身边,牵马的人从他身边路过的时候,分明能够听到他的胸膛在喷发着拼命的念头。那几次,组织上没有为难他。

可是,这是最后的时光了,也是最后的希望了。弹尽粮绝的西路军,还有什么?如果全军覆没,那么要马又做什么?这个道理陈秋石不是不明白。可是他不能接受。

就在最后一道杀马的命令下达之后,陈秋石突然做出了一个决定,他要亲自对山丹宝马下手。当他把他的想法告诉赵子明的时候,他看见赵子明的眼睛里闪过一丝惊诧,稍纵即逝,然后就是狐疑。赵子明说,何必呢,那太残忍了。

陈秋石说,不,还是我来了结吧,我跟它说会儿话,跟它说说革命的道理,我相信它会明白的。

赵子明说,好吧,那就听你的,不过,你不能离部队太远。一圈子都是马家军。

陈秋石说,好。

刚走了两步,赵子明又跟在后面说,还是让战士们做吧,用刺刀,可以节省一颗子弹。

陈秋石回过头来,眼睛里寒光闪闪。陈秋石说,不!

赵子明不再做声,陈秋石牵着他的山丹宝马钻出了山沟。也就是三十几步吧,在陈秋石此后的岁月里,这三十几步就像三千里那样漫长。他一手挽着缰绳,一手摸着腰里的手枪。他知道,只要一颗小小的子弹打中马的眉心,一个生命、一个他所珍爱的生命就会无声无息地消失,变成一锅热腾腾的肉汤,再然后变成挥刀抡枪的力量。

山丹宝马低着头,也许它已经明白了什么,也许它什么都还不明白,它就那么信赖地、温顺地跟着他爬出了断裂沟,爬上了雪地,然后一步一步向树林里走去。

突然,它感觉到腹部一阵刺痛,它惊愕地看着它的主人,陈秋石举着一根带刺的枣树枝丫,狠命地抽打它的腹部,一边抽还一边歇斯底里地叫喊,快跑啊,快跑啊,天涯海角,随便你跑到哪里去,再不跑你就没命啦!

显然,它已经听懂了陈秋石的呼喊,它知道它的主人在想什么,可是它不能离开它的主人,再说,它已经跑不动了。

远远跟在后面的赵子明,一看见陈秋石抽打战马,就知道他想干什么了。赵子明犹豫了一下,抽出了自己的手枪,瞄准了马头。就在这时候, 个意外的事情发生了,多少年后赵了明回忆那个细节,内心还是颤抖——就在那一瞬间,他看见那匹马微笑了一下,天哪,战马微笑是个什么样子,没有任何人能够说得清楚,而赵子明却一口咬定而且是几十年如一日一口咬定,那匹马在那当口千真万确微笑了一下,然后弯曲两条前腿,向他的主人深情地看了一

77

眼，垂下头去，两行丰沛的泪水这才从眼角滚滚而下，落在凌乱的雪地上。

枪响了。

陈秋石到任后不久，三三六旅二团接到任务，掩护抗大分校跳出敌人的包围圈。陈秋石的一营受命袭击日军苍南据点，达成围点打援的目的。

这一次是陈秋石独立指挥作战，有充分的自主权。头天下午，他把团里通报的敌情地形研究了一番，在河滩的沙子地上用石子摆了一个模拟战场，然后点起一根香烟，围着这堆石子转圈，转了一圈又一圈。

到了晚饭的时间，教导员郑凯南发现找不到营长了。骑兵排长说，营长叫了两个战士，到河滩上去了，可能是打野鸭子去了。郑凯南一听有些光火，都什么时候了，这老兄居然有闲心去打野鸭子，公子哥儿啊？

郑凯南一路找到沙滩，却看见陈秋石枯坐在那堆石子旁，身边扔了几个烟头。陈秋石的表情有点呆滞，像是遇到了天大的难题。郑凯南说，老陈，你在这里鼓捣什么，部队今晚要吃一顿饱饭，夜行军赶到苍南，你还在这里看风景？

陈秋石说，老郑，你来得正好。我跟你讲，我发现上级给我们的任务很不对头，弄得不好完不成。

郑凯南吃惊地看着陈秋石说，老陈你怎么能这样说？我们执行上级指示绝不能含糊，就是天大的困难也要克服。

陈秋石说，开玩笑！天大的困难我怎么能克服？天大的困难谁也克服不了。吹牛皮的事情我从来不干。

郑凯南说，我们不能跟上级讲价钱，更不能退缩。

陈秋石说，我不是退缩，但我不能不负责，我们必须把困难想得充分一点。作战是一门科学，必须先有胜算尔后才有胜券。

郑凯南说，你把你的判断说说，我洗耳恭听。

陈秋石说，鬼子水上大队昨天已经进到邯郸以北六十公里，野江联队正向黄州逼近，意在夹击我抗大分校和太行军区机关。我们是在苍南打阻击，在三个小时之内，独立顶住水上大队，迟滞敌人的行动。这一带地形一马平川，视野开阔，一旦打响，我军冲锋无异于自投罗网，撤退更是秋风落叶。我们的腿再快，也没有他的机枪子弹快。所以说，我们要顶住敌人一个大队是很困难的。

郑凯南听完，倒吸一口冷气，瞪着眼珠子看着陈秋石说，老陈，你的意思是，这仗我们不能打？

陈秋石说，不，打是肯定要打的，关键在于在哪里打，怎么打。打好了，可以出奇制胜，以最小的代价换取最大的胜利。打得不好就是夹生饭，即使最后完成了任务，也是以重大牺牲为代价的。

郑凯南说，老陈，我觉得你的想法有问题，我们不能因为顾虑牺牲而对完成任务瞻前顾后。患得患失不是革命军人的作风。

这次轮到陈秋石惊讶了，他不动声色地看着郑凯南，摸出一根香烟递过去，郑凯南摆摆手拒绝了。陈秋石点上烟，看着西边渐渐浓重的暮色，长长地出了一口气说，为什么，为什么不顾虑牺牲？如果能够减少牺牲，我们为什么要拼命呢？我们当指挥员的，有责任最大程度地减少牺牲。

郑凯南说，那你说说，你打算在哪里打，怎么打？

陈秋石没有马上回答，悠悠地又吸了几口烟，吸完烟，把烟头往地下一扔说，向南移动十二公里，在漳河峪打，守株待兔。

郑凯南说，你有什么把握敌人就会按照你的路线进攻，倘若他绕过漳河峪，我们不是等于放弃战斗吗？

陈秋石说，老郑，用兵之道，贵在知己知彼。从前几次战斗的情况看，日军的扫荡战术是轴心型的，表面上看多头并进，实际上进攻的路线是相互交叉的，一旦有情况，他就会迅速收拢，就像蛇一样，把我们的部队紧紧裹起来，慢慢蚕食。我们在漳河峪守株待兔,这只兔子不来,还有那一只,东边等不到,还有西边,他总要来一只。只要他是多头并进,他不可能绕开漳河峪,这是通向太行山腹地的必经之路。我部在此设防,绝不会竹篮打水。我只要打住一只,就能牵动全局。

郑凯南说,开玩笑,漳河峪离太行军区机关仅有十几公里,你这是把战火引到我重要目标附近,置高级机关于险境啊!上级不会同意的。

陈秋石说,将在外,君命有所不受。现在已经来不及报告了,决心已定,立即行动。

郑凯南说,如果我不同意呢?

陈秋石说,我希望你放手让我指挥。如果我的决心错误,愿意接受军法处置。

郑凯南见陈秋石说得斩钉截铁,也有些动摇。想了一阵子说,老陈,你是战术专家,我承认你的分析很有道理。可是上级明确指示,要我们在苍南打阻击,只要是在苍南打,你怎么用兵我都不反对,就是打错了,我们也没有责任。可是临阵移动战场,而且从根本上改变上级的作战计划,即便是胜利了,也不一定符合上级意图。这样太冒险了。

陈秋石不吭声,看着西边的夕阳一点一点地融入到地平线里。

郑凯南最后说,要不,我们开个诸葛亮会,把连长和指导员都叫来商量一下?

陈秋石说,那样就麻烦了,意见不一致怎么办,我的决心被否定了怎么办,如果我被否定了,这场战斗我还指挥不指挥了?

郑凯南说,给我一根烟。

陈秋石摸摸烟盒,愁眉苦脸地说,哎呀老郑,刚才给你你不要,最后一根被我抽了。我来给你捡烟头。

说完,弯下腰,撅着屁股,把刚刚被他扔下的烟头捡起来,一共捡了六个,剥开,把金黄的烟丝撮在一起,从公文包里摸出一张草纸,边口处裁出长长的一条,卷成一个烟卷。这一套陈秋石做得很从容,每一个步骤都很细致,烟卷儿卷得很讲究,就像是从工厂里生产出来的。

郑凯南接过烟卷,陈秋石又把洋火点着了,双手拢着凑了上去。郑凯南深深地吸了一口烟,仰面吐了一口说,他妈的,算我倒霉,给一个战术专家当教导员不容易啊。这一仗如果打好了,你就是英雄,打不好,我就是千古罪人。好吧,你偷牛,我拔桩。出了问题我担着。

陈秋石大喜过望,伸出拇指说,老郑,就冲你这个胆量,我一定会把仗打好的。

当夜,月牙现形的时候,正准备往苍南方向夜行的部队突然接到命令,左转,向漳河峪方向前进!

凌晨三时左右,日军水上大队一个中队进入苍南。根据水上掌握的情报,八路军一部已经在苍南城南三公里处展开,日军的这个中队和配属的两个伪军大队,是以战斗队形向苍南进发的,拟待天明以三路轮流通过苍南河。

日军这一路行动谨小慎微,在河岸上没有遇到阻击,过了河进入青纱帐还是没有遇到阻击,反而使水上少佐更加心神不定,总疑惑八路军埋下陷阱,因此行动甚为迟缓,基本上要等后队跟上了,站稳了,前队再继续前行,而且是交替掩护,左中右三路并行,随时交叉,呈菱形网状向前推进。

水上少佐没想到他这么一折腾,把陈秋石害苦了。陈秋石对日军的行动规律有所掌握,但是他不知道水上这个人如此谨慎,已经到了疑神疑鬼神经病的地步。

水上的神经病导致整个水上大队行动比陈秋石预计得要晚三个小时,在这三个小时里,陈秋石差点儿也急出了神经病。他和郑凯南蹲在临时构筑的掩体里,虽然表面上谈笑风生,但是他不时地偷看马蹄表,焦灼之情难以掩饰。

预计的时间超过了一个小时之后,前哨排那边还是没有动静,陈秋石这时候心里就开始犯嘀咕了,他妈的见鬼了,难道敌人真会绕过漳河峪?难道我们临时改变的计划被他们发现了?不可能啊,部队昼伏夜行,没有电台,没有报告,连自己的上级都不知道自己的行动,鬼子难道在我的部队里安插了奸细?

两个小时过去了,还是没有动静。

陈秋石终于沉不住气了,走出掩体,在树林里来来回回地踱步。倒是郑凯南在这时候表现出了冷静,郑凯南说,老陈,你别着急,也许敌人的行动推迟了。事到如今,我们只有耐心等待了。

陈秋石两眼无神地看着郑凯南说,不可能啊!如果不是打乱仗,日军宿营启程都是有规律的。而且他今天傍晚之前必须越过漳河桥同野江联队会合。如果超过十一点不能到达漳河峪,那他今天就不可能过漳河桥,不到万不得已,日军是不会跟我们打夜战的。现在还不来,确实蹊跷。

郑凯南说,老陈,你要相信自己的判断。

陈秋石抓耳挠腮地说,我是相信啊,可是敌人他不来你叫我怎么相信?我是聪明反被聪明误,一将无能,累及三军啊!我完蛋了。

郑凯南不语,他心里本来就没有底,见陈秋石都乱了方寸,说话已经语无伦次了,他心里更没有底了。

陈秋石看着头顶上越来越高的太阳和远处空荡荡的一马平川,突然悲从中来,神情庄重地说,教导员,万一我真的判断失误,让水上大队的障眼法绕过去了,那真正的千古罪人是我而不是你。你不用袒护我,到时候我上军事法庭。我要是被枪毙了,请你派人给我收尸,把我埋了,坟头上写个名字。我老家在淮上州玫山县隐贤集,我参加革命的时候,我的儿子刚刚满月,我连名字都没有给他取。到今天,我的儿子已经十二岁九个月零十七天了。以后如果你们找到他了,告诉他,他的父亲不是个东西,误了儿子也误了抗日,他的父亲临死的时候向他道歉,对不起了。

郑凯南看着陈秋石说,老陈你怎么回事,说这些乱七八糟的干什么!

陈秋石自顾自地说,他要是不认我这个爹呢,他不认我我也没有办法,是我这个爹对不起他在先,他不认我在后。他要是不认我,你们就把我的尸体刨出来,让野狗吃了算了。

郑凯南惊骇地发现,这个时候的陈秋石脸色苍白,目光空洞,额头上挂着黄豆大的汗珠,说话的时候,嘴巴都歪了。郑凯南心里咯噔了一下,说,老陈,你怎么啦,你是不是病了?

陈秋石说,我没有病,我心里全都清楚。老郑,也许我犯了主观教条的错误,我太高估了自己,太低估了敌人。既然我能摸透敌人的心思,敌人把我看透也是有可能的。我一意孤行,他将计就计。这下完了,上级交给我的阻击敌人于苍南的任务,被我搞得鸡飞蛋打。水上大队如果绕过我们到了漳河桥,太行军区和抗大分校就危在旦夕,我就是失街亭的马谡啊,不,我比马谡犯的罪还大!我对不起党对不起人民!

陈秋石越说越激动,越说越悲愤,好像他真的铸成难以饶恕的大错,真的就要走上军事法庭,真的就要人头落地似的。郑凯南被陈秋石的突然悲观弄得措手不及,已经说得没有话说了,只是一个劲儿地安慰他说,老陈,你不要想得太多,你现在说这话为时尚早啊!

陈秋石泪流满面地说,我说这话不早啊,水上大队现在还没有出现,这一切只能说明我判断失误。什么狗屁战术专家?简直就是当代马谡今日赵括,纸上谈兵、遗臭万年!

说着,竟然蹲在地上,双手抱头,两只拳头不断地擂打自己的脑袋,像个闯祸的孩子。

郑凯南担心这伙计真的出了毛病,左思右想,还是要稳住他,正要上前劝慰,意外发生了,陈秋石抖动的双手突然停住了,一张泪水纵横的脸抬了起来,两只水雾朦胧的眼珠子一动不动地盯着树梢某处,耳朵似乎也竖起来了。

郑凯南说,老陈,你怎么啦?

陈秋石刷的一下从地上站了起来,大手一挥,往脸上擦了一把,两只眼睛骤然放光,逼视着郑凯南问,老郑,你听见了吗?

郑凯南说,什么,你说什么?

陈秋石的上半身微微斜着,两只眼睛眯缝着说,马蹄声,你听,是马蹄声,东洋战马的蹄声啊。马蹄踏在碎石路上,哒哒哒,哒哒哒……你听!

郑凯南弯下腰,脖子伸得像长颈鹿,侧耳听了半天,除了风吹树叶沙沙响,别的什么也没有听出来。他疑惑地看着陈秋石,看见陈秋石的脸色由白变红,瞳孔似乎都放大了。郑凯南担心地问,老陈,你真的听见马蹄声了?你不是做梦吧,你是不是哪里不对劲啊?

转眼之间,陈秋石就像变了一个人,容光焕发,精神抖擞,两只手下意识地捋着腰间的武装带,捋得呼呼作响。陈秋石说,哈哈老郑,他们来了,他们来了啊,守株待兔,兔子来了,他们终于撞到老子的枪口了。

一阵秋风过来,吹得郑凯南满耳朵眼儿都是黄沙,就是没有马蹄声。郑凯南抬起头来,看看天,也是一片灰蒙蒙的。他不动声色地看着陈秋石,他基本上可以确认了,这伙计的脑子的确出了问题,这伙计因为承受不了指挥失误的压力而精神崩溃了,犯了羊角风。怎么办?不能再让他指挥部队了,必须采取果断措施,让他离开战场。可是,采取什么样的措施呢?他已经失去理智了,跟他和风细雨地谈,显然无济于事。实在不行,就下了他的枪,让警卫员强行把他架走。想到这里,郑凯南的心里隐隐地痛了一下。真的对老陈下手,他还是于心不忍的。

然而,就在郑凯南千难万难的时候,他们听见了枪声。先是零零星星的几声,接着枪声大作,还伴有迫击炮的声音。

一切问题都迎刃而解了,郑凯南看见陈秋石已经举起了望远镜,边观察边说,好的,好的,这群鬼子是好鬼子,还真听话,啊,乖乖地来了。

郑凯南说,老陈,我听见了,他们来了,同前哨排接火了,你的判断是对的,你的指挥完全正确。

陈秋石大喝一声,准备出击!

七

游击队成立之后打的第一仗是协助国民党主力截击日军军火。

这年初冬,六安中心地委书记兼淮上抗日支队司令韩子君专程到楚城同国民党守备旅长章林坡会晤,两人寒暄几句,进入实质话题,就开始唇枪舌剑了。

韩子君说,我们这么大的地盘,一万多平方公里,二百多万人口,一万多正规军和地方武装,居然让两千多名日本鬼子盘踞在这里搞什么"大东亚共荣圈",简直太耻辱了。

章林坡说,韩司令,你是站着说话不腰疼。你以为我不想打?我也想打。可是你看看我的部队,今天还有万把人,跟着咱喊抗战口号,一旦打起来,一盘散沙啊!

韩子君知道章林坡的心思,老章只讲了一半实话,还有一半他没有讲。国民党军队里有个不成文的规矩,谁的部队有多少人,谁就当什么官,章林坡现在手上有一个旅的兵力,他就是旅长,一仗打下来,损兵折将在所难免,剩下一个团,他就是团长,剩下一个营,他就是营长。在这种情形下,军官们自然不愿意当出头椽子,人人自保,互相推诿,以至于日军长驱直入。韩子君说,可是我们也不能就这样眼看着日本鬼子骑在我们头上尿尿啊。我们的装备差是不错,好歹还能发射,百米之内也是能打死人的。你们一个旅被打出淮上州,东躲西藏,老百姓心寒意冷!

章林坡说,说得轻巧,我一个旅东躲西藏老百姓心寒意冷,可是你们做什么了?你也是个司令,搞了几千人的游击队,半年了还没有见你正经八百地打过一仗。

韩子君说,章旅长此言差矣,自从各个游击队成立,大兵团作战没有,小出击从来没有停止过。跟鬼子正面交锋很少,打汉奸一刻也没有放松。没有游击队牵制,你的正规军就不可能这么安逸。

章林坡说,好了,说吧,韩司令此来,有何贵干?

韩子君说,我们得到可靠情报,日军准备发动南下攻势,近期有一批军火要路过淮上州,沿淠史河越过大别山,运往武汉外围,这正是我们出击的大好时机。我这次奉命而来,就是会同贵部,协商截敌计划来的。

章林坡不屑地说,老韩,我军正在调整战术,以时间换取空间。目前还不是同日军决战的时候,你们还是躲在山里招兵买马吧。

韩子君正色道,章旅长,我已经把我方的意见说清楚了,抗击日军,截击日军南下军火,这是千载难逢的机会,我们不能为了自保坐失良机。

章林坡沉吟了一会儿说,那你们希望我做什么?

韩子君说,打大仗当然要有大部队。我们也不跟敌人正面交锋,我们可以利用我们的地形民情优势,搞袭扰战。待日军辎重部队出现,你主力截击,将其打散。我们的二十支游击队,三十个区中队,全部集中使用,在山里,水上,城里,乡间,开辟战场,分而歼之。

章林坡笑了,说,老韩,听你这么一说,还挺有计谋的。可是我不能听你的指挥,我得听上峰的。

出乎章林坡意料的是,到了第二天,上峰果然来了通报,证明韩子君提供的情报不虚,上峰要求章林坡部截击日军松冈联队护送的军火,至少要将这支辎重部队打回去,阻其南下。

这一下,章林坡就不能小看韩子君了,他在沙盘前伫立良久,派人叫来了作战处副处长杨邑。

杨邑就是当年陈秋石在黄埔分校时候的杨教官,也是章林坡在陆军学校的同学,过去这两个人曾在一支部队里当营长,就战术水平而言,杨邑远在章林坡之上。然而章林坡为人圆滑,深谙为官之道,把部队交给他,无论战争怎样惨烈,他的部队总能全身而退。而杨邑是个死脑筋,打仗惟胜是求,把部队交给他,动不动就打光了,仗一打完,他的身后就没几个兵了。这样的人,上峰不喜欢,所以总是不得志。直到黄埔南湖分校解散,看在同学的面子上,加上杨邑玩战术委实炉火纯青,是个难得的幕僚,章林坡才把他收留过来,给了个作战处副处长的位置。这个角色可大可小,可进可退,章林坡要的是杨邑的战术谋略,而不是杨邑的战斗作风。

当下章林坡把上峰的电文给杨邑看了,交代说,韩子君他们对这次截击日军军火很感兴趣,气可鼓不可泄,我看可以给他们一些实质性的任务。

杨邑说,他们那几条破枪,乌合之众,能起到什么作用?敲边鼓还凑合,大仗还是要我军来打。

章林坡不悦地说,老杨,你这个思想要不得。现在是统一战线,焦土抗战,人不分男女老幼,地不分东西南北。韩子君的游击队,这次不仅要参战,而且要在主战场上。你现在就给我搞一个方案,时机和战场由你拟定。前提是,在战术方案上,本旅投入全部三个团,另有炮兵营、骑兵营。实际战斗中,我军在核心部位兵力不要超过一个营,所有参战部队,必须保证伸缩自若。明白了没有?

杨邑顿了顿说,明白是明白了,但是上峰电文上要求是必须达成截击敌军火之战役目的。如果我们用兵过于保守,仅凭韩子君部零打碎敲,万一敌军火抢运成功,岂不耽搁大事?

章林坡心里暗骂,这哥们果然对官场规则稀里糊涂。上峰的电文当然是冠冕堂皇的,可是上峰的心思能在电文里说吗?上峰当然不希望敌军火抢运成功,但是上峰更不愿意看到他的部队被打光。章林坡心里别扭,嘴里却若无其事地说,老杨,布阵谋局你是高手,我的意思,上峰的意思,我相信你不会不明白。找你来搞这个方案,就是希望两全其美。

杨邑眼巴巴地看着电文,心里琢磨,打仗是要死人的,什么两全其美?既要沽名钓誉,又不想伤筋动骨,天下哪有这样的好事?淮上州失陷之前,我军两个师打日军一个联队都很吃力,现在正规军只有一个旅,而且核心部位不超过一个营,这简直就是天方夜谭。看来这个仗不是真打,章旅长的意思显而易见是虚晃一枪。难道,截击日军军火的重任真的要靠韩子君手下的那些泥腿子来完成?

章林坡说,老杨,你再琢磨琢磨,确保本部全身而退啊!

杨邑盯着眼前的电文和墙上的作战示意图,好半天才说,好吧旅座,我尽力而为。

当天夜里,杨邑果然制订了一份虚张声势的作战计划。按照这个计划,国军主力基本上是坐山观虎斗,而把重要任务推给了韩子君。

第二天早上,章林坡召集团长以上军官讨论,大家认为,这份计划天衣无缝,具有很强的可行性。杨邑心里明白,这些军官其实都是揣着明白装糊涂。

接下来有两个问题,一是同韩子君部协同,二是主战场上的那个营从哪里派。

章林坡派人把作战方案送到杜家老楼,韩子君看了之后,长久不语。最后冷笑一声对章林坡派去的副官说,国难当头,贵部自保之策还如此圆满,令人钦佩之至。

副官被说得脸上红一阵白一阵,辩解说,韩司令误解了,这份方案来之不易,出自我军著名战术专家杨邑之手。韩司令说自保,本部军官却认为是万全。

韩子君说,杨邑?是不是那个在黄埔南湖分校当过教官的?

副官立正回答,正是。

韩子君不做声了,再把方案打开,从头至尾看了一遍,掩卷深思良久,然后说,好吧,请转告贵部长官,我西华山抗日游击队全体官兵枕戈待旦,我们是何成色,战斗中看!

这次以独山为主战场的截击日军军火的战斗,若干年后被军史专家称为淮上的百连大战,除了章林坡的国民党军部分主力部队,韩子君动员了大大小小五十多个游击队和民兵小分队,在战斗中大显身手,虽然未能成功地歼灭敌人的辎重大队,但是造成了日军松冈联队和护送日军近二百人伤亡,歼灭伪军共七百多人。

战斗中,杨邑临危受命,以代理团长的身份组织独山阻击战,支撑了六个小时。战斗越打越烈,杨邑麾下连长和代理连长先后阵亡七人,杨邑本人身中三弹,仍然挥枪高喊,退却者格杀勿论!

杨邑的悲壮和不屈,迫使章林坡把假戏做成了真的,不得不动用后备的两个团接应,从而将原本计划的战斗规模大大地拓展了。

陈三川第一次参加真枪实弹的战斗就是在这一次。

郑秉杰的游击队是个小游击队,担负的任务是同另外三支游击队一起在湘红甸打伏击。郑秉杰布置任务的时候,刘锁柱的脸都吓白了,他参加游击队可不是来打仗的,前些日子虽然苦一点,好歹脑袋还在,现在猛不丁地听说要开到湘红甸战场去跟鬼子打仗,肠子立马就揪成一团。郑秉杰讲的是什么,他一句也没有听清楚,脑子里一个劲儿琢磨怎么办。想来想去,三十六计走为上,不跟他们玩了。

瞅个冷子,刘锁柱捂着肚子离开了训练场,假装解手,钻进了毛竹林,正在东张西望,冷不防背后一个硬邦邦的家伙顶住了腰眼。刘锁柱骇得魂飞天外,赶紧把两只黑乎乎的爪子举起来,上牙磕着下牙,结结巴巴地说,长官,太君,饶命啊!

这时候听见背后一个瓮声瓮气的声音喝道,开小差,枪毙!

刘锁柱听出来了,原来是陈三川。快要跳出来的心这才收回去一半,扭过脸来说,啊,是三川兄弟啊,哥哥我哪里是开小差,我拉稀!

说着,往下哈哈腰,顺手一扯,抽掉系在腰间的麻绳,大腰裤子便猪大肠子一般堆在地上,再往下一蹲,便扑扑通通地放出一股恶臭。说来也是蹊跷,他说拉稀,就当真拉稀了。刘锁柱一边拉一边在心里骂,这个小杂种,人小鬼大,原来他在监视自己呢。

三川见刘锁柱当真拉稀了,捂着嘴一跳老远,嚷道,真臭,吃独食,拉驴屎!

刘锁柱说,滚蛋,你个小毛孩子懂个屁,驴屎才不臭呢,人屎最臭。可是俺们天天吃芋头干麦麸稀饭,人屎跟驴屎也差不多,不臭。

三川手里抱着一根训练用的木头枪,仍然对着刘锁柱,眯缝着小眼睛说,刘锁柱,你就是要开小差,拉稀你为啥不到茅房去?我一看你的样子就像开小差。你开小差我就枪毙你。

刘锁柱说,我开你奶奶的差,我拉稀,你眼睛瞎了鼻子也瞎了吗?

三川放下木枪,盯着刘锁柱说,你不要嘴硬,你开小差逃不出我的手掌心,你要是敢离开这片毛竹林,叭,你的脑袋就开花了。

刘锁柱拉完,毛竹叶包着石头把屁股揩了,提上裤子,左一下右一下系了活结,冲三川做了个鬼脸说,我干吗要开小差啊,我还等着战场上立功日你妈呢?

话音刚落,他的脑门上就重重地挨了一家伙。三川的弹弓打得很准,不偏不倚,正中眉心。刘锁柱一阵晕眩,差点儿没有昏过去。三川绷着弹弓说,刘锁柱,给你自己两耳光子。

刘锁柱说,小杂种,你敢打革命同志?我找郑队长告你!

话没说完,只觉得右手一阵钻心的疼痛,又挨了三川一家伙。好汉不吃眼前亏,刘锁柱二话不说,抡起巴掌,左一下右一下连扇自己六个耳光子,哭丧着脸喊,三川兄弟,三川爷爷,你是我的爷爷行了吧,别再打了,你把我打伤了我怎么去跟鬼子打仗啊?

游击队向湘红甸开拔的时候,三川被强行留下了。看管他的是江碧云和另外两个游击队员,一个是在前不久除奸战斗中负伤的马建科,正经的老红军,游击队的教官。还有一个是伙夫万寿台。

队伍开拔了,陈三川又踢又闹,要跟着走。黄寒梅说,让他去吧,这孩子像个土匪,没准能派上用场。

郑秉杰说,黄大姐你不要胡来,我们这是去打仗,不是儿戏,带个孩子像什么话!

可是三川闹得厉害,把万寿台的手背都咬开了。最后还是马建科起了作用,把三川的胳膊抓过来啪啪摔了两下,那两只胳膊就像面条一样耷拉了下来,不仅不能抓人了,腿也站不直了。

湘红甸战斗是在第二天早上打响的,游击队第一次跟鬼子面对面,难免紧张。郑秉杰一个劲儿地喊,不要慌张,没有命令不许开枪!

黄寒梅此前参加过一次战斗,有了那次经验,她就算老兵了,这次要沉稳得多。刘锁柱就趴在她身边,手里的几颗手榴弹被他攥出水来了,还不时地问,黄大嫂,鬼子会不会爬山啊,万一我不行了,你可得救我啊!

黄寒梅厌恶地说,就你的命值钱?你不要胡乱鼓捣手榴弹,当心把线拉出来了!

小晌午时分,果然有鬼子进入到伏击圈里,郑秉杰和刘汉民等人不看敌人,只盯着自己人,怕他们乱开枪。好在大家都还听话。

第一枪是主阵地打响的,一群鬼子在右边的山下受到阻击,慌不择路地向这边涌了过来,郑秉杰眼看时机成熟了,这才下令开打。

顿时,山谷里枪声大作,十几条汉阳造,二十几条鸟铳,三十多颗手榴弹一齐向山下雨点般泼去。刘锁柱找到了感觉,一口气扔了三颗手榴弹,自己的扔完了,又帮着把黄寒梅的也扔了,扔得小褂子都汗透了。

战斗打了不到二十分钟,这边的鬼子死的死跑的跑。右边主阵地传来命令,让郑秉杰的游击队向北兜屁股追击。刚刚追到二道山的山梁,路边闪出一个人影。黄寒梅一看,脑袋顿时就大了,原来是陈三川。三川肩膀上扛着两支步枪,一支是三八大盖,一支是中正式。三川的手里还拎着一支王八匣子,盒子枪啊!

后来才知道,三川的胳膊被马建科点了穴,等游击队走远了,马建科又给他解了。这小子趁人不备,兔子一样钻进毛竹林,一直追到湘红甸。但是他多了个心眼,并没有去游击队的阵地,而是爬到一棵老松树上,在一边等着。战斗打响之后,鬼子狼奔豕突,有一个散兵正好钻进三川栖身的松树前面,三川绷起弹弓,打个正着。这是一个伪军,挨打后失魂落魄,就地卧倒,三川从树上凌空跳下,将伪军砸伤,接着就骑了上去,用石头将这个伪军解决了。有了一支枪之后,三川正要去找游击队,又看见一个鬼子和一个伪军在半山腰逃命,他一枪一个,基本上没有费太大的事。

这次战斗之后,陈三川终于成了游击队一名正式队员。

八

骡马队从陈秋石身边走过的时候,陈秋石正在漳河峪的土岗子上接受采访。旅部有个文工团,文工团的团长兼编导廖添丁是个大笔杆子,同成旅长私交甚密,文工团的任务,陈秋石是不敢马虎的。

跟廖添丁一起来的,除了两个白面书生,还有几个叽叽喳喳的小女子,知道陈秋石的部队打了一个精彩的胜仗,丫头们都很兴奋,小脸蛋儿红扑扑的,围着陈秋石问这问那,弄得陈秋石心猿意马。好长时间没有接触女性了,况且还是一群桃花般灿烂的女孩子,陈秋石冷不丁地就想到了黛玉和晴雯。特别是那个叫梁楚韵的女孩子,大约十六七岁的样子,显然还是个主笔。梁楚韵坐在他的对面,手里夹着铅笔,眼睛格外明亮,陈秋石三心二意地介绍着战斗经过,她就支着下巴一眨不眨地盯着他看,一点儿没有顾忌,眸子里闪动着无邪的惊喜。陈秋石很不习惯被女孩子这样肆无忌惮地直视,眼睛不时地回避着,向外飘散。突然就看见一队骡马从漳河桥头稀稀拉拉地过来了,原来是旅部供给处来收缴战利品了。

陈秋石说,行了,战斗经过就是这些,我没有什么可以说的了。

梁楚韵说,那后来呢?

陈秋石说,后来的事情你们不是都看见了吗,水上大队最终没有逃出我们的手心,咔,掉进我们的伏击圈了。

梁楚韵说,陈营长,听说你擅自改变战场……

陈秋石说,不是擅自改变战场,是临机调整战术。

梁楚韵嫣然一笑,明眸皓齿在阳光下晶莹剔透,让陈秋石心里又是一阵感慨。梁楚韵说,对,是临机调整战术。不过,听说你顶住了很大的压力,承担了很大的风险,是不是这样啊?

陈秋石说,打仗嘛,没有压力还行?风险嘛,打仗就是风险的艺术。敢于冒险,善于冒险,化险为夷,这是指挥员必须具备的能力。

梁楚韵兴奋地说,太好了,陈营长,你说得太精辟了!

陈秋石说,对不起,我还有点事,剩下的问题你们找郑教导员和连队的同志谈行不行?仗是大家一起打的,我个人没有什么可说的。

说完,起身要走人,眼睛仍然盯着骡马队。

梁楚韵说,陈营长,我们还没有谈完,我们的问题还有很多呢。

陈秋石老远冲着骡马队喊,老吴,你们这是干什么?

吴东山从骡马队里跑过来,两手作揖,满脸堆笑说,恭喜恭喜,老陈,打得好啊!你打了胜仗,我也发了大财!

陈秋石面无表情地说,你们这是干什么?

吴东山说,我还能干什么?打扫战场呗。一共缴获了十一匹骡子,十六匹马。

陈秋石站着没动,瞅着逶迤而来的骡马队,问吴东山,老吴,你打算把这些骡马弄到哪里去?

吴东山被他问愣住了,张张嘴说,弄到哪里?那还用问,弄到供给部统一分配……啊,我想起来了,他妈的我差点儿忘了一件大事。吴东山一拍脑门,朝骡马队吆喝了一声,老锅,把一队给我拉到这边来。

那个叫老锅的老兵应了一声好咧,往前跑了几步,不多一时就牵了五匹骡马过来。梁楚韵在陈秋石的旁边问,陈营长,你是要马吗?

陈秋石笑笑说,是啊,你懂马?

梁楚韵说,不懂。但我会看长相。

陈秋石说,好,一会儿你帮我掌掌眼。

这五匹骡马一看就是选出来的,高大健壮,器宇轩昂,虽然成了俘虏,却没有卑琐的样子。吴东山说,老陈,你选吧,我倒是要看看你的眼力了。

没等陈秋石表态,梁楚韵便指着中间的一匹高头大马说,我看这匹好。

陈秋石回头问,说说,好在哪里?

梁楚韵说,个头大,膘肥,威风。

吴东山说,姑娘好眼力,这是挑给旅首长的,不过,陈营长是漳河峪战斗的功臣,你要是喜欢,就把它留下。

陈秋石淡淡一笑说,还是给旅首长吧。

梁楚韵说,我明白了,你是不想太招眼了。那我建议你选这匹。

陈秋石说,啊,有点意思,你说说,这一匹有什么特点?

梁楚韵围着那匹枣红色的骡子转了一圈说,皮毛光滑锃亮,说明健康。肌肉发达,说明有力。腿长,能够跑得快。

吴东山说,哎呀,没想到你这个女秀才还是个相马的伯乐呢,我跟你说实话,这是准备送给师首长的,没准它会伺候刘伯承,要么就是邓小平。

陈秋石点点头说,是匹好马。老吴,我要是把它留下,你舍得吗?

吴东山脸皮一紧说,你要是把旅首长的那匹留下,我一句话都不说。可是这一匹,我欠师部黄部长一个情,我就想拿这匹马去抵债呢。

陈秋石说,老吴你不厚道哦,这匹马你既然另有用场,何必拿来眼馋我呢?

吴东山被说愣住了,表情难堪地看着陈秋石,好半天才说,老陈,你是不是真的看上这匹马了?

陈秋石不温不火,笑笑说,怎么讲,看上了怎么样,没看上又怎么样?

吴东山咽了一口唾沫说,没看上,咱们啥也不讲。如果看上了,那我就打开天窗说亮话,要是别人,你给我三根金条我也不换。我得伺候首长你说是不是？话又说回来了,只要你陈秋石看上了,那就好说了。

陈秋石看着马说,老吴,你开个价吧？

吴东山说,老陈,你是战斗部队的指挥员,仗有得打。可我呢,混了几年,从西路军死里逃生,现在倒好,当起了粮草官。你看,我这个撸子,还是整编那年捡的破烂货。你有那么多好枪,也不在乎一把两把的……

陈秋石说,我明白了。说着,解开武装带,连同上面的德国造二十响驳壳枪,扔给了吴东山。

吴东山喜出望外,捧着武装带说,老陈,老陈,你动真格的啊！这也太,太……好,君子一言,驷马难追。这匹马归你了。

陈秋石哈哈大笑说,老吴,那把枪是你的了,马你牵走。本营长不稀罕。

吴东山笑成一朵花的脸皮顿时僵硬起来,手搭凉棚瞅着陈秋石说,老陈,你这是啥意思,嫌我小气？

陈秋石说,把这匹马送到赤岸给师首长吧,我用不着。

吴东山抖着手里的驳壳枪说,那咋办,那咋办,这枪？

陈秋石说,我说过了,枪归你了。把剩下的马给我牵过来。

吴东山说,还有六匹,是准备配发团级干部的。

陈秋石说,不看。凡是你老吴看中的,我都不要。

吴东山说,那就只有几匹差的了,老弱病残,我准备弄到辎重队拉车用的。

陈秋石不耐烦地说,牵来我看看嘛,好不好？那枪都是你的了。

吴东山懵懂了一会儿,醒过神来,说了一声好,拔腿就跑,不一会儿,就牵来最后的七匹马。

梁楚韵一看这七匹马,就笑了,说,陈营长,你那么高的眼光,怎么会看上这些歪瓜瘪枣?

陈秋石说,没办法啊,矬子里拔将军啊!

陈秋石说着话,眼睛却被十步开外的一匹马吸引了去。那马貌不惊人,深栗色,腿短身子长,毛发凌乱,眼神无光,身上驮着两捆长枪,四箱弹药,还有一些毯子被子之类的东西。陈秋石估了一下,马背上的东西少说也有千把斤重,以至于马腿都有些趔趄了。那马老远看见陈秋石,原地立住,竭力站稳,马头猛地往上一扬,看着陈秋石直喘粗气。

陈秋石失声叫道,老吴!

吴东山跟在后面,颠颠地跑近陈秋石问,怎么回事,难道你看中这家伙了?

陈秋石说,赶快,把它身上的东西先卸下来。

吴东山瞪着眼睛看陈秋石说,不会吧,你不是跟我开玩笑吧?

梁楚韵也在一旁窃笑,陈营长,难道你想选一个老山羊当坐骑?我看这匹马,活像一个老山羊。

吴东山招呼那个叫老锅的老兵,两个人费了吃奶的力气,把马背上的东西搬将下来。那马似乎有点愣神,又似乎猛地觉醒,突然一声长啸,扬起了前蹄,落地之后,咆哮不已,乱踢乱蹦,靠近不得。

吴东山看看马,又看看陈秋石,嘀咕说,他妈的怎么回事?这畜牲刚才还老实得像头驴,转眼之间就凶起来了。

陈秋石哈哈一笑说,他在骂你狗眼看人低。

吴东山说,你确定这是一匹好马?

陈秋石说,你们别动,让我来问问,它从哪里来,又有什么想法。

梁楚韵说,问谁?问马?你还懂马语?

陈秋石说,别怕,跟着我。

说完,伸出右手,向马头正前方晃了晃,再向马头右边晃晃,再往左边晃晃,那马很快就老实了,茫然地看着陈秋石的手臂。陈秋石走到马的左侧,伸出左手,那马似乎犹豫了一下,慢慢地把脑袋偏给了陈秋石。陈秋石捧着马的下巴,口中念念有词,谁也听不懂他在说什么,似乎只有那马能够听得懂。

吴东山和梁楚韵在一旁看得云山雾罩,大眼瞪着小眼,大气不敢出。

陈秋石在马头前嘀咕了大约十多分钟,忽然纵身一跃,跨上了赤裸的马背,两腿一夹,那马如同离弦的箭镞,前腿飞起,后腿绷直,全身犹如一条弧线,一道紫红色的彩虹横空出世,刷地一下飞向对面的山峦,其速度之快,姿势之美,让梁楚韵不禁发出一声惊呼:天哪,怎么会这样?

旋风般归来的陈秋石在马背上哈哈大笑说,它就是这样!它本来就应该是这样!

梁楚韵说,哎呀,没想到这个老山羊这么厉害!

陈秋石说,小梁啊,借你吉言,我这匹马,以后就叫老山羊了!

九

一二九师召开了隆重的表彰大会,副师长徐向前亲自给陈秋石授了一枚延安自制的立功勋章,并在会上说,打一仗总结一次,提高一步,这是我军的优良作风。徐向前要求师里的作战参谋机关深入地了解漳河峪战斗,好好地研究总结陈秋石的战术。尤其是陈秋石对敌情地形的判断以及果断的处置方案。徐向前最后说,这应该成为我军将来进行正规战争的范例。

陈秋石被任命为三三六旅二团副团长兼参谋长。

不久抗大分校派了几名干部到三三六旅来感谢慰问。旅首长说,要慰问就慰问陈秋石吧,他是漳河峪战斗的直接指挥者。

慰问团便来到了二团营地石板岩。陈秋石春风得意,正在房东家里写战例,警卫员报告说,抗大分校慰问团的首长来了。陈秋石连忙起身迎接,走到门口,他愣住了,门外站着笑呵呵的赵子明。

老赵,你还活着啊!陈秋石喊了一声,就把赵子明抱住了。

赵子明拍着陈秋石的后背说,我当然还活着。我不仅活着,我还给你带了半头猪来。

陈秋石松开赵子明说,什么猪?

赵子明说,分校首长让我们慰问团给你们部队带一头猪来,这是我们搞大生产的成果。分校首长特意指示,这头猪一半给部队打牙祭,一半给你个人。

陈秋石说,开什么玩笑,我哪里能吃掉半头猪啊?

赵子明说,归你个人支配,你奖励给谁我们不管。

陈秋石说,受之有愧啊!

赵子明哈哈一笑说,除了猪,你就不想要人了?

陈秋石怔了一下说,我现在最想的是两个人,一个是我的儿子,今年应该快十三岁了,满月之后我就没有见过他。

赵子明说,这个我暂时没有办法。抗日嘛,个人总得做出牺牲。你最想见的还有谁?

陈秋石迟疑一下,脸皮涨红了,半天才支支吾吾说,你装什么糊涂?

赵子明哈哈大笑,朝身后高喊一声说,出来吧,仙女下凡了。

陈秋石正在傻着,突然听见一阵清脆的笑声,从他立身的房东屋后,就像变戏法似的闪出一个英姿焕发的女八路。陈秋石的眼睛都直了,天哪,是袁春梅!

袁春梅笑吟吟地看着陈秋石说,秋石兄,干吗这么看着我,难道不认识了?

陈秋石揉揉眼睛说,春梅,我这不是做梦吧?

袁春梅说,你就让我们在这里站着?

陈秋石醒悟过来,赶紧闪身往院子里让,嘴里说,请请请。警卫员,倒茶。看看有没有什么吃的弄一点来。

坐进院子,陈秋石才感受到,阳光是那样的明媚,已经是冬天了,院子里却是春意盎然。

细细聊起来,这才知道,赵子明在当初西路军被打散的时候,一度被俘,后来在被押往南京"洗脑子"的路上,组成狱中支部,联络十几名难友,逃到太原办事处,后来辗转到达延安,一直在抗大分校工作,现在是抗大分校的副教务长。

袁春梅的经历也很奇特。当年陈秋石等人离校到川陕根据地之后,袁春梅又坚持留校一个多月,组织上决定采取果断措施,武力劫持杨邑,由于行动计划泄露,行动失败,袁春梅差一点儿被俘。她在风声鹤唳的那几天,居然是躲在杨邑的寓所里,经由杨邑的夫人给她乔装打扮,成了一名阔小姐,对外号称是杨邑夫人的娘家表妹。杨邑不愿意脱离国民党,但是杨邑没有出卖她。杨邑说,人各有志,陈秋石那样的干才都跟你们走了,说明你们的组织是有吸引人的地方。只是我不能跟你们走,我是党国军人,不能背信弃义。

在一个月黑风高的夜晚,杨邑动用了自己的铁杆同僚,把袁春梅送到汉口码头。袁春梅说,杨先生,虽然我们的主张不同,但是我们一直敬重您的为人,爱国之心我们都是一致的。我们期待您弃暗投明。您什么时候方便,我们什么时候接应。

杨邑摇摇头说,袁同学,你到了那边,如果见到陈秋石,请转告他,我们的国家经历了太多的苦难,日本人已经不满足于涂炭我东三省,对我中原也是虎视眈眈。全民抗战在即,师生一场,我希望我们在抗日战场上携手并肩。要是做那亲痛仇快的事情,为师就太寒心了。没有办法,只能兵戎相见的时候,就请他忘记这段师生情谊。

陈秋石听袁春梅叙说那段历史,不禁黯然伤神,久久不语。他在脑海里回忆当年在黄埔南湖分校的情景,杨邑那张冷峻的面孔和挺拔的身板犹如就在眼前。那确实是一段难忘的岁月,他由一个乡村士绅的土少爷,怀着一腔莫名其妙的激情,半是清醒半糊涂地走上了被赵子明等人称之为革命的道路,对于前途两眼茫然。可是在南湖分校,他找到了人生的支撑点,找到了用武之地,而这一切,与那个冷面教官有着很大的关系。可是如今,先生在哪里呢?

十

粉碎日军秋季攻势之后,总部调整了部署,开辟了百泉抗日根据地,三三六旅和抗大分校驻扎在太行山下的百泉镇。

二百多米宽的百泉河从上游过来,冲刷出大面积河滩。两岸的十几个村子驻扎了抗日部队,使这个偏僻的所在喧闹起来。每日清晨,朝霞满天,东方的山脊上笼罩着一片玫瑰色,河面倒映着山峦和云霞,山坳里升腾着操练的口号声和歌声。这里被称为太行山的延安。

抗大分校有战役科、战术科、技术科、政工科,政工科里又分艺术班和美术班,艺术班里又有文学、戏曲、音乐、舞蹈等专业,人才济济。这些人的到来,就像美酒一样,给百泉抗日根据地带来醇浓的文化气息。

袁春梅是政工科的教导员。有时候是清晨操练完毕,有时候是傍晚,有时候是袁春梅主动过来,有时候是陈秋石派警卫员牵马去接,只要能够挤出时间,两个人就会相约在河边散步。散步的时候,很少说话,就那么默默地走,在沙滩上留下几串长长的脚印。偶尔交谈,话题多数是彼此这些年的经历,将来的打算,未来的憧憬,家乡的情况,等等。

意外最终还是发生了。

一个深秋的傍晚,两个人在河边走了一圈又一圈,现在在沙滩上留下的,不是长长的几行脚印了,而是凌乱的,无序的,不规则的浅坑。这些脚印书写着陈秋石杂乱无章的心思。走了一阵,陈秋石憋不住了,问及袁春梅的个人生活,说,春梅,这么多年过去了,你一直是单身吗?

袁春梅愣住了,笑笑说,不,我已经结过婚了。

陈秋石没有防备,听了这话,犹如当头挨了一棒,傻乎乎的半天才回过神来问,你说什么?

袁春梅对陈秋石的失态并不意外,脸上飞起两片红晕说,秋石兄,我知道你对我的感情,在南湖分校的时候,在秋子河畔……可是,这么多年过去了,什么都在发生着变化……

不,你错了,一定是搞错了。陈秋石突然没头没脑地说。

袁春梅惊讶地看见,陈秋石的脸皮紫红,两只眼珠子闪射着愤怒的光芒。袁春梅说,你怎么了?

陈秋石说,你说什么?你成家了?不,一定是搞错了。你告诉我,这是开玩笑!这一定是开玩笑!

袁春梅停住步子,她对陈秋石一本正经的样子和蛮不讲理的口气感到好笑。袁春梅说,陈秋石同志,没有搞错,我也没有开玩笑,这是真的!

陈秋石说,你还是一个姑娘家,怎么说成家就成家了?岂有此理!

袁春梅说,怎么可能,我已经快三十岁了。

陈秋石说,你成家了,我怎么不知道?我不知道,就不能算数。

袁春梅说,倒是你在开玩笑了。我成家了,为什么非要让你知道?再说,这些年我们天各一方,南征北战,我也没有办法让你知道啊!现在既然知道了,我们就尊重这个现实吧。

陈秋石说,荒唐!

袁春梅不高兴了,脸一沉说,你指的是什么?

陈秋石说,全他妈的乱套了,一切都面目全非了。有意栽花花不活,无心插柳柳成荫。踏破铁鞋无觅处,得来全不费工夫。早知今日,何必当初……

袁春梅傻了,怔怔地看着陈秋石慷慨激昂的头颅,听着他前言不搭后语地叨叨,不知道发生了什么事情,不知道是他装神弄鬼逗她玩,还是他真的犯了毛病。陈秋石现在真的进入到一个神奇的境界,如梦似幻。

袁春梅说,秋石兄,你呢,这些年来就没有遇到一个心爱的人?

陈秋石说,天涯何处无芳草,青山处处埋忠骨。

袁春梅紧张了,她的心里突然闪过一丝不祥的预感,四下看看说,秋石兄,时间不早了,我们回去吧。

陈秋石说,愿意革命的走过来,不愿意革命的滚开去!

袁春梅说,秋石兄,你到底是怎么啦,难道是我刺激了你?

陈秋石没有回答,不知道从什么时候,他的绑腿已经解开了,鞋子扔在河滩上,双腿浸在浅水里。

袁春梅站在河岸,难受了很长时间,她很想拂袖而去,但是又怕伤害了陈秋石的自尊心。再说,陈秋石的反常表现也让她担心。她说,秋石兄,深秋了,当心着凉。

陈秋石说,我要好好地凉一凉。

袁春梅说,你没事吧……我是说,我的话,我们之间的……

陈秋石站在水里,朝袁春梅扬了扬手说,我们之间没有关系了,我们之间就是革命同志的关系。你回去吧,我要洗澡了。你再不走,我就要脱裤子了。

袁春梅的脸顿时涨红了,冲河里骂了一句,陈秋石,你混蛋!

陈秋石哈哈大笑说,啊,我混蛋,我是混蛋,我是一个彻头彻尾的大混蛋。我要洗澡了。说完,把军上衣往岸上一甩,纵身跳进河里,蹲下身子把裤子褪了,扔到了岸上,又赶紧缩回身子,河面上只露出一个脑袋,阴阳怪气地看着袁春梅。

袁春梅气得眼泪都流出来了,弯腰捡起几粒小石子,一粒一粒地向河心掷去,嘴里恨恨地说,陈秋石,你不道德,你欺负人!

让袁春梅始料不及的是,陈秋石真的病了。

那次在百泉河边散步,袁春梅已经隐隐约约地觉察到陈秋石言谈举止有些不正常,但是她不能确定缘由,因而也不能确定这不正常是不是正常的。陈秋石那晚在河水里确实浸泡了很长时间,直到赵子明等人闻讯赶来,才连哄带骗把他扯上岸来。陈秋石当天晚上就打起了摆子,忽冷忽热,一会儿冻得牙巴骨打颤,一会儿烧得烫手。

这场病给陈秋石带来的后患是严重的。

在此后相当长一段时间内,陈秋石陷入到一种莫名其妙的状态之中,神情恍惚,开会经常走神。在抗大分校的课堂上,常常语无伦次,常常文不对题。一个月后,抗大分校再也不请他讲课了,三三六旅和本团的首长也发现了他的反常,差点儿就把他的副团长兼参谋长职务给撤了。

情况报到旅里,成旅长感到很严重,亲自找陈秋石谈话。

那次,旅长问得很细,从家庭出身,到参加工作经历。开始陈秋石还能够说出子午卯酉,但随着谈话的深入,陈秋石精神方面的问题果然暴露出来了。谈到战例的时候很清醒,谈到战术的时候半清醒半糊涂。问到妻子儿女的时候,他的头上就开始出冷汗,他对旅长说,我没有妻子,我只是有个儿子。

旅长奇怪地问,你没有妻子,你怎么会有儿子?

陈秋石说,我的儿子是我自己生的,不用别人插手。

旅长哭笑不得,也不计较他,又问起他在黄埔分校的情况,当提到杨邑的时候,陈秋石的眼睛瞪得老大,稀里糊涂地说,谁,旅长你说谁,哪个杨邑?我不认识。

旅长说,杨邑你怎么不认识,你的先生啊,也是我的同学!

陈秋石愣愣地看着旅长,突然站了起来,没头没脑地冒出了一句,不行,我得侦察清楚我的敌人是谁,我必须夺回我的根据地!

旅长惊问,陈秋石,你说什么?

陈秋石大梦方醒,坐下来说,我完蛋了,我丢失了我最重要的据点。

这次谈话,成旅长痛心疾首,经过了解,才搞清楚这伙计因为用情太深,患了精神病。

四天后,陈秋石的兼任参谋长职务被解除了,只剩下挂名副团长的职务。旅首长指示二团,陈秋石暂不参加实质性工作,收缴其随身佩带手枪,其住所增派三名警卫员,实行双岗保护。事实上他被软禁起来了,直到一个月后,经一二九师首长批准,又被送到石门治病。英雄气短,竟是为了一个女子,这话说出去不好听,对外只说是去疗伤。

第 三 章

一

江淮军区成立后,淮上抗日支队扩编,辖五个大队。

三大队的根据地依然是西华山,这里山高林密,道路崎岖狭窄,不便于机械化部队行动。日军从据点淮上州出发,到西华山,要翻过十几座大山,中间还有溧史河、马头河、杭河。两年下来,日军不仅没有把三大队消灭,三大队反而越打越大,越打越精。

陈三川长大了,到了十五岁那年,他已经大大小小参加过十多次战斗,并且当了小队长,管着十多个人,刘锁柱就在他的手下。刚开始的时候刘锁柱不服气,高兴了喊他三川兄弟,不高兴了喊他大侄子,背后还喊他小杂种,倚老卖老牛皮哄哄的。陈三川不在意刘锁柱喊他什么,只是有一条,打仗的时候,他不装孬就行。

可是让刘锁柱不装孬是不可能的,为此陈三川没少动脑筋。后来发生了一件偶然事件,刘锁柱的骨头终于被陈三川捋软了。

三大队的女人不多,总共才六个,被编成一个班,黄寒梅兼任班长。这六个女人各有各的工作,江碧云是游击队的书记员,后来还兼着机要员和保密员。马秋分是裁缝,负责缝缝补补,有时候也帮厨做饭。其余都是战斗员,平时站岗放哨多一些,战斗规模大了,大家一起扛枪上山。

在这六个女人当中,除了四个半老娘儿们,还有两个姑娘,一个是江碧云,一个是方艾蒿。江碧云是有学问的城里人,因为寻死被郑秉杰救下,一直追随郑秉杰,在游击队里也是个举足轻重的人物,老娘儿们都称她江姑娘。方艾蒿过去是郑家的小丫鬟,因为在淮上州郑家老受欺负,郑秉杰就把她带到东河口公立小学打杂兼读书。队伍拉起来之后,学校停课,小丫头没了去处,自然也就跟着上了山。方艾蒿比陈三川还小一岁,所以暂时还不算入伍。

　　部队没出大别山,打仗转移常常从家门路过,那些有家室的男人隔三差五总有机会回一趟家打一次牙祭,归队后又是如此这般,添油加醋地渲染一番,黑夜中能听到相邻的铺上咕咕咚咚吞咽口水的声音。

　　最难受的就要数刘锁柱。刘锁柱的爷爷是个铁匠,老爹还是铁匠。他的爷爷和老爹虽然是铁匠,好歹都有过女人,可是到了刘锁柱这一辈就不行了,城里有了铁器厂,东河口有了洋铁铺,他家的生意被抢走了不少,日子每况愈下,刘锁柱到了十八岁的时候也没有说上媳妇。偏偏他又有很多闲空,十里八乡听大书看花鼓,听了一肚皮英雄美人的故事,对于男欢女爱的渴望远远高于别人。他当初死乞白赖地参加游击队,当英雄的想法不是没有,但那凭借的是碰运气,他并不指望自己能够在枪林弹雨中打出一条英雄好汉来,因为十八般武艺他一般也不会。而对于女人,他凭借的还是碰运气,梦想有一天碰巧了,干出一番关羽岳飞般的事业,美女也就自然跟着屁股巴结了。

　　可是运气迟迟不来,而担惊受怕却是每时每刻的。

　　有时候就想,这他妈的真不值,早知道游击队是这受罪日子,还不如留在东河口当二流子呢,好歹脑袋是稳当的。

　　有时候又想,老子参加抗日也有几年了,没有功劳也有苦劳,到如今连女人是深是浅都不晓得,万一哪一天子弹找到了咱,岂不亏死?

　　忙里偷闲,刘锁柱就开始行动。老娘儿们太老,方艾蒿太小,他选择的主要目标只能是江碧云。他当然知道搞女人犯法,既然犯法,那就索性犯个值得的,搞张三是犯法,搞李四也是犯法,宁吃鲜桃一口,不吃烂杏一筐,这个道理他明白。当然,实在不行,马秋分让他睡,他也不会推辞。什么叫饥不择食,这就是。

刘锁柱是个有心人,到游击队之后不久,他就发现一个秘密,江碧云爱干净,只要条件允许,她就要洗,平时拎个吊桶打水回窝棚里擦,隔着小褂子擦里面。江碧云一般都是同方艾蒿一个窝棚,她在擦洗自己的时候,连方艾蒿也回避,多数选择在方艾蒿不在的时候进行。窝棚都是毛竹扎的,不是很牢靠,缝隙很多。刘锁柱那时候最喜欢站哨,特别是站游动哨,他能准确地把握战机,江碧云什么时候回窝棚,什么时候打水,什么时候擦身子,他基本上能够判断得八九不离十。从这个意义上讲,刘锁柱其实也是个战术专家。

可是,刘锁柱越看就越痛苦,因为江碧云擦澡的时候,防范得很严密。第一,她不脱衣服,她总是隔着小褂子擦。第二,江碧云有一个床单,在洗下身的时候,往往从铺上扯下床单,顶在脑袋上,像一个鹅罩一样把自己罩在里面,然后才蹲下去洗,好像分明知道外面有人偷看。

江碧云的这两条措施带给刘锁柱的伤害是灾难性的。刘锁柱为了争取当游动哨,不知道多费了多少心思,不知道编了多少瞎话,不知道放弃了多少听大话吹大牛睡大觉的机会,可是从春天到秋天,从夏天到冬天,他能够看见的,最多是江碧云偶尔露出的肚皮,就连这样的机会,也不是很多。

好在,刘锁柱是一个有耐心的人,能够持之以恒地同江碧云斗智斗勇。常在河边走,哪能不湿鞋,好马也有失蹄的时候啊,他就不相信江碧云没有失手的时候。有时候他想,就在江碧云擦澡的时候,要是鬼子来袭击一下就好了,这样他就可以堂而皇之地冲进江碧云的窝棚,在她衣衫不整的时候把她抱出去,翻山越岭,跋山涉水，跑到一个谁也找不到的地方，最好是一个山洞，最好三天三夜没有人来救。那么，往下会发生什么呢，他是英雄啊，英雄救美啊，英雄美人，同甘共苦，那还不是进了天堂吗？脱了衣衫的江碧云不就是一座天堂吗，那美妙的天堂任他看，任他摸，任他出出进进，那他就是这个世界最有运气的人，给个游击队长也不当。想到这里，那一瞬间他感到他的身体飘飘欲仙，他的下体就像破土而出的春笋，膨胀得快要裂开了。

然而这毕竟是黄粱一梦。蹊跷的是，鬼子从来没有在江碧云擦澡的时候偷袭，因此刘锁柱梦寐以求的天堂也就从来没有出现过。

有天下午，游击队主力下山帮助栽秧，刘锁柱号称自己拉稀，留在营地给自己熬中药。熬着熬着，他的眼睛瞪大了，他看见江碧云从自己的窝棚里出来了，手里拎着吊桶向河边走去。刘锁柱的心都快要跳出来了，要知道，这时候营地里没有几个人，他和江碧云简直就是相依为命。他差一点儿就跑过去帮江碧云拎水了，就要起身的时候，他又停住了。不，他不能轻举妄动，他不能让江碧云知道他也留在营地。急中生智，他从窝棚里找出瓦盆，扣在熬药的小火炉上，把火灭了。然后，他像游蛇一样绕过前面的窝棚，绕过伙房的窝棚，绕过黄寒梅那几个老娘儿们的窝棚，最后，他来到了江碧云的窝棚后面，提前把江碧云的窝棚从根子下面扒了一个洞，再用竹叶把洞口虚掩了，然后抱起一捆稻草，把自己埋了起来。

这时候他没有想到危险，他被欲望燃烧得不顾一切了。今天他要看到他最想看到的东西。

左等右等，江碧云就是没有回来。刘锁柱在稻草堆里埋了有几袋烟的工夫，江碧云还是没有露面。稻草堆里又闷又潮，憋得刘锁柱快要喘不过气来。

在望眼欲穿的等待中，刘锁柱突然想到了一个问题，为什么江碧云还没有回来，难道是出事了？难道江碧云掉到河里了？

刘锁柱呼啦一下站了起来，掀开身上的稻草，蹽起麻秸秆一样的细腿，风风火火地往河边跑。快到河边的时候，他看见那条用来打水洗衣洗菜的石板上没有人，也没有东西。他又多了一个心眼，拐了一个弯，钻进河岸的毛竹林，再往前低姿匍匐运动了十几步。这时候他看见了放在鹦鹉石上的江碧云的吊桶，吊桶旁边是江碧云的小褂子，天哪，还有裤子，江碧云的那条蓝绸子裤子，刘锁柱再熟悉不过。啊，青天白日下面，江碧云的裤子脱了，她在哪里，她在做什么？

刘锁柱的眼泪都快出来了，老天爷啊，总算给了他一个绝好的机会。江碧云脱了衣衫，正在河里洗澡呢！他的两只眼珠子就像两颗出膛的子弹，准确地发射到河面上。他终于看见了，她在水中，虽然只露出一个脑袋，但是她不时地往上起伏，露出她的脖子，甚至有一次，她还站了起来，露出了她的上半身。尽管隔着三十多步，尽管江碧云站起来的时间像闪电般稍纵即逝，但是刘锁柱还是执拗地认为，他看见了，看见了！他从心里已经看见了江碧云胸前那两只雪白的奶子！

他使劲地咽了一下口水，防止喉咙发出声音。战斗远远没有结束，他必须等待。他相信，只要他坚持到底，他就一定能够看到他最想看到的东西。江碧云总得上岸吧，总得穿衣衫吧。刘锁柱粗粗估算了一下，从河沿到鹦鹉石，至少有十步的距离，这十步她怎么走过来？她就是爬，我也能看见她的屁股。看见江碧云的屁股，就胜利了一半！

终于，江碧云开始向河沿移动了，撩着水，东张西望，再然后，她的脖子露出来了，然后是上半身，再然后……这一次，刘锁柱真真切切地看见了她的胸脯，其实并不是他想象得那样雪白那样饱满，但刘锁柱已经不计较这些了，他在等待最后的隐秘出现。

可是，事实再一次让刘锁柱失望了，他没有想到，他妈的江碧

110

云下河洗澡的时候还带着她的床单,她裹着她的床单上岸了,现在刘锁柱连她的胸脯也看不见了,他绝望得差点儿叫起来,差点儿冲河里扔开了石头。

然而,这并不是最糟糕的。最糟糕的是,就在刘锁柱痛心疾首几乎晕倒的时候,他的屁股上挨了重重的一击,他趔趄几步就一头栽在地上,门牙被磕掉了半截。刘锁柱吓得魂都没了,过了好长时间才两手撑地抬起头来,一看,他妈的气不打一处来,又是半吊子陈三川!陈三川踹他的脚还在空中悬着,好像随时准备再给他一脚。

刘锁柱定定神,一骨碌爬起来说,小杂种,你干什么?

陈三川端着枪比划着说,偷看女人洗澡,枪毙!

刘锁柱说,哪个偷看女人洗澡?我怕她掉到河里淹死了,我要救她!

陈三川说,你瞒不过我,我从窝棚里一直跟着你,你不要脸!

刘锁柱绝望地说,他妈的我怎么这么倒霉啊,遇上这么个克星。谁派你来的?

陈三川说,这个你别管,我是小队长,你违反纪律,我枪毙你。说着,拉了一下枪栓。

刘锁柱知道,这个小杂种可不是好玩的,他什么事情都能做得出来,他说开枪就真敢开枪,现在攥在他手里的可不是训练用的木枪了,那是货真价实的三八大盖。就算他不开枪,他把他偷看女人洗澡这桩丑事抖落出去,那他也就完了。好汉不吃眼前亏啊!刘锁柱赶紧趴下说,三川兄弟,不,小队长,陈小队长,你是我大爷,我认错,求求饶,往后我再也不捣乱了,再也不偷鸡摸狗了。我给你当狗腿子还不行吗?

陈三川说,让我饶你也行,你得保证。

刘锁柱说,我保证不再偷看女人洗澡了。

陈三川说,我不要你保证这个,你得保证,服从我的命令。

刘锁柱说,我保证。

陈三川说,我让你往前冲你就往前冲。

刘锁柱说,我保证。

陈三川说,我让你死你就死。

刘锁柱可怜巴巴地看着陈三川说,陈小队长,你干吗让我死啊,我死了,谁给你当狗腿子呢?

陈三川说,少废话,你保证不保证?说着,枪一横,又对准了刘锁柱。

刘锁柱赶紧趴下,说,我保证,你让我死,我就不活,上刀山下火海,我就听你一句话!

陈三川说,那就起来吧,回到窝棚,先把我的裤子洗了。

刘锁柱爬起来说,往后,你的裤子都由我来洗,你要是想吃油条了,我就让许得才给你炸。

陈三川说,好,从明天开始,你每天甩手榴弹一百次。

刘锁柱惨叫一声,什么,一百次?你想把我累死啊!

陈三川拍拍枪喝道,你敢再说一遍!

刘锁柱说,再说一遍,投一百次就一百次。投九十九次我是龟孙!

二

陈三川在胭脂河调教刘锁柱的时候,陈秋石正在华北平原上晒太阳。冬天的太阳暖洋洋的,一边晒太阳,一边看兵书,委实惬意。他这次的任务是疗伤。

疗伤也是事实,因为陈秋石身上有两处负伤,到了石门益民医院,居然还从他的腿上取出了一个弹头。

陈秋石疗伤,用了一个半月。这是陈秋石一生中最轻松也是最浪漫的岁月。他不用分析敌情地形了,也不用布阵谋局了。他可以让自己的思想信马由缰纵横驰骋。夜里做梦,都是美梦,梦见他和袁春梅一起走在秋子河边的油菜花地里,手拉着手。梦中的他,是个风度翩翩的美少年,穿着半土不洋的中山装,胸兜上挂着一支自来水笔,腿上是一条笔挺的西装裤子,脚上是一双锃亮的白色皮鞋。他和袁春梅不仅在秋子河边的油菜花地里走,还在百泉河边的沙滩上走,有一次他们走进了百泉河里,袁春梅的旗袍不见了,只有百泉河的泉水在她的身边环绕,在一片翻滚的气泡中,他看见了袁春梅的胸前有两颗玫瑰色的花瓣。他像鱼一样游了过去,他想动手抚摸那两颗花瓣,袁春梅的手却伸过来挡住了他。袁春梅那娇艳的脸庞在瞬间变得冰冷,袁春梅说,不能这样,请你自重,我是个结过婚的人,你也是有夫之妇,你还有一个儿子呢!

这是他最清醒的梦。是的,他是有一个儿子,可是他并不是一个父亲,因为他没有尽到一个父亲的责任,哪怕一点点。他给儿子留下的是什么呢?思念?不可能,如果儿子不是傻子的话,他怎么会思念一个在他刚满月的时候就抛弃他的人呢?他留给儿子的只有伤害,只有痛心。

益民医院设在石门南郊,原先是教会医院,抗战爆发后,地下组织百般渗透,这里实际上成了秘密的抗战医院,中西结合,还有几个洋大夫。洋大夫给陈秋石诊断的是妄想型精神分裂症,中医给他诊断的是相思病,病情报到八路军办事处,办事处的领导说,按分裂症说,按相思病治。

按相思病治就是用中医治。负责治疗陈秋石的中医是石门城内著名中医董十味,上来少不了望闻问切。董十味感觉奇怪,这个病人症状不太明显。过了两天,陈秋石犯病,一会儿嚷嚷着要回大别山,一会儿嚷嚷着要回太行山。护士没办法,又请董先生过来看。董十味第二次望闻问切,又发现病人脉象很不稳定,似乎症状很重。如此三番五次,今天是好人,明天是患者,把董十味搞得很紧张。董十味抱怨自己真是倒霉得很,遇上这么个朝三暮四的病人,十几天过去了,还没有办法下药,弄得不好他的石门名医的牌子就给砸了。

董十味在石门为陈秋石发愁的时候,陈秋石的顶头上司旅长成城也在为陈秋石犯愁。成旅长知道陈秋石的历史,更知道这是徐向前都很器重的战术专家,没想到会得这样一种难以启齿的毛病,而且连石门名医都难倒了,可见问题的严重性。成旅长派人到抗大分校,请来了赵子明和袁春梅,向他们了解情况。赵子明说,解铃还须系铃人,这事恐怕只有春梅同志说得清楚。

袁春梅这时候也顾不上害羞了,一五一十把她和陈秋石的交往说了,说过去有那么一点朦朦胧胧的感觉,陈秋石对她的感情,起源于对她那死去的堂姐的怀念,爱屋及乌造成的。分手这么多年,她已经结婚了,爱人是留在国军内部的地下同志,她没有办法成全陈秋石的心意。

成城说,陈秋石同志是革命战争的财富,我们不能眼睁睁地看着这样一个同志毁掉,我希望你们能够配合我们,不仅从身体上医治陈秋石同志的病,更要从精神上治疗。

在回抗大分校的路上,赵子明说,春梅同志,你听出成旅长的话没有?

袁春梅说,什么意思?我不明白。

赵子明说,真不明白还是假不明白?

袁春梅说,真的不明白。

赵子明说,你分析他的话,要我们配合,我们怎么配合?所谓配合,就是要你配合。

袁春梅说,我跟你一样也不是医生,我怎么配合?

赵子明说,很简单,陈秋石是因为你而发病,那你就是他的相思对象,如果你能和他结婚,不就一了百了了吗?

袁春梅涨红了脸说,老赵亏你能说出口,我是个结过婚的人,我的爱人还冒着随时牺牲的危险,在敌人的心脏里战斗,你怎么能教唆我背叛我的爱人?

赵子明说,我没有让你背叛你爱人,维护婚姻和帮助同志并不矛盾。

袁春梅气愤地说,我听不懂你的话!

赵子明说,你爱人在白区工作,情况你都了解吗?

袁春梅瞪着赵子明说,你这话是什么意思?

赵子明说,白区工作,情况很复杂。我们有些同志,啊,本来很好的同志,往往会经不起考验,有的能经得起考验,却又献出了宝贵的生命……

老赵!赵子明正在字斟句酌,忽然听见一声断喝,回过头来,看见袁春梅的眼睛里含着泪水。赵子明立马噤声。

袁春梅说,老赵,你太过分了!我的爱人在白区工作,腥风血雨,白色恐怖,历经艰险,忠贞不渝,可是你,你们,就因为一个陈秋石,你们就变着法子设圈套。你设圈套也罢了,可是你们不能无端地诋毁我的爱人,他是个好同志,他绝不会像你们希望的那样!绝不!

袁春梅说着说着,嘴唇都变青了。

赵子明有些发窘,镇定了一下说,袁春梅同志,我们希望他安然无恙,为革命永葆青春!我们衷心祝愿你和你的爱人地久天长白头偕老,这同我们当务之急要解决的问题没有冲突。

袁春梅说,我们当务之急要解决什么问题?

赵子明说,你至少应该到石门去看看陈秋石,也许你的好言相劝,能够春风化雨,至少不会加重他的病情。

袁春梅说,他要是真的得了那种病,见到我,他要是……把握不住,那不是彼此难堪吗,同志感情都破坏了。

赵子明说,相思病不是花柳病,不可能出现你担心的那种情况。再说,陈秋石是知书达理之人,即使犯病,他也不会不顾体面的。

回到分校之后,袁春梅还真的动了心思。自从得知陈秋石犯病,她已经有半个月寝食不安了,想来想去,这件事情说什么她也脱不了干系。要说完全没有责任,这不是实话。想当年在秋子河边的那块油菜花地里,她已经做好了表白心迹的思想准备,只是那时候对男女情爱,朦胧得很,也脆弱得很。陈秋石这个人看起来风流倜傥,实际上在爱情上还很不成熟。那一次如果他有什么举动,没准就是既成事实了,以后她会要求到陈秋石的部队,顺理成章地结成一段美满的姻缘,也不会有今天的麻烦。

这一夜又是辗转反侧。

上半夜袁春梅想,不能去,去了不一定能够解决问题,反过来还有可能雪上加霜。

可是到了下半夜,她又改主意了,应该去,哪怕他非礼,哪怕他给她难堪,那都是她应该承受的,只要能够挽救一个革命战争的宝贵财富,她哪怕献身,都是值得的。

第二天早上出完操,袁春梅心急火燎地找到赵子明,把她的想法说了,她担心这会儿不说出来,到了晚上她又会改主意。

赵子明听了之后,沉思片刻问,你真的要去石门,不会反悔了?

袁春梅坚决地说,君子一言,驷马难追。

赵子明说,好,你早就应该这么做了。我这就去找成旅长,由他出面给我们请假,我陪你去。

往下的事情就简单了。

次日凌晨,赵子明陪着袁春梅,搭了一辆到石门拉物资的马车,带着成旅长交给他们的几份《战地快报》,迎着朝阳上路了。路上,袁春梅预设了陈秋石见到她的种种场面,一种是惊喜,扑上来拥抱她,她不能拒绝,她只能接受。第二种是他假装不认识她,或者当众羞辱她。她不能反抗,她得忍受。第三种可能是会有过激反应,如果晕厥那就麻烦了,但是这种强刺激也许会使情况向好的方面转化,范进中举喜极而疯,不就是他岳父那只杀猪的手一巴掌给抡清醒的吗?第四……也许会出现不堪入目的情况,可是,只要能够根治他的毛病,就是把自己的身体作为一剂良药,那也算是对抗日战争的一份献礼……这一路,袁春梅想得好苦。

袁春梅什么都想到了,就是没有想到陈秋石会对她视而不见。她和赵子明找到了地下同志、专门负责陈秋石治疗的医务主任田保霖,然后由田保霖引导,来到陈秋石的单人病房。陈秋石当时正坐在床上玩象棋,摇头晃脑地像个孩子。田保霖说,老陈,有人看你来了。

陈秋石头也不抬地说,谁,会下象棋吗?

田保霖说,是从百泉根据地来的同志。

陈秋石抬起头来,睁着一双迷蒙的眼睛,看见了袁春梅和赵子明,他似乎怔了一下,然后从床上跳了下来,看着袁春梅说,你是谁,我怎么看着你面熟啊?

袁春梅说,我是袁春梅,是你前妻袁冬梅的堂妹,你的同志。

陈秋石煞有介事地挠挠头皮说,啊,我想起来了,你不是结婚了吗,跑到这里来干什么,难道你要嫁给我?

袁春梅无语,拉住了陈秋石的手。

陈秋石把手抽回去说,不行,夺人之妻,非君子所为。我是革命军人,革命军人个个要牢记,三大纪律,八项注意!

陈秋石说着,竟然扯起嗓门唱了起来。

赵子明上前说,秋石同志,我和春梅同志受成旅长委托来看望你,给你带来了百泉的花生、鸡蛋、山药,还有,还有《战地快报》。

陈秋石说,啊,我想起来了,你是赵子明,就是你诓我说是排戏,把我骗到淮上州,又骗到黄埔分校,再骗到川陕根据地,后来又骗到祁连山,害得我家破人亡妻离子散……

陈秋石滔滔不绝地数落着,惊得赵子明目瞪口呆。你说他疯了吧,他的话好像还不是不着边际。你说他没疯吧,这些本来不该在这里说的话他说起来就没完。赵子明向袁春梅递个眼色说,春梅同志,老陈现在不是很清醒,也许是嫌人多眼杂。你们是不是单独谈谈?

袁春梅瞥了赵子明一眼,大义凛然地说,好吧!

赵子明和田保霖离开之后,袁春梅拉着陈秋石的手,把他按在窗前的椅子上,陈秋石没有反抗,乖乖地坐下了。袁春梅自己坐在床边,掠了掠头发说,秋石兄,你是怎么啦,难道是鬼迷心窍?你对我的感情我都知道,可是,现在是战争环境,我们又都……负有责任……你就是想不开,也应该跟我说呀,我们之间有什么话不能说透呢?

陈秋石说,刚才老赵说还有什么,《战地快报》?

袁春梅起身,从包袱里找出几张油印的报纸,放到陈秋石面前的茶几上。陈秋石顺手扯了一张,跷起二郎腿,把报纸举到了眼前。

袁春梅说,秋石兄,我们都是革命军人,我们要顾全大局……袁春梅停住了,她发现陈秋石手里的报纸是倒着拿的,陈秋石的眼睛正从报纸的上沿偷偷地看着她。

袁春梅说,再说,我们又都是有家庭的人,你还有个孩子,我们应该……袁春梅说到这里,突然发现陈秋石的表情不对,似乎在一瞬间变得凝重起来,她担心她的话戳到了陈秋石的痛处,话题一转说,当然,你对我的感情,也是美好的纯洁的,我们曾经有过那么美好的交往,我至今还记得秋子河边那片海洋一样的油菜花地,刻骨铭心,历历在目……

袁春梅又停顿下来,这时候她发现陈秋石手里的报纸正过来了,挡住了她的视线。她想,也许她的话打动了他,他心中的坚冰已经开始融化,他不敢正视她的眼睛了。既然如此,那就把那层薄纸捅破吧,让一切该来的都来吧,为了革命,也为了同志,还包括爱情。

　　袁春梅起身,缓缓地走到陈秋石的面前,从报纸下面再次抓住他的手,一往情深地说,好了,现在好了,秋石兄,让我跟你说心里话吧。我曾经爱过你,发自内心地爱你,现在我仍然爱你。如果你真的是因为我伤了心,那么就让我来补偿吧,让我们重新开始吧,只要你需要,现在,我就是你的新娘……

　　不对!不能这么做!陈秋石忽然站了起来,抖动着手里的报纸,旁若无人,大声喊了起来。

　　袁春梅吓坏了,赶紧抓住陈秋石的手说,秋石兄,我也知道不能这么做,我完全尊重,不,我坚决服从你的任何决定。

　　陈秋石一把甩开袁春梅的手,目光闪烁,声调焦灼,冲着门口喊道,不,我必须制止,来人啦!

　　守候在病房外面的赵子明和田保霖破门而入,一看里面并没有异常情况,也是一脸茫然。田保霖问,怎么回事,老陈你怎么啦?

　　陈秋石说,拿地图来!

　　田保霖说,老陈你冷静点,这里是医院,我从哪里给你找地图?

　　陈秋石说,那就赶快拿笔来,还有纸。

　　陈秋石说得急切,赵子明和袁春梅面面相觑。赵子明说,田大夫你就依了他,给他找笔和纸,看他要做什么。

　　田保霖从自己的白大褂上取出一支自来水笔,又从桌子抽屉里找出几张白纸交给陈秋石,陈秋石就再也不管别人了,一头扑在桌子上,看一眼报纸,画一根线条,十几分钟后,白纸上就出现了一幅作战示意图。

　　陈秋石画完,把笔一扔,右手食指敲打着白纸说,同志们看清楚没有,枣庄攻坚战的兵力分配应该是这样的,第一梯队应该首先渡河,抢占运河南岸制高点。第二梯队应该在第一梯队渡河成功之后,从马庄沿平汉铁路南下,在方庄至雷山一线布防,以阻击敌主力联队。如此,我部方可转被动为主动,反守为攻。我军通信装备落后，分兵作战乃我大忌。像这样多头突击，很容易被敌各个击破。枣庄攻坚战是谁指挥的，为什么不向我报告？回去告诉成旅长，这次战斗得不偿失，我方出现了不应有的牺牲，敌人一个日军中队只歼灭了不到四分之一，我两个主力团竟然伤亡过半，这算什么胜仗？一将无能，累死三军，应该检讨！

赵子明煞有介事地立正回答，是！

袁春梅瞪了赵子明一眼说，你怎么啦，难道你也病了？

赵子明神秘一笑说，我没病，老陈的病也快好了。

三

在人们不经意间，三大队里出了一桩稀罕事情，过去人见人烦的兵痞刘锁柱，不知道怎么搞的心血来潮了，对军事训练突然表现出极高的热情，其主要表现就在投弹上。

刘锁柱原先投弹最远不过三十步，而且要领始终没有搞对头。最开始他双手捧着扔，被中队长马建科纠正了无数次，骂得狗血喷头，这才改过来。可是用一只手扔，他扔不远，还常常把手榴弹扔到身后，差点儿砸着人。再纠正，他来得更邪乎，从裤裆下面往上扔，动作极其不雅。总之一句话，这个人成事不足败事有余。

突然有一天，情况有了变化。这段时间搞政治学习，进行爱国主义教育。中间休息的时候，大家三五成堆吸烟聊天，过去主要是听刘锁柱吹牛，但现在不行了，现在刘锁柱不跟大伙儿吹牛了。休息的哨子一响，刘锁柱就拎着十几个铁头教练弹，一声不吭跑到营地西边的打谷场上练习投弹，有时候陈三川会跑过去跟他一起练，他在这边扔，陈三川在那边扔，他扔过去，陈三川扔过来。头十几天，陈三川扔得比刘锁柱远，刘锁柱得往回跑十几步才能捡到教练弹，后十几天，两个人扔得差不多远，再往后，陈三川就渐渐扔不过刘锁柱了。虽然是小队长,到底是个十五六岁的孩子,体力还是不如成年人。

人们感到奇怪的是刘锁柱,难道狗也改了吃屎,学走正道了?

刘锁柱不光白天休息时间练投弹,早起也练,别人还在熟睡,这伙计已经满头大汗了。

刘锁柱的投弹成绩上去了,新的矛盾也出现了,经常为了吃饭问题跟万寿台吵架。

伙房大师傅万寿台发牢骚说,你练兵俺不反对,但是练兵要用巧劲,不能光出力气,出了力气饭量就长,刘锁柱一顿四块馍馍,一个人吃了三个人的口粮,还嚷嚷没吃饱。他那个吃法,俺上哪里给他搞粮食去?

万寿台给大家的定量,每天最多不超过四个苞米馍,但刘锁柱少说也得十个,一天要吃四斤多粮食。定量不够吃,万寿台不给,刘锁柱就跟他吵,说我能吃是因为我训练消耗大,我训练是因为我要打鬼子。你不给我吃饱,就是耽误我训练,耽误我训练,就是耽误我打鬼子,那你就是破坏抗日了,这罪名你可承担不起。

万寿台说,少你妈的给我唱高调,没吃过猪肉,还没见过猪跑?谁让你那么黑起屁眼儿练投弹的?手榴弹那玩意儿,你扔个差不多就行了,未尝你能把它扔成迫击炮弹?

刘锁柱说,陈小队长规定我每天练投弹一百次,你却让我扔差不多就行了,我是听你的还是听陈小队长的?

万寿台说,你把手榴弹扔那么远干什么,打仗的时候,你扔过头了,不也是白搭吗?

刘锁柱说,你以为我跟你一样傻蛋啊,我训练是往远处扔,我打仗的时候自然要往鬼子堆里扔。你不让我吃饱,我训练起来没力气,完不成陈小队长交给我的任务,你能负责吗?

万寿台说,我不管你陈小队长陈大队长,要命一条,要多的口粮没有,你一天比别人多一块苞米馍,这就天高地厚了。

过了两天,陈三川发现不对劲了,这两天刘锁柱练投弹越扔越近,每天扔了不到五十次,就囔囔眼睛冒金星。陈三川训斥刘锁柱偷懒,刘锁柱说,哪个龟孙偷懒,万寿台不给我吃饱,我这是饿的!

陈三川说,为什么不给你吃饱?

刘锁柱说,他说口粮有定量,每天多给我一块苞米馍就算不错了。

陈三川说,人家训练,怎么不像你吃得那么多?

刘锁柱叫起屈来,小队长,你太小看我了,别人能跟我比吗?我一天练投弹一百次不说,你看我现在能投多远,我能投七十步啊,汉阳造步枪都打不到这么远,我这胳膊比汉阳造步枪还管用!

陈三川想了想,还真是这么回事,说汉阳造步枪打不到,那是瞎话,但是这个距离上,手榴弹的威力要比汉阳造子弹的威力大得多。

当下,陈三川拍着胸脯说,你使劲练,我去找万寿台,保证让你吃饱。

陈三川说到做到,果然真去找万寿台,说万大叔,刘锁柱练投弹费力气,你就多给他几个苞米馍馍吧,算我借的,等打光了日本鬼子,我还你。

万寿台喜欢陈三川,这个半大橛子话语不多,却很有主意,而且打仗泼皮,就像活张飞。那次为了参加湘红甸战斗,这小子像个野兽,把他的手背咬得快见骨头了,到现今他的手上还有一块大疤。好啊,从小看大,这个天不怕地不怕的虎犊子,没准就是打江山坐天下的料子。万寿台逗陈三川说,还我?就算把鬼子打光了,你拿什么还我,你要是打仗被打死了怎么办?

陈三川说,我怎么会被打死?我浑身都是功夫,枪法刀法都比鬼子强,我刀枪不入你信不信?

万寿台哈哈大笑说,我信我信,我不信也信。你这个小子,简直就是赵子龙投胎薛仁贵再世。

一句话挠到陈三川的痒处了,陈三川说,万大叔你等着看,下次打仗,我单枪匹马给你搞一个过五关斩六将,万军丛中取上将之首。

万寿台说,好啊,我一看你这小子就不是凡角,天庭饱满,地阁方圆,耳轮厚实,眉如刀剑,要是配上一匹战马,那就更像白袍小将了。

陈三川说,万大叔,你看,我已经是小队长了,刘锁柱加倍练投弹是我命令的,我跟他说了要给他加口粮,如果你不答应,那我就没有面子了。

万寿台说,三川,我问你,你想一辈子打仗吗?

陈三川说,我喜欢打仗。

万寿台愣了一下说,为什么?打仗是要死人的啊!

陈三川说,死人怕什么,当英雄,死了还可以投胎转世啊!

万寿台不仅诧异,而且有点害怕了,他看着这个十五六岁的半大橛子,就像看一个活鬼。万寿台说,乖乖,你小小的年纪竟有这样的志向,只要不死,不出十年,就能成大气候。行,大叔答应你,每天给刘锁柱加两个馍馍。

陈三川说,两个太少。

万寿台说,那就三个。不能再多了,再多了别人的口粮就不够了。

陈三川说,万大叔,把我的馍馍分两个给刘锁柱,他吃了我也不会让他白吃,他得把手榴弹给我扔一百步远。

刘锁柱没想到陈三川真有本事给他多弄了五个苞米馍馍,五个,一斤半口粮啊!他还没有想到,给他增加的这五个馍馍的口粮给他带来的不是福气,而是更大的麻烦。陈三川眯缝着小眼睛跟他讲得很明白,吃多少粮,干多少活,往后,你得照着一百步给我扔,一个月内,扔不够一百步,增加的口粮停了。

刘锁柱一听这话,头皮都是麻的,一百步,就是用陈三川的小步子量,也得有二十多丈,能扔得到吗?这个半大橛子也太狠了。

还有刘锁柱更想不到的事情。淮上支队这年冬天搞了一次集训比武,刘锁柱在一千多名战士当中一路拼杀,脱颖而出,拿了六十七米的成绩,夺得了第一名,被授予"投弹模范"的称号,韩子君司令员亲自宣布,奖励刘锁柱白面十斤,大米二十斤。

荣誉不是白得的。大年刚刚过去,三大队就搞了一个胭脂河战斗。在日军占领的东侧制高点久攻不下的关键时刻,陈三川这个愣头青拍着胸脯要组织一个敢死队。

陈三川嚷嚷着要组织敢死队的时候,那双小眼睛第一个瞄着的就是刘锁柱。刘锁柱被他看得心里直发毛,赶紧把脑袋低下去,把眼皮耷拉下去。心里一个劲儿地嘀咕,我的爷,你可别让我去当什么敢死队,我不想死啊!

怕有鬼鬼就来了。陈三川说,刘锁柱,你派用场的时候到了,你跟我当敢死队。

刘锁柱惨叫一声说,你别看着我,我什么也不会,我当敢死队一点儿用也没有。

陈三川说,你多吃了那么多苞米馍馍,那是白吃的吗?没有二话,我第一个上,你就得第二个上。

刘锁柱腿都吓软了,说我枪法不行刀法不行,我看敢死队不是敢死队,那是送死队。

陈三川说,你枪法不行刀法不行,我们不用枪法也不用刀法,就用你的手榴弹,你这个投弹模范可算有了用武之地了。

那一瞬间,刘锁柱恨不得把自己那只扔手榴弹的手给剁了,这只手算是把他害苦了,差一点儿要了他的命。

四

赵子明和袁春梅从石门返回之后,第一站就是到三三六旅向成旅长汇报。在石板岩房东家那间充当旅长办公室的房子里,成城把陈秋石顺手画的那张枣庄攻坚战示意图摊开,看得很细,看着看着,一拍桌子说,对啊,这伙计一点也不糊涂啊,逻辑严谨,思路清晰,方案可行,战术上无懈可击!他发现的问题,正是我们需要检讨的问题。这真是运筹帷幄,决胜千里啊!如果枣庄战斗有这样的方案,胜利的筹码确实要大得多。怎么回事,这是怎么了,一个被诊断为精神病的人,在千里之外居然把一场战斗分析得如此透彻,这到底是谁出了问题,是陈秋石还是我们?

赵子明说,在画这张图的时候,他明白得很,确实不像个病人。

成旅长问,医生的看法呢?

赵子明回答,据医院的地下同志说,大夫诊断陈秋石的病既不是先天性的,也不是遗传性的,有点像急发性忧郁症,这种病来得猛也去得快,药物治疗是一个方面,重要的是精神治疗,必须找到病因,也就是刺激发病的诱因。

成旅长不说话了,一个劲儿地抽烟,不动声色地看着赵子明。

赵子明说,诱因其实已经很清楚了,陈秋石在参加革命之初,对袁春梅有一份爱慕之情,也有所流露。老战友心上人出现,他过于激动,内心充满憧憬,可是袁春梅结婚了,他思想上没有准备,所以就……

袁春梅坐在长条板凳上,一言不发,局促不安。现在,她顾不上考虑自己的面子了,她真心希望能够找出办法把陈秋石的病治好,哪怕让她献身,她也在所不辞。可是事情并不是这么简单的,这一方法已经被证明了不灵。

成旅长抽了两根烟,然后站了起来,背起手,踱了一圈又一圈,走到袁春梅身边说,袁春梅同志,我感到很对不起你,你是无辜的,你一个女同志,无端地被牵连到这件事情上来,有些难以启齿的问题都摆到桌面上来了,让你受委屈了。

袁春梅说,首长,我也有责任,我有不可推卸的责任。陈秋石同志是个军事人才,只要能治好他的病,我服从组织的一切安排。请首长不要顾虑我个人的感受,我的愿望就是陈秋石早日恢复健康。

成旅长说,那好,我来谈谈我的分析。中医讲辩证,讲阴阳。所谓急发病症,病因应该是激化,比如冷热相撞,水火相容,悲喜交集,大起大落,从而郁结。陈秋石发病之前,发生了两个重大事件,首先是喜。漳河峪战斗,他顶住了巨大的压力,坚持运用自己的战术思想,不仅打了一个很漂亮的硬仗,而且创造了本部抗战以来最有价值的战术奇迹。在这个战斗中,有一个细节被我们忽略了,那就是他的对手日军水上大队迟到了三个小时,在这三个小时里,陈秋石的精神紧张到了极点,甚至一度产生了不自信,一度怀疑自己的战术判断出现失误,一度给教导员郑凯南留下口头遗嘱,准备上军事法庭,准备被砍头。事实上,这时候陈秋石的精神问题已经初露端倪了,当然还是潜在的。后来呢,水上大队最终来了,目标出现了,陈秋石的判断被证实了,陈秋石当时是什么感受呢,据郑凯南说,陈秋石热泪盈眶,喜极而泣啊!接下来,战斗胜利了,陈秋石得到的荣誉已经到了巅峰,受到表彰,提升为副团长兼参谋长,到各部队和抗大分校做报告。可以说,陈秋石在这个阶段,春风得意,踌躇满志。然而就在这个时候,袁春梅同志出现了。金榜题名,他乡故知,又给陈秋石的感觉增加了温度,他已经被燃烧得发烫了。可是,一句话使他掉进了冰窟,那就是爱情的失落。

袁春梅说,对不起,我真不该在这个时候出现,哪里想到会出现这样的事情呢?

成旅长摆摆手说,袁春梅同志,你误解了我的意思。我可以说,在这个问题上,你袁春梅同志没有责任,几乎一点责任也没有,至少没有本质的责任。本质的责任在哪里,当然在陈秋石同志自己的身上。他的思想里已经埋下了病因,早晚得发病,不是今天,就是明天,不是在这件事情上,就是在那件事情上。一个人的健康,是由他自己的性格决定的。陈秋石的弱点,就在于他过于专注,他的不自信,来源于他的过于自信。

成城说得肯定,袁春梅愣住了,赵子明也傻傻地不知道该怎么接茬。

成旅长说,好,我们不去深入分析陈秋石同志的性格弱点了。我接着来谈谈我对治疗的看法。按照传统的看法,解铃还须系铃人,这话没错,所以我们请袁春梅同志委曲求全去做工作。我们的思路出了问题,我们单纯地认为,大冷大热相激出现了问题,那么,把冷的变热的,春风化雨,冰雪消融,似乎就迎刃而解了。可是,现在看来,我们错了,我们下错了药。陈秋石的病,的确是因冷而激起,但是既然已经冷了,重新激起的热情就是廉价的,效力是微弱的。我们不要忘记了,陈秋石是个知识分子,知识分子的自尊心是敏感的,即便他暂时失常,但他不会失态。对不起,袁春梅同志,我这样说可能不好听……

袁春梅说,没关系,首长看问题入木三分,我好像明白一些了。

成旅长说,根据你们介绍的情况,我分析,治疗陈秋石的病并不难。现在我们换一个思路,不是由冷变热,而是让热再热。一句话,让他还回到他的燃烧状态之中。怎么回到燃烧状态之中?让他回到部队,回到战斗指挥当中,让他连续燃烧一个月,我相信,他的病就会不治而愈!不信你们等着看。

赵子明说,我完全同意成旅长的意见。

成城说,这回我要武断一次了,我就不信,我治不了一个陈秋石。

在回分校的路上,袁春梅说,这个成旅长好厉害,分析问题的时候像个雄辩家,表达思想的时候像个诗人。他是个知识分子吧?

赵子明笑笑说,他不仅是知识分子,还是个大知识分子,毛主席的玩笑他都敢开。

袁春梅说,可是,他说的治疗陈秋石的办法,你认为可行吗,别是死马当活马医吧?

赵子明说,第一,成旅长这个人不是简单的人,他的意见是深思熟虑的。第二,眼前这也是没有办法的办法。这么做了,至少有治好的可能,不这么做,连可能都没有。

春暖花开时节,成旅长派人到石门,把陈秋石给接了回来,不放在团里了,放在旅部当科长。别的事情不让他干,就做一件事情,研究百团大战以后本旅营以上规模战斗的战例。

坐在战例材料面前的陈秋石就像换了一个人,两眼放光,言谈举止无不正常。那段时间没有人打搅他,为了防止刺激,成旅长关照袁春梅和赵子明暂时不来探望。

陈秋石独自享受旅部所在学校的一个单间宿舍,伙食搞得很好。有时候端着饭碗,他还在地图前走神。他把十六份战例综合起来分析,清理得头头是道。从性质上分,这些战斗有攻坚战,有防御战,有遭遇战。从形式上分,有阵地战,有游击战,有伏击战,还有反伏击战。敌我兵力对比,数据一清二楚。地形气候条件分析,如临其境。

旅部先后给他派了两个助手,都被他撵走了。后来来了一个名叫冯知良的参谋,不说是参谋,说是誊写员,帮他抄资料,这才留了下来。成旅长亲自给冯知良交代,以后你就是陈秋石同志的贴身副官,他在任何时候讲的关于战术方面的言论,你都要记下来,尤其是犯病的时候,没准更有真知灼见。冯知良起先不懂旅长的意思,后来就明白了,旅长把陈秋石当大仙了,大仙犯病的时候,就是他跟上帝对话的时候。陈秋石开始并不喜欢这个沉默寡言的小伙子,但是冯知良只干活不说话,不让插手战例分析,冯知良就做一些勤务工作,端茶倒水,连陈秋石的衣服都是他浆洗缝补,过了几天,陈秋石开始跟他讨论战例,居然发现这小子还挺有思路的,这就找到谈话对手了,把冯知良当学生对待。

一个月后,关于这些战例的成败得失就整理出来了。陈秋石的思想,冯知良的粗活。冯知良的一笔蝇头小楷写得端庄整齐,行文言简意赅,几乎没有一句废话。跟这份战例分析相继产生的,还有一份洋洋洒洒三万言的《平原作战日军战术特点》,分析在各种条件下日军的战术规律,从指挥官的决策模式到士兵的技术和战术特征,均有涉及。

陈秋石的情况,冯知良每天都要向成旅长汇报。冯知良对旅长说,陈副团长很正常啊,除了很少说话,看不出有病啊!

成旅长说,不要惊动他,让他慢慢地找回自己的魂。

成旅长来看望陈秋石的时候,陈秋石和冯知良正在绘制一份战术标图,两个人一起进入到忘我的状态。成旅长做了个手势,让随行人员噤声,他自己悄悄地站在陈秋石的身后,看陈秋石一笔一划一丝不苟地工作。陈秋石的战术标图漂亮极了,仅有的黑红两道颜色,在他手下,有粗有细,有虚有实,桥梁、山川、河流、村庄……他甚至不用绘图工具,仅靠他的手,直线就是直线,弧线就是弧线,精确流畅,中间没有一点儿败笔。成旅长看得眼睛都湿润了,多么好的同志啊,多么难得的人才!要是不了解情况,谁知道他竟然是个病人呢?

陈秋石在绘图的间隙看见了成旅长,他似乎怔了一下,眼神有点游移,但他还是放下手中的笔站了起来。

陈秋石同志!

成旅长脸色一变,突然提高嗓门,从胸膛里喊出了一声。

到!陈秋石冷不防耳边响起一声炸雷,两腿情不自禁地并拢了,立正。

知道我是谁吗?成旅长问。

陈秋石说,知道,旅长。

知道你这是在哪里吗?成旅长又问。

陈秋石说,知道,在百泉根据地三三六旅旅部。

知道你在做什么吗?成旅长再问。

陈秋石说,知道,研究战例,编写教材。

成旅长说,你病了,你知道吗?

陈秋石说,请首长放心,我没有病,我这个人从来不生病。

成旅长向后挥挥手,一个参谋趋步上前,将一份作战地图展开,放在陈秋石的面前。成旅长逼视陈秋石,威严地说,陈秋石同志接受敌情通报:日军松井大队并伪军黄石发部已于昨日黄昏沿平汉铁路南下,预计后天拂晓前展开对我临城根据地"梳篦式"扫荡。现命你以二团代理副团长身份,率领二团一营、三营、配属团机炮连,组成特遣支队,你为特遣支队一号,昼夜兼程,驰援临城。兵力火力使用和战斗位置、战斗时机自行决定,作战预案一小时后向我报告。听明白了没有?

在成旅长口述命令的时候,陈秋石的眼睛始终在地图上寻找。成旅长说完了,他对敌情地形条件也就了然于心了。陈秋石立正回答,听明白了,坚决执行命令!

成旅长说,重复战斗目的!

陈秋石说,粉碎敌人的扫荡,保护临城根据地。

跟在成旅长身后的副参谋长说,旅长,你真的让陈秋石带队执行这次任务?事关重大啊,这伙计半是明白半糊涂,万一出错怎么办?

成旅长站住,回过头来问,在刚才的半个小时内,你看见他有一点糊涂吗?

副参谋长说,有一句糊涂话,他说他从来不生病。

成旅长哈哈大笑说，就这一句也算不得糊涂。我跟你说，让陈秋石指挥打仗，他什么毛病都没有了。打上三场胜仗，他百病消除。

副参谋长说，旅长，我还是不放心，他要是把仗打砸了呢？

成旅长说，啊，打砸了？那好啊，他要是把仗打砸了，那他就更没有工夫生病了。

五

这年初春，淮上支队得到内线消息，日军要过"天长节"，淮上州里来了不少艺伎和乐师，要庆祝"大东亚共荣圈模范乡村"，瓦埠集也在受奖之列。到了"天长节"的前两天，又有情报送来，瓦埠集据点将派出日军一个小队和伪军一个中队护送瓦埠集汉奸区长苏三山到淮上州参加活动。因为瓦埠集在三大队活动范围之内，韩子君指示郑秉杰，消灭这股敌人。

郑秉杰于是做了部署，派刘汉民率领一支小分队先期潜入瓦埠集到淮上州必经之路胭脂河，以码头附近的燕子酒楼为据点，作为内应。另以大队主力埋伏在胭脂河码头附近，待打响后一半从水上，一半从旱地围歼敌人。

郑秉杰没有受过系统的军事教育，过去一直在韩子君的指挥下打仗，胳肢窝里过日子还凑合，这次是独立指挥打仗，意气风发，难免犯书呆子的毛病。以后国共抗日联席会议上检讨这次战例，国军守备旅的参谋处长杨邑说郑秉杰缺乏军事常识，不懂得给自己留退路。中国兵法讲究围三阙一，意思就是说，如果进攻方的力量不足于一口把对方吃掉，那就要留有余地，三面围住打，逼着他向一个方向撤退，这时候如果有便宜可占，就接着真打，尾随杀伤，否则就假打，虚张声势，扩大战果而不至于让敌人作困兽犹斗，搞得两败俱伤。

胭脂河战斗的真实情况确如杨邑分析得那样,刘汉民他们控制了驳轮,堵死了日军原信小队的水上退路,另外又从北边和东西两边占据了制高点,战斗打响后,整个四面围住。战斗进行到七八分钟,日军指挥官原信一看情况不妙,赶紧收拢人员,索性不突围了,一个小队的日军和一个中队的伪军全部集中在码头东侧的高地上,居高临下,机关枪往下扫射,郑秉杰的四面围困部队上不去,打成了僵局。

这个地方离瓦埠集据点只有十里路不到,离梅竹图据点也只有七八里路。这边枪炮齐鸣,那边据点里的鬼子立即出动增援。郑秉杰一看,不仅没有快速歼灭原信小队,击毙苏三山,反而让原信有了依托,搞了一个固守待援。如此,战斗目的没有达到,倒是给敌人留下一个笑柄。郑秉杰脑子发热,把队伍集合起来,准备强攻,要在十分钟之内拿下东侧高地。

就在这时候,有个人跳了出来,说郑队长你等等,我带敢死队先去把狗日的炸了。

郑秉杰一看,不禁倒吸一口冷气,原来是陈三川。陈三川背上斜插一把大刀,盒子枪吊在肚皮上,两只手各拎着三颗手榴弹,后盖全都打开了。他的身后还跟着三个战士,这是陈三川组织起来的敢死队。敢死队里有个刘锁柱,两只细腿麻秸秆儿似的,在裤腿里簌簌发抖,一脸的视死如归表情,十分滑稽。

郑秉杰说,不行,太冒险了!

黄寒梅吓得脸都白了,失声尖叫,我的儿啊,这样不行啊!

陈三川横了他娘一眼说,娘你别管,看我的!

说完,带领他的小型敢死队一头钻进通往东侧高地的毛竹林。刘锁柱往前一看,迟疑了一下,也猫着腰跟了上去。

郑秉杰想阻拦已经来不及了,赶紧组织后续队伍火速前进,以火力掩护陈三川。

等郑秉杰带着队伍追上去的时候,陈三川已经跳出了毛竹林,前面的几个战士也同鬼子接火了。鬼子的机枪猛烈地扫射,毛竹被齐刷刷地打断了不少,那几个战士被压制在一个沟坎里,举着大枪远远地向敌人阵地射击,效果并不理想。

郑秉杰正在寻找陈三川,忽然看见敌人阵地前闪过一个黑影,像猴子一样上蹿下跳。郑秉杰总算找到感觉了,振臂喊道,全体射击,压制敌人火力,掩护陈三川!

鬼子发现有单兵接近,所有的火力都指向陈三川,陈三川倏然不见了人影,跟在郑秉杰后边黄寒梅顿时发出一声惨叫,我的儿啊,你小心点啊!纵身就要跳出去,被郑秉杰一把拉住了,郑秉杰说,三川灵活,你去了反而误事!

黄寒梅说,我去吸引鬼子的火力,我要保护我的儿子!

黄寒梅的话音刚落,只见山坳里刷的一下又腾起一个黑影,左冲右突,避开鬼子的子弹,眼看就到了敌人机枪阵地不到十米远了,黄寒梅突然大张着双臂,手上举着一件红布褂子,冲出堑壕,一边狂奔一边高喊着,我的儿,当心啊,娘来帮你了!

黄寒梅这么一咋呼,游击队愣住了,鬼子也愣住了。远远地看见一团红色在山坳里跳跃,便有一部分火力向这边扫射。郑秉杰红了眼,也不讲战术了,抡起盒子枪朝身后一挥,喊了一声冲啊,带队向东侧高地冲去。

这是一场完全自发的突击战,然而所有的环节却又衔接得恰到好处。就在游击队快要进入敌人射程的时候,只见东侧高地上传来接二连三的爆炸,郑秉杰举目望去,一个瘦瘦的身影在远处扔,那是刘锁柱,刘锁柱扔出的手榴弹就像天上的彩虹,线条匀称,目标准确,犹如神射。还有一个小小的身影,已经抵近了敌人火力点的根基,反手向上扔,就像往碗里扔豆子一样不偏不倚,那是陈三川。

敢死队的突袭成功了。

这次战斗,虽然三大队付出了很大的代价,但是击毙了原信少尉,活捉了汉奸苏三山,毙伤敌伪军二十多人。韩子君率领一大队挡住了增援之敌,杨邑也率领国军一六一团一部赶到胭脂河,将残敌一并聚歼。

打扫战场的时候,找到了身负重伤的黄寒梅,但是没有找到陈三川,只是在敌人的阵地前沿发现了几个手榴弹拉环。

黄寒梅身上中了四弹,战斗结束后被送到国军守备旅战地医院,虽然命保住了,但是腿上和嘴角却落下了残疾,说话也不利索了。黄寒梅从昏迷中醒来的第一句话就是问,我的儿,我的儿他在哪里?

郑秉杰肝肠寸断,回答说,三川好着呢,已经回到队伍上了。

三天后,淮上州抗日联席指挥部召开会议,分析时局,调整协调作战计划,郑秉杰在会上泣不成声,追忆少年英雄陈三川的种种英勇事迹,检讨在胭脂河战斗中自己指挥失误。杨邑负责调查总结战例,得出结论,此次战斗,始于战术盲动,终于歪打正着,胜利来自偶然,黄寒梅陈三川母子功不可没。

就在三大队为陈三川的牺牲笼罩着一片悲痛的时候,陈三川意外地回来了。

六

华北平原上的临城反扫荡,同淮上的胭脂河战斗几乎发生在同一个时间段。

成旅长在给陈秋石口述战斗任务的时候,并不是完全放心,他其实是在检验他的"特殊疗法"成果。早在半个月前,成旅长就从抗大分校把赵子明商调过来了,担任二团的政治处主任,已经熟悉了部队。在赋予陈秋石任务的同时,任命赵子明为特遣支队政委,如此这般地做了交代:陈秋石的指挥如果正常正确,赵子明鼎力相助;一旦发现陈秋石犯病,赵子明可以行使临机决断权;万一陈秋石出现错乱,情形严重的话,可以将其临时控制起来,战斗指挥由赵子明全盘负责。

在成旅长看来,陈秋石原先的搭档郑凯南似乎弱了一些,关键时刻控制不住陈秋石,赵子明不仅懂军事,更懂陈秋石。

陈秋石见到赵子明的时候,完全出乎赵子明的预料。陈秋石说,啊,老赵,你又调回来了?这回好了,我们又可以并肩战斗了。

赵子明心里嘀咕,这伙计难道真的好了,难道对几个月前发生的事情一点记忆都没有了?当然,这个时候他不会旧事重提,陈秋石正常了,他也就正常了。

跟赵子明一起来的,还有冯知良,他是特遣支队唯一的参谋。

根据陈秋石的思想,冯知良制订了一个相当周密的临城反扫荡预案,成旅长看了,做了如下批示,把困难再想得细一点,应付突然变化的准备再充分一点。陈秋石为特遣支队军事责任者,赵子明为特遣支队政治责任者,赵子明同志行使最后决定权。

陈秋石看了这个批示,说了一句,啊,怎么赵子明同志行使最后决定权?这是红军时期的做法,现在怎么还搞这一套?

赵子明听了,心中暗喜,他喜的是陈秋石思维正常。赵子明试探说,老陈,我带先遣连吧,你身体不好,随大队行动。

陈秋石冷冷地说,我的身体没有任何问题,一起走。

当夜,按陈秋石的计划,特遣支队衔枚疾进。夜行军至漳河峪,分兵两路,一路由赵子明率领,趁夜暗在临城以南马河集之嵩山高地展开,构筑攻势,打伏击战,意在首先扑乱右翼日军加强中队和伪军的战斗队形,吸引松井主力来援。

到了后半夜,部队陆续到位,兵力已经部署完毕,陈秋石骑马巡视三个伏击阵地,战士们已经做好了充分准备。

没想到,陈秋石在这里犯了一个战术上的错误。

他的意图是在嵩山高地扭住日军加强中队,死缠滥打,使其脱身不得,以主力摆开围歼态势,达成围点打援的效果。但是战斗打响后,敌人大胆地放弃了加强中队,并没有过来增援,使特遣支队的主力白白地等了四个小时。这四个小时,战场情况急转直下,敌人主力从临城以南通过漳河大桥,悄悄地接近嵩山高地,从另一个方向上,反过来包围了特遣支队。

南线发现敌军主力部队的情况报到陈秋石的指挥所,赵子明紧张地看着陈秋石,陈秋石脸色煞白。他被敌人打了一个反包围战,一旦敌人控制了桩子山至峰洞一线,特遣支队就会腹背受敌,一面临河。嵩山高地并不高,这只是华北平原上的一个小小的丘陵,高差仅二十多米,特遣支队占领的阵地宽不过一公里,纵深不到二百米,在如此暴露和狭窄的地段,同火力猛烈的日军交战,无疑是以卵击石,等待他们的将是灭顶之灾。

赵子明说,怎么办,老陈,是不是撤出战斗?

陈秋石说,鬼子不是到临城来扫荡的,他就是吸引我们增援,引蛇出洞。我们被他搞了个调虎离山,被他搞了个围点打援,我们……陈秋石说着,拿着望远镜的手剧烈地抖动,嘴唇也开始发青了。

赵子明说,老陈,你冷静一点,撤出战斗吧!

陈秋石说,完了,我们上当了,我们插翅难逃,我们偷鸡不着蚀把米……万一我上了军事法庭,我的儿子,今年已经十四岁三个月了……

赵子明急得乱转,吼道,老陈,火烧眉毛了,你还说这些有什么用?我要行使最后决定权了,撤出战斗吧!

陈秋石说,没有用了,没有地方撤了,敌人是有预谋的,不会给我们留下一条路的,敌人已经把我们包围了……

陈秋石似乎乱了方寸,两手发抖,两眼发直,嘴巴又出现了歪斜,赵子明意识到最后的时刻到来了。当机立断,赵子明厉声喝道,冯参谋,传我命令,部队撤出战斗,交替掩护,向北运动。

冯知良应声而到,站到了赵子明的面前。

赵子明对陈秋石说,老陈,你上马吧,带骑兵排先撤,我来殿后!

突然,陈秋石笑了起来,哈哈大笑,笑得热泪滚滚。

赵子明惊恐地看着陈秋石,慌不择词地说,老陈,你是怎么啦,你是不是又犯病了?

陈秋石说,你他妈的才犯病了!老子清醒得很!冯参谋,传我命令,机炮连迅速抢占桩子山,控制漳河大桥。一营一连,在嵩山高地布雷,纵深三十米,留下三米通道,一连一排就地固守。其余部队,撤至峰洞,构筑阵地,准备迎敌。

赵子明意外地发现,不知道是从什么时候开始的,陈秋石的手不抖了,嘴巴不歪了,目光炯炯,神色自若,一副胸有成竹的气势。赵子明还有点不放心,问冯知良,你明白老陈的意思了吗?

冯知良说,我明白了,一号的意图是将计就计,预案不动,延伸战场,给敌人来个拖刀计。

赵子明说,老陈,你是不是这个意思?

陈秋石说,老赵,看来你多年不打仗了,你不懂,这叫以空间换时间,螳螂捕蝉,黄雀在后,好戏还在后头呢。

按照陈秋石的计划,在战斗第二阶段,待敌人进至高地西无名高地之后,以轻兵突击,然而二营的部队受到高地侧翼日军火力的猛烈压制居高不下,而这边的日军已经巧妙地运动至嵩山高地东侧,如果不能迅速突击西侧,嵩山高地很有可能易手,陈秋石的战斗目标就很难实现。

陈秋石调来了骑兵排。骑兵排过去的任务主要是警卫和送信,在华北平原上实施冲锋作战缺乏经验,第一轮冲锋遭到敌人步兵的射杀,很快就被堵回来了。再往后,骑兵在马背上拼命抽打,马就是不动。

陈秋石在指挥所里举着望远镜急得跳脚,忽然一下扔掉了望远镜,朝赵子明吼了一声,调机关枪,给我压制!

赵子明还没有回过神来,陈秋石已经冲出指挥所,从马夫手里接过缰绳,人刚跳上,老山羊一声长鸣,红鬃骤然竖起,犹如一道彩虹,横空出世,疾如流星,箭镞一般向嵩山高地西侧冲去。那边的骑兵排远远看见老山羊驮着陈秋石冲了过来,精神为之一振,那些踌躇不前的战马有了榜样,也都扬开四蹄,跟在老山羊的后面,暴风骤雨一般冲向西侧无名高地。

赵子明在指挥所里组织三挺机关枪压制敌人火力,眼看老山羊一马当先,由于奋力扑跃,马的身体和前后长腿,几乎拉成了一条弧线,根本看不见马蹄落地的瞬间,它一直在飞翔,飞翔……而马背上的陈秋石,高举战刀,在阳光下挥舞出一道又一道闪电,旋风般地冲向西侧无名高地。高地上的敌人似乎被这突如其来的舞蹈般的攻势惊呆了,茫然不知所措,等他们清醒过来,脑袋已经搬家了。

这次战斗,是陈秋石身先士卒为数不多的一次,也是老山羊参加八路军之后初露锋芒的一次。

战斗结束后,赵子明说,太漂亮了,我从来没有想到,你还会一马当先。

陈秋石说,那当然,我的马好。

赵子明说,你不要得意。你作为一号指挥员,居然放弃指挥,把自己混同于一名战士,这是绝对错误的。我要向成旅长反映你的问题。

陈秋石大大咧咧地说,我的指挥已经全部到位了,剩下的就是临机处置了。你反映吧,成旅长没准还会让你给我送半个猪来。

赵子明说,好吧,那就等着瞧!不过我还是应该向你表示祝贺,好眼光!

陈秋石说,你是说我的老山羊?那当然。名将宝马,珠联璧合,所向无敌啊!

以后总结战例的时候,成旅长对赵子明说,你知道临城战斗你们是怎么取得胜利的吗?

赵子明说,老陈当机立断,指挥有方啊!

成旅长说,哈哈,你太高看陈秋石了。我告诉你,临城战斗的胜利,得益于一个傻子遇到了一个更傻的家伙,所以次傻的那个家伙胜利了。

赵子明说,临城战斗,毙伤敌人一百六十多,我方伤亡四十不到,这应该是一个很大的胜利,首长为什么还说我们傻?

成旅长说,傻就傻在嵩山高地上留下的那一个排,为什么不是一个连,为什么不是两个连?留下一个排的兵力就想造成主力固守的假象,这太冒险了,这就是犯傻。一个排的兵力和鬼子死缠滥打,鬼子居然没有识破,那就更傻。我算发现陈秋石用兵的弱点了,心软,舍不得部队,怕伤亡。

赵子明说,只有保存自己,才能消灭敌人啊!旅长说他怕伤亡,可是他自己在紧要关头单枪匹马冲出去了,他那一冲不要紧,整个骑兵排都上去了。

成旅长笑笑说,是啊,陈秋石他做的没错,整个战例我研究了,当机立断,转移战场,以空间换时间,突发的灵感得到的效果如此圆满,不愧是战术专家啊!

赵子明说,我一直没有搞清楚陈秋石的病是真好了还是假好了。

成旅长说,我也搞不清楚,假作真时真亦假,真作假时假亦真,但是我可以清楚地告诉你,他的病情至少在向好的方向转化。

赵子明说,我现在也有点掌握陈秋石用兵的特点了,这伙计老是考虑后路。

成旅长沉吟片刻说,这也无可厚非,退路在,胜券在啊!

七

　　黄寒梅的伤不轻不重，一条腿残疾了。上级指示，把她送回东河口养伤，在东河口参加地方的抗日活动，还是担任妇抗会主任。郑秉杰把上级的这个决定告诉黄寒梅，黄寒梅一言不发。郑秉杰说，黄大姐，你也是老革命了，你要是有什么难处就跟我说，我再向韩司令员反映。

　　黄寒梅说，明摆着的，我舍不得离开队伍。

　　郑秉杰说，可是你的腿行动不便，部队要行军打仗。

　　黄寒梅说，这个我知道，可我还是割舍不下。

　　郑秉杰说，是不是不放心三川？三川还是个孩子，我看干脆跟你一起回东河口算了。

　　黄寒梅摇摇头说，不可能了，这孩子的性子我知道，他这一辈子是离不开打仗了。说不担心不是真话，他的爷爷奶奶千叮咛万嘱咐，要让他读书，当个有学问的人，哪里想到东洋鬼子打来了，这孩子学问没有长进，打仗却打出瘾来了。我不知道他爷爷奶奶会不会怪我。

　　郑秉杰说，黄大嫂，我认识你十年了，有句话不知道当问不当问？

　　黄寒梅说，我知道，你是想问三川他爹。黄寒梅想了想说，死了，三川他的那个半吊子爹在他没有满月的时候就死了。

　　郑秉杰问，那三川从来就没有问过他父亲？

　　黄寒梅说，问过，我告诉他，他没有爹，他只有爷爷奶奶。

　　郑秉杰又问，他的爷爷奶奶还在吗？

　　黄寒梅说，郑队长，你是我的恩人，也是我的革命引路人，我对组织没有任何隐瞒，我就索性都跟你说了吧。当年三川他爷爷奶奶送我娘儿俩上路的时候跟我讲,我家圩沟里面,从竹桥往东数,第三棵柳树下面埋的有东西,估计是大洋。陈家是隐贤集的富户,积攒多年,应该有些盘缠。我前些年偷偷地回去找过,没有找到。约摸有几种可能,一是三川他爷爷奶奶还没有死,东西被起走了;二是被土匪找到了。

郑秉杰说,我们希望是第一种可能,你应该让三川回去找找,毕竟他的亲人不多。

黄寒梅说,孩子小的时候,我不能跟他讲家里的伤心事。孩子大了,又参加了新四军。隐贤集如今是汉奸的天下,倘若他爷爷奶奶还活着,我们娘儿俩的事情传到那里,会给老人家带来麻烦。

郑秉杰说,没想到黄大姐你的心里还装着这么多事情。你放心,我们一定把三川培养成人,等有了适当的机会,我会把他的经历告诉他的。

黄寒梅说,郑队长,是人都有私心,我不能对你隐瞒。三川这孩子性子野,留在队伍上,我最怕他逞能,万一他有个三长两短,我也没法活了。

郑秉杰说,我只能跟你保证,尽量管住他。可是,你是知道的,这孩子自己的主张硬得很,把他留在队伍里,我的压力也很大。

把黄寒梅送下山的前一天,郑秉杰找三川谈话说,三川,你娘腿上落下残疾了,往后恐怕就不能留在队伍上了,你有什么打算?

陈三川说,把我娘留在队伍里跟万大叔烧锅也不行吗?

郑秉杰说,组织上另有安排,你娘回到东河口,还有革命工作。

陈三川眨眨眼说,那就按照组织的安排呗。

郑秉杰说,如果我们安排你跟你娘一起回东河口,参加地方的抗战工作,你干不干?

陈三川连想都没想就说,不干。

郑秉杰问,为什么?难道你不愿意和你娘在一起?

陈三川说,我想和我娘在一起,可是我更愿意跟鬼子打仗。我是抗日战士,我不能只跟我娘在一起。

郑秉杰说,嚛,口气不小,老话说娶了媳妇忘了娘,你还没有娶媳妇,就不要娘了?

陈三川说,张先生,啊不,韩司令说,自古忠孝不能两全,先国后家,丈夫所为。

跟娘儿俩都谈过话,郑秉杰真的犯难了。这个三川,人小鬼大,过去黄寒梅在队伍里,好歹有个约束。黄寒梅离开了,这小子就像脱缰的野马,万一牺牲了,他真的没法面对黄寒梅。郑秉杰为难了一个晚上,终于有了主意。

第二天早上,郑秉杰让陈三川收拾好自己的东西,跟着他一起送黄寒梅下山。郑秉杰说,送你娘到东河口之后,你还得跟我到杜家老楼分区司令部去开会,来回要五天,把你的东西都带上。

好在陈三川没有什么东西,就两身换洗的衣衫,一身是他娘过去给他缝的,一身是马秋分做的半制式的军装。陈三川这天穿的是军装,腰里扎着皮带,肩上扛着一支小马枪,腰里还挎着盒子枪,俨然是个久经沙场的老兵了。只不过,他的屁股后面还别着弹弓,流露出了他的孩子气。

天气很好。山道弯弯,清晨的阳光从树林的缝隙里筛下来,满地都是金灿灿的。大别山的竹林就像海一样,从这山看那山,如烟似云,群峰叠翠。

路上,陈三川显得兴致勃勃,丝毫没有离别的伤感,遇上斑鸠,就从屁股后面摸出弹弓,还没有走出西华山,就打了六只斑鸠,说是要让他娘带到东河口,炖烂了补身子。

黄寒梅走一路哭一路,哭得陈三川不耐烦了,没好气地说,娘你怎么老是哭?你是参加地方抗战工作,又不是上刑场,有什么好哭的?

陈三川一说,他娘哭得更凶了,眼泪吧嗒吧嗒往下掉,哽咽着说,三川,往后你可得听领导的话,不能由着性子来。

陈三川说,这个我知道,一切行动听指挥。

黄寒梅说,遇到战斗,没有把握不要蛮干。

陈三川说,我从来不蛮干,我百战百胜刀枪不入。

黄寒梅说,儿啊,哪有什么刀枪不入的事情啊,你可别信说大书的那一套,子弹是不长眼睛的。

三川不高兴了,说,娘,你这话不对头,大书也是韩司令给咱讲的啊,韩司令能给咱说瞎话?

黄寒梅说,韩司令唱的是古书啊,古人的事情哪能当真?

陈三川拉下脸说,你是教我退缩吗?我打仗只会往上冲,绝不会贪生怕死。

黄寒梅被儿子说得哑口无言,只是抹泪。

这一路上,郑秉杰和另外两个抬担架的战士很少说话,快到东河口的时候,郑秉杰对班长王实发说,到了三石条,那边就有接应的同志。我和三川就不往前送了。三川,跟你娘说几句话,道别。

三川走到黄寒梅的担架旁说,娘,你安心养伤,等着我们打胜仗的好消息。

黄寒梅的眼泪呼啦一下又出来了,她含泪笑着说,好,儿啊,你一定要记住,不能蛮干。

陈三川说,娘,我记住了,你就放心吧!

黄寒梅望着郑秉杰说,郑队长,三川就交给你了,全靠您关照了。

郑秉杰说,黄大姐,你放心。三川年纪太小,不适合在游击队里干,我已经决定了,让他到支队给首长当勤务员,一来可以学点东西,二来在高级机关,也相对安全一些。我这次去开会,就带他报到,等他长大了再回到战斗部队。

黄寒梅差点儿从担架上滚了下来,要给郑秉杰磕头。郑秉杰伸出双手架住黄寒梅的胳膊说,黄大姐,你这是何必,我们都是革命同志,老战友了。

143

黄寒梅说，郑队长，我黄寒梅来世就是当牛做马也要报答你。

郑秉杰说，怎么能这么说？这不像革命同志说的话。

黄寒梅说，我这个当娘的，要说真话啊！三川，三川，你过来，娘还有话要对你说。

可是喊了半天也没有听见回答，就在他娘要给郑秉杰磕头的那会儿工夫，陈三川早已跑得无影无踪了。

八

嵩山高地战斗，使陈秋石再度成为百泉抗日根据地的风云人物。这次成城吸取了教训，没有让陈秋石大红大紫，只是让他回到二团，继续担任副团长兼参谋长，除了日常的训练和军务，还给他增加了很多工作量，譬如负责教导团的战术授课，负责给参谋做标图示范，负责整理战术教材的修订等等。

陈秋石忙得不亦乐乎，只要不让他闲下来，他就很少犯病。后来总部来了个医疗队，里面有个洋大夫叫诺尔曼，成旅长让赵子明带着陈秋石去见诺尔曼，诺尔曼提了一些问题，陈秋石回答得还算明白。诺尔曼说，这个患者没有太大的毛病，只是有一点抑郁症状，可能精神上受到过什么刺激，这种病人人都有，只不过轻重不同而已。尽量在敏感问题上分散注意力，避免情绪大起大落，久而久之，不治自愈。

赵子明闻言大喜，向成旅长如此这般汇报了，成旅长说，那就让他继续搞战术研究，尽量让他多参与战斗指挥。

安排是这样安排了，但成旅长还是不放心，像陈秋石这样的同志，让他指挥打仗对于治疗他的病的确有益无害，但是也不能总让他指挥打仗啊。日军在太平洋战场节节败退，在中国大陆的兵力只减不增，八路军采取打持久战的方针，尽量避免与敌大规模决战,在这样的背景下,成旅长也没有办法搞到很多的仗来让陈秋石指挥。

过了些日子,成旅长找二团政委赵子明商量说,老赵,我们也不能总是把陈秋石当驴使啊,得想点别的办法。

赵子明说,陈秋石兴趣单调,我拉他打篮球他不干,说不会打;打扑克他也不干,说那是赌博;下河摸鱼他不去,说上次就是在水里冻出了毛病;上山打猎也不干,说杀生。连酒也不喝,说是恶习。

成旅长说,这家伙,真是乏味得很,难怪袁春梅没有嫁给他。他过去也是这个样子吗?

赵子明说,我们在淮上州念书的时候,地下组织搞了一个新潮剧社,其实就是外围组织,那时候参加排戏他很积极。

成旅长眼睛一亮说,啊,还有这回事?那好啊,让他到文工团工作一段时间怎么样?

赵子明嘴巴张得老大,半天才合上来说,那恐怕不合适吧,此一时,彼一时,他现在兴趣不在那里。

成旅长问,你怎么知道他现在兴趣不在那里?

赵子明说,老陈患的是相思病,文工团里女兵多,恐怕不合适。

成旅长火了,一拍桌子说,胡说!谁说陈秋石患的是相思病?诺尔曼不是说得很清楚吗,抑郁症,同相思病是两回事,你们再也不能说是相思病了,再说相思病就是诋毁同志。

赵子明嘟嘟囔囔地说,我说顺嘴了,再说我也没有在外面说,他的情况旅长是清楚的。

成旅长说,我当然清楚,他就是抑郁症。我找郑凯南谈了好几次,郑凯南告诉我,陈秋石的病实际上是在漳河峪战斗的时候就出现了,是战争压力造成的。

赵子明说,这个我也听说了。生病在前,见袁春梅在后,发病更在后。

成旅长说,赵子明你想个招,出个节目,让陈秋石客串一下,看看起不起作用。

赵子明尽管满腹狐疑,但旅长的命令他不能不执行。他往文工团跑了两次,心里就有数了。

中秋节改善伙食,吃饭的时候,赵子明对陈秋石说,老陈,文工团排练《三打穆家寨》,缺一个角,想找人客串一下,你有没有兴趣?

陈秋石嘴里一块骨头啃了一半,又拿了出来,举在手上问,青衣还是花旦?

赵子明一听这话有戏,忙说是改编的话剧,缺杨宗保。

陈秋石眼皮一跳说,行啊,反正闲着也是闲着。

这件事情很快就有了着落。文工团在百泉山的东北角,二团在百泉山的西北角,中间隔着一个山根,也就七八里路。

大清早晨,陈秋石哼着小调,给他的老山羊洗了个澡,通身刷得锃亮照人。那马自从嵩山高地战斗之后,似乎也感觉到人们对它的羡慕眼神,更是高昂着头颅,傲然雄视。

两匹马一前一后,不紧不慢,悠哉游哉。陈秋石骑在马背上,迎着初升的太阳,容光焕发。赵子明发现,陈秋石这天穿着半新的军装,里面的洋布衬衫领口雪白,胡子也刮得干干净净。他想,好兆头啊!

百泉山是太行山南端的一个尾巴,不大,植被丰富,山上有一座百泉寺,黑瓦红墙,掩映在苍松翠柏之中,同山下款款东流的百泉河相互映照,很有灵气。行走在山下的小路上,赵子明突然有种感觉,此地钟灵毓秀,没准会有什么不同寻常的事情发生。他有点犹豫,要不要抽空悄悄地带陈秋石上山进一炷香。

拐过山根,就到了文工团的营地。

拴马的时候,出现了一个小小的插曲,文工团门口只有一根拴马桩,赵子明牵着他的马往拴马桩走去,老山羊却停住步子。陈秋石说,嗨,老赵,你的马拴那里,我的老山羊怎么办?

赵子明说，什么怎么办，拴一起呗。

陈秋石说，老赵你问问我的老山羊，它愿意跟你的马拴在一起吗？我看它不情愿。

赵子明说，岂有此理，未必你老陈打了个胜仗，连马都成了将军了！反正我把马拴这里，你的英雄马爱到哪里到哪里！

陈秋石说，那好！我把好场子让给你的马，我的老山羊只好打游击了。

等两个人都把马拴好，赵子明发现不对了。他的马倒是进了正经去处，可那是在太阳底下。这正是夏天，晌午的天气又闷又热，一会儿太阳到顶上，那还了得！

陈秋石已经把老山羊领到一棵大槐树下面，挤眉弄眼地对赵子明说，看看，我的马就是比你的马聪明。我压根儿就不用拴它，我让它自由自在地溜达。不管它跑多远，我一声口哨，它马上就会回来，你信不信？

赵子明说，我信，他妈的连你的马都是战术专家，你身上的跳蚤都是双眼皮行不行？

因为赵子明提前打了招呼，文工团的演员们对陈秋石的到来，既没有崇拜明星的热情，也没有表示惊讶，只是微笑致意，好像他本来就是老熟人。陈秋石由赵子明引导着进了排练室，是一间学校的大房子。文工团长廖添丁见陈秋石和赵子明到了，按照事先约定的计划，二话不说就下口令，集合！

十几个男女演员从不同的角落里聚拢到一起，乱糟糟地排成两队。剩下赵子明和陈秋石站在一边傻看。赵子明用胳膊肘拐了拐陈秋石说，集合了，我们也入列。边说，边推着陈秋石进入到队列里。

然后，廖添丁开始整队，一声立正口令之后，陈秋石下意识地并拢了脚后跟。这就算进入状态了。

集合之后，廖添丁在队列前宣布角色分配，梁楚韵演穆桂英，

147

霍冰河演穆瓜,黄白丁演杨哑巴,陈秋石演杨宗保。廖添丁叫到陈秋石名字的时候,陈秋石很响亮地答了一声到。

然后发脚本,解散,主要演员对词。

赵子明的任务是陪练并监护陈秋石,也被分了一个角色,在这场戏里男扮女装演穆桂英的丫鬟。

陈秋石拿到脚本,按照廖添丁指定的位置,在排练室外的老柏树下面研究,正读着,一个衬衣扎在裤腰里的青年女八路笑盈盈地走了过来,落落大方地介绍,我叫梁楚韵,戏里是穆桂英,以后主要是咱俩对戏了。

陈秋石赶紧站起来,有点拘谨地说,认识啊,我的老山羊还是你给取的名字呢。

梁楚韵说,还当真叫老山羊啊!没想到那是一匹神马。

陈秋石说,我在戏里是杨宗保,好久没有演戏了,请多包涵。

梁楚韵说,首长是赫赫有名的……刚说到这里,见赵子明在不远处向她摆手,便改口了,不叫首长,叫老陈,说,老陈,听说你过去在读书的时候就是赫赫有名的小生,只是我们现在把它改成话剧了,和黄梅戏有些不太一样。

陈秋石说,我发现了,戏曲改话剧,四不像。

梁楚韵说,哎呀,老陈你真是行家,一针见血。因为部队北方人多,黄梅戏听不懂,所以还是改话剧,普及一点。

陈秋石松弛下来,就开始抬杠了,说,不对,黄梅戏是国粹,哪里的人都听得懂。

梁楚韵这才领教这个人认死理,只好说,因为演员多数都没有学过黄梅戏,所以,还是话剧好演一点。

陈秋石说,不对,话剧是外国的东西,要用北方话讲,更难学。

梁楚韵哭笑不得,只好说,是的是的,话剧很难学,但这是上级指定的任务,我们必须完成。

梁楚韵这么一说,陈秋石才不抬杠了。两个人开始对台词。

赵子明老远观察陈秋石,还算正常,进入角色后,比较投入,操着一口曲里拐弯的淮上方言,朗诵话剧台词,抑扬顿挫,有些滑稽。梁楚韵倒是说得一口字正腔圆的北方话,悦耳动听,时不时地纠正陈秋石的发音,漂亮的小脸蛋沁着细密的汗珠,在春天的阳光下像珍珠一样闪动,楚楚动人。赵子明心里一动,觉得成旅长就是高明,没准成旅长安排的这场戏,戏外还有戏呢。

中午饭就在文工团吃,伙食不错,有白菜豆腐,小米干饭。三五一伙,蹲在地上,说说笑笑,很有生活气息。赵子明端着碗问陈秋石,怎么样?

陈秋石反问,什么怎么样?

赵子明说,逼你入赘的那个媳妇。

陈秋石愣住了,脸色一变问,你说谁?

赵子明恨不得给自己一个嘴巴子,连忙说,跟你配戏的那个梁楚韵,穆桂英啊!

陈秋石点点头说,还好,小丫头会演戏。

上午熟悉了脚本,下午就开始排练。排练不用化妆,陈秋石还是那身行头,上装脱了,衬衣扎进皮带里,年轻了不少。在台上拿着脚本跟梁楚韵比划,还有几个简单的武打动作,基本上不会,全靠廖添丁在一旁手把手地教,累得满头大汗,倒也快活。

意外出在第二场。

第二场是杨宗保大战穆桂英。杨宗保在中军大帐中,调兵遣将。陈秋石依照台词,按部就班,然后就披挂上阵,同穆桂英也就是梁楚韵对打,两个人打了几个回合,陈秋石突然走神了,打着打着不打了,神情恍惚,两眼迷茫,嘴里念念有词说,错了,完全错了,杨宗保简直是蠢才,这么明显的声东击西战术都不懂,还能当先锋?用人不当,指挥失误啊!

梁楚韵听不懂陈秋石的方言,硬着头皮按照脚本往下走,一边念着台词,一边舞着木枪武打,没防备陈秋石在该闪身的时候没有闪开,脑袋上稀里糊涂地挨了一家伙,当场就倒下了。

梁楚韵起先还当是陈秋石把戏演过头了,扔掉道具,弯腰去拉陈秋石,嘴里说,老陈,这场戏还不到倒下的时候,这才是第二次交锋。

老陈躺在地上一动不动。

赵子明情知大事不好,从后台飞奔过来,说,坏了,这伙计犯病了,赶快送医疗队!

第 四 章

一

随着抗战局面的改变，淮上支队有了很大的发展，郑秉杰的三大队也被整编为淮西独立团，郑秉杰任团长兼政治委员，像红军时代，下辖五个连，空白营建制，全团四百余人。以下水涨船高，十六岁的陈三川当了七连的连长后，就连刘锁柱也当了排长。

这几年，刘锁柱的变化很大，其中一个突出的表现，就是在上战场之前腿肚子不哆嗦了。几仗下来，感觉自己很了不起，嘴边经常挂着一些抗日救国的大道理。胭脂河战斗，敢死队里也有他，不知道当时吃了什么药，居然没有筛糠，没有临阵脱逃，后来真的同敌人短兵相接了，他反倒不紧张了，端着步枪噼里啪啦往人堆里放，眼看着好像打倒了几个。

这以后，刘锁柱就神气了，战斗间隙，还是照样吹牛，吹得最多的就是胭脂河战斗。有一次，刘锁柱对许得才和万寿台等人说，打仗嘛，其实没啥了不起的，关键就是不怕死，还要动脑筋。

许得才说，乖乖，几年下来，你刘锁柱猴子变成人了，还文武双全。

刘锁柱说，那是啊，为什么说士别三日，当刮目相看呢？你们不能看不起我了，我再也不是懒汉了，我现在功高劳苦，用兵如神。

万寿台说，去你妈的，瞎猫碰上死耗子，碰巧立功，你就成精了？

刘锁柱说,怎么是碰巧？我就是有军事天才你信不信？胭脂河战斗,要不是我在关键的时候朝敌人的机枪阵地扔了六颗手榴弹,陈三川这小子就没命了。别看这小子平时野得像头豹子,关键的时候他还嫩了一点,哪能硬拼啊！你不怕死,小鬼子更不怕死,他们给陈三川来个前后夹击。陈三川硬是被火力压得抬不起头来。我一看情况不妙,挺身而出,吸引敌人追击,然后杀了他一个回马枪,这才解了陈三川的围。你知道那是什么滋味吗,舍生忘死啊,浴血奋战啊！

刘锁柱吹牛的时候,陈三川不知道什么时候已经钻进了窝棚,不动声色地看着眉飞色舞的刘锁柱,也不点破他。

万寿台说,照你这么说,陈三川的打仗经验还不如你,那为什么他当连长你当排长？

刘锁柱说,为什么,你说为什么？他是郑秉杰的干儿子嘛！

这时候陈三川开腔了,陈三川说,三排长,谁是谁的干儿子？

刘锁柱一看,坏了,背后说陈三川的坏话被当场揪住,这小子少不了又要变着法子收拾他。刘锁柱说,报告连长,有人说你是郑大先生的干儿子,我坚决不同意。如果是,我们都是,我们都是共产党的干儿子。

陈三川说,吹牛可以,编派人不行。以后再让我发现你胡诌,我就割掉你的鸡巴喂狗。你听明白没有？

刘锁柱一本正经地说,报告连长,我听明白了。可是你割掉我的鸡巴没用,你还是割掉我的舌头吧,这样我就不能胡诌了。

刘锁柱现在已不是过去的刘锁柱,有了投弹模范的头衔,有了战功,又有了排长的身份,感觉自己已经是一个军官了,就很不满足天天吃苞米馍馍,更不满足穿马秋分做的粗布军装了。不知道他从哪里弄了一件日军的黄呢褂子,跑到江碧云那里,央求江碧云替他改一件新四军的军装。江碧云说,第一,我不是裁缝,我不会改;第二,我劝你不要改。我们新四军穿的都是灰布军装,就你一个穿鬼子的黄皮太扎眼,要是我们的同志产生误会,把你当鬼子给毙了,那你就冤枉大了。

刘锁柱的军装终于没有改成。当然,刘锁柱去找江碧云,纯粹醉翁之意不在酒,他不认为他自不量力,他认为既然他是个英雄,他就有理由跟江碧云搭讪,抽空从她的衣领里看看她的脖颈子,也算是对英雄的慰劳。

淮上支队整编后,部队又正规了很多。在南岳山里成立了一个小型的兵工厂,组织一帮老弱病残研制手榴弹和土枪子弹。又把黄寒梅接到西华山,担任伙食团副主任,实际上伙食团只有她和万寿台两个人。隔三差五的,陈三川就能去看看他的瘸腿娘。

有一天下大雨,部队没事,陈三川请了假,到兵工厂给黄寒梅送野兔子。那当口黄寒梅正在药碾子上碾石硝,看见儿子披着蓑衣,浑身透湿,心疼得直吸冷气,撑着一条瘸腿站起来,要给儿子熬姜汤。三川扬了扬手里的三只野兔子说,娘,把这个一锅煮了,给大娘婶子们补补身子。

黄寒梅说,儿啊,往后别去打野兔子了,要守纪律。

三川说,娘你放心,郑团长说,打野兔子也是搞大生产,还算大练兵。

黄寒梅说,这就对了,凡事都要听郑团长的。

当娘的看着儿子,儿子长高了,黝黑,精瘦,但是结实,胳膊上的肉疙瘩一团一团往外突。嘴唇上毛茸茸的一层,眼看着就快要成气候了。眼睛还是不大的两只,总是眯缝着,骤然睁开,那里面却透着精明。娘在心里说,孩子长大了,孩子的心里装的是什么,当娘的已经有些摸不着头脑了。

当儿的看着娘,娘虽然老了,脸上有了不少皱纹,但是娘的气色却比以往好多了。自从左腿伤了之后,黄寒梅就很少出门,在东河口邱裁缝家的后院里养了小半年,连山都很少看见。组建兵工厂之后,黄寒梅像是重新托生一样,拄着拐杖,挖竹笋,背粮食,填灶火,忙得不亦乐乎。

这天陈三川是在兵工厂吃的中午饭。黄寒梅从自己的伙食尾子里拿出一角钱给万寿台,要给儿子算伙食费,却把万寿台惹恼了。万寿台说,三川是主力部队的连长,哪有自家人吃饭还要交钱的?兵工厂成立几个月了,天天是萝卜咸菜,三川给咱们送来了三只野兔子,大伙儿开春第一次吃到鲜肉,咱们不作揖就算家常了,孩子吃顿饭,哪能算钱?

万寿台是郑秉杰特意从主力部队抽调给兵工厂的,他的职责有好几项,除了管兵工厂的伙食,还兼着保卫保密。郑秉杰的心里有个想法,黄寒梅是个活寡妇,万寿台是个鳏夫,二人年纪相当,在战争中也有一些情谊,如果二人能够走到一起,也算花好月圆。黄寒梅不是傻子,郑秉杰的这层意思黄寒梅心知肚明,但是黄寒梅不领这份情。黄寒梅已经把自己交给队伍了,她可不想给三川找个继父,儿子前程远大,她不能让孩子没脸面。

吃过饭,雨停了。黄寒梅说,三川,你扶娘到前面的山冈上,咱娘儿俩说会儿话。

陈三川便搀着娘,沿着半山的羊肠小道,走到一个视野开阔处,选了一块被雨水冲净的石板,娘坐下,儿子站着,看天边的山脊。

梅雨季节,山坳忽阴忽晴,这边雨刚停下,那边太阳就从云缝里露出了半边脸,半山坡上的花瓣叶片上滚着露珠一样的水滴,一颗一颗包含着阳光,晶莹剔透。一股细细的溪流从山涧落下,像是一条从天上扯下来的绸缎,在山根处溅出雪花样的泡沫。

陈三川知道,娘有话要跟他说。

果然,坐了一会儿,娘开口了。娘说,三川,你知道吗,咱娘儿俩离开老家有多少年头了?

陈三川说,知道,十三个年头了。

黄寒梅说,哦,我的儿,你心里还是有数的。

陈三川没有吭气,看着眼前出神。前方不远处,不知道什么时候升起一道彩虹,一端搭在南山半腰,一头落在北山山根。那彩虹中间粗两头细,中间实,两头虚。在彩虹的下面,还有无数个小虹圈,一个连着一个,一个套着一个,像一串挂在一根绳子上的彩球,有的近在咫尺,似乎伸手可摘。陈三川说,娘,你看,好排场啊!

娘回过头来,看见儿子的脸上露出稚嫩的惊喜,心里一热说,孩子,是排场啊!你没听郑团长说吗,大别山就是人间天堂啊!咱们扛枪抗日,就是为了保护咱们的人间天堂。

陈三川说,这个我懂,我们一定不能让鬼子踏进大别山。

娘说,儿啊,娘问你,你知道你的家乡在哪里吗?

陈三川想了想说,知道,就在山那边,玫山的隐贤集。

黄寒梅有点惊讶,又问,啊,你知道得这么多!你是听谁说的?

陈三川说,这个你别管,反正我知道。等抗战胜利了,我要回到隐贤集,去找爷爷奶奶。

黄寒梅更惊讶了,说,孩子,你是不是听谁说过你的家世?

陈三川说,是娘你自己说的啊!

黄寒梅说,娘是想等你长大了,把你的家世从头到尾跟你说,没想到你都知道这么多了。娘从来没有跟你说这些啊!

陈三川说,娘是在梦里说的,儿子都记住了。

黄寒梅那双眼睛眯缝了半晌,骤然瞪大了,一脸惶恐地问,儿啊,娘在梦里还说了些啥?

陈三川没有马上回答,也眯缝起小眼睛看他的娘,像是要把他娘的心思看透。过了一会儿,陈三川说,娘,我爹为啥不要咱娘儿俩了?

黄寒梅愣住,久久地看着儿子,没防备眼泪就扑扑簌簌地滚了下来。黄寒梅说,儿啊,这个你是听谁说的,也是你娘梦里说的?

陈三川没有回答,就那么阴沉沉地看着他娘。

黄寒梅终于忍不住了,一把拉过儿子,眼泪一把鼻涕一把嚎啕开了,孩子啊,你问娘,娘问谁去?你的爹他不是人,他是个半吊子啊,他为啥不要咱娘儿俩了,你去问你那个死鬼爹吧!

二

旅部医院设在石板岩村东头一座陈旧的祠堂里,陈秋石忽冷忽热地在那躺了两天。第三天夜里醒来,窗外月明星稀。陈秋石睁着眼睛看夜空,耳边是潺潺流水,蛙鸣虫吟。不知道怎么回事,他感觉自己好像进入到一个神奇的天地,童年吟哦的诗句在那一瞬间不可阻挡地涌上心头,无言独上西楼,月如钩,寂寞梧桐深院锁清秋。剪不断,理还乱,是离愁,别是一番滋味在心头……

黑暗中的陈秋石,莫名其妙地流下了泪水。他不知道他为什么要哭,不知道是什么触动了他内心那块软弱的地方,让他情不自禁,神魂颠倒。后来他知道了,是那轮残缺了的月亮。月如水,天茫茫。月亮就是童年,月亮就是故乡,月亮就是往事,月亮就是乡愁。

在太行山深处的这个夜晚,在石板岩村这个偏僻寂寥的旧式民居里,陈秋石此刻异常清醒,他感觉到这是他背井离乡十几年来最明白的时刻。他终于看见了月亮,终于看见了月亮旁边若有若无的淡淡的云絮。他在月光下走进了自己的内心和自己的历史。他想到了他的无情和鲁莽,想到了那个被他视为不祥之物的嗷嗷待哺的孩子。

泪水从半夜开始流淌,直到天明也没有停下。

第二天早上赵子明和梁楚韵去探视的时候,他们意外地发现,陈秋石的枕头已经被浸透了。

陈秋石大睁着眼睛在看他们。

赵子明说,老陈,你醒了,把我们吓坏了。

陈秋石从床上坐起来说,我怎么啦,我为什么躺在这里?

赵子明说,你犯病了,羊角风犯了。

陈秋石一骨碌跳下床说,胡说,你才犯羊角风了!我清醒得很,我什么病也没有。我要回去,我要回到我的部队去。

梁楚韵说,首长,都怪我,那一棒子杵得太用力了,把首长打倒了。

陈秋石看着梁楚韵,看了很久,突然咧嘴笑了。哦,我想起来了,我们在一起排戏,《三打穆家寨》,你演穆桂英。

梁楚韵赧然一笑说,是这样的。

陈秋石怔怔地看着外面正在弥漫的朝霞,突然打了一个喷嚏,揉揉鼻子说,啊,我还想起来了,杨宗保乱弹琴,我更是乱弹琴。我不能再跟你们一起演戏了,我要回部队了。说着,就动手整理自己的东西,把脸盆和牙粉都装在公文包里,并且从床上拎起了军装。

赵子明说,老陈,你等等,你住院是成旅长安排的,你不能说走就走。

陈秋石说,笑话,我没有病,为什么还要在医院里住着?要住你住,我是不住了。一边说一边装他的东西。

赵子明见这伙计又不讲理了,怕他闹出乱子,背着陈秋石递个眼色给梁楚韵,梁楚韵搞不明白,两个人鬼鬼祟祟比划了半天,陈秋石猛抬头问,你们搞什么鬼?

赵子明说,穆家寨还没有攻打下来,先锋杨宗保就想逃之夭夭,我们在商量要不要搬佘老太君领兵亲征。

陈秋石停住了,看着赵子明发了一会儿愣,突然笑了,苦笑,说,老赵,你们真的以为我病了?不错,我是病了,可我现在好了,我现在比任何时候都清醒。让我回部队吧!

正说着话,门口暗了一下,人还没进来,话就落在房间里。原来是成城来了,成旅长扎着绑腿,腰间拎着小手枪,黑红的脸上挂

157

着汗珠,脑门上还冒着热气,看样子刚从操练场上下来。成旅长说,陈秋石,你说你的病好了?那我问你,你知道你犯的是什么病吗?

陈秋石立正,敬礼,规规矩矩,一点儿也不含糊。礼毕,陈秋石放下手臂说,报告旅长,我患的是间歇性忧郁症,不过现在已经好了。

成旅长说,你的病好没好,不是你说了算的,要听医生的。你怎么能自己给自己诊断呢?

陈秋石说,旅长,我确实好了。我昨天夜里发了一场高烧,醒来后脑子异常清醒。这两年我半是明白半糊涂,给部队带来很多麻烦。下半夜我前前后后都回忆起来了,从漳河峪战斗开始,我就有点精神失常,后来还发生了跟袁春梅的不愉快⋯⋯

成旅长不动声色地看着陈秋石,见陈秋石说到这里停住了,心想,看来这伙计确实醒过来了,知道什么能说什么不能说了,不像以往东一榔头西一棒子了。看来是个好兆头。成旅长说,嗯,听你这么一说,还真像病好了。

陈秋石说,报告旅长,我什么都记得。漳河峪战斗之后,我当了副团长兼参谋长,给抗大分校和部队讲战术课,旅长让我研究战例,嵩山阻击战那次,你让我指挥,又把赵子明派到我身边,就是怕我犯病误事,后来你又让加拿大医生诺尔曼给我看病,这些都是事实吧?哪年哪月发生了什么事情,我全都记得一清二楚,你说我的病是不是好了?

成旅长还是冷静地看着陈秋石,但是成旅长的眼睛里涌上了一层潮湿。成旅长注视陈秋石良久,然后转过头来看看赵子明,又看看梁楚韵问,你们看,陈秋石同志是不是正常了?

赵子明支支吾吾没有说出个子丑寅卯,只是说,看这样子,确实像个正常人。梁楚韵倒是干脆,不含糊地说,我看陈副团长根本就不像个病人,他到文工团客串杨宗保,我就没有看出他有什么不对劲。就算他晕过去一次,也不见得就是精神方面的问题。

成旅长点点头,意味深长地说,啊,哈哈,这真是有心栽花花不开,无心插柳柳成荫啊!啊不,这叫踏破铁鞋无觅处,得来全不费工夫。

梁楚韵懵里懵懂地看着成旅长,成旅长朝她笑笑,她也笑笑,偷偷地瞥了赵子明一眼,赵子明却是面无表情。

成旅长在病房里踱了两圈,对陈秋石说,陈秋石同志,我们是革命军人,要有革命的纪律,就算我们大家都相信你的病好了,那也没用,还得医生下结论。一会儿我请秦院长会同诺尔曼先生再给你会诊一下,如果问题不大,你就可以回部队了,边工作边观察。

陈秋石还想争辩,成旅长摆摆手说,九十九步都走了,还在乎这一步?一天半天都不能等了?

然后又对赵子明和梁楚韵说,我们走,让他还在这里吃一天病号饭。

同成旅长分手之后,赵子明送梁楚韵回文工团。路上梁楚韵说,我看陈副团长真的不像个病人,清醒得很啊!陈副团长清醒了,赵政委你为什么还是愁眉苦脸的?

赵子明苦笑说,你哪里知道?这伙计的毛病,反复无常,你今天看他像个正常人,但是不知道哪一件事情弄拧了,他随时给你颜色看。

梁楚韵说,成旅长这么重视他,他的病如果确认治愈,那可是前程无量啊!

赵子明说,梁楚韵同志,你还记得成旅长说的那几句话吗?你知道成旅长是什么意思吗?

梁楚韵说,成旅长说的话多了,赵政委指的是哪一句?

赵子明说,有心栽花花不开,无心插柳柳成荫啊。还有,踏破铁鞋无觅处,得来全不费工夫。

梁楚韵怔了一下,吞吞吐吐地说,我觉得好像有点……文不对题吧？我不是太清楚，请赵政委指教。

赵子明哈哈一笑说，我也不是太清楚，以后你慢慢体会吧。

往后的事情就不是悬念了。还没等到中午，陈秋石就骑着老山羊从旅部医院里趾高气扬地回来了，后面还跟着警卫员。成旅长指示，二团杀一头猪，晚上团部改善一下，把廖添丁和梁楚韵也请到二团，庆祝陈秋石康复。

这天晚上陈秋石喝了两碗高粱烧酒，谈笑风生，毫无醉意，更没有失常，这一切都在显示，他的病基本上好了。

大年过后，陈秋石和赵子明带部队到焦作城外打了几场运动战，干掉了日军的三个据点，缴获了一批物资装备。春暖花开的时节，陈秋石被任命为三三六旅副参谋长。

按照八路军的规定，"二五八团"老干部是可以结婚的。陈秋石的病情稳定之后，成旅长找赵子明谈了一次话，说，我们的政工干部，要关心我们的军事干部，不仅要在政治上关心，也要在生活上关心。陈秋石同志已经三十好几的人了，在三三六旅的光棍汉里，年龄是最大的。你这个老战友有没有什么考虑啊？

赵子明一听就明白了，心里暗暗叫苦，他早就知道成旅长会把这个棘手的问题交给他，他也明白成旅长的良苦用心，但是赵子明有赵子明的难处。首先，陈秋石是有妻室的人，当初，他半是清楚半含糊地把陈秋石动员到革命队伍，陈秋石撇下了妻子和刚刚满月的儿子，这些年一直杳无音信，赵子明的心里是有负疚感的。如果陈秋石再找一个婆娘，而且还由他来做媒，倘若以后见到陈秋石的原配妻子和孩子，他何以面对？再者，陈秋石虽然表面上看正常了，但赵子明还是顾虑重重，只有他明白，陈秋石的病是深入骨髓的，是随时可以发作的。袁春梅已经被他弄得很难堪了，连三三六旅的门坎都不敢踏了。如果他出面把梁楚韵撮合给陈秋石，万一以后他犯病，梁楚韵势必要怪罪他。赵子明甚至有点儿后悔，他不该跟陈秋石牵扯得这么紧,他给革命队伍引进了一个战术专家,也给自己惹来一身麻烦。第三,赵子明心里还有一个小九九,陈秋石三十三岁,他也三十三岁,陈秋石都结过三次婚了,他连一次婚也没有结过,对于女人他还处在完全无知的状态,可是成旅长的眼睛里只有陈秋石,完全忽视别人的感受,这让赵子明多少感到有点委屈。

这些活思想赵子明只能埋在心里,他是不敢在成旅长的面前和盘托出的。当下赵子明对成旅长说,陈秋石这个人跟别人不一样,对他的婚恋问题要慎重。

成旅长不悦地说,陈秋石当然跟别人不一样,他是优秀的战术专家,是敌人的克星。陈秋石同志有个家,有个婆娘照顾着,他的心情好了,战斗积极性就更高。解决陈秋石的婚恋问题,不是个人问题,要上升到革命的高度来看待。

赵子明心里很不服气,心想你成旅长太偏心了,陈秋石的婚恋问题是革命问题,我们这些人的婚恋问题难道就是私人问题?赵子明说,陈秋石是战术专家这不错,但陈秋石在婚恋问题上是有障碍的,首先他是有妻室的人,现在还不知道他糟糠之妻的情况,组织上也不能包办代替。再有,现在还搞不清楚陈秋石的心里装着谁,贸然提起这个事情,万一刺激了他,他老兄要是犯病,那就得不偿失了。

这一次,赵子明的话说得直来直去,不太中听,好在成旅长没有往心里去,成旅长认为赵子明的话不无道理,暂时不说这个事情了,此事于是不了了之。

陈秋石同梁楚韵接触了几个月,在爱情上没有实质性的进展,反倒是赵子明,同文工团厮混熟了,向话剧分队长田秋韵发起快速攻势,很快就结婚了。

赵子明和田秋韵结婚那天,办了四桌豆腐席,陈秋石自然也被邀请喝喜酒。酒酣耳热之际,赵子明把陈秋石拉到一边说,怎么样老陈,后悔了吧,我看梁楚韵对你并不排斥,你要是态度明确一点,这次喜酒就是咱俩一起办了。

陈秋石手里搓着一团烟丝,木然地看着远处说,我是有家室的人啊,糟糠之妻不下堂啊!

赵子明说,你不说实话,什么糟糠之妻不下堂?你当初为袁春梅把相思病都搞犯了,那时候就没有想到糟糠之妻不下堂?我看你的心思还在袁春梅身上。

陈秋石不吭气,看着院子里来来往往的宾客发愣。

赵子明说,你这个人,用情很深,拿得起,放不下,不像个南征北战的汉子。要不这样,我向成旅长建议,派人到芜湖,同袁春梅的爱人商量,干脆把话挑明,让他退出。

陈秋石怔怔地看着赵子明说,挑明什么?

赵子明说,就说你和袁春梅已经把生米做成熟饭了,动员他们离婚。

陈秋石半天才把眼神从赵子明的脸上移开,把手里的烟丝往眼前一撒,搓搓手,头也不回地走了。

赵子明跟在后面喊,跟你开个玩笑,你急什么急?我的婚礼还没有结束呢,你不辞而别像什么话!

三

这年夏天,淮上州的老百姓明显地感到形势好转了,日军驻屯军再也不像过去那样耀武扬威了,过去一季一次大扫荡,每月一次小扫荡,隔个十天半月就到周边的集镇里拉一次网。现在的鬼子是能缩头就缩头,不到万不得已,绝不离开据点。

战争间隙,郑秉杰规定部队学文化,每个连队都配了文化教员,多数由指导员兼任。

陈三川连队的指导员叫夏文化,也是郑秉杰的学生,还在淮上州读过中学,《四书》《五经》懂得不少,他不仅要求大家认真读书,还特别强调"三大纪律,八项注意"。不拿群众的针线,借门板要还,洗澡避女人,这些都可以做到。但是一切缴获要归公,就有了点问题。看花楼拔据点那场战斗,刘锁柱缴获了一个金戒指,自己给藏起来了,盘算以后有了相好的做见面礼,不知道这件事情怎么让夏文化知道了。

刘锁柱这几年打仗有些功劳,手榴弹扔得又远又准,连淮上支队的韩子君司令员和郑秉杰对他都高看一眼,没想到夏文化却揪住辫子不放。

谈话是在看花楼战斗结束后的第二天早上进行的,夏文化把刘锁柱叫到连部后面的猪圈边上说,刘锁柱同志,请你背诵"三大纪律"第三条。

刘锁柱想了想说,一切缴获要归公。

夏文化说,很好,有人反映你这一条做得不好,在看花楼战斗中缴获了一枚金戒指,自己藏匿起来。

刘锁柱一听,脖颈子伸得老长,凸起眼珠子说,他妈的,哪个狗日的打我的小报告?这是有人看见老刘劳苦功高又当了排长,眼红老刘呢。指导员你可不能听信奸臣的一面之词啊!

夏文化说,什么奸臣?我们都是革命同志,互相监督互相帮助是应该的。一切缴获要归公,你现在交出来还不迟,如果继续执迷不悟,那就改变了性质。

刘锁柱说,我压根儿就没有见到什么金戒指银戒指。

夏文化说,有人亲眼看见你从伪军中队长的身上搜出了金戒指,当场卷到你自己的裤腰里了。你不要抵赖。

刘锁柱当场耍泼,裤带一松,差点儿就把裤子脱了,阴阳怪气地对夏文化说,你搜吧,搜出来你砍我的头,搜不出来,我找韩司令告你!

夏文化说,你裤裆里没有,不等于你没有藏到别的地方。如果你自己不交出来,让组织上搜查出来了,后果就严重了。

刘锁柱眼皮一翻,一副死猪不怕开水烫的样子,冷笑一声说,那好,指导员你就派人搜吧,哪怕你挖地三尺,我谅你也搜不出一根金子毛来。

吃早饭的时候,夏文化和陈三川蹲在伙房外面喝稀饭,夏文化说,陈连长,刘锁柱怕你,你亲自出面动员他把金戒指交出来。缴获不归公,问题很严重。

陈三川虽然年龄比夏文化小五六岁,但他并不重视夏文化,夏文化打仗不如他,关键的时候不敢像他那样枪林弹雨往里冲。陈三川自己心里也明白,无论是在韩子君那里,还是在郑秉杰那里,他的地位都比夏文化高,他是这支部队年龄最小的,却又是资格最老的,当初他们在东河口扯旗帜拉队伍,脑袋别在裤腰带上,那时候夏文化还在淮上州里当公子哥儿呢!

陈三川喝稀饭水平很高,右手夹着一个硬邦邦的麦麸苞米馍馍,左手举着一只大海碗,碗里满满当当地装着杂粮稀饭,碗底下面指头缝里夹着萝卜条。陈三川喝稀饭的时候,碗和脑袋一起转动,碗向左,脑袋向右,碗和脑袋各转半圈,靠碗壁的稍微冷一点的稀饭就下去了一半。一圈下来,陈三川已是满头大汗。陈三川抹抹嘴说,指导员,你有什么证据刘锁柱藏匿了金戒指?

夏文化说,有人亲眼看见,刘锁柱从伪军中队长身上搜东西,不值钱的自来水笔和烟荷包他上交了,金戒指私吞了。

陈三川吧嗒一声咬掉一截咸萝卜,清脆地嚼了几口说,那很简单,你把那个揭发刘锁柱的人叫出来,跟刘锁柱当面对质,不就什么问题都解决了吗?

夏文化挠挠头皮说,陈连长,你这样说太没有政策观念了。我们的同志向组织上反映情况,我们要保护他们,怎么能动不动让他们出面对质呢?这等于组织出卖了他们,如果组织上出卖了他们,以后谁还敢向组织上反映情况呢?

　　陈三川手上的杂粮馍馍已经被他啃下去大半,又开始了第二轮喝稀饭,吸吸溜溜弄得动静很大,夏文化不禁皱起了眉头,他很看不惯陈三川这副吃相,这小子打仗的时候像狼,吃饭的时候像虎,吃饭比打仗用的力气还大。夏文化可以看不惯,却不好发作,虽然陈三川还是个半大橛子,但陈三川是连长,而且野性十足,那是翻脸不认人的,惹毛了,他当场让你下不了台,天王老子他都不怕,更何况是一个他并不待见的指导员了。

　　夏文化说,陈连长,你不要以为这件事情是小事,我们这支部队是农民部队,小农习气严重,自私自利之心人人都有。藏匿之风如果不及时刹住,任其蔓延,那以后就不堪设想。我们为谁打仗,为谁谋取利益,就要打上问号。

　　陈三川还是埋头喝稀饭,脑门上热气腾腾。夏文化盯着眼前这个小老头一样的半大橛子,心里很不舒服。他竭力控制了自己,尽量用平和的语调说,如果任其发展,那我们跟军阀和土匪又有什么区别呢?革命成功了,这些人掌握政权了,徇私舞弊,贪赃枉法,那不同样是人民的敌人吗?

　　陈三川终于喝完稀饭,倒是没有舔碗,而是用馍馍一遍一遍地擦碗底,他是用馍馍代替了他的舌头。擦完了,再把馍馍送到嘴里嚼。陈三川啃完了馍馍,一扬手,大海碗落进了身边的筐里,站了起来,两只手上上下下拍了几下,并不看夏文化,而是低着脑袋看夏文化手里的饭碗。陈三川说,夏指导员,你的话有问题。你说我们让反映情况的同志和违反纪律的同志对质,是出卖同志,这就是问题。怎么叫出卖呢?反映情况是光明正人的事情,就应该摆在桌面上,而不是放冷枪打小报告。你说我们这支部队是农民部队,小农习气严重,自私自利之心人人都有,这是严重歪曲我们的部队。什么叫人人都有?难道我们大伙儿都私藏战利品了?没有,我陈三川从来没有藏过一件战利品。你当指导员的,说话要有根据。你信口开河,他怎么能服气你,他不服气你,你这个指导员怎么当?

夏文化看着陈三川,不觉得张大了嘴巴,愣了半天没有说出话来。他想他是看走眼了,他过去只知道陈三川是个铁皮脑袋不怕打的亡命之徒,没想到这个半大橛子还是很会动脑筋的,而且抓问题能够抓到要害,一抓一个准。他平时不怎么说话,好像心事重重,可他一句话出来,就能把你抵到南墙上。这小子少年老成啊!

夏文化说,陈连长,我承认我说话不……不,有点,啊,有点欠分寸。可是,刘锁柱私藏金戒指是事实,我们不能睁一只眼闭一只眼,必须解决,不然部队就乱了。

陈三川煞有介事地背起手,踱了两步说,我们当然要解决。只要你能拿出充分的证据刘锁柱藏了金戒指,找出来,我让他自己打掉他的门牙!

后来的事情就有些乱了。

夏文化找刘锁柱谈了几次话,从大道理讲到小道理,软的讲了,硬的也讲了,可这小子就像茅厕里的石头,又臭又硬,问来问去就那几句话,要命一条,要金戒指没有。夏文化吩咐许得才等几个积极分子秘密寻找,调虎离山,把刘锁柱派到湘红甸执行任务,然后翻他的铺盖,草鞋底子摸了,茅厕的顶棚都捏了,最终也没有找到金戒指。

就在他们鸡飞狗跳找金戒指的时候,金戒指已经到了陈三川的手里。

夏文化同陈三川争论的当天上午,陈三川就把刘锁柱叫了过去。刘锁柱见到陈三川的时候,陈三川二话不说,扭头就走。刘锁柱懵里懵懂,只好跟上。走到营地西边二里开外的毛竹林里,陈三川不走了。刘锁柱满头大汗追上去问,三川,你羊角风啊!找我么事?

陈三川说,蛇打洞蛇知道。你老实说,金戒指在哪里?

刘锁柱红头紫脸地说,陈连长,别人诬赖我,你也诬赖我?咱哥儿俩这么多年了,你说说,我是那偷鸡摸狗的人吗?

陈三川嘿嘿一声冷笑说,就因为咱哥儿俩这么多年了,我才肯定是你干的。

刘锁柱说,冤枉啊,青天大老爷啊,冤枉死我了,我到哪里伸冤啊,我跳到黄河也洗不清啊!

陈三川从背上抽出大刀,咔嚓一声砍断了一根毛竹。

刘锁柱说,陈三川,你不要把人一棍子打死,我没有拿什么金戒指,我连什么是金戒指都不知道。

陈三川又挥出大刀,咔嚓,咔嚓,连砍了两根。

刘锁柱一屁股坐到地上说,你别装神弄鬼,你再砍我也不怕你。不做亏心事,不怕鬼敲门!

陈三川还是一言不发,却把大刀扔出三丈开外。大刀在毛竹林里翻飞,斑驳的阳光在刀面上溅起闪电般的寒光。刀刃所到之处,传来毛竹断裂的声音。

刘锁柱说,陈三川,你不相信我,那好,你搜吧,我就是那几件衣裳,一只吃饭的海碗,三双草鞋,一把铁锤……好汉做事好汉当,你要是找到了,我一头撞死在你面前……刘锁柱说着说着不说了,偷偷拿眼瞥陈三川,他看见陈三川的背影在抖动,那柄大刀不知道什么时候已经回到陈三川的手里了。陈三川转过身来,两眼逼视着刘锁柱说,你再说一遍你没有拿?

刘锁柱心里一颤说,我再说八遍也没有……拿,我对天发誓,我,当真,你们……你们,陈三川,啊,不,陈连长,你高抬贵手放了我吧,我拿了,我他妈的违反纪律了,就是我拿的 就这点破事情,害了老子一世英名啊……刘锁柱终于崩溃了,像一条癞皮狗一样,扑通一声跪在陈三川的面前。

陈三川冷冷地看他一眼,绷着黑脸,眯着小眼,走到刘锁柱的身边,看了看,想了想,弯下腰去,从刘锁柱的裤腰带里扯出了那颗瞎火的生铁手榴弹,拧开屁股盖子,一枚亮灿灿的金戒指就落在了手上。

刘锁柱哭丧着脸说,我他妈的怎么这么倒霉啊,遇上了你这个克星,我什么好事都叫你搞砸了。你狗日的也不怕我在战场上打你黑枪?

陈三川说,刘锁柱,你老实交代,你私藏这个金戒指要做什么?

刘锁柱说,做什么,你说做什么?难道我是会送给鬼子?难道我会去赌博?他妈的我都快三十岁的人了,我连个女人都没有,我就不能有点私房钱?

陈三川说,你打算把它送给谁?

刘锁柱说,反正不送给你娘!

啪!刘锁柱的脊梁挨了一脚,顿时疼得他满地打滚。陈三川的眼睛里杀气腾腾,说,到底想给谁?

刘锁柱从地上爬起来,他现在再也不敢嘴硬了,龇牙咧嘴地看着陈三川说,还能给谁,谁配戴这个?老子想把它送给江碧云。

陈三川怔了一下,旋即哈哈大笑,笑得眼泪都出来了。陈三川说,刘锁柱,你偷看江碧云洗澡的时候,没有顺便尿泡尿照照你自己的脸,就你这猪八戒的模样,还想吃天鹅肉?别说送一个金戒指,就是把你打成一个金人送去,江碧云也不会给你一个好脸!你给我站起来,立正!

四

这一年,以三三六旅为主体,抗大分校以及地方部队合并,百泉抗日根据地成立了晋冀豫军区,成城担任军区司令员,抗大分校的白校长担任军区的政治委员,分校的学员,一部分回到原部队任职,一部分充实到三三六旅和晋冀豫军区下辖的各军分区工作,原来的教职员工成立了晋冀豫军区干训队,袁春梅仍然留在干训队里担任政治处副主任。

参加南下干部团的,除了陈秋石和赵子明,还有抗大分校的几个干部。本旅的干部中,有冯知良、廖添丁和梁楚韵,总共十六个人。在联席会议上,成司令员和白政委都讲了话。成司令员说,这次八路军总部决定从太行山区派出南下干部团,从战术上讲,是出于地域的考虑,此处离黄河最近,同时也是抗战前线。其次,派出的干部既有军事斗争经验,也有政治工作经验,均有独立工作开展局面的能力。更重要的是,这次行动具有深刻的战略意义。抗日战争已经进入大反攻阶段,抗战胜利的曙光就在前面。而国民党顽固派在抗战中三心二意,对八路军新四军防范敌意甚于敌寇。在这样的背景下,派出的这支文武双全的干部团,非同寻常。

白棋政委最后说,虽然你们只有十六个人,但你们是整个太行山根据地的代表队,是八路军前线部队的精英,到了长江沿岸,那就是星星之火,能不能燎原,就看诸位同志的努力了。

陈秋石这才知道,原来他们是要到长江沿岸去了,会同那里的新四军部队,开辟更大的战场。长江北岸,就是大别山啊,阔别家乡,一晃就是十七年,就是木头,也该到了想家的时候了。

会议的后半部分,陈秋石就有些心猿意马。少小离家老大归,乡音未改两鬓霜。哦,好在他现在还没有两鬓霜,他还是那么年轻,他还是那么雄心勃勃。衣锦还乡也许算不上,但是,十多年鞍马劳顿,千万里转战南北,御敌于太行山下,报国在血染沃土,这些年来,他在报国啊!就算他当年不辞而别,就算他有负于爹娘,那么,现在以一个抗日军人的面貌出现,列祖列宗也会宽恕他的。

当天晚上,按照民俗,部队也过了一次轻松的中秋节,营地抗日政府还搞了一个灯会。天遂人愿,下午天就放晴了,等到晚饭过后,居然云开雾散。东边出现了一抹暗红。陈秋石心里一喜,啊,好兆头!

陈秋石不胜酒力,他象征性地端着酒碗,给首长敬酒,跟同志们碰杯。吃了半碗粉丝炖肉,就悄悄地溜了出来,独自来到百泉河边,在鹅卵石上信步溜达,等待那破土而出的一轮圆月。

百泉河的东边是一座兀立陡峭的孤山,白日里看犹如千层石板叠摞而成,月升未升之际,逆光望去,犹如一座巍峨的城堡。陈秋石立在河边,看着这城堡的剪影,就像在看另一个世界。那城堡里似乎藏匿着太多的秘密,包含着人间和自然太多的奥妙。这同绵延起伏的大别山截然不同,太行山是雄性的,是赤裸的,是刚烈的,是挺拔的,而大别山似乎是阴柔的,是茂密的,是深邃的。他想他的童年是大别山的,是大别山孕育了他滋养了他,他喝着淮河的水成人,却是喝着太行山的水成为了一个抗日的军人。他这一生,踏遍了两座最重要的大山。从那座山来,又要回到那座山去,分手之际,居然有些淡淡的惆怅。

一个人一辈子要走多少路?不知道。一个军人一辈子要过多少河?更不知道。

终于,在孤山的顶子上,泛起了一条细细的红色,渐渐洇开,渐浓渐淡,渐暗渐明,倏忽之间,天门洞开,露出一角,露出一块,露出一片,露出一团。玉宇澄清,天地之间只有那含蓄的光芒照耀着万物了。

陈秋石心中一颤一热。明月松间照,清泉石上流。百泉河流水潺潺,轻微的秋风中树叶簌簌抖动。好一个万籁俱寂的中秋之夜。

那是很远很远的地方了,很久很久的岁月了。

他不想马上离开,他知道他的部队,他的战友,暂时远离了烽火硝烟,淡泊了战马军刀,正陷入人间烟火之中,正在进行着难得的狂欢。这一时刻,他回到了自己的情感世界。

我的孩子,你在哪里,你还好吗?襁褓中父亲曾经给过你深情的一瞥,曾经在你的身边犹豫过,曾经把拔出的腿又挪回到你的身边,那时候为父确实没有想过这一别就是十七年,确实没有想过父子天各一方,也确实没有想过此生投身戎马。这也许就是命运吧!父亲不是个好父亲,父亲只能以另外的方式补偿了。

不知道过了多长时间,暗红色的圆月已经变白了,高高地悬在孤山的顶子上了。蓦然回首,他看见了一个人,在他身后大约三十米的地方,一动不动。那是一个修长的剪影,月光在剪影上勾勒出生动的曲线。他的心骤然一紧。那是袁春梅。

自从他从石门治病回来之后,就再也没有见到袁春梅了。那时候他半是明白半糊涂。明白过来之后的他知道自己的脑子出了一点毛病,以至于一度失言失态。他没有别的办法,他只能采取似是而非的战术,只能将计就计顺水推舟,把自己的尴尬交给所谓的忧郁症。

陈秋石不用想都知道她是为他而来。他拿不准她是为他送行还是来向他解释。陈秋石收起心思,朝袁春梅走了过去,走近了才说,春梅,我们还是见面了。

袁春梅没有说话,隔着月色看着他。

他说,春梅,都是我不好,我犯错误了。

袁春梅说,秋石兄,今天晚上我能和你在一起看月亮,我感到很幸福。

陈秋石说,我没有想到。此时此刻,我的心情很复杂。

袁春梅说,我也是。

袁春梅的心思陈秋石不知道。袁春梅刚刚得到消息,她的在敌占区工作的男人因情报工作暴露,已经变节了。此刻,她的心灵正承受着巨大的煎熬。

天凉了,露水已经把军装沁湿了。百泉河里倒映着月亮的影子,拔地而起的孤山在涟漪中抖动。陈秋石说,春梅,我想当一个高尚的人,想当一个文明的人。可是我和你在一起,就高尚不起来,我不知道这是不是爱情,我想拥有你,从精神到肉体。我怎么才能拥有你的身心？我想只有得到你的肉体。我为我的念头感到可耻。

袁春梅无语，转过头去，看着月亮说，我跟你一样不知道爱情的含义到底是什么，可是有些事情我做不出来。我不能判断什么是错误的什么是正确的，我觉得我是一个很糊涂的人。

陈秋石说，我做了对不起你的事，我说了对不起你的话，我让你难堪了，这是我永远不能原谅自己的。战争，我现在只有在战争中解脱自己了。你今天来了，不约而同，我很感激。如果我此前做过什么不得体的事情，今天就算了结了。我向你道歉。

袁春梅说，你为什么要这样说？我从来不认为你有什么错。

陈秋石说，那怎么可能？不是我错了，就是你错了。就像战争，非此即彼，不是胜利，就是失败。

袁春梅轻轻地叹了一口气说，哪有这么简单啊！感情问题不像战争问题，不是非此即彼，不是胜利就是失败。感情问题要复杂得多。也许，我们都错了。

陈秋石怔怔地看着袁春梅，突然他发现袁春梅憔悴了许多，那双漂亮的眼睛黯淡得像云中的月色。

袁春梅说，你很快就要到江淮了，我祝愿你能够同家人团圆。如果我没有记错的话，你的孩子已经快十七岁了。这些年背井离乡，你应该对他们有所补偿。

陈秋石愣住了，半天才说，我真不敢想象，我该怎样面对他们。

袁春梅说，亡羊补牢，一切都还来得及。我能感觉到，战争已经进入尾声，我们很快就要胜利了。这次分手，重逢不知何日哪年。你要保重。这双鞋子，是搞大生产的时候我亲手做的，手艺粗糙，可它是为你做的。你不嫌弃，就带上它。我人没有回到故乡，我做的鞋子在你的脚下，踏上故乡的土地，我能够听见那声音。

陈秋石有点手足无措，想要推辞，但最终还是伸出了手，接过袁春梅的鞋子。那一瞬间，他没有抬头，他不敢看袁春梅的眼睛。

从袁春梅的话语和声调里,他听出了悲伤。

五

有一次刘锁柱鬼鬼祟祟地对陈三川说,三川,你听说过没有,有一件很不好的事情发生了。

陈三川说,什么事?

刘锁柱说,我说了你可别打我啊。

陈三川说,只要你说人话,我为什么要打你?

刘锁柱说,不管是人话还是鬼话,都不是我说的。要打你打许得才。

陈三川说,那你就说说看。

刘锁柱把脑袋凑到陈三川的耳边,一股臭气呼呼地往陈三川的鼻子里钻。陈三川忍住了。刘锁柱说,这件事情啊,你听了可不许恼啊!

陈三川脑袋一偏,不耐烦地说,你倒是说不说啊,干什么装神弄鬼?

刘锁柱说,那我就说了啊,话不好听,可我是为朋友,谁让你是我的连长呢。我说了啊,是这么回事,是……算了吧,我还是不说了吧,弄得不好要出人命的。

陈三川急了,伸手推了刘锁柱一把说,你他妈的说不说?你想让我动手吗,我没有权力枪毙你,可是我有权力让你先去挨枪子儿。

刘锁柱说,那你得答应我,第一你不能怪我,因为这话不是我说的。第二,以后打仗,你得照顾我点,不能每次都让我去打头阵,让我当冤鬼。

陈三川说,你说了再说。

刘锁柱想了想说,事情是这样的,啊,是这样的……

陈三川刷的一下掏出驳壳枪,往刘锁柱的耳根上一杵说,你干脆地说,不说我先敲掉你这只耳朵。

刘锁柱大惊失色,拖着哭腔说,为啥要敲掉我的耳朵?话又不是我说的,是许得才说的。许得才说,郑秉杰把你娘许配给万寿台了,让万寿台在生活上多关心你娘。万寿台说,这下好了,我瘸左腿,黄寒梅瘸右腿,俺们两个搭伙,以后发军鞋,两口子只发一双就行了,还能给队伍上省一双鞋呢……刘锁柱还没有说完,脸上就被搧了一掌,刘锁柱杀猪般地大叫起来,陈三川你个半吊子不识好歹,这话又不是我说的,是许得才说的,有种你去找许得才算账去。

刘锁柱骂了半天,抬头一看,陈三川早已不知去向。

当天夜里发生了一件事情,正在站岗的许得才被人从后面拦腰抱住,摔了个嘴啃泥,接着就有个重物落在许得才的腰上,一块破布堵住了许得才的嘴巴,雨点般的拳头落下来,打在许得才的脑袋上,脸上,鼻子上。

这顿打足足打了半个时辰,打人的人一声不吭,一丝不苟,许得才脸上能打的地方,该打的地方都打到了,打得很有讲究,不见血,不致命,全是内伤。

第二天早上出操的时候,刘锁柱看见许得才的脸肿得像猪脸,就明白是怎么回事了。

许得才一拐一瘸地站到队列里,陈三川若无其事地说,他妈的,怎么又迟到了?下次动作快点,再迟到罚站。

指导员夏文化问许得才怎么啦,许得才支支吾吾地说是半夜上茅房摔的。夏文化说,难道你是跟茅房摔跤吗?你就是摔八个跟头也不会把脸摔成这样啊!

许得才说,比摔八个跟头都狠啊,我从山上滚下去了,一路都是石头。

出操完了,刘锁柱幸灾乐祸地问许得才,老兄你怎么啦,是不是到女人窝棚摸冬瓜啦?

许得才捂着半边脸,吸着冷气说,都是你害的,你不知道那小子下手多狠,要不是换岗的咳嗽,老子恐怕就没命了。

刘锁柱说,那你为什么不去告发他?指导员问你,你还替他瞒着。

许得才恨恨地说,你他妈的装什么好人?你说我为什么不告发他,我敢吗?小杂种说了,只要我说出去,他每三天打我一顿。难道我不想活命了吗?

刘锁柱说,哈哈,你惹不起躲得起啊!

许得才,山不转水转,你等着瞧,总有一天,我把小杂种放到我的油锅里炸成油条给你们吃。

刘锁柱说,你算了吧,背后耍大刀算什么英雄,当着小杂种的面,你还不照样像耗子见猫一样?

许得才说,君子报仇,十年不晚,等我得势,我敢当着他的面日他的娘你信不信?

刘锁柱说,我信我信,就怕你家伙还没有掏出来,他就把你割了。他早就跟我说过,他第一次看见两匹马搞那事,他就想一刀把马鸡巴割了。

许得才愣了半晌说,这小杂种什么德性啊,干吗要跟马鸡巴过不去啊!

指导员夏文化有一次对陈三川说,我们是革命军队,不能再讲粗话了,尤其是不能讲脏话。我们有些同志思想不健康,说下流话,做下流事,在女同志面前很不尊重。

陈三川听了这话,心里有点虚,不敢拿正眼看夏文化,含含糊糊地说,指导员,你说咋办?

夏文化说,既要思想教育,又要行政处罚。

陈三川问,思想教育是怎么个教育法?

夏文化说,很简单啊,思想教育就是要讲大道理,要宣传革命的理想,培养爱国主义精神和英雄主义精神。

陈三川心里想,爱国主义精神和英雄主义精神咱都不缺,可咱梦里照样梦见女人,照样做那不干净的事情,这是咋回事呢?陈三川说,那行政处罚又是怎么处罚法?

夏文化说,处罚就是处分,干部骨干问题严重的要革职,战士问题严重的要开除。

陈三川睁大眼睛,眨巴了好几下问,什么才叫问题严重?

夏文化说,调戏妇女就很严重了,违反三大纪律,八项注意。

陈三川很想问问,啥叫调戏妇女,梦里跟妇女搞那事,算不算调戏妇女?但是他没敢问,他担心一问他就露馅了。

夏文化说,我们这支部队,成员很不纯洁,除了农民,还有一些小市民。像那个刘锁柱,流里流气,毛病特别多。上次他隐藏战利品不报,不仅违反了一切缴获要归公的规定,恐怕还有另外的问题。

陈三川稀里糊涂地问,一个问题怎么又变成了两个问题?

夏文化说,我们要透过现象看本质。他隐藏战利品是为了什么,仅仅是占便宜吗?我看问题没有那么简单。他有一技之长,手榴弹扔得好,团里调他负责训练新战士投弹,他竟然摸女战士的屁股。这是什么行为?

陈三川明白了,夏文化找他谈话,说的并不是他的问题,而是针对刘锁柱的。陈三川的腰板顿时硬了起来,两眼一亮,提高嗓门说,这半吊子就是这毛病,我来收拾他!

过了几天,到团里开会,陈三川见到了抽调在这里的刘锁柱。陈三川把刘锁柱叫到一个山坳里,劈头盖脸地说,刘锁柱你好大的胆子,让你来教新战士投弹,你居然趁机摸女战士的屁股,你不想活了吗?

刘锁柱斜垮垮地站着，一条腿撑着身子，一只脚搭在石头上，眼睛瞪得像牛蛋，盯着陈三川问，谁说的，妈的血口喷人啊！狗日的看我是投弹模范，眼红呢！

陈三川说，立正，刘锁柱我警告你，以后跟连长说话，要立正。

刘锁柱稍稍站直了，不屑地说，陈三川，你给老子摆什么谱？再过几天老子也是连长了，咱俩就平起平坐了。

陈三川惊问，谁说你要当连长了？

刘锁柱得意地说，刘副团长，咱们团管作战的刘汉民副团长啊！我跟刘副团长说，我这个战斗功臣，老是在一个半大橛子的手下不合适吧，再这样下去，我的战斗积极性就没有了，我不扔手榴弹了。你想想啊，我撂挑子会是什么后果？我在韩司令那里都是大名鼎鼎的，我一撂挑子，团长他们的日子就不好过啦。所以啊，我也学聪明了。这次来当教官，我就给他们磨洋工，我要让他们知道，不能光让马儿跑，马儿要吃草啊！

刘锁柱这么一说，陈三川吃惊不小。他没想到刘锁柱到团部当了几天教官，会生出这么多花花点子。陈三川说，刘锁柱，你这个思想要不得，郑团长说了，我们是革命军队，不是封建军阀，当什么都是革命战士，不分职务高低。你有这样的名利思想会犯错误的。

刘锁柱说，少给我耍嘴皮子。我跟你讲，别看你当个连长，是因为你出身好，打仗铁皮脑袋不怕打。可是我跟你说，你当连长可以，挥大刀片子抱机关枪行，可是再往上，指挥用兵，你不一定如我。这话可不是我说的，这是刘副团长说的。

陈三川火了，冷冷一笑说，刘锁柱你给我听清楚了，也许当大官我不如你，可是眼下你还是我手下的排长，你还得服从我。今天见面，我发现你有两个错误，一个是暴露了你的名利思想，想当官。第二个，调戏妇女，流氓习气。

刘锁柱阴阳怪气地说，明人不做暗事，我的错误其实就是一

177

个,就是进步慢。我当兵六七年了,身上的伤疤五块了,年龄二十三岁了,可是我还是个排长。就因为我是个排长,连他妈的女人都看不起我!我要改正错误,争取今年当连长,明年当团长。

陈三川说,你要是当不上连长咋办,那你就不抗日啦?

刘锁柱闷了半晌说,当不上连长咋办,我心里有数,就是不告诉你。

六

突然有一天,袁春梅从一份内部材料上得知,她的潜伏在国军系统做统战工作的男人之所以暴露身份,是因为江南新四军一名干部被俘后提供的情况,这名干部是从太行山八路军总部派遣到新四军情报部门工作的,是赵子明的老部下。

袁春梅回想当年因为陈秋石犯病她同赵子明之间的谈话,简直就像是神机妙算。赵子明那时候说,白区工作,情况很复杂。我们有些同志,本来很好的同志,往往会经不起考验,有的能经得起考验,却又献出了宝贵的生命……这话是什么意思,是暗示还是预谋?当然,赵子明之所以这样说,不排除客观性,也不排除劝说她同陈秋石接近的意思,这层意思还不仅仅是赵子明的,甚至成旅长都有可能是这个意思。

问题在于,那个不幸的结局不幸被赵子明言中,这到底是怎么回事?

悲伤和尴尬深深地折磨着袁春梅,她感觉她就像一个服用了兴奋剂的病人,思维格外活跃。

袁春梅生出念头要回到大别山工作,是在南下干部团即将出征的前一天。这天晚上,袁春梅独自在百泉河边散步,形单影只,徘徊踯躅。她不知道她为什么要到河边来，难道是希望陈秋石出现？

直到月上东山，陈秋石也没有来。连袁春梅自己也没有防备，她的情绪会来得那么快，她的主意会来得那么坚决。已经是快要歇息的时间了，她中止了漫无目的的散步，突然转身，疯了一样往晋冀豫军区司令部奔去。司令部是在半山腰的一个窑洞里，就在他快要接近的时候，不知道从哪里跳出来几个战士，横着枪把她拦住了。军区警卫营二连副连长柳君芳从战士的身后闪出，严厉地问，你要干什么？

袁春梅站住了，两只眼睛在黑暗中喷射着光芒，火辣辣地盯着这个年轻的干部说，我是干训队政治处副主任，难道你们不认识我？

柳君芳说，认识，你是袁副主任。但是你为什么要夜闯司令部？

袁春梅愣住了，定定神才说，什么是夜闯司令部？我这是夜闯司令部吗？散开，我有重要的情况要向成司令员汇报。

说着，拨开横在眼前的枪杆，就要往窑洞里闯，没想到两支枪一起伸过来，挡在她的胸前。柳君芳说，袁副主任，请你冷静点，不要妨碍我们的警戒！

袁春梅说，我有重要情况，必须见到成司令员！

柳君芳说，你就是抓到了日本天皇，也只能是明天报告。首长们正在开会，研究南下干部团的警卫问题，没工夫会客。

袁春梅说，我就是要向首长汇报南下干部团的问题。

柳君芳说，首长的会是高级的会，你有情况向教导团的团长政委汇报就行了。

袁春梅气得脸色都变了，刷的一下从腰间抽出手枪，指着柳君芳说，你他妈的给我让开，你知道老子是谁吗？老子参加革命的时候，你还在你妈的怀里吃奶呢！

柳君芳吃惊地看着袁春梅,他没有想到这个平时不苟言笑的女干部竟然发了那么大的火,居然还把手枪掏出来了。柳君芳踌躇了一下,仍然不卑不亢地说,袁……袁副主任,你是老革命我们尊重你,可是我劝你赶快把枪收起来,你现在收还来得及,我们就当你是开玩笑。倘若有首长过来,性质恐怕就变了,夜闯军区司令部,图谋不轨啊……

柳君芳的话还没有说完,就听见一声枪响,是袁春梅向天上开了一枪,那几个战士还没有回过神来,柳君芳纵身一跳,落在袁春梅的面前,猿臂轻舒,就把袁春梅的枪给下了。

转眼之间,四面八方的警卫战士都涌了过来,枪声把正在开会的军区首长也惊动了。里面传出话来,把开枪者带进去,柳君芳对警卫战士们说,没事,各就各位,继续执勤!

然后亲自扭着袁春梅的胳膊,穿过一串长长的惊愕的目光,走进了司令部的会议室。见柳君芳扭着一个女八路进门,成司令员和白政委也蒙了,成司令员瞪着眼睛看着袁春梅说,怎么是你,袁春梅同志,你怎么啦?

袁春梅昂首挺胸,大义凛然。

白政委走近一步说,春梅同志,这到底是怎么回事?

袁春梅挣扎了一下,司令员,政委,我不能这么回答你们的问题。

成司令员向柳君芳挥挥手说,松开,你一个五大三粗的小伙子,扭着一个女同志,像什么样子。

柳君芳还是不松手,气鼓鼓地说,报告司令员,她夜闯司令部。还擅自开枪!

成司令员说,袁春梅同志,你为什么要开枪?

袁春梅说,我不开枪,能够见到你们吗?

白政委说,有什么重要情况,这么十万火急的?

袁春梅说,过了今天,恐怕就迟了。

成司令员对柳君芳说,你放开她,她是什么人我知道!

柳君芳这才很不情愿地松开手,转身后退的时候,瞪了袁春梅一眼说,你老实点啊!

袁春梅没有理他,灯光下她的脸色一片惨白。

白政委说,春梅同志,是不是受了什么委屈?现在好了,可以说了。

袁春梅的眼泪才刷的一下涌了出来,泪眼婆娑,看着成司令员和白政委,一言不发。

成司令员说,怎么搞的,把一个女同志气成这样!于副参谋长,警卫营要整顿!

袁春梅沉默了片刻,一仰脑袋说,司令员,我有重要的情况要汇报……说到这里,她停顿了一下,接着说,这个情况属于政治工作,我能不能单独向白政委汇报?

成司令员一愣,旋即笑道,可以啊,老白,你就单独接见你的老部下吧,我等回避。

白棋的脸色很难看,居高临下地看着袁春梅说,共产党员,革命军人,光明磊落,襟怀坦白,你就当着大家的面,有什么话就说吧!

袁春梅说,我的情况属于机密,此处不便深谈。

白棋看看成司令员,成司令员看看袁春梅。成司令员笑笑说,白政委,袁春梅同志原则性很强,我看还是你单独跟她谈谈吧。

不知道袁春梅单独向白政委汇报了什么,但是袁春梅的秘密汇报显然起了作用。第二天上午,晋冀豫军区发布了一项命令,鉴于袁春梅违反军区警卫制度,夜闯军区司令部,并擅自开枪,造成严重影响,给予袁春梅同志记大过处分一次。命令还有一项内容,在南下干部团的人员名单里,增加了袁春梅。

七

　　章林坡的部队整编为二一二师之后,成立了一个教导团,由杨邑担任团长,其职能是对军官进行战术强化训练。教导团成立后,韩子君同章林坡交涉,从淮上支队部队抽调一批营连干部,到教导团受训。

　　对于韩子君的要求,章林坡很犯踌躇。要说拒绝吧,似乎不妥,过去这些年,他的部队和韩子君的部队同在淮上州的地面上跟日军周旋,正是因为有了无处不在的游击队,淮上州的松冈大佐才老实了很多,游击队的小出击从很大程度上牵制了日军的精力,从而保障了国军主力部队偏安一方。同样作为抗日部队,可以说唇齿相依患难与共,如今共产党提出由正规军代训干部,于情于理都能说得过去。可是同意吧,似乎也有问题,对于共产党赤化那一套,国军内部上上下下无不谈虎色变。万一把共产党的说客弄到国军内部,岂不是引狼入室?

　　想来想去,章林坡决定采取折中的办法,同意为淮上支队代训干部,但是不集中到国军营地,而是由二一二师教导团派出教官,到游击队营地培训,然后集中考核,成绩合格者统一发放结业证书。

　　应对章林坡的措施,淮上支队就成立了一个战地教导团西华山分团,由郑秉杰兼任团长,地点就设在西华山,从全支队抽调了一百二十名政治过硬、军事上进的干部,参加培训。近水楼台先得月,三团排以上干部差不多都是学员。

　　韩子君对郑秉杰说,国军军官中有不少人受过正规训练,也进行过正规战争,有一定的经验。我们现在跟他们学习,不仅是为了同日本鬼子作战,也是为了将来同国民党作战。师夷之长以制夷。

郑秉杰说，这么说，抗日战争快要结束了？

韩子君说，这是早晚的事情。所以说，我们这次积极要求同国民党军联合培训干部，既是军事任务，又是政治任务。要加强思想管理。国军防止我们赤化，我们也要防止他们搞腐蚀。我们的基层干部中，有不少人文化水平低，缺乏坚定的信仰，盲目崇拜国民党正规军，贪图享受。要防止这些人变质。

郑秉杰说，司令员放心，我们一定从政治上严格把关。

韩子君说，要在干部中培养一些坚定的、忠诚的骨干，作为中流砥柱。

这次密谈之后，郑秉杰就把陈三川单独叫来，把韩司令的话详细讲解了一番。陈三川说，郑团长，我明白了。今天抗日，日本鬼子是我们的敌人。明天鬼子打跑了，国民党就是我们的敌人。

郑秉杰说，这话你们心里明白就行了，不能在外面胡说。

陈三川说，团长放心，我们只学他的本事，不学他的思想。

郑秉杰说，你们作为党信得过的人，不仅要在训练上学有所长，给本部争光，还要注意观察周围的同志，有什么思想苗头，要及时向组织报告。

陈三川说，团长放心，有人说梦话我都能记住，发现有不跟组织一条心的，我砍了他！

郑秉杰说，你不能瞎搞，要报告，由组织处理，明白了吗？

陈三川胸脯一挺说，明白了！

不久测试就开始了。国军上校杨邑带着十几个校官，身着呢子军衣，足蹬长统马靴，骑着高头大马，耀武扬威地开到了西华山。新四军的教导分团一百多号人列队在西华山庄前面的广场上欢迎。刘锁柱伸长脖子看着远处说，乖乖，国军是阔气啊，八面威风，就这气势也能吓倒一个连。

旁边的许得才说，那是啊，在国军里，就是当个排长，都能娶小老婆，哪像你我这样，当排长还吃不饱。

刘锁柱说,许排长,你这个思想要不得啊,难道你想到国军里娶小老婆?

许得才说,我倒是想去,可是国民党他们要我吗?

刘锁柱说,那你得好好表现了。你跟国民党的大官说,你会炸油条,国军都是吃香喝辣的,没准他要你去炸油条呢!

许得才说,去你妈的,老子现在大小也是个排长,再也不炸油条了。叫我去当连长还差不多。

刘锁柱鬼鬼祟祟地说,老许,你说真话,要是真的能到国军里当连长,你去不去?

许得才大大咧咧地说,去,为什么不去?反正都是抗日。

刘锁柱说,好,狐狸尾巴总算露出来了,我把你这话告诉陈连长,看他不扒了你的皮!

许得才说,他凭什么扒我的皮?我又不是万寿台,没有日他的娘……许得才正说着,只觉得后脑勺一阵冷飕飕的,不由自主地扭头,顿时头皮发麻,陈三川的一双小眼睛正鹰隼一般地盯着他,许得才心里一寒,两只腿差点儿就软了下去。许得才说,三川,我什么也没有说,我是在试探刘锁柱……

陈三川没有吭气,就那么阴沉沉地看着许得才,好半天才从牙缝里挤出一句话,你等着!

杨邑考核,条件十分苛刻,首先要看文化程度,这一条,就把郑秉杰难住了。他的部队虽然挂在新四军的旗下,但其实还是游击队性质,兵员多数来自贫苦农民和城镇平民,还有少数猎户和手工业者,普遍没有经过正经的文化教育,上过三年学的就算是知识分子了。

杨邑的临时住处被安置在西华山庄,为了体现对友军长官的尊重,郑秉杰不惜重金,请来了两个厨子给杨邑和他的随员做饭,把部队好吃的东西都集中在西华山庄供杨邑享用,还调了一个齐装满员的战斗排做杨邑的警卫,简直就是把杨邑当老爷伺候。但是杨邑不领情,杨邑把花名册翻了好几遍,派人给郑秉杰传话说,这些人不行,杨某恐怕调教不好,请郑团长再换一些读书的人来。

郑秉杰拿着那个花名册,跑到西华山庄找杨邑交涉说,我们进行的是游击战争,培养的是基层指挥员,要那么多文化干什么?

杨邑说,万丈高楼平地起,贵军既然委托本部代训干部,本团长就要恪尽职守,杨某门下不能出草莽匹夫。

郑秉杰知道杨邑爱惜自己的名声,但是他要求军官具有高小以上文化程度,郑秉杰确实做不到。按这个标准,能够进杨邑教导团参加培训的,只有他本人和刘汉民、江碧云等寥寥数人。郑秉杰没好气地说,杨团长,你这简直就是刁难,你明明知道我的部队没有那么多高小生,你要是坚持这个条件,那我们就没有办法合作了。你走你的阳关道,我过我的独木桥吧,我们这些土包子不登你的大雅之堂。

杨邑说,郑先生你是个大学问人,不会不体谅杨某的苦衷。

郑秉杰说,我的部队虽然文化程度差一点儿,但是作战并不示弱。我们讲究从战争中学习战争,说老实话,我们从战争中锻炼起来的干部,跟日本鬼子打仗并不比你们国军的军官差。

杨邑扶扶眼镜,向郑秉杰阴阳怪气地笑笑说,这么说,贵军为何还要求教于本部?

郑秉杰被杨邑的傲慢激怒了,也抱起了膀子,看着杨邑说,杨团长,你以为我们想向你求教吗?我跟你说实话,我的部队对贵部在抗战中的表现很不以为然。别看你们装备好训练好,真正刀对刀枪对枪,你的部队不一定能够打赢我的部队。

杨邑并不生气,把玩着茶杯,嘿嘿一笑说,郑团长你说这话是要负责任的,你是不是想把你的部队拉出来较量一下?破坏统一战线的罪名,你我都担当不起啊!

郑秉杰提高嗓门说,我只是打个比方,我们不会做那种亲痛仇快的事情!

杨邑说,打比方也得讲究分寸,有些敏感的比方,是打不得的。

郑秉杰冷笑一声说,都说杨团长是个正直的抗日军人,我听话里话外,如今的杨团长好像有点政客的做派啊!

杨邑的脸色阴沉下来了,把茶杯往身边的茶几上一放,站起身来说,好了郑先生,我们不要在这里斗嘴皮子了。我跟你说,我不否认你的部队可能会打两个漂亮的仗,可是战争是一门科学,偶然的得失不能说明根本性的问题。匹夫之勇,小打小闹可以,进入战术指挥,尤其是战役指挥,没有文化是不行的。

郑秉杰说,什么叫文化?我的部队缺少文化教育,但是并不等于没有文化,他们只不过少认了几个字,他们在战争中积累的经验,是你们那些正规军校也教不来的。

杨邑说,恕杨某直言,贵军所总结的经验,杨某也曾拜读,无非是偷鸡摸狗,东一榔头西一斧子,摆不上席面的。所以贵军只能打游击战,而不能打阵地战,只能敲边鼓,而不宜放在主要战场!

这一番话就把郑秉杰激怒了,郑秉杰情不自禁地把桌子拍了起来,脸红脖子粗地瞪着杨邑说,老杨,你太自不量力了,你这样说简直就是对我军的诬蔑!我要向你提出抗议,你那个破教导团,本部不参加了!

杨邑吃惊地看着郑秉杰,有点犯傻,赶紧站起来说,老郑,郑先生,我们在一起只不过谈些个人看法,你急什么急?

郑秉杰器宇轩昂地说,我是革命军人,新四军淮上支队的团长,我跟你之间没有个人的交流,只有革命的分歧。说完,拂袖而去。

这一闹,就闹出了很大的麻烦。在江淮地区开展国共合作战术训练,是国民党战区长官部和新四军军部批准的方案,从军事层面上讲,是一个大的战略,从政治层面上讲,事关统一战线。这一闹僵,杨邑就难堪了。

当天下午,情况就发生了变化,先是派给杨邑的那个警卫排撤走了,紧接着,陈三川虎虎生威地带着全副武装的一个排来到西华山庄,帮助杨邑和他的教官们"搬家",把几间房子里正在打牌的国军军官全都撵到了院子里。

杨邑指着陈三川说,你们要干什么?我们是你们支队长官请来的客人,是来帮助你们训练的,你们这样做,太失礼了!

陈三川阴阳怪气地笑笑说,杨团长,你们滚蛋吧,俺们不稀罕你们那一套。你们留着本事跟鬼子干吧!

杨邑说,我要见你们郑团长,你们不能意气用事!

陈三川说,俺们郑团长军务在身,顾不上跟你瞎啰嗦。你们再不滚蛋,俺们就不管你了,鬼子来了你们自己当英雄吧!

杨邑一身傲骨,哪里吃这一套,尤其是一个乳臭未干小武夫,也敢对他嬉皮笑脸,是可忍,孰不可忍!当下杨邑整了整军装,冷冷地打量了陈三川一眼,什么话也没有说,径直走到他带来的那群正在院子里愁眉苦脸的军官面前,大喝一声,立正,成一列横队集合,整理军容风纪!

军官们不敢怠慢,两分钟不到,就集合在杨邑面前。杨邑站在队列前面说,我们诚心而来,人家不欢迎,那我们就不奉陪了。各位给我打起精神,打道回府!向右转,齐步走!

杨邑没有给郑秉杰的部队上一堂战术课,却给陈三川等人演示了一堂队列课。国军军官果然是受过正规训练的,一旦列队,就精神抖擞,昂首挺胸,目不斜视,步伐整齐,扬长而去。

刘锁柱看着远去的国军背影,咽口唾沫说,他妈的,滚蛋了还摆威风。

陈三川说,卵子毛,花拳绣腿,个顶个,人对人,老子能把他们摔个嘴啃泥。

八

干部团出发之前,成司令员和白政委分别找陈秋石和赵子明谈话,明确干部团由赵子明任团长兼政治委员,陈秋石任副团长。虽然只是个临时负责,但是这个决定还是让多数人感到意外,因为陈秋石是副旅长,赵子明只是个团政委,现在让赵子明军政一担挑,而只让陈秋石充当副手,似乎有违常规。好在陈秋石不计较,陈秋石向成司令员表态说,这样安排很好,干部团不是战斗部队,不是打仗我懒得操心,让老赵全面负责,我好集中精力想大事。

成司令员对陈秋石的态度很不满意,他不满意的不是说陈秋石消极,而是陈秋石的狂妄。成司令员说,你这话有问题,什么叫集中精力想大事?确保干部团南下顺利安全就是你们当前的头等大事,你虽然不是一号,但你是军事最高职务者,干部团出了问题,你还是要负责。

陈秋石说,当然,遇上战斗,我还是要指挥的,这个请司令员放心。

相比之下,白政委同赵子明的谈话,就要严肃得多,甚至还有一些神秘的意味。白政委说,晋冀豫军区派出干部团到江淮地区去,是中央的决策,把你们这些军政双优的干部派出去,可以说军区下了很大的决心,把老本都用上了。干部团多数都是江淮人,但你们要记住,这次回到江淮,不是让你们衣锦还乡的,也不是让你们睹物怀旧的,你们有十分艰巨而且十分复杂的任务。

有一次宿营,赵子明和陈秋石同住在当地分区营地的一间草房里,洗完脚,两个人在马灯下面抽烟,赵子明问陈秋石,你听说袁春梅大闹司令部的事吗?

陈秋石说,这又不是什么秘密,我怎么不知道?

赵子明说,你知道她为什么要这样做吗?

陈秋石说,为什么,她想回大别山呗。

赵子明说,恐怕没有那么简单。你听说没有,她的爱人被俘了,叛变了,是在芜湖。

陈秋石愣了半晌没吭气,好一会儿才说,这跟她到干部团有关系吗?

赵子明说,应该有关系。从小的方面讲,她参加干部团,有复仇的感情色彩在里面。从大的方面讲,也许还有更深层次的想法。

陈秋石说,也许她的感情受到刺激了,想换个环境。你不要疑神疑鬼。你要疑神疑鬼,我在你手下就没法干了。

赵子明说,你发现没有,袁春梅同志这半年变化很大,过去那么温文尔雅的一个女同志,现在动不动就发火骂娘,居然还敢在司令部门前开枪,有点不可思议哦。

陈秋石说,那有什么奇怪的?她也打了这么多年的仗,长点脾气也是正常的。

赵子明说,出发之前,她的警卫员钱小虎跟我汇报说,她经常在半夜里哭泣,还说梦话,嚷嚷着要枪毙谁。有一次干训队的乔队长开玩笑说,要给袁副主任撮合一桩姻缘,这本来是同志之间的玩笑话,没想到她当场发作,把碗一摔说,什么玩意儿,你们这些臭男人一天到晚就琢磨男女的那点事情。下次谁再跟我开这样的玩笑,别怪老子不客气!

陈秋石想了想说,如果她的婚姻出现了问题,开这样的玩笑确实不合时宜。

赵子明说,你看这几天路上,她的脸一直拉着,尤其见到我,总是用那种,那种……怎么说呢,她看着我就像看见一个鬼,好像我欠她三百大洋似的。

陈秋石说,你没有欠她三百大洋,你欠她一条人命。

这个玩笑却把赵子明吓了一跳。赵子明说,你说什么,我怎么欠她一条人命了?

陈秋石说,你紧张什么,我只不过开了一个玩笑。

赵子明说,我还真的听说,袁春梅在梦里说,要法办我,说我是陷害革命同志的刽子手,这是哪里对哪里啊!

陈秋石诧异地说,还真有这事?你不做亏心事,心虚什么?

赵子明说,他妈的还不都是因为你。想当年你这鸟人得了个相思病,成旅长着急,我们也着急,八路军战术专家的脸都给你丢光了。大家都认为,解铃还须系铃人,只有袁春梅才能解决你的相思病。成旅长让我想办法,我有什么办法?我只能在袁春梅头上想办法。有一次我跟袁春梅说,你结婚了也不要紧,结婚了也可以离婚。再说,你的爱人在敌占区做地下工作,复杂的情况下,什么事情都可能发生。就这一句话,没想到成了事实。袁春梅为什么做梦都要枪毙我,恐怕就是因为这句话。

陈秋石说,她应该痛恨叛徒,而不应该恨别人。

赵子明说,她是怎么想的,鬼知道。可是我确实不该那么说。

陈秋石说,你说的话多了,你还说要向成旅长建议,派人到芜湖商量,要动员他的爱人离婚,你真的这么做了吗?

赵子明像是屁股被谁猛踢一脚,倒吸了一口冷气,脸色都变了,龇牙咧嘴地看着陈秋石说,我什么时候说过这话?

陈秋石说,你结婚那天啊,金榜题名时,洞房花烛夜,你被幸福冲昏了头脑,你是在我的面前炫耀你的得意啊!

赵子明木了半天才说,我算是黄泥巴掉到裤裆里了,不是屎也是屎了。老陈,你完全知道,这不过是开一个玩笑,我哪里会那么蠢。再说,又不是我想和袁春梅搞对象,我犯得着这么做吗?

陈秋石说,我当然知道你是开玩笑,不过你的玩笑开得确实低级。

赵子明四周看了看,门关得很紧,只有深秋的风在门外呼呼啦啦地嘶鸣。赵子明伸长脖子,压低声音说,老陈,这件事情天知、地知,你知、我知,就不要对外扩散了啊?

陈秋石慢吞吞地吸着烟卷,吐了两个烟圈说,你不就是开个玩笑吗?开玩笑有什么好怕的?好像袁春梅是军统特务似的,未尝她杀人不眨眼?

赵子明说,袁春梅是不是军统特务我不知道,但是这个同志现在越来越疑神疑鬼,她看我的那个眼神,差不多就是在看一个不共戴天的敌人。

陈秋石说,我倒是觉得是你在疑神疑鬼,你心里肯定装着什么见不得人的事情。

赵子明委屈得直叫唤,我有什么见不得人的事情?我就是当初多说了几句,而且是因为你的缘故。我坦荡得很,我一身正气两眼光明,我什么毛病都没有。

陈秋石哈哈一笑说,那你就不用紧张了。睡觉吧。说完,掐灭烟火,小心翼翼地把烟头剥开,取出烟丝,放进荷包里。

赵子明还是心有余悸,喋喋不休地说,这以后,我估计我跟袁春梅同志很难相处。她一个女同志,要是不讲理起来,你可得给我主持公道啊!

陈秋石躺下去,翻了个身说,老赵你怎么回事?你一个干部团的团长,一个老革命,怎么会狭隘到这个地步,怎么把同志的觉悟估计得这样低,怎么这么缺乏自信?难道你病了?

赵子明拍拍脑门说,我没有病,我怕袁春梅真的病了。这个人越来越像一个泼妇了,我跟鬼子打交道有经验,跟泼妇打交道完全没有经验。

赵子明真的有些忧虑了,以至于自顾自地发牢骚,完全无视陈秋石的反应,他还在拍着脑门,没想到陈秋石呼啦一下掀开铺盖,站起来了,胳膊一挥,差点儿把马灯给打翻了。陈秋石说,老赵,你这个思想有问题,有严重的问题!

赵子明愣住,拍脑门的手停在空中问,我怎么有严重问题了?

陈秋石说,你怎么能这么看待自己的同志,你甚至把自己的同志看得比日本鬼子还要难对付,这不是很严重的问题么？我跟你说,袁春梅同志是一个正派的人,是一个革命意志坚强的人,是一个经得起考验的人,不是一个狭隘的人！

赵子明冷静下来,笑笑,眍着眼睛说,嘿嘿老陈,看来你对袁春梅真是一往情深呢。我就这么随口一说,你就大动肝火。你说我思想有严重问题,就算是吧。我问你,如果现在组织上出面,继续给你和袁春梅撮合,你干不干？

陈秋石连想都没想就斩钉截铁地说,不干！

赵子明故作严肃地问,为什么？难道袁春梅同志配不上你了？

陈秋石说,不是这个问题。袁春梅同志有她自己的爱情。

赵子明说,我们假设她已经从悲愤中解脱出来了,假设她对你仍然有那份心思,你干不干？

陈秋石说,你少拿我假设。此一时,彼一时,我们都在变化着。你不能把我的病作为话把子,这样很不人道,也不符合政治委员的身份。

赵子明说,哪个王八蛋把你的病作为话把子,我跟你说正经事。我真的担心袁春梅同志发病,就像你前两年那样。我们大别山的人怎么回事,难道都是感情脆弱？

陈秋石又不高兴了,黑着脸说,老赵,你这鸟人怎么回事,怎么动不动就扯我的病,是不是担心我以后不服从你的领导,给我硬安上一个病啊？我跟你说,我的病讲战术,在该发病的时候它发病,在不该发病的时候它坚决不发病。

赵子明说,你还没有回答我的问题,让你和袁春梅重温旧情,你到底干不干？

陈秋石打了个哈欠说,我再说一遍,坚决不干,请你以后不要再问这个问题了。再说,就到会议上说。

赵子明说,那我明白了,所谓此一时,彼一时,你现在有了一个梁楚韵,年轻漂亮,温柔可人。而袁春梅呢,已经从当年豆蔻年华的少女,变成了一个动不动就拔枪耍泼的悍妇,你自然不会动心了。

陈秋石说,给我一支烟。

赵子明说,怎么,讲到实质处了?

说着,递了一支烟过去,陈秋石接上,点着,吐了一个浑圆粗实的烟圈,再吐出一根烟丝梗,从烟圈中间不偏不倚地穿过,这套动作看得赵子明目瞪口呆。赵子明说,乖乖,战术专家还会玩这个,老阿飞似的。

陈秋石吞吐了几口,过足了烟瘾,朝赵子明眨眨眼说,老赵,难道你不知道,我是有家室的人啊,我的儿子已经十六周岁三个月了,虚岁十七了!

赵子明愣了半响,恍然大悟似的说,啊,我怎么把这一茬子事情给忘了!不过话又说回来了,难道你真的不嫌糟糠之妻?

陈秋石说,这些年闯荡,深感愧对家人,上对不起高堂,下对不起妻儿,如今重返大别山,既是我陈秋石报国的机会,也是我报家的机会。

赵子明说,恕我直言,这么多年离乡背井,你能确定你的妻儿安好,就像当年袁春梅的爱人……赵子明说着说着不说了,话头戛然而止,他看见陈秋石的一张长脸在马灯下拉得更长了,泛着铁青的暗光。赵子明心里暗暗叫苦,他妈的我的这张臭嘴啊,哪壶不开提哪壶,看来我确实不能当政委了。睡觉吧!

九

杨邑和郑秉杰闹的一场别扭,给江淮抗战带来了很大的影响。章林坡把杨邑叫来训了一顿,老杨啊老杨,搞战术你游刃有余,跟共产党打交道,你老兄幼稚得就像个学生。你跟他们认那个真干什么?帮助泥腿子搞训练,本来就是做给人看的。训练得怎么样并不重要,重要的是拿出姿态。这下好了,姿态没有做成,反而落了个诬蔑友军的罪名,真是弄巧成拙。

杨邑自知理亏,愁眉苦脸地肃立一侧,任凭章林坡数落。

章林坡说,我就想不明白,你老兄到底是怎么想的。你去对泥腿子的军队横挑鼻子竖挑眼干什么,难道你真的想为泥腿子打造几个文武双全的战术专家,你真的想让泥腿子跟我们分庭抗礼?

杨邑说,师座,我是军人,奉命培训军官,我当然不能泥沙俱下。我杨邑门下,如果都是泥腿子,那我成了什么?

章林坡说,看看,这就是你的盲点!你杨邑门下?什么叫你的门下,未尝你去训练十天半月,那些泥腿子就成了你的门生了,就喊你先生了,就把你奉为孙子吴子戚继光了?不是嘛!人家照样不听你的,照样把你当作外人。

杨邑说,同为抗日军人,我发自内心地希望帮助他们提高战术水平,这是没有错的。

章林坡痛心疾首地说,还是糊涂啊!你怎么就不明白,我们帮助泥腿子训练,是政治行为而不是军事行为!你提高他们的战术水平干什么,难道你想在以后让他们打我们更顺手?

杨邑说,我们是友军啊,我们都是中国军队,都是抗日武装,他们为什么要打我们?

章林坡看着杨邑,就像杨邑的脸上有一泡狗屎,章林坡甚至还吸了吸鼻子。章林坡说,老杨,我要说你榆木脑袋,说你不可救药,你肯定不服。可是我不能不说,你确实朽木不可雕也。算了,这件事情我跟你扯不清楚。你拉下一堆臭狗屎,我这个老同学还得给你擦屁股。

章林坡确实伤脑筋。大局之下,共同抗战这面旗帜还得扯下去,给泥腿子培训军官的事情还得接着往下做。杨邑是不适合同新四军打交道的,这个人一根筋,拧起来了,简单的事情总是被他搞得很复杂,而且性情耿直,现在泥腿子羽翼未丰,他看不起泥腿子,倘若处久了,遇上知音,他又很有可能同情泥腿子,泥腿子的赤化是很厉害的。

这一回章林坡派了上校副参谋长刘斯武,姓刘的同杨邑完全是两个做派,圆滑通达,习惯不作为,擅长和稀泥,再复杂的事情他也能把它搞得很简单,当初二一二师还是警备旅的时候,受命坚持淮上州抗战,章林坡曾问计于刘斯武,说国军两个建制师守淮上州,日军只有一个加强联队和一个汉奸师,尚且被他打得屁滚尿流作鸟兽散。如今我一个独立旅,破枪破炮要对付的还是一个加强联队,而汉奸部队已增加到两个师加强两个独立团,我和他怎么抗衡?时任作战科长的刘斯武说,以卵击石粉身碎骨,以卵孵鸡,鸡大啄石,水滴石穿。这句话很有玄机,既奠定了警备旅偏安一方的生存原则,又为他不作为的原则提供了理论依据。

因为杨邑的缘故,郑秉杰这次给予刘斯武的礼遇远远不如当初,杨邑来的时候,西华山庄的大门是开的,杨邑下榻在西华山庄主楼,里面有外国进口的盥洗设施,地上有新疆羊毛地毯,雍容华贵,豪华气派。刘斯武带着原班人马,却只在偏厦提供食宿,东西走向一溜十几间砖墙草顶的平房,原先是西华山庄堆放物资的库房,长年没有人气,房间低矮,光线阴暗,推门进去,一股霉潮味道扑面而来。随员向刘斯武纷纷叫苦不迭,刘斯武站在自己的房间门前,泥菩萨一样傻呵呵地微笑不语。

安置完毕,郑秉杰亲自赶到刘斯武的住处客套说,因为西华山庄是民族士绅的私产,受统一战线政策保护,虽然庄主远涉西南,该庄园可以由抗日政府暂用,但是上级指示,只能使用附属建筑,正房不许轻易使用。如此一来,就委屈刘长官了。

刘斯武依然满脸堆笑,抱拳作揖说,国难当头,有个睡觉的地方就已经很好了,很好了。郑团长不必客气。你我虽有国共之分,皆为抗日军人,覆巢之下,同为危卵,唇齿相依,同舟共济,以后就不要分彼此了。

郑秉杰说,我部多为工农分子,大多没有进过学堂,刘长官此来,倘若按国军标准筛选,势必多数淘汰,所以还望刘长官设身处地,循序渐进,助我一臂之力。

刘斯武说,郑团长过谦了,贵部成员虽然多数出身农工,但是诚如领袖所言,地不分东西南北,人不分男女老幼,焦土抗战,人人有责,更何况贵军坚持抗战数年,就是石头,也炼成了钢铁。这些年贵军转战江淮山岳丛林,战绩累累,有目共睹。兄弟此来,无非是因势利导,总结贵军经验,形成系统战术理论,更上一层楼而已。

一席话说得滴水不漏,花团锦簇,郑秉杰顿时感到很受用。谁不爱听恭维话呢?

当天中午,独立团罄其所有,在西华山庄设宴为刘斯武接风,席间国共两军头面长官谈笑风生,觥筹交错,其乐融融。

开训之前,刘斯武也搞了一个入学测试,但测试的不是文化程度,而是实战能力。在西华山庄东北的大坝子上修整了一个演兵场,让三团准备受训的连排干部各尽所能各显神通,把看家的本事都拿出来演示。

这一下就热闹了。只要不搞文化测试,这些泥腿子就成了各路神仙,有的表演刺杀,有的表演射击。刘锁柱自然是表演甩手榴弹,这伙计能用十二种姿势扔手榴弹,正手能扔七十五步,反手倒着扔也能扔三十多步,精彩绝伦,令人叹为观止。

演示完了,刘斯武把刘锁柱叫到考评台前,笑呵呵地问,为什么要倒着往背后扔呢?

刘锁柱立正回答,报告长官,打仗的时候,有时候受地形限制,我得掩护自己,抽个冷子,我反手扔能够出其不意。

刘斯武说,哈哈,很好,很好。谁说没有文化不能打仗?跟鬼子打仗,不需要有多少文化,关键需要点子。文化不是点子,点子却是文化。又对郑秉杰说,难怪贵军打仗神出鬼没,这些干部,都很有创造力啊!

郑秉杰说,创造力谈不上,但是实践出真知,打仗打多了,确实摸索出一些道道。

轮到陈三川上场的时候,郑秉杰介绍说这小子是我们的少年英雄,飞毛腿连连长,还是个神枪手,运动中射击,十发九中。

刘斯武的兴趣更浓了,略一沉吟,叫过一个教官,如此这般交代了一番,教官领命而去,不一会儿准备妥帖,即让陈三川表演。陈三川表演的是武装奔袭,近千百米的盘山小路,跑三圈回来,案子上的香烛不能熄灭。

陈三川的装束由国军教官亲自监督,全身披挂着手提机枪、驳壳枪、手榴弹、大刀、水罐等等。脚下是一双草鞋。

此时正值初冬,陈三川穿着单薄的粗布军衣,却是满头大汗。一声令下,陈三川纵身一跃,坝子上闪过一道黑影,转眼之间就不见了踪影,不久山坡的林子里传来大刀的劈砍声,顷刻之间又传来枪声,渐渐地声音远去,俄尔复现,陈三川完成了第一圈,在坝子上亮相,紧接着又消失在丛林里,十分钟后山下传来爆炸声。

三圈过后,当陈三川出现在人们面前的时候,这个刚刚还精神抖擞的半大橛子,已经衣衫褴褛,胳膊上的破布像被炮火撕烂的旗帜一样无精打采地耷拉着,脸上和胸前有几处明显的血痕。

刘斯武挥挥手让陈三川走近,然后问执行教官,情况怎么样?

教官回答,战术动作均出色完成,射击三次,目标被击中。大刀劈砍假设敌,一刀致命。三颗手榴弹准确投入小路东侧碉堡,将其摧毁。

刘斯武侧过脑袋,看看身旁的郑秉杰,郑秉杰微笑,脸上露出矜持的得意。两个人一起去看香烛,香烛还剩下三分之一,青烟袅袅。

刘斯武说,陈三川,我且问你,奔袭途中,除了敌情以外,你还看见了什么？

陈三川胸脯一挺回答，奔袭第一圈，在第七十六步处看见一块木牌，写着"淮上州"三个字，第二圈中间看见树上挂着一只日军靴子，第三圈快要结束的时候，看见路上有一处新土痕迹。

刘斯武点点头，又问，你在路上可有停顿？

陈三川说，在新土前放慢了脚步，并绕行。

刘斯武说，好啊，你下去歇息吧。

陈三川响亮地答应了一声是，然后抱拳，跑步回到连队排头。

刘斯武含笑问郑秉杰，郑团长，你看如何？

郑秉杰说，请刘长官指点。

刘斯武又点点头说，静如处子，动如脱兔，速度如此之快，精度如此之准，悟性如此之高，胆量如此之大，都是刘某闻所未闻的。贵军有这样的基层栋梁，实乃国家民族之幸。

郑秉杰说，刘长官过奖了。我们是游击部队，兵员多是山民农户猎户。公正地说，单打独斗各有所长，技术上也能融会贯通，关键是战术水平亟待提高，还望各位长官不吝赐教。

刘斯武说，郑团长此话见外了。同为华夏军人，抗敌驱倭责无旁贷。郑团长可以放心，我等来贵军领教官之名，必行教授之责。我这里有一份详细的施教方案，请郑团长过目。

十

穿越平汉线之前，赵子明给干部团和警卫连做了一个简短的动员，然后按规定，移交战马。

没想到麻烦来了，陈秋石不愿意交出老山羊。陈秋石说，当初找我谈话，我提出来，人要带冯知良，马要带老山羊，成司令员都是同意的。

赵子明说,老陈你什么觉悟?你是干部团的指挥员,这时候不主动为我分忧,反而捣乱!

陈秋石说,我怎么捣乱了,没有马我到大别山去干什么?

赵子明说,岂有此理,哪里找不到一匹马?到了大别山要是没有马,我给你当马骑。

陈秋石说,开玩笑!你十个赵子明也抵不上我的老山羊,我骑你还嫌硌我的屁股,你能跑老山羊那样快吗?

赵子明气不打一处来,气愤地说,你陈秋石太不把我放在眼里了,你还真的以为我是马啊,他妈的我连老山羊都不如!我跟你讲,你的老山羊留也得留,不留也得留,我是干部团长,我得对任务负责。

陈秋石说,那就算了,我骑上我的老山羊,再回百泉根据地去。

陈秋石这么一闹,赵子明就没辙了,就算陈秋石不犯病,他也不能跟陈秋石来硬的。

干部团在旱岗庄滞留了一个晚上,就是为了解决老山羊的问题。赵子明把点子都想尽了,最后决定发动群众,召集大家开会,讨论是马重要还是人重要,是老山羊重要还是任务重要。赵子明把开会主题点明,大家都不吭气,陈秋石坐在门后冷笑。赵子明说,他妈的,难道你们都哑了?这么简单的问题,答案不是很明白吗?

袁春梅说,赵政委,这就是你的问题了,既然答案明白了,你还开会干什么?

赵子明一下子就被问住了,张口结舌地说,是啊,答案明白了还开会干什么,你说干什么?你能把陈秋石同志说服吗?

袁春梅说,我为什么要说服陈秋石同志?我又不是干部团的团长,我应该说服你,正确的坚持,错误的反对。你一个堂堂的政治委员,不能把矛盾交给下级。

赵子明心里暗骂,这个泼妇,故意跟老子唱对台戏!转念一想，袁春梅讲的也有道理，这个会不仅没有必要，还暴露了自己的愚蠢。但是陈秋石一口咬个屎橛子，给他个咸鸭腿他也不换，这是谁也没有办法的事情。

开会没有解决问题，赵子明只好采取极端措施，给军区发电报，请示成司令员。

军区的复电很快就到了，严令陈秋石把老山羊交给担负护送任务的地方部队，"将由沿线地方武装护送，转道至大别山"。如此，陈秋石有了面子，赵子明的难题也解决了。赵子明看完电报恼火地说，他妈的，我哪里是干部团的团长啊，我就是陈秋石这个战术专家的狗腿子，为了他的一匹马，老子不知道费了多少神！

第二天，干部团徒步前进。因为沿途有当地抗日武装护送，一路还算安全。不久就到达豫东牛津街，在新四军办事处休整半个月，熟悉江淮地区情况，然后转道信阳进入大别山区。

在牛津街，袁春梅作为干部团的政治干部，受到了淮西特委书记兼江淮军区副政委曹泗安的接见。曹泗安说，袁春梅同志，我们对你的历史很了解，十多年前，在黄埔南湖分校的时候，你为了策反杨邑，差点儿被捕，后来机智脱身。这些我们都了解。

袁春梅说，我的工作没有做好，策反杨邑不成功，我一直遗憾呢。

曹泗安说，那不是你的问题，是因为杨邑这个人顽固不化。这些年，在抗日统一战线的旗帜下，我们同国民党军队有团结有斗争，有很多国民党军官，都被我们发展成为自己的同志。而这个杨邑，十分顽固，不仅拒不接受我党主张，反而极端蔑视我军，甚至仇视。前不久，江淮地区开展战术训练，我们淮上支队出于礼貌，委托二一二师教导团代培干部，杨邑在西华山庄大放厥词，贬低我军战术！这些言论，充分反映了杨邑骨子眼里的成见。

袁春梅至今清晰地记得，那天在武汉码头，霏霏细雨之中，临别之际，杨邑对她多少还有点惜别之情。杨邑很动情地对她说，我们的国家经历了太多的苦难,日本人已经不满足于涂炭我东三省,对我中原也是虎视眈眈。全民抗战在即,我们师生一场,我希望看到的是我们在抗日战场上携手并肩,要是做那亲痛仇快的事情,为师就太寒心了。没有办法,到了只能兵戎相见的时候,就请你们忘记这段师生情谊。

这话是对她说的,也是对陈秋石说的。

平心而论,袁春梅对杨邑还是很有好感的。袁春梅说,想当年,杨邑对红军还是同情的,在我的身份已经暴露的情况下,也没有出卖我,还帮我逃脱了武汉。

曹泗安点点头说,此一时,彼一时,杨邑的反动本质是根深蒂固的。我们不否认这个人在个人品质和战术能力方面都有很多值得称道之处,应该说他是有个人魅力的。但事物都是辩证的,恰好就是因为这个人做人做得好,所以更有欺骗性,更有影响力。这样的人倘若坚持反动立场,将来就是我们最凶恶的敌人。

袁春梅惊愕地看着曹泗安,一时无言以对。

曹泗安说,因为你曾经接触过杨邑,有做策反工作的经历和经验,所以这次组织上赋予你的任务仍然是策反工作,准备派遣你打入二一二师,在杨邑身边工作。

袁春梅不安地看着曹泗安,说话声音明显急躁起来,火辣辣地问,我以什么样的方式打入二一二师?

曹泗安不紧不慢地说,我们还了解到,前不久你的爱人在汪伪情报站被俘变节,这对你个人的声誉是有影响的。我们的延安整风,冤枉了不少同志,有些人甚至跑到国民党队伍里去了,你也可以以这个名义……

曹泗安的话还没有说完,袁春梅的脸已经涨得紫红,她想也没想就站起身来,叫道,这是谁的主意?简直是乱弹琴!我拒绝接受这个任务!

曹泗安没想到这个貌似冷峻的女同志会突然失态,会这样明目张胆地拒绝接受任务。曹泗安扶扶眼镜,目光在袁春梅的脸上久久徘徊,末了才说,袁春梅同志,你怎么啦,这不是我个人的决定,你们干部团的使用,是经过江淮军区和特委研究决定的。

袁春梅大声说,太过分了,太过分了,你们难道还想制造一个变节者吗?办不到!我跟你说,我主动要求到江淮来,是要回到我的家乡参加火热的抗日斗争的,我不是来当叛徒的,也不是来搞美人计的。我不去搞什么策反工作,我要带兵打仗!

曹泗安也急了,站起来,背起手,居高临下地看着袁春梅说,袁春梅同志,你冷静一点,你这个态度很成问题。你完全误解了组织的意图,你把个人的感情波折归咎于组织了,这是十分有害的。

袁春梅说,我向组织郑重申明,如果不让我回到部队,那我宁可解甲归田!

说完,甩手而出。

袁春梅怒气冲冲离开新四军办事处的时候,正是小晌午。

这里离大别山已经不远,牛津街的青石板路,街心两旁的木板店面,街后的水塘和水塘边洗衣淘米的妇女,都给袁春梅一种似曾相识的感觉。然而此刻在袁春梅的心里,已经全然没有了返乡的喜悦。

干部团临时被安排在牛津街公立学校里,陈秋石和赵子明等人正在小院里打扑克。深秋上午的阳光暖洋洋的,桂花树上还挂着一些残留的花瓣,空气中弥漫着落叶和成熟桂花的香味。倥偬岁月,难得有此闲暇,打打牌晒晒太阳,已是久违的享受了。

陈秋石本来很少打牌,但这天安排的是休息,他在房间里看书,赵子明一遍一遍地捣乱,说是不会休息就不会打仗。过两天进入大别山,屁股后面跟着部队,再想打牌就比登天还难了。

陈秋石被吵得没办法,只好放下书,对赵子明说,打仗你不如我,打牌你更不如我,我不给你打个光屁股,你就不知道马王爷长几只眼。

扑克牌是赵子明等人自己用纸糊的,上面画着老K老Q老J,人不像人鬼不像鬼,好歹凑合着打。打的是四十分,赵子明和廖添丁对门,故意把梁楚韵留给陈秋石当对门。打四十分原是孩童时代的游戏,刚摸牌的时候,陈秋石有些生疏,打了几把,就找到感觉了,待袁春梅回到营地,赵子明和廖添丁的脸上各贴了四张纸条。

陈秋石春风得意,越打越勇,尤其是同梁楚韵对门,红袖添香香更香,一旦找准了感觉,就一发不可收拾。打到最后,谁手里剩什么牌,对方会怎样配合,全都了然于心。陈秋石说,哈哈,打牌就像打仗,不光要看表面现象,还要看本质现象,不仅要知道自己手里有什么牌,还要知道对方手里有什么牌,不仅要知道对家的风格,还要知道对手的风格。

纸条不够,规定输了第五局,就得在地上爬,第五局自然又是赵子明和廖添丁输,赵子明耍赖赖不掉,梁楚韵和陈秋石一致坚持要他爬,吵嚷声隔一道山都能听得见。

袁春梅大步流星跨进学校二进小院的时候,赵子明和廖添丁一个在前,一个在后,撅着屁股正在爬。袁春梅一只脚门里,一只脚门外,看赵子明和廖添丁洋相,听陈秋石和梁楚韵放肆大笑,脸色就像黑云压城。

赵子明爬着爬着,感觉不对,一抬头看见袁春梅门神一样堵在院门中间,嗷地叫了一声就跳起来,拍着屁股说,咦,袁春梅同志,你不是到新四军办事处去了吗?首长没有慰问你一顿?

袁春梅站着没动。

陈秋石放下手中的纸牌,也站了起来,脸上的笑容僵住一半,讪讪地说,春梅,你怎么啦?脸色这么难看!

袁春梅傲然挺立,冷冷地看着陈秋石和赵子明,最后把目光落在梁楚韵脸上,从牙缝里挤出一句话,商女不知亡国恨,隔江犹唱后庭花!

大家面面相觑,梁楚韵反应过来,脸皮顿时紫红,把牌一摔说,袁副主任,你说清楚,谁是商女?

袁春梅不理梁楚韵,看着赵子明说:都什么时候了,你们还在这里寻欢作乐!你这个干部团长是怎么当的?玩物丧志!

赵子明和陈秋石面面相觑。赵子明说,你说都什么时候了?今天是休息,后天就进大别山了,难道我们打个牌也犯了纪律?我这个干部团长是怎么当的,上有组织,下有群众,也用不着你来教训啊!

袁春梅说,我就是组织,我也是群众。

赵子明说,袁春梅同志,你受了什么刺激,你是不是发烧了?

袁春梅勃然大怒,右手不由自主放在腰间,拍着手枪说,你他妈的才发烧了。八路军的首长,在这里赌牌出丑,还带着女人,让田秋韵知道了,看不一枪崩了你。

赵子明一头雾水,脸上红一阵白一阵,嘴唇直打哆嗦,手指着袁春梅说,袁春梅,你,你太……不像话了,我们同志之间工作之余娱乐一下,你凭什么……

袁春梅冷冷一笑说,工作之余娱乐一下?别忘了,往东二十公里就是鬼子的据点,山河破碎,生灵涂炭,你们身为八路军军官,不思杀敌立功,却在这里声色犬马,这跟汉奸有什么区别?

赵子明傻眼了,看看陈秋石,又看看廖添丁,哭丧着脸说,老陈,老廖,哪里出问题了?是袁春梅还是我们出问题了?

这时候梁楚韵上来了,梁楚韵面红耳赤,泪水在眼窝里打转。梁楚韵说,赵团长,我们谁也没有出问题,是袁副主任出问题了。袁副主任的丈夫当了汉奸当了叛徒,袁副主任一定是神经受到刺激,不会说人话了。

话音未落,就听一声枪响,梁楚韵当场倒在地上。

第 五 章

一

枪声骤然响起,刘锁柱吓了一跳,他还没有明白是怎么回事,就看见西华山庄东山墙下的国军教官李万方跳了一下,紧接着扶着山墙,似乎挺了两挺,然后软绵绵地倒下了。

刘锁柱回过头来,看见陈三川也在发愣。

刘锁柱说,陈三川,你开枪干什么?

陈三川说,我开枪了吗?我没有开枪啊,我在擦枪啊!陈三川说着,拉开枪膛,里面还冒着一股青烟。

刘锁柱脸都白了,失声叫道,陈三川,你闯祸了,你擦枪走火了,你把李教官打倒了。

陈三川说,就算走火也没有那么准啊!快去看看,是不是中弹了?

两人二话不说,跳起来,拔腿就向西华山庄东山墙跑去。李万方果然中弹了,血流了一地。

不多一会儿,正在训练的部队围拢过来,郑秉杰和刘斯武飞马赶到,郑秉杰翻身下马,察看了李万方的伤势,黑着脸问,怎么回事,谁开的枪?

陈三川一个箭步蹿出人群说,好汉做事好汉当,我开的枪。

郑秉杰说,为什么要开枪?

陈三川说,不是故意的,是擦枪走火。

郑秉杰说,擦枪规定要下子弹,你为什么不按规定?

陈三川说,我下子弹了,但是不知道为什么枪里还有一颗。

郑秉杰审问陈三川的时候,刘斯武一言不发,不动声色地看着郑秉杰和陈三川。郑秉杰扭过脸对刘斯武说,刘长官,这是一场意外,责任全在本部。你说怎么处理吧?

一向温和的刘斯武此时却是冷若冰霜。刘斯武说,说意外,我也希望是意外,但事实恐怕并不是这样简单。眼下正是你我两部精诚团结一致抗战之际,出现这样的事件,不是一个意外就能解释得清楚。郑团长,你们要调查,我们也要调查,没有一个令人信服的结论,你我在上司面前都不好交代。

刘斯武的声调不高,语气平稳,但话里的意思却是毫不含糊。郑秉杰阴沉着脸往四下看了看,自己的部队一片茫然,国军的十几个教官的脸上,却写满了狐疑和恐惧。郑秉杰向副团长刘汉民一挥手说,捆了关起来,让他自己交代。查清问题按问题处理,查不出名堂,枪毙!

陈三川擦枪走火事件,有好几个版本,一种说法是,国军教官李万方因为取笑陈三川有娘没爹刺激了陈三川。李万方是本地东河口人,当年陈三川娘儿俩投奔东河口的时候,李万方还在淮上州读中学,假期回去,就听说过东河口有个偷吃油条豆腐皮的神偷,没想到这次来到西华山根据地,陈三川已经是声名鹊起的游击连长了。有一次训练间隙,李万方开玩笑说,三十年河东,三十年河西啊,叫花子穿上了长袍马褂,混得像个人样了。陈三川当即翻脸说,你李万方算什么东西,别看你披着一身国军的黄皮,到鬼子据点里走一遭,老子能扛枪回来,你狗日的未必。李万方说,三川兄弟,你那两下子,冲冲杀杀打兔子可以,指挥打仗你还差得远。你得学点战术啊,战术是需要文化的。陈三川说,你那点文化算个球,老子就是一个大字不识,指挥打仗也不比你差。据说李万方在背后说,龙生龙凤生凤,老鼠的儿子会打洞,陈三川这小子,只有娘没有爹,家教太差。这样的人,也只有在泥腿子游击队里能够得势,放在国军里面,光穿裤子穿不周正这一条就不能当军官,当马夫都要调教。这话不知道怎么传到陈三川耳朵里了,陈三川恨恨地说,他妈的倚仗他是财主家庭,看不起穷人,等哪一天到了战场,小鬼子把他的满嘴牙敲掉老子也不会救他。二人之间既然有了这样的成见,陈三川擦枪走火导致李万方毙命,似乎不是一件偶然的事情。

还有一种说法。有一次李万方训斥陈三川,怎么连加减乘除都不会,一搞到兵力分配,就鸡毛炒韭菜,乱糟糟的理不清,这样的水平怎么能指挥正规战斗,难道要打一辈子游击?李万方的话很重,而且是当着很多连排干部的面,陈三川感到很没面子,发誓要给李万方一点颜色看看。

至于真正的背景是什么,谁也说不清楚,倒是刘锁柱一直疑惑一件事情。那是教导团开训的第六天,上地形课,李万方负责陈三川那一组,组员有刘锁柱和许得才。李万方给他们讲解怎样识别地物地貌,怎样计算等高线。从山头往下数,现地每往下移十公尺,就是一条等高线。陈三川听得云山雾罩,画起线来手忙脚乱,正乱着,李万方说,三川,你来看看,那里是什么?出现了移动目标啊。

陈三川接过李万方的望远镜,调整焦距细细搜索,他看清楚了,望远镜里出现了两个人。再一细看,是一个男人和一个女人。陈三川的心突然怦怦直跳,因为对面山头就是兵工厂,许得才曾经散布谣言说兵工厂里有人搞腐化,大白天在山坡上偷情,话里话外说的就是他的娘和万寿台。

李万方说,这个目标出现好长时间了,好像是两个跛子,走路地不平,他们在树丛里干什么,难道是日军的侦察员?

李万方讲这话的时候,阴阳怪气的,明显地不怀好意,陈三川不会听不出来。但他忍住了,他只能祈求老天爷,不要让他看见他最不愿意看见的情景。

怕有鬼就偏有鬼,犹如当头一棒,出现在望远镜里的正是他的娘和万寿台,两个人时隐时现,在树丛里动弹,好像动静还不小。李万方问,你看清楚了吗,是什么?陈三川咬牙切齿地说,什么都没有,是两只狗。李万方说,我怎么看见是两个人,好像那女人是你的娘呢,把望远镜给我。话音未落,他的腰上就挨了一脚。陈三川说,你他妈的敢糟践老子,老子让你死都不知道怎么死的。

当时,刘锁柱就在李万方和陈三川不远的地方,猫着腰和许得才鼓捣地图,陈三川和李万方的对话,有一大半进了他的耳朵。他后来还听陈三川说过一句话,谁敢糟践老子,小心老子擦枪走火。刘锁柱其实也很想看看对面山坡上是什么,但是望远镜只有一个,搂在陈三川的怀里,他是不敢去摸老虎屁股的。凭借肉眼,他还是影影绰绰地看见,在七百公尺的对面山坡上确实有两个人影,偶尔能看见那边露出半个身子,真的很像黄寒梅和万寿台。

刘锁柱后来暗暗留心,自那以后,陈三川就变得阴沉许多,一双小眼睛多数时间都在眯缝着,偶尔睁开,寒光逼人。

二

李万方死后,国军二一二师一片哗然,几十名军官联名上书二一二师师部、国民政府江淮动员委员会和新四军军部,要求查明真相,惩办凶手。淮上支队司令员韩子君如坐针毡,几次飞马送来鸡毛信,严令郑秉杰迅速审问,弄清情况,拿出对策。郑秉杰急火攻心,多次提审陈三川,但陈三川咬紧牙关,问来问去只是一句话:擦枪走火,不是故意的。

恰在此时,日军酝酿发起秋季最后一轮攻势,淮上州松冈大佐组织三千日军主力、汉奸部队近万人,准备向西华山根据地展开六路扫荡。为了维护统一战线,联合国军共同对敌,淮上支队痛下决心,让郑秉杰派人押解陈三川到杜家老楼,接受国共联席法庭审判。

韩子君在给郑秉杰的密信中说,国军内部已掌握确凿材料,证明枪杀李万方是陈三川故意为之,以泄私愤。此次传陈三川受审,罪不容赦,在劫难逃。韩子君让郑秉杰做好思想准备,稳定其亲属和部队的情绪,严防节外生枝。

郑秉杰一夜未眠,这一夜他想了很多,陈三川很小就来到了东河口,第一个接受他们娘儿俩的就是他,十多年来,他和陈三川娘儿俩已经相濡以沫,他把他们带上了革命的道路,他们跟在他的身后成为他最可靠的力量和最后的屏障。可是,哪里想到会出这样的事情呢?

以郑秉杰对陈三川的了解,他也怀疑陈三川的所谓擦枪走火并非实情,可是为什么他要杀死李万方呢,必然事出有因,只要他下决心调查,也一定会水落石出。可是,郑秉杰是不会继续进行实质性的调查的,他宁可相信,就是擦枪走火,只要陈三川一口咬定是擦枪走火,即便把他判了死刑,那也比他说出隐情要好得多。

下半夜,月亮西斜,东方微白。郑秉杰亲自来到关押陈三川的地方,让看守的战士把陈三川放出来。

陈三川明显瘦了。穿着一身单薄的军装,没戴帽子,两只眼睛在晨曦中闪动,一步一步地挪到郑秉杰的面前,一言不发。

郑秉杰问,陈三川,你知罪吗?

陈三川说,对不起团长,我给部队惹麻烦了。

郑秉杰厉声喝道,岂止是麻烦,你是对革命犯罪,你把我们的部队推到了一个十分尴尬的境地。

陈三川说,好汉做事好汉当,枪毙我吧,不能因为留我一条命让部队背黑锅。

郑秉杰鼻子一酸,差点儿眼泪就流出来了。他看着这个衣衫单薄的孩子,心里的疼痛刀割一般。三川,我再问你一遍,你到底是不是擦枪走火,到底是不是另有原因?

陈三川站着没动,昂起头来,看着郑秉杰,眼泪突然夺眶而出。

郑秉杰注视着陈三川,心里顿时明白了大半,这个十七岁的少年,这个英勇善战的小连长,心里不知道装着多少苦涩,埋着多少委屈。郑秉杰赶紧背过脸去,提高嗓门说,行了,擦枪走火,是行伍常事,意外伤人,就事论事。

陈三川的嘴巴嚅动几下,一句话也没有说。

郑秉杰说,三川,迫于友军和国民政府的压力,也是为了团结一切力量抗日,淮上支队传来命令,要押解你到杜家老楼,然后接受国共联席审判。该怎么说,你不用我交代吧?

陈三川咬着嘴唇说,擦枪走火!

郑秉杰点点头说,这一去,后果很难预料,你有什么话要留给组织?

陈三川沉默了片刻说,没有。

郑秉杰说,对你娘有什么话要说?她现在还不知道你的情况。

陈三川说,我没有话要对她说。

郑秉杰说,可是,以后她要是知道了,我们怎么对她交代呢?

陈三川说,我要是被处决了,你就说我打仗的时候跌进悬崖了,生死不明。

郑秉杰说,那怎么可能?你既然去受联席公审,这么大的事情我们怎么能隐瞒?

陈三川又咬了咬嘴唇说,那我就没办法了,她听到什么就是什么。

郑秉杰无语,仰起脑袋看着东方渐渐殷红的地平线说,行了,那你就去吧。敌情通报,日军正在密谋六路围攻,我这里马上就面临着一场恶战,只可惜我少了一个敢死队长。

陈三川不动,也看着东方的天际。

郑秉杰说,大战在即,我这里抽不出兵力押解你。从西华山向北二百多里路,就是杜家老楼。你自己去吧。

说着,递过来一个包袱,交代说,这里面有你三天的干粮。三天过后还没到杜家老楼,你就自己想办法。

陈三川瞪大了眼睛愕然地看着郑秉杰说,团长,你不怕我逃跑?

郑秉杰说,师傅领进门,修行靠个人。你好自为之吧!

陈三川似有所悟,久久地看着郑秉杰,突然泪如雨下,扑通一下跪在郑秉杰的面前说,团长,三川明白了。团长你放心,我生是组织上的人,死是组织上的鬼,我就是爬也要爬到杜家老楼,让国民党反动派睁大眼睛看见我被枪毙,搬掉压在你们身上的黑锅!

三

陈秋石站在深秋的枯柳下,沐浴一身苍凉残霞。

那儿时嬉闹的院落不见了,那窗明几净的书房不见了,那一地清辉的月光不见了,那唠唠叨叨又勤勤恳恳的双亲不见了,那鸡鸣鸭唱的家不见了。还有他的丑妻和幼儿。

当年的陈家圩子,只剩下断壁残垣,疮痍满目。还有几个用荒草搭建的庵棚,那是荒年难民的家,他的家已经被叫花子占据了。弹指一挥间,十七年三个月零四天过去了,隐贤集上的人已经认不出他了,圩沟里叫花子们更是看西洋景一样地看着他这个长袍马褂的陌生人。一群肮脏的娃子若即若离地跟着他,他一回头,娃子们就停下脚步,推推搡搡。他向娃子们挤出一个似笑非笑的怪相,娃子们却不笑,瞪着半是稀奇半是戒备的眼珠子看着他。

陈秋石是下半晌回到隐贤集陈家庄园的。遍访几家旧亲故戚，得知他离家出走之后的变故，双亲都被土匪董占水给烧死了，这是街坊邻居亲眼所见，逝者如斯夫，再也不能生还了。可是蔡菊花呢，还有那个他自己也叫不上名字的儿子呢？

堂叔公嘴角上挂着哈喇子跟他讲，他的儿子名叫陈继业，上土匪那年，庄园里只有他的双亲，没有见到他的媳妇和儿子。到哪里去了，谁也不知道，这么多年过去了，没有人知道他们娘儿俩在哪里。也许回胭脂河了呢？

陈秋石在心里一遍一遍地咂摸"陈继业"这三个字，突然心里一动，继业继业，子承父业啊！这一动，就如万箭穿心，连腰都直不起来。他这个父亲，连儿子的名字都不知道，他有什么资格让儿子继承他？

陈秋石返乡，是韩子君特意安排的，韩子君并且联系了国民党玫山县政府，确保这位来自八路军晋冀豫军区的战术专家的安全。陈秋石谢绝了韩司令的好意，执意自行前往。韩子君怕有不测，派出一个骑兵班，交由干部团警卫连长柳君芳指挥，身着游击队便衣，尾随其后。

陈秋石什么思想准备都有，就是没想到会家破人亡得这样彻底。

暮色苍茫中，他走到双亲的坟前，久跪不起。坟是土坟，葬在陈家的祖坟地的西北角，地势有点低洼。按宗族规矩，以他们家的辈分和他的学品，他的双亲应该葬在更好的位置。可是因为他的出走，双亲落到了没有直系亲属收尸的地步，还是堂叔公出了几块洋钱，雇了几个亲族，买了两副薄棺材，草草安葬了事。

天已经黑了，当地抗日政府的干部和地方武装一干人等跟着堂叔公匆匆赶到坟地，堂叔公要上前，被柳君芳拉住，示意他不要惊扰。再过一袋烟的工夫，柳君芳带着两个人牵马过来，在身后低声说，首长，上路吧，今夜要赶到玫山呢。

陈秋石缓缓地站起身来，地方干部上前敬礼，自我介绍是隐贤集抗日区长刘二更,陈秋石握着刘二更的手说,秋石此次返乡,纯属家事,不便打搅地方,还望见谅。

刘二更说,早就听说首长大名,威震太行半壁河山。首长回到大别山,我抗日军民无不振奋。

陈秋石淡淡一笑说,哪有什么大名,威震太行半壁河山更是谈不上,过奖了,秋石乃一抗日老卒而已。守土保家,还仰仗父老乡亲。

刘二更说,首长能否给我隐贤集游击队讲个话?

陈秋石说,少小离家老大归,寸功未立,讲什么?以后吧。

堂叔公两手拢在袖筒里,躬着腰,浑浊的老眼看着陈秋石说,秋石贤侄,这些年,你在外面是发财还是做官啊?

陈秋石朝堂叔公鞠了一躬说,叔公,秋石不肖,既没做官,也没发财。秋石投笔从戎十七载有余,只做了一件事情,打鬼子。

堂叔公说,那敢情好啊,好男儿志在四方,精忠报国,是大丈夫事业。

陈秋石说,只是撇下双亲幼子,遭此变故,鞭长莫及,悔之又悔。

堂叔公上前一步说,自古忠孝不能两全,贤侄上马杀敌,下马戍边,也是陈家一大荣耀,想你那在九泉之下的双亲,定然含笑瞑目。

陈秋石问柳君芳,你们身上带的有钱吗?

柳君芳递过一个包袱说,韩司令已有安排,这里是五十块大洋。

陈秋石接过包袱,双手捧到堂叔公面前说,多谢叔公宽慰。叔公慷慨解囊,葬我双亲,情深义重。秋石乃一抗日军人,两袖清风,无以报答。韩司令厚爱,资助盘缠,些许心意,请叔公笑纳,也算是侄儿替双亲致谢了。

堂叔公伸过手来接住,没想到包袱那么沉,差点儿就从手里滑

213

脱,慌得打了一个趔趄,连哈了两次腰才把包袱捧牢。堂叔公说,这礼太重了,老叔受不起啊。

陈秋石说,叔公,秋石就此一别,待抗战胜利,侄儿再回来,耕读故园,侍奉叔公。

堂叔公抱着包袱,又问,贤侄,你离家多年,音信全无,可有外室?

陈秋石怔了一下说,没有。

堂叔公说,老叔算来,贤侄已近不惑之年,身后无嗣,家族凄凉啊。这钱老叔代为保管,待他年贤侄衣锦还乡引凰归凤之日,老叔主持族人大典。

陈秋石又站了一会儿说,叔公,他日事他日言,叔公虽已年迈,但德高望重,享誉乡里。若有可能,请嘱亲友代为打听愚妇幼儿踪迹,此乃不肖侄余生最大心愿。

堂叔公说,那是那是,老叔一定效力。

陈秋石向堂叔公再鞠一躬,接过缰绳,纵身一跃,向围观的乡亲抱拳作揖,高声说,乡亲们,我隐贤集历来钟灵毓秀,英雄辈出,如今日寇铁蹄践踏我锦绣河山,热血男儿必当奋起,人人争当杀敌英雄,誓与日寇血战到底。他年抗战胜利,秋石回乡,与父老乡亲一道,重建河山!告辞了!

四

陈三川选择的路线是小路,按他的计算,从西华山庄向西先到西河口,再向北沿司坡店至英栗冲,再往北就只有二十多里就到杜家老楼了。

小晌午行至妃子岭,饥肠辘辘,打开郑秉杰交给他的包袱,不禁倒吸一口冷气,郑秉杰说给了他三天的干粮,可是包袱里只有三块杂面馍馍,是用麦麸和碎米做的,按陈三川的饭量,只够一顿的。从西华山到杜家老楼,就是走大路,少说也是二百多里,何况是转山绕水呢。他是飞毛腿不错,可他也不能连天夹夜地飞,这二百里的路,没有三天是走不完的。

为什么郑秉杰只给他一顿口粮呢?粮食紧缺是不错,可他一个上路受审、准备砍脑袋的人,临死前总得给一顿饱饭吃吧?陈三川想不通。

这天晌午,陈三川只吃了一块馍馍。

接着往下走,迎着太阳,饿着肚皮。走到了诸葛庵,已经是半夜了。住处自然是没有的,就在山坡上找了一个干燥的地方,扯了一些荒草盖在身上。天奇冷,好像还下了霜。横竖睡不着,陈三川的脑子就像河水一样哗哗地流淌。

擦枪走火事件别人不知道底细,自然只有陈三川知道为什么。原因很简单,简单得一目了然。这个情况打死他他也不会说。他虽然没有文化,但并不缺乏心计,他能够从郑秉杰的话语里领悟出来,郑秉杰其实也不希望他说出来。这个问题不用再想了。

冷得发抖,冷得自杀的念头都有。这时候陈三川才开始恨,恨他的娘。这些年来,他和娘相依为命,娘就是他的一切,娘是他的财富,娘是他的家,只要和娘在一起,他就什么也不害怕,即便是死在娘的怀里,那也算回家了,他有什么可以害怕的呢?

可是终于有一天,他发现他成了彻底的无产者,他没有家了。他的娘还活着,却是比死了还让他痛苦。自从独立团办了个兵工厂,娘的生活好像就发生了变化,那个叫万寿台的杂种,打仗打成了一个瘸子,却把自己当成了抗日英雄,有事无事总爱往娘的身边凑,这是陈三川早就察觉了的。有一次他对娘说,娘你别理万寿台了,那不是个好人。娘的眼神是那样的惊讶,那样的气愤。娘说,儿啊,你咋这样说,你听说啥了?

他说,我啥也没有听说,反正你不能老是跟万寿台在一起。

娘说,你小孩子家懂什么,万大叔他是个好人。你娘腿上有残疾,做啥事都不麻利,万大叔帮你娘做事,有啥不好?

他说,娘,以后什么事情我都帮你做,不用老万那老杂种。

娘说,儿啊,你也长大成人了,你总不能跟娘过一辈子吧。娘老了,娘知道该怎么做。

就那一句话,他的很多预感就验证了。为什么说儿子不能跟娘过一辈子,难道万寿台那个老杂种就能跟娘过一辈子?

对于长辈之间的事情,陈三川不是很清楚,也不是完全不明白。郑秉杰做了很多好事,也做了一件天大的坏事。郑秉杰有一次跟陈三川说,三川啊,你也大了,懂事了。你看你娘多苦,刚刚生下你,你爹就跑了,你们家上土匪,家破人亡,你娘带着你逃荒要饭,寄人篱下,做牛做马,含辛茹苦地把你拉扯大,又在战斗中负伤。你说你娘应该不应该得到幸福?

陈三川说,谁能给我娘幸福,我给他做牛做马。

郑秉杰说,这样的人有啊,不过眼下条件还不成熟,等条件成熟了,我会告诉你。你明白吗?

陈三川当时没有搭腔,他是几个月后突然明白的,郑秉杰说的所谓给他的娘幸福,对他来说或许就是一场灾难。

果然,灾难说来就来。从去年下半年开始,就有人在背后嘀咕,说是黄寒梅这个老寡妇终于守不住了,组织上鼓励她追求革命的爱情。还有人说,两个人两条腿,黄寒梅和万寿台搭伙,如果发鞋子,两个人一双就够了,能给公家省布料呢。

这些话被陈三川零零星星地听到了一些。他有好几次冲动,想跑到兵工厂把万寿台往死里打一顿,甚至想把他娘也往死里打一顿,可是琢磨来琢磨去,他不能。他可以打刘锁柱和许得才,但是他不能打万寿台和他娘。这种事情是属鸡屎的,不挑不臭,他打了万寿台和他娘,就等于把他娘和万寿台扒光了游街投河,也等于把他自己的脸弄成了屁股。他琢磨着,找个合适的机会,最好是在战斗当中,在混乱当中,他在后面,手指头一钩,叭,万寿台上西天了,神不知鬼不觉,一了百了,干干净净。

哪里想到西华山庄会来一个多事的冤鬼李万方呢?活该他倒霉啊!

接着该恨谁呢,恨郑秉杰,似乎有点没名堂。自打他懂事起,郑秉杰就是除了他娘之外的唯一亲人,郑秉杰对他和他娘,对大伙都是天高地厚。那时候偷看江碧云洗澡的时候,他朦朦胧胧地知道那是一件坏事,是一件下作的事情,尤其是一件对不起郑秉杰的事情。可是他忍不住,他不知道自己发生了什么,他太渴望看看江老师那雪白的身子,为此他恨自己,恨自己也成了二流子,好在他的二流子行为没有人知道。郑秉杰是不该把他娘和万寿台安插在一起,就算这一点对不住他,那么他偷看江老师,也对不住郑秉杰,两下扯平了,他不能恨郑秉杰。

那么,他最应该恨的还是那个他连面都没有见过的、被他娘无数次咒骂的死鬼爹了,他就是他那个死鬼爹在他娘的肚子里播下的种子,他出土了,可是他那个死鬼爹却连一次水也没有浇过,一次肥也没有上过,撒手扬长而去,让他像一棵野草一样自生自灭,差点儿被土匪烧死,差点儿在逃难中饿死,差点儿因为偷吃油条被许得才打死。他所有的苦难,所有的屈辱,都是那个死鬼爹一手造成的。他记得有一次他和他娘讲起他爹,他说万一爹还活着,万一以后爹回来了,咱还认不认他?娘连想也没想就说,那种禽兽不如的东西,你认他干什么,你要是认你的死鬼爹,娘就不认你这个儿。他说,那就不认,他就是给咱跪下磕头,咱也不认。

陈二川就这么恨着,想着,迷迷糊糊地闭上眼睛了。陈三川闭着眼睛就看见一个山坡,上面人头攒动,一片大刀就像森林一样,有多少把不知道,反正天地间一片雪白。恍惚中,他感觉他被五花大绑押到了山坡上,那些举着大刀的人高喊,杀,杀,杀……他惊恐地回过头问身边的看押他的人,他们要杀谁?看押的人说,杀你啊,因为你擦枪走火,破坏了抗日统一战线啊!

他说我不是故意的,我的枪不听我的话,我的手指头还没有挨上扳机它就响了。

押解他的人说,铁证如山,李万方你自己出来跟他说。

他看见一阵风从地下升起,卷起一根烟柱,李万方满脸血污地出现了,一根手指指着他的鼻子说,就是他,就是他,他杀人灭口……

他说,就是老子,老子就是杀人灭口。李万方反动派,早就该杀了,老子是为民除害。你们杀我吧,二十年后老子又是一条好汉,二十年后老子还是江淮大地上的神枪手飞毛腿……

后来他看见了一个国民党军官,穿着长统皮靴,戴着一副黑眼镜,走到他的面前。他感到自己的身体变小了,越来越小,终于缩成了一只蝙蝠,藏在黑色的眼镜里。黑眼镜军官说,陈三川,你已经在照妖镜前显形,你就是一个喝人血吃人肉的妖魔,你还有什么话说?

他听见自己的声音像蚊子一样哼哼,你们杀我吧杀我吧杀我吧,二十年后二十年后二十年后……

就在这时候,他看见一块祥云自天穹处飞来,上面盛开着五彩缤纷的鲜花,鲜花丛中,白马之上,端坐着一位身披黑色大氅的将军,战马展开四蹄,驮着将军从云端飞下,山坡上的人全都匍匐在地,跪迎将军。

将军说,何人大胆,敢杀我儿?

戴黑色眼镜的国军军官说,小的该死,有眼不识泰山,听信诬告,小的这就给少爷松绑。

他感到很奇怪,他又从黑色眼镜里面钻了出来,茫然地看着将军。将军翻身下马,把手放在他的脑袋上,他本来想把他的手推开,再给他一个扫堂腿,可是,他的手脚却动不了,鼻子一酸,两腿一软就跪了下去,撕心裂肺地喊了一嗓子,爹,爹,儿子可见到爹了,儿子有爹啦……

再然后,陈三川就醒了,伸手一摸,满脸泪水。就在这一时刻,他发现了自己居然不恨爹,居然那么渴望见到爹,这是怎么回事?这个发现让他心惊肉跳。

太阳升起来了,林子里响起了斑鸠咕咕的叫声,他的肚子也跟着叫了起来。他摸出包袱,还有两块杂面馍馍,他啃了一口,刚嚼了两下,突然停住了,他看见阳光下面有人走动,幽灵一般,鬼鬼祟祟。他警觉起来,迅速装好馍馍,刚要站起来,却不料一只黑洞洞的枪口戳在鼻子下面,接着就听见一声喊叫,死啦死啦的!

陈三川明白,他遇上鬼子了。

好汉不吃眼前亏,陈三川举起了手。这时候一个中国人过来了,惊喜地说,太君,这个小孩是个土八路!我们抓到活口了!

五

干部团就位之后,按照新四军总部的命令,淮上支队进行了整编,韩子君依然担任支队司令员,赵子明担任支队政治委员,陈秋石担任支队副司令员兼参谋长。

其他人的任职都是早就明确的,惟有袁春梅遇到一点波折。袁春梅在离开百泉根据地的时候,是副团级干部,按照当时一个不成文的规矩,八路军的旅长等同于新四军的师长,八路军的团长,等同于新四军的旅长或地方部队的支队、分区司令员,依此类推,袁春梅应该是新四军地方部队支队一级领导,但是因为袁春梅拒不接受到国军工作的任务,江淮军区和淮西特委很恼火,决定让她到火线剧社当副社长,搞文艺工作。哪里想到这个决定又遭到袁春梅的抵制,袁春梅说,我又不是戏子,我到剧社干什么,我都徐娘半老了,难道让我给你们唱堂会?让我到剧社也行,我天天给他们操练枪炮。

支队领导这才知道袁春梅是个老革命,而且脾气古怪,反复无常。考虑到她是百泉根据地过来的,不好苛求,只好又调整她的任职。袁春梅说,我回到大别山,是来带兵打仗的,把我放到作战部队,当连长都行。

在牛津街,袁春梅的那一枪,彻底地毁掉了她的淑女形象,不仅把梁楚韵吓个半死,也让赵子明对她更多了几分戒备,所以在研究袁春梅工作的时候,赵子明就格外谨慎。他不仅要考虑到袁春梅的能力,也要兼顾到她的个人意志。赵子明同韩子君等人考虑再三,反复平衡,最后给袁春梅选了个去处,到郑秉杰的三团担任副政委。陈秋石对此没有反对,只是说,春梅同志适合带兵打仗,但三团条件艰苦,要照顾好她的生活。

至于其他人的工作,就好办了。以廖添丁和梁楚韵等人为主体,淮上支队成立了一个火线剧社,担负支队的宣传文化工作,廖添丁担任社长兼战报主编。梁楚韵担任编导科长兼战报采编科长。

牛津街袁春梅的那一枪,打在梁楚韵的脚下,子弹从石头上反弹起来,擦伤了陈秋石的小腿。但是这颗子弹留给陈秋石的,还有另外的麻烦。进入大别山之后,在淮上支队下级军官中,流传一个说法,说陈秋石这个副司令员谱大,到大别山来,在过封锁线的时候,陈秋石坚持与马同行,马在人在,马不过封锁线,他人就不到大别山,以此要挟组织。组织上没有办法,只好答应陈秋石,只要他人进入大别山,组织上会通过另外的渠道,把马送到淮上支队。

老山羊进入大别山,确实有过一段传奇的经历,据说淮北的地下组织费了很大的劲,先是将马运到河南郑州,再将其伪装成普通的农耕牲口,混在一个牲口贩子的骡马群中,从南阳穿越封锁线。在淮上州过境的时候,被日军稽查人员识破,断定这是一匹战马。送马的游击队员见势不妙,拔枪战斗,牺牲了四个同志。后来淮上州的地下组织,通过贿赂汉奸的方式打听到关押老山羊的地方,组织特工抢马,声东击西炸了日军的一个弹药库,才在乱中将老山羊抢出,这一仗又付出了很大的代价。

在淮上支队下层军官当中,对干部团的到来本来就有一些模糊认识,主力团的团长祁深奥有一次对特务营长刘大楼发牢骚说,他妈的有什么了不起的,八路军给咱们淮上支队派了一个太上皇来,连马都要从那边带过来,牺牲了那么多兄弟,太过分了!他以为他是关帝爷啊,未尝还要老子给他扛大刀?

祁深奥过去一直认为他是淮上支队的顶梁柱,那时候淮上支队没有副司令员,他认为他这个主力团长就是当然的备用司令,哪里想到半路杀出一个程咬金,来了个陈秋石,韩司令他们还把这个人当作菩萨,作战问题全听这个权威大老爷指点江山,连韩司令都是小学生,这就使祁深奥刘大楼等人很不自在,从而也为此后不久的战斗留下了阴影。

在淮上支队不胫而走的第二个对陈秋石不利的传言与梁楚韵有关。这个传言在下层军官中更为流行,连三团的刘锁柱都知道,淮上支队来了个韩信转世,带着一个貌若天仙的女子,奶子是奶子屁股是屁股,那个嫩哦,那个水灵哦,伸手一摸能掐出水来。别看她穿着军装雄赳赳的,换上戏装就是戏子,脱掉戏装就是销魂的冤家。刘锁柱说,为啥陈副司令会打仗?白天他骑老山羊,夜黑他骑梁楚韵,腿裆下面不是神马就是仙女,他不是凡人啊!

刘锁柱说这话,既是出于无知,更出于渴望,但是这个传说引起了基层官兵广泛的兴趣。女人永远是军伍不绝的话题,更何况是那样美丽非凡的女人,比江碧云还要标致呢!

陈秋石不知道这些传说,梁楚韵更不知道。早在百泉根据地的时候,梁楚韵就从赵子明的片言只语里隐约意识到,组织上把她安排在陈秋石的手下,是有良苦用心的,她对陈秋石的感情,崇敬之外也有朦胧的憧憬,只不过,还没有上升到爱情的高度。一是因为陈秋石始终同她保持距离,二是因为年龄差距太大,陈秋石比她大十四岁呢,这在乡下,已经是父辈了。反倒是牛津街袁春梅的那一枪把她打醒了。关于袁春梅和陈秋石之间的关系,她早有耳闻,也知道陈秋石在百泉因为袁春梅的缘故生病住院。袁春梅为什么要开那一枪,难道真的是对赵子明和陈秋石的所谓"玩物丧志"表示愤怒?这么解释未免幼稚可笑。作为一个女人,尤其是情窦初开的女人,梁楚韵不可能不动一些心思。

火线剧社成立之初,有很多事情要做。有一天梁楚韵和队员胡亚捷到支队部战利品仓库找油印机,回来的路上老远碰上袁春梅。梁楚韵想躲开,袁春梅却大大咧咧地招呼,小梁,抱着那么大个家伙,往哪里走?

梁楚韵没法,只好硬着头皮迎了上去说,啊,袁副主任,啊袁……

袁春梅呵呵一笑说,干吗这么吞吞吐吐的,怕我吃了你不成,我有那么可怕吗?

梁楚韵说,袁副主任,听说您要到三团工作了,您一个女同志到战斗部队多不方便啊?

袁春梅说,有什么不方便的?这些年风风火火地惯了。倒是你这个上海姑娘,来到大别山恐怕不适应,这里比百泉还要艰苦。

梁楚韵说,还好,大别山离上海更近。

袁春梅说,我是说,这里的部队文化素质更差。

梁楚韵怔了怔,没有说话。

袁春梅说,把东西交给那个小姑娘,我们姐妹散散步。

梁楚韵还在犹豫,胡亚捷知趣地说,梁科长,油印机我自己能抱回去,你和袁首长聊聊吧。

走在杜家老楼外面的圩沟埂上,袁春梅问梁楚韵,小梁,还记恨牛津街那件事情吗?

梁楚韵老老实实地说,谈不上记恨,只是不能理解,袁副主任为什么会发那么大的火?

哦?袁春梅意外地看了梁楚韵一眼,沉吟片刻,笑了笑说,你不理解?哈哈,是啊,我也不是很理解。有些反常是不是?是反常啊,什么事情做过分了就是反常。可是为什么会反常呢?也许……

袁春梅不说了,梁楚韵也不说话。这天天气不错,杜家老楼圩沟两边有很多垂柳,秋去冬来,叶子落光了,只剩下赤裸的柳条,如烟似雾。

袁春梅看着远处,自言自语地说,也许,都是爱情闹的。爱情这东西就是魔鬼,只要让它钻进心里,你就不可能正常,你会常常做出出格的、不正常的事情。爱情越深,越是不正常,除非你的爱情是表面的,或者你的爱情是假的。

梁楚韵心里一动,她没有想到袁春梅会说出这样推心置腹的话。

袁春梅说,当你进入到爱情深处的时候,你就会明白,女人有时候很傻,再聪明的女人也有傻的时候。因为,在那样一种境界里,感情比智慧更有力量。

梁楚韵还是不说话。她没有那样的经历,也没有那样的感受。

袁春梅说,小梁,我今天一是要向你道歉,二是想跟你说一件事情。你抬起头来,往南边,你看到了什么?

梁楚韵说,是一个村庄,那个村庄听说叫百达畈,那边有一条河叫西汲河。百达畈驻扎的是一团一营。

袁春梅说,哈哈,你还挺有军事敏感性的。你知道百达畈再往南是什么吗?

梁楚韵说,是古柏冲,也有咱们的队伍。

袁春梅说,对了。我跟你说,过了古柏冲,再往西往南一百里,是一片大山,有一座山叫玫山。就在那座山下,有一个女人,带着一个孩子,你在不久的将来会见到他们。

梁楚韵明白了,但还是不甘心地问,你是说,他们同我有关系吗?

袁春梅说,也许有,也许没有。但是,如果你心中有了爱情,他们就可能是你反常的理由,也许,你会莫名其妙地冲着一个不相干的人开一枪。

梁楚韵连想也没想就冲口而出,啊,那怎么会?无论如何,我都不会向谁开枪的。除非他是敌人。

袁春梅说,哈哈,有时候,你根本就搞不清楚谁是你的敌人。等着吧小丫头,你的战争也许才刚刚开始!

六

袁春梅还没有到任,就临危受命,做出了一件影响深远的大事。

此时已有情况表明,淮上州日军厉兵秣马,即将在岁末对西华山抗日根据地发动大规模扫荡,实施冬季封山。陈秋石上任之后的第一件事情,就是带着司令部有关人员和各团指挥员,秘密潜入西华山南侧和胭脂河周边,实地察看地形,检查攻防准备。

大战在即,国军二一二师仍然揪住陈三川擦枪走火事件不放,扬言此事如不妥善处理,就是淮上支队破坏统一战线,反扫荡战斗无法配合。

出于无奈,韩子君只好同意公审陈三川,并把公审时间确定在农历十一月十一日。眼看公审日期逼近,陈三川还是不见前来。章林坡一次一次地派人到杜家老楼催逼,指责淮上支队没有诚意,影响国军士气。国民党省党部和动员委员会的电报也雪片一样飞向杜家老楼,都是一个意思,不杀陈三川不足以平民愤,不杀陈三川不足以壮士气。

韩子君面对强大的压力,几次泪流满面,对赵子明和袁春梅等人说,国民党这次得理不饶人,非要杀我这个小连长不可。陈三川啊陈三川,你这条十七岁的小命,快要把淮上州都掀翻了,你就是死了,也值得了。

袁春梅很关注这个事情,因为这是她即将赴任团队里的事情。她已经知道了来龙去脉,问韩子君,难道只有陈三川一死才能解决问题?

韩子君说,看来是这样,陈三川杀人证据确凿,章林坡已有充分证据。如果出现奇迹,那就看公审了。

袁春梅说,公审大会要不要群众参加?我们是不是可以发动群众,在公审大会上呼吁请愿,争取让陈三川戴罪立功也行啊!

韩子君说,这一招我们也想到了。可是章林坡志在必得,借此诋毁我军名誉,同时为其消极抗战找借口。现在我需要一个能言善辩、胆大心细的人直接同章林坡对话,说服他不要步步紧逼。只要他在感情上有一点松动,就可以变被动为主动。

袁春梅说,那好,我请求这个任务。

韩子君说,你新来乍到,情况不熟,行吗?

袁春梅说,虽然还没有报到,但我已经是三团的副政委了,我处理好这件事情再去报到。

韩子君当时没有表态,以后征求赵子明的意见,赵子明沉吟了很长时间才说,袁春梅这个同志原则性强,但是个性也强。她出面处理这件事情,无非是两种效果,一是她能说服,抑或是压服国军对手,使事态向好的方面发展。第二种结果,火上加油,忙里添乱,三下五除二就把陈三川打发了。

韩子君听赵子明这么一说,又踌躇了,但此时袁春梅已经做好了充分的准备,详细地调查了陈三川从军以来的表现,擦枪走火事件的前后经过,胸有成竹,踌躇满志,要求韩子君立即致函二一二师,请国军派出代表,双方就公审程序和内容进行磋商。

韩子君前思后想，采纳了袁春梅的提议。韩子君的想法是，死马当着活马医。

袁春梅受领任务之后，就回到住处紧锣密鼓地准备了。因为还没有到三团报到，她暂时借住在杜家老楼的后花园里，这里实际上是韩子君特意为陈秋石安排的"官邸"，因为陈秋石最近一直在野外勘察地形，袁春梅就带着警卫员暂时住进来了。

杜家老楼是一个地主的庄园，其建筑风格结合了北方四合院和皖南民居的特点，天井阔大，内设回廊，分正房和厢房，三进的院落，一层比一层高，形成错落有致的效果。正房和偏厦之间，有一个圆门，通向后花园，花园里还有三间平房，灰砖黑瓦，玲珑厚实。

南下干部团到达之前，韩子君指示原先住在这里的警卫排搬出去，把这个地方腾给陈副司令。特务营的营长刘大楼发牢骚说，警卫排在这里，可以就近保护前院的支队首长，陈副司令就一个人，干吗要占这么大一个花园啊。这话是当着韩子君的面说的，当时就挨了韩子君一顿训斥。韩子君说，陈副司令是战术专家，要绝对保证他休息，这是战争的需要。刘大楼说，可是我们的警卫排搬出去了，陈副司令的安全也得不到保证了。韩子君说，搬出去不等于离开，你的那个警卫排，一个班放在前院，你带两个班，给我搬到后花园外面的平房里，两个角各住一个班，轮流警戒。保护陈副司令就是保证战争胜利，听明白了没有？

刘大楼胸脯一挺说，听明白了。

韩子君又说，认识到重要性没有？

刘大楼又把胸脯挺了一下说，认识到重要性了。

没有办法，刘大楼只好带着两个警卫班鸡飞狗跳地搬到院墙以外，搬进去才知道，院墙外面的房屋过去是杜家老楼仆人住的，里面烟熏火燎黑咕隆咚，一圈子都是马粪牛粪的味道，都快冬天了，苍蝇蚊子还黑压压的。刘大楼给自己选了一个稍微干净点的房屋，指挥几个战士用土坯垒了一个篱笆床，铺盖卷子往上一扔，躺下来就骂,什么狗屁副司令员,人还没来就折腾老子,老子就不相信你有三头六臂!你要是把淮上州打下来,老子也认了,可是你行吗?

刘大楼骂这话已经二十多天了,无端挨骂的陈秋石却连杜家老楼后花园的门槛也没有踏进一步,他除了在野外露宿,即便回到支队部,也是吃住在作战室里。

倒是便宜了袁春梅。袁春梅也不领情,住进来之后也骂,他妈的陈秋石,还真的成了军阀,抗战这么艰苦,他还给自己弄了个后花园,真是资产阶级的公子哥啊!

七

公审陈三川的消息弄得沸沸扬扬,杨邑却在心里嘀咕,不就是一个擦枪走火事件吗,就算是故意走火,也不过是个人恩怨,干吗要搞公审啊?还吆喝了一些记者,搞得乌烟瘴气的。

事件发生后,军械处长任法兰也在会上提议,家丑不可外扬,两家坐下来心平气和地商量,大事化小,小事化了,集中精力对付松冈大佐。任法兰的说法当即受到章林坡的斥责,章林坡说,什么叫家丑?制造事故打死我军官,这是个信号,说明他们对国军严重缺乏情谊,今天他可以杀我的军官,明天他就可以打我的部队。现在抗战形势日渐好转,他们就挑起事端,一旦抗战结束了,他们就该掉转枪口了。这也是个千载难逢的机会。抓住这个机会,举行公审,杀掉行凶者,让全国都知道这件事情,把他们搞臭,将来即便发生冲突,我们也能掌握舆论的主动权。

因为章林坡有了这个想法,所以那些主张"内部消化"的军官就三缄其口,静等事态扩大。

这天章林坡和杨邑正在作战室里议事,参谋送来韩子君的亲笔信,章林坡看完,随手把信扔在旁边的茶几上,轻蔑地笑笑,对杨邑说,看看,淮上支队又要耍花招了,死尸一具,铁证如山,谈什么?

杨邑拿过信,瞅了两眼说,既然铁证如山,谈谈无妨。人家已经提出来了,不谈说明我们心虚。再说,杀人不是目的,维护统一战线才是目的,通过谈判,或许可以摸摸他们到底有多少诚意。

章林坡说,依你之见,这件事情有多少胜算?

杨邑对陈三川擦枪走火事件有自己的看法,觉得大敌当前,章林坡不应该老是揪住不放,一看就是小题大做。杨邑说,杀了一个陈三川,从眼前看,我们也许会在舆论上赢得一些主动权,可是长远地看,我们同淮上支队的联合战线就会受到影响。淮上支队的官兵大部分来自乡村,境界低下,心胸狭窄,如果我们杀了陈三川,激起淮上支队的仇视,在抗战中离心离德,甚或以邻为壑,那我们就得不偿失了。

章林坡在作战室里来来回回地踱步,说,老杨你说的有一定道理,但不是大道理。你只看到了问题的一面,而没有看到另一面。我们和淮上支队这些年共同抗日,确实是同舟共济。但是,往远处看,我们毕竟是两股道上的火车,走的不是一条路,分道扬镳是随时可能的,尤其是抗战结束之后。自古天下,分分合合,我们不能心存幻想同他们永远合作,这个思想不仅我们这些高级军官要有,下层官兵也要明白。再者,松冈大佐发动的冬季攻势,可以说是强弩之末,最后挣扎而已。这些年老韩他们游而小击,雷声大,雨点小,战绩平平,部队却滚雪球一般越滚越大。这次应变,我就是要把他们推到一线,他同仇敌忾也好,知耻后勇也好,破釜沉舟也好,反正我就是要把他逼上梁山,让他打也得打,不打也得打。

杨邑闷起脑袋,把韩子君的那封信拿起来又看了半天说,如此说来,那个陈三川非杀不可了?

章林坡回到沙发坐下,笑笑,笑出几分阴冷的气息,老杨,你说呢?

杨邑没有表态,看着墙上挂着的大幅作战示意图发愣。

章林坡说,杀人祭刀,势在必行。

杨邑说,这件事情,我不再发表意见。

章林坡脸皮一变说,那不行,你还是跑不了干系。老韩不是送信来要在公审前谈判吗?你去跟他们谈。

杨邑半张着的嘴巴半天没有合拢,站起来说,师座,这恐怕不妥。

章林坡说,有何不妥?你是有名的主战派,在韩子君部有很高的声誉,又是陆军大学的高才生,知书达理,你去谈最合适。

杨邑说,我这个人一向不擅言辞,况且对这件事情本身就持消极态度。我去谈判,要是被人钻了空子,恐怕偷鸡不着还蚀把米。还望师座慎重决策。

章林坡手指敲着茶几说,你不要推托。什么不擅言辞?只要你不跟老同学离心离德,只要你想把这件事情做成,就没有做不成的。

杨邑说,我还兼着司令部的副参谋长,眼看松冈的冬季攻势就是这几天的事情,作战防务迫在眉睫啊!

章林坡摆摆手说,攘外必先安内,杀掉陈三川,就是眼下的头等大事。不杀陈三川,我部士气难振,战则无力。

杨邑明白了,章林坡是打定主意避战了,而一门心思要把杀陈三川作为砝码,作为避战的由头,实在是用心良苦。

八

袁春梅调阅陈三川的材料之后,很受触动。胭脂河战斗,湘红甸战斗,妃子岭战斗,三十铺战斗,几乎在每场战斗中,这个半大橛子都有出人意料的表现。袁春梅简直不能想象,一个刚刚十七岁的少年,如何有这样的胆量和境界,完全是置个人生死于不顾。闭上眼睛,她似乎能够看见那个未曾谋面的少年,赤足垢面,衣不遮体,就像一条勇猛的野兽,在日军的枪林弹雨里,在大刀横飞的山坡上,在荆棘密布的丛林里,上蹿下跳,左右开弓,一次次躲过了死神的追逼,一次次把大刀砍向敌人的头颅。

袁春梅对自己说,一定要把他救下来,不惜一切代价,哪怕赴汤蹈火。

约定的谈判时间到了,可是陈三川还是不见踪影,韩子君派出骑兵排星夜飞驰,把郑秉杰接到了杜家老楼。

郑秉杰半夜出发,晌午到达,先是在司令部门前见到了赵子明,知道这是新来的政委,便急着要汇报情况。赵子明说,你们先不要急,我带你们去见司令员,他这几天为了陈三川的问题,嘴角都起泡了。

郑秉杰说,我们三团给首长添乱了。

赵子明引着郑秉杰到支队作战室门前,参谋先行一步去通报了,韩子君那当口正在听袁春梅的汇报,猛听说郑秉杰到了,一下子就从板凳上跳了起来,迎着刚刚进门的郑秉杰,劈头盖脸就是一顿臭训,你是怎么搞的,你把陈三川给我搞到哪里去了,为什么到现在还没有见到影子?

郑秉杰一脚门里一脚门外说,我三天前就让他出发了,我也不知道怎么搞的还没到。

韩子君问,是谁负责押送的?

郑秉杰说,没有人押送,他自己来的。

韩子君一听脑袋都大了,凸着眼珠子问郑秉杰,你说什么,你让他自己来的?

郑秉杰心虚地说,是的,部队忙着准备反扫荡,我抽不出人手。

韩子君半天没说话,看着郑秉杰,突然一拍桌子说,郑秉杰,你要对这件事情负完全责任,这完全是你一手造成的!

郑秉杰木然站立,一言不发。

赵子明在里面招呼说,郑团长,进来说吧。

郑秉杰亦步亦趋,进了权当作战室的祠堂正房。赵子明说,我来介绍一下,这是袁春梅同志,以后她就是你们三团的副政委了,负责三团的政治工作。

郑秉杰瞥了一眼韩子君,抱拳向袁春梅做了个欢迎的动作,袁春梅微笑致意,彼此就算认识了。

韩子君余怒未消,两只手一上一下往桌子上拍着说,啊,我总算明白了,陈三川擦枪走火,确实是有意所为,而主谋就是你郑秉杰郑团长!你别有用心,破坏抗日统一战线,你惟恐天下不乱,你公报私仇,你玩弄权术,你授意部下胡作非为。你这是对革命的犯罪啊!你这是置我淮上支队的声誉诚信于何地啊!郑秉杰郑团长,你知道我现在想干什么吗?

郑秉杰说,韩司令,听我把话说完,我们应该相信陈三川……

韩子君刷的一下掏出手枪,咔嚓一声就把子弹推上了膛,吓得参谋和警卫人员脸都白了。韩子君舞着手枪说,郑秉杰,你现在知道我想干什么了吧,我想枪毙你!

郑秉杰脸皮僵硬地说,我有责任,愿意接受处罚!

赵子明说,司令员,我们冷静一下,总得把情况搞清楚。

韩子君说,还有什么不清楚的?国民党章林坡一天一封鸡毛信,要我把人交出来,什么躲得掉初一躲不过十五,什么跑了和尚跑不了庙,听听,这都是什么话!我堂堂的淮上支队被他们说成是流氓无赖了。可是陈三川活不见人死不见尸,你叫我跟他们怎么解释?

郑秉杰说,我也没有想到,他现在还没有到。

韩子君冷笑一声说,你没有想到?你早就想到了,你比谁都清楚,这就是你的如意算盘,是你一手策划的阴谋。让你派人押送,你居然让他自行前往。什么抽不出人手?天大的鬼话!我问你,他陈三川是傻子吗,他不知道来公审要枪毙他吗,那他还会乖乖地把自己的脑袋送来?陈三川逃跑,不是你纵容的,也是你暗示的。你还有什么话说?

郑秉杰说,事已至此,我只能说是我的责任。我没有话说。

韩子君吼了一通,有点累了,喘着大气指着郑秉杰说,我跟你说,公审是肯定要进行的,陈三川罪不容赦,如果到了公审那天,他还是不到,我就把你郑秉杰交给章林坡,让他们把你千刀万剐!

郑秉杰说,如果能够扭转被动局面,郑某情愿代三川一死,死而无憾!

韩子君说,啊,你郑秉杰还当真有燕赵之风侠骨义胆,我看这样也并非不可。我就成全你,你今天就到二一二师去向章林坡投案,任凭他们发落。连长跑了有团长,以团长的脑袋去换连长的脑袋,想必章林坡不会认为吃亏。

在韩子君怒斥郑秉杰的时候,赵子明一直微笑不语,袁春梅却是愁眉不展。话说到这个份儿上,袁春梅觉得自己不能沉默了,见缝插针地说,韩司令员,我看这件事情也用不着火烧火燎的,还不到山穷水尽的地步。我们下午就要谈判,还有转机。

韩子君口气很冲地说,我还不知道有转机?没有转机还谈什么判?可是现在当事人跑了,什么转机都被他这一跑给跑掉了。这回国民党更有理了,事情明摆着的嘛,不是故意杀人你跑什么跑,畏罪潜逃,还有什么谈判头?

袁春梅说,问题是搞复杂了,我们再想想办法。

韩子君说,去吧,都去吧,你们下去商量。郑秉杰你可以写遗书了。

郑秉杰没动,袁春梅也没动。

赵子明向他们挥挥手说,你们先去找个地方休息一下,我和司令员再合计合计。

郑秉杰顿了一下,举手给韩子君敬礼说,司令员,那我们先走了。

韩子君头也不抬,从鼻子里哼了一声。

出了作战室,郑秉杰说,杀人偿命,看来这一关是躲不过去了。

袁春梅说,如果陈三川参加公审,还有一线转机,他现在不见踪影,确实授人以柄。郑团长,我也觉得陈三川是你故意放跑的,你说呢?

郑秉杰说,现在怎么说都没有用了。公审既然迫在眉睫,那我去受审好了,大不了一死。

袁春梅说,如果死一个人能够唤起国民党军和民众的同情心,维护统一战线的团结,推动反冬季攻势战争的胜利,我们谁都可以以死谢天下。但是问题没有那么简单,我们还得同他们斗智斗勇。

九

陈秋石目不转睛,半跪在诸葛庵西北杨泗岭高地上,手持八倍望远镜向正北方观察。北方是齐头山,再往北就是湘红甸。陈秋石基本上已经判断出来了,此次日军冬季攻势如果指向南边,其主要方向应该在西线,而西线的主要路线应该在妃子岭和诸葛庵之间。

陈秋石的身后,簇拥着主力团一团团长祁深奥、副团长马建科、二团副团长姚过俭、三团副团长刘汉民和参谋若干。韩子君对这些土生土长的干部有交代,陈副司令是八路军百泉根据地著名的战术专家,曾经创造过孔雀岭战斗、漳河峪战斗、苍南战斗以少胜多的成功战例,是总部派来加强淮上支队的特殊人才,要虚心向陈副司令学习。

他们在研究陈秋石,陈秋石也在研究他们。一个先入为主的印象是,这支部队比起他过去指挥的部队,有很多不同的特点,驾驭起来有很多困难。像淮上支队这样半正规半游击性质的部队，对付松冈联队这样以城市为中心，向山区辐射的驻屯军，有很多新的课题需要研究。陈秋石到达江淮战区之后，匆匆回故乡看了一趟，即投入到对于战场地形的勘察上。

不到两天的工夫，陈秋石的指挥包里就装进了十几份地图，有的是淮上支队提供的、国民党军队绘制的，有的是从敌伪军队里缴获的、日军绘制的，更多的是他自己现地绘制的。夫地形者，兵之助也。兵因地而强，地因兵而固。陈秋石带着这些地图到部队转了一圈，心里就有数了，淮上支队架子拉得很大，但就其兵员而言，不过两千人，一个加强团而已，加上地方武装，也不过两个团。就其装备而言，多数破枪破炮，同日军一个大队抗衡都很勉强。在此条件下，能够发挥的优势，除了战斗精神以外，就是利用地形，所以他把熟悉地形和利用地形看成他上任伊始、第一次指挥作战的先决条件。

在支队作战会上，陈秋石分析，日军的所谓冬季攻势，必然是避我锋芒，柿子先拣软的捏。而在我淮上支队绵延一百多公里的根据地里，当数西华山西北的妃子岭和诸葛庵一带最容易突破，此处看似山峦密布，易守难攻，实则因道路众多而防不胜防。一旦突破诸葛庵和妃子岭防线，我西华山根据地则朝不保夕。

主力团团长祁深奥对于陈秋石的判断不以为然，认为敌人此次冬季攻势，虽然剑锋所向是西华山，但未必就是西路突进，敌人有机械化优势，完全可以凭借马路沿大沙梗、莫檀仓向西华山挺进。

陈秋石考虑自己新来乍到，不便轻易否认祁深奥的分析，于是组织了第二次现地勘察，并通过情报机关对敌我兵力进行计算，最后，陈秋石把主防御方向确定在西线，拟定方案，在湘红甸和诸葛庵之间，虚设两道防线，以各县游击大队和民兵布防，其战斗原则是吸引敌人进攻并将其牵制，同时以主力潜伏东河口、西河口附近，准备围歼增援之敌。

这个方案报到司令部，韩子君有点踌躇。韩子君说，如果实施围点打援，把鬼子引到东、西河口，就意味着我西华山根据地老百姓要大量撤出，部队要大规模投入。倘若和日军形成僵持，则我军消耗太大，而友军则无所事事。

陈秋石说，在东、西河口设防，正是把战火引向国军。东、西河口是我军地盘，我们在此摆开决战架势，国军无话可说。如果我们破釜沉舟，顶住了，付出牺牲，乃是抗战必要之牺牲。如果我们顶不住，则国军西黄集据点腹背受敌。所以说，战斗一旦打响，国军想坐山观虎斗也不可能了，城门失火，殃及池鱼啊！他必然要来灭火。

韩子君说，这个方案是不是太大胆了，是不是把仗打得太大了？

陈秋石说，韩司令，如果你信得过我，部队就由我来调度，成败得失，全由我来负责。

韩子君脸皮一紧，似乎有点不高兴，看着地图半天才说，秋石同志这话见外了，我还信不过你？你们来到江淮，新四军首长找我谈话的时候就明确说过，我抓部队全面建设，作战的事情可以放手让你指挥。至于责任嘛，我是司令员，我对一切负责。

这以后就名正言顺了，在作战指挥上，陈秋石说一不二。其他的事情陈秋石基本上不过问。

回大别山的时候，干部团一路上轻装轻掉了很多东西，但是陈秋石的两个箱子却始终没有轻掉，过平汉铁路之前，他有一匹马一匹骡子，老山羊驮人，骡子驮箱子。过了平汉线，马匹和骡子上交了，就雇民夫挑，雇不到民夫的时候，由警卫连的战士挑。有一次遇到敌情，陈秋石指挥干部团和警卫连在村庄外面阻击敌人，把行李都交给文工团员和女同志，部队打散了，在另外一个村庄集合，文工团员本身就有一些行李，还要抬着陈秋石的两个箱子，累得松松垮垮。会合后廖添丁提意见说,我们的胡琴锣鼓都轻装了,陈副旅长的箱子就那么宝贝,占用了那么多战斗力?

赵子明说,陈副旅长的箱子比你那些胡琴锣鼓不知道宝贝多少倍。

陈秋石说,就你们那个战斗力,把我的箱子交给你们我还不放心呢,下次遇到情况,你们去顶住,我自己扛箱子。

现在,这两个箱子派上了用场,一个箱子里装的是当年他在百泉整理的战例副本,他打算等情况熟悉了、战局稳定了,油印下发给淮上支队团一级军事指挥员,作为战术教材。还有一个箱子,除了军事教科书,还有几本诸如《日军陆军编制情况》《日军班排火力配置和战术特点》《日军单兵技术分析》等等,要发到连一级指挥员。眼下这项工作还没有顾上开展,陈秋石就把箱子交给冯知良,让他带在身边,随时备用。祁深奥和刘汉民等人都看过这些小册子,这才有了敌我力量对比的概念。

有了基本的估价,陈秋石在用兵方面就很谨慎,一方面强调各部加紧训练,并提出要求,要把日军的战术技术吃透,以夷制夷,一方面在谋局布阵上,强调以强胜弱,以十当一,这同过去的方针完全是背道而驰,因为过去强调的是以弱胜强,以一当十。

十

陈秋石带着一干人等看了三天地形和部队,发表了一些讲话,就引起了一些议论。有一次登山休息,祁深奥对刘汉民等人嘀咕说,怎么回事?说是给我们派了个战术专家,我看平常,这也怕那也怕,一天到晚打算盘算账,胜利难道在算盘里面?

刘汉民说,算账是要算的,但是没有必要搞得那么细,诸葛亮算曹操,也不能把他算得斤两不差。

祁深奥说，动不动就说敌强我弱，这不是长敌人威风灭自己志气吗？我们过去没有搞战斗力对比估算，不也照样把鬼子打得缩在淮上州不敢出来吗？

刘汉民说，听说陈副司令在百泉根据地打了很多漂亮仗，怎么到了大别山就缩手缩脚了，这里的鬼子难道比那里的鬼子厉害？

作战科长冯知良说，不是这里的鬼子比那里的鬼子厉害。你们过去打的是游击战，小打小闹，打了就跑。陈副司令打的是正规战，是有战术目的的，当然要搞战斗力评估。

祁深奥说，狗屁，什么正规战游击战？老子过去打的也是正规战。

冯知良是跟着干部团过来的，是陈秋石点名过来的参谋，对陈秋石比较了解，自然要维护陈秋石的形象。冯知良说，祁团长你说你们过去打的也是正规战，那我问你，你们抗战以来消灭了多少日军？

祁深奥有些恼火，大致算了一下说，少说也有百十人吧？

冯知良哈哈一笑说，我跟你说，我们刚到大别山的时候，陈副司令就把你们的战例研究了一遍，淮上支队自从成立以来，同日军正面交锋的战斗，大小三十余次，共消灭日军四十二人，这个战果，只是漳河峪战斗的四分之一。你知道吗，漳河峪战斗就是陈副司令指挥的。

冯知良这么一说，祁深奥就火了，上去揪住冯知良的衣领，二话不说，劈脸就是一耳光子，嘴里骂道，你敢诬蔑我们淮上支队，我让你尝尝淮上支队的厉害！

冯知良冷不防挨打，自然不会善罢甘休，发一声喊，冲上去，抓住祁深奥就是一个扫堂腿。祁深奥爬起来，又扭住冯知良不松，两个人打得不可开交，刘汉民左右开弓拉架就是拉不开。后来陈秋石听到呐喊，从山头上下来，看见两个人还在抵牛一样臂缠臂顶在一起，就问怎么回事，二人这才松手。冯知良说，你问他，他动手打人!

陈秋石说,祁团长,是你先动手的吗?

祁深奥理亏,把脖子一硬说,是我先动手的。他诬蔑我们淮上支队战绩平平,这同国民党的论调有什么区别?

陈秋石明白是怎么回事了,略一沉吟说,你这么大个指挥员了,怎么能像小孩子一样说动手就动手呢,让部队看见了是什么影响?

刘汉民及时地和了一把稀泥说,报告陈副司令,其实他们也不是真打架。这些天东奔西跑,没啥乐子,他们练个摔跤,也算是丰富了文化生活,没啥大不了的,冯科长你说是不是?

冯知良虽然先挨了一巴掌,但是他后发制人,占了上风,气就消了,刘汉民给了他一根杆子,他顺势就爬了上来,挤出笑容说,报告陈副司令,我们就是在练摔跤。

陈秋石冷冷地扫视了一圈,对祁深奥说,这一次就算了,下次如果出现动手打人的情况,我会调查的。

祁深奥翻翻眼皮子,不说话了。

陈秋石回到支队司令部,又把近日的敌情通报要来,关起门研究了半天,中午吃饭的时候,赵子明见他心不在焉,问是怎么啦,陈秋石说,老赵,我觉得这件事情有点蹊跷。你对松冈进攻西华山是怎么看的?

赵子明说,什么怎么看的?水来土掩,兵来将挡,他来扫荡,我们反扫荡,顺理成章。

陈秋石筷子上夹着一截咸菜,举到眼前说,吃肉要吃五花肉,可是松冈为什么要吃咸菜呢,而且还是一缸烂咸菜。

赵子明正吃着,猛地听到嘎叭一声,牙被硌了,连吐两口说,这是什么饭,军粮里还掺石头。

陈秋石说,哪里都有石头。真作假时假亦真,假作真时真亦假,就是这么回事。

赵子明抹抹嘴说,老陈,你又动了什么心思?

陈秋石说,我觉得这次冬季攻势,松冈的意图不一定是西华山。

赵子明愕然地看着陈秋石问,你有什么根据?

陈秋石说,很简单。作战,讲究天时地利人和,眼下已是隆冬,飞雪将至,视野模糊,射界混沌,这是一。只要下雪,河湖封冻,道路堵塞,人马前行困难,大部队无法展开,这是二。重要的是,松冈为什么要进攻西华山?西华山根据地,部队多是破枪破炮,粮食都是杂粮,金银财宝一样没有,皮货山珍早已出山。这里既不是战略要地,也不是南下北上的通衢大道,他闲来无事到西华山打着玩吗?从战役目的上讲不通。

赵子明说,也许他就是选择西华山这个没有战略价值的根据地,打一打应付上面交下来的差事。

陈秋石说,你是说他虚晃一枪,哄哄上司高兴?

赵子明说,可以这么解释。

陈秋石嘿嘿笑了起来。

赵子明问,你笑什么?

陈秋石说,老赵,你太不了解日本人了,你是用国民党的思路去理解日本人,不负责任,瞒上欺下,避重就轻。不,我跟鬼子打了六七年仗,我知道他们,像这样兴师动众大规模的扫荡,一定会有明确的战役目的。日本人不跟你玩虚的。

赵子明说,那你说说,他到底是什么意思?

陈秋石说,眼下我还拿不太准,但是我总觉得,所谓的冬季攻势,所谓的西华山大扫荡,很有可能是一个骗局,很有可能醉翁之意不在酒,声东击西,另有所图。

赵子明说,那好哇,另有所图就是针对二一二师了,那我们的压力不就减轻了吗?

陈秋石把筷子一放说,再等等看吧,我希望我们的情报工作再细一点,细到能够辨别淮上州新增加的每一张日军新面孔。

十一

因为有了陈三川擦枪走火事件,章林坡对淮上支队的态度愈发蛮横,在楚城筹备了一个规模很大的审判庭,对准要出淮上支队的洋相。尤其是得到密报,陈三川业已畏罪潜逃,章林坡更是窃喜,对杨邑说,陈三川逃掉,比杀了更好。他一逃,什么问题都解决了,韩子君就是铁嘴钢牙,他也说不清楚了。

那几天,韩子君芒刺在背,把郑秉杰骂了个狗血喷头,淮上支队差点儿真的拿出方案,把郑秉杰交给公审庭审判,以充陈三川之缺。

会上争论得很激烈。郑秉杰慷慨激昂,提出以命偿命,请支队把自己捆起来送给二一二师,任其发落。袁春梅主张由她出面,同二一二师进行斡旋,拖延时间。前来指导工作的江淮军区副政委曹泗安则主张压根儿不予理睬,静观其变。赵子明主张高层接触,由他和韩子君司令员出面,同章林坡直接对话,晓之以理,动之以情。众说纷纭,莫衷一是。

就在淮上支队笼罩着一片愤怒和无奈的时候,作战室外面突然传来喊声,让我进去,我是罪犯,我是陈三川!

起先大家以为听错了,以为焦虑使大家产生了幻觉。郑秉杰最先反应过来,跑出门外,一看,果然是陈三川。郑秉杰二话没说,就把陈三川抱住了,一直抱到作战室。

出现在淮上支队的陈三川惨不忍睹,衣衫褴褛,蓬头垢面,脸上流着血,一条腿瘸了,右手拄着一支三八大盖,左手还端着一只破碗,碗底粘着一些饭菜。

作战室里一片肃静,十几个人都在默默地看着这个血孩子。

袁春梅走近陈三川问,你就是陈三川?

陈三川的眼睛在血污中格外明亮,眼皮闪了一下说,我就是陈三川。

袁春梅说,你怎么搞成这个样子了?你一定是在途中遇到了敌人,你是把敌人解决了之后才到杜家老楼的,是吗?

陈三川说,不是,我把鬼子解决了之后,我走错路了,要了两天饭,才打听到杜家老楼。

袁春梅的眼泪刷的一下流了出来,扭过脸去。

韩子君纹丝不动,问陈三川,三川,你知道要你到杜家老楼来做什么吗?

陈三川说,知道,要审判我。

韩子君又问,那你知道审判的结果吗?

陈三川说,知道,杀头。

韩子君勃然大怒,拍着桌子说,知道杀头你还来?还不给我滚得远远的,滚到天涯海角去!

陈三川好像被吓住了,低下脑袋说,我不能滚,我滚了,淮上支队的黑锅就去不掉了。好汉做事好汉当,把我送给国民党吧,杀了我,他们就不能刁难首长了。

韩子君终于控制不住了,上前一步,把陈三川脏乎乎的脑袋搂在怀里。这一幕,正好被闻讯而来的陈秋石看见,陈秋石惊在门外,半天才挪动步子,很快就明白是怎么回事了。

韩子君搂着陈三川说,陈三川啊陈三川,孩子,你是好样的。我们一定尽最大努力,保住你的生命。

陈三川说,司令员,我不怕死,我跟鬼子搏斗,杀了两个鬼了,我要了两天饭跑回来,就是为了不让部队背黑锅,我现在可以死了。

陈秋石站在一旁,背着手,久久打量陈三川,笑笑问,啊,你就是大名鼎鼎的陈三川?

陈三川从韩子君的胳膊里看着陈秋石,没有搭腔,眼睛里露出疑问,似乎在问,你是谁?

陈秋石踱着步子,漫不经心地说,陈某人还没到大别山,你陈三川的大名就先钻到耳朵里了。满城风雨啊,了不起!

陈三川戒备地看着陈秋石。

陈秋石说,这样的少年英雄,如果让国民党给杀了,那也显得我们太无能了。

韩子君对袁春梅说,你跟章林坡的代表说,只要留下陈三川一条命,我淮上支队愿意让出商城半个县的根据地。

陈秋石说,司令员,这样讲不行。我们越是提出交易,章林坡就会愈加得意。别说半个县的根据地,就是把淮上支队让他收编,他都不一定答应。在这个问题上,没有退路,只能以攻为守。

袁春梅说,陈副司令,你有什么办法救这个孩子?

陈秋石说,孩子,孩子,老话说童言无忌,孩子犯了错,难道只有死路一条?

袁春梅眼睛一亮说,是啊,他还是个孩子,不应该像对待大人那样,这也是我们的一条理由。

陈秋石摆摆手说,恐怕不行。陈三川这个孩子不是一般的孩子,他是淮上支队的一名连长,他的身份说明他是有政治立场和行为准则的,这一点国民党不会放过。现在问题的焦点在于,是过失伤人还是有意杀人。陈三川的案件我多少也了解一些,说过失吧似乎也有点问题,擦枪走火致人命案,在军队里不算什么稀奇,但有一个前提,即当事人和被杀人是否有前隙在先。我听说国军方面有李万方生前证词,说李万方因为某事激怒过陈三川,陈三川曾经扬言要李万方小心擦枪走火。是不是有这么回事?

袁春梅说,确实如此。

陈秋石点点头,想了一会儿,突然提高嗓门说,一派谣言,李万方死无对证,活着的人谁说了也不算!这种事情,各执一词,莫衷一是,谁坚持谁就能胜利。

袁春梅说,我正是这样想的。我不管他怎么说,只要他拿不出确凿证据,他就不能定陈三川的罪。

陈秋石说,好,剩下的还有两个问题,一个是陈三川擦枪走火,前前后后的情况你要回忆清楚,公审大会上,你必须自圆其说,始终坚持一个说法,不能人云亦云,不能前言不搭后语。拿不准的,你必须咬紧牙关,拿得准的,一口咬死。小伙子,你明白了吗?

陈三川说,我不怕死,让他们杀我吧!

陈秋石厉声说,陈三川,你必须明白,你死与不死并不重要,重要的是,只要判你死刑,淮上支队就必然蒙受谋杀友军的罪名,只有你不死,才可以让淮上支队摆脱这个罪名,因此,你在公审的时候,必须咬定,就是擦枪走火,扒了你的皮,也是擦枪走火,杀你的头,还是擦枪走火。明白吗?

陈三川终于点点头说,明白了。

陈秋石说,袁春梅同志,听说你已经做好了充分的思想准备,掌握了大量的材料。我想提醒一句,公审公审,很多事情并不是对簿公堂才解决的,而是在此之前就应该有大量的工作。国民党搞了一个声势浩大的陪审团和记者团,这次公审,是要大白于天下的,因此,对陪审团和记者团的攻心战术非常重要。现在的法律非驴非马,既不是北洋政府的,也不是国民政府的,所谓法律,很多是以情感决定的。

袁春梅说,陈副司令,你是说……

陈秋石说,舆论,要把对陈三川的同情弄得满城风雨,先声夺人,要在公审之前形成强大的舆论压力,迫使国民党军不敢轻易下手。

袁春梅沉吟一下说,我已经有了想法,但是还没有来得及展开。

韩子君松开陈三川说,好了,千金重担,就落在你们的身上了。

袁春梅同志，拜托了，能不能救下陈三川一命，就全靠你了。这个战役，我们听你指挥。

袁春梅说，好。司令员，我会尽最大努力。

陈秋石说，袁春梅你等一下。细节决定成败，今天在场的都是指挥员，必须保证，从现在开始，陈三川归来这件事情应该成为绝密。先把他藏起来，一点风声也不能透露。

韩子君没有弄明白，稀里糊涂地说，啊，陈副司令，你这是什么意思？

陈秋石说，司令员，这个秘密将是我们制胜的最后的武器。今天担任司令部警戒的、知道陈三川归来的战士，要立即禁闭起来。

韩子君还是没有弄明白。陈秋石说，让章林坡坚信陈三川畏罪潜逃，他就会掉以轻心，而让陈三川突然出现，公审形势将发生根本逆转。

韩子君明白了，说，好吧，那就按陈副司令说的做吧。

袁春梅等人离开后，韩子君问郑秉杰，这孩子不是还有个娘吗，她知道了吗？

郑秉杰老老实实地回答，知道了，黄寒梅这些天哭得死去活来，听刘汉民说，她自己上山砍树，要给陈三川做棺材。

韩子君，老郑，你是老同志了，你给我说实话，陈三川杀李万方，是不是故意的？

郑秉杰愣了半晌说，我说不准。倒是风言风语地听说，这件事情和他娘有关，他娘知道陈三川犯事之后，老是说是她害了儿子，她那张老脸没处放了，我觉得这事确实有点蹊跷。

韩子君说，好吧，这件事情到此为止，再也不要提了。

这天支队部的食堂里烧了一锅热水，按照赵子明的吩咐，特务营长刘大楼从医疗所里叫过来两个男卫生员，要帮助陈三川洗澡。水烧好了，陈三川说，我不要大夫，也不要洗澡，给我烧一锅稀饭，我喝了稀饭到圩沟里泡半天，什么毛病都没有了。

刘大楼说,稀饭熬好了,还有馍馍呢,那你就吃了再洗吧。

陈三川吃了两个细面馍馍,又喝了两碗稀饭,还要盛第三碗的时候,被及时赶来的袁春梅制止了。袁春梅说,这几天你肠子饿细了,一下子不能吃那么多,防止撑出毛病。

陈三川眨巴眨巴小眼睛,半天不说话,拎起大碗,看了看,出其不意地扣住下巴,左三圈,右两圈,外三圈,里两圈,然后把一尘不染的碗底向外一亮,顺手搁在草堆上,嘴角挂着一丝心满意足的微笑,身子一软,转眼就打起了呼噜。

刘大楼说,这小子,看来真是累了。这锅热水怎么办?

袁春梅说,我怕的就是你们让他洗澡。在公审没有结束以前,不要给陈三川洗澡,也不要给他治伤。

刘大楼说,那怎么行?你看他腿上都化脓了,生蛆了怎么办?

袁春梅说,生蛆比砍头更可怕吗?刘营长,从现在开始,这个人的生活由我负责,你们都不要管了。

第 六 章

一

袁春梅和她的随员乘坐马车,到了紫阳关,换了国军的一辆美式军用卡车,向楚城县城颠簸而来。

这天是个晴天,太阳很好,只是风大,一阵一阵的像是猛兽嘶鸣,刮得人心里发紧。上午十一点,杨邑和二一二师政训处的副处长郭得树一干人等便在六三六团团部门口迎候。郭得树说,杨参座,这场戏怎么收场啊?

杨邑说,此话怎讲?

郭得树说,公审在即,凶犯缺席,淮上支队派代表单刀赴会,不知道他们有没有孙悟空的本事,变出七十二个招数来。

杨邑说,现在还不能确定,陈三川是不是真的逃走了。要是真逃走了那倒省事了。

郭得树说,是啊,我倒是希望那家伙从此销声匿迹。连新闻标题我都替记者们想好了,淮上支队枪杀国军军官,公审之前凶犯潜逃。如此一来,此次日军冬季攻势,我部即便坐山观虎也不为过。

杨邑摸摸衣领说,好是好,可是淮上支队传来的消息岂能当真?那陈三川神出鬼没,倘若他活着出现,真的判他死刑,还是需要动些脑筋的。陪审团和记者团里同情淮上支队的人不少,你我若无确凿证据证明陈三川故意杀人,杀他就会遇到阻力。

郭得树说,杨参座可能多虑了,我分析,那个陈三川,不用我们杀,他已经消失了。

杨邑不语,搓着手看着远处。不久,便听见噗噗嗤嗤的声音传来,远远看去,老旧的卡车在高低不平碎石路上像淮河浪尖上的一条破船,从紫阳关大桥下来,跌跌撞撞地驶了过来,卷起一路风沙。杨邑骂道,他妈的,好好的天,刮什么风啊!

郭得树笑笑说,山雨欲来风满楼啊!看这天气,应该有场暴雨。

杨邑说,这个季节,哪有什么暴雨啊!要下该下雪了。今年要是提前半个月下雪,鬼子就……说到这里,杨邑突然不说了,看着远处颠簸的卡车发愣。

杨邑这会儿愣什么,郭得树不清楚。

很快,卡车开进了团部,放慢速度绕了半圈,在楼前停了下来。

下车之前,袁春梅用双手把脸搓得发烫,红光满面,神采奕奕。脚踏板上的护兵跳下来,拉开车门。杨邑迎上去,定睛一看,两只脚被钉在原地,惊问,怎么是你,袁小姐?

袁春梅站稳,脚跟一靠,抬臂给杨邑敬了个礼,朗声道,杨教官,山不转水转,我们在这里见面了。

杨邑嘴巴动了动,有些僵硬地还了礼说,怎么会是你呢,你不是逃到芜湖去了吗?

袁春梅嫣然一笑说,我早就离开芜湖了。

郭得树,哈哈,原来袁代表同杨参座是老相识了,看来这次谈判有故事哦。

六三六团团部有一个很大的院子,院子东边还有一个礼堂,将作为公审的会场。这原是楚城国立师范的校部,日军占领淮上州后,师生作鸟兽散,因此一直为六三六团占用。

一干人等鱼贯而行,路上杨邑的脸上阴云密布,袁春梅却谈笑风生,东张西望说,山河破碎,国军还有这么排场的兵营,实在难得。

同朝气蓬勃的袁春梅相比,杨邑就显得暮气沉沉,他当然能够听出袁春梅话里的讥讽意味,只是他眼下没有精力同袁春梅节外生枝。杨邑说,苟且偷安而已,一息尚存,总得吃饭睡觉啊!

谈判会场设置在一间宽大的办公室里,正东方并排挂着孙中山和蒋介石的巨幅画像,画像下面,十几张课桌并在一起,上面铺着酱黄色军毯,西头南北两角各立着一个书记员,面无表情,门神一般。惟有西边的空地上生着炭火,火上吊着茶罐,飘着袅袅白雾,给室内带来些许生机。

进到会场之后,杨邑率先找到自己的位置,背北面南,指着正对面的座位,向袁春梅一伸手臂说,请!

袁春梅却不理睬这套礼节,而是东张西望,向杨邑笑笑说,杨教官,难道非要面对面大眼瞪小眼,如此这般势不两立?

杨邑摊开的手臂僵在那里,瞪着袁春梅问,袁代表,你这是什么意思?

袁春梅走到长条桌的西头,顺手拖过一把椅子,往火塘边上一放,一屁股坐下去说,杨教官,从私人角度讲,你我有师生之谊,他乡遇故知,也是难得的缘分。从公益方面讲,淮上支队同二一二师,本来就是抗战手足。兄弟阋于墙,没有必要剑拔弩张。我看我们就围在这火塘边上,以茶代酒,尽释前嫌,你看如何?

杨邑完全没有思想准备,张口结舌,看着袁春梅,冷冰冰地说,袁代表,你我两部就陈三川枪杀国军军官事宜举行谈判,事关友军团结、一致抗日之大事,非同小可,岂能儿戏!烤火谈判,成何体统!袁代表,不要开玩笑了,请坐,请上坐。

袁春梅站了起来,但是袁春梅并没有回到谈判桌上,而是站在火塘边上,掸了掸衣袖说,那好,杨代表讲体统,我们就按体统的来。杨代表,是否国民政府有明文规定,谈判不能在火塘边上进行?这只是约定俗成的惯例,或者说只是你国军的规矩。可是我们淮上支队也有我们的规矩。谈判的地点是你们定的,谈判的时间是你们定的,谈判的方式也是你们定的。这件事情从一开始就是不公平的,是单方面操作。你们为什么就不能尊重我们一下?

杨邑的胳膊倒是收回来了,但是却不知道手往哪里放,就那么杵在谈判桌上,像树枝一样支撑着微微前倾的身体,眼镜后面滚动的全是愕然。他没有想到袁春梅会选择在谈判礼仪上发难,从礼节上打开突破口。

郭得树在杨邑耳边低声说,杨参座,我敢断定,凶手失踪无疑,淮上支队理屈词穷,强词夺理,在细节上胡搅蛮缠。且依了她。他有他的千条计,我有我的老主意,只要陈三川失踪,一百条理由哪怕他占九十九条,也是白搭。

杨邑站着没动,竭力控制着情绪问,袁代表,你是来谈判的还是来挑衅的?

袁春梅说,我一介女流,单枪匹马,如果你们认为像我这样的人都能挑衅,贵部在日军面前岂能有所作为?

杨邑又想发作,手臂猛地举过头顶,又停在眼前,掩饰地扶扶眼镜,一时竟说不出话来。这件事情从一开始就出现了被动,仅仅在谈判礼仪上,袁春梅就借题发挥,生拉死扯地抓住了主动权,如果退让,被她牵着鼻子走,那就麻烦了。

杨邑说,你这个态度,我没法跟你谈判。请你回去转告韩司令,谈判结束了。

袁春梅说,擦枪走火,本来是军中常事,我们并不希望发生悲剧,然而悲剧发生了,我们应该站在抗战大局的立场上,本着就事论事的原则,将事态平息在最低限度。可是贵部总有那么些人,居心不良,小题大做,旨在破坏抗日团结,这难道是你杨教官能够容忍的吗,杨教官你愿意看到亲痛仇快的结局吗?

杨邑说,不回到谈判桌上,我无法跟你对话。

袁春梅说,谈判还没有开始,杨代表如果单方面宣布结束,一

249

切后果由你负责。

杨邑说,那好,我们就进入实质性谈判。我们都是明白人,拐弯抹角不解决问题,你打开天窗说亮话,关于陈三川枪杀国军军官一事,贵部到底有何处理意见?

袁春梅说,杀人偿命,责无旁贷,然而事出有因,则又另当别论。关于陈三川擦枪走火误伤友军军官,我部深感痛心,为体现团结抗战之诚意,我部拟为李万方上尉召开公祭大会,筹资三百大洋,抚恤其亲属,并对肇事者陈三川予以革职处分,以儆效尤。着其以士卒身份降至一线连队,将功补过。

杨邑冷冷地问,就这些?

袁春梅说,就这些。

杨邑说,人命关天,如此潦草,有何诚意?

袁春梅说,国难当头,一切从简,就是李万方九泉有知,也不应该吹毛求疵。

杨邑说,你估计我们会接受吗?

袁春梅说,那就请杨代表公布贵部的意见。

杨邑说,那好,我部就一个意见,如期召开公审大会。

袁春梅沉默了一会儿,降低声调说,有这个必要吗?家丑不可外扬啊,为什么非要把一桩意外事故变成一个政治事件,为什么非要把友军之间可以商量解决的事情弄得满城风雨?日军冬季攻势未雨绸缪,我们为什么要对这个事情纠缠不休?

杨邑说,袁代表,我们不要争论了,我看就这样吧。虽然我们有很大的分歧,各为其主啊,个人品质彼此还是认同的。杨代表风尘仆仆,鞍马劳顿,我部已备粗茶淡饭,饭后略作歇息。我将很快向师座报告,公审大会如期召开。

袁春梅说,如果杨代表执意要给我部难堪,那我们也只有奉陪了,悉听尊便。

杨邑说,敝人还有一个问题要提醒袁代表,如果公审大会召开,当事人是不可缺席的哦!

袁春梅淡淡一笑说,那就是我们的事情了。

杨邑说,听说贵部有个方案,连长逃了有团长,公审大会上出现的会不会是郑秉杰?

袁春梅说,也有可能吧?

杨邑问,你认为这样能够搪塞吗?

袁春梅说,逼上梁山啊,贵部一定要交出陈三川,可是我们从哪里去找陈三川?用他的团长抵命,也是没有办法的办法。

二

直到半个月后,郭得树才似乎明白过来,为什么在袁春梅到达楚城之前,杨邑几次望着天空失神,说话心不在焉。原来是天气在作怪。

情报一直坚称,日军淮上州驻屯军松冈联队将于近日向西华山抗日根据地发动大规模扫荡,国军和淮上支队打进淮上州的谍报人员几乎一天一个情报往外送,今天有军火装备从安庆运往淮上州,明天出现新的部队番号,以至于淮上州南半壁河山风声鹤唳。

二一二师对于日军扫荡,可以说喜忧参半。喜的是日军兵锋所向直指西华山根据地,奔着淮上支队去,对国军威胁并不大,国军仅在西华山以东有一些杂牌部队,全部兵力不到一个团。如果时机成熟,国军打着配合淮上支队的名义,还可以在日军背后捞些油水,如此,既行抗战之实,又不致伤筋动骨。但这两天杨邑越琢磨越不对劲。

杨邑的狐疑有两点,一是自太平洋战争爆发,日军在中国战场兵力日渐捉襟见肘,日军龟缩淮上州已久,采取的是固守待援方针,一般不会重兵轻犯。其次,时值冬初,天气眼见恶化,按以往经验,农历十二月江淮即为雪季,日军如此大规模扫荡,少说也有半个月之久,倘若大雪封山,岂不进退维谷?松冈大佐老谋深算,不会忽略这样重大的气候条件。

由这两点深入分析,日军很有可能是声东击西。国军主力大部在淮上北部设防,地形平缓,便于机械化和重火力展开,即便遇上大雪,撤退也不是一件难事。连日来师部长官幸灾乐祸,并抓住陈三川枪杀国军教官的事情不放,旨在给淮上支队念念紧箍咒。可是万一真的是声东击西,日军回马一枪,合围楚城,那就是偷鸡不着蚀把米了。

杨邑想到最后,惊出一身冷汗。在向章林坡禀报同袁春梅谈判的情况之后,他说出了自己的疑惑。

章林坡不以为然地说,你老杨怎么回事,什么声东击西?日军机械化开进,鬼子汉奸上万人,不动则已,他动一动,半个淮上州都是抖的,他又不是土行孙,还能瞒天过海不成?

杨邑慢吞吞地说,师座,我总觉得问题没有那么简单。他这时候去打西华山干什么?西华山粮食棉花一样没有,茶叶毛竹他不稀罕,劳民伤财难道就是为了放个炮仗听个响?

章林坡说,老杨你糊涂!这个仗打不打,不是他松冈大佐说了算,也不是你我说了算的,这是整个华东日军总体部署的一部分。

杨邑说,按照过去的经验,进入秋季,日军就开始囤积粮食物资,冬季则关闭城门……

杨邑话还没有说完,章林坡就摆摆手不耐烦地说,水无定势,兵无常形,不能因循守旧。兵者,诡道也,你今天判断我闭门不出,我偏偏大开城门,出奇制胜啊!

杨邑不屈不挠地说,他就算打破常规,也没必要对西华山进行六路围攻啊,西华山有什么好攻的?他要创造战绩,转过脸西北方向是我国军齐装满员的一个师,他就算集中力量打我一个团,那也是正经的战役啊!

章林坡的脸色极其难看,呼啦一下把杨邑的汇报材料摔在他的面前说,老杨你有完没完,为什么要这样疑神疑鬼,你是被鬼子吓破了胆还是被那个袁春梅吓破了胆?此事不再提了,你的当务之急就是筹备公审大会,一招封喉,把淮上支队给我搞臭。

杨邑说,听说到公审大会那天,如果还是找不到陈三川,淮上支队打算让他的团长出庭,判定陈三川的罪行,由郑秉杰承担。

章林坡说,我也听说了,所以我们得抓紧时间。陈三川不能到场,本身就能说明问题,就是把郑秉杰毙了,淮上支队的臭名还是不能洗清。

杨邑说,我担心会不会节外生枝,再说,就算陈三川有过,真的把郑秉杰杀了,舆论也不会倾向我们。

章林坡说,老杨,你不要瞻前顾后了,前怕狼后怕虎,什么事也做不成。

杨邑愁眉苦脸地看看章林坡,章林坡挥挥手,不耐烦地说,你还有什么问题?

杨邑说,没有了。说完,捡起他的文稿,退到门外,怏怏地走了。

从师部出来,在返回六三六团团部的路上,杨邑最愁的还不是如何在公审大会上把陈三川处死,他愁的是一旦真的把陈三川处以极刑,同淮上支队的关系就彻底破裂了,倘若他的预感成为现实,日军声东击西,突然杀一个回马枪径奔楚城,袖手旁观的将不是国军,而极有可能就是淮上支队了。

此时杨邑还不知道,就在他到师部向章林坡汇报的第三天,一队新四军战士赶着马车,马车上驮着一副棺材,沿淮河大道,向紫阳关透迤而来。在紫阳关哨卡,被国军拦住了,哨卡军官问,干什么的?领头的营长刘大楼说,是去收尸的。

哨卡军官问，给谁收尸？

刘大楼说，兄弟难道没听说？今天召开公审大会，要枪毙陈三川啊！

哨卡军官说，听说陈三川畏罪潜逃了，还收什么尸？

刘大楼回答，俺们首长说了，跑了和尚跑不了庙，陈三川跑了，他的那个姑息养奸的团长跑不了，真要判陈三川死刑，就拿他们的团长抵命。不管杀谁，俺们总得把尸体拉回去吧？

国军哨卡听了这话，跑到岗楼里打了个电话，出来后很同情地看着刘大楼说，看看你们这差事，晦气啊，走吧。

三

几经周折，公审大会终于如期召开。国民党流亡政府的头面人物和陪审团、记者团鱼贯到达，另有当地名流，士绅贤达，约三百人济济一堂。

在主席台就座的，除了国民政府的所谓法官和陪审团以外，还有当地的几个头面人物。公审大会由杨邑主持，宣布开始后，即由起诉方国军二一二师军法处长陈汉林宣读陈三川罪状，无非就是公报私仇，制造事端，枪杀国军军官，破坏抗日统一战线云云。

宣读完毕，袁春梅登场。只见大门开处，三个身穿灰色军服的新四军军人登上主席台一侧，两名男性军人荷枪伫立，袁春梅在离主席台五公尺的地方站定，向台上鞠躬致意，然后缓缓地转身，面向公众，平静地扫视一圈。

会场霎时安静下来，人们被这个女军人的沉着所感染。袁春梅淡淡一笑，开始发言，语速低沉缓慢。袁春梅说，父老乡亲们，此时此刻，我想，你们中一定会有很多人同我一样，会想到那一首让我们永远都不能释怀的七步诗，煮豆燃豆萁，豆在釜中泣；本是同根生,相煎何太急。

台下一片寂然,几百双浑浊的、透明的、苍老的、年轻的眼睛齐刷刷地投向袁春梅。袁春梅不紧不慢,平静而不失深沉,矜持而不失诚挚,微微地抬起了手,向台下摊开——各位法官,陪审团的女士们先生们,记者团的女士们先生们,我很清楚你们在想什么。在此之前,你们已经得知,我新四军淮上支队连长陈三川故意枪杀国军军官李万方。你们是抱着愤怒、痛恨的心情来参加公审大会的。可是,请允许我陈述真相。事实是,陈三川并没有蓄意杀害国军军官,而是擦枪走火误伤友军。证据之一,陈三川同李万方萍水相逢,无冤无仇,而且同为抗日军人,国难当头,患难与共,陈三川没有杀害友军军官的动机。

陈汉林说,有证词言,陈三川其人阴毒狭隘,同李万方因私事口角成隙,遂生杀人之心。

袁春梅平静地一掠刘海,仍然不紧不慢地说,欲加之罪,何患无辞,街谈巷议,不足为据。

陈汉林说,袁女士,你说陈三川是擦枪走火,你有什么证据?

袁春梅说,军法处长阁下,你说陈三川不是擦枪走火,又有什么证据?

陈汉林愣了一下,马上说,陈三川作为一个身经数战的军人,擦枪走火,于理不通。

袁春梅,别说身经数战,就是身经百战,擦枪走火也并非可以杜绝,这是稍微有点战争常识的人都能想象的。请问阁下,是否有人看见陈三川瞄准李万方开枪?部队训练间隙擦枪保养装备是规定的科目,而李万方出现在事发地点是偶然的个人行为。事故发生后,我方和友军都派人勘察过现场,存有以下疑点:第一,陈三川是淮上支队著名的神枪手,陈三川擦枪处离事发地点不到一百公尺,若是蓄意谋杀,以陈三川的枪法,命中目标的致命处,绝无问题,而事实是李万方腿部中弹后,伤势并不重,因此他一边观察一边后退，在后退中不慎绊倒，后脑触地，脑浆迸裂而亡。所以说，李万方事实上是中弹后摔死的，而不是中弹直接毙命。疑点之二，按照训练计划，李万方作为友军教员，其当天职责是评判淮上支队学员的图上作业，这项工作应在室内进行。而李万方却出现在我淮上支队三团电台室山墙下，这里是机要重地，不但友军，即使本部军官，未经许可也不得接近，李万方作为国军军官，应该不缺乏这方面的常识。我们不禁要问，李万方为何在他不该出现的时候不该出现的地点出现了，为何在明知误伤的前提下仓促后退？请各位法官和陪审团明鉴。

陈汉林说，袁女士，你说李万方违规接近贵部的机要重地，是不是说，陈三川开枪是执行公务？

袁春梅顿了一下，马上判断出这是一个陷阱。袁春梅微微一笑说，我再强调一次，陈三川开枪是偶然走火，李万方中弹是偶然事故。导致李万方毙命的，有一个细节，那就是李万方并非中弹直接死亡，而是因为李万方急于离开事发现场，因而导致绊倒致命。

杨邑忍不住了，一拍桌子说，一派胡言！你说李万方是因为急于离开事发现场才摔死的，你有什么证据？事发后两家医务人员都勘察了现场，李万方是因为流血过多导致死亡。

袁春梅说，杨长官，两家医务人员都非法医，因此他们的结论不足以作为法庭凭证。

杨邑说，李万方死都死了，你们还在往他身上泼脏水，是何居心？

袁春梅说，如果既往不咎，双方同仇敌忾一致对外，此事也就可以到此为止了。可是既然有人揪住不放，要做文章，那我们也只好认真对待。

杨邑冷冷地看着袁春梅，眼睛里寒光四射，愤然道，死无对证，你的一面之词断然不能服众。

袁春梅说，为了慎重起见，我们请了著名的江淮大律师左至右,亲自勘察了现场,现场遗有李万方最后的行动痕迹和血迹,判明他是在后退中摔倒致命的,要不要请左至右大律师到庭?

杨邑蒙了,扭头看了看郭得树。郭得树有点心虚,他也搞不清楚李万方那天到底为什么会出现在淮上支队三团的电台室附近,国军教官到淮上支队帮助训练,顺手牵羊摸一下对方的情况,完全是有可能的,弄得不好真是情报处那帮混蛋干的蠢事,倘若被淮上支队抓住把柄,摸鱼摸出个五更蛇来,麻烦就惹大了。郭得树说,袁女士,说一千道一万,李万方是不能开口说话了,你说陈三川是擦枪走火,我们至少得听他当面陈述吧?

袁春梅说,按说这是应该的,可是,陈三川他遇到了另外的情况……

袁春梅的话还没有说完,郭得树就冷笑着把她的话打断了,什么叫另外的情况?畏罪潜逃!如果不是有罪,他逃什么?

郭得树这样一说,会场的气氛就急转直下。本来,袁春梅的一席话有理有据,已经争取了很多同情。然而郭得树提出的问题也是不容回避的问题。既然你说陈三川是擦枪走火,他至少应该自己出面说明吧,可是他连面都不露一下,畏罪潜逃,不是故意的也是故意的。

听着会场交头接耳议论纷纷,袁春梅心里一阵冷笑,她知道,她的欲擒故纵的战术奏效了,她就是要让他们议论,让他们怀疑,让他们愤怒,然后,一出好戏就要上场了。

袁春梅故作为难地说,法官大人,陪审团的女士们先生们,记者团的女士们先生们,请允许我再进行一次辩解。陈三川是淮上支队一名连长不错,但是他只有十七岁,可以说还是一个不谙世事的孩子。经历了这么大的变故,他已经高度紧张。我们不希望把一个孩子放在如此残酷的判决中,即便是有罪,我们也希望以另外的方式处置。

这时候,不仅郭得树,连杨邑都觉得找到了救命稻草,峰回路转了。杨邑说,岂有此理,哪有当事人逍遥法外的道理,一定要缉拿逃犯归案,公开审判,以命偿命。

郭得树说,袁女士,贵部如果姑息养奸,放走了凶犯陈三川,那我们就没有什么好谈的了。破坏统一战线的罪名,我部是不会承担的。

袁春梅沉吟了片刻,似乎有些拿不定主意,最后一次用恳求的眼光扫视会场问,父老乡亲们,难道你们真的希望让一个孩子承担这么大的压力,你们真的忍心让一个十七岁的少年面临生死审判?

人群里有人喊,好汉做事好汉当,他能开枪杀人,为什么不能接受审判,畏罪潜逃,罪上加罪!

接着就有人喊,有理讲理,杀人偿命,对簿公堂,明明白白!把凶手交出来,不交出凶手,就是破坏统一战线。姑息养奸,与汉奸同罪!

霎时,嚷嚷声响成一片。

就在这一片嚷嚷声中,一个国军军官神色慌张地冲进会场,趴在杨邑的耳边低声嘀咕了一阵,杨邑的表情由困惑到愕然,到慌张,再到愤怒。杨邑侧过身子,同郭得树交头接耳了一番,郭得树更是大惊失色,瞥一眼台下苦笑的袁春梅,再同杨邑紧急商量。

袁春梅当然知道发生了什么事。眼看时机成熟了,袁春梅举起了一只手,向上摆了几下说,父老乡亲们,请安静。既然你们坚持要让陈三川出庭受审,那好,现在我把人交出来,请大家过目。
带陈三川——

袁春梅话音刚落,只见大门敞开,十几个全副武装的新四军战士押着陈三川,走了进来。

会场顿时喧哗起来,三百多号人纷纷站起来,争先恐后一睹这个杀人魔鬼的模样。很快就有人叫起来,啊,真是个孩子!

还有人叫道,怎么搞的,像个叫花子!

在这一片乱哄哄的吵嚷声中,袁春梅走近了主席台,微微一笑说,法官先生,在没有确认陈三川是否故意杀人之前,我请求给陈三川松绑。

陈汉林左看右看,语气很不肯定地说,啊,松绑,那就松吧,反正他也没有长翅膀。

袁春梅走到陈三川的面前,看着陈三川的眼睛说,孩子,坚强点,考验我们的时候到了。

陈三川脑袋一扬说,要杀要剐,我什么都不怕。

袁春梅低喝一声,不要轻易说话,记住了没?

陈三川一振,耷下眼皮说,记住了。

等绳子解完,袁春梅站在陈三川的身边,久久地环视着会场,直到所有的声音都落了下来,直到所有的目光都聚集过来,袁春梅才猛地抓起陈三川的一只手,举过头顶说,父老乡亲们,请看——

众人举目望去,靠前的人看出来了,那是一只血肉模糊的手掌。

袁春梅说,是的,这就是杀人的手。可是,我要向大家禀报的是,这只手不是杀同胞的手,而是杀日本鬼子的手。我们面前站立的,是一个从十二岁就参加游击队同日本鬼子英勇搏斗的少年,他的大名叫陈三川,《新华日报》《江淮烽火报》和国军的战报都有记载。自从淮上州沦落敌手之后,我淮上支队在大别山北麓三百公里战线上,同日寇屡次交手,而我们的陈三川,我们的少年连长,在十九次战斗中,先后毙敌日寇七名,汉奸二十九名……

人群一阵骚动,前面的一个士绅看着陈三川单薄的身体问,陈三川,这些都是事实?

袁春梅说,三川,把衣服脱下来!

陈三川看了袁春梅一眼,似乎面对这么多人有些不习惯,犹豫了一下,慢慢地把上衣脱了。伤口上有一块血迹已经凝结成干痂,粘在粗布褂子上,陈三川一咬牙,把褂子扯了,扔在地上,伤口处顿时血流如注。

袁春梅说,把裤子也脱了!

陈三川东张西望,有些含糊。

袁春梅喝道,脱!

陈三川龇牙咧嘴一笑,褪了裤子,只剩下一个大花裤头。半裸的陈三川就像一只被拔了毛的鸡,浑身瑟瑟发抖,抱着膀子,哈腰看着袁春梅。

袁春梅说,大家请往这里看,就是这个十七岁的少年,在同鬼子的战斗中,全身九处负伤,其中还有一处就在离心脏不到半寸的地方。日本鬼子做梦都希望他死,可是日本鬼子做不到的事情,我们有些中国人却想替鬼子报仇,我们能够答应吗?我们能够容忍这种亲痛仇快的事情在我们的眼皮底下发生吗?

郭得树说,袁女士,我劝你不要说这些,这些都是陈年的老皇历了,与本案无关。

袁春梅说,那好,我就说说与本案有关的情况。自从擦枪走火事件发生之后,我们淮上支队首长痛心疾首,忍痛割爱要惩办肇事者。有人知道西华山离杜家老楼多远吗?二百多里山路啊!我不否认我们中确实有人想让陈三川逃脱,陈三川是独自一人从西华山前往杜家老楼投案的,没有看押,没有捆绑。在路上他遇上了日军侦察小分队,他和日军巧妙周旋,打死鬼子两人,夺了一支三八大盖。此后,他在山林里转了四天,四天就靠吃野果树根活命。后来他到了山下,一路要饭问路,辗转来到杜家老楼。当支队首长问他知道不知道派他到杜家老楼做什么的时候,他清清楚楚地回答,知道,受审,砍头!女士们先生们,这就是有些人蓄意制造的所谓畏罪潜逃!他没有罪,为什么要潜逃?有这样的潜逃者吗?

人群又被激活了,甚至有人说,什么杀人犯,这是抗日英雄啊,这样的人,就算有过失有错,也可原谅,让其戴罪立功!

郭得树说,安静,安静,法律面前,铁面无私!

马上就有人骂了起来,什么狗屁法律,贪官污吏遍地都是,汉奸强盗多如牛毛,你们的法律干什么去了,为什么要向抗战英雄开刀?

淮上支队早就安插在陪审队伍中的内线开始行动了,有人登高振臂呼喊,放了陈三川,让他重返抗战前线!

会场顿时像炸了锅,一片拳头树林一样伸向空中,喊声此起彼伏——

放了陈三川,英雄无罪!

团结抗战,谁破坏统一战线就消灭他!

陈三川好样的,陈三川是我们的好兄弟!

事已至此,眼看越来越乱。杨邑和郭得树等人简单商量一番,只好宣布休庭。

四

两天后杨邑向章林坡详细禀报公审陈三川的情况,章林坡差点儿没有晕过去,阴沉沉的眼睛盯着阴沉沉的天空说,他妈的,烧香引出个鬼来!

杨邑惶惶地说,还是个大鬼。

章林坡说,癞蛤蟆趴在脚背上,不咬人也腻歪人啊。

杨邑说,其实我们也没有必要拿陈三川这件事情做文章,兵荒马乱,擦枪走火也不是什么大不了的事情。

章林坡暴怒,拐杖戳着脚下的石头说,都是你干的好事!你多年来一直同韩子君眉来眼去。这下你如愿了吧,在老韩那里有了人情,一旦反目成仇,我是他们的眼中钉,你杨邑恐怕就成了座上宾。好啊,杨邑先生,算我瞎了眼睛,让你来办这件本来不该让你办的事情。

杨邑本来还有点负疚心理,可是听章林坡这么横加指责,倔脾气就上来了,脖子一梗说,师座,我本来并不想插手这件事情,我也知道我不适合打嘴皮子官司,可是你硬赶鸭子上架,我已经尽力了。再说,这件事情本来就不是什么大事,小题大做,也得分个时候。

章林坡火冒三丈地说,什么小题大做?从一开始你就有糊涂认识,事情办砸了,你丝毫没有检讨反省之心,反而推三阻四,好像只有你是正派人,我等都是嫁祸于人的小人!

杨邑说,师座,我请求处分,你还是让我带兵打仗吧,我跟鬼子干,心中有数,从不糊涂。

章林坡说,老杨,你想得太天真了。你连一个陈三川都收拾不了,一个有绝对把握的官司,让你弄得一塌糊涂,我还能让你带兵打仗?我要是再把部队交给你,天理不容。你收拾铺盖,到韩子君那里去吧,去讨一杯羹分一杯粥。

杨邑眼睛骨碌了半天,一拍屁股走了。

当然,杨邑不会去投靠韩子君,他看不起韩子君的几千条破枪,更受不了游击队的那份活罪,他厚着脸皮在章林坡的司令部里待了下来,章林坡也并没有公开宣布撤他的职。

恰在此时,陈秋石派人送来一封亲笔信,又让杨邑绝处逢生了。

陈秋石的信只字未提公审陈三川的事,在表达师生邂逅江淮的喜悦之后,进入主题,讲到了日军松冈部队冬季攻势的事情。陈秋石从动机、天时、地利和迹象四个方面入手,分析此次日军行动的重大疑点,一言以蔽之,陈秋石认为敌人的所谓的冬季攻势,完全是一个烟幕弹,意在吸引我抗日武装的注意力,调动我主要兵力于西华山一线布防。在行动前期,以多路向西华山推进,一旦确认我方兵力被调动,其东路将沿淠史河迅速掉头北向,其西路亦有汲河可作水上行舟。根据敌我双方兵力对比,日军兵锋所向,应在我淮西商城和楚城之间的花园和紫阳关之间。

杨邑向章林坡汇报的时候,章林坡问,这个陈秋石是什么人?

杨邑说,是卑职的学生,原在太行山百泉根据地,是八路军晋冀豫军区有名的战术专家。

章林坡不以为然地说,既如此,他不在晋冀豫大显身手,跑到大别山来干什么?

杨邑说,听说从太行山来了一个干部团,那个袁春梅也是其中一员,果然是见过大阵势的,出手不凡……

话到此处,杨邑停住了,暗骂自己没脑子,自寻没趣。

章林坡说,怎么啦,被蛇咬了?那个干部团是干什么的?

杨邑支支吾吾地说,表层意义是八路军和新四军之间的干部交流,实际上是为了加强韩子君部的军事领导。他们的上级认为韩子君搞根据地可以,打大仗不行,陈秋石此来,有取而代之的迹象。

章林坡手里的雪茄快到嘴唇了,又停住了,怔怔地看着杨邑说,啊,这么大的动作?你认为这个陈秋石回到大别山,是来抗日的,还是另有所图?

杨邑没有听明白,稀里糊涂地说,是为了加强韩子君部的军事指挥,这一点应该是没错的。

章林坡说,老杨,你往前看。

杨邑更是一头雾水,不悦地说,前面是山。

章林坡又抬高手臂往前面一指说,你再往前看,山那边是什么?

杨邑嘟哝了一句,山那边还是山。

章林坡笑了说,老杨,你知道你为什么仕途一直坎坷,就像丧家之犬一样,到哪里都得不到重用吗?我告诉你,就是因为鼠目寸光。山那边是山吗?山那边是山不错,但是山那边还有天,还有云彩。滚滚乌云啊,你就看不见?

杨邑心里嘀咕,青天白日,阳光普照,哪里来的乌云滚滚?真是活见鬼了。但是他没有反抗,自从公审陈三川弄得鸡飞蛋打之后,章林坡就常常这样阴阳怪气地奚落他,他已经习以为常了,死猪不怕开水烫了。

章林坡说,那个陈秋石,还有那个干部团,为什么在这个时候来到大别山?我跟你讲,他们不仅是冲着日本人来的,也是冲着我们国军来的。眼下抗日战争已进入决战阶段,一旦美国和苏联参战,小日本的兔子尾巴就长不了啦,大别山谁主沉浮,恐怕又要决一雌雄。

杨邑愕然地看着章林坡,脑门上竟然沁出了冷汗。杨邑说,是是,师座高见,深谋远虑,卑职心悦诚服。只是,眼下淮上州日军蠢蠢欲动,陈秋石所见同卑职不谋而合,实在不能掉以轻心。

章林坡重视起来,蹙起眉头想了想说,他妈的,这日本人还真翻脸不认人啊!走,到作战室,把处长都给我叫来。

公审大会取得了预期最理想的效果,使袁春梅声名大震。从楚城回来之后,韩子君征求袁春梅的意见,希望她留在支队部工作,担任政治部副主任,袁春梅当即拒绝。袁春梅说,我们新四军不能朝令夕改,五天前我才是三团的副政委,现在又成了支队政治部副主任,岂不是太儿戏了?

韩子君说,三团地处偏远,条件十分艰苦,军事指挥力量薄弱,我们想换个军事指挥过硬的同志去三团工作。

岂料这话袁春梅更不爱听。袁春梅说,韩司令,我在太行山,也是指挥过打仗的。当年百泉反扫荡,抗大分校中干队二百五十人突围,跳出日军铁壁合围,我当时就带着两个排打掩护,我们在西葆岗坚持了两天两夜,辗转六十公里,牵制了鬼子一个中队,那时候他们都喊我女司令。你怎么就认为我指挥打仗不行呢?我指挥大兵团不行,指挥你的游击队还是绰绰有余的。

韩子君被她说得脸上红一阵白一阵,心里很不痛快。一来她是从八路军根据地过来的干部,二来她刚在公审大会上立了一功,三来她是女同志,也不好跟她计较。韩子君打起哈哈说,那好,我们尊重你的选择,还是让你到三团去,郑秉杰同志军事指挥上是弱了一点,我们倒是希望你这个女司令一展风采。

上午召开作战会,陈秋石在会上通报了敌情和战局分析,主题是准备迎击日军的冬季攻势。但奇怪的是,陈秋石只是说,西华山腹地的三团加强练兵,随时准备出动。袁春梅看出问题,当即提出,三团营地最有可能成为日军冬季攻势的主要目标,是不是可以明确防御地段?陈秋石说,目前敌情仍然不明,除主力团战斗值班以外,所有部队在物资和行动上做好准备即可,其防御任务划分,目前仍由支队掌握。

袁春梅说,我们通信联络的方式如此落后,如果敌人出动了,我们怎么才能得到指令?

陈秋石说,袁春梅同志,在作战指挥上,要特别强调程序。一级指挥一级,什么时候下达预先号令,怎么下达,均由上级指挥机关掌握。在作战指挥上,要特别强调纪律,不该问的不问,不该知道的,坚决不要知道。

在回西华山的路上,袁春梅问郑秉杰,郑团长,你从陈副司令布置的任务上看出什么名堂没有?

郑秉杰说,我觉得陈副司令胸有成竹,怎么打,已经了然于心了。跟这样的首长打仗,我们省心,也放心。

袁春梅说,陈副司令讲了半天,我越琢磨越不对劲,大敌当前,而我们一无所知,他布置的任务,基本上没有任务,还是让我们观望。

郑秉杰说,你们是从正规部队来的,打过大仗,不像我们游击队,听风就是雨,哪里有情况就往哪里冲。陈副司令是综合分析,通盘考虑,他不让我们知道,自然有他的道理。

袁春梅想来想去,郑秉杰的话不无道理,就不再纠缠这个话题了。

天是个好天,万里无云,但是奇冷,干硬的北风一阵紧似一阵。沿途张望,但见群峰起伏,山道蜿蜒。冬季的风像一把巨大的刷子,只三两个回合,山上的翠绿就不见了,原本浩如烟海的竹林,此刻在风中涌动,犹如失色的麦浪。

干部团进入大别山之后,韩子君曾经安排所有原籍在淮上州的人秘密返回故里探视,但是袁春梅没有回,因为她家在城里,那里是日军占领区。后来通过联络站打听,家人已在日军占领之前,悉数搬迁至江南了,至今仍未联系上。

骑在马背上,袁春梅有些振奋,国破山河在,寸草春晖依旧,家人联系不上也好,也许重逢之日,自己已是当代巾帼了,女司令啊!

走了一阵,袁春梅问郑秉杰,为什么陈三川这次没有回到三团?

郑秉杰踌躇一阵子说,袁副政委,有些情况我得提前跟你介绍了。陈三川这次闯了个祸,把他娘害苦了,自从得到陈三川受审的凶信,他娘就不正常了。我到杜家老楼的时候,听说她没白没夜地砍树,要给儿子打棺材。昨天得到噩耗,他娘已经死了。

袁春梅啊了一声,惊问,怎么回事?

郑秉杰说,刘汉民派人到支队部送信,说是掉到山下摔死的。

那陈三川知道吗?

郑秉杰说,暂时还不知道,这就是没有让他返回三团的主要原因。韩司令让他留在支队部给陈副司令当马夫,一来表示惩戒,二来暂时不想让他知道他娘的事情,我分析韩司令还有另外一层用心,可能就是希望他跟着陈副司令多学点本事,这小子勇有余而智不足,一棵好苗子,放在我这里,只会用不会管,终至酿成大祸。这件事情我有责任啊!

袁春梅说,照你这么说,陈三川开枪,还真是事出有因啊?

郑秉杰停住了,勒住缰绳,叹了一口气。

袁春梅说,他的身世你清楚吗,是不是只有一个娘和他相依为命?

郑秉杰说,说来话长,以后我慢慢跟你说吧。

郑秉杰不愿意多说,袁春梅就不好再问。

关于黄寒梅的死因,郑秉杰眼下知道的还不多。

陈三川出事之后,纸里包不住火,黄寒梅最后还是知道了,刘汉民怕出意外,从医疗所里把方艾蒿派了过去。方艾蒿临走时刘汉民交代她,照顾黄寒梅,也要注意她别寻短见。公审陈三川的前一天夜里,大别山突然下起了暴雨,狂风大作,电闪雷鸣。方艾蒿被雷雨惊醒,发现黄大婶不见了,吓得半死,最后跑到伙房去找万寿台,两个人在雷雨里找了半夜也没有找到,第二天兵工厂哨兵从山下发现了黄寒梅的尸体。至于黄寒梅为什么要在夜里上山,上山去干什么,到底是自杀,抑或像兵工厂的人说的那样,是失足落崖,现在还不是很清楚。

再往前走,就进入霍州地界了,逐渐有了根据地的景象,一干人等上了大路,路边可见摇头晃脑的耕牛和羊群,庄稼地里有稀稀拉拉的农人,不知道在地里翻拣着什么。近处几面山墙上挂着零星的腊味,已是过冬的架势了。

袁春梅这会儿突然想起了一个问题,她其实一直是关注陈秋石的,陈秋石回到大别山之后,曾经回到故乡隐贤集一趟,可是归队之后,绝口不提返乡的情况。按袁春梅掌握的情况,陈秋石的儿子如果活着,应该就是陈三川这个年龄。

陈秋石,陈三川,这两个人之间有没有什么瓜葛?

冷不丁地生出这个念头,袁春梅自己把自己吓了一跳。

五

陈秋石率领祁深奥、冯知良等人昼夜兼程赶到楚城,参加了联席作战会议,杨邑等人依然在紫阳关迎候。这是事隔十多年后他同杨邑第一次重逢,陈秋石翻身下马敬礼,杨邑慌忙上前握住陈秋石的手说,秋石啊,你是淮上支队的副司令了,我才是个副参谋长兼团长,以后咱们师生之间就不要搞繁文缛节了。

陈秋石说,杨教官,我好想你啊,要不是你,我陈秋石也不会有今天。知遇之恩,时刻在心啊!

杨邑显得有点苍老,说话不像十多年前那样干脆利落了,笑眯眯地看着陈秋石说,时势造英雄啊,听说你在太行山打得很漂亮,我这个教官心里也高兴啊!

陈秋石说,全仗先生栽培,我的这点成绩,委实算不得什么。

杨邑说,走,我们进作战室谈。

作战室里仍是袁春梅来时的陈设,宾主落座之后,杨邑说,大战在即,我们就不客套了,我先介绍一下我方掌握的敌情。

陈秋石听完杨邑的介绍,支着下巴沉思良久。杨邑说,秋石兄,情况就是这么个情况,关于两支部队协调作战,章林坡将军的意思是,分为两个重点。一是南线,以贵军为主力,也以贵军为主要指挥者和责任者,不知秋石意下如何?

陈秋石说,据我方掌握的情况,此次敌人大规模冬季行动,从目前的态势上似乎针对西华山,而根据战役目标和地理气候条件看,西华山无利可图,深陷山岳丛林,加之地形气候恶劣,重兵远犯,乃兵家之大忌,这一点日军应有所察。如果敌人声东击西,回马一枪,那么他的转折时机和地点在哪里,目前还不清楚,这恐怕只能在战斗发起后随时捕捉。

杨邑说,我完全同意秋石兄的分析,因此在战役的前一阶段,就仰仗贵部周旋了。

陈秋石说,同舟共济,责无旁贷,我部已做好充分的准备。学生此来,一是明确任务,第二,还有燃眉之急请二一二师予以支援。

杨邑说,兵力?

陈秋石说,不是。

杨邑问,枪支弹药?

陈秋石说,也不是。此次战役将会出现的特点应是前虚后实,战役第一阶段是敌我双方互相试探互相调动的务虚之战,此类战斗,我部兵力弹药都可勉强支撑。为了及时掌握情况和调度部队,当下最缺的是电台。

杨邑的笑容收敛了,眼睛落在态势图上,嘴里嘀嘀咕咕地说,啊,电台,你们需要多少?

陈秋石说,山地行动,电波受阻,功率小了不行,至少要给我四部 AK-120,六部 AK-030。

杨邑又问,这些电台将用在何处?

陈秋石起身在示意图上比划说,如果日军的冬季攻势真的是六路的话,那么战役前期,至少有四条路线是明,从淮上州到胭脂河一条,到司坡店一条,到诸葛庵一条,到湘红甸一条。我们在这四条防线的任务是试探性防守,在战斗中摸清敌人兵力和决心,从而判断战役第二阶段的时机和地点。这对于驾驭整个战局是至关重要的,尤其是对第二阶段贵军的行动,更是休戚相关的。

在整个联席会议上,陈秋石分析有理,表述清楚,逻辑严谨,措施得体,让杨邑很是欣慰。关于电台问题,虽然事关重大,但是用得其所,不能不给。杨邑又在图上看了一会儿,抬起头很干脆地说,行,我认为可以。我很快向师座禀报,争取落实。

但杨邑掉以轻心了,他认为顺理成章的事情,到了章林坡那里,又遇到一番周折。章林坡一听说淮上支队要电台,冲口就来了一句,什么,要电台?你跟他们说不行,电台哪能随便给他们啊!

杨邑被噎在那里,半天回不过神来。杨邑说,师座,我们去年刚装备了两个电台连,每团还有一个电台排,我们的电台闲着也是闲着,借给友军也是为了抗战。

章林坡说,电台我有,就是不能给他们。

杨邑硬着头皮,又把陈秋石在联席作战会上的意见转述了一遍,章林坡仍然坚持说,老杨,你不要把电台的问题看成小问题,电台在战斗中的重要性我比你更清楚,比枪炮要重要得多。他现在有了人,有了枪,他再有了电台,那他就如虎添翼了,他就成正规军了。他成正规军了,我们干什么去,我们喝西北风啊!

杨邑急了,死乞白赖地说,师座,日军冬季攻势在即,给他们几部破电台,他也好给咱们通风报信啊!再说,我的话已经讲出口了,咱们一毛不拔,合作的诚意说来鬼都不信,那他们还能卖命打仗吗?他们一缩头,我部又将首当其冲,连个挡风的墙都没有。

杨邑这么一说,章林坡才有点动心,对杨邑说,老杨,我再信你一次,给他们找几部老电台,严格登记。咱们丑话说在前头,打完这一仗,我的电台还得完璧归赵,少一个零件,我都要找你算账。

杨邑连连点头说,那是那是。

以后在解放战争中章林坡总结自己失败的教训,自嘲说自己就是曹操,杨邑好比蒋干。杨邑在二一二师,好事没有做过一件,专门帮淮上支队挖自己的墙脚,什么战术专家?就是帮倒忙的专家。

当然,章林坡所言并非事实,在大别山抗日战争中杨邑不仅运筹帷幄,还身先士卒,打了很多漂亮仗,否则章林坡也不可能一次又一次地容忍他"吃里扒外"。只是,同淮上支队打交道,特别是陈秋石来到淮上支队之后,杨邑确实瞒着章林坡干了一些事情。

六

　　日军出动的准确情报传来后，大别山抗日武装闻风而动，韩子君派出的陈秋石和章林坡派出的杨邑组成的联席指挥所在淮上州东北三十铺布置了一个大纵深宽正面的口袋，单等日军杀回马枪，从而合围。

　　头一天，日军长驱直入，先后攻占了狮子岗、司坡店、百达畈等地。按照陈秋石的指令，上述地区抗日武装稍战即退，吸引敌兵力前进。第二天，日军还没有转向的征兆，继续向纵深挺进，又攻占了独山、石板冲等地，而且调兵遣将，大有一举拿下西华山的态势。

　　第三天，夜里气候骤然转冷，凝霜成雪，杨邑转忧为喜，派人密切观察敌营动态，同时向陈秋石预告敌人的马脚很快就要现原形了。然而日军似乎对天气骤变浑然无觉，在陈秋石的态势图上，日军进攻的箭头一直指向西南，锋芒不减，似乎锐意进取。

　　到了第四天，敌人还在向西向南，连陈秋石都沉不住气了，搞不清楚敌人到底是在干什么。主力团长祁深奥一会儿就让电台兵呼叫陈秋石一次，要求出击。祁深奥说，鬼子都快打到咱们老窝了，你还让咱们在这里搞什么鸟口袋，战士们嘴唇都急开裂了，难道你想让我们学国民党坐山观虎斗吗？

　　陈秋石烦不胜烦，在电台里痛斥祁深奥，战术的不懂，眼光的没有，没有我的命令，动我一兵一卒，军法从事！

　　按照陈秋石的要求，西南集团的部队，在同敌人接触之后，尽量避免正面战斗，做一触即溃状，然后迂回包抄。仗打得不多，声势造得倒很大，似乎漫山遍野都是军队，似乎已经在西华山前沿布置了重兵，诱敌深入。

　　西南方向的部队连日奔波转战，累得筋疲力尽，而东三十铺的东北集团,则养精蓄锐,用陈秋石的话说是以逸待劳,用祁深奥的话说是养膘。战士们还不太适应昼夜潜伏的生活,冻得要死,急得要命,干粮吃得嘴皮子开裂,拉稀拉得整个伏击圈都是臭的。

煎熬一直持续到第五天上午,终于下起了毛毛细雪。到了中午,雪越下越大,鹅毛大雪落了下来,视野一片混沌。陈秋石顿时精神大振,逐个防线询问敌人动态,回答都很让他失望,敌人还在向西南方向进攻。

国军指挥所内,章林坡也在密切注意敌人动态。得知日军主力自始至终向西南挺进,章林坡吸着雪茄,笑眯眯地看着忙碌在沙盘前的杨邑,幸灾乐祸地说,老杨,这回有好戏看了,日军明明进攻的是西华山,可是你老兄不知道吃错了哪味药,硬是把本部也拖进去,弄得鸡飞狗跳。这下好了,让老韩他们建功立业吧,我看本部明后天就可以班师回朝了。

杨邑睁着一双布满血丝的眼睛,表情古怪地看着章林坡说,师座,有备无患啊,我们可以做最好的希望,可是也不能不做最坏的准备。

章林坡说,我倒是希望你们的预见成为事实,不然的话,日军两三万人的冬季攻势,本部一枪不发,确实也说不过去。

郭得树说,那也不至于。敌人不来我们有什么办法,总不能跑到西华山去掠人之美吧?好歹我们也有一个电台排参战了。

章林坡大笑说,哈哈,是啊,这也是老杨的功劳,倘若没有这个电台排,本部还真的成了隔岸观火之人了。老杨,给电台排发报,牛德法上尉暨全体电台官兵:此次反敌冬季攻势,我淮上州数万兵民众志成城浴血奋战有日,我西华山方向之前出电台官兵配合友军淮上支队,以牺牲之精神,英勇之姿态,准确之效率,保障友军作战,保证全局胜利,殊实可嘉。望牛上尉率我前出分队再接再厉,确保进一步完成艰难任务,夺取抗击冬季攻势的最后胜利。

杨邑心里说,一个小小的电台排配合友军作战,也值得这样大肆渲染？但是这话杨邑没有说，杨邑说，师座嘉勉，犹如雪中送炭，相信我前出之电台分队，势必群情激昂，争先恐后奋勇杀敌！

七

　　战局急转直下只在瞬间。
　　腊月十五日下午，正当陈秋石在大雪中焦躁不安的时候，突然从司坡店和湘红甸两个方向报来新的情况，进攻敌军改变方向，一路朝东，一路朝西，隐没于长岭山中。紧接着又有电台报告，在司坡店和湘红甸两个方向，出现敌辎重车队，尾随步兵前进。
　　陈秋石问司坡店指挥员，车上装的什么东西？
　　回答说不知道，敌人护送火力非常凶猛，根本无法靠近。
　　陈秋石又让牛上尉呼叫出基本指挥所，询问情报站，情报站答复，敌人的这支辎重部队，不是淮上州城内部队，而是从肥东撮镇取道上派直接进入大别山的，车上所载为长形物资，以油毡捆裹，其护送兵力为一个宪兵大队，战斗力十分凶猛。
　　陈秋石静静地听着报告，紧锁的眉头骤然绽开，长长地呼出一口气，嘴巴哆嗦了几下，突然扔掉手里的烟卷儿，脸上的晦气一扫而光，扑在地图上，红蓝铅笔刷刷描出两条线来，站起来把铅笔一扔喊道，牛上尉，把三团给我呼叫出来！
　　三团上机的是袁春梅。袁春梅报告，郑秉杰团长奉命率部迂回，已接近湘红甸。陈秋石命令，着三团副政委袁春梅传令郑秉杰，放弃一切追击，停止一切战斗，以一个连佯动，另以全团主力火速奔袭长岭山东南二号高地，以三面设伏，截击敌辎重部队，抢夺一辆汽车即为达成战斗目的，验明车内物资迅速向指挥所报告。
　　战斗这才正式打响。
　　尽管事前陈秋石声嘶力竭地进行了总体部署，但是真的行动起来,特别是倾巢而动,部队还是有点乱。在发现日军进入长岭山之后,郑秉杰命令刘汉民带领两个连尾随追击,这是上报指挥所并经过陈秋石同意的。而发现辎重部队后,郑秉杰本人又带领两个连队迂回到湘红甸,准备待敌上山后予以截击。这个想法虽然同陈秋石的想法不谋而合,但是郑秉杰选择的时机不对,地点也不对,目的同陈秋石的更是南辕北辙。待陈秋石截击敌辎重部队的决心确立之后,三团袁春梅能够控制的兵力只有刘锁柱的五连和许得才的六连。

袁春梅率领这两个连不到二百人,迎着风雪,踏着山路,于当日下午二时进入指定位置,迅速察看了地形,进行了设伏部署。三时许,敌辎重部队进入伏击圈。侦察兵报告,这股敌人有汽车六十辆。袁春梅让刘锁柱传令,以枪响为号,谁敢擅自行动,格杀勿论!

前面的汽车驶过,轧出一片泥泞。路面已经开始打滑,车队行驶速度十分缓慢。

袁春梅趴在雪地里观察一阵,得出了自己的分析。这股敌人不是来战斗的,而是进行战场保障的。至于他们保障什么,袁春梅眼下还不是很清楚,但是有一点她清楚,那就是这股敌人很有可能担负重大任务,这一点,不仅从敌人的行动迹象上能够看得出来,从陈秋石交代任务时候强调的语气中也可以感觉出来。

五连连长刘锁柱拎着一捆手榴弹,凑在袁春梅身边说,副政委,俺们都快冻僵了,让我去炸翻狗日的!

袁春梅说,不行,陈副司令有命令,只让打后面的。

刘锁柱说,副政委,俺们打了就跑,打哪里都一样。

袁春梅没有理睬刘锁柱,在心里暗暗计算了一下,以山下六十米的鹰嘴石为标志,每过一辆汽车,需要两分钟,已经过去二十七辆了,照这个速度,再有一个小时也难保通过。

袁春梅抬头看天,天色越来越暗,雪仍是洋洋洒洒铺天盖地。

三点二十分,袁春梅做出一个大胆的决定,置陈秋石的警告于不顾,决定对敌人进行中间截击,造成其首尾不能相顾之局面,乱中查明车队所运物资。

袁春梅把刘锁柱和许得才召集过来商量,袁春梅说,我对战斗指挥不熟,你们看怎么打?

许得才愁眉苦脸地说,鬼子这么多,打起来恐怕跑不掉。

袁春梅生气地说,许得才,仗还没有打,你怎么就想到要跑?

许得才说,袁副政委,我不是要跑,可是真打起来,我得知道怎么跑啊,难道你想跟鬼子同归于尽?

袁春梅说,许得才你要是再讲泄气的话,我就先把你连长撤掉,打完仗再跟你算账。

许得才说,你把我连长撤掉更好,我免得送死了。我宁肯不当连长,也不想送死。

袁春梅真的火了,掏出手枪说,那我现在就把你毙了。你是好好打仗,还是让我把你毙了?

许得才见袁春梅动真的了,不敢说怪话了,阴死阳活地琢磨了一阵子说,袁副政委,咱们人少,不能一呼噜都上去,可以采取四面开花的战法,把鬼子的注意力引开,另外的兵力偷袭车队。

袁春梅说,很好。你这个胆小鬼还是有点子的。

后来袁春梅就做出了决定,由刘锁柱五连潜入鹰嘴石二十米处,以五连强项手榴弹进行十分钟火力准备,同时以六连占据鹰嘴石东西各一个制高点,对敌护送兵力进行拦截。刘锁柱带一个班,在战斗发起后伺机接近车队,查明车载物资。

部署完毕,大家便分头行动。

战斗打响后,前面几分钟很顺利,刘锁柱连队的手榴弹基本上弹无虚发,全都在目标中间开花,但是随着一阵枪声,刘锁柱身边也倒下去几个战士,活着的连滚带爬,钻到汽车下面。鬼子一看汽车下面有人,更是一窝蜂地向汽车方向冲,前仆后继,绝不后退。双方展开近距离枪战,眨眼间血流成河。

这情景,让袁春梅心惊肉跳。她虽然有牺牲的准备,但还没见过这样惨烈的场面。袁春梅大叫,许得才,给我打,把鬼子给我挡住!

许得才在不远处回应,没有机关枪拦不住啊!

战斗打得骑虎难下,袁春梅身边的人越打越少,袁春梅暗自叫苦,再有十分钟,非打光不可。就在这时候,有一个战士哭喊着从袁春梅身边跳起来,没命地往山上跑,袁春梅怒火中烧,举枪瞄准,一枪把那个逃跑的战士撂倒了。袁春梅大喊,谁再逃跑,这就是下场,给我冲!

说完,抱起一挺机关枪,纵身一跃,跳到大路上,转着圈子扫射。许得才这时候不知道从哪里也搞到了一挺机枪,在山上一阵猛扫,这才把鬼子暂时压了下去。

趁这当口,袁春梅边打边喊,刘锁柱,不要打了,爬到车上去!

刘锁柱像猴子一样上蹿下跳,躲避着子弹,拿步枪刺刀一阵猛戳,戳弯了一把刺刀,又跳下车子从地上捡起一支三八大盖,足足戳了有十多分钟,然后跳下车,神气活现地向袁春梅报告,副政委,鬼子运的是船,是小筏子,铁皮的。

八

陈三川给陈秋石当马夫之后,陈秋石跟他有过一次简短对话,陈秋石问,陈三川,你知道为什么让你给我当马夫吗?

陈三川眯缝着小眼睛说,知道,国民党恨我,不让我当连长了。

陈秋石笑笑说,这个原因只占一半。还有一半,我先不告诉你。我听说你是一个很勇敢的战士,每次打仗都是冲锋陷阵,这固然好。但是我也要告诉你,作为一个指挥员,光勇敢是不够的,指挥员打仗不能只靠手脚,而要靠脑子。说实话,我也不认为身先士卒就是指挥员的优点。在战斗中,除非紧急情况,我们一般不提倡指挥员亲自上阵,一支部队如果还有一个战斗员存在,指挥员就应该履行他的指挥职责,在任务没有完成之前,指挥员如果先被打死了,那是要影响战斗胜利的。你明白我的意思吗?

陈三川望着陈秋石不吭气,他感觉到陈副司令的想法有点奇怪。

陈秋石说,还有一点我要提醒你。我听说你的战斗积极性很高,这当然是值得提倡的,但你要知道,战争并不仅仅为了杀戮。我常常讲,三流的指挥员被敌人消灭,二流的指挥员消灭敌人,一流的指挥员既不消灭敌人,更不消灭自己。你明白这是什么意思吗?

陈三川的小眼睛睁开了,阴沉沉地盯着陈秋石,他确实不是很明白陈秋石的话,想了半天才说,难道我们让敌人自己找死?

陈秋石笑笑说,有点意思了。最会打仗的指挥员,会避免两败俱伤,通过战术手段,把敌人逼上绝路,让他缴械投降。古人云,不战而屈人之兵,乃是战争最高境界。

陈三川说,听懂了一点,可是不打行吗,不打他不怕你,怎么会投降?

陈秋石说,对了,打也是要打的,只有先打,而且打得水平很高,他才怕你。光怕你还不行,你要是嗜杀成性,他不敢投降你,他只好跟你拼到底,那就会两败俱伤,你就是胜利了,也会付出很大的代价。所以说要恩威并施,他不仅怕你,还佩服你,才有可能真心投降。

陈二川说,陈副司令,我现在是马夫了,你给我说这些没有用。

陈秋石说,糊涂,我说的这些话,对你有大用处。你现在是马夫不错,可是等你把马养好了,我们自然还会叫你去带兵。你慢慢琢磨吧,有些道理,恐怕要琢磨一辈子。

这以后,陈副司令就很少跟他和风细雨地说过话了,陈秋石忙得很。

后来就发生了一件不愉快的事情。有一次陈秋石去司坡店检查防务,已经上马了,又从马上跳下来,背着手绕马转了两圈,左看右看不对劲,黑着脸问陈三川,我的马屁股上怎么会有伤痕?

陈三川吓坏了,眨巴眼睛回答说,遛马的时候,被蛇惊了,狂奔,我驾驭不住,就抽了两鞭子。

陈秋石狐疑地看着陈三川说,是吗,是这么回事吗?

陈三川说,就是这么回事。不信你问它自己。

陈秋石冷笑一声,没再说什么,上马走了。

从司坡店回来,陈秋石把马交给陈三川的时候说,陈三川,如果我的马再让蛇惊了,你得把那条蛇抓来。你知道吗,赵政委喜欢吃蛇肉。

此后几天,马屁股上再也没有伤痕了。

陈三川隐隐觉得,这个陈副司令并不喜欢他,尽管陈副司令也说过赞扬他的话。有了机会,他还得回到战斗连队去,哪怕当个战士,也远胜过当这个没名堂的马夫。

机会终于来了。在指挥所外面,陈三川亲耳听见了袁春梅在电台里向陈秋石报告的声音。陈秋石在接到袁春梅的报告后,让冯知良把所有的参谋人员都集中在指挥所,主力团的团长祁深奥和特务营的营长刘大楼也被召了过来。陈秋石说,现在情况已经明朗了,日军此次行动,完全如我所料,先以步兵集结,佯攻我西华山,以吸引我淮上州主力,其战役目标实现后,日军突然南下西行,意在奔袭紫阳关附近军事目标。

祁深奥说,陈副司令,日军主力已经进入西华山腹地,此处离紫阳关一百八十里,而且雪已封山,他凭什么奔袭紫阳关,未尝插了翅膀不成?

陈秋石说,祁团长,兵贵神速,出奇制胜,这是一门艺术哦!你怀疑他插了翅膀,那我就告诉你,他确实插了翅膀。大家回顾一下这几天的战况。前五天,鬼子怎么说的就是怎么做的,这是做给我们看的。就在昨天夜里,鬼子准备已久的辎重部队突然从肥东撮镇出发,秘密进入战区,直奔西华山,在湘红甸和司坡店一带同步兵会合。车上装的是什么呢,既不是枪炮,也不是弹药,既不是粮草,也不是兵员,而是一种特殊的武器。一个小时前,三团五连六连在袁春梅副政委的指挥下,以牺牲大半的代价,在长岭山组织了一场伏击战,查明敌辎重部队所载物资为铁皮筏子,每车五张,每张筏子可乘坐六人,也就是说,每辆汽车运载的筏子可以乘坐三十人,敌两路车队共有一百辆汽车运载的筏子,可以乘坐三千人。

祁深奥这些天一直气不顺,坐在指挥所里,看陈秋石从容不迫地指点江山,心里很不平衡,没来由地打了一个横炮说,陈副司令,我们都没有什么文化,你跟大伙儿说这些没用。你告诉我们鬼子什么时候来,我们在哪里打就行了。

陈秋石厉声说,祁团长,用兵之道,多算则胜,少算则险,不算则败。带兵打仗,是必须工于计算的。什么叫心中有数,祁团长你告诉我这个"数"是什么?

祁深奥大腿跷在二腿上,大大咧咧地说,俺们过去没有像你这样算来算去的,俺们也照样打鬼子。啊,老刘你说是不是?

刘大楼察言观色,陈秋石脸色铁青,一触即发。刘大楼赶紧和了一把稀泥说,陈副司令,是应该算算,可是咱们这个部队没有经过正规的训练,你算多了大伙儿记不住啊!

陈秋石说,记不住还听不清?我提醒诸位,在上级布置作战任务的时候,你们只有一个义务,动脑子,闭嘴。否则就是干扰指挥员的决心。

祁深奥咧嘴笑笑,把洋火夹在膝盖上,单手操作,熟练地擦着洋火,把烟点着,猛吸一口,向陈秋石说,陈副司令,你说吧,俺们的耳朵竖着呢。

陈秋石克制住情绪,苦笑一下,接着说,同志们可以算一笔账,除了这三千人无须徒步,可以舟楫快速运载,卸下了筏子的一百辆军车干什么?同样可以运兵,以每辆卡车运二十人计算,又是两千人。这就是敌人的声东击西的全部技术支撑。我们没有汽车,没有机械化行军的经验,这就是我们驾驭战局的盲区,敌人利用了我们的盲区。我们的敌人,比我们在座的很多指挥员聪明得多,他们把时间环节算得很准。我可以断定,明天西华山烟消云散,明天的紫阳关就是血肉战场。

陈秋石说完,指挥所里安静下来,只有外面雪花飘飘。

沉寂了很长时间,祁深奥提出问题,陈副司令,冬季行动已经打了五天了,你一直让我的主力团坐冷板凳,难道是让我们在三十铺打阻击,掩护紫阳关?

陈秋石说,这次你问对了,正是。

祁深奥突然提高嗓门说,紫阳关是国军二一二师的防区,我们为什么要给他们打头阵?

陈秋石一听这话不是话,怒不可遏,一拍桌子喝道,祁深奥,你是中国人吗?这是全民抗战,统一战线,你敢违抗命令吗?

祁深奥不吃这一套,呼啦一下站起来说,去你妈的,你是哪个山头的?我们淮上支队不给国民党军当炮灰,要当,你自己当吧!

说完,扬长而去。

陈秋石大怒,拍案喝道,来人啦,把祁深奥给我捆起来!

意外发生了,没有出现应该出现的场面。特务营长刘大楼凑到陈秋石跟前,抽抽鼻子说,陈副司令,算了吧,大人不计小人过,祁团长是韩司令的得力干将,被韩司令惯坏了,你就包容一点吧。

祁深奥转过身来,挑衅地看着陈秋石,嘻嘻笑道,陈副司令,捆我?哈哈,在大别山,还没有谁有这个胆子。来吧,老子这只胳膊是鬼子的炮弹炸的,大不了你再把我的右胳膊卸下来!

陈秋石僵住了,半天才转身面壁而立,像是自言自语,如此军纪,如何打仗?

祁深奥说,俺们过去就是这么打的,俺不相信你老陈能比别人多尿出一股尿来。你到大别山,今天这不顺眼,明天那不顺眼。说来说去,我看你对咱们淮上支队没有感情。你搞的那一套,都是国民党的规矩。你现在又让我们给国民党当挡箭牌,居心何在?

陈秋石冷冷地看着祁深奥。指挥所里的空气就像埋了十吨炸药在地下,一触即发。等祁深奥说完了,陈秋石问,老祁你说完了吗?

祁深奥眼珠子一翻说,我的意见大了,今天不说了。

陈秋石说,那好,你不说我说。陈秋石从上衣兜里掏出一个折叠的文件,哗啦一抖,展开,猛然提高嗓门喝道,全体都有了,立正!

众人猝不及防,情不自禁地都把脚跟靠拢了,连祁深奥也不例外。陈秋石说,我现在宣布新四军淮上支队一号绝密命令——

值此反日军冬季攻势大战之际,为统一指挥坚强意志,特授权支队副司令员、前线一号陈秋石以独断专行之权,凡有违抗命令者,就地处决。司令员韩子君,政治委员赵子明。

众人面面相觑。冯知良更是把心提到了嗓子眼儿。冯知良瞪大眼睛盯着陈秋石微微颤抖的手,那双手里捧着的所谓命令,是榆林交通站一个小时以前才送来的情报,经他手交给陈秋石的。

"命令"宣布完了,祁深奥和刘大楼大眼瞪小眼,全都傻眼了。陈秋石怒视刘大楼,还愣着干什么,动手!

刘大楼的脑子快速转了一圈,马上就回过神来,喊了一声,警卫排!

门外五六个战士全副武装哗啦啦拥了进来,把祁深奥围住了。刘大楼慢吞吞地走上前,下了祁深奥的枪。刘大楼说,祁团长,你不能怪兄弟啊,有韩司令的命令啊!

陈秋石挥挥手说,推出去,枪毙!

两个战士像缚小鸡一样拧住了祁深奥的独臂。

刘大楼说,陈副司令,还真枪毙啊?

话音刚落,叭的一声枪响,子弹从刘大楼脚下的砖地上弹起,又飞到土墙上,牢牢地钉成一个铁桩。刘大楼面无人色,偷偷看了陈秋石一眼,陈秋石的枪口还冒着青烟。陈秋石说,军中无戏言,你不杀他,我就杀你。

刘大楼心有余悸,赶紧上前,亲自拧住了祁深奥的单臂,把自己的脑袋缩在祁深奥的身后。

陈秋石又说,你们自己出去了结吧,指挥所是我用来指挥打仗的,不是你们的刑场。

刘大楼说,老祁,你赶快向陈副司令认个错,军令如山倒啊!

祁深奥有些懵懂,脖子一梗说,砍头不过碗大的疤,我凭什么给他认错?我没错!

冯知良一看事情要闹大,赶快搬个台阶过来,明里是给祁深奥,暗里是给陈秋石。冯知良说,陈副司令,祁团长虽然言辞不恭,但是也是为了保护部队,念他抗战有功,连胳膊都打断了一条,姑且饶他一次,让他戴罪立功吧。

刘大楼也大着胆子说,陈副司令,祁团长他一时糊涂啊,他是个粗鲁汉子,不拘小节,大人不计小人过,就把他当个屁放了吧!

祁深奥跳着喊,刘大楼你他妈的才是个屁,要杀要剐随他的便,你们求个卵子情!

陈秋石淡淡一笑,对刘大楼和冯知良说,你们以为我想杀人吗?我不想。但是不杀行吗?我在这里绞尽脑汁指挥打仗,他在那里阴死阳活给我捣乱,这简直就是破坏抗日啊!我不仅要军法从事,还要查一查他有没有汉奸嫌疑。

祁深奥愣住了,看着陈秋石,眼珠子瞪得老大。

陈秋石踱到祁深奥的身边,居高临下地看着祁深奥说,老祁啊老祁,我真是为你感到痛心。你这么大的一个功臣,连自己的胳膊都能砍下来,可是怎么就没有个心胸呢?从我陈秋石来到淮上支队,你就耿耿于怀,你认为你可以当这个副司令员是不是?要说论功行赏,你或许行,要说指挥打仗,你差了十万八千里。可是话又说回来了,要说你是汉奸,连我都不相信。你这么多年出生入死,跟着韩子君司令员,婆娘被鬼子抢走了,孩子被鬼子挑死了,可是你没有动摇革命,你一直在极其艰苦的条件下,身先士卒,你身上的伤疤有六块,你不仅丢了胳膊,你还断了三根脚趾头,如果你就这样保持革命斗志,该是多么好的一个同志。可是,在名利面前,你丧失了信仰,个人主义思想让你变得糊涂起来。说老实话,这个副司令员算什么?如果不是因为抗战,我宁肯解甲归田到乡村读书。你把职务就看得那么重?

祁深奥抬头看着陈秋石,脸上倨傲的表情一扫而光,嘴唇嚅动了一下,只说了一个字,我……

陈秋石背起手,问祁深奥,你承认你是因为我来当这个副司令员才对我抱有成见的吗?我们都是君子,要讲真话。反正你也是快死的人了,人之将死,还是要说真话的,不然阎王爷不答应。

祁深奥仰起脸,痛苦地闭上了眼睛,两行眼泪从眼角处渗出。

陈秋石说,哦,不回答,沉默,沉默就是默认。祁深奥,你还算是个君子。你默认了你是因为争权夺利对我抱有成见,从而多次明里暗里散布我的谣言,有事无事给我炝蹶子,我不计较你。可是今天,我不能饶你了,因为你干扰了我的决心,影响了我的指挥,这种行为是破坏抗战的行为,死罪难逃啊!祁深奥,你还有什么话说?

祁深奥的眼泪大颗大颗地往下掉,猛然睁开眼睛说,明人不做暗事!陈副司令,我承认我是因为嫉恨你才跟你闹别扭的。我应该以死谢罪。但是,我不是要故意破坏抗战,你可以以贻误战机的名义处决我,不能以破坏抗战的名义处决我。

陈秋石说,这就是你的遗嘱?还有没有了,比如对于亲属战友还有什么话说?

祁深奥沉默了一会儿,突然蹲在地上嚎啕大哭说,我糊涂啊,糊涂人办糊涂事,这都是因为没有文化啊,有眼不识泰山啊!

陈秋石突然提高嗓门喊,祁深奥,你给我站起来!

祁深奥正嚎着,猛听到陈秋石怒吼,打了个冷战,擦擦眼泪站起来了,渐渐成了立正的姿势,哭丧着脸看着陈秋石。

陈秋石说,祁深奥,你服不服?

祁深奥胸脯一挺说,我服,陈副司令是战术专家,在你手下做鬼,我死而无憾!

陈秋石冷冷一笑,向仍然扭着祁深奥的战士挥了挥手说,放开他!又对祁深奥说,啊,你是不怕死,你想死,你想得容易!你给我添了那么多乱,就想一死了之?你想死也行,等打完这一仗,你自己选个没有人的地方解决。现在你给我听好,马上把你的营长给我叫到指挥所来!

祁深奥傻眼了,看着陈秋石说,这么说,不处决我了?

陈秋石说,那就看你的造化了,就是死,我也要让你同鬼子战死,血染沙场,功德圆满。我不能让你背着汉奸的黑锅,更不想弄脏了我的手。

祁深奥还在发愣,刘大楼捅了捅他说,祁团长,还不谢谢陈副司令不杀之恩!

祁深奥明白过来,又是鞠躬,又是敬礼,振振有词地说,谢谢陈副司令不杀之恩,祁深奥做牛做马也要报答陈副司令。

陈秋石不耐烦地挥挥手说,别搞这一套,太俗气了。你能保证坚决执行命令完成作战任务就行了。

祁深奥郑重回答,我拿脑袋向陈副司令保证,坚决执行命令完成作战任务!

祁深奥说完,敬礼出门,不一会儿,领着主力团的三个营长风风火火地来到指挥所。

陈秋石看着地图说,从现在开始,进入战斗准备。一营二营即刻进入官亭埠以东二号高地,构筑阵地;三营沿浠史河西岸进入板片店地区,前期任务为拦截敌辎重部队,待一营二营打响后,迅速转移战场至望亭坝,合围逃敌。

三个营长一声不吭。

陈秋石问,有困难没有？

祁深奥说,没有困难,谁误事我砍了他！

陈秋石说,此一战非同小可,事关整个战役的转折。你们至少要顶住四个小时,排长打光了,连长当排长,连长打光了,你们当连长,你们打光了,我就在最前线。有擅离职守者,有临阵脱逃者,我陈秋石认你是同志,我的枪六亲不认,听明白了没有？

祁深奥和三个营长齐声回答,听明白了。

陈秋石又向刘大楼交代,刘营长,从侦察连、警卫连、特务连各抽调一个排,组成敢死队兼督战队,交给我亲自指挥,战场上如果发现违背命令或临阵脱逃者,督战队有权当机立断。

刘大楼回答,是,我也参加敢死队。

陈秋石说,好,分头行动。

众人领命而去,陈秋石才感到一阵晕眩,扶着柱子坐下,斜靠在太师椅上。

最后离开的是冯知良,冯知良交代陈三川说,首长太累了,二十分钟之内,不许任何人进指挥所,让首长休息一会儿。

九

陈秋石身下的太师椅是建立临时指挥所的时候,韩子君特意让刘大楼派人搬过来的,这些天,它既是陈秋石的床,也是陈秋石的家。屈指一算,自日军冬季攻势拉开序幕以来,连续五天,他基本上没有睡过囫囵觉,多数时间都是在指挥所和各前沿阵地度过的,有时候还在看地图,看着看着,裹着大衣就睡着了。如今敌情已经明朗,部署已经完毕,虽然硬仗还没有开始,但是已经稳操胜券。他真的感到累了。

进入大别山之后,他返乡一次,打听双亲和妻儿下落,均无结果,此后又通过地方抗日政府,到胭脂河打听,妻子娘家声称,自从那年隐贤集遭受土匪洗劫之后,就再也没有见到过蔡菊花。此后就是反冬季攻势,熟悉部队,勘察地形,研究敌情,他的脑子几乎被塞满了,几乎没有空间再想家事了。活不见人,死不见尸,他们在哪里呢?

隆冬的阳光从雪地里反射过来,落在陈秋石瘦削的脸上,陈秋石嘴唇紧闭,眼皮悸动,像是睡着了。他计算了一下,敌人将在两个小时左右到达官亭埠,他们的如意算盘是,趁夜暗登船,车辆掉头运兵,水陆并用,不用一夜,明天将有五千多兵力天兵天将一般出现在西北紫阳关一线。

所幸的是,他们蓄谋已久的战术把戏被陈秋石识破了。陈秋石已经在官亭埠构筑了一道血肉屏障,这道屏障将让旱地上的敌军下不了水,河岸的敌军上不了车,同时,陈秋石还有精彩的一笔,他于昨夜派出的另一支小分队已经牢牢地控制了官亭埠大闸,在万不得已的情况下,将爆破大闸,使码头成为一片水泽。水淹七军做不到,但是阻敌前进是完全可能的。

朦胧中,传来一个瓮声瓮气的声音,首长,能不能让我参加敢死队?

陈秋石的眼皮动了一下,微微睁开,看见面前站着精瘦的陈三川。陈秋石这才想起了,这几天忙着筹备战事,他都快把这个小马夫忘记了。陈秋石稍稍坐正一点身体,含笑问,你为什么要参加敢死队,嫌给我当马夫不体面?

陈三川立正回答,我压根儿就不会喂马,再说你的马也压根儿不用我喂。还是让我参加敢死队吧?

陈秋石仍然微笑说,参加敢死队干什么?

陈三川不高兴了,他很不习惯陈秋石拐弯抹角的问话方式,他甚至从陈秋石的眼神里看出了对他的轻视。陈三川说,报告陈副司令,我是个连级干部,我虽然犯了错误,打仗的权利总还是有的吧,把我放到这里当马夫,还不如让我坐国民党的大牢呢!

陈秋石严肃起来了,站起身来,背起手说,你愿意坐国民党的大牢?那是你一厢情愿了。要不是支队首长交涉,你这颗小脑袋恐怕早就搬家了。陈秋石说着,情不自禁地在陈三川的脑袋上摸了一下,却没料到陈三川脑袋一偏说,我知道,是女司令救了我。

陈秋石一怔,手悬在空中说,女司令?哪个女司令?啊,哈哈,我明白了,是女司令。

陈三川瞪着眼睛说,你倒是说,你同意不同意我参加敢死队?

陈秋石脸上的笑容消失了,盯着陈三川看,从那双少年的眸子里他读出了桀骜不驯的神气。陈秋石的眉头不易察觉地皱了皱,脸皮一紧说,我不同意,好好喂你的马!

说完,再也不理陈三川,掏出马蹄表看了一眼,转身朝门外喊了一声,冯科长!

冯知良捏着一摞文电稿进来,一一报告,据湘红甸方向报告,敌人一个中队伪军约一个大队计约五百兵力已突破二团防线,快速推进,前锋已接近诸葛庵。司坡店方向报告,敌两个中队,伪军约一个大队,计约四百余兵力绕过凤洞山,向北快速推进,前锋已抵达孙庄,同我苏镇县大队交火,我苏镇县大队按计划佯退,诱敌东进。据胭脂河方向报告……

冯知良一边报告,陈秋石一边在图上画线,几条线逐渐聚拢,纷纷指向官亭埠。陈秋石的心情好极了,一边标图一边嘀咕,哈哈,很好,很好,老子请客,有人捧场,来吧,都给我进来吧!

当晚六时二十分,以后在大别山历史上影响深远的官亭埠战役正式打响,历时六个小时五十分钟,日军连同伪军累计陷入战场兵力达三千余,我方除主力团、特务营、肥西独立团以外,陈秋石调度三团和地方县大队兵力,加上国军二一二师两个步兵营,一个炮兵营,累计兵力四千余。

双方在官亭埠鏖战半夜,飞沙走石,星月无光。战斗最惨烈的时刻,祁深奥亲率敢死队前出,身中数弹仍不倒,最后同日军近战肉搏,拉响日军少尉身上的手雷,与其同归于尽。

陈秋石在敌人第二轮进攻前夕亲临火线,指挥特务一连半途击敌,双方激战二十分钟后,一连长牺牲,陈秋石身边只剩下十七个人。陈秋石环顾左右,问谁能攻下三号高地支撑点,陈三川挺身而出,说你给我三个人,给我十颗手榴弹,我保证把三号高地拿下。

这次陈秋石没有否决,当真把几名警卫员交给陈三川指挥,并组织两个战斗小组占据有利地形,压制敌火力,以陈三川小组迂回至敌侧后,实施爆破。

陈三川在战斗当中执行命令有点偏差,一旦与敌接手,这小子就像吃了春药,忘乎所以,带领他的小组从正面突入敌阵,在敌前沿混战,未能达成迂回攻克三号高地的战斗目的,让陈秋石痛心疾首。幸好袁春梅和刘锁柱带领三团增援部队及时赶到,救下重兵围困的陈三川,并拿下三号高地。

十

反冬季攻势战役以淮上支队和二一二师联合作战而告结束,由于敌情判断准确,淮上支队在战役前一阶段打得出神入化,以至于松冈部队只来得及"声东",还没有顾上"击西"就屁滚尿流了,国军的重要目标安然无恙,参战部队牺牲甚少。

那边陈秋石的部队还在同松冈部队杀得昏天黑地,这边章林坡就看出端倪了,于战斗结束的前一天就向第五战区长官部发了一份捷报,言之凿凿,绘声绘色,声称敌松冈联队南犯西图之预谋早为我所识破,我二一二师联合友军御敌于淮上,主力对敌三面分割,直至取得歼敌千余的胜利。截止此报签发之时,我部仍有两个团并炮兵营与敌血战,"帐外厮杀搏击爆炸奔突之声不绝于耳",云云。

那段时间,章林坡的感觉很好,在楚城召开了官亭埠大战祝捷大会,游走于达官贵人绅士名流之间,言必称抗战,话必论官亭埠。

章林坡捷足先登,《江淮日报》和《华东救亡报》等报纸很快就刊登了战场消息,多数都是章林坡手下的御用文人提供的素材,还有章林坡本人的巨幅照片,标题赫然是《章将军运筹帷幄,官亭埠抗战大捷》。这些报纸陈秋石是很久以后才看到的,看见了,也没有什么反应,笑笑,扔了。

不久,上峰发表通报,为表彰官亭埠战役取得重大胜利,授章林坡二等云麾勋章一枚,佩中正剑,并兼淮上州警备司令。章林坡大喜过望,专程把杨邑的夫人接来,住在自己的官邸里,跟自己的太太出则同行,食则同座。

在丰盛的家宴上,章林坡借着三分酒意当着众人的面说,老杨,你知道吗,过去有人说,你这个人成事不足败事有余,过去我也一直这么认为,其实你是大智若愚。官亭埠一役,剑胆琴心,创造了光荣的战例,足以抵消过去屁股摇摆的过失。只要你不是徐庶,就算你是蒋干我也认了,我不是曹操啊。

没过几天,杨邑的战功也表彰下来,授青天白日勋章一枚,任二一二师第一副参谋长兼作战处长,领上校衔。参谋长陈东山因为非嫡系出身,基本上被架空了。

大年过后,情报处不断送来新的消息,多数言及淮上支队的情况,章林坡又难免担心起来。他算了一笔账,在这个战斗中,淮上支队和其代行指挥的淮上州地方部队,参战的共有五千多兵力,同日军一个加强联队和伪军近一个师的兵力抗衡,居然不相上下,不知是可喜还是可怕。

事后章林坡让杨邑组织力量详细地研究官亭埠战例,明里是分析日军行动规律,深一层的含义却是算计淮上支队的战术指挥、兵力运用、机动能力、通信能力等。

杨邑本着就事论事的精神,冒着大雨,带着两个参谋,开着一辆嘎斯吉普车,专门跑到杜家老楼找陈秋石,希望拿到官亭埠战役过程中的作战方案和全部文电。陈秋石虽然有点踌躇,但碍于先生的面子,最后还是同意了。

杨邑到杜家老楼,已经不是什么稀客了,近年来这老兄热心奔走于二一二师和淮上支队之间,确实做了很多有益无害的事情。韩子君对杨邑,截然不同于对待其他的国军军官,总是以礼相待,但这次情况有点不同,因为前不久发生过"公审陈三川"事件,杨邑在其中扮演的角色也不是很光彩,所以杨邑此来,韩子君没有出面,赵子明也没有出面。赵子明还跟陈秋石交代,对杨邑,还是要有分寸,今天是友军,明天也可能是敌军。陈秋石不以为然,坚持认为,党派之争,不能抹杀个人品质,杨邑这个人,虽然在"公审陈三川"的过程中说了一些损害我方利益的话,但那也是各为其主,不得已而为之,应予谅解。赵子明说,你这一句话有两个问题,你说党派之争不能抹杀个人品质,说明在你心中,组织还不是第一位的,同时也说明你对未来更为严峻的斗争缺乏清醒的认识。

这话说得很重,但当时陈秋石并没有往心里去。

因为雨下得大,能开汽车的官道泥泞不堪,杨邑在杜家老楼滞留了两天,陈秋石也陪了两天。这两个人在一起似乎有说不完的话题,主要内容都是研究战例,检讨战术,就像两个博弈的高手,一盘棋反复推演,研讨官亭埠战役的成败得失。

杨邑说,官亭埠战役主要得益于秋石兄知己知彼,对于日军战略意图和战术风格烂熟于心,倘若不是及时洞悉松冈声东击西的阴谋,我军紫阳关基本上就是他碟子上的菜了。

陈秋石说,二一二师如果不是有先生这样明白的人,后期的配合也不会那样顺利,吃亏的也不光是二一二师,唇亡齿寒,我们淮上支队是有清醒头脑的。

杨邑听了这话,想说什么,欲言又止。

第三天下午,雨停了,杨邑坚持要走,陈秋石挽留不住,只好送行,一直把杨邑送到紫阳关。过了临淮岗大桥,就是二一二师的防线了。杨邑让司机停车,对陈秋石说,秋石,陪我到大堤上走走吧。

走在淮河大堤上,望着宽阔浩淼的河面,杨邑说,我最近总是有一种感觉,这次官亭埠战役,是我们二一二师同淮上支队配合得最好的一次。如果我们中国的军队都能这样放弃一己私利,以国家民族为重,精诚团结,一致抗日,小日本也不会这么嚣张,他不可能从北边打到南边,从东边打到西边,长驱直入,如入无人之境。

陈秋石说,先生所言极是。在学生看来,真正捆住我们手脚的,不是日本鬼子,而恰好是我们民族自己。我的老家曾经有过一个民族英雄,叫赵申昆,曾经进行过反清复明的武装斗争,写过一篇著名的《吾民同罪书》,讲的就是国家利益同个人利益的关系。他认为一个国家的兴衰,说到底,我们每个人都有责任。

杨邑说,是啊,万丈高楼平地起,国家就像一座房屋,我们每个人就像沙子泥土,如果我们不能牢固凝结,再高大坚固的房子也是一盘散沙。

陈秋石说,学生每每于战事间隙重温经典,《孟子》开篇就直陈利害关系,什么是利,利就是害。如果一国之君贪利,则国亡;一地之主贪利,则地失;一家之主贪利,则家破;一人之心贪利,则人弱。我们的政府和军队高层官员,多数是学问人,可是这么个浅显的道理,灌输了几千年,仍然成效甚微,这是什么道理呢?

杨邑说,在愚师看来,最浅显的,也是最根本的;最根本的,也是最难能的。一个利字,害了芸芸众生,害了一个民族,害了一个国家。什么叫胜利?胜了就牟利,那怎么行?自私自利必然导致鼠目寸光,而鼠目寸光的民族,永远是羸弱的民族。

陈秋石说,学生以为,修身、齐家、治国、平天下,这里的根本是修身,要从每个人自己做起。国军有些高层将领为什么抗战不力?都是一个私心作怪,只对自己负责,不对他人负责,更不用说对国家民族负责了。

杨邑似乎有点意外,扭头看着陈秋石说,啊,你是这么看国军的?

陈秋石说,先生,这是事实。学生从戎十数年,先是同国军交手,后抵御日寇,特别是在抗战中,每每同国军合作,每每深感力不从心。国军打仗,就像买卖,瞻前顾后,患得患失。部队存有互相观望、保存实力之陋习,互助不立,共信不生,所以让日军各个击破长驱直入,直到半壁河山落入敌手。

杨邑警觉起来了,停下步子,望着远处发呆。雨后初晴,河面蒙上一层薄雾,云絮一般。杨邑收回目光,表情僵硬地看着陈秋石说,秋石,你我虽然有师生之谊,但毕竟分属两个阵营。你今天这番话,是你的真实思想,还是受组织指派,对愚师进行赤化?

陈秋石说,我在先生面前,只谈思想,不谈主义。

杨邑说,哦,当真如此?

陈秋石说,学生拿人格担保,学生只敬佩先生道德学问,并不重视先生阵营。

杨邑沉默了。沉默了一会儿说,秋石,愚师相信你的为人。但是,假设有一天,我是说假设,你的组织提出由你来做赤化我的工作,你当如何处置?

陈秋石说,不可能。

杨邑问,为什么?

陈秋石说,因为我们师生党派不同,目标一致。让我做这种事,有可能不是强项。

陈秋石想起当年在南湖分校,袁春梅代表地下组织跟他谈话,要他做杨邑的策反工作,他是那样坚决地回绝了,不禁哑然失笑。

杨邑想了想又问,秋石,抗战结束后,你有何打算?

陈秋石说,十年干戈天地老,四海苍生痛苦深。我希望通过这场抗日战争,我们的民族有所觉醒,我们的政府有所觉悟。我希望未来中国能够成为一个民主自由幸福的国家。到那时候,我这样的一介匹夫,脱下这身征衣,回归乡里,读书品茗,男耕女织,当一个孝子贤夫慈父。

陈秋石讲得真诚,满脸神往。杨邑不禁笑了,说,好啊,一等人功臣孝子,两件事读书耕田。化剑为犁,立地成佛,可是你能做到吗?

陈秋石说,我希望我能做到。

杨邑说,秋石高足,好境界。只是,有些事恐怕不是你我能够左右的。你看,你往东边看。

陈秋石收回目光,沿着杨邑手指的方向看去,但见淮河之滨、阡陌之上、蓝天之下,白云如雪,白云的下面,是一道缤纷的彩虹。杨邑说,锦绣江山,的确应该休养生息了。可是,人心并非都是甘于田园之乐的啊!

陈秋石说,我已经厌倦了战争。

杨邑说,我也是。但是当战争来临的时候,我们还不得不披挂上阵。

陈秋石说,我厌恶战争,但是我不厌恶战斗。如果抗战再打三年,我还会继续战斗。

杨邑说,秋石兄,今天你我就此一别,但愿在未来的战斗当中,我们还能像官亭埠战役那样密切合作。愚师深感同贵部携手抗战是莫大之光荣,也深感勾心斗角坐山观虎是莫大之耻辱。

陈秋石真诚地说,先生今番一席话,学生已有领悟。你我同为抗日军人,只有并肩杀敌的规矩,没有以邻为壑的道理。虽然有些事不是你我师生所能左右的,但是只要你我身在其中,就必然是逆流中的砥柱。

第 七 章

一

官亭埠战役之后,大别山区的抗日形势发生了根本性的变化,松冈联队损兵折将,已不足以驻屯淮上州,日军从安庆调来一个宪兵中队,另以"皇协军"即汉奸部队两个团加强松冈进行防务。松冈眼看大别山国共两部羽翼日渐丰满,战术日益精深,而且两部日益团结,大皇军的气焰日呈颓势,遂采取筑堡固守的态势,只在丁集、鲁岗、三十铺等要点驻扎少量兵力,其余则龟缩在淮上州闭门不出,被动待援。

陈三川在官亭埠战役中负伤,出院后继续给陈秋石当马夫。陈三川对老山羊似乎有着莫名其妙的仇恨,天敌一般,他感觉他在陈副司令的眼睛里,还不如那匹丑马值钱。那匹马早晨要吃新鲜的水草,中午要吃加了盐的黄豆饼,晚上要吃胡萝卜,都是陈秋石亲自定量,陈三川只负责备料,喂马的时候,陈秋石随时都可能出现,监督他的行动。有一次中午,陈秋石甚至亲自抓了一把马料放在嘴里咀嚼,嚼着嚼着陈秋石的嘴巴不动了,眼睛盯着陈三川,把陈三川的冷汗都盯出来了。

陈秋石问,这马料里放了多少盐?

陈三川支支吾吾地回答,差不多一两半吧。

陈秋石厉声喝道,老实交代,到底放了多少盐?

陈三川也火了,冲着陈秋石高声回答,一两半!

话音刚落,陈秋石的马鞭就抽了过来,在陈三川的头顶上响了一个炸雷,虽然没有伤及皮肉,还是把陈三川吓了一跳。陈秋石说,老子喂马喂了十几年,还不知道个咸淡?我敢料定,这里的盐巴不会超过一两。

陈三川的冷汗终于冒出来了,他既不承认,也不否认,就那么无声地反抗。

陈秋石说,陈三川你给我记住,这匹马是抗日的功臣,它立的功不比你立的功小。你下次再敢克扣我的马料,军棍伺候!

陈三川一言不发,心里暗暗骂道,你等着吧,只要有了机会,不等你打老子军棍,老子先把你这匹丑马揍一顿!

陈秋石扬了扬马鞭又问,听清楚了没有?

陈三川抵赖不过,好汉不吃眼前亏,两腿一并回答,听清楚了。

陈三川心里虽然发狠,但是对那匹丑马,他还是不敢掉以轻心。一来陈秋石是副司令员,官亭埠战役大捷,至少有一半功劳应该归功于陈副司令,这是陈三川再不愿意也不得不承认的事实。二则,陈秋石对他的这匹丑马,简直就像老子对儿子,简直就像婆娘对爷们。马呢,只要受了一点委屈,陈秋石似乎就能知道,好像他和马之间能够说话,甚至不说话也能猜到心思。如此一来,陈三川只好憋着一股晦气,打落门牙咽到肚子里,继续像伺候大爷一样伺候那匹丑马。

一天晌午,陈三川放马回来,正要往马厩去,陈秋石大老远急匆匆地赶过来,到了身边,二话不说,蹲下来去查看马蹄,看了前腿又看后腿,看着看着脸色就黑了,看着看着牙帮骨就鼓起来了,看着看着拳头就握起来了。

陈三川不知道哪里又惹祸了,却不害怕,迎着陈秋石那双火上浇油的眼睛,视死如归,一副死猪不怕开水烫的表情。陈秋石逼视着陈三川,严厉问道,说,你把我的马牵到哪里去了?

陈三川胸脯一挺,不卑不亢地回答,到西马堰去了,那里有水草。

陈秋石说,你知道不知道西马堰蚂蟥多,我的马腿被叮上蚂蟥了,那是要得败血病的。

陈三川说,其他首长的马夫也把马牵到那里放,我为什么去不得?

陈秋石手枪点着陈三川说,你还嘴硬!别人能去,你就是不能去。你要是下河洗澡,随你死活。可是你是我的马夫,你牵着我的马,你就是不能去!

陈三川说,报告陈副司令,老子不稀罕给你当这个下贱马夫了,你动手吧,老子宁肯掉脑袋,也不给你当马夫了。

陈秋石还要发火,被随后而来的刘大楼劝住了。官亭埠战役后,刘大楼提升为侦察科长。刘大楼说,陈副司令,大人不计小人过,你跟这个乳臭未干的半大橛子一般见识干什么?

陈秋石说,他妈的,这小子差点儿坏了我的大事。我原来还想练练他的性子,没想到他差点儿把我的马给害了。这个马夫确实不能让他当了。

当天夜晚,陈三川谁也没有打招呼,铺盖一卷,沿着当初的来路,回到了西华山。陈秋石倒是没有追查,只是听说陈三川又被任命为三团七连连长的消息后,苦笑。

支队医院的陶院长后来给部队讲卫生课,还专门讲了这件事情,大家才知道,陈副司令的愤怒是有道理的。因为这一带经常流行蚂蟥瘟,几乎两年一次,其病源主要来源于一种黑嘴蚂蟥,这种蚂蟥能够钻进人和牲口的皮层之内,吸血的同时释放一种毒液,传播瘟疫,只要被这种蚂蟥叮咬十有八九会染病,染病者十有八九毙命,人和牲口往往还交叉传染。据说黑嘴蚂蟥的毒素十分顽强,放在火里烧,把蚂蟥烧成灰,一场雨下了,遍地又是蚂蟥。方圆几十里都知道,杜家老楼有个西马堰,西马堰里有黑嘴蚂蟥,黑嘴蚂蟥传播蚂蟥瘟,蚂蟥瘟就是麻风病。

这以后,再也没有人敢到西马堰放马了。

二

陈三川恢复连长职务,是袁春梅的意见。

袁春梅这段时间的任务主要是对官兵进行造册登记,建立档案。团里成立了政治处,袁春梅兼任主任,手下只有江碧云和张世旭两个人,其中江碧云担任组织干事,立档的工作主要由她负责。

在造册立档的过程中,有一个人引起了袁春梅的注意,这个人就是黄寒梅。

黄寒梅死后被埋在西华山南麓一个向阳的毛竹林里,相对隐秘。江碧云领着袁春梅给黄寒梅扫墓,是在清明节前两天的下午,西斜的阳光从毛竹的缝隙里筛下来,一地斑驳。一个隆起的土堆前,还有一些纸钱的余烬,估计这是陈三川从杜家老楼返回后,已经来祭奠过他的母亲了。

袁春梅和江碧云按照队伍上的规矩,在黄寒梅的坟墓前燃了几炷香,并排敬了个礼。袁春梅问江碧云,黄寒梅同志的故乡到底是哪里?

江碧云说,早年在东河口的时候,听郑团长说过,好像是胭脂河一带的人,因为家里上土匪了,逃难来到东河口。

袁春梅又问,陈三川知道他的身世吗?

江碧云说,或许知道一点。

袁春梅说,按说,像黄寒梅这样的,虽然没有直接牺牲在抗日战场上,但是她曾经参加过抗战,立过很大的功劳,为抗战做了很多贡献,是应该被追认烈士的。等抗战胜利了,我们要把她的情况通报给她的家属。

江碧云说,她的家属只有陈三川了。

袁春梅沉吟了一会儿说,我看这件事情还不一定。现在兵荒马乱,好多情况都不清楚。我想,黄大嫂她还应该有其他的家属。有些工作,我们从现在开始就要做了。

江碧云说,我明白了。我们的队伍,来的去的,都应该清清楚楚。

袁春梅说,碧云,我跟你说,陈三川这个孩子,我一见面就受感动。打仗勇敢不说,可贵就可贵在他临危不惧。你知道他的父亲是谁吗?

江碧云想了想说,这个我不知道。我问过郑团长,郑团长好像也不清楚。黄寒梅活着的时候,从来不提陈三川的父亲。也许不在人间了。

袁春梅又问,陈三川擦枪走火事件发生后,曾有传言,说黄寒梅和万寿台有那种关系,因为被国军教练李万方看见,借此侮辱陈三川,陈三川一怒之下才有了擦枪走火事件。对这件事情你是怎么看?

江碧云说,这个我清楚。黄寒梅负伤之后,行动不便。郑团长把她安排在兵工厂里,并且让万寿台多照顾她,确实也有成全他们的意思。但是黄寒梅封建得很,明明白白地跟万寿台说了,革命同志互相帮助可以,其他的不行。黄寒梅死后,郑团长专门派人向万寿台调查,万寿台对天发誓,他和黄寒梅之间绝对是纯粹的同志关系,他们经常一起到山下抬水,李万方要是看见,也只能是看见他们抬水。万寿台冤枉死了,说他和黄寒梅连玩笑都不敢开。

哦,是这样啊!袁春梅长长地感叹一声,又说,在不正常的环境里,很难有正常的爱情。在所有的爱情悲剧里,最受伤害的总是女人。

江碧云没有说话,看着仰天长叹的袁春梅,自己的眼睛却湿润起来。

回到营地,袁春梅让江碧云把陈三川叫来,她要从容地了解一下这个少年英雄的来历和思想。

陈三川对陈秋石的威严无所畏惧,对袁春梅却是毕恭毕敬,这种恭敬是发自内心的,他崇拜这个英姿飒爽的女司令。陈副司令尽管权威,但陈副司令看不起他,这使他的自尊心很受伤害。而袁副政委就不一样了,就像天仙一样美丽,就像娘亲一样和蔼。

在袁春梅的窝棚面前,陈三川站得笔直。袁春梅搬过一个四脚凳子说,坐下,别那么绷着,随便聊聊。

陈三川仍然立正,小眼放光,炯炯有神地回答,报告袁副政委,我站惯了,坐着不习惯。

袁春梅眉头一皱说,坐下,这是命令!

陈三川犹豫了一下,看了看袁春梅,这才亦步亦趋地走近板凳,小心翼翼地坐下了,半个屁股挨着板凳。

袁春梅说,陈三川,你是抗日军队的连长了。我问你话,你能实话实说吗?

陈三川呼啦一下又蹦起来,立正回答,报告袁副政委,在你面前,我不说假话。

袁春梅说,坐下!

待陈三川落座,袁春梅问,你知道你的家史吗?我是说过去的事。

陈三川说,我不清楚。我只知道我小时候因为家里遭难,娘带着我逃难,走错了路,才到了东河口,被郑大先生……郑团长收留了。

走错了路?袁春梅的眸子闪烁了一下,又问,那么,当年你们娘儿俩本来是要到哪里去,又是从哪里来,你知道吗?

陈三川坐不住了,身体扭了一下,觉得不妥,再坐规矩了,两只手搓着膝盖说,我不知道。

袁春梅说,我调查过你的历史,你到东河口的时候,已经五岁

299

了,家里过去的事情,多少还有一些记忆吧,譬如说你的父亲?

陈三川愣住了,愣了好大一会儿才说,报告,报告袁副政委,我娘说我没有父亲。

袁春梅笑了笑说,孩子话!你怎么能没有父亲呢?没有父亲,就不会有你,这你应该明白。

陈三川的脑门冒汗了,支支吾吾地说,我娘说,我娘说,我父亲死了。

袁春梅问,你父亲是怎么死的,你娘跟你说过吗?

陈三川盯着袁春梅,看了很久才说,报告袁副政委,我不知道我爹是怎么死的。我娘说,我们娘儿俩受的苦,都是我那死鬼爹害的。

是吗?袁春梅站起来了,背着手踱了几步,然后问陈三川,假如,你娘是因为恨你爹才说你爹是死鬼,假如,你爹并没有死,假如,他还活着,那么,你恨你爹吗?

陈三川呼啦又站起来了,面红耳赤地看着袁春梅说,报告袁副政委,你是说我爹他还活着?他在哪里?我想见他!

袁春梅摆摆手说,坐下陈连长,你已经是连长了,要冷静。我跟你说,这是假设。因为我们现在还不能确定你爹是什么样的人,更不能确定他现在是不是还活着。我只是想知道,你恨不恨你爹?

陈三川没有回答,就那么原地站立,傻傻地看着袁春梅,半晌才说,我恨他!可是我想见到他!

三

陈秋石的心脏骤然抽搐了一下。

这段日子,不知道为什么,陈秋石会时不时地感到心脏抽搐,没有先兆,猝不及防,似乎什么都没有,就是没来由地抽搐。凭借在南湖分校学到的战地救护常识,他认为这不是病,即便是病,也是神经性的,不是心脏本身出了毛病,而病因,只能解释是累的。

他委实太累了。来到淮上支队之后,他马不停蹄地奔驰在大别山的山岳丛林之间,他思维的触角几乎摸索了淮上州的每个角落。他的脑子里不仅充斥了山山水水,更有人,那么多的人。虽然那些人他不一定认识,不一定每天见面,但是,每时每刻,他都在同他们较量或者交流,他们的思想在空中以一种奇特的方式接触、对抗、博弈,然后,他胜利了。

抽搐过去了,一切复归平静。平静下来的陈秋石望着天井水槽里绽放的水花,听着春风裹胁的雨声和不远处山涧溪流冲刷的声音,一阵凄凉的感觉油然而生。

屈指算来,抛家别子十七个年头了,从书生到战将,从少年到中年,倥偬岁月,鞍马劳顿,蓦然回首,家破人亡,此情此景,不禁悲从中来。

官亭埠战役结束后,堂叔公又托人捎话来,两个家门弟兄到胭脂河遍访蔡氏家族,仍然没有找到蔡菊花和陈继业的下落。胭脂河抗日区长常德法也向他禀报,自从当年陈家圩子上土匪之后,他的岳父蔡孙方曾经亲自到隐贤集寻找,并且出资买通匪首董占水手下的喽啰打听,该喽啰言之凿凿地说,他们在陈家圩子只见到陈本茂老两口,没有见到蔡菊花和陈继业。照这个情况分析,蔡菊花娘儿俩免遭董占水的毒手,应该还活在人间,可是他们在哪里呢?董占水已经当了汉奸,隐贤集十多年未遇匪患,他们娘儿俩即使不回隐贤集,也应该回胭脂河,至少也应该露一面,至少也应该有点消息吧,可是没有。

自从见到那个叫陈三川的少年英雄,陈秋石就想到了自己的骨肉。平心而论,他并不是特别排斥那个桀骜不驯的孩子,相反,第一眼见到陈三川的时候,他的心脏就出现了一次抽搐。他甚至在冥冥中觉得这个孩子同自己有着某种割舍不断的干系,他甚至一度怀疑他就是自己的儿子陈继业。那双小眼睛,那张大脸盘,似曾相识,隐约有点像蔡菊花。可是从袁春梅了解的情况看,陈三川是丁卯年生人,属兔的,而陈秋石清清楚楚地记得,陈继业是戊辰年生的,属龙;这个陈三川,比自己的儿子陈继业大了一岁零六天。况且陈三川的母亲名叫黄寒梅而不是蔡菊花。

尽管有很多不符之处,但陈秋石的怀疑并没有完全消除。除了隐隐约约的怀疑,那个陈三川给他的印象也是深刻的,站在淮上支队副司令员的立场上,他为手下有这样一个不畏生死、敢作敢当的基层指挥员而感到欣慰。只是,陈三川的那种铁皮脑袋不怕打的作风,不顾一切的蛮横作风使他常常替这个草莽英雄担心,既担心他的现在,也担心他的将来。

陈三川离开支队部之后的第三天,袁春梅到支队部开会,两个人曾经就陈三川的问题有过一次对话。

那当口陈秋石已经搬到杜家老楼后花园了,两个人的对话就在花园的回廊里进行。此时正值严冬,冰雪尚未消融,园中腊梅挂雪绽放,娇艳欲滴。这本来是个谈情说爱的绝佳所在,然而此时在陈秋石和袁春梅之间,却似乎缺乏人间温情,小方桌上放着一壶热茶,两人相对而坐,隔桌相望,公事公办,而且话不投机。

袁春梅说,陈副司令,我很不理解,一个孩子,热脸贴你冷屁股,你竟然为了一匹丑马抽他的马鞭子。我怀疑你的阶级感情出了问题,难道我们的少年英雄还不如你的一匹马?要知道,他是一个战功卓著的连长啊,你还真的把他当作马夫啊?就是马夫,也不能动不动就要军阀啊!

陈秋石苦笑。袁春梅不可能理解他的内心活动。当初他之所以接受陈三川给他当马夫,在韩子君,是为了让陈三川长见识,而在他则是为了近距离地观察和调教这个小子。玉不琢,不成器啊!只是他现在还不能确定,陈三川是一块璞玉还是一块顽石。

袁春梅说,既然你陈副司令不中意,那么我们只好留在三团使用了。他本来就是个连长，在官亭埠战役中，他以你的马夫的身份，还是表现不凡，我们决定让他继续当连长，你看怎么样？

陈秋石说，连一级干部，你们团里定就行，无须征求我的意见。

袁春梅说，因为他曾经给你当过马夫，而且他又是擅自离开你的，我们尊重你的态度。

陈秋石说，如果说真话，我认为陈三川当连长并不合适。

袁春梅说，他本来就是连长，过去的战斗表明，他当连长是称职的。

陈秋石说，那是因为别无选择，矮子头上拔将军，凑合着用。

袁春梅说，你这话放在别人身上有一定道理，放在陈三川身上不公正，陈三川的战功和战斗能力都是有目共睹的。

陈秋石没有反驳袁春梅，停顿了很长时间才说，袁春梅同志，你认为日本鬼子的战斗力如何？

袁春梅说，得道多助，失道寡助，一切侵略战争的最后结局必然是灭亡！

陈秋石看着袁春梅，苦笑了一下说，春梅同志，我们是带兵打仗的人，不能光喊口号。我跟日本鬼子打了这么多年的仗，也研究了很多年，突然有一个重大发现。

袁春梅说，那是什么？

陈秋石说，相比较我们的队伍，日军的军官年龄普遍偏大，联队长也就是团长一级，普遍在三十岁以上，个别的超过四十岁；连队也就是中队的主官，一般都在二十五岁以上。在这个年龄上，学识一般比较丰富，意志一般比较坚定，方向一般比较明确，战斗当中也就有很丰富的经验。日军论功行赏，可以进行精神和物质奖励，但是选择指挥员，则主要看指挥水平和实战绩效。而我们呢，不管是什么功绩，首先奖励个官衔，给个官当就是最大的奖赏。如此一来，功劳和职务混淆，能力和职务不相适应。

袁春梅说，照你这么说，我们应该选择什么样的指挥员？

陈秋石说,这个问题很复杂,现在还没有科学的规则。但有一条,我认为我们的指挥员不应该太年轻,在一个位置上,应该让他们多待几年,多打几仗,让他们成熟起来。

袁春梅说,那我明白你是什么意思了,所以你认为陈三川这个年龄的人不应该当连长,而应该当班长排长。

陈秋石说,不完全是。按照我的想法,淮上支队所有的干部都应该先从班长当起,在实战中反复摔打磨炼他们,直到能够有全局意识,能够独当一面。

自那次谈话之后,又有两个多月过去了,冬去春来,战局也发生了很大的变化,随着美英苏参战,日军在太平洋战场节节败退,已成强弩之末。

韩子君接到命令,赴省委参加为期一个月的时局和政策讲习,赵子明同时接到通知,到江淮军区参加一个重要的会议,两人一前一后离开部队。种种迹象表明,抗日战争已经进入到最后的阶段。

按照惯例,韩子君离职之后,由陈秋石代理司令员一职。韩子君临行前还专门跟陈秋石谈了一次话。韩子君说,秋石同志,虽然你到淮上支队时间不长,但是已经树立了很高的威信,无论是带兵打仗还是治军,你都是将才。把部队交给你,上级放心,我更放心。

陈秋石说,司令员,短暂小别,何必说那么多?估计近期打大仗的可能不大,司令员放心,我将努力把部队带好。

韩子君说,坦率地说,虽然我是司令员,但论打仗,你是我的老师,淮上支队交给你,那就如虎添翼。我已经想好了,这次到省委和军区,我要提出来,由你来当司令员,我给你当副手。

陈秋石怔了一下,连忙摆手说,司令员何出此言,难道我有骄傲自大的表现?

韩子君握着陈秋石的手说,秋石,不要多心,你当司令员,不仅是我个人的想法,也是众望所归。所谓功高震主,那是军阀的说法。我们革命者实事求是襟怀坦白,一切为了战争胜利。我把话说到这里,你要有担负重要职责的思想准备。

四

陈三川赶到兵工厂的时候,万寿台正在伙房里忙乎午饭,大锅里烀着苞米菜根稀饭,散发着酸溜溜的香味,案板上躺着一堆牛粪样的面团,还有一个蒸笼,馍坯子已经摆了一半。门口倏地一暗,万寿台扭过头去,一看是陈三川,两只小眼睛阴沉沉地盯着他,一言不发。瘸腿大叔吓了一跳,不知道这小子来找他是祸是福,顺手就操起了切面刀。对峙了一阵子,万寿台才放松下来,搭讪说,啊,是三川啊,你怎么不打招呼就回来了?

陈三川还是没有说话,往前走了一步,把腰间的盒子枪从屁股后面扯到裤裆前面。

万寿台把切面刀放下,搓搓手说,小子,你不是来杀你万大叔的吧?

陈三川开口了,说,那要看你跟不跟我讲实话。

万寿台说,你要我说什么呢?我知道的,都会跟你说。你坐下来,等我把馍馍蒸上,爷儿俩好好叙叙。

说着,拖过一条长板凳,往门边一横。

陈三川没有说话,犹豫了一下,还是坐下了。上午的阳光从门口斜进来,照在陈三川的右脚背上。陈三川的脚上穿的是一双新布鞋,黑士林的鞋面。这鞋万寿台见过,黄寒梅活着的时候,忙活忙闲了,就坐在灶后面纳鞋底。黄寒梅做鞋很用心,千层底没有,但是鞋底用料讲究,一层麻,一层布,再一层麻,再一层布。布是好布,她从来不用糟了烂了的补丁。打仗有了战利品,她就去找好料子,有的还是鬼子的军装,呢子布,结实得很。这样的布纳鞋底很费劲,但是黄寒梅不怕。黄寒梅用的线绳也是自己搓的,细细的新麻绳,搓好了用手扯,手割出血,线绳子不断。黄寒梅做过很多双布鞋,郑秉杰和江碧云都穿黄寒梅做的鞋,万寿台脚上的也是。

万寿台人长得五大三粗,手艺却不蠢,两只手在案板上舞得飞快,面刀在案板上就像鼓点,没多大工夫馍坯子就码了两排。万寿台把蒸笼支好,盖上盖子,再挥起大铲子,在稀饭锅里搅了几下,这才撩起围裙擦擦手,点了一锅烟草,往陈三川面前一蹲说,说吧,你要问我啥?

陈三川半天才开口问,你说,你跟我娘有没有那事?

万寿台没想到陈三川这么直截了当,有点发蒙,把烟锅往鞋底上磕了一下,又磕一下,再磕两下,抬起头来说,三川,这话不是你应该问的。

陈三川说,你说,到底有没有?

万寿台说,有了怎么样,没有又怎么样?

陈三川说,有了你偿命,没有我走人。

万寿台说,别说没有,就是有了,我也不会偿命。偿谁的命?偿你娘的命还是偿李万方的命?

陈三川显然没有想到万寿台是这个态度,不软不硬,不卑不亢。陈三川把手放在盒子枪上,没有搭腔。

万寿台瞥了陈三川一眼,笑了说,陈三川,你小子少给我来这一套。你万大叔是什么人,你万大叔十七岁参加红军,枪林弹雨里跳大神,死人堆里耍大刀,我什么没有见过?

陈三川说,你说,你跟我娘有没有那事?

万寿台说,我说,我跟你娘没那事,我想跟你娘有那事,但是你娘不肯。你娘说,他有儿子,她不能让她的儿子憋屈!

陈三川说,你发誓没有。

万寿台说,没有就是没有,我凭什么发誓?

陈三川说,你保证没说瞎话。

万寿台站起来说,大丈夫敢作敢当,万大叔从来不说瞎话。

陈三川盯着万寿台。万寿台仰着头,迎着陈三川那双小眼睛里发出来的阴冷的光,毫不退缩。终于,陈三川把头垂下了,脚尖在地上崴了几下,再抬头看看万寿台,把盒子枪往屁股后面一揎,转身走了。

万寿台一跳一跳地跟在后面喊,你小子给我站住!

陈三川站住,转过身来,踩着自己的影子,看着万寿台说,干啥?

万寿台说,就这么走啦?

陈三川说,不走干啥?

万寿台说,吃了饭再走。

陈三川说,你要是没有正经事,就不要打岔了。

万寿台说,你就不想问问,你娘临死前留过啥话?

陈三川说,我娘临死前就是有话,也不会留给你。说完,转身又要走。

万寿台说,回来,我跟你说要紧的事,也是你最想知道的事。

陈三川再次转过身来。

五

火线剧社接到任务,以官亭埠战役为原型,创作一台话剧。梁楚韵构思了一个脚本框架,剧名为《一门两将》,一号人物是我军的参谋长程帷幄。剧情从程帷幄和杨初英两位师生在江淮抗日战场重逢开始,程帷幄识破日军声东击西的阴谋,三次单刀赴会,说服国民党军摆脱一己私利的羁绊,投入到抗战斗争当中。同时,为了说服自己的同志提高认识,程帷幄在主力团营地推演沙盘,教育主力团长齐声光,使其终于茅塞顿开,明白了唇亡齿寒的道理。在最后的战斗当中,齐声光知耻后勇,身先士卒,浴血奋战,并在危难之际,同前来增援的国民党军营长郭西文争抢阻敌掩护任务。为掩护国军撤退,齐声光部队伤亡惨重,弹尽粮绝,而郭西文并没有撤退,收容散兵,成立敢死队,从敌人背后杀了一个回马枪,从而解了齐声光部队的围。当衣衫褴褛、遍体鳞伤的两支部队在胜利中会和的时候,漫山遍野响起了直冲云霄的口号,打死不当亡国奴!我们是中国人!中国人民不可战胜!就在这一片此起彼伏的喊声中,雨过天晴,鲜花盛开,两位将军从花丛中慢慢站起,他们的双手紧紧握在一起……

框架打好后,梁楚韵自己都很感动,特别是程帷幄一度被齐声光关押之后,还能镇定自若,对齐晓之以理动之以情。在那场戏中,他的台词每一句都是那么精彩,那么有分量,闪耀着哲理的光芒。最后,齐声光被事实震撼,负荆请罪,心悦诚服地接受程帷幄的指挥,二人挥泪告别,齐声光在马上喊了一句,首长,不把紫阳关守住,我齐声光拿头来见你。

马背上的齐声光热泪盈眶,脚本前的梁楚韵则是泪流满面。

梁楚韵的这个构思不光渗透了她的心血,也渗透了她的感情。过去在太行山百泉根据地,关于陈秋石的传说也不少,在她的感觉中,这个人就像一个半人半神的怪物。说他是神,他指挥打仗出神入化,神机妙算。而作为人的一面,他似乎反复无常,冷漠无情,不好接近。尤其是后来听说他患了羊角风,就更是让人敬而远之。

官亭埠战役中,在指挥所里,梁楚韵作为战地记者和文艺创作人员,得以始终相伴陈秋石的左右,目睹了他的指挥风采,经常为他出其不意的思路和扭转乾坤的风度所感染。这些感受在她构思脚本的时候都派上用场了,她充满激情地塑造了一个足智多谋力挽狂澜的抗战将领,高大,儒雅,沉稳,所向披靡,战无不胜……她还在剧中给自己安了一个角色,她就是那个国军阵营里的那个女特务李韵,本来的任务是监视程帷幄和杨初英的行动,后来为他们不顾牺牲坚决抗日的行为所感动,于是冒着生命危险为他们通风报信,在最后的战斗中,她牺牲在程帷幄的怀里,幸福地闭上了眼睛……

大纲刚刚写好的时候,看到最后的一段,梁楚韵不禁吃了一惊,她怎么会幻想牺牲在他的怀里呢?她早就风言风语地听到别人说过,当初在太行山的时候,组织上就有意把她安排在他的身边,那是什么意思?不就是组织上要当月下老的意思吗?因为没有挑明,那时候她不以为然,也不动心,总是感觉不可能,他们之间的差距太大了,不仅是年龄,还有学识、性格、地位……可是这一次,自己为什么会在剧中安排这样一个细节?难道,真的动心了?

梁楚韵抱着脚本大纲去找廖添丁,廖添丁那当口正趴在铺上补军装,见梁楚韵眉眼间洋溢着抑制不住的兴奋,抬头说,啊,这么快?

梁楚韵说,你交代越快越好,我当然不敢懈怠了。

廖添丁放下针线,拿起大纲翻了几页,说,我在忙着,先放这里。

梁楚韵有些不快,心想你明明在补衣裳,好大个急事?嘴里说,团长,你看大纲,我帮你补衣裳。

廖添丁说,城里的大小姐,你哪里会补衣裳啊,还是我自己来吧。大纲放这里,有空我就看。

梁楚韵快快地离开廖添丁的住处,十分郁闷。前几天布置任务的时候,廖添丁慷慨激昂,火烧屁股似的,怎么转眼之间就冷下来了?

过了两天,梁楚韵心急如焚,可是廖添丁那里还是没有动静。梁楚韵真的急了,要知道这可是她独立完成的第一个脚本大纲,况且她是那么用心,那么用情。

廖添丁越是不急,梁楚韵越是忐忑。到了第四天上午,她实在憋不住了,又去找廖添丁探听虚实。廖添丁说,啊,大纲我看了,啊,很不错,可是这个戏不能这么写。

梁楚韵倒吸一口冷气,冲口问道,为什么?

廖添丁说,说起来也是我的责任。官亭埠战役打得那么好,一个突出的特点就是我们和国军二一二师配合得好。我当时琢磨,淮上州的抗战形势已经发生了根本性的变化,得益于抗日统一战线牢不可破,所以我就想趁热打铁,战报上多发一些这方面的文章,剧社再排一个反映统一战线的大戏。可是我们都犯了小资产阶级的幼稚病。当然这个责任不在你,应该由我负领导责任。

梁楚韵靠在廖添丁的门框上,半天才若有所悟,可能是宣传方向又出了问题。果然,廖添丁吞吞吐吐地告诉了她一些事情。原来,最近这段时间,局势变化莫测,上面的宣传政策也随之调整。廖添丁兼任主编的战报上连篇累牍地报道了官亭埠战役淮上支队和二一二师并肩作战的消息,受到江淮军区政委曹泗安的严厉批评。曹泗安指责战报政治上不敏感,感情上有偏差,甚至有美化二一二师、冲淡淮上支队功绩的倾向。在这种情况下,要是把梁楚韵的这个《一门两将》抛出去,无异于搬起石头砸自己的脚。

梁楚韵呆呆地听完廖添丁的介绍,如同被人放了两碗血,脸色苍白,出气都不匀称了。她心疼啊,心疼的不仅是她挑灯夜战几个晚上的心血付之东流,还有那一腔无法言说的热望。这不仅仅是她的作品,那里面还蕴藏着她心底的某种情愫,就这么无声无息从此尘封了?

廖添丁见梁楚韵神情恍惚,安慰她说,这个戏暂时不搞,不等于将来不搞。既然风向变了,我们就应该顺应潮流。这几天我一直在琢磨新的思路,既然统一战线是眼下的禁区,那么破坏统一战线就应该是眼下着重反映的。

梁楚韵说,我这几天做梦都梦见排练《一门两将》,我认为这个戏有深刻的思想内涵,既可以反映我们的抗战功绩,又可以呼唤民族的团结精神,我不认为这个戏有什么问题。

廖添丁说,从长远看,这个戏是没有问题。但是具体到这个时期,在我们这个地方,它确实不合时宜。如果我们反其道而行之,去披露国民党破坏统一战线,消极抗战,倒是有活生生的素材。

梁楚韵说,是很多,可是我们为什么不看到积极的一面,老是要从消极的角度做文章呢?如果我们的戏剧能够感召更多的国民党官兵,维护统一战线,这是一件多么可贵的事情啊?再说,《一门两将》的创作动机,也不是为二一二师歌功颂德,它仍然是以塑造我军形象为主的,写二一二师,只不过是为了烘托我军。

廖添丁说,有些问题不是你我考虑的。我现在的当务之急是要拿出另外的一台戏。陈三川擦枪走火无意伤人,章林坡借题发挥揪住不松,少年英雄要饭送死,途遇敌人白手夺枪,女司令陈词感天动地,民心难违刀下留人。你看,这是多么生动的事例,又是多么戏剧化的素材?这个剧编好了,可以拿到延安去演。

梁楚韵说,这个我也想过,可是……

廖添丁说,可是什么,这个戏既好写又好演,既叫座又有政治意义。赶快下手吧,这两天你就带着胡亚捷到西华山去找陈三川,再深入地采访一下,把他的思想境界写深写透。

梁楚韵说,我不想接受这个任务。

廖添丁有些光火,生硬地问,为什么?

梁楚韵说,不为什么,就是不想写。

廖添丁是个老好人,加上梁楚韵因为《一门两将》的事情正在气头上,所以也就没有为难她。廖添丁摆摆手说,好好好,楚韵,写脚本就像定亲,也讲个缘分,你既然不乐意,强扭的瓜不甜,我再重新考虑人选。

这样,说,才不了了之。

梁楚韵为什么不愿意创作以陈三川为原型的脚本,说起来是一件很复杂的事情。

陈三川的故事,梁楚韵并不陌生,干部团来到淮上支队,接触的第一件大事就是陈三川擦枪走火事件。陈三川独自上路去接受审判，确实有大义凛然气概，而且在途中又遭遇鬼子侦察兵，白手夺刃，可歌可泣。由陈秋石设计、袁春梅主演的苦肉计在公审大会上激起公众同情，陈三川死里逃生，这些都是戏剧的好素材。但不知道为什么，梁楚韵对这件事情始终存有疑惑。陈三川回来后，支队首长研究陈三川的去向问题，韩子君提出这小子功夫了得，先给陈副司令当一段警卫员，陈副司令当时没有表态。后来陈副司令说，这小子勇有余而智不足，身上有暴戾之气，打磨得好，可以成为一个优秀的基层指挥员，如果不加修剪，任其暴戾下去，最终也就是个草莽英雄。

　　陈秋石说这话的时候，梁楚韵也在场，她是同廖添丁一起列席会议的。她记得当时她还有点不理解，不知道陈副司令对这个众口一词高度赞誉的英雄少年何以有这样的评价。韩子君改口提出让陈三川给陈副司令当马夫，陈副司令没有反对。这以后，梁楚韵对陈三川的认识就有了一些变化，她知道陈副司令的话不是随便说的，陈副司令看问题入木三分，处理问题深思熟虑。

　　那天，杜家老楼张灯结彩，部队集会在东边的晒场上，欢迎袁春梅和陈三川凯旋而归。从马车上下来，陈三川似乎有些茫然。袁春梅春风满面，举着陈三川的胳膊频频摇摆，那副情景，让梁楚韵心里酸酸的，好像那场戏的主角不是陈三川，而是袁春梅。从那以后，梁楚韵就开始怀疑，擦枪走火难道是真的吗，怎么会那么巧，而且打死的还是一个跟陈三川有前嫌的人，说不定这真的是少年英雄玩的一个小把戏。当然，这个疑窦只能埋在心里，无论是站在淮上支队的立场，还是出于大局考虑，都不容许她说三道四。

　　如果从创作的角度考虑呢，梁楚韵不得不承认，廖添丁的话是对的，陈三川擦枪走火的前前后后，冲突不断，跌宕起伏，确实是做戏的好素材。她之所以不愿意接受这个任务，至少有三个原因：一是对她的《一门两将》被打入冷宫不甘心。二是对陈三川的性格把握不透，担心掌握不好尺度，把他写成智勇双全的独胆英雄吧，不是事实,因为陈三川的英雄行为里面有很多绿林好汉的色彩,挽救淮上支队的被动局面有很多偶然性,可是把他写成草莽英雄似乎也不恰当。第三就是因为袁春梅,她对袁春梅的感情很复杂,一方面她承认袁春梅有巾帼英雄的风范,另一方面她又觉得这个人的身上女人味越来越少了,泼辣得近乎悍妇,跟她近距离地接触有危险,牛津街的那一枪让她至今心有余悸。

六

刘锁柱这段时间一直不服气,他的年龄比陈三川整整大了七岁,而过去一直听陈三川吆喝。陈三川倒霉了,他才当了连长。当了连长的刘锁柱,在长岭山战斗中大大地出了一把风头。这次他奉命带领一个排前往支队部领取战利品,交割完毕后,冯知良让他的手下原地待命,然后叫来一个战士,交代他把刘连长带到杜家老楼,说是陈副司令早晨看值班记录,知道三团是刘锁柱来领东西,特意关照要见他。

刘锁柱当时一惊一喜,陈副司令召见,没准要提拔他当营长呢。

警卫员把刘锁柱领进杜家老楼后花园,陈秋石正在一棵月桂前数那上面的幼蕾,刘锁柱上前喊了一声报告,陈秋石扭过头来,看了他一眼,点点头问,你就是刘锁柱?

刘锁柱胸脯一挺,肚子都凸出来了,样子有点滑稽,却是一脸严肃,立正答道,是,我是三团五连连长刘锁柱。

陈秋石又点点头说,好,我听说过你,长岭山战斗打得不错。听说你扔手榴弹很厉害,是吗?

刘锁柱说,是,我可以扔七十步,如果有几顿肉吃,我可以扔八十步。

哦?陈秋石笑笑,招手说,过来,陪我走走。

刘锁柱赶紧小跑跟了上去。踏上了庄园外面的塘埂。

这正是春天的上午,过了清明,油菜花开得很旺,这片四周环山的小小平原金黄一片。陈秋石说,哈哈,官亭埠战役之后,我还是第一次散步,没想到杜家老楼这么气派!

刘锁柱说,地主老财嘛,搜刮劳动人民的血汗,作威作福。

啊?陈秋石回头看了刘锁柱一眼,笑笑说,你还挺有阶级觉悟的嘛。

刘锁柱得意一笑说,这都是夏文化教的。

又往前走了几步,陈秋石说,地主老财也有好的,不一定都是搜刮人民血汗。不过总而言之地主老财是剥削阶级,应该革命。

刘锁柱哪里知道陈秋石此刻的心情。陈秋石确实是第一次闲下心来审视杜家老楼。这个庄园比陈家圩子要大得多,但是建筑风格却大同小异,都是北方徽派的框架。触景生情,早年的很多记忆涌上了陈秋石的眼前。当然,陈秋石召见刘锁柱,并不是为了让他陪着怀旧的。陈秋石说,刘锁柱,听说你是东河口的人?

刘锁柱回答,是的,三代都在东河口,家庭出身铁匠。

陈秋石说,我问你,当年陈三川娘儿俩到东河口的时候,你是不是在场?

刘锁柱咧嘴笑了说,首长,你要问这个,找我算找对了。当年黄大嫂娘儿俩到东河口,认识的第一个人是郑团长,认识的第二个人就是我。

陈秋石停住步子,盯着刘锁柱说,那时候黄大嫂,啊,那时候黄寒梅是个什么样子?

刘锁柱想了想说,什么样子?就是叫花子的样子,头上一蓬鸡窝,还挂着树叶子,脸上都是灰。那陈三川还是个娃子,眼圈上还粘着眼屎。

陈秋石又问,长相呢?听说黄寒梅样子很……不太,不太标致?

刘锁柱说,嗨,什么不标致,简直就是个丑八怪,大脸盘子小眼睛,腿还有点短……报告首长,这话可不能让陈三川知道,让他知道我说他娘是丑八怪,他非杀了我不可!

陈秋石说,啊,陈三川有这么厉害?

刘锁柱说,厉害!那狗日的人小鬼大,报复心重,你前头得罪他,后头就不知道会在哪里遭他毒手!

陈秋石不动了,腿杆子不动,眼睛也不动。陈秋石的眼睛在看天。天很蓝,白云下面有一队"人"字形的大雁,从南往北,鸣叫着掠过。陈秋石自言自语地说,啊,天暖了。

刘锁柱不知道陈副司令在想什么,也站住了,有点紧张。

陈秋石突然问,刘锁柱,你说你们三大技术好,你能把领头的大雁给我打下来吗?

刘锁柱看看当空而过的雁队,有点发怵说,这个,这个我没把握,陈三川行,陈三川才是神枪手,百步穿杨。

陈秋石哦了一声,淡淡一笑。

刘锁柱想了想,突然打开盒子枪套,擎枪在手说,我试试。说着扬起胳膊,把枪举了起来,闭上一只眼睛,瞄向大雁。

陈秋石伸手把刘锁柱的枪口按下了,嘿嘿一笑说,算了,它也不容易,无辜杀生,罪过啊。

刘锁柱悻悻收手,把枪装回了枪套。

陈秋石仰头看了一阵才收回目光,接着往前走,说道,刘锁柱,你再仔细想想,那陈三川当初到东河口的时候,应该是多大年纪?

刘锁柱愣住了,愣了好长一会儿时间才说,这个我说不好,大约四五岁吧。

陈秋石说,到底是四岁还是五岁?

刘锁柱又想了一阵说,确实说不好,首长,你是知道的,我没有养过小孩,不知道四岁是个什么样,五岁又是个什么样,只要他不吃奶了,我看都一样。

陈秋石不禁笑了说,啊,是啊是啊,你是不知道。哈哈,我也不知道。我们不说这个事情了。我问你,你当个连长,你觉得当得怎么样?

刘锁柱来了精神,两腿一并说,报告首长,不客气地说,我当连长当得很好,我的连队有七十六个战士,十一个神枪手,三十二个神投手,我的连队投弹平均五十五步,参加过湘红甸战斗、胭脂河战斗、三十铺战斗、长岭山东南二号高地战斗……

陈秋石说,你的连队还会干什么?

刘锁柱说,我的连队除了打仗,还有人会烧砖窑,还有篾匠、木匠、轧棉花的、修脚搓澡卖狗皮膏药的都有……见陈秋石眉头皱起来,刘锁柱顿了一下说,嘿嘿,不过,他们如今最拿手的还是射击刺杀投弹。

陈秋石说,射击刺杀投弹都是战斗技术,你当连长的要学战术,往大里说就是谋略,谋略你懂吗?

刘锁柱说,我懂,就是神机妙算,诸葛亮那一套。

陈秋石说,就算是吧,往小里说,就是讲究打仗的章法,用兵之道。

刘锁柱说,没文化也能神机妙算?

陈秋石说,没文化可以学嘛,我跟你讲,以后我们要打大仗,没文化是不能当连长的,当排长都不行。

刘锁柱吓了一跳,赶紧问,那首长……你是说咱就该罢官了?

陈秋石哭笑不得,只好说,眼下还做不到,但以后肯定是这样,所以你们要抓紧学文化。

刘锁柱的嗓子眼儿咕噜了一阵子,像噎住似的,半天没有说话。

陈秋石又问,你能讲讲长岭山东南二号高地战斗的特点吗?

刘锁柱傻眼了,伸长脖子问,首长你说啥?特点,啥叫特点?

陈秋石说,特点嘛……这么跟你说吧,敌情、地形、我方的力量,你能把这三个方面的情况介绍一下吗?

刘锁柱的眼珠子转了几圈说,报告首长,让我想想,我应该知道的。

陈秋石说,好,不用着急,我们转完这一圈,回到吊桥口,你再回答。

刘锁柱的心狂跳起来,他曾经听别人说过,大官考察下属,往往就是出一些问题让下面的人回答。答对了,就像赶考中榜,往后就飞黄腾达了。答错了,那就是放屁砸脚后跟,自认倒霉了。

一圈很快就转完了,在踏上吊桥之前,刘锁柱对陈秋石说,报告首长,我想明白了,在长岭山东南二号高地战斗中,敌人的总兵力我搞不清楚,但是前后跟我们对打的有六辆车的兵力,他们每辆车有二十个人,所以我们五连和六连对付的应该有一百二十人左右。我们两个连队共有一百五十人左右。从作战条件上看,我们比敌人有利……

陈秋石挥手打断刘锁柱的话说,慢点,你说有利,利在哪里?

刘锁柱说,我在暗处,他在明处,这是第一。第二,我们首先发起袭击,他措手不及,战斗之初,他伤亡大,一时半会儿回不过神来……

陈秋石说,这个战斗应该有个名字。

刘锁柱又愣了,半天才说,哎呀,想起了《三国演义》,有个名字,叫什么,叫伏兵……

很好!刘锁柱正在搜肠刮肚,猛然听到陈副司令击掌喝彩。陈秋石说,很好,就是这个意思。现代军事术语叫伏击战,意思你懂了。你再说说,伏击战伏击的一方最忌讳什么?

刘锁柱得意了,一得意就忘形了,哈哈,报告首长,这个问题问我又问对了,那天袁副政委也问我怎么打,我当时就是个军师,不,我当时就是个中军先锋,我跟她讲,速战速决,打了就跑。伏击战

317

最忌讳什么？首长我跟你讲,伏击战最忌讳的就是恋战,要是被鬼子缠住,那就鸡飞蛋打了。

七

刘锁柱回到西华山就吹开了。陈副司令在杜家老楼后花园里单独接见他,并且让他陪着在杜家老楼外面的塘埂上溜达一个多时辰,这本身就是一个了不得的话题。陈副司令是什么人？官亭埠战役结束后,原先在淮上支队流传的那些闲言碎语不攻自破,取而代之的是掐指能算、料敌如神等等,陈秋石在淮上支队的官兵当中一下子高大起来,也神秘起来。而就这样一个有着崇高权威的首长,居然同刘锁柱这样贼眉鼠眼的小连长拉了半天呱,拉什么？对于底层官兵来说,这些问题是有诱惑力的。

有一次在团部开会,几个东河口老乡凑在一起,许得才问刘锁柱,听说陈副司令跟你拉了半天呱,是真的吗？

刘锁柱一本正经地说,不是拉呱,是谈话。上下级之间交流工作不叫拉呱,叫谈话,你懂不懂？

许得才不在乎刘锁柱的蔑视,又问,那都谈了一些什么呢？

刘锁柱得意地说,那就多了,不过主要都是战略战术的问题。

不仅许得才张大了嘴巴,就连陈三川都有些发蒙。刘锁柱说,什么叫战略呢,这个不说了,这是上面考虑的问题。什么叫战术呢,就是打法。怎么打呢,陈副司令说,知己知彼,准赢不输。一场战斗,首先要搞清楚我们的敌人是谁,本事多高,家伙多硬,胆子多大。再搞清楚我方的。然后就要选择,是攻还是守,是打伏击战还是阵地战,是跟他死缠滥打还是打了就跑。这很重要,跟你们一时半会儿说不清楚。不过,陈副司令说了,以后我们的部队要走向正规,连以上干部必须学会总结战例……

许得才问,啥叫战例?

刘锁柱眨巴眨巴眼睛说,这个东西学问大了,我也说不清楚。我琢磨就是战斗故事,不过比战斗故事要讲究。战斗的来龙去脉,敌人从何而来,到何处去,我们的任务,战斗经过,战斗结果,好点子馊主意,等等,一揽子都要分个条理,一二三四。陈副司令说,打一仗总结一次,总结一次提高一次,这是保证提高指挥能力的重要手段。

陈三川说,你那点墨水,斗大的字认不得一筐,你能把战斗分个条理?

刘锁柱嘿嘿一笑,露出一排黄牙说,陈三川,狗眼看人低啊,老刘我如今不是你手下的排长了,老刘我现如今是陈副司令的弟子了。你说我斗大的字认不得一筐,那你就不会算账了。我跟你讲,自从陈副司令跟我谈过话之后,我能把《三大纪律,八项注意》一字不落地写下来,你信不信?

陈三川吃了一惊,他也听说了刘锁柱主动找夏文化给他派文化教员,刚听说的时候还不以为然,甚至认为那是刘锁柱戏弄夏文化的。就刘锁柱那个二流子脑袋还能装进文化?哪里想到,他还真的下功夫了,看刘锁柱那有板有眼的样子,不像是假的。

其实刘锁柱还有很多吹牛的资本,比如陈副司令说的,以后没有文化就不能当连长,那就更没指望当团长了。这话他之所以不说,就是要留一手。他现在学文化已经有了很大的进步,上茅坑都捏个棍子在地上写字。夏文化说了,像他这样勤奋,一年之内就能赶上初小生。这话他不能说,要是说了,陈三川也发奋了怎么办?陈三川比他小七八岁,这小子要是较劲了,很快就能超过他。

还有一点刘锁柱没说,其实是他最想说的,那就是陈副司令打听陈三川娘儿俩当年到东河口的事。陈副司令说,我们当干部的,对下属的任何情况都要了解,但这是秘密,秘密说出去就是泄密,泄密是要杀头的。刘锁柱不想被杀头,所以他想说也不能说,越是想说就越不能说。

　　陈三川那天去找万寿台,本来就没打算要从万寿台那里得到什么,他之所以去找,是因为他觉得这是一件不能不办的事情。就在他不抱希望要离开的时候,万寿台把他叫住了。万寿台给他盛了一碗杂粮稀饭,又抓了两个馍馍放在咸菜碗里端到他面前说,孩子,吃吧,吃饱了万大叔给你讲一个要紧的事。
　　他没有推辞,肚子确实饿了,万寿台熬的稀饭也确实香。他一口稀饭一口馍,稀饭喝完了,把碗一扔,迟疑一下,又把碗端过来,旁若无人地舔了起来。万寿台看着好笑,说,别舔了,我往锅里加一瓢水,再给你盛一碗就是。万寿台果然又给他盛了一碗,转眼就被他喝了个底朝天,喝完了,他照样把碗底舔了个滴水不剩。
　　万寿台说,你为啥要这样,难道你是饿死鬼投胎吗?
　　陈三川抹抹嘴巴说,大米稀饭胜白银,粘在碗底亮晶晶,舌头一卷刮肚里,勤俭持家不丢人。
　　万寿台大为惊异,看着陈三川说,你这小子,踢死蛤蟆盘死猴的,还这么知道珍惜粮食?这话谁教你的?
　　陈三川说,这你别管。说吧,到底有什么要紧的事情?
　　万寿台说,你不想知道你娘临死之前跟谁在一起吗?
　　陈三川心里一寒,生怕万寿台说出个他不愿意听的话来。
　　万寿台说,是跟方艾蒿在一起。
　　陈三川呼啦一下跳了起来,把盒子枪往后一别说,跟她在一起干啥?
　　万寿台说,你别慌,让我慢慢跟你说。
　　万寿台那天当真给陈三川说出了一个秘密。
　　黄寒梅到兵工厂的时候,郑秉杰确实跟她说过,万寿台是老红军,腿没有瘸的时候打仗很勇敢,希望他们之间能够互相照顾。黄寒梅明确地跟郑秉杰说过,我不为他那个死鬼爹守节,我得给我那苦命的儿子护脸,互相照顾可以,别的事说都不能说。后来在一起工作,万寿台对她很敬重,玩笑都不开一个。黄寒梅看出万寿台是一个稳当的男人,渐渐地话就多了。不干活的时候,黄寒梅纳鞋底,万寿台抽旱烟,有一搭无一搭地拉呱。头年的一天,黄寒梅对万寿台说,万大哥,我这一辈子就剩下一个儿子了,这孩子莽撞,我真怕他打仗打死了。怎么办呢?

万寿台说,孩子大了,心野。他也到了谈婚论嫁的年纪了。你管不住,给他相宜个媳妇,让媳妇管他。黄寒梅这才跟万寿台流露自己的想法。黄寒梅说,我也是这样想,可是如今在跟鬼子打仗,从哪里相宜呢?庄户人家的闺女谁愿意到队伍上来呢,来了队伍上也管不起饭啊。我寻思,能不能在队伍上给他相宜一个。哪怕先不成亲,有个牵挂,自然就稳当多了。

万寿台是个有数的人,一听这话就知道黄寒梅心里已经有小九九了。万寿台说,要不要我这张老脸说合?

黄寒梅说,不用,我自己来说。

万寿台问,那你相宜的是谁呢?

黄寒梅说,实不相瞒,我相宜的是方艾蒿。这闺女今年十六岁,跟三川正好同庚。

万寿台说,三川今年不是十七岁吗?

黄寒梅没有回答,接着说,还有一件事情,说来万大哥你别介意。我们两个孤男寡女在一起,日子长了,我怕有人说三道四,再说咱们两个人两条腿,下山打水都千难万难。我想跟郑团长说说,把艾蒿那孩子调到这边来,一来给咱们搭个帮手,二来也能堵住那些脏嘴。

万寿台也觉得这是个好主意。至于黄寒梅后来有没有机会跟郑团长说,他也不知道。陈三川出事之后,黄寒梅一反常态,既不哭也不闹,除了上山砍树要给三川打棺材,她还央求兵工厂的老马,给团部带信,要方艾蒿过来照顾她几天。当时她处在那种境况，提什么要求都不过分，副团长刘汉民果然把方艾蒿派了过来，还交代方艾蒿，一定要看住黄寒梅。就在楚城召开公审大会的前一天，黄寒梅带着方艾蒿下山走了一趟，至于到哪里，万寿台也不是很清楚，因为第二天黄寒梅就从山上摔下去了。

万寿台很有把握地对陈三川说，你娘最后的话，肯定跟方艾蒿说了，你去找方艾蒿没错。

陈三川的心被搞得七上八下，回到营地，反倒冷静了，他没有急着去找方艾蒿，他想等方艾蒿找他。可是过了两天憋不住了，跑到西华山庄的团部医疗所去找方艾蒿，马秋分跟他讲，方艾蒿去兵工厂陪了你娘三天，不知道被什么东西骇住了，恐怕是得了魔怔，回来后就发烧讲鬼话，医疗所没办法，郑团长让人把她送到商城他姐夫田甫德家去了，田甫德是郎中。

八

七月中旬那天，杨邑喜忧参半。喜的是从上面传来消息说，美国将动用秘密武器原子弹，压服日本天皇无条件投降，八年抗战将画上句号。忧的是上午召开紧急作战会议，章林坡布置的任务当中，除了准备接受日军投降、光复淮上州以外，还有两条，一是在勘定同淮上支队的防区边界之前，迅速占领西黄集、江店、笋岗、神仙坡等中间地带，同时以执行抗战任务为名，以两个团另一个营的兵力，移师棋仙寺和罗集，理由是为防止日军狗急跳墙，同淮上支队共守军事要地。

杨邑不想同淮上支队作战，这倒不是说他信仰马列主义。他什么都不相信，他就相信一条，中国人不应该打中国人，抗日战争的惨痛教训还不够吗？我们这个国家之所以被蕞尔小国欺负，不就是因为内讧内耗导致民不聊生导致一盘散沙吗？

官亭埠战役,对于杨邑的触动是深刻的。这么些年来,跟日本军队你来我往,多数避而不战,战也是躲躲藏藏遮遮掩掩,何尝像这样放开手脚,何尝像这次酣畅淋漓?应该说,这是因为同淮上支队并肩战斗才会出现的局面。可是眼看抗战胜利了,刚刚建立的联盟又要反目成仇了,他确实不知道会是什么结局。那一瞬间,杨邑差点儿拍案而起,骂几声娘,然后脱掉这身黄皮。

作战室气氛空前高涨,几个团长都跃跃欲试,希望自己成为受降的先锋。这些人都是聪明人,淮上州里日本人搜刮了七八年的财物堆积如山,一旦日本宣布投降,那么,这些财物不可能物归原主了,谁先进城就能坐收渔利,这是再明白不过的事情了。

章林坡部署完毕,缓缓扫视众人道,关于驻防棋仙寺和罗集,是一件不得不为之、同时又是很棘手的事情,请杨副参谋长周密计划。

杨邑的后背又出汗了,睁着一双混沌的眼睛看着章林坡说,师座,棋仙寺和罗集都是淮上支队的防区,同杜家老楼呈犄角之势,可以说是淮上支队本部的屏障。我们派部队去,师出无名,岂不是要挑起事端?

章林坡笑笑说,在我淮上州,我二一二师是名正言顺的抗日部队,哪里都是我们的地盘。况且眼下日军尚未投降,战争并没有结束。我部调整部署,乃情理之中。你做好计划后就到淮上支队,向他们挑明,本部集结之目的,完全在于合围淮上州,封锁水上退路,防止敌人转移战略物资。

杨邑说,这完全是欲盖弥彰。淮上支队又不是傻子,他不会看不出我们的下一步棋。

章林坡说,有些事情啊,他看得出说不出。我们的理由是正当的。他若反对,你就是扣一顶争名夺利暗中资敌的帽子,他也不得不戴上。本人深信,这一次他们不敢挑剔,如果挑了,那就是破坏抗战,后果自负。

当天晚上,杨邑辗转不眠,几次从床上跳下来,想写点东西,一会儿想写辞呈,一会儿想给陈秋石写一封信,信里什么也不说,就是叙旧话别,道一声珍重,或许多少也能宽慰一下愧疚的心。

可是几次拿起笔来,却不知道怎么开头。索性扔掉笔,把作战地图翻出来摊开,去看那些纵横交错的线条。

从图上看,棋仙寺和罗集分别在杜家老楼东北和西南,距杜家老楼均不过二十里路,中间隔着一条西汲河。这里是杜家老楼的南北大门,长期为淮上支队防守,棋仙寺有一个营的兵力,罗集有两个连队。自从陈秋石来了之后,又有所加强。除了这些正规武装,还有几个区中队和一部分民兵,明里暗里,虚虚实实,谁也搞不清楚那里有多少部队。但有一点杨邑清楚,作为咽喉要地,淮上支队是绝不会轻易让二一二师在那两个地方染指的。章林坡为什么要派兵进驻这两个地方,难道他真的相信淮上支队会俯首帖耳?恐怕不是,没准这正是章林坡设下的圈套,他就是要以抗日为名,在那里挑衅,激怒淮上支队。一旦淮上支队动武,那么,二一二师的四个精锐团就可以从三个方向进攻杜家老楼,战争就不可避免了。

显然,这不是章林坡自作主张,这个打算来自上峰。

杨邑的苦恼在于,这件事情怎么跟陈秋石谈。如果像章林坡说的那样,那就太无耻了,太流氓了,那样的话他杨邑说不出口。可是不那么谈又该怎么说,总不能说,我要打你,找不到借口,现在我们就以棋仙寺和罗集为借口,你同意我驻军,我就不打你,你不同意,我就打你。哎呀,不能这么说,他妈的这还是强盗逻辑。

杨邑想得好苦。章林坡过去挖苦他说,人不自爱,则无所不为;过于自爱,则一无所为。他过于自爱吗?不是,这他妈的压根儿就不是什么自爱不自爱的事情,这关系到人的良心道德。什么叫"为"?为虎作伥也是"为",助纣为虐也是"为",可是那样的"为"能为吗?打死也不能。

这一夜杨邑想了很多方案,他甚至有一阵冲动,借检查防务之机,披挂整齐,一走了之。可是走了又怎么办?自己十八岁从军,已经二十三年了,跟晚清余孽作战过,跟军阀走狗作战过,跟日本鬼子打得不可开交。眼看抗战快要结束了,他也可以衣锦还乡了,没想到风云突变,节外生枝,时局又变得这样凶险,又要同他的学生开战了,这个世界到底怎么啦?

可是不打又怎么办呢?真的解甲归田,世道恐怕也好不到哪里去,覆巢之下,安有完卵?还不如苟且军中,身后有几个兵,手里有几杆枪,伺机做一点人事。

太阳升起的时候,杨邑睡着了。在梦里他看见了紫阳关淮河大堤,他和陈秋石并肩站在堤上,河岸鲜花盛开,河面波光潋滟,河床上面一道彩虹横空出世。陈秋石说,好了,先生,这一切都不过是一场误会,都结束了,我要回家种田读书了,您也告老还乡吧。

他说,是啊,一等人功臣孝子,两件事读书耕田。采菊东篱下,悠然见南山……

早晨八点勤务兵来整理房间,老远就听见雷鸣般的呼噜声,勤务兵蹑手蹑脚进屋,看见躺在桌前的长官脸上荡漾着幸福的傻笑,嘴角还挂着哈喇子。

九

一个月后,赵子明返回淮上支队。

韩了君没有回来,他已经被任命为江淮军区副司令员了。蹊跷的是,司令员空缺,却没有让陈秋石接替,而是让他仍以副司令员的身份代理司令员职务,负责淮上支队的军事领导。

陈秋石对这个安排略微感到意外,赵子明零零星星地透露了一些内部情况,其实也是提醒他,军区和省委有几个首长认为他同国军来往密切了一些，担心他在新的战争面前转不过弯，所以暂时还要观察一段时间。

陈秋石惟有苦笑。

赵子明带回来一份绝密文件，鉴于抗日战争进入最后的关头，部队要抓紧当前的间隙，领导层进行整编，基层突击练兵。防区要重新勘定，军事要塞要加强兵力。而这一切，都只能在暗中进行，内紧外松，部队训练仍以日军为作战对象。

陈秋石当下就明白了，部队要应变，要防止国军二一二师抢地盘。

会后，陈秋石提出一个问题，假如日军投降，应该由谁受降？

赵子明说，这个问题由省委和军区考虑，可能要谈判。我们当前的任务就是把根据地牢牢地控制在手中，同时让部队正规起来。

陈秋石说，官亭埠战役虽然胜利了，但有很多不尽人意的地方，暴露了我们的指挥员有勇无谋的不足，我们是不是可以抓住这个空当，办一个军政随营学校，一方面学文化学政策，一方面提高指挥员的战术水平。

赵子明说，我不同意你的说法，官亭埠战役是你具体指挥的，大捷全胜，怎么能说我们的指挥员有勇无谋？

陈秋石说，官亭埠战役只能说达到了战役目的，胜利也是事实，但那其中有很多是以勇代谋，靠人海战术，靠流血牺牲取得的。对此我一直心存不安，我希望能尽快地提高部队的战术水平，我再也不想看到那么多的牺牲了。

赵子明说，老陈，我们都是领导干部，说话都是负责任的。坦率地说，我觉得你有个问题一直没有解决，那就是手软，怕付出代价。打仗是要死人的，前怕狼后怕虎，想把一切问题都解决了，那也就不用打仗了，束手就擒算了。

赵子明这话说得很重，但陈秋石考虑自己是代司令员，具体负责军事领导工作，所以还是坚持自己的观点。陈秋石说，打仗是要死人的,这话不错,但是我们当指挥员的,重要任务就是以最小的代价取得最大的胜利。我追求胜利最大化,牺牲最小化,这是不应该受到指责的。

赵子明见陈秋石态度强硬,怕激怒了这尊神,降低嗓门说,秋石同志,你的出发点是好的,可是,冰冻三尺,非一日之寒,集中搞战术训练恐怕来不及了,效果也不会太好,部队还是立足互帮互学。

陈秋石坚持说,本着内紧外松的原则,我们把营连长集中起来,也可以给我们的敌人造成错觉,认为我们松懈,而实际上我们在突击灌输战术思想。临阵磨枪,不快也光,有益无害。

赵子明说,把营连长都集中起来,部队怎么办?

陈秋石说,各级政工干部往常不好插手军事训练,把军事主官集中起来,正好让政工干部抓技术和班排战术训练,一举两得。

赵子明还是不同意,说,教材怎么办?你从太行山带来的一箱子书,全发下去也不够。再说,情况也不一样。

陈秋石说,你和韩司令员去开会这段时间,我已经让作战处选了六个典型战例,其中两个有经验值得推广,四个有教训值得汲取。只要有十天时间,就反复磨六个战役,举一反三,融会贯通,就能很大程度提高基层指挥员的战术水平,至少也能增加战术意识。

两个人互不相让,僵持了半天。任凭陈秋石软硬兼施,赵子明就是不同意搞随营学校。赵子明最后提出,由支队党委会讨论决定,陈秋石火了,拍着桌子说,在战斗中司令员有独断专行的权力,代司令员有代理独断专行的权力,如果这也要开会那也要开会,要我这个代司令员干什么?你们开会好了。说完,拂袖而去。

赵子明跟在屁股后面喊,秋石,秋石,老陈,老陈,有话好商量,你看你这是干什么?战斗中你可以独断专行,可现在不是还没有战斗嘛!

后来的情况是,随营学校最终没有搞起来,因为江淮军区不同意。江淮军区的意见是,当前形势云谲波诡,犹如冰河,河面平静而暗流涌动,一旦破裂,则浊浪滔天。在此形势下,各级指挥员不得擅离部队,不仅要防止外部突变,也要防止内部出乱。

有了这个精神,陈秋石只好闭嘴,心里有很多怨气,说不出口。恰在这时,淮上州地下组织送来情报,国军二一二师加强调整兵力的步伐,欲强行在我西黄集和棋仙寺驻扎兵力。

赵子明赶紧向江淮军区报告,军区回电很简单,非常时期,务必慎重,十天之内不打不争,地盘也不能丢,十天之后军区另有对策。

赵子明看了这个电报,脸都黑了,跟陈秋石发牢骚说,这是什么态度?语焉不详似是而非。不让丢地盘,又不让打,我又不是孙悟空,金箍棒往地上一画就给他搞一道天堑。他要是把部队派过来,我怎么办,给他喊话他就滚蛋了?

陈秋石拿着电文琢磨了半天才说,军区的意思是,暂时不跟他们针锋相对,避免正面冲突。不打仗,搞政治斗争,这是你的看家本事。

赵子明说,你是代司令员,搞政治斗争也必须有军事保障前提,你得拿主意。

陈秋石说,我没有主意,你开会商量吧。

赵子明说,你老陈怎么回事?你还对办随营学校的事情耿耿于怀,都火烧屁股了,你还给组织上拿一把?我跟你讲,就是开会,你也得拿主导意见。就十天,你能把二一二师挡住十天,上面自然就有对策了。

事实上,陈秋石之所以对这件事情阴阳怪气,并不完全是因为闹情绪。军区的意图确实像赵子明说的那样,语焉不详,似是而非,这也说明当前斗争形势十分复杂十分微妙,没有明确的政策界限,这就要靠下级相机处置了。不让打,又不能丢,那就只能靠谈判,而二一二师对西黄集和棋仙寺志在必得,谈判根本谈不下去。

不打,不谈,那还有什么办法能够挡住二一二师呢,真的从天上掉下一条大河?地震在楚城和西黄集棋仙寺开个裂子?天方夜谭啊!

这个问题让陈秋石想得头疼,十天之内他要用缓兵之计挡住二一二师,这比设计作战方案要难得多。他甚至希望这时候日本人在东南方制造事端,这样就可以牵制二一二师的精力。问题是官亭埠战役之后,日本人调整战略,闭门不出了。总不能跟松冈商议,让他在背后向二一二师捅一刀吧,这种事情章林坡能够做得出来,淮上支队不能干。

当天宿营前,陈秋石照例给老山羊洗澡。自从陈三川滚蛋后,陈秋石洗马不用别人插手,他洗得很细,耳后根,胳肢窝,后腿窝,哪里都洗到,最后的工序是洗马脸,眼角都不放过。

那天陈秋石却有点心不在焉,洗了一个多小时还没有洗好,手里的刷子东一下西一下,连老山羊都感觉不对劲了,老是回头舔他的手。

洗着洗着,陈秋石不动了,直起腰来,看了看快要落下的夕阳,对他的新任马夫说,把老山羊牵回去。又对冯知良说,去,把医院的陶院长给我请来。

陶至章一头大汗跑过来,陈秋石问,蚂蟥瘟和打摆子是不是一回事?

陶至章说,不是一回事,但是早期症状相似,发烧,舌苔发绿,面色赤红,打冷战。

陈秋石又问,能不能把健康的人搞成打摆子?

陶至章吃惊地看着陈秋石说,司令员问这个做什么?我们当医生的,只有把病人治好的义务,没有把好人治病的权力。

陈秋石摆摆手说,这个你别管,你只告诉我,有没有办法?

陶至章愁眉苦脸想了半天说,要说办法也有,不过人要受罪,蚊虫叮咬,水蛭吸附,加上气温骤变,冷热相激,都容易出现打摆子的情况。

陈秋石再问,打了摆子,有没有办法很快治好?

陶至章说,那是有办法的,这一带河湖水田密布,打摆子情况比较多,中医有现成的方子。

陈秋石说,好,你马上动手,给我找出十个打摆子的病号,再弄三头猪,两头驴,三五匹骡马,一律打摆子。

陶至章咋呼道,司令员,我的医院是战地医院,你居然让我把好人治成病人!再说我又不是兽医,我怎么能把牲口也搞得打摆子?

陈秋石说,那我不管,这是命令。

陶至章说,办法我可以想,但你得告诉我为什么要这样做?我是医生,医生是讲医德的,伤天害理的事情我不能做。

陈秋石笑笑说,我不是伤天害理,但是我也不能告诉你为什么要这样做,我只能告诉你,这是为了战争胜利。

十

夏文化把全营连以上干部的文化课作业送交过来,袁春梅不到三分钟就翻了个遍。

袁春梅问夏文化,这几个人当中,文化程度最高的是谁?

夏文化想了想说,应该是陈三川。

袁春梅吃了一惊说,啊,还有这样的事,陈三川不是文盲吗?

夏文化说,当年郑团长在东河口办学的时候,陈三川跟着他读过三年,不过读读停停,大约是因为家里穷,后来听说郑团长搞地下工作,他还站岗放哨呢。

袁春梅眼前一亮说,那好啊,读书三年应该算初小毕业啊,这小子居然还参加过早期地下工作,那不是个老革命吗?是啊,小老革命。

夏文化说,初小毕业恐怕算不上,郑团长那时候是校长,我问过他,郑团长说,因为时局动荡,学校风雨飘摇,上课断断续续,最后很不讲究了,恐怕不能算初小毕业。

袁春梅说,哦,我说呢,怎么一个初小生才会写这几个字。

夏文化说,陈三川这个同志打仗是一把好手,但是不安分,原先一让他学文化,他就反感,说多认几个字就能把鬼子打跑吗,还说脏话,说学那球玩意儿耽误训练。

袁春梅的脸一下子拉起来了,夏文化自知失言,涨红了脸说,对不起袁副政委,跟这帮流氓无产者混长了,我也……

袁春梅说,好了好了,你去忙你的吧。

夏文化敬了礼,刚要走,袁春梅又说,学文化是一件长期的事情,心急吃不了热豆腐,慢慢来。但也不能放松。部队要走向正规,没文化不行。

夏文化说,这个道理我讲了几年了,很艰难。但是最近奇怪,我们的五连长刘锁柱倒是积极起来,像吃了开窍药,才几天工夫,《三大纪律,八项注意》会念会写。听说他前几天到杜家老楼,见到陈副司令了,回来就说,陈副司令说他有培养前途。

袁春梅说,哦,知道了,就是那个手榴弹大王,长岭山战斗中表现不错。不过,这个同志爱吹牛,要加强教育。

夏文化离开之后,袁春梅又打开二营的文化课作业,抽出陈三川的那张,越看越失望。陈三川的字实在难看,东倒西歪,松紧不一,整个一个鬼画符。一篇《三大纪律,八项注意》,错别字超过半数。

中午饭前,江碧云跑来向袁春梅报告,支队火线剧社的梁科长来了,要采访陈三川,好像是要写脚本。

袁春梅沉吟片刻说,好啊,是先吃饭还是先谈事?

江碧云说,我已经安排伙房加了两个菜,边吃边谈吧。

袁春梅抬头看了看天说，他们七连不是在团部执勤吗，派人去把陈三川叫来。

江碧云迟疑了一下说，不好吧，我们还不了解梁科长她们的意图呢。

袁春梅迈开步子，头也不回，大大咧咧地说，什么意图？宣传抗战，是我们共同的工作，什么意图也用不着遮遮掩掩。

江碧云还是踌躇，小心翼翼地说，袁副政委，还有一个问题，我们几个女同志谈工作，这种场合陈三川会不会拘束？

袁春梅有些不耐烦，一摆手说，女同志怎么啦？女同志也是同志嘛。陈三川还会拘束？一个军事指挥员，怎么能拘束呢？我们就是要克服他的拘束。

江碧云左思右想，觉得不合适，况且伙房把饭都做好了。江碧云说，她们采访什么，首先要同政治处交换意见，有些话，陈三川在场不好讲。再说，我们应该先单独给陈三川交代一下，防止他说出不得体的话。

袁春梅不悦地看着江碧云说，你这个人怎么回事？什么不得体？他难道还会说他擦枪走火是故意的？陈三川是莽撞了一些，但是大事不糊涂，他是有脑子的，你不要庸人自扰！

这话就说重了，江碧云无奈，自嘲地笑笑说，也许我是多虑了。好，我这就派人去喊。

团部的大伙房在西华山庄的东边，用毛竹扎的一个大棚子。伙房大师傅给客人加了一个韭菜炒鸡蛋，一个豆腐汤，一个咸鱼炖萝卜，还有一盆红烧肉，用食盒挑到袁春梅的房东家，送到厢房。袁春梅说，啊，很丰盛嘛，简直像过年。

不一会儿，江碧云领着梁楚韵和胡亚捷过来，陈三川随后也到了。梁楚韵脸上红扑扑的，给袁春梅敬了个礼说，袁副政委，又来打搅了。

袁春梅握着梁楚韵的手说，客气什么？大家都是为了革命。

你们累了,我们边吃边谈。

梁楚韵看着八仙桌说,这一路没白累,没想到你们三团还有这么多好东西。

袁春梅说,这是沾你们的光。你问陈三川他们天天吃什么,还是咸菜就杂面馍,一周吃不到一顿大米饭,一个月吃不到一顿肉。

梁楚韵顿时局促起来说,啊,那我们怎么好意思吃这么好的东西,太铺张了。

袁春梅说,哈哈,艰苦的时候有,也不能老是艰苦啊!来,有了好东西,不吃是傻子。就座吧。陈三川,你过来,坐在我旁边。

袁春梅这么大大咧咧地一吆喝,大家就不再寒暄,纷纷落座。袁春梅亲自下手给梁楚韵盛了一碗豆腐汤,梁楚韵赶紧站起来双手接着,嘴里直说,谢谢袁副政委,我自己来。

袁春梅说,你是上海人,上海人习惯吃饭先喝汤。来,三川,功高劳苦,这块肉是你的了。一边说,一边举着筷子,夹出一块肥瘦相间的五花肉,小心翼翼地往陈三川的碗里放。岂料刚放进去,陈三川一紧张,呼啦一下站起来,碰到面前的海碗,咕咕咚咚滚了下去,五花肉落在了地上。

在座的人全都吓住了。大家都知道,所谓的红烧肉并没有多少肉,其实就是盖在上面的几块,下面垫底的都是萝卜,袁春梅夹给陈三川的,是最上面的一块,也是最大最厚的一块。陈三川的碗往下滚的时候,江碧云眼疾手快伸手去接,不仅没有接住,还差点儿把自己的碗碰掉了。梁楚韵心疼得直嘘气,旁边的胡亚捷还尖叫了一声。

袁春梅说,哎呀怎么搞的,吃个饭你起立十什么?这么好的一块肉,可惜了。

陈三川憋得脸通红,差点儿眼泪都流出来了,可怜巴巴地看着袁春梅,突然后退一步,弯下腰去,二话不说,抓起沾满灰土的五花肉,一把塞进嘴里。

十一

　　章林坡派杨邑到淮上支队谈判,十天之内要在西黄集和棋仙寺驻扎部队,给杨邑出了个天大的难题。长官部给章林坡的时间也是十天,十天之内如果不把这两个地方拿下来,等军事调处开始,那就麻烦了。章林坡板着脸对杨邑说,老杨,从今天起,到收复西黄集和棋仙寺,还有十天,时不我待。你不要推三阻四了,你的任务就是到淮上支队跟他们挑明。

　　杨邑说,我去怎么说?我去跟他们说,我看中了你的小婆娘,把她让给我,他同意吗?

　　章林坡说,他同意了更好,识时务者为俊杰,退一步海阔天空。他要是不同意,就是包藏祸心,那时候就不怪我们不仁义了,国军既要抗日,也要戡乱。

　　杨邑说,这样说恐怕不妥,抗战还没有结束,我们还是统一战线,用戡乱这个字眼,传到淮上支队,反而是我们被动。

　　章林坡火了,手敲桌面上,老杨,请你注意你的屁股,你的屁股现在坐在二一二师的作战室里,而不是淮上支队的宴会桌上。我跟你讲,不少人都反映你,身在曹营心在汉。好在你是我的同窗,好在你在抗战中立了一些功劳,好在有个官亭埠战役让你有了抗战功臣的名气!我跟你讲,不是我这棵大树,军统那帮子人早就对你下手了。现在抗战进入尾声,表面看来平静,实际上险象环生。你给我收起你的那份清高,跟淮上支队打交道再也不能不讲原则了,知道的你是好好先生,和稀泥,不知道的,你整个一个就是吃里扒外。

　　杨邑半天做声不得,过了好大一会儿才说,知道,我知道,我是什么人,师座最清楚。

杨邑知道章林坡决心已下,志在必得,只好沉默,心里盘算,另外想辙。第二天早上,杨邑向章林坡提出,鉴于西黄集和棋仙寺的丘陵地貌,攻防均有优势,我军驻扎既然要进驻该地,还是应该把周边情况摸清楚,点线布局合理一些。

章林坡警觉地看看杨邑说,你又有什么花花点子?

杨邑说,为慎重起见,我想亲自勘察西黄集和棋仙寺的地形。

章林坡不吭气,吸了一口雪茄,再盯着地图看了一会儿,抬起头来说,老杨我跟你讲,你不要抱有侥幸心理。现在国共两家正在商量军事调处,十天之后情况可能会变得更复杂,占领西黄集和棋仙寺,势在必行,迫在眉睫。谁推诿扯皮,那就是挖党国的墙脚。

杨邑说,师座你要是信不过我,那这个任务你就交给别人,我看郭得树最合适。

章林坡说,郭得树搞人可以,谈判不行。你要是不打算跟淮上支队暗送秋波的话,还是你去。可以去勘察地形,心中有数之后再去谈判也行。但是,意图不能暴露。

杨邑顿时轻松了不少,心里想,车到山前必有路,走一截看一截吧。

七月二十二那天,秋高气爽,万里无云。杨邑率领政训处处长郭得树、参谋处副处长孙文前、军需处副处长赵颖敏,副官龙柏和警卫连连长黄通化,带了一个班,分乘一辆敞篷嘎斯和一辆卡车,沿窑冈嘴、神仙坡,向西黄集进发。

路上谈起任务,郭得树说,抗战已经八年了,眼看就要胜利了,我们大别山的老百姓也应该安居乐业了。我真希望我们这一趟能够说服淮上支队,顾全大局,避免摩擦。

杨邑说,我何尝不是这样想,可是淮上支队在这两个地方经营数年,恐怕不会拱手相让的,怕只怕无功而返。

郭得树说,如果真的谈崩了,该怎么办?

杨邑说,听天由命吧。

孙文前说,跟淮上支队打仗,不比跟鬼子作战,恐怕还要艰难。

杨邑说,这话怎么说,淮上支队的战力难道比日本人还要厉害?

孙文前说,从装备和兵力上讲,淮上支队同日本人有天壤之别。可是打仗也不仅靠兵力火力,还是天时地利人和。如今,淮上支队兵力部署已不是半年前,但凡要点都有重兵,而且依山傍水,进退自如。真打起来,不说固若金汤,至少可以抵挡半年。他的持久战术不仅适用于抗日,也适用于对付我部。

郭得树说,听孙副处长这么一说,我们的前途就是那么黯淡?

杨邑说,战局还没有开张,现在说什么都为时尚早。诸位不要忧国忧民了,先琢磨我们跟淮上支队怎么谈。

然后就是七嘴八舌,无非还是章林坡的那套论调,是为了防止日军狗急跳墙,偷运战略物资,转移兵力。二一二师此举,纯属加强防务,配合淮上支队关门打狗,云云。

众人议论的当口,军需处副处长赵颖敏很少插话,但笑不语。包括杨邑在内,没有人知道赵颖敏的另外一重身份。前天的作战会后,赵颖敏就同淮上支队设在淮上州的秘密情报站接头了,当夜传来淮上支队代司令员陈秋石的指示,要他散布西黄集地区发生瘟疫的消息,争取促使二一二师派出防疫人员到西黄集调查,岂料他早晨刚把这个消息散布出去,还没有流行起来,司令部就通知他跟随杨副参谋长前往西黄集勘察地形,正中下怀,不禁窃喜。

山道坑坑洼洼,崎岖难行,大约走了两个小时多一点,离西黄集还有六七里路,迎面撞见一队人马,拦住了去路。汽车停下之后,副官龙柏和警卫连连长黄通化从后面的卡车上跳下来,跑到前面察看,不一会儿两个人神色慌张地跑回来,黄通化说,不好,前面遇到个蚂蟥瘟,人快死了。

杨邑哦了一声,沉吟道,啊,这是什么季节,还会有蚂蟥瘟?赵副处长,你懂医,蚂蟥瘟是秋天流行的吗?

赵颖敏说,这个病春秋两季都可能出现,不过以春天居多。今年江淮雨水多,河湖水田泛滥,孑孓滋生,出现蚂蟥瘟不足为奇。

孙文前眉头紧蹙,冲黄通化一挥手说,还愣住干什么,赶快,让他们从田埂绕过去,把路让开!

黄通化应了一声,郭得树说,等等,我去看看,我还没有见识过蚂蟥瘟呢。

赵颖敏说,郭处长,蚂蟥瘟传染性极强,最好不要靠近。这种病死亡率极高。

郭得树已经迈步了,听说后又停住步子,想了想问龙柏和黄通化,你们亲眼看见病人了?什么样子?

龙柏老老实实地说,没有见到,不敢见。这种病不敢靠近。

郭得树对黄通化说,去,叫两个兵,再叫个排长,去给我看看清楚,蚂蟥瘟到底是个什么样子。

杨邑说,再问问,病人是从哪里来的,这是第一个还是第几个?

黄通化领命而去,吆喝一个排长带着两个士兵,一路小跑过去,让抬人的老百姓把被子揭开,缩头缩脑地察看一番,又比比划划地问了一阵,再一路小跑回来,在离杨邑等人还有十多步的地方,赵颖敏突然大喝一声,站住,就在那里回答!病人是什么样子?

三个人猛地站住。排长回答,问清楚了,病人脸红发烧,我摸了一下,烫人。

杨邑问,问清楚没有,是从哪里来的?

排长回答,是从西黄集来的。

杨邑问,往哪里抬?

排长回答,抬到松毛岭河湾,等死。

杨邑问,这是第几个病人?

排长回答,这是第四个病人,昨夜死了两个,听说西黄集还有三个人开始发烧。今天早晨死了两头猪,还有一头驴,拉磨的时候突然倒在地上,口吐白沫。

排长报告完毕,一行人的脸都黑了。孙文前说,他妈的,早不瘟,晚不瘟,怎么这个时候发瘟了。我看西黄集不能去了。

杨邑踌躇半天说,不去恐怕不行,还是要去看看。黄连长,你让那个排长带那两个兵,不要上车了,徒步回去。

赵颖敏说,回去之后,不要回兵营,直接到医院找三科的余大夫,就说我说的,每人打一针卡杜米,然后住进隔离病房观察。

如此这般安排妥当,这才上车继续前进。大家都不说话,走了一阵,孙文前试探着问,参座,非要到西黄集去吗?要不,您和郭处长在这里歇歇脚,我和赵副处长去一趟,也就可以了吧?

杨邑半闭着眼,轻轻地摇摇头。

郭得树说,我看我们也不用这么紧张,我就不信到西黄集走一趟就得上蚂蟥瘟了,这里面会不会有什么文章?再说,蚂蟥瘟已经不是不治之症了,用不着谈虎色变。

杨邑说,我也这么想,不入虎穴,焉得虎子,看看,心里就有数了。

赵颖敏苦笑一下,不再说话。

不多一会儿,到了淮上支队警戒线,在这里警戒的分队已经接到通知,友军长官来视察防务,前哨连副连长跑步过来敬礼报告,杨邑又问,听说西黄集发生蚂蟥瘟,是不是有这么回事啊?

淮上支队的副连长回答,部队也有三个人发高烧,已经转移到杜家老楼了,不知道是什么病,上级不让问,只是通知,近几天停止助民劳动,军民隔离。

杨邑没再多问,上车后说,原计划在西黄集和马建科见面,吃他们一顿饭,摸摸他们的态度。现在遇上这么个情况,诸位说,这个饭还吃不吃?

孙文前说,我看算了,这鬼地方到处都是陷阱,再说,马建科那个半吊子团长是个炮筒子,只会打,上面的意图他连边都不沾。

杨邑说,我们总得看看他的防务吧,万一以后真的交手了,我们也知道他的重点在哪里。

　　郭得树说,杨副参谋长,防务就不必看了,他哪天动哪一个棋子,情报处一清二楚。再说,他们现在是陈秋石代司令,这个人鬼得很,兵无定势,咱们能够看到的,都是假的。

　　杨邑又把眼睛闭上了,好大一会儿才说,那好,人不下车,车不熄火,把西黄集大街小巷给我转两圈,到他们的团部,跟他们打个招呼,就说军务繁忙,不便叨扰。

　　后来就把车子开到西黄集东南马庄,急匆匆地同淮上支队在这里的最高长官,也就是团长马建科见了个面,简单地寒暄几句,推托说司令部急召,不宜逗留,午饭就免了。马建科也不挽留,只是说,也好,西黄集这两天情况不好,支队首长很担心,怕瘟疫蔓延,我们正在采取措施。各位长官自便吧。

　　杨邑等人在西黄集总共滞留了不到一个小时,却是触目惊心。按杨邑吩咐的,人不下车,车不熄火,车窗外面不时看到人抬人,有六七家人家的门口还挂着黄旗,这是标志着家里有传染病人,在西黄集北头的坝场上,有一群人架着柴火堆,柴火上面放着几具牲口的尸体,正准备焚烧。车子离开西黄集,还是在前哨连警戒的那个地方,老远看见一个出殡的队伍,当时郭得树就骂了一句,真他妈的晦气,西黄集怎么转眼之间就变成人间地狱了?

　　一车人都相信,西黄集确实发生蚂蟥瘟了,心里都是阴云笼罩,而杨邑在离开西黄集之后,却是疑窦丛生,因为汽车缓缓行驶在西黄集街面的时候,他透过车窗看见远处的山坡上有一群骡马,那是淮上支队的士兵在遛马,在那群五颜六色的骡马里,他一眼就认出来了那匹腿短身子长的深栗色战马,那就是传说中的神马,陈秋石的座骑老山羊。

十二

梁楚韵最终接受了廖添丁布置给她的任务,采访陈三川,编写一出话剧脚本,剧名廖添丁已经想好了:《应该审判谁》。思路还是那个思路,陈三川擦枪走火无意伤人,章林坡借题发挥揪住不松,少年英雄要饭送死,途遇敌人白手夺枪,女司令陈词感天动地,民心难违刀下留人。

袁春梅看了脚本大纲之后,连声说好,亲自动手做了修改,把事件起因改掉了,李万方改为日军"樱花一号"收买的间谍李简捷,以战术教官身份做掩护,盗窃我军机密,被我执勤的学员连长陈三川发现,鸣枪警告,准备活捉,间谍李简捷仓皇奔逃,慌不择路被绊倒,撞死在逃路上。这样一改,陈三川打死李万方的动机就没有任何毛病了。

袁春梅对梁楚韵说,别说事实本来就是这样,即便不是这样,但是艺术可以高于生活。

梁楚韵对此没有异议,相反,她不能不佩服袁春梅,到底是受过高级教育的知识女性,四两拨千斤,简单一改,作品的成色就不一样了。

袁春梅还改了一处,把脚本中的所谓女司令也就是她本人,改成了一位爱国的职业女律师,没有任何政治背景。

到了这个地步,完成这个脚本,梁楚韵基本上就不用采访陈三川了。但她还是来到三团,按照廖添丁的要求,她要同陈三川相处一段时间,要从英雄的外在行为深入到英雄的内心世界。

事隔半年之后,梁楚韵之所以接受了《应该审判谁》的创作任务,除了廖添丁说的,这是政治任务给她的压力以外,对陈三川经历的好奇也是一个重要的方面。随着采访的深入,陈三川的母亲黄寒梅在陈三川受审的那一天,突然坠崖身亡,这不能不引起梁楚韵这样一个小知识分子文艺工作者的敏感,为此梁楚韵采访了万寿台,但万寿台什么也没有提供给她,那个瘸腿老红军抽着旱烟,满脸无知的表情,反反复复就是一句话,找郑团长吧,郑团长什么都知道。梁楚韵也找了郑秉杰,郑秉杰能提供给她的,就是黄寒梅和陈三川娘儿俩到东河口的那些陈芝麻烂谷子的事儿。郑秉杰说,陈三川的身世,别说我不清楚,连他自己都不清楚。

有一点梁楚韵搞清楚了,黄寒梅临死之前的最后时光,是同一个叫方艾蒿的女战士一起,麻烦的是,方艾蒿已经疯了,被送到商城郑秉杰的姐夫家里了,梁楚韵现在没有办法同方艾蒿见面。

大纲敲定之后,梁楚韵就动手写初稿,写着写着,她觉得不对劲,因为按照现在的大纲,在整个事件的处理过程中,没有体现支队首长的作用,而她知道,在最初确定谈判方针的时候,是陈副司令提出来,一是以攻为守,二是咬紧擦枪走火,三是争取舆论同情,在公审之前就争取民众呼声一边倒。特别是封锁陈三川归队的消息,让二一二师得意忘形,然后让陈三川突然出现在公审大会上,一举变被动为主动,这是关键的一招。陈副司令当时说话的情景梁楚韵至今还能记得,胸有成竹,不容置疑。就连后来特务营抬着棺材去紫阳关,声称为陈三川收尸,从而瞒过二一二师守军的眼睛,把陈三川装进棺材运到公审大会会场,都是陈副司令的主意。陈副司令即便不是直接的当事人,没有像袁春梅那样在大庭广众之下一展风采,但他是实际的决策人,幕后总指挥。这个事实怎么能忽视呢?

思路到了这一层,梁楚韵的创作又遇到了障碍。

部队这段时间文化课抓得紧。听说刘锁柱文化课突飞猛进,受到了袁副政委的多次表扬,陈三川也急眼了,硬着头皮上马,只要有工夫,嘴里念念有词,手上比比划划。一个多月下来,写字工整了些,勉强可以写日记了。

教材是支队部编写的《山区攻防战斗基本特点及战例分析》,薄薄的一个小册子,里面有具体战斗事例、各种数据、经验教训。这是陈秋石亲自抓的一项工作,囊括了淮上支队成立之后的十几个典型战例,要求各级指挥员烂熟于心,会念、会写、会讲、会分析。

陈三川学得异常吃力,但是不学不行。陈秋石在大会上说过,这将是淮上支队的干部近一年必读的课本,明年这个时候,谁达不到"四会",就革职。刘锁柱就是因为文化课学得好,已经提拔到营里当副营长了,转眼之间成了陈三川的顶头上司,陈三川不能不重视。

在内心深处,梁楚韵老是想搞清楚,陈三川的那一枪是不是故意开的。当然她也知道,别说从陈三川那里,就是从任何人那里,她也休想得到真实的答案。有一次陈三川正在摇头晃脑地背课文,梁楚韵把他叫出来,到西村的晒场上采访,问陈三川,你是神枪手,用枪非常熟练,你怎么能走火呢?

陈三川抵触地说,你吃了这么多年的饭,难道没有咬过一次舌头?

梁楚韵说,我们是自己的同志,你可以跟我说实话,这样我就能够把握你的真实心理状态。

陈三川说,我当时什么都没有想,就是走火。

梁楚韵问,当时李万方是不是有窥探我军机密的行为?

陈三川说,他就在我们的电台后面活动,不是也是。

梁楚韵问,从二一二师手里把你救出来,你认为谁的功劳最大?

陈三川毫不含糊地回答,是袁副政委,袁副政委能说会道。

梁楚韵又问,能不能说说你小时候的事情,听说当年你是跟你母亲逃难到东河口的,在此之前的事情你还记得吗?

陈三川不耐烦了,说,你问得太多了,你不像记者,像国民党的特务。

梁楚韵说,我要积累素材啊。我还有一个问题,你从来没有见过你的父亲吗?听说你们家原先是大户人家呢?

陈三川说,你那个破戏到底要写什么?我没有工夫跟你瞎扯,我还要学文化呢。

梁楚韵问,你想你的父亲吗,你想知道你父亲的下落吗?

陈三川眯起小眼睛,看了梁楚韵一会儿,站起来,拍拍屁股走了。

这以后,梁楚韵就没有再找陈三川了。在构思剧本的时候,她突然产生了一个灵感。陈三川走火事件峰回路转,很有传奇性,可是,这里面似乎少了什么?从政治层面上讲,少了我军高级干部的作用,从感情层面上讲,缺了亲情,假如,假如在关键的时刻,挺身而出,据理力争,力挽狂澜的不是袁春梅,假如站在公审会场胸有成竹慷慨陈词的是我军的一个高级干部,假如他就是陈三川失散多年杳无音信的父亲,一对抗战父子在那个特殊的场合下相认……天哪,那是一幅什么样的情景,那是多么感人的一幕,那是多么震撼的效果?

进入构思状态,梁楚韵的脑子里甚至已经有了那个人物的形象,高大,严峻,睿智,仪表堂堂,谈吐不凡,出口成章,掷地有声……那是谁呢?在太行山百泉根据地,他是战神;在大别山官亭埠战役中,他运筹帷幄,决胜千里。他就是陈副司令陈秋石啊!

梁楚韵被自己的这个念头吓了一跳,激动得发抖。

这是虚构吗?是的,这是虚构。可是,这个虚构的情节多么具有合理性,多么具有可能性!

这一夜梁楚韵几乎没有合眼,她反反复复地推理,想象着当初陈秋石因为参加革命,秘密出走,离开了封建家庭,把自己家里的财产带到了革命队伍,然后迅速成长为一名智勇双全的指挥员。他的妻子带着儿子千里寻夫,落难寄人篱下,终于也参加了革命队伍。这是完全可能的啊,况且,他们都姓陈。

此刻折磨着梁楚韵的,已经不是创作激情了,而是要揭开一桩惊天秘密的冲动,是要帮助一对革命父子战地相认的热情在她的心里熊熊燃烧。

可是到了第二天早上,她又为自己的幼稚哑然失笑了。怎么可能呢?如果陈秋石是陈三川的父亲,他们的根同在大别山,他们有一百个线索、一千个机会相认,怎么会等到她一个小小的战地记者兼编剧来揭开这桩秘密?陈副司令是什么人?陈副司令明察秋毫,洞悉一切,陈三川要是他的儿子,他一眼就能认出来。

当然,在梁楚韵的心灵深处,还潜藏着另外一个秘密。白天和夜晚的想法不一样,夜里她可以想象陈三川和陈秋石是父子关系,可是到了白天,一看见陈三川那邋遢的样子,其貌不扬的长相,阴沉沉的表情,还有他那一不小心就冲出嘴巴的脏话,她就会否定自己的想象。怎么可能,陈副司令那么温文尔雅风流倜傥的君子,怎么会有这样一个抬不上桌面的后代?断断不可能!如果真是,不光有损陈副司令的形象,还会波及她本人。她惊疑地发现,不知道是从什么时候开始的,她的脑子里已经被陈副司令占据了大半个空间,闭眼就来,如影随形,挥之不去。

第 八 章

一

突如其来的胜利,像狂风一样席卷着大别山南北两麓。

就在日本天皇宣布无条件投降的前夕,二一二师的部队强行向南向西推进,两个精锐团集结在汲河边上,兵锋所向,直指杜家老楼。

淮上支队接到命令,即刻整编为淮上独立旅,由陈秋石担任旅长,赵子明担任政治委员。郑秉杰调地方工作,任淮西地委书记。淮上独立旅下辖三个团,一个特务营,一个警卫营,一个通信连。整编后的部队共有兵力三千二百人。

国民党方面,二一二师整编为新编第七师,章林坡晋升为中将师长,陈东山为少将副师长。新编第七师下辖四个旅,每旅辖三个团,总兵力一万多人,比过去多出一倍还多,相当于抗战时期的一个整编军。杨邑被任命为二十一旅少将旅长。

自从淮上州松冈联队投降之后,二一二师同淮上支队就撕破了面皮,先是围绕受降问题,反复摩擦,最后的结果是二一二师以政府正规军的名义接管了淮上州。

当年春节,章林坡在淮上州城内举行光复年会,派了两辆汽车到杜家老楼接陈秋石和赵子明,陈秋石主张参加,赵子明反对。赵子明说,去干什么,现在握手不能握,交手不能交。我们准备好,该打的时候老子才跟他们战场上见。

翌年初春,淮上独立旅接到正式命令,成立"军事调处执行小组",由陈秋石任首席代表,旅副政委袁春梅任副代表,随员有一团团长马建科、作战科长冯知良、政治部组织科长江碧云、战地报社副主编梁楚韵。梁楚韵兼任执行小组书记员。另外,从战斗部队抽调刘锁柱率十名经过专门训练的战士作为警卫随从。

新编第七师方面的首席代表是陈东山,副代表是新上任的少将副官长郭得树,随员有副参谋长孙文前、政训处副处长龙柏。

前来淮上州协调双方的美方代表是格林中校。在三方代表当中,格林年纪最大,已经是四十五岁的半老头了,然后就是陈东山,也已年过四十。陈秋石在这几个人当中,属于年龄最轻的,三十六岁,风华正茂,精力最旺。

赵子明跟陈秋石开玩笑说,这个半吊子调处,恐怕调处不出个啥名堂,现在就看谁先打第一枪了。你老兄搞了个美差,搞了个少将军衔,发了呢子军装,到淮上州吃香喝辣的。不过我得提醒你,可别学国民党那些接收大员,偷偷摸摸地给咱们搞个抗战夫人回来。

陈秋石苦笑说,你要是眼气,可以给军区打个报告,你去跟他们磨嘴皮子,我还是带部队给你撑腰。

赵子明说,你不要以为离开你我们淮上独立旅就不能打仗了,我不是战术专家,打日本鬼子我不如你,打国民党我还是有办法的。

阳春三月,陈秋石率领执行小组上路了。本来章林坡派了两辆敞篷吉普车和一辆卡车,但是陈秋石不坐,陈秋石坚持要骑他的老山羊。

临走之前,陈秋石检查人员装备,见刘锁柱满头大汗,指挥几个战士往卡车上抬麻袋,陈秋石问,麻袋里装的是什么?

刘锁柱捋起袖子揩揩脑门的汗,咧着大嘴得意地说,是手榴弹,我准备了二百个手榴弹,国民党要是捣乱,我能把淮上州炸得鸡飞狗跳。

陈秋石说,胡来!我们是去谈判,不是拼命的!把手榴弹留下!

刘锁柱傻眼了,看着陈秋石,还想争辩,见陈秋石的脸黑着,咕咚咽了一口唾沫,向战士们挥挥手说,还愣着干什么,听旅长的。

然后就出发。

陈秋石骑马,马建科和冯知良也只好骑马。袁春梅带着江碧云和梁楚韵坐车。袁春梅说,他妈的国民党的车不坐白不坐,我们坐他的车,烧他的油,也是斗争。

三团一营是全旅精选的战斗力最强的部队,连排长都是技术高手,战士中也多有身怀绝技之辈,被誉为敢死营。选营长的时候,袁春梅力排众议,差点儿跟陈秋石和赵子明拍了桌子,坚持让陈三川来当这个营长。确定谈判之后,旅部特地把一营调到西黄集一线,随时准备应战。

一行人走到西黄集前卫哨站的时候,路边列队站着一排全副武装的战士。陈三川胸前交叉挂着两根皮带,屁股后面坠着两把驳壳枪,立正敬礼报告。陈秋石下马问,部队准备好了吗?陈三川说,报告首长,三团一营做好一切准备,只要首长一声令下,就立即打到淮上州,打他个鸡飞狗跳,活捉章林坡。

陈秋石笑笑说,我们这次去是谈判,不是活捉章林坡的,也不是被章林坡活捉的。你们的任务就是在这里警戒,不要轻举妄动。记住,没有旅部的命令,不能越过汲河一步!

陈三川说,明白,我们就在汲河这边操练,让窑冈嘴国民党的部队每天都能看见我们刺杀。

陈秋石说,那我问你,在谈判期间,万一窑冈嘴国民党的部队过来挑衅,比如他渡过汲河,或者过桥,你们怎么处置?

陈三川说,我们记住了首长的死命令,第一鸣枪警告,第二退避三里,第三围而不打。

陈秋石说,好,要严格执行。围而不打尤其关键,围要围得严实,只要你把他围住了,消耗他的弹药,让他弹尽粮绝,等执行小组来了,你们就大功告成了。

陈三川说,我明白了,我挑逗他们主动过来。

陈秋石点点头说,他们只要没有过河,你就不要挑衅,以免授人以柄。打仗要动脑子,匹夫之勇成不了大事。

陈三川立正回答,我记住了。

一路辗转,第二天上午,执行小组到达淮上州,下榻在皋城大饭店。这几个人还算是见过世面的,但还是惊叹房间里的豪华铺设,马建科没有用过陶瓷便盆,到处问茅房在哪里,进去之后找不到茅坑,一个劲儿喊,在哪里尿尿,难道是在盆里?隔壁女厕所里江碧云和梁楚韵羞得不敢吭气,想笑不敢笑,袁春梅系好裤带,走到男厕所门口看了看,推门进去指着便盆说,这就是茅坑。

马建科在厕所里足足待了十多分钟,出来之后满头大汗,面红耳赤地说,他妈的,茅坑还弄这么讲究,硬是不敢尿。

冯知良低头一看说,马团长,你不往尿盆里尿,怎么尿到裤子上了?

马建科恼火地说,他妈的七弄八弄,就是尿不出来,刚想提裤子,哗的一下就出来了。正说着,陈秋石也上完厕所出来了,看看马建科的裤子说,这样不行,你这个样子让国民党的人看见了,笑掉大牙!你赶紧钻到被窝里,一会儿国民党的代表过来看望,我们就说你病了。

马建科不知是计,当真钻到被窝捂了一个多小时,连闷带急带害臊,搞了一身大汗,直到中午才出被窝。

这天中午,新编第七师在皋城大饭店搞了一个规模很大的接风宴会,还请了庐剧班子来唱折子戏。淮上州里真的假的军官太太来了三十多个,宴会厅里摆了十二桌,章林坡坐主席,格林中校坐首席,淮上州的专员赵伯雄坐次席,陈东山坐三席。陈秋石和袁春梅虽然在主桌就座,但是已经搞不清楚席位是第几了。还没有坐下,袁春梅就发现问题,看着自己的名签,迟疑着是不是落座。陈秋石当然也看出来了,但是陈秋石什么也没有说,笑笑,坦然落座,并且给袁春梅递了一个眼色。

宴会开始,章林坡首先致辞,介绍为了中国人民的和平事业奔波的尊敬的格林中校,为了支持抗战率领民众保障抗日军队的赵伯雄专员,参与指挥黄石林战役、司坡店战役、官亭埠战役的本部副师长、本部执行小组首席代表陈东山先生,还有我们的友军,淮上游击队的代表……

章林坡的介绍抑扬顿挫,就是不提陈秋石和袁春梅的名字,袁春梅差点儿就站起来了,被陈秋石一把按住了。

章林坡见陈秋石没有发作,并且还在微笑,心里一阵熨帖。他的主意就是让陈秋石第一次在公开场合露面的时候丢面子,现在看来陈秋石没有这方面的思想准备,被搞了个措手不及。章林坡感到目的达到了,举着酒杯说,诸位,抗战胜利,举国欢腾,然而,众所周知,在我们收复河山,亟待建设家园之际,淮上地区共产党的游击队提出了……章林坡停顿了一下,看了陈秋石一眼,见陈秋石仍在微笑,于是接着往下说——提出了一些不近情理的要求。当然,国难当头之际,淮上游击队也曾经做过一些于抗战有利的事情,帮助国军进行战斗。至于摩擦,那也是兄弟之间的事情。政府和本部本着和平的精神,请来了格林中校,意在调解。本人相信,在格林中校和政府的努力下,淮上游击队一定会深明大义,以国家为重,克服一己私利,配合支持政府和本部齐心协力重振河山。今天是个皆大欢喜的日子,是个胜利的日子,是个和平的日子。为了庆祝和平和胜利,我提议,诸位端起酒杯,干杯!

章林坡一声召唤,各个角落顿时喧嚣起来,觥筹交错,男人们干杯的喊声一片,女人们的笑容如同鲜花盛开。章林坡挥挥手对侍卫交代,奏乐,一会儿要请我们淮上州庐剧名角郭啸声女士为诸位助兴。

顿时,鼓乐齐鸣,丝竹管弦覆盖了宴会厅,敬酒祝贺的声音不绝于耳。

就在这个时候,陈秋石站了起来,旁若无人地走到麦克风前,站定,敲了两下话筒,把右手举了起来,往下一压,语速低沉缓慢,却有很强的穿透力:女士们先生们……

宴会厅先是一阵骚动,渐渐地安静下来。

陈秋石淡淡一笑,把两手交叉放在胸前说,刚才,章林坡将军在介绍来宾的时候,有一个小小的疏忽,章林坡将军没有介绍本人和我的同行,这样一来,我就没有办法给诸位敬酒。为了弥补章将军的疏忽,我自我介绍一下,本人乃新四军淮上独立旅少将旅长、淮上独立旅首席代表,我姓陈,名秋石,陈秋石……

陈秋石话音刚落,宴会厅一片惊呼,啊,这就是陈秋石啊,大名鼎鼎的陈司令,威震大别山的战神,官亭埠战役的首席指挥官……啊,原以为新四军都是土包子,没想到这么风度翩翩……

章林坡的脸色难看极了,僵在那里,似笑非笑,给自己找了个台阶,也靠近麦克风说,啊,是兄弟疏忽,陈旅长是淮上游击队首席代表……

陈秋石向章林坡淡淡一笑,接着说,这位是我的副代表袁春梅女士,诸位还记得陈三川擦枪走火事件吗?就是袁女士取证确凿,披露了真相,从而保证我抗日英雄免遭冤杀……

大厅里又是一片喧闹。有人说,听说此人三寸不烂之舌胜过一个团的兵力,没想到是一位巾帼,这么标致的女人……

袁春梅起身,款款转向四周,微笑。

陈秋石说,本人还想纠正章林坡将军的另一个疏忽,我们新四军在大别山的部队不是游击队,它的前身是淮上支队,现在是淮上独立旅,是正规部队。至于章林坡将军所言,所谓淮上游击队也曾经做过一些于抗战有利的事情,帮助国军进行战斗,我想,毋庸赘言,官亭埠战役结束还不到一年啊!

突然之间,大厅静下来了,偶尔有一两声刀叉落在桌面的声音。章林坡惊恐地看着陈秋石,几次想把手举起来,又在半途落下了。一位副官蹑手蹑脚趋步至章林坡的身后,聆听他的命令,但章林坡什么也没有说,不易觉察地向身后摆了摆手。

陈秋石见近两百双眼睛几乎一眨不眨地落在自己的身上,神情一变,顿时冷峻起来了。陈秋石说,诚如章林坡将军所言,今天是胜利的日子,是和平的日子。在胜利和和平的日子里,还有一些人我们不该忘记,我提议,脱帽,为原二一二师、淮上支队两部在抗战中殉国的四千三百六十二名英烈默哀!

大厅里的空气在骤然间凝固起来,就像冰冻横亘在人们之间,呼吸似乎在刹那间停止,外面的春风犹如暴风骤雨。陈秋石垂下了脑袋,袁春梅垂下了脑袋,陈东山也垂下了脑袋,就连那个还没有明白发生了什么事情的格林中校也垂下花白的头颅……有的观望,有的俯首,有的……最终,所有的人都低下了自己的头。章林坡脸如死灰,趔趄一步,站稳,沉重地、缓缓地、深深地、把自己的脑袋垂下了。

二

你说,陈秋石这个人该不该枪毙!

章林坡失态了。他没办法不失态。烧香引出个鬼来,他妈的那个陈秋石简直是突然袭击,没有防备他搞这一套。章林坡对付陈秋石,并没有掉以轻心,下令给他们安排最好的住处,陈秋石一行到达皋城大饭店之后,他和陈东山、杨邑亲自去看望。可是,他们居然还是不领情,还是给本师座出了个大洋相。

章林坡在几个师旅长官面前足足骂了半个小时,没有一个人插话,当然,也没有一个人能够分担他的耻辱。杨邑也在立正挨骂的行列里,杨邑心里很清楚,章林坡搞了个鸡飞蛋打。章林坡是给淮上独立旅的代表安排好了住处,上午他也确实带领一干人等前往陈秋石等下榻的饭店看望,他还对陈秋石等人说过,党争那是上面的事情,你我同在大别山抗日,多次携手,生死与共,情同手足。公事要办,私情不断,这就是我新编第七师对淮上独立旅的态度。就是将来开战,我新编第七师也到别处打,跟淮上独立旅碰面,我全师枪口永远抬高一寸。

章林坡什么话都可以说,什么事也都可以做。他的如意算盘是私下里给足陈秋石的面子,大庭广众之下,一点面子也不给,让淮上独立旅威风扫地,哪里想到会是这个下场啊,自寻其辱啊!

宴会杨邑自始至终都参加了,他在第二桌上主持。宴会开始前,为表示慎重,章林坡亲自察看宴会大厅。杨邑一看见主桌上的席位安排,还以为是搞错了,因为淮上独立旅和新编第七师都是当事方,而新编第七师是东道主,陈秋石作为淮上独立旅的首席代表,至少应该居于次席的位置上,若是考虑到中国人的礼仪习惯,陈秋石坐首席,格林坐次席,也并无不妥。杨邑亲自动手把陈秋石的名签和陈东山调了个个,陈东山也会心一笑,没想到章林坡看了之后也是一笑,但是他似乎有意无意地,又把名签换回来了。从那一刻起,杨邑的心就一直揪着,他既觉得对不起陈秋石,又怕陈秋石发作。刚开始陈秋石不动声色,他还有点侥幸,认为新四军可能不拘小节。可是章林坡祝酒词还没有说到一半,杨邑就暗暗叫苦了,情况不妙啊,陈秋石越是不动声色,他就越是感觉不妙。果然!

自从陈秋石来到大别山,一个官亭埠战役,震动了江淮半壁河山,淮上支队扬眉吐气,章林坡如鲠在喉,虽然战役后期他使尽浑身解数,贪天之功为己有,在上峰那里,在新闻界,他都出够了风头。但是他知道,真正的功臣把调门降低,并不等于默认他的风头。淮上支队韬光养晦，暗中并没有吃亏，比如，战区发给淮上支队五百条步枪，一万发子弹，并且追加了三百个兵员编制，补齐了原先亏欠的军饷。还有，日军投降的时候，慑于淮上支队业已坐大，名声在外，虽然淮上州由二一二师受降，但是玫山、霍州、商城三县的敌伪，则是向淮上支队投降，除了日军的装备物资，还有汉奸董占水的一千多兵力，都由淮上支队收编或者遣散了，不然淮上支队也不可能在一夜之间就把三个团的虚架子填满。特别让章林坡痛心疾首的是，年内围绕西黄集和棋仙寺之争，二一二师志在必得，淮上支队斗智斗勇，阴差阳错，就差几天，停战令就下来了。当时章林坡提出，因故电信中断，没有接到停战令，然而上峰却急电严饬，不得擅自行动，其中的缘由当然是顾忌淮上支队的抗战名声。

章林坡拍案发泄了很长时间，才消停下来，盯着杨邑说，老杨，你这个教官了不起啊，教出了这么个好学生！你有没有办法，把这口恶气给我出了？我个人栽面子事小，新编第七师的体统重大。一定要让陈秋石斯文扫地，不然谈判就没有主动可言。

杨邑说，如果我们再搞一个同样的场合，用同样的手段，那就显得我们太小气了，太拙劣了。何必睚眦必报？我们是跟他谈判的，又不是跟他争面子的。

章林坡说，我跟你讲，陈秋石如此跋扈，你老杨是有责任的，有严重的责任！官亭埠战役之前，淮上支队提出的很多想法都是有阴谋的，包藏祸心，而我们有些人就是睁眼瞎子，不是睁眼瞎子就是内奸。

杨邑木然肃立，并不争辩。他跟章林坡说不清楚。

但杨邑回避也没用，章林坡还是把矛头对准了他。章林坡说，尤其你老杨，鼠目寸光，被短暂的胜利所蒙蔽，地盘让了几处，我军的部署也透露了不少，还有电台。他妈的我的十部电台，一仗打下来，只回来四部，两部坏的，两部假的，这不都是你老杨干的好事！

杨邑说，这个问题我是有责任，当时也是考虑抗战需要，至于后来发生的变故，人算不如天算，我没有办法。

关于电台问题，杨邑确实有点心虚。当初他硬着头皮找章林坡，满足了陈秋石的要求，给了十部电台，可是战役结束后，淮上支队绝口不提归还电台的事情，杨邑几次派人到杜家老楼催促，一个电台排最后只回来十几个人。淮上支队的解释是，有六个人阵亡了，三个人负伤了，还有十一个人失踪了，开小差或者提前逃回二一二师了，剩下的，愿意留在淮上支队参加抗战，自作主张跑到江淮军区受训去了。十部电台，炸毁三部，留下一部做教练用，归还四部，还有两部，也怀疑是被开小差或者提前归队的人携走了。

杨邑当时很恼火，埋怨陈秋石不该言而无信。但军需处副处长赵颖敏回来跟他说，电台的事情不是陈秋石处理的，那段时间不知道因为什么原因，陈秋石无端受到内部批评，没有得到重用，意志消沉，到大别山西南游山玩水去了。

赵颖敏的话半真半假，杨邑将信将疑。后来想想，一个官亭埠战役，淮上支队首当其冲，二一二师被动参战，任务最重的是淮上支队，打得最艰苦的是淮上支队，装备最差的还是淮上支队。而二一二师不仅避开了日军的锋芒，保住了紫阳关，还加官晋爵誉满天下，委实不公正。就算淮上支队昧起几部电台，也算不上过分。如此，杨邑就编了一通谎话，选择一个章林坡高兴的时机，干脆说电台排没有归建的人，一半阵亡，一半失踪，没有归建的电台一半毁坏，一半去向不明。章林坡明知不实，但是当时处在狂喜的巅峰，晋升中将，加授勋章，还有五根金条的奖赏，春风得意，心旷神怡，听了杨邑的汇报，眉头微微蹙了一下，很快就松开了，做出一副雍容大度的样子，叹了一口气说，好吧，叫花子跟龙王爷要宝，多少总得打发一点吧。这件事情就这样吧。

以后冷静下来，章林坡后悔不迭，每次后悔，都要大骂杨邑暗度陈仓。问题是现在杨邑的名气也大了，官亭埠战役结束后，长官部专门来了一个电文,调研官亭埠战役资料。二一二师方面的战术想定十分完美,这当然得益于陈秋石的帮助,却让长官部对杨邑倍加赏识,而且由于陈秋石的支持,淮上支队的战役资料也完整地送到长官部,长官部认为杨邑同淮上支队斡旋,比章林坡要出色得多,所以后来整编的时候,杨邑得以重用,连章林坡都始料不及。

章林坡终于对杨邑增加了警惕,过去他只认为杨邑吃里扒外是因为他的清高和正直,是因为他政治上糊涂,可是西黄集和棋仙寺又被他搞丢了,章林坡就怀疑杨邑政治上有问题了。

杨邑到西黄集勘定防区,没头没脑地出现了一个蚂蟥瘟,引起了二一二师极大的恐慌,作战会上,但凡说起派兵西黄集和棋仙寺,众人皆缄默不语,弄得章林坡的心里也是疑疑惑惑,七上八下举棋不定。待他终于下了决心要亲自调查的时候,停战令下来了,上峰严厉要求,不得轻举妄动。如此一来,西黄集和棋仙寺之争,又被搞成了一锅夹生饭。这件事情不怪杨邑怪谁?杨邑简直就是蒋干,不,比蒋干还蒋干!

当然,章林坡到目前为止还不知道,除了吃里扒外的杨邑,他的身边还有一个淮上支队真正的同盟,这个人就是现任军需处处长赵颖敏。公正地说,杨邑也是被蒙蔽的,他并没有制造蚂蟥瘟的谣言。

那天章林坡的情绪糟到了极点,会议开始后,很长时间他还在骂人,骂完了杨邑又骂郭得树,郭得树手下不仅有情报人员,他本人跟军统还有联系,调处宴会上章林坡出丑露乖的情况很快就被长官部知道了,一个电话打来,把章林坡骂得狗血喷头,"猪脑子"都用上了。章林坡说,他妈的我的身边都是特务,这里宴会还没有结束,长官部怎么就知道了?妈的,邀功讨赏啊,未尝我这个师长下台,就能轮上你了。诸位,我跟你们讲,我就是滚蛋,这个师长也轮不到你们这些人,长官部里等我这个缺的人多得是!你们给我老老实实恪尽职守,倘若我发现谁在背后做我的文章,别怪我不客气,我跟你们说,我章某的手是见过血的!

三

陈秋石在参加宴会之前一再交代大家,斗争非常复杂,一定要始终保持清醒头脑,宠辱不惊,既不能飘飘然,也不能借酒浇愁,一句话,不卑不亢,不醉酒失态。

可是后来情况发生了变化,陈秋石往麦克风前一站,梁楚韵的心呼啦一下就热了,她从那双平静的目光里感受到了坚定的力量,那风度翩翩的身躯就像磁铁一样,在瞬间凝聚了整个宴会厅的目光,那从容的语调,波澜不惊的话语,就像雷鸣一样从所有人的头顶隆隆滚过。她知道,这同样是一场战争,这是人格和智慧的战争,他一个人进行的战争……那时候,她顾不上别人了,她的目光始终都放在他的身上,偶尔瞥一眼那个刚才还踌躇满志的国民党中将,转眼之间,就像被人猛踢一脚,她真担心他会倒下去。

胜利了,无条件地胜利了。当陈秋石宣布默哀完毕之后,宴会厅的空气很久很久才恢复过来,还是陈秋石在驾驭会场。陈秋石说,逝者已去,英灵尚存,我们胜利了,我们追求和平,英烈们应该为我们高兴。女士们先生们,举起酒杯,让我们庆祝吧,干了它!说完,一仰脖子,把酒干了。

一直僵硬的气氛这才松动起来,然后推杯换盏,你来我往。那时候梁楚韵有一个冲动,她已经顾不上纪律了,也顾不上矜持了,她非常想冲到前面去,给陈秋石敬个酒,借着酒劲,趴在他的耳边说一句重要的悄悄话。至于陈秋石会不会接受她的表白,会不会严肃地批评她,那她就不管了。

可是,她没有机会。很多年后她回忆,她这一辈子只见过一次那样的场面。宴会厅里男男女女二百多人,至少有一半座位是空的,那些民主人士,那些军官太太,那些商界和政界名流,甚至包括新编第七师的军官,不约而同,不谋而合,自然而然,排起了长队,从第六桌贴着墙根一直排到主桌,这个队伍的龙头举着杯子,向陈秋石先鞠躬,后敬酒。第一个这么做了,后面就约定俗成了,每一个敬酒的人,都是先向陈秋石鞠一躬,然后敬酒。队伍越排越长,然而后面的人耐心十足,中途没有人退场,也没有人插队,秩序井然,神情虔诚。

梁楚韵看见,除了国民党的军官和个别的军官太太,多数人在向陈秋石敬酒之后,旁若无人,对尴尬站在一旁、僵硬赔笑的章林坡熟视无睹,擦肩而过。另外有一些人,向陈秋石敬酒之后,马上转向袁春梅,袁春梅那天成了宴会的二号明星。

梁楚韵最终没有去敬酒,也没有人给她敬酒。她同江碧云和冯知良等人坐在第三桌上,她喝酒的愿望非常强烈,她频频举杯,跟江碧云碰杯再跟冯知良干杯,如此往复数次,走路都有点摇晃了,以至于冯知良担心起来,问她,梁楚韵同志,你怎么啦,别喝醉啊!

她说,你别管,我高兴!你不是从太行山来的吗,你知道吗,你知道我和陈秋石……哦,陈旅长,是什么关系吗?

冯知良大惊失色,赶紧摆手说,梁楚韵,你不要忘记这是什么场合,你不能再喝了,再喝就违反纪律了。

梁楚韵杏眼圆睁,瞪着冯知良说,我没醉。你说我跟陈旅长是什么关系?什么关系都没有,是上下级的关系,是同志关系。可是,我愿意保护陈旅长,在战斗中,我可以用我的身体为他挡子弹。

冯知良厉声喝道,梁楚韵,住口,别喝了!再喝我就让人把你架回去!

这场宴会持续时间很长,章林坡完全控制不住场面了,陈秋石俨然成了主角,章林坡事后说,没想到老子精心搭台,让陈秋石唱了一场大戏。

宴会结束后,陈秋石站在宴会厅门口,同众人握手惜别,依然面带微笑,军容一丝不苟,风纪扣严严实实。

回到住处小院,陈秋石回头对袁春梅等人说,今天大家辛苦了,不再开会了,早点休息。

袁春梅说,大获全胜,我们还想喝酒呢。

陈秋石站在楼梯台阶上,看了看周围说,休息吧,天都快亮了,明天还要谈判。

袁春梅说,好,恐怕是个不眠之夜。

陈秋石上了楼,又转身向楼下看,负责警卫的刘锁柱像变戏法似的从某个角落钻出来说,首长放心,我们十二个人,把营地四周围得铁桶一般,连个苍蝇都飞不进来。

陈秋石问,同志们吃饭了吗?

刘锁柱说,国民党给我们搞了一桌宴席,大鱼大肉,可是我们不敢吃,怕他下蒙汗药,坏了大事。我们吃自己带的干粮。

陈秋石笑着说,什么蒙汗药?下次再有宴席,你们给我放开肚皮吃。你没听袁副政委说吗,不吃白不吃。

刘锁柱说,赵政委有交代,首长的安全第一。

陈秋石说,你们吃宴席我就不安全啦?笑话。留两个明岗,把你的潜伏哨都撤了,睡大觉。

刘锁柱说,那怎么行,国民党阴险得很,首长扫了他们的面子,他们能不报复?我们万万不能睡大觉。

陈秋石哈哈一笑说,报复是肯定的,但是绝对不会在这个地方,尤其不会在这个时候。我敢断定,今晚给我站岗的绝不止你们,百步之外,至少有新编第七师一个排警戒,还有巡逻队。

刘锁柱说,那我们就更不能睡觉了,我们要防止他们使坏。

陈秋石说,他们都是保护我的,使什么坏?你大可放心,现在怕我不安全的不仅是你,还有新编第七师。我要是在今天,在这里被人谋杀了,那么新编第七师就完蛋了。你明白吗?

刘锁柱抓耳挠腮想了想说,明白。

陈秋石说,你还是没有明白。不管你是真明白还是假明白,我命令你,撤回潜伏哨,睡觉,迎接新的战斗。

后半夜了,梁楚韵还丝毫没有睡意。披衣下床,伫立窗前。她看见月亮已经挂在中天之上。她想起了太行山的月亮,月光照在群峰叠翠的山谷里,就是一首幽远的诗。那时候她还年轻,对革命充满了激情,她十六岁初中刚毕业就跟随先生廖添丁来到了太行山,那时候她连爱情都不知道怎么回事,突然有一天,同伴田秋韵神秘地跟她讲,你知道吗,我们这些女战士以后都要给老革命当老婆。她说,你胡说什么,我们是来革命的,怎么会给老革命当老婆,这跟封建包办婚姻有什么两样?

田秋韵说,是真的,给老革命当老婆也是革命啊,可是我不想嫁给老革命,我想嫁给冯知良。

冯知良也是廖添丁的学生,同梁楚韵和田秋韵一起来到太行山的,人长得文静,在抗大学习过,会画地图,受到成旅长多次夸奖。

梁楚韵那时候谁也不想嫁给,她觉得让她嫁给老革命,是一件不可思议的事情。革命是一件多么神圣的事啊,把革命同男婚女嫁搅和在一起,简直就是对革命的亵渎。

后来田秋韵又跟她讲,成旅长非常器重那个叫陈秋石的战术专家,而陈秋石因为在情感上受过刺激,出现了精神障碍,成旅长希望用爱情的力量呼唤他觉醒过来,当时物色执行该项任务的第一个人选就是梁楚韵。

那时候,她已经认识了陈秋石,漳河峪战斗结束后,她还采访过陈秋石,以后甚至还在文工团里跟陈秋石合演过《三打穆家寨》,以她那时候的年纪,虽然不能完全摸透组织上的意图,但她还是朦朦胧胧地感到,组织上这样安排是有深层含义的。奇怪的是，那时候她既没有排斥，也没有更多的想法，那时候毕竟还年轻啊！

再以后，她跟随干部团来到了大别山，情况突然起了变化，在她的眼皮底下，陈秋石连续打了两个漂亮仗，一个是武打，一个是文打，精彩绝伦，绝无仅有，尽管他比她年长十多岁，可是，那又有什么关系？爱情是没有年龄界限的。在当初的淮上支队，除了陈秋石，谁还能打动她的芳心？掰着指头数上三千个，别说那些土包子，就是年轻的参谋干事甚至是战报和剧社的知识分子，没有一个能跟那个人相提并论，他们的距离遥远如同月亮和太阳。

梁楚韵创作的剧本《应该审判谁》已经排练了，但是没能上演就停了下来，因为停战令下达之后，上级要求政治宣传工作尽量回避敏感问题，避免刺激国民党。好在梁楚韵同时作为战地报社的主笔，写了一系列的报道，基本上真实和完整地反映了陈三川擦枪走火事件前后、官亭埠战役始末。这些文章先在支队油印的战报上发表，后被江淮省进步报纸《江淮日报》连载，有些还发表在《新华日报》上，为以后部队整理战史提供了最原始的依据。

现在，梁楚韵又被新的创作激情燃烧着，她已经构思了一个题目，叫作《把酒问青天》，不是剧本，当然也不是通讯，她要把她认识陈秋石前前后后的细节再梳理一遍，写一部小说。

灵感燃烧，思如泉涌，这是多么折磨人的事情啊？可是比这更折磨梁楚韵的是，为什么在太行山的时候，组织上没有把那层意思挑明？组织上现在还有没有这个意思？如果组织上已经淡化了这个意思，她该怎么办？时过境迁，今非昔比，她感到她现在同陈秋石的距离已经十分遥远，陈秋石在她心中差不多都快成神了，她怎么才有机会跟一个神表达她的心迹呢？

四

陈三川在西黄集憋了一个多月,终于憋不住了。部队天天在汲河边上耍大刀,沉闷得很。而一河之隔的国民党守军不知道从哪里搞来几个女戏子,妖冶风骚,经常到汲河大桥招摇,走到一半就开始抛手绢,唱情歌,弄得部队眼花缭乱,心里也很乱。

陈三川让战士们用木材和毛竹搭了一个瞭望哨,每天都要上去观察一阵子。有时候看见对面有军官走动,忍不住,就把枪举起来瞄准,咔咔地摆弄扳机,嘴里念念有词,好,消灭一个,好,又消灭一个。

枪是空枪,但是陈三川开枪的欲望日益强烈。有一次副营长许得才看见陈三川把枪装上子弹了,脸都吓白了,追着陈三川的屁股喊,我的爷,你可不能随便开枪啊,陈旅长说了,非常时期,谁挑起事端,枪毙。

陈三川说,老子开枪不打人,打兔子总可以吧?

许得才说,打兔子也不行。你这里一开枪,对面找茬,麻烦就惹大了。陈旅长还在淮上州呢,你开枪,那陈旅长不就成了他们刀板上的肉吗?

陈三川掂掂手里的枪说,他妈的,老子就是想开枪,这玩意儿都快生锈了。

许得才说,你开枪可以,但是你得把子弹退下来。咱们来这里执行任务的时候,团长说得清清楚楚,我的任务就是制止你胡来。

陈三川横了许得才一眼,没有吭气,哗啦一下拉开枪栓,把子弹退出来了,往桥上看了一眼说,老许你看,女人又来了,跟我上去看。

两个人爬上棚子,许得才拿起望远镜,看了一会儿说,他妈的一看就不是正经的戏子,是婊子,也许戏子婊子都是。国民党的兵真快活。

陈三川说,老许你说话要注意,难道你想去当国民党的兵?

许得才说,我什么兵也不想当,我就巴望陈旅长他们谈判成功,我回家还是炸油条,我都快四十岁的人了,还给你这个半大橛子当副手,他妈的这叫什么事情啊!我婆娘守活寡守了七八年了,我老是不回家,她要是给我戴绿帽子我也不知道。

陈三川说,就你那黄脸婆,浑身都是油条味,有人偷吗?

许得才说,那也难说,再丑的女人也是女人啊,东河口出贼啊,当年还有人偷我的油条呢。

陈三川说,他妈的我都忘了,你还记得啊,要不是看在抗日的分上,我差点儿就打你黑枪了。

许得才在淮上支队是年龄最大的连长,整编的时候,陈三川和刘锁柱都当了营长,许得才本来也是准备安排当营长的,可是许得才死活不干,许得才不知道从哪里搞了一个包袱,沉甸甸的,足够一头驴驮,被手下的排长报告给团长马建科,马建科让许得才把包袱打开,摊了一地,什么都有,日军的钢盔、军服、皮带、药品,还有半袋黄豆,一铁皮桶汽油。马建科黑着脸问,你这是干什么?

许得才老老实实地回答,抗战胜利了,我得回家了,我要炸油条,再不炸,我的手艺就废了。

马建科说,瞧你那点出息!抗战胜利了,不等于革命胜利了,我们还有比炸油条更重要的工作。统统没收!

许得才大叫,团长,冤枉啊,这不是公家的东西,这都是打扫战场过后我捡来的。

马建科说。捡来的也不行,也要交公。

许得才说,我抗战七八年,没有功劳也有苦劳,我当连长不怕死,长岭山战斗我打死过两个鬼子。

马建科说,那也不行,现在没有说部队解散,你一卷铺盖,涣散军心,那是要枪毙的。

许得才说,枪毙我也得回家,你看我都快四十岁的人了,比团长你还大六七岁,再打仗跑不动啊!

马建科说,你官升一级,不去想怎么杀敌立功报答组织,反而要开小差,简直是反革命。

许得才还是哀求说,就让我回家吧,我婆娘等我等了七八年,她要是改嫁了,我怎么办?

马建科说,改嫁了好办,等你官当大了,可以娶个如花似玉的城里小姐,让你那黄脸婆把肠子悔青。

七搞八搞,许得才最终没有走脱,但是因为他已经有开小差的思想,营长是不能当了,调到陈三川的手下当副营长。

部队开往西黄集的时候,马建科又找许得才谈话说,老许你是老同志了,年龄大有年龄大的难处,也有年龄大的好处。陈三川这小子是个半吊子,打仗不怕死我放心,平时不信邪我不放心。你们到西黄集执行任务,最重要的一点,凡事都要听命令,绝不能擅自行动。我给你临机处置的权力,一旦发现陈三川蛮干,你先把他的枪给我下了,关起来等我处理。

许得才咬牙切齿地说,好,有机会我就把这个半吊子关起来。

马建科说,那也不能随便关啊。

许得才说,我当然不能随便关,我得设个陷阱让他自己钻。

马建科说,那被枪毙的就不是他,而是你。你老许别以为别人喊你小诸葛,你真的就成诸葛亮了,别聪明反被聪明误啊!

许得才这才说了实话,团长你就放心吧,陈三川那个愣头青,我防都防不过来,哪里还敢给他摘陷阱?

尽管许得才像条狗一样寸步不离地跟着陈三川,一不留神,这伙计还是把纰漏捅出来了。

汲河东岸马坡街的守军是新编第七师二旅四团一营,抗战胜利后,国军上层刮起一阵接收大风,中层以上军官中饱私囊,肥得流油,下层军官小打小闹,也搞了一些,贪污腐化成风。马坡街本来就是个风情所在,因为有水运码头,又有早年军阀修的公路交叉而过,交通便利,是江淮和河南、湖北重要的商贸集散中心,街上酒楼茶肆林立,淮上州的达官贵人不少外室也秘密安插在这里,所谓抗战夫人随处可见。有了这个背景,商贸更是繁荣,明妓暗娼死灰复燃,有些酒楼戏园同时兼做皮肉生意,守军军官多数都是嫖客,逐渐有人久嫖生情,做出一些浪漫的事情。

有一天陈三川在瞭望哨上枯坐,百无聊赖,正无精打采,突然望远镜里出现两个人影,一个像是军官,另一个花枝招展,眼见得是女人了。这段河面宽不过四十丈,陈三川看得真切。起先还是好奇,眼看着这对男女钻进对岸河湾的竹林里。

看着看着,陈三川激动起来,他终于找到事情做了,呼啦一下从棚子里跳了下来,二话不说,绕堑壕跑了一圈,把全身跑得火烧火燎,然后钻进这边的林子里,三下五除二脱掉军装,抱了一堆竹叶埋好,只穿了一个黑布短裤,神不知鬼不觉地潜到河里。

时值初春,乍暖还寒,陈三川的心里却热乎乎的。这一个多月过的日子就像坐班房,这下他总算找到乐子了。

当天晚上,新编第七师的电话呼呼地响个不停,接着淮上独立旅的电话也响了,消息很快传到军事调处执行小组。新编第七师首席代表陈东山提出紧急会晤,通报了国军一名连副在马坡街南边的河湾里被人掐死,身上手枪财物悉数被抢,其女友只身逃脱,不知去向。这件事情只能解释是河西新四军守军所为。

陈秋石乍一听这个情况,脑袋一下就大了。这种事情很像是陈三川干的。但是分析陈东山所掌握的情况,又暗自松了一口气。因为新编第七师方面派出的是副代表郭得树,陈秋石也派出了袁春梅,规格对等。

袁春梅赶到谈判室,格林中校和郭得树已经在等待了。袁春梅详细听取郭得树介绍的情况,听完之后,又把材料拿到自己的面前,逐一研究。袁春梅冷笑一声说,现在断定是我方守军所为,为时尚早。我认为国军军官之死,不排除情杀可能。

郭得树说,不怕袁女士见笑,该军官携带之女友,乃马坡街娼妓,人尽可夫,不存在情杀的可能。

袁春梅说,据我所知,国军守军在马坡街以抗战功臣自居横行霸道,鱼肉百姓,买东西不给钱,吃饭不结账的情况屡屡发生,马坡街百姓不堪重负,伺机报复,敲山震虎也未可知。怎么能轻易做出结论是我军所为?

郭得树说,根据现地痕迹分析,刺客是从汲河上岸的,而国军军官罹难的河湾,当面是贵军三团一营的防区。恕某不恭,贵军三团一营营长正是陈三川。我们推断,杀害国军军官的凶手,不仅是贵军所为,而且肯定是陈三川亲手干的。

袁春梅冷冷地问,有证据吗?

郭得树说,去年发生所谓擦枪走火事件,国军一名军官无端毙命。无独有偶,此番又是在陈三川防御对面发生国军军官被杀事件,我们不认为这是巧合。

郭得树话还没有说完,袁春梅就拍案而起,厉声道,郭将军,你身为国军军官,怎么能信口雌黄?陈三川擦枪走火事件,业已经过淮上州公审,早有定论,乃无意伤人,我部已着陈三川将功补过,从连长降为马夫,这是有目共睹的事实。这件事情怎么能作为陈三川杀害国军连副的证据?完全是栽赃!格林先生,这个问题我们没有办法谈下去了,除非国军方面找到真正的凶手。

格林耸耸肩,两手一摊说,你们中国人的事情太难办,任何事情都很复杂。但是我认为袁女士言之有理,陈三川有过过失杀人的前科,并不意味这次又是他做的。

郭得树说,格林中校,您太不了解陈三川了,此人极其阴毒,嗜杀成性,而且对国军一直怀恨在心……

袁春梅说,郭将军,我暂时不反驳你对我军干部的诬蔑不实之词,我只是问你,证据?

郭得树说,我建议执行小组到西黄集进行调查,提审陈三川,事发时陈三川的部队在做什么,陈三川本人做什么?还有痕迹,汲河两岸的痕迹,总会有蛛丝马迹的。

袁春梅分析,事情如果真是陈三川做的,现场应该不会留下痕迹,不怕调查,但是转念一想,不行,因为马坡街驻军和警察所呈报的案情表明,国军连副临死之前进行过殊死搏斗,能在激烈的搏斗中制服对手,凶手也一定付出不小的代价,负伤在所难免。万一真是陈三川,一旦调查,还真麻烦。袁春梅拿定主意,绝不能答应到西黄集调查,实在不行就拖,哪怕通知陈三川连夜离开西黄集,让国军代表看不到活人,他就是怀疑也没有用,因为格林中校只看证据。

岂料,郭得树说完,还没等袁春梅开口,格林中校就连连摇头说,唔,这不行,没有足够的证据,这个人还不是犯罪嫌疑人,而是正常的公民,我们必须尊重公民的合法权利,不能仅仅因为这个人有可能就去提审他,这是侵犯人权的。

郭得树火了,气不打一处来,一拍桌子说,狗屁,我们这里没有公民,只有老百姓,只要我们怀疑,就可以抓来审问。

格林中校扭过头去,问翻译,郭得树先生说的狗屁是什么意思?这件事情好像同某种动物有关系,是吗?

翻译苦笑了一下说,郭将军的意思是,是……说,狗屁是某种动物释放的某种气体。

格林中校说,哦,下面的意思呢?

翻译说,郭将军的意思是,我们这里没有公民,只有老百姓,只要我们怀疑,就可以抓来审问。

格林中校的脸上出现了极其愕然的表情,盯着郭得树,像看着一个奇怪的动物。格林中校说,将军阁下,你要对你的话负责,作为一个将军,无视公民的权利和尊严,我感到非常遗憾。我不同意调查陈三川。

说完,拿起烟斗,起身要走。

郭得树急了,不顾礼仪,拉住了格林,一连声说,误会,误会啊!尊敬的格林中校,您听我解释……

格林挣脱了郭得树,很不高兴地擦擦手说,我不听解释,我只要证据。

这个结果不仅郭得树没有想到,连陈秋石和袁春梅也没有想到。国军当然不肯善罢甘休,到西黄集调查不成,于是把调查重点放在寻找那个妓女的身上。

妓女倒是找到了,可是用处不大。据妓女描述,那天就在她和国军连副野合的时候,一个半裸的蒙面人突然从天而降,一把把她摔到一丈开外,接着就骑到国军连副的身上,拳头如同暴风骤雨。连副挣扎还击,两人打斗了一阵,终因被动,出手无力,被对方掐住喉咙窒息而亡。妓女在连副同杀手搏斗的时候逃之夭夭,躲进了官亭埠的一个亲戚家里,等到国军的调查人员找到她,已是十天以后的事情了。

十天之后执行小组到西黄集调查,发现河滩上龙腾虎跃,杀声震天,走近一看,部队正在训练擒拿格斗,包括陈三川在内,一个个摔得鼻青脸肿,根本分不清新伤旧痕。

郭得树看了半天,咬牙切齿地说,预谋,这是预谋。

格林中校也觉得不对劲,看看袁春梅,再看看郭得树,两手一摊说,证据,请郭代表继续调查,一定要找到证据。

事后郭得树向章林坡报告说,让美国人来主持调处,简直就是乱点鸳鸯谱,他什么都要证据,而淮上独立旅最善于销毁证据。

五

所谓的军事调处,只有美国佬犯傻,国共双方心照不宣,仗早晚还是要打的。

调处的核心内容,除了受降遗留的问题,主要集中在根据地的归属上,落实到淮上州,则主要集中在西黄集和棋仙寺。双方唇枪舌剑寸土不让,今天你找个理由,明天我找个理由,今天你节外生枝,明天他推诿扯皮,把格林中校弄得焦头烂额,几乎什么实质性的问题也没有解决,嘴角起了疱就消不下去。到了最后,格林中校也学乖了,不管什么事情,听得多,讲得少,郭得树和袁春梅争论的时候,山姆大叔抽着烟斗,王顾左右而言他,再也不着急上火了。

一个月后,上级来了命令,鉴于军事调处是一件长期的工作,需要打持久战,陈秋石返回淮上支队,留下袁春梅继续跟郭得树纠缠。

陈秋石离开之前,章林坡特意把杨邑找来,这次倒是很客气,和颜悦色地说,老杨,过去同陈秋石打交道,我们确实低估了他,我们是用老眼光看新人啊,有些事情其实怪不得你,陈秋石这个人深谋远虑,是个干才,这个人作为同盟,可以成大事,作为敌人,可以坏大事。这样的人,怎么能甘心久居人下呢?老韩调走之后,相当长一个时期淮上支队司令员出缺,陈秋石呼声很高,可是就不让他当司令,这次他们整编,给了他个旅长,可是你知道吗,是有条件的,他那个队伍,有个绝密的规定,党部书记说了算,最后的决策权在赵子明手里,陈秋石实际上是被控制使用的。

杨邑吃惊地看着章林坡,他不知道章林坡是从哪里弄到的这个情报,更不知道章林坡今天跟他说这个话是什么意图。

章林坡说,陈秋石是你的学生,你应该了解,有所长必有所短。

据说这个人在太行山打仗就打出了名,但留下两个不好的名声,一个怕死,一个得过相思病。

杨邑的眼睛瞪得老大,冲口道,怎么会?说他得过相思病我不知道真假,但是在黄埔南湖分校的时候传说他是情种,他和袁春梅曾经有过一段恋情,这可能不是虚传。但是,说他怕死,纯属无稽之谈,他也是身经百战,几乎战则必胜啊!

章林坡笑笑说,老杨,你别激动。说他怕死指的不是他本人,而是用兵。官亭埠战役打得不错,但是你没有发现一个致命的弱点吗,在布局谋阵方面,他确实有优柔寡断的一面,他的一个口号是,用最少的牺牲换取最大的胜利。

杨邑说,这话没错啊,统兵对阵,本来就应该这样啊!

章林坡说,是啊,是应该这样,但是这要看什么时候,还要看作战对象是谁。在这个问题上,你同陈秋石犯了同样的毛病。

杨邑说,请师座明示。

章林坡说,抗战之初,委员长提出焦土抗战,地不分东西南北,人不分男女老幼,这是一个原则吧,好像是全民皆兵,一起拼命。但是委员长又提出来了,以时间换取空间。这是什么意思呢,这就是韬光养晦,也就是养精蓄锐,准备好了再打。在八年抗战当中,就这两个原则,有些人左右摇摆,有些人一意孤行,有些人名垂青史,有些人遗臭万年,有些人骨头都烂了,有些人成了抗战英雄。这是什么问题呢?这里面有很深刻的道理。

杨邑被章林坡说得云天雾地,摸不着头脑,只是正襟危坐,做洗耳恭听状。

章林坡说,不说远了,我跟你讲,一句话说到底,陈秋石这个人,会打仗,但是不识时务,不知道在什么时候该打什么仗。长官部有关部门对这个人进行过分析,此人在红军时期,职务几上几下;抗日战争时期,职务几上几下;未来假如我们两军交战,他的职务必然还是几上几下。最重要的是,根据长官部掌握的情报,这个人在抗战胜利后,一度流露厌战情绪,迷信和平,已经引起他们上级的注意。

杨邑的冷汗渐渐地沁出脑门,他甚至怀疑,章林坡的话是不是暗藏机锋,是不是明说陈秋石而影射他杨邑。陈秋石的秉性和经历同他有太多的相似之处。杨邑说,师座,你找我来,究竟是为了什么事情?

章林坡说,当然是为陈秋石的事情。

杨邑说,我不知道我能做些什么。我希望不要再让我跟陈秋石打交道了,师座你是清楚的,我跟他的关系太复杂,我希望回避。

章林坡笑笑说,不,还是得你去。你的任务是摸底,如果陈秋石有心归顺国军,国军会委以重用,说一句你不要心酸的话,他过来之后,地位不会在你我之下。

杨邑差点儿从椅子上跳起来,面红耳赤地说,师座,策反陈秋石,简直是痴人说梦,断无可能!他一个精编野战旅的旅长,驰名江淮的战术专家,怎么会向国军俯首称臣?

章林坡说,老杨你急什么!坐下,我跟你讲,这不是我的意思,按我的意思,恨不能一枪把他毙了。这是长官部的意思。坐下来我们从长计议。

杨邑无奈,很不情愿地坐下了。

章林坡说,你说没有可能,你有什么根据?我跟你讲,什么事情都有可能,精诚所至,金石为开。长官部做出策反陈秋石的计划,是经过周密研究的,是一项重大的战略行动。把陈秋石策反过来,是大别山区今后数年战争至关重要的保证。促其临阵倒戈是上策;上策不成,搅乱他们的阵线,让陈秋石丧失指挥权,这是中策;中策不成,还有借刀杀人。一句话说到底,即便陈秋石不能为我所用,也要让他失去共产党对他的信任,让他成为共产党的囚徒。

杨邑呆若木鸡,半天不知道该说什么好。在离开章林坡官邸的时候,他的步子都有点轻飘飘的了,恍惚害了一场大病。他不知道长官部为什么做出这样恶毒的计划,只能理解是战争需要了。可是这样的战争,为什么还要打下去呢?

直到两天之后,杨邑才从郭得树那里得到一个令他惊骇不已、悔之不迭的消息,国军长官部之所以下了决心要策反陈秋石,除了来自共产党内部的斗争让他们看到了策反成功的可能性,另外又掌握了一个法宝,而他们掌握的这个差不多置陈秋石于死地的法宝,恰好是杨邑从陈秋石手里搞到的。

官亭埠战役之后,章林坡让杨邑利用师生和同盟的双重关系,到杜家老楼找陈秋石,以研究敌军规律和战术特征为名,索要官亭埠战役过程中淮上支队的作战方案和全部文电,陈秋石虽然为难,但考虑到抗战大局,又碍于先生的面子,最后让人摘要做了一个副本,尽管做了一些技术处理,但是淮上支队在作战中的战术指挥、兵力运用、机动能力、通信能力等等,还是难免有所体现。

正是这个资料副本,成了国军长官部意欲策反或嫁祸陈秋石的利器。陈秋石到淮上州参加军事调处不久,江淮省委和军区的特情小组对他的秘密调查已经展开了。

陈秋石带着马建科离开淮上州的时候,章林坡在皋城大饭店设宴为陈秋石饯行,袁春梅等留守人员也参加了,国军新编第七师的头面人物几乎全部到场,相当隆重。章林坡一反常态,席间口口声声称陈秋石为陈老弟,说陈老弟乃民族精英,国家栋梁,道德学问堪称人中豪杰。

陈秋石说,阵营不同,多有得罪,请章将军见谅。

章林坡就坡下驴说,陈老弟之人格风度实令章某愧疚。阵营是什么?今天有明天无,章某愿意同陈老弟撇开一切阵营之分,做永久的同志知己。

陈秋石说,阵营不同,隔阂难免。兄弟倒是希望化剑为犁,和平早日实现,解民倒悬,富国强兵。

章林坡说,陈老弟所愿,也是兄弟的理想。只是国家大事,时局难料,你我能做的就是维持一方,尽量减少民众痛苦。

陈秋石说,那我们好自为之吧。

这顿饯行酒,同陈秋石刚进淮上州的时候恍惚天壤之别,表面上其乐融融,大家都说一些隔靴搔痒的话,即便话里有话,也是点到为止,不往深里去。

杨邑早就接到任务,领兵护送陈秋石直到西黄集,同淮上独立旅的部队交接。席间章林坡还不断交代他,近日匪患猖獗,原先被打散的汉奸队伍,有一部分聚集在大别山,收容散兵游勇,打家劫舍,对我抗日军政人员实施暗杀偷袭。这一路要慎之又慎,确保陈老弟安全抵达。

饭后启程,楼前停着两辆吉普车和五辆卡车,刘锁柱带领自己的下属分乘两辆卡车,将陈秋石的帆布吉普车夹在中间。最后一辆卡车全是物资,有面粉、布匹、罐头、药品等等,还有一个特制的行军折叠床,美国制造。章林坡送给陈秋石个人的有三件礼物,一件是黑色的狐皮大氅,据说价值极其昂贵;第二件是一把镶嵌宝石的勃朗宁袖珍手枪;第三件是一个厨师,一个矮胖子四川人,全部用豆制品作原料,能够办一桌全席,陈秋石在皋城大饭店就餐,多次夸奖,章林坡干脆把他作为礼物送给了陈秋石。

这三件礼物,陈秋石没有推辞。陈秋石说,恭敬不如从命,章将军的情意,秋石不会忘记的。

话别的气氛颇有情调,章林坡甚至有点伤感地说,陈老弟,相见恨晚,相处恨短,但愿以后相逢,一笑泯恩仇,兄弟再举杯。

陈秋石说,民族为重,国家为重,我们各人尽力,但愿和平早日到来,我们真诚地等待章将军成为我们的座上宾。

六

送走陈秋石,众人各自散去,章林坡目送袁春梅等人回到后楼,对身边的郭得树说,逢场作戏,这戏作得还真有点动情呢。

郭得树说,是啊,英雄惜英雄,也是人之常情。

章林坡说,好吧,第二场戏开始了。老郭,皋城大饭店你没有安窃听器吧?

郭得树说,没有,那东西对陈秋石他们不起作用。

章林坡四下打量了一下,仰头看看天,走到一棵树前说,冬去春来,莺飞草长,真的不想打仗了。可是不打行吗?

郭得树说,师座,忽如一夜春风来,千树万树梨花开。难得的好天气啊,师座有雅兴,卑职陪你踏青?

章林坡说,算了,还是谈正事吧。

郭得树说,豪情一去诗下酒,壮志忽来剑留客。

章林坡眉头一皱说,干什么酸溜溜的?回去,马上研究下一步行动。

汽车开了十多分钟,进了章林坡的官邸,勤务兵送上茶,章林坡交代副官,我要午休,任何人不得进来。待副官退出去,章林坡问郭得树,酒席上我看你满脸矜持,席终人散又面露得意之情,是不是有更好的招数?

郭得树深沉一笑说,师座,你认为杨邑策反陈秋石会有结果吗?

章林坡说,我当然不会这么认为。怎么,你是不是怀疑杨邑反被陈秋石策反过去?

郭得树说,我和师座一样,坚信杨邑不会背叛党国。杨邑和陈秋石这两个人都很奇怪,陈秋石绝不可能投靠国军,但是不排除他

373

对国军抱有侥幸心理。杨邑绝不会投靠共军,但同样也不排除他会帮助陈秋石。

章林坡说,你的这个看法有道理,杨邑这个人政治上糊涂,仗义重情,他坏事就坏在把党国利益同个人交情扯不清楚,从而经常做些吃里扒外的事情。我真担心,费了那么大的劲,到头来恐怕还是竹篮打水一场空。

郭得树说,卑职认为,策反陈秋石乃至除掉陈秋石,都不是目的。长官部的意图其实只有一个,就是剥夺陈秋石的兵权,让淮上支队群龙无首,造成内部混乱。

章林坡说,难道把陈秋石的职务革除了,他们不会派个新旅长过来?

郭得树说,当然会,而且会很快。但是这样一来,他们会遇到很多难题,一是再找陈秋石这样的战术专家怕是难上加难。二是陈秋石突然受贬,部队会产生混乱。三是他们的新旅长情况不熟,没有陈秋石那样的威望,指挥部队力不从心。这三点,不正是我们需要的吗?还有重要的一点,就算他们不杀、不打、不押,只要他们革除陈秋石的兵权,哪怕只有三天,哪怕以后再起用,陈秋石的心也寒了,只有把陈秋石搞得灰头土脸,名声扫地,抬不起头,策反他才有可能。林冲不就是这样逼上梁山的吗?

章林坡沉吟道,这比怀柔感化要靠谱得多。你有什么具体打算吗?

郭得树说,卑职有一个设想,像陈秋石这样的人,虽然是战术专家,但是也不可能尽善尽美。陈秋石打仗,强调不战而屈人之兵,所谓三流的指挥员被敌人消灭,二流的指挥员消灭敌人,一流的指挥员既不被敌人消灭,也不消灭敌人,而是迫敌放下武器,缴械投降。

章林坡说,从战略上讲,陈秋石的想法没错啊,我倒是越来越觉得这个人有境界了。

郭得树说，但是，他们的组织不会这么看，他们只要结果，不管境界。官亭埠战役中，陈秋石就有用兵手软的问题，已经在江淮军区引起争论，我们可以把这个问题抓住放大，让他的上级产生不满……

章林坡说，啊，这个不行。跟鬼子打仗，他们的上级也不希望他死打硬拼，他保存实力不会受到责备。

郭得树笑了，师座，您看问题真是入木三分。卑职也悟到这一点了。我们不妨从另外的角度考虑，跟鬼子打仗，他们的上级不希望他死打硬拼，但是跟我们打仗呢？红军时期，陈秋石就是因为跟国军打仗忽上忽下，当了三次团长又当了四次连长。

章林坡手抚前额想了很长时间，问，你是说，再让他几上几下？

郭得树说，如果我们不能让他彻底完蛋，让他几上几下何尝不是上策？也许等他再上的时候，大别山的战争已经结束了。

章林坡说，是啊，这是个好思路啊！可是怎么才能让他下呢？

郭得树毫不含糊地说，搞反间计。他们的组织有个致命的弱点，疑心太重，只要出了问题，就会搞内部斗争，整顿肃反。譬如出了叛徒，或者地下组织被破获了，或者情报泄密了，或者有人告状了，等等，他们都有可能搞运动，运动就是搞人。

章林坡来了情绪，坐正身体说，那你说说，你这个反间计怎么个搞法，谁来搞？

郭得树说，事实上我们的反间计已经开始了，陈秋石来淮上州谈判，虽然在首席宴会上出了一把风头，但并没有给他们争取多少实际利益，打道回府，师座给了他极高的礼遇，重礼相送，依依惜别，这些情况都会出现在江淮军区情报部门的案头。卑职断定，他们对陈秋石的疑心已经加重了。如果我们给他制造一发重磅炮弹，那他很快就会失宠。

章林坡说，我们从哪里搞这发重磅炮弹？

郭得树说，师座，卑职已经看到制造这发炮弹的能工巧匠了。

七

车队在山路逶迤行驶,走得不紧不慢。

陈秋石和杨邑坐在后排,很少说话,只是偶尔对视一眼。从窑冈嘴国军营房附近路过的时候,迎面撞见一队官兵,乱哄哄地跑步,见车头插着象征军事调处的蓝色三环旗帜,军官下了一道立定的口令。兵们有点懵懂,东张西望,见军官行注目礼,不敢乱动,参差不齐地就地伫立。车队放慢速度,缓缓通过。

再往前走,看见一处被日军炮弹炸毁的废墟,好像是个工厂,断垣残痕十分刺目。路面大大小小出现一串水坑,车子左拐右绕,费了很大劲才把这一段走过去。

陈秋石感叹地说,我们的军队太多了,也太杂了。抗战胜利了,是该休生养息了。几百万军队,投入到建设当中,该有多好。

杨邑说,积弱积贫,积贫积弱,越贫越弱,越弱越贫,恶性循环。我们这个国家,就是这样搞坏的。

陈秋石说,还是人为的啊,人祸大于天灾。西方列强为什么霸道?还不是欺软怕硬?庙堂之上衮衮诸公未尝视而不见,只是一己私利蒙蔽了双眼。天下啊,你何时才能有一片明朗的天空?

陈秋石说得有点动情,也有点激动。杨邑看看前排,副驾座上的龙柏摇头晃脑,似乎在打盹。

杨邑没说话,伸出右手,在陈秋石的手背上轻轻拍了几下说,秋石,问你一个私人话题,当年你在南湖分校深造的时候,我就听说你有家室了。如果我没有记错的话,你的家乡就应该在这一带。

陈秋石说,是的先生,在玖山的隐贤集。

杨邑哦了一声,又问,家人别来无恙?

陈秋石苦笑一声说,遭土匪董占水抢劫,父母双亡。

杨邑愣了一下，欲言又止，最后还是问了，那夫人和孩子呢？

陈秋石说，杳无音信。我回大别山后几次托人查找，均无结果。我的儿子是戊辰年出生的，如果活着，还差二十六天就满十八周岁了。

杨邑惊愕地看着陈秋石说，啊，记得这么清楚！

陈秋石说，不敢想起，不能忘记。想当年脑子一热，抛家别子，腥风血雨，老之将至。十八年来，每每想起老父慈母弱妻幼子，内心疼痛。为人子，我不孝；为人夫，我不贤；为人父，我不慈。愧对家人啊！

杨邑说，秋石，不要过于自责，兵荒马乱，忠孝难全，大丈夫立于天地之间，奔赴国难，足以告慰。

陈秋石没有做声，泪水无声无息地流淌。

杨邑又拍了拍陈秋石的手背，转换话题说，当年袁春梅曾经对你嫂夫人流露，你们两个彼此有情。这么多年过来，始终不离左右，难道就没有旧事重提？

陈秋石说，不瞒先生，学生早年，幼稚多情。在太行山的时候，同袁春梅他乡邂逅，学生曾萌发旧情，但袁春梅已作他人之妇，学生受到刺激，还生了一场大病。就是这场病，让学生幡然醒悟，尚有妻儿生死不明，我却追逐时髦浪漫，简直衣冠禽兽！

杨邑愕然道，何必说得这么严重！战争年代，背井离乡司空见惯，重建家庭情有可原，大可不必过于自责！

陈秋石说，痛，一个"痛"字，将伴随终生，这是没有办法的事情。今生今世，倘若得不到妻儿的确切消息，学生是不会再娶的。

杨邑叹道，秋石，愚师不该多问，也不能多劝，只是送你一句话，不随意，随缘。

陈秋石默默点头。

在西黄集，陈秋石同杨邑分手。陈秋石按照师生的礼节，很正规地向杨邑敬礼。陈秋石说，先生，后会有期，保重！

杨邑说,秋石,愚师还是那句话,但愿战场上我们并肩战斗,而不是反目成仇。

陈秋石说,学生铭记,希望看到和平的那一天。

杨邑的车队绝尘而去,陈秋石目送很久,直到完全没了踪影,这才转过身来。众人伫立在身边,默默无语。

陈秋石说,好了,我们该解决新的问题了。陈三川!

陈三川就在身后十几步远,听见陈旅长喊,高声"到"了一声,跑步过来,在陈秋石面前立定。

陈秋石盯着陈三川的脸,逼视。陈三川被看得心里发毛,情不自禁地往后挪了挪脚后跟,还下意识地摸了摸左腮上的伤疤。他担心陈秋石会问他的伤疤是怎么来的,但是陈秋石没有问。陈秋石问的是另外的问题。

陈秋石说,陈三川,你知道从汲河大桥到西黄集这一路上我看到什么了吗?

陈三川茫然不知所措,嘴巴嚅动了一下,咕咚咽了一口唾沫。

陈秋石脸色一变说,我看到了你的枪口!

众人面面相觑。

陈秋石说,你在这一路上搞那么多阵地干什么?

陈三川听明白了,理直气壮回答说,准备打国民党。

陈秋石厉声喝道,成事不足败事有余!谁让你这么做的?

陈三川说,我奉命保护首长的安全,难道错了吗?

陈秋石说,有你这样保护的吗?我是军事调处执行小组首席代表,杨邑将军是来送我的,难道旅部没有通知你们?夹道欢迎你们没有搞,却搞了个夹枪欢迎。这三里路,面对国军护送军官,我汗流浃背,羞愧难当!

陈三川说,我担心国民党玩花招,随时准备阻击。

陈秋石冷笑一声说,你担心?你担心有什么用?我跟你讲,我惭愧的还不仅是我部的失礼,还有我部的愚蠢。你说你准备打阻击,可是你知道什么叫阻击战吗?我数了一下,你在三里地的路段上,一共设置了六个阻击阵地,我可以明确地告诉你,真的进入阻击战斗,这六个阵地最多只有三个能派上用场。而且,最重要的是,你没有阻击主战场!

陈三川说,我不知道他在哪里对你下手,所以没有主战场。

陈秋石愣了一下,更恼火了,说,你不知道他在哪里下手,你搞什么阻击阵地?我跟你说,他要是真的对我下手,一是在过了国军防区之后,在小独山下手,那样可以嫁祸于土匪。第二是在你脚下的这个地方下手,可以嫁祸于你,声称是我部图谋不轨,阻击国军送行队伍,他被迫还击。你听清楚了吗?

陈三川的脑门滚过一串汗珠子。

陈秋石蹲下去,捡了一个石子,三画两画,画出一个地形图来,然后问,陈三川,知道这是哪里的地形吗?

陈三川说,像是磨盘山。

陈秋石说,好,还不错,会看地图了。你看,你的第一个阻击点在磨盘山东南,对面有机枪阵地,没错吧?你是不是认为这里最适合打伏击?

陈三川说,是的。

陈秋石问,你对敌人兵力是怎么估计的?

陈三川说,一个连。

陈秋石说,那我问你,你认为战斗打响后,敌人是冲锋还是逃跑?

陈三川说,会逃跑,因为他措手不及。

陈秋石又问,好,就算是逃跑,他会选择哪个方向逃?

陈三川很有把握地说,沿来路逃跑。

陈秋石把石子一扔,站了起来说,猪脑子,你有什么根据说他会沿来路逃跑?我跟你说,一旦你的前期设想成立,战斗打响后,他会迅速收拢,调整战斗队形,占领左侧松林高地。此时你的磨盘山阵地能够有效杀伤敌人的只有两个阵地,而其余阵地全在射程之外。我们再设想第二种情况,那就是在西黄集打伏击,你的有效阵地还是两个。在这个地形上打伏击,无论如何都不能采取一线分散配置,这是一个太极形伏击地形,知道什么叫太极吗?就是这个。

陈秋石说着,又弯下腰去,在地图上画了一个S。这回大家都看清楚了。马建科说,旅长太神了,这可不就是一个太极吗?不管从东开始还是从西开始,你的六个阵地可以拐两个弯,既能保证发挥所有的火力,又确保不被反伏击,游刃有余。

陈秋石说,陈三川,我再跟你说一遍,打仗是一门艺术,你是个指挥员,用兵一定要动脑子。我听说,你一直以身先士卒引为自豪,还吹牛什么刀枪不入。我告诉你,那是很愚蠢的。作为一个指挥员,你的部队只要还有一个战斗员活着,你就要履行指挥职责。指挥员应该是最后一个阵亡的,否则就是失职!

陈三川的脸憋得发黑,蹲在地上,眼泪悄悄地流了出来。

陈秋石见状说,好了,幸亏今天不是实战,就算给你上一堂战术课吧。你好好琢磨。

陈三川说,我记得了,首长,我一定好好琢磨。

八

淮上独立旅留在执行小组的除了袁春梅接任首席代表,还有作战处二科科长冯知良和梁楚韵。

陈秋石等人离开之后,袁春梅把包括特务营二连连长赵忠东和排长毕得胜在内的所有干部召集起来开了一个很严肃的会,要求单人不外出,不会客,不去舞厅,不下馆子。

大家做得还不错。时间久了,问题就出来了。执行小组女同志有袁春梅和梁楚韵,出则同行,卧则同眠,而男同志只有冯知良一个。

这段时间,会晤的次数越来越少,争论的次数也就自然少下来了。隔三差五国军代表会派人过来接执行小组去吃饭。郭得树说,事要谈,架要吵,饭也要吃。吃饭之后或打牌,或跳舞。新编第七师在楚城路搞了个军官俱乐部,常常灯火通明。

袁春梅厌恶跳舞,但是梁楚韵愿意跳舞,她原本在太行山的时候就跳过舞,再说国军军官俱乐部什么人都有,了解点情况,探讨一下时局,都有方便之处,加上国军代表一个劲儿邀请,袁春梅也不好太驳人家的面子。开始是硬着头皮跳,跳了几次,觉得似乎也没什么大不了的,国民党能享受的,我们为什么不能享受?想当初在黄埔南湖分校的时候,她还是预备舞后呢。按袁春梅的逻辑,国民党的舞,不跳白不跳。

执行小组国军方面,有两个女军官,都是中尉,一个书记员,一个资料员。书记员名叫王瑶,资料员叫王梧桐。王瑶可以称得上是真正的美女,身材高挑匀称,面皮白里透红,举止温文尔雅,透着一股大家闺秀的气质。王梧桐偏黑,身材也略显低了一点,微胖。大约是因为脸黑的缘故,王梧桐的一双眼睛格外明亮,流转得也很活泛,给人一种亲近感。王瑶呢,永远都是微笑,对谁都是恭恭敬敬,反而给人一种敬而远之的感觉。

自从袁春梅开了舞戒之后,双方代表都感到轻松了许多,白天就事论事,晚上聚餐跳舞,王瑶和王梧桐共同成了冯知良的舞伴。冯知良学生出身,知识渊博且一表人才,很快就学会了交际舞,跳得炉火纯青。跟王瑶跳舞的时候,跳慢三和华尔兹,跟王梧桐跳舞的时候,跳快四和探戈,差不多跳个舞蹈王子出来。

袁春梅不仅没有警觉,还有点得意,以为她的手下出了个交际舞高手,说明新四军不是土包子,洋的照样拿手。

没想到就出了问题。交际舞这东西确实像个磁场。手拉着手,胸贴着胸,跳了几天之后冯知良和王梧桐就擦出火花了,再会晤谈判的时候,冯知良老是走神,目光游移,偶尔同对面的王梧桐对视一眼,惊鸿一瞥,什么都有了。

白天会晤的时候,王梧桐塞了一张纸条给他,约他晚上看月亮,就在饭店的怡园里面。那天是农历四月十五。

当天晚上,是淮上名流马苔青请执行小组吃饭,临上车的时候,冯知良突然推说腹痛,袁春梅没有起疑,她知道冯知良确实有胃病,交代好好休息,然后就上车走了。

袁春梅走后,冯知良没有回营地小院,眼看载着袁春梅等人的车子出了大门,他才掉转方向,上了饭店大院的一条小路。他前几天到过怡园,王梧桐和王瑶就住在这里。他知道,这几天王瑶晚上回师部,据说是加班整理会谈纪要。怡园里除了警卫,就只有一个女佣,王梧桐在这个时候约他到怡园,恐怕要发生点什么事情。他能想象出来那是什么事情,那既是他恐惧,又是他渴望的事情。

走进怡园小门的时候,他的心里有点跳跳的,还有点亢奋,老远看见王梧桐已经在怡园的葡萄架下面等他了,在离葡萄架还有五六步远的地方,冯知良站住了说,梧桐,我来就是要跟你说一句,我们不能这样会面。你我都是军人,分属两个阵营,这样交往会出事的。有什么事情你赶紧说,说了我就走。

王梧桐说,天大的事也挡不住月亮。你就是走,也得等月亮出来再走。

冯知良想想,也是这个道理,反正也没有离开饭店。

后来两个人就坐到了一起。王梧桐说,冯知良,你说你们是不是真心谈判?

冯知良一惊,动开了心思。他是一个参加工作多年的同志,不乏责任心和敏感性。冯知良想了想说,我们当然是真心谈判,希望和平早日实现。你约我过来,难道就是谈这个问题的?

王梧桐说，你说，像我们这样的，能不能恋爱？

冯知良叹了一口气说，这个我也不知道。

王梧桐往冯知良身边靠了靠，冯知良往旁边挪了挪，王梧桐不高兴了说，你躲什么呀，我又不吃你。

冯知良说，别人看见了不好。我们是两个阵营的啊！

王梧桐说，我最讨厌你说两个阵营，什么两个阵营的？我们是一个国家的，我们都是抗日军人。

冯知良心说，讲得好！

王梧桐说，不知道是哪个该死的想发动内战，搞得我们人在一起，心比天远。

冯知良说，那你说说，你们谈判是不是真心希望和平？

王梧桐说，你不会想从我这里弄情报吧？

冯知良说，就算是，你会讲实话吗？

王梧桐说，就算你是搞情报的，我也跟你讲实话，我看不像。我们的那些长官，只会发国难财，升官发财搞女人。你们不要抱幻想了，仗早晚要打起来。

冯知良没想到王梧桐会这么说，他差点儿就感动了，但是很快理智就战胜了感情。冯知良说，你这样说，有什么依据？

王梧桐说，还不明摆着的吗？长官们天天都在算地盘，向上面要装备要编制要兵员，那是干什么，不就是为了打仗吗？我说这些你不会向你们上级报告吧？

冯知良说，这是我们私人之间的谈话，我当然不会报告。

王梧桐说，你们那个女长官成天侉着个脸，就像个女巫，一点也不讨人喜欢。

冯知良的脑子转开了，他真的动心了，他觉得这个女子真的不像在表演，这个女子真的像是进入了恋爱状态，只有恋爱中的女子才这么没心没肺，才这么无遮无拦。如果这是真的，该有多么好啊，他面对的就不是一个包藏祸心的女特务，而是一个天真无邪的清纯少女,那是多么美好的事情,就像刚刚升起来的月亮。就算不能恋爱,那么这段恋情也是值得怀念的,虽然这个女子皮肤稍微黑了一点。

王梧桐说,你在想什么?

冯知良愣了一下,突然说,我在想,要是鬼子突然打来就好了。

王梧桐吃了一惊,从他身边坐正了身子,紧张地看着他说,你说什么,你希望鬼子打来?

冯知良也被自己的话吓了一跳,连忙说,我是说,鬼子要是在这个时候打来了,我就背着你跑。

王梧桐说,那你还愣着干什么,背着我跑吧。

冯知良说,可是鬼子没有打来,我不能背着你跑,我背着你跑,我犯我们的纪律,你坏你们的规矩。

王梧桐突然一下子扑过来说,背着我走吧,就在院子里,哪怕只走一圈,就当鬼子打来了。

冯知良抚摸着王梧桐的背,感觉到身上热血沸腾,山呼海啸,他的两条腿都快支撑不住了,软绵绵的。他知道,王梧桐的房间就在十步之内,只要他抱起王梧桐,那么,今天就是一个特别的洞房花烛夜。他此时真有一点不管不顾的感觉了。这个时候,一个声音在他的左耳边响起,冯知良,你不能这样做,你是淮上独立旅谈判代表的工作人员,你怀里的这个女子是对方阵营的,明天她就有可能是你的敌人!另一个声音在他的右耳边回响,不要管他,这里没有阵营,只有爱情,明天也许她会成为你的新娘!左耳边的声音说,你这样做是破坏组织纪律的行为,你要为你的所作所为付出代价!右耳边的声音说,没关系,你正在做一个年轻人应该做的事情,付出什么样的代价也是值得的。

时间似乎过去了很多年,在冯知良的感觉中,每一秒钟都是那样的漫长,每一秒钟他的心灵都在搏斗都在厮杀。终于,他感觉他的腿又长回到他的身上,他的心脏重新按照他的意志跳动,他轻轻地推开王梧桐说,对不起王小姐,时间太晚了,我得回去。

王梧桐抱住他的腰说,我不让你走,就算死了,我们也一起死。

冯知良说,不,不能这样,我们还有很多事情要做,我不能死,你也不能死。

王梧桐抬起脸,泪眼婆娑说,难道,难道我们真的不能在一起?

冯知良说,等着吧,等着和平的那一天,或者等着胜利的那一天。

九

郭得树听完王瑶的报告,沉思良久,对王瑶说,快了,快了,生米就快做成熟饭了,还差一把火候,一定要让他们上床,一定要把他们抓个正着。

王瑶说,听王梧桐的口气,那个冯知良好像很有理智,克制力很强。

郭得树笑笑说,青年男女,干柴烈火,天长日久,石头都能焐出猴子,我就不相信他是铁打的。我跟你说,他就是铁打的,也架不住欲火煎熬。事在人为,你要抓紧办。

王瑶说,可是,我总不能跟王梧桐明说,必须把他弄上床吧,倘若让王梧桐察觉我们的企图,那就弄巧成拙了。她是真的陷入恋爱当中了,恋爱中的女人是不顾一切的。

郭得树说,王梧桐是个没脑子的女人,而且处在热恋当中,应该不会有所察觉。你以过来人的身份,给她编几个爱情故事,渲染男欢女爱的甜头,刺激她。

王瑶说,问题不在于王梧桐,王梧桐现在连羞耻都没有了,爱得死去活来,冯知良做什么她都不会拒绝。问题是那个冯知良,他很警觉。

郭得树说,好,我知道了。你们不要放松,三天之内如果不见成效,我们再想办法。

在新编第七师,郭得树有双重身份,一重身份是师部的副官长,另一重身份是军统淮上站的站长,这后一个身份,只有章林坡一个人知道。他手下有一男一女两个干将,男的是龙柏,女的就是王瑶。王梧桐不是特务,她只是一个情窦初开为情犯浑的普通的技术人员。郭得树给王瑶布置的任务并不复杂,就是给王梧桐创造条件,激励王梧桐的情欲,把冯知良引诱上床,后面的事情就由龙柏来处理了。

三天过后,这项工作还是没有进展,冯知良不仅没有被王梧桐引诱上床,而且再也不同王梧桐单独会面了。会晤的时候,王梧桐利用上厕所的机会,倒开水的机会,传电文的机会,给冯知良递纸条子,冯知良置若罔闻,甚至连军官俱乐部的舞会也不参加了。

王瑶把情况报告给郭得树,郭得树的马脸越拉越长,吧嗒着嘴说,奇怪啊,这个人难道真的不食人间烟火?真的是特殊材料制成的,真的刀枪不入?是不是他嫌王梧桐长得丑啊,他妈的王梧桐是黑了点儿。

王瑶说,王梧桐是不漂亮,但王梧桐还是很有风情的,王梧桐的眼睛对男人很有杀伤力。但这不是问题的关键。根据过去的情况看,冯知良事实上已经对王梧桐动心了,差点儿就失控过一次。

郭得树说,那我就不明白了,难道那家伙举不起来?

王瑶脸一红,半天没说话。

郭得树说,去,把龙柏给我叫来。

龙柏来了之后,郭得树问,知道哪里的春药最有效吗?

龙柏说,禀长官,这个不知道。

郭得树冷笑说,哼,知道也会说不知道。

龙柏说,报告长官,卑职学浅才疏,实在不知道。

郭得树说,你去打听一下,看看哪个药铺的药管用。

龙柏表情复杂地看着郭得树说,长官,要这个东西干什么?长官您……您气色这么好……

郭得树火了,一拍桌子说,不想在我手下混饭了吗?问那么多干什么!

龙柏自知失言,灰溜溜地滚蛋了。

郭得树说,等一下,记住,街上卖狗皮膏药大力丸的不能要。

不到两个小时,龙柏就回到郭得树的办公室说,长官,你要的东西找到了,城东望城岗配种站的牛津散奇效,给公马用了,一天可以搞三次。

龙柏话还没说完,一本书就砸到他脑门上。郭得树舞着手吼道,他妈的真是猪脑子,还是母猪的脑子!我让你去找春药,是给人用的,你到配种站干什么?

龙柏捂着脸说,我跑了三家药铺,跟他们明说了,要是假的,军法从事。那三家药铺的老板保荐的都是望城岗配种站的,说他们药铺里卖的大力丸其实都是配种站的牛津散,再加点蜂蜜做成的。人畜通用。

郭得树说,哦,原来是这样,冤枉你了。不过,这东西可靠吗?

龙柏说,配种站的老板跟我说,这个药用了,不举的能举起来,不硬的能硬起来,不……

郭得树问,啊,这么厉害?

龙柏说,我要老板保证,老板说,八十岁老头用了,尿尿都能远三尺。除非太监,但凡家伙还在,这东西就能生效。

郭得树说,好,给我买十天的剂量。

接下来的事情就简单了。郭得树又请袁春梅的执行小组吃了两次饭,这两顿饭里,冯知良的饭菜里面有了文章。给冯知良下过药后,郭得树好说歹说,又把袁春梅等人请到军官俱乐部跳了两场舞。

第一次跳舞郭得树就注意到了,冯知良再也不像过去那样身轻如燕了,老是错步子不说,眼睛还直勾勾地看着舞伴,老是往下看。王瑶陪着冯知良跳了一曲,下来附在郭得树的耳边说,成了,这家伙动手动脚的。

那天梁楚韵也跟冯知良跳了一曲,跳到半截,嗷地叫了一声,挥手甩开冯知良,脸涨得通红,回到座位上一言不发,再也不下舞池了。

郭得树见时机成熟了,当机立断,布置手下做了个动作,双方执行小组,加上勤杂人员,包括郭得树本人在内,一共有九个人同时患了传染性痢疾,送到随军医院,隔离治疗。

袁春梅等人患痢疾是真的。那几天随军医院传染病房里的厕所不断见到男男女女进进出出,面色苍白,神情滑稽。国军中尉王瑶似乎尤其严重,一天数次紧急集合,捂着肚子小跑,一蹲上茅坑,就扑扑哒哒往下流,完全没有了往日矜持高傲的做派。医生把病号集合起来询问症状,王瑶讲了一句经典的话,大便比小便快。

但并不是所有的人都是这般痛苦,冯知良就是个例外。冯知良也是因为痢疾住院的,但是他拉得并不严重,住院的第二天就基本上止住了。他的问题不是后面的问题,而是前面的问题。

最近几天,冯知良忽然感到神情恍惚,眼前老是出现一些奇怪的幻象,动不动就蹦出来一个女人的影子,这些女人什么样的都有,并不全是美女,而冯知良在幻想这些女人的时候,不论美丑,都无限神往,身上就像被安了一个小炭炉,每时每刻都在燃烧着。白天看见女性,甚至跟袁春梅擦肩而过,他都情不自禁地要多看一眼,而迎面遇上王梧桐,他的眼睛更是成了神器,能把里面的物件全都看得清清楚楚。

有一次梦得深沉,半夜里病房的门悄无声息地打开了,一个身影幽灵般地闪进来,他刚要起身,一个热乎乎的肉体拥了过来。朦胧的月光里他看清楚了,那是王梧桐,王梧桐的病号服就像水一样滑落下去,挺起的胸脯在月光里泛着幽蓝的光泽。他猛然警醒,伸出手去奋力推阻,那手却像是安在别人的身上,根本不听他的指挥。冯知良大声呼喊,不行,不能这样,不能犯错误!可是那声音只在心里回荡,还没冲出嗓门,就变成了沉重的喘息,他似乎是被一只手推着拉着,刚刚进入王梧桐的身体,就喷薄而出。

冯知良钻进了天堂。那一夜,他不知道做了几次。压在王梧桐的身上,他还是不满足,他想再深入一点,恨不能把整个人都发射进去,他想永远埋在王梧桐的身体里面,永远……到了后半夜,王梧桐说,知良,你会娶我吗?

他说我不知道,我恐怕活不了多久了,他们会枪毙我。

王梧桐说,要枪毙就把我们一起枪毙吧,到了那个世界,我们还在一起。

他问,你们这样做是不是有什么阴谋,你们想要我做什么?

王梧桐说,谁是你们?我就是我。这是我的阴谋,我和你的阴谋。

冯知良不说话了,泪水无声无息地流。

第二天早上,医生来查房的时候,冯知良心虚得不敢睁眼,尽管他已经起了大早检查了病房,王梧桐下半夜走的时候没有留下任何痕迹,可他还是心虚,他在心虚中等待,等待袁春梅来传唤他,等待国军的特务来找他,他甚至做好了准备,一旦事情败露,他就一头撞死在病房的墙上。

可是,什么事情都没有发生,外面风平浪静。他想,够了,就这一夜就够了,神不知鬼不觉,他把一个男人的福全都享了。既然没有出事,那就悬崖勒马,再也不能让那种事情发生了。他真希望那是一场梦,什么滋味都尝到了,什么风险都没有。

到了下午,病房外面突然传来喧闹,原来是五号病房的王瑶病情加重,已经休克了,被转移到急救病房,国军医生正在抢救。

晚上吃饭的时候,在病号食堂里,袁春梅看冯知良的眼光很奇怪,冯知良感觉袁春梅的目光就像刺刀,一直插到他的五脏六腑。

冯知良一头冷汗,不敢正视。袁春梅看了一阵说,冯科长,你怎么啦,脸这么白!拉得厉害吗?

冯知良摇摇头,又赶紧点点头说,厉害,一天十八次啊!

袁春梅吃了一惊说,啊,十八次!那还了得!国民党的医生怎么搞的,想把我们弄死吗?

冯知良说,啊,不,不,我说错了,我都拉糊涂了,也就两三次。

袁春梅说,你吃饭有胃口吗?他妈的国民党安的什么心,拉痢疾还给肥肉吃,能吃得下吗?

冯知良说,啊,是啊,是啊,腻味得很。

袁春梅看着冯知良,突然惊讶地叫起来,啊,冯科长你还行啊,你都吃了两碗干饭了,这碗红烧肉被你吃了一大半。

冯知良吓得魂不附体,差点儿没有晕过去,好半天才回过神来说,啊,报告袁副政委,拉得太虚了,吃不下去也得吃啊,身体是革命的本钱啊!

袁春梅想了想说,是啊,你说得对,他们的目的就是要把我们的身体搞垮,就是希望我们吃不下去。明知山有虎,偏向虎山行,不吃白不吃,我们偏偏吃给他看。

十

冯知良是在五号病房被捉奸的,郭得树就是要把他引到王梧桐的病房里抓。

本来,那天晚上他已经痛下决心,再也不做那辱没廉耻的事情了,快活一夜,恐怕要惊吓一生。这是明显的阴谋,这件事情的背景绝不仅仅是王梧桐一个人的情欲。尽管他现在还不清楚是谁设的圈套,为什么要设圈套,但他可以肯定这是圈套。入睡之前,他还特意检查了暗锁,他知道特务都有开锁的功夫,所以又用椅子把门抵住了。想想还是不放心，他连拖带拽，把三屉桌也搬了过去，堵在门后。

可是到了下半夜，他还是睡不着，他在聆听外面的动静。他希望听见那像耗子探路一样轻微的沙沙声，他在恐惧中盼望，又在盼望中恐惧。最后，是他自己起床把桌子和椅子搬开的，也是他自己鬼鬼祟祟溜到五号病房门口的。他伸了一次手又缩回来了，再伸一次手，再缩回来一次。他已经不记得这样伸伸缩缩有多少次，后来听到了吧嗒一声，就像炸雷一样，把他吓了一跳。他只是在心里跳。好像有个人在身后推了他一把，他的双脚好像已经离开了地面，飞一样飘到了床前，这样，就看见了那个他已经熟悉的身体。

一双温热的手搂住了他的脖子。

路径已经很熟了，话也不用多说，就像战斗一样，子弹上膛，瞄准目标，发射。

第一次战斗很快就结束了。他再次后悔，再次恐惧。就在后悔和恐惧当中，他用了蛮劲，就像倒腾粮食袋子那样，把王梧桐翻了过来，暗示王梧桐趴下。王梧桐开始不同意，挣扎，但挣扎无效，王梧桐只好按照他的指令趴下。

他的武器顿时烫热，满腔的后悔、恐惧、激动，还有仇恨，全都填进枪膛，他情绪饱满地直挺挺地从后面插进王梧桐的身体，在节奏分明的队列进行曲里，他的心里轰鸣着一首雄壮的歌——到敌人后方去，把鬼子赶出境；到敌人后方去，把鬼子赶出境。不怕风不怕雨，包后路出奇兵，今天攻下来一个村，明天夺回来一座城……

一支看不见的枪口，就在这个时候对准了他的后脑勺。冯知良只觉得眼前啪啪啪划过几道闪电，两腿一软，瘫在地上。

捉奸的人给了他面子，让他穿好了衣服，然后才拉开电灯开关。龙柏少校背着手，居高临下地看着冯知良说，哈哈，冯科长情场得意啊，这么几天，就把我们国军的花骨朵摘了，兄弟佩服。

391

王梧桐火急火燎地蹬好裤子,一边系扣子一边骂,混蛋,你们要干什么,为什么要破坏我们的爱情?

龙柏说,不是你给我们报告的吗,说这个冯科长可能会强奸你,让我们暗中保护啊!

王梧桐愣愣地看着龙柏,突然一头撞过来,龙柏早有防备,倏忽一跳闪过去,伸手抓住了王梧桐的手腕,皮笑肉不笑地说,王中尉,请你尊重国军的脸面,不要在这里表演了,带走!

上来两个士兵,二话不说,把毛巾捂进王梧桐的嘴巴。

就在五号病房里,龙柏扔给冯知良几张白纸,一支钢笔。冯知良说,杀了我吧,我是不会当叛徒的。

龙柏说,没有人让你当叛徒,连叛变的事情都不让你做。我们两家是友军,我们个人是朋友,朋友之间应该帮忙是不是?

冯知良说,你们到底要我做什么?

龙柏说,我们请你做一件很简单的事情。你们的陈旅长是我们新编第七师最可靠的朋友,抗战时期曾经帮助国军做过很多事情,比如官亭埠战役,你非常清楚。你给我们写个证明,以后陈旅长过来了,是要当大官的,这些证明材料对于陈旅长加官晋爵都是有好处的。

冯知良说,我要是不写呢?

龙柏说,袁春梅的病房就在后院,要不是拉稀拉得腿软,我们可以随时把她请过来。当然我们也可以采取其他办法让你风光,你奸污国军女军官的照片,我们随时可以提供给新闻界,让你名满天下。

冯知良汗流浃背,几乎虚脱,把脑袋歪在椅子上,闭上眼睛,两行泪水落地无声,嘴里念念有词,一失足成千古恨啊,祸水啊……

龙柏说,别装蒜,你说你是帮助陈秋石升官,还是要把贵军的名声搞臭,哪个后果更严重,你掂量吧。

冯知良抬起头来,可怜巴巴地看着龙柏说,我还有没有别的出路？

有！龙柏斩钉截铁地说,你可以在报纸上公开发表以下内容,淮上支队破坏抗战,置国家民族利益不顾,以谈判为名,窃取国军情报,赤化国军军官。兹发表声明,本人深明大义,弃暗投明,参加国军新编第七师,同一切破坏和谈之乱臣贼子血战到底。

冯知良呆若木鸡,脸色由红变白,再变紫,再变黑。他最终选择了他认为后果最轻的那条路,写了一份《关于陈秋石配合国军抗战的证明》。

第二天上午,冯知良也被转移到急救室,郭得树在那里抖落他写的那几张纸,脸上露出和蔼慈祥的笑容。郭得树说,很好,很好,听说你在太行山就是陈秋石的参谋,知根知底啊!不过,这个东西还得改一下,就改几个字。

冯知良说,我的良心已经喂狗了,我已经丧尽天良了,我不能再为虎作伥了。

郭得树说,你都丧尽天良了你还怕什么?就改几个字。你和王梧桐有情有义,本长官成人之美。在你逗留淮上州期间,我可以向你保证,一是对你们的事绝对保密,二是给你们创造条件,三天让你当一次新郎。

经过昨夜的惊吓,冯知良差不多已经忘记了那说不清道不明、酣畅淋漓的痛快,听郭得树这么一说,残存在体内的牛津散又开始起作用了,就像瘾君子发作了烟瘾,冯知良的脸又开始发白了,他几乎是用最后的力气说,那我得看看,怎么个改法?

郭得树说,说开了,改了比不改对你更有利,改了之后,你的这个材料就不是向新编第七师提供什么狗屁证明了,而是向你的上级敬献的一份厚礼,你的所有行为都可以理解为对你的组织负责。

十一

赵子明遇到了天大的麻烦。

早在年关前后,他到江淮军区受训,曹泗安政委详细了解了淮上支队的情况,其中一个重要的内容就是陈秋石的问题,当时已经决定淮上支队整编为野战旅了,曹政委没有说陈秋石担任旅长是不是合适,而是问赵子明,由他兼任旅长是不是合适。赵子明当时有点纳闷,说实话,他不是不想兼任旅长,但是他有很多顾虑,他兼任旅长陈秋石怎么办,部队会不会有看法,再说,军事上他和陈秋石相比,差距不是一般的大。

赵子明最后说,我兼任旅长不合适,我和韩子君同志,还有支队的其他同志,都认为陈秋石同志担任军事主官是恰当的。

曹政委说,这个我知道,韩子君同志给省委和军区都写了报告,请求把他自己降为副职,由陈秋石担任司令员。韩子君这个同志高风亮节,难得。但是陈秋石嘛……曹政委沉吟片刻才说,怎么说呢,就军事才干而言,这个同志确实出类拔萃,可是我们的斗争也不全是军事斗争啊,高级干部尤其要看政治觉悟。

赵子明说,陈秋石的政治觉悟不低啊,在官亭埠战役中,不仅运筹帷幄,而且身先士卒,在他的指挥下,整个战役全盘皆活。

曹政委说,问题就在这里,就是这个官亭埠战役,给我们惹来了麻烦,有人说官亭埠战役实际上是牺牲我们的部队,帮国民党的忙。

赵子明蒙了,半天才说,官亭埠战役从作战计划到实施,都是经过军区批准的啊,虽然客观上帮忙,但是这是抗日啊,无可非议。

曹政委吸着烟,来来回回地踱步,不紧不慢地说,当然,官亭埠一役打得确实漂亮,你们淮上支队一举成为抗战英雄部队,有目共睹,举国欢腾,这是不容否定的。只是,我们的高级干部,要把目光放远一点,要看到将来,要看到抗战胜利后的局面。在有些问题上,我们一些同志有模糊认识,也包括你赵子明同志,甚至还包括我们这些军区首长。"

那次谈话之后,赵子明一直忐忑不安,他生怕给自己搞了个旅长兼政委,那他就算黄泥巴掉到裤裆里,不是屎也是屎了。

好在,整编命令下达后,陈秋石还是被任命为淮上独立旅的旅长,只不过任命文件上有一个特殊的后缀,就是政治委员有最后的决定权。

半年过去了,麻烦又来了。

江淮军区接到淮上独立旅作战科长冯知良署名的一份检举材料,名为《关于陈秋石同国军的交往》,里面列举了陈秋石在进入大别山后,曾经在各种场合下散布的错误言论,譬如:

在二一二师为争夺司坡店西南高地属权同我部发生摩擦的时候,陈秋石同志指示,大局为重,对于国军部队,能不打尽量不打,能小打尽量不大打,能假打尽量不真打。陈秋石有个奇怪的理论,所谓三流的指挥员被敌人消灭,二流的指挥员消灭敌人,一流的指挥员既不被敌人消灭,也不消灭敌人。在这个理论指导下,我部对国军的多次挑衅避而不战。

陈秋石同志和国民党军官杨邑是师生关系,交往过从甚密,第一次会见杨邑的时候,陈秋石同志对我们说,国民党军队也有奋力抗日的,杨邑在淮上州保卫战中,带领一个营突击敌后,杀伤敌人七十多兵力,这是一笔了不起的战绩。我们的同志不要一听说同国民党的军官会面就如临大敌。你们不要剑拔弩张,我去见杨邑,是学生拜会老师,不是去赴鸿门宴的。

在陈三川擦枪走火事件发生后,陈秋石同志指示作战部门,制定严格的政策,要求部队遵守纪律,在同友军交往的时候,讲究礼节礼貌,同友军搞好团结,避免摩擦。陈秋石同志说,抗战是全国的事情,也是国民党军队和我军共同的事情,不能做那种亲痛仇快的事情。

如果说这些言行还有值得商榷之处,应该具体情况具体分析,那么,接下来,冯知良的信里还举了一个例子,就很有杀伤力了。信中说:"在官亭埠战役中,因为主力团团长祁深奥不愿意给国民党军当炮灰当看门狗,陈秋石勃然大怒,欺负祁深奥不识字,从口袋里掏出地方干部刚刚送来的情报,假传这是司令员韩子君和政治委员赵子明授予他的独断专行权力,有违抗命令者格杀勿论,威逼祁深奥同志。祁深奥同志含泪接受了这个命令,亲自率领敢死队前出官亭埠,与敌短兵相接。陈秋石同志居心叵测,迟迟未派遣增援部队,导致祁深奥身中数弹,壮烈牺牲。祁深奥同志殉国前高喊,我不是被鬼子打死的,我死在国民党的手里。"

信的最后说,我们不否认陈秋石在抗战中战功卓著,但是在对国民党军队的态度上,陈秋石同志确实暧昧。我们担心,让这样的同志继续指挥淮上独立旅,一旦谈判破裂,陈秋石同志能不能坚决地指挥部队抗击反动派的猖狂进攻。

据说军区首长看了这封信,非常震惊,同新编第七师紧急交涉,派出特派员赴淮上州找冯知良核实,冯知良明确答复,这份举报材料就是他写的,内容句句属实,证人还有刘大楼、张于今、马东晨……

军区党委紧急会议结束十分钟后,一份密电越过千山万水,到了赵子明的手上:即令陈秋石同志离职养病,赵子明同志兼任淮上独立旅旅长,刘汉民任该旅副旅长兼参谋长,袁春梅为副政委兼政治部主任。赵、刘、袁严格控制部队,安排陈秋石同志养病有关事宜,做好警卫和其他保障工作。

自然,军区的电报没有提到举报人是谁,甚至连陈秋石犯错误的话都没有提，只是说离职养病。

赵子明手捧密电，半天做声不得。别人可以不清楚，但是他不会不清楚，在这封电报的背后，还隐藏着什么。

陈秋石去紫阳关名为催讨受降物资，实为探听虚实，也是正经事情，途中被赵子明派来的骑兵追回，说是有重要任务。但是回来后，赵子明什么也没有说，只是让他休息，说晚上再说。

陈秋石说，你火烧屁股把我叫回来，我还以为战争爆发了呢。

赵子明叹了一口气说，他妈的比战争爆发还棘手。

煎熬一直持续到晚饭后，赵子明约陈秋石到杜家老楼圩沟外面散步。走了一圈又一圈，赵子明还是不说话。

赵子明不说话，陈秋石也不说话。

走到太阳西下，月牙初现，赵子明开口说话了。赵子明说，走了一圈我不说话，你就该知道是什么事了。走了两圈我不说话，你就该知道出什么事情了。走到三圈我不说话，你就该知道怎么办了。

陈秋石说，老赵，这次我犯了哪个天条？

赵子明说，一封举报信，军区的结论是右倾。

然后就把事情的前前后后说了一遍。

陈秋石说，哦，没想到我给同志们造成这样的误会，这个同志警惕性很高啊，他反映的问题，除了祁深奥牺牲前的那声喊我没有听见，其他的差不多都是事实。不过我想知道，这个举报我的同志是谁。

赵子明说，这是绝密，连我也不知道，你就更不要打听了。

陈秋石淡淡一笑说，好，我接受处理。

赵子明说，我都安排好了，在南岳书院，你的警卫员和厨师都可以带上。还可以带一个参谋。

陈秋石说，警卫员不用带，南岳书院离西华山不远，那里不是有三团的部队吗？厨师也不能带，因为那有可能是新编第七师给我安排的联络人。参谋可以带两个，因为他们要及时向你们汇报我的情况。

赵子明说，老陈，我认为这只是权宜之计，还没准是上级储备干部呢，就算委屈，也要理解，说话不要这么刻薄。

陈秋石笑笑说，这种事情我遇到的也不是一次两次了，我全明白。我能不能自己提个要求？

赵子明说，只要我能做到，必然满足。

陈秋石说，我要带上我的马。

赵子明怔了一下，断然说，这个不行，绝对不行。

陈秋石说，那你准备把我的马交给谁？

赵子明说，这个我自然会有安排。老陈你放心，我会派专人负责你的老山羊，我们把你的老山羊像大爷一样伺候，直到组织上给你做出结论，我会完璧归赵的。

陈秋石点点头说，也好，那就拜托了。我这一辈子，没有什么亲人了，我的老山羊就是我的亲人。我还问你一句，这次我万一过不了关，我要是死了，你把我的老山羊怎么处理？

赵子明愣了一下，哈哈笑了起来说，老陈啊老陈，你可真是个书呆子。你要是死了，你还管那么多干什么？

陈秋石也愣住了，看了赵子明两眼，哈哈大笑，笑得泪花滚滚说，啊，是啊，我要是死了，我还管那么多干什么？我要是死了，我的老山羊随便你们怎么处置好了，你们杀了吃肉都行。不过我可警告你，那时候我和我的老山羊又走到一起了，你就不怕我们两个的阴魂跑去找你算账？

赵子明的脸在刹那间变得苍白，看着陈秋石说，老陈，也不要说得那么悲壮。根据我的观察，这次处理，军区是有所保留的，你不会有事的。

第 九 章

一

梁楚韵是从国军一名军官嘴里得知陈秋石被革职软禁消息的。乍一听,她不相信是真的。她到一楼找冯知良,冯知良心里一虚说,是的,我也听说,陈旅长……离职了。

梁楚韵不能控制自己的情绪,向冯知良逼近了一步,没有对象地质问,这是为什么,为什么要做这种亲痛仇快的事情?陈旅长是什么样的人,铁证如山,有目共睹,难道你们这些人都是睁眼瞎吗?

冯知良本能地往后退了退,吃惊地说,小梁,你怎么啦?这是党内斗争,再说人事变动也是正常的,不是我们下层干部能够左右的。

梁楚韵说,什么党内斗争?这肯定是阴谋。让陈旅长丧失军事指挥权,这是我们的敌人想做而做不到的事情。可是我们却帮助我们的敌人做到了。

冯知良的脸立马就白了,王顾左右而言他,支支吾吾地说,小梁,这里面的情况很复杂,我们都是同陈旅长一起从百泉根据地过来的。陈旅长被软禁后,我们……你恐怕还不知道,我们回去后也要接受调查。我劝你还是少管闲事,不要陷得太深!

梁楚韵说,老冯,你说这话简直就是投降,简直就像叛徒说的。瞻前顾后患得患失,那我们还能做什么?我不当这个随军记者了,我要去做我该做的事情了。

冯知良一头冷汗、面如死灰,摇晃一下,差点儿没有倒下去。

梁楚韵去找冯知良的时候,并不知道陈秋石事件的始作俑者就是冯知良,她只是想找个人发泄而已。从冯知良的住处出来,她没有回到自己的房间,无视滂沱大雨,漫无目的地徘徊在雨中,在皋城大饭店的后花园里找了一个凉亭坐下,泪水和雨水一起流淌。

梁楚韵这天在皋城大饭店的后花园里枯坐了很长时间,直到晚饭前,她才拖着一身雨水和沉重的步子,回到前楼。看见袁春梅房间的灯在亮着,她站住了,只有片刻的迟疑,就径直上楼去敲袁春梅的房门,声音很重。过去她怕那个一脸严肃的女首长,还有点排斥。但是现在她不管不顾了,她像落汤鸡一样出现在袁春梅的面前,迎着袁春梅惊愕的目光,毫无惧色。

正在看材料的袁春梅把手里的东西往八仙桌上一放,站了起来,平静地问,小梁,你到哪里去了,怎么搞成这个样子,有什么急事吗?

梁楚韵说,袁副政委,你应该知道的。

袁春梅说,坐下来慢慢说。把军装脱了,不要坐出病来。

梁楚韵仍然站着,锋利的目光从睫毛下射出来,扑到袁春梅的脸上。袁副政委,我坐出病不要紧,我们的部队要是坐出病来,那损失就大了。

袁春梅说,小梁你怎么回事?没头没脑的,我都被你说糊涂了。

梁楚韵说,袁副政委,你清楚得很!

袁春梅说,我清楚什么?我倒是要问问你,究竟发生了什么天大的事情,让你火烧屁股一身泥水来兴师问罪。

梁楚韵怔怔地看着袁春梅,看袁春梅一脸无辜,不像是说假话,就有些不知所措了,说话也不那么理直气壮了,嚅动嘴唇说,怎么,难道,难道袁副政委你真不知道?陈旅长被软禁了!

袁春梅不动声色地说,我当然知道。

梁楚韵被袁春梅的镇静激怒了,又加重语气问,袁副政委是不是早就知道?

袁春梅皱皱眉头说,怎么,这件事情跟你有关系吗?

袁春梅这么一问,把梁楚韵问愣住了。梁楚韵说,当然有关系。我是淮上独立旅的一员,陈旅长的命运也关系到我们所有人的命运。

袁春梅说,你是说,关系到你的命运你就有权过问?真是天大的笑话!我告诉你,淮上独立旅的人事变动,不要说跟你没有关系,就是跟我也没有关系。这是上级的事情。

梁楚韵把湿军装脱了下来,挎在胳膊上,抬起头来,把湿漉漉的头发往上一掠说,袁副政委,陈秋石的事情,即便跟你没有关系,但是跟我关系重大。我想你可能已经知道,我是陈旅长,陈秋石同志的爱人。

袁春梅似乎并不意外,只是用一种奇怪的眼光看着梁楚韵,突然笑了,苦笑。袁春梅问,我知道,在百泉的时候,成城司令员有意让赵子明和廖添丁做媒,把你介绍给陈秋石。可是有结果吗?没有。小梁,你说你是陈秋石的爱人,你得到陈秋石的认可吗?还是没有。你知道为什么吗?

梁楚韵昂首不语。

袁春梅说,傻姑娘,我来告诉你,陈秋石的心里根本就没有你。

梁楚韵说,我也知道,陈旅长对你一往情深。

袁春梅又笑了,还是苦笑说,小梁,我知道你会有这样的想法,我和陈秋石早年是有一段感情纠葛,但那是历史了。我可以告诉你,他的心里不仅没有你,也没有我。他的心里没有爱情,只有战争。

梁楚韵说,这到底是怎么回事?

袁春梅说,坐下,让我慢慢跟你说。

401

二

杜鹃花在山坡上一片一片地开,浠史河水在太阳下面一跳一跳地流,陈三川在山腰的小路上大步流星地走。他的屁股后面是驳壳枪,驳壳枪的后面是两个兵,兵的手里拎着铁锹和草纸。

小晌午,陈三川绕过北坡,来到他娘的坟前,蹲下去刚要烧纸,突然发现有一堆灰烬。陈三川站起来了,四下看了看,四周空荡荡的,只有林子里的鸟在叫。

烧完纸,就开始包坟,铁锹铲土,修补坟坡。包坟的时候陈三川就在纳闷,他这天来得够早了,还有谁比他更早呢,也许是万大叔呢。

自从那天万寿台跟他说了他娘最后的一些事情,他就放松了对万寿台的戒备和仇恨。在万寿台那里,他后来又知道了他娘的一些事情,万寿台甚至跟他讲,他爹是一个书生,是上过洋学堂的,仪表堂堂。可惜的是,他娘在万寿台面前从来不提他爹的名字,他娘对他爹的称呼是,那个死鬼。

陈三川当真成了一条壮实的汉子,阔脸浓眉,小眼睛似乎也略微大了一点,给部队训话,声若洪钟,气势咄咄逼人。这个清明节,是他第一次正式祭奠他的母亲。

陈三川在母亲的坟前磕了三个响头,嘴里念念有词:娘,部队要准备打大仗,往后儿子也许不能常回来看你。娘,你想儿子的时候,就听听树林里的鸟叫,那就是儿子派来给你老人家送信的,儿子又打胜仗了……

一场暴雨之后,天蓝风轻。林子里开满了山茶花、金银花、杜鹃花,还有一些不知名的野花,挂着露珠,映着太阳,摆着腰肢,送着清香。

祭奠完毕,陈三川直起腰,想了想,迈开步子,环绕母亲的坟墓,又转了两圈,然后招呼两个兵,走吧。

走了几步,陈三川还是觉得哪里不对劲,又回过头来,围着坟墓转了两个大圈,终于发现了两行脚印,准确地说,是三只脚印。陈三川似乎明白了什么,四下张望。林子里除了时远时近的鸟鸣,还是阒无一人。但是陈三川改了主意,他把两个兵叫过来,吩咐他们在山下另一个路口等他,然后转身,上了西边的羊肠小道。

快到山根二道湾的时候,他终于证实了自己的判断,他看见了一个人影,远远地,在二道湾西边的毛竹林里时隐时现。陈三川甩开长腿追了过去。那个影子就像个幽灵,他加快步子,影子也跑得飞快。他放慢脚步,影子也坐下来喘气。陈三川心中一动,这时候他真的相信人死了之后有魂的说法,他真希望这是他娘的魂,他是多么想他的娘啊,哪怕只是一个鬼魂。他不怕鬼魂,他愿意和娘的鬼魂在一起,他想听听他娘的鬼魂对他讲,她为什么要死,她为什么撇下他一个人活在世上;他想听他娘跟他讲,他到底是从哪里来的,他的死鬼爹到底是谁,他的死鬼爹到底是死是活。

离二道湾还有半里路的时候,前面的那个影子倏忽一闪,不见了。陈三川心下起疑,把驳壳枪抽了出来,擎在手上,哈腰钻进林子,搜索前进。右前方的土坎子附近传来一阵窸窣的声音,陈三川打了一个寒噤,就地一滚,以短兵相接的战术动作滚到土坎子前面,一个鲤鱼打挺站起来,纵身一跃,饿虎扑食一般从天而降,稳稳地骑在隐藏在土坎背后那人的身上,伸手抓住那人的头发,一把扯过来,顿时傻眼了。

土坎背后的人是方艾蒿。

陈三川呆若木鸡,但还是不松手,厉声问,你怎么会在这里?

方艾蒿不知道是惊吓还是激动,说话声音颤抖,三川哥,你还薅着我的头发呢。

陈三川松了手,用枪管点着方艾蒿的脑门说,你来干什么?

方艾蒿说,我来给黄大婶上坟啊。

陈三川说,那你跑什么?

方艾蒿说,我怕。

陈三川说,你来给我娘上坟,我难道会吃你?

方艾蒿说,那我也怕。人家都说,陈三川杀人不眨眼,我怕你开枪。

陈三川说,怕我开枪你还来?

方艾蒿说,那我也得来,我是来向黄大婶道别的。

陈三川哈哈大笑,这才把枪收起来,认真打量方艾蒿。方艾蒿再也不是过去那个蓬头垢面的小丫头了,她已经是个十八九岁的大姑娘了,原先骨瘦如柴的身躯就像注了酵头,面团般地发了起来,虽然穿着对襟褂子,胸脯还是隆出了模样。

陈三川看得眼直,差点儿就动起了手脚。过了好大一会儿才回过神来问,方艾蒿,你刚才说,你是来向我娘道别的,这是怎么回事?我娘死的时候,是不是对你说过什么话?这些年你在哪里,我为什么找不到你?

方艾蒿说,你别老弄你那枪,你坐下来,我跟你从头到底说。

陈三川看了看,方艾蒿屁股下面有一块大石头,陈三川说,你坐吧,我嫌硌。

方艾蒿站起来,拢了拢头发,抻了抻衣襟说,陈三川,我知道你会找我,这两年我也在找你。你犯事之后,刘副团长派人把我送到兵工厂,明里说是照顾黄大婶,其实就是监视黄大婶,怕她寻短见。可是后来她老人家还是没有想开……

陈三川问,这么说,我娘她真是自己跳下去的?

方艾蒿说,黄大婶临死的时候我不在边上,但是她前一天当真对我讲过,说三川没命了,她也不活了。

陈三川没防备,鼻子一酸就嚎出声了,娘啊,儿子对不起你,儿子害了你啊……刚嚎啕两声,戛然而止,对方艾蒿说,你接着往下说吧,我娘最后对你说了什么?

方艾蒿说,黄大婶别的什么也没有对我说,只是说……说到这里停住,脸色微微一红,迟疑地看了陈三川一眼,把头低下了。

陈三川明白了几分,心里顿时一热,追问,我娘她到底是怎么说的?

方艾蒿涨红了脸,抬起头来,又赶紧垂下,含糊不清地说,三川哥,恐怕你也知道了,黄大婶她最后的心愿就是……就是让我……嫁给你,管住你。可是,可是……

可是什么?

陈三川低沉地吼了一声,盯着方艾蒿那因羞涩而艳若桃花的脸庞,浑身的血突然发烫,煮着骨头,胳膊上的腱子肉哒哒哒地跳了起来。

方艾蒿吓了一跳,扬起脸,更被陈三川的表情吓住了。陈三川的脸被欲望的火焰燃烧得快要扭曲了,连嘴唇都歪了。陈三川突然变得不会说话了,只会说几个字了,方……艾……蒿,方……艾蒿,方艾……蒿……

方艾蒿惊呆了,她明白他是怎么了,她顿时也是浑身哆嗦,拔腿想跑,可是两腿发软,挪不动步子。她说陈三川你怎么啦,你怎么这样啊?

陈三川似乎已经完全听不见她在说什么了,嘴里嘟嘟囔囔地说了什么,老天爷都听不懂。陈三川一边嘟囔一边向方艾蒿逼近,猛地一把揽住她,老鹰捉小鸡一般,干脆利落地把她放倒在石板上。方艾蒿想喊喊不出来,只是乱踢乱抓。陈三川二话不说,三下五除二就把她的裤子给扒了。

方艾蒿垂死挣扎,嗓门里发出嗡嗡的声音。方艾蒿说,陈三川,你要犯事啊,你还想被公审吗?

405

陈三川手忙脚乱地折腾着,忙里偷闲说,方艾蒿,你是我娘许配给我的媳妇儿,早晚都是我的啊,你怕什么怕?不要踢了,我快累死了。你给我老实点!

方艾蒿仍然在踢打,此时反而清醒了些,挣扎着骂,陈三川,你真是个畜牲啊!万大叔就在山下小船上等着,你就不怕他看见吗?

陈三川急了,抡起巴掌,啪啪扇了方艾蒿两个耳光。陈三川出手很重,方艾蒿的嘴角很快就流出血了。方艾蒿终于停止反抗,闭上眼睛,血和眼泪一起流,喃喃地呻吟,陈三川,你真是畜牲,你不是人啊!

方艾蒿的呻吟就像春药一样再一次膨胀了陈三川的激情,陈三川不再说话了,把瘫如烂泥的方艾蒿放平,放正,运了一口气,坚定地扑了下去。方艾蒿发出一声隐忍的低喊,咬住嘴唇,再也没有声音了。

陈三川乱冲乱撞,忙乎了一阵,三下两下就完事了,抽出自己的武器,突然一声怪叫,啊,刺刀见红啊,刺刀见红啊,老天爷在上,我陈三川从今天起,是个男人了,是个男人了!

方艾蒿无语,睁开眼睛,看了陈三川一眼,突然一口唾沫飞了过来,落在陈三川的脸上。陈三川伸手摸了一把,沾在手上的,除了唾沫,还有血。陈三川说,方艾蒿你记住了,从今天起,你就是我的女人了。

方艾蒿缓缓地抽动了一下身体,先用裥子盖在下体上,然后站起来,冲陈三川恶狠狠地说,我昨天还不知道会不会给你当女人,今天知道了,我不会当你的女人了。

方艾蒿说完,正要起身穿衣,陈三川哈哈大笑,又扑了上去,再次把她压在身下。

三

军事调处中止后,袁春梅一行回到了杜家老楼。

夕阳在西边的山脊上融化,落日余晖从原野上铺展开来,落在梁楚韵的肩上,溅起无限惆怅。

回到杜家老楼的第一天,她就四处打听陈秋石的下落,但是没有人告诉她,因为这是绝密,旅部的一般干部都不知道。这段日子,她恍惚进入到一个虚幻的世界,似乎每天都能看见陈秋石,睁开眼睛,陈秋石在她的面前,闭上眼睛,陈秋石在她的脑海里,招之即来,挥之不去。

在皋城大饭店的那个晚上,伴着窗外时轻时重的雨声,袁春梅向她讲述了陈秋石的身世,说陈秋石早有妻室,因为当年不满家庭包办婚姻,加上元配长相不堪,陈秋石少年风流,离家出走,但是这一份亲情却无论如何也割舍不断。岁数一年一年增加,愧疚一天一天沉重。陈秋石曾在多种场合表示,在得不到妻儿的确切消息之前,续弦的事提都不要提。

袁春梅的话梁楚韵不愿意相信,可又由不得她不信。在百泉根据地的时候,她没有看到陈秋石对异性有什么异常反应,她也没有。反倒是进入大别山之后,她越来越对这个人产生了兴趣,不,不是兴趣,是敬仰;不,还不是,是爱慕。

梁楚韵出身书香门第,也受过新式教育,对于爱情,她有自己的憧憬。少年时代,她想象中的爱人是个文雅俊男,知书达理;参加抗日之后,她越来越青睐英雄,不是驰骋沙场万军之中取上将首级的那种豪杰,而是胸中自有雄兵百万妙算胜负于股掌之上的儒将,一句话说到底,就是陈秋石这样的人。她在编写《一门两将》脚本的时候,常常把真实发生的事情和她想象中的事情混为一体,不过后来她发现,她的想象远远没有跟上真实发生的事情。她对陈秋石的爱慕与日俱增,以至于当袁春梅严肃地警告她,不能以个人感情取代革命的理智的时候,她毅然决然地表示,如果不能还历史以公正,她宁可不要任何理智。她就认定了陈秋石是她今生今世的追随者,是她的爱人。如果陈秋石是叛徒,那么她就跟着他去当叛徒。

袁春梅当时听完她的表白,什么也没有说,只是一遍一遍地擦她的手枪。她对袁春梅说,你枪毙我吧,与其没有真理地活着,不如为寻找真理而被枪毙。

袁春梅没有枪毙她。袁春梅只是冷冷地告诉她,你病了,你病得很重。你的病别人医治不了,只能靠时间了。

她不这么认为,在她二十二岁的心里,只有爱情,没有时间。她必须找到陈秋石,然后跟着他到他想去的任何地方。哪怕他不爱她,或者说不能接受她的爱,那又有什么?那她就一直等待,等到地老天荒,她和他在一起等待,直至结束生命。

梁楚韵已经在杜家老楼西边的晒谷场上踯躅了两个晚上,她期盼着奇迹。看西方的山脊线,黑色的金色的光辉簇拥着变幻着,有时候像山峰,有时候像波浪,有时候像城堡。

晒谷场现在是训练场,旅直特务营在这里设置了很多障碍物,白天战士们攀爬其上,龙腾虎跃。到了傍晚,兵们各自歇息,只有她一圈又一圈地写着自己的脚印。

这真是难得的安宁。每每是在太阳即将沉没的最后一刻,她望着渐暗渐浓的暮色,眯起眼睛,她往往会看见一道枣红色的闪电,那是老山羊,老山羊的背上驮着一个人,黑色的大氅旗帜般迎风飘扬。

三分钟前她还没有想到,她的幻觉会成为真实。就在她再一次怏怏地准备返回住地的时候,她突然感觉到有个地方的光线闪了一下,她停住步子,四下张望,这一看不要紧,在杜家老楼的东南方一个村落里的小路上,出现了一个身影,就像贴着地面在滑行,悄无声息,疾如流星。她的心顿时狂跳起来,啊,是老山羊,是她给了它名字,给了它尊严的老山羊啊!

她知道,陈秋石被软禁的时候,提出的其他条件都被满足了,惟有老山羊没有跟随陈秋石,据说上级怕这个神奇的生灵驮着陈秋石远走高飞。人马分离之后,老山羊屈居特务营,刘大楼数次跨上马背,企图征服这个势利眼,均被老山羊击败,刘大楼鼻青脸肿,嘴角上的伤疤至今没有合拢。

可是,这么个清高自尊桀骜不驯的老者,如今却把自己的身躯降到最低限度,贴着地面向她疾驰而来。难道它已经嗅到了自己的气息了,难道它已经察觉她内心的波澜,难道它也知道她爱陈秋石并且赞同,难道……

梁楚韵迎着老山羊冲了过去。

她没有想到,老山羊的背上还安着马鞍子,她不会骑马,她知道,她尤其驾驭不了老山羊,这是多少人梦寐以求征服而始终不能遂愿的老山羊啊!可是她还是义无反顾地跳了上去,老山羊是卧倒之后让她爬上去的。她一点儿也不担心老山羊会把她尥下来。待她坐稳之后,老山羊一阵摇头晃脑,把缰绳甩到她的手上,然后,老山羊的两条前腿缓缓地站起,站到一半,再直起后腿,最终,平平稳稳地站了起来。

梁楚韵明白了,她知道老山羊要把她带到哪里去,她不用做任何考虑,她把自己的生命和自由交给老山羊了。

四

动身之前,陈秋石狠狠地发了一通火,这是他进驻西华山庄之后第一次发火。

陈秋石的火是冲着史吉合发的。史吉合是旅部派给陈秋石的参谋兼副官。当赵子明告诉陈秋石要派史吉合随从的时候,陈秋石冷笑说,我现在又不指挥打仗,既不需要参谋,也不需要副官。要派那是你们的事,与我没有关系。

赵子明解释说,也不完全是为了监视你,你身边确实需要一个懂得战术的人当随从,你随时有什么战术高见,他也好记下来,万一你牺牲了,也给部队留一笔财富。

陈秋石说,那好吧,不过得明确,是我服从他还是他服从我?

赵子明说,在南岳书院他服从你,只要一离开南岳书院,你就必须服从他。这是组织纪律。

陈秋石到了南岳书院之后,一头扎进去住了两个多礼拜。这里除了史吉合,还有三团刘锁柱带领的两个排,其中一个排负责守点,另一个排给陈秋石当警卫。两个礼拜后,陈秋石提出要去觉灵寺,史吉合当然要随行。但陈秋石偏偏不让他随行。陈秋石说,我去觉灵寺进香,既不是政治行为,也不是军事行为,纯粹个人行为,你去干什么?你到南岳书院,就是给我当副官,你留在书院,把我昨天讲的《淮上州防务概要》整理出来,送给随营学校当教材。

史吉合说,首长,我是奉命保护你的,你出行,我怎么能置身于外呢?

陈秋石说,史吉合,你要搞清楚,我是离职养病,不是来坐牢的,我还是穿军装带手枪的。你要是不放心,把我的枪下了好了。

史吉合苦笑说,首长,我知道你是离职养病,可是我的任务就是跟着你。请首长体谅下属的难处。

陈秋石火了,把手枪往桌子上一拍说,史吉合,他妈的虎落平川被犬欺,老子今天偏不让你跟着,你要是跟着,不是你开枪,就是我开枪。

史吉合被镇住了,脸上红一阵白一阵,唯唯诺诺地说,首长,您是知道的,我是一直很敬重您的。可是……可是……

陈秋石说,可是个屁!你给我在家老老实实地整理我的教材,如果你敢出这个院子的门,不要怪我不客气。

史吉合一头冷汗,不再多言。

陈秋石这才站起身来,哼了一声说,有一个警卫班跟在屁股后面,你还怕老子跑了?

史吉合说,首长,我执行命令。可是您得早点回来啊!

天气是好天气,风轻云淡。

陈秋石拎着一根竹制的拐杖,健步登上觉灵寺东边的妙皋峰山腰,在一棵盘根错节的老松树下站定,转身看着气喘吁吁的刘锁柱和他身后的兵,得意地笑说,就你们这脚力,还想监视我?

刘锁柱满头大汗跑上来说,首长,你搞突然袭击,说好了到觉灵寺,你半途改道又到妙皋峰,追兵不如逃兵快啊!

陈秋石哈哈一笑说,你跟我说实话,赵旅长是怎么交代你的?

刘锁柱毫不迟疑地回答,首长,你的行动范围只在觉灵寺以西,离开觉灵寺就算越界,上了妙皋峰就算是第二次越界,你要是再往东边二百米,就要采取措施了。首长,咱们回去吧,你不能让我违抗命令啊!

陈秋石站着不动,凝望远处。东边,太阳已经有一竿子高了,半山腰有人走动,好像是茶农。停了半晌,陈秋石移动步子,接着往前走,边走边说,刘锁柱,我且问你,假如,我是说假如我这一趟不回去了,我就从妙皋峰往东走,你会采取什么样的措施?

刘锁柱怔了一下,吸吸鼻子,哭丧着脸说,我刚才已经勘察了这个山头的地形,首长你要是逃跑,跑到前方的独立树下,我会开枪,朝天上打。你要是继续逃跑,跑到山下的茶园之前,我的枪口会从天上移下来。

陈秋石脸上的表情在骤然间冷峻下来,站住,居高临下地看着刘锁柱。刘锁柱受不了陈秋石的目光,把脑袋低下了。陈秋石说,很好,你做的是对的。可是我不会给你开枪的机会。我要是逃跑,我就会选择另外的路线,比如刚才路过的石板岩,我往下一跳,就是毛竹林,进了毛竹林,就是石沉大海,往东不到半里路,就是国军防区。而路过石板岩的时候,你们还在我身后二十米以外,我完全可以逃脱。

刘锁柱吃了一惊,警惕地看着陈秋石说,首长,你还真打算逃跑啊?

陈秋石回过头来反问,你看我像逃跑的人吗?

刘锁柱仰着脑袋,想了一会儿说,也像,也不像。

陈秋石哦了一声,正要说话,又停住了,伸手一指问,刘锁柱,你往西边看,那是什么?

刘锁柱怕上当,盯着陈秋石说,那里没有什么。首长你可不能开玩笑啊,我是有任务的,你要是把玩笑开大了,咱俩都负不起责任。

陈秋石说,我没有跟你开玩笑,那里是国军。

刘锁柱吃了一惊,见身后的兵跟了上来,足以监视陈秋石在杀伤射程之内,这才扭头往西看,一看不要紧,果然是一队国军官兵。

陈秋石说,把望远镜给我。

刘锁柱不敢怠慢,赶紧摘下腰里的望远镜递了过去,这一瞬间,他感觉陈秋石又恢复了旅长的威严,说话又是命令的口气了。

陈秋石举着望远镜,反反复复地看,从山头看到山脚,从近处看到远处,再从远处看到近处。

看了一阵子,陈秋石把望远镜还给刘锁柱,若有所思,自言自语地说,奇怪啊,他们到这里来干什么?

刘锁柱不知就里,傻傻地看着陈秋石。

陈秋石看见了杨邑。尽管隔着一个山头,但是顺着阳光,他还是看清楚了,在几个国军军官的簇拥下,行走在妙皋峰西侧齐云山羊肠小道上的,中间那个大个子军官的确是杨邑。望远镜中的杨邑似乎敏锐地感觉远处有人观察他,停住步子,对身边的军官说了几句什么,几个人加快了步伐,很快掉转方向,不多一会儿就消失了。

陈秋石从远处收回目光,招呼刘锁柱说,来,坐下,我来考考你。你们都过来,把我包围起来。

几个兵站着不动,刘锁柱一挥手说,都过来,首长要给咱们上战术课了。兵们犹犹豫豫地围拢过来,以陈秋石为中心,围成一个圈,坐下了。陈秋石笑笑说,如果国军进攻我们,他的主攻方向应该是哪里?

刘锁柱不假思索地回答,当然是西华山庄。

陈秋石说,好,假如我们用一个团的兵力防御,主防御阵地应该设在哪里?

刘锁柱说,从这一带地形看,应该是在觉灵寺主峰和妙皋峰之间,南边是浿史河,北边是乌龙山天险。我们脚下这条路应该是捷径。其兵力部署应该是纵深配置,而我扼守这两边的制高点,有一夫当关,万夫莫开之效果。

陈秋石高兴了,拍拍刘锁柱的肩膀说,好,刘锁柱,你会打仗了,当个营长凑合。不过,你说的是常规打法,真的打起来,情况是千变万化的。首先,敌人进攻西华山根据地,不一定选择南线;第二,即便选择南线,除了我们所掌握的通道,应该还有我们不知道的路线;第三,国军目前已有美式机械化装备,其炮火大有改善,其进攻战斗越来越趋向于炮火准备,也就是说,首轮采取炮火覆盖、炮火摧毁、炮火杀伤的办法。步兵还没有发起攻击,我前沿阵地就基本上瘫痪了。而在妙皋峰和觉灵寺之南、之东,他的炮兵阵地应该设在哪里呢?

陈秋石也进入沉思状态,盯着地下,捏着一块小石头,如入无人之境,比比划划,画出很多纵横线条,好像未来西华山战区的山山水水都在眼下这块面盆大的坡地上。陈秋石画画停停,眉头时松时紧。

等了很长时间,刘锁柱才小心翼翼地问,首长,反动派真会进攻西华山根据地吗?

陈秋石没有回答。陈秋石现在想的是另外一个问题,远比防御国军进攻西华山根据地还要重要的问题。陈秋石看到了那条河,那条在官亭埠战役中起了至关重要的河流。那个冬天的大雪变成一条浩荡东去的大河,百船连营,简直就是赤壁。

陈秋石突然站了起来,从刘锁柱手里接过望远镜,往前走了几步,直到视界开阔了,才站在一棵松树的旁边,向南边瞭望。望了很长时间,才问刘锁柱,官亭埠战役,截击日军辎重,是不是你的队伍?

刘锁柱说,是,当时是我和许得才的两个连,袁副政委指挥的。

陈秋石又问,那些铁皮筏子现在在哪里?

刘锁柱说,我们缴获了一部分,但是没有来得及运走。我们跟随袁副政委增援官亭埠,后面的情况就不知道了。

陈秋石点点头,他想起来了,在官亭埠战役最危急的时候,就是袁春梅带领刘锁柱的连队,一身泥水,及时赶到三号高地,救下陈三川,并拿下三号高地。

下山的时候,刘锁柱问,首长,不去觉灵寺了?

陈秋石说,我说过要去觉灵寺吗?

刘锁柱说,我还以为首长要去烧香拜佛呢。

陈秋石说,哈哈,你以为我这个丢了兵权的旅长就只能烧香拜佛了是不是?我跟你讲,香要烧,佛也要拜,不过,不是白天。

刘锁柱又被搞了一头雾水,紧张地看着陈秋石问,首长,难道你还想夜里来?那我可不敢做主,就这,我都担了很大的风险。

陈秋石说,烧香拜佛,不在白天,也不在夜里。我陈秋石烧香拜佛,只在心里。

刘锁柱想想说,首长不是凡人,是武曲星下凡,估计如来佛都晓得。

下山走得快了些。这一路上陈秋石不像刚来的时候谈笑风生,而是沉思不语。刘锁柱一直想问,反动派会不会进攻西华山根据地。但是见陈秋石一直没有拉呱的兴致,只好垂头丧气地跟着他。

过了觉灵寺山根,陈秋石问刘锁柱,你知道这里离东河口有多远吗?

刘锁柱估摸着回答,大约五十里。

陈秋石又问,你知道这里离玫山隐贤集有多远吗?

刘锁柱老老实实地回答,不知道。

陈秋石说,也是五十里,应该是二十六公里。说完,一声叹息。

刘锁柱找到话头了,往前凑了几步问,首长就是隐贤集人吧?等战争结束,我陪首长衣锦还乡。

陈秋石苦笑说,衣锦不存,还乡更是伤心。

刘锁柱听不明白,没说话。

陈秋石说,刘锁柱,你还记得吗,在杜家老楼的时候,你跟我说,陈三川母子刚到东河口的时候,你是见过的,你能不能给我描述一下当时的情景,譬如黄寒梅的长相,身上穿的是什么衣服,操的是哪个地方的口音。

刘锁柱不明白陈秋石为什么一遍又一遍地追问陈三川的情况,他寻思可能因为陈三川能打仗,引起了陈秋石的重视,心里还有点酸溜溜的。刘锁柱说,长相嘛,陈三川他娘实在不俊俏……首长,这话你可不能跟陈三川说啊,他要是知道我说他娘的坏话,那他又要跟我动手了……

陈秋石冷冷地打断他说,怎么个不俊俏?脸大还是脸小?

刘锁柱肯定地说,脸大,方脸盘子,像男人的脸。

陈秋石的脸色更难看了,一走神,脚下绊了一下,差点儿摔了一跤,刘锁柱眼疾手快,赶紧上前搀住。

陈秋石说,口音,你听她说话像哪里的口音?

刘锁柱愁眉苦脸地想了一会儿说,这个我说不太好,好像是大别山里的,那天她总共也没有讲几句话,何况那时候我也才十来岁,不晓得她是哪里口音。

陈秋石说,我记得你说过,陈三川当时五六岁的样子,到底是五岁还是六岁?小孩子的年龄,差一点就很明显。

刘锁柱说,首长,你这真是为难我了。我那时候就是个小混混,我连自己的年纪都搞不清楚,哪里搞得清楚陈三川的年龄啊!

陈秋石说,那你再回忆一下,陈三川娘儿俩到东河口,是哪一年的事?春夏秋冬?

刘锁柱说,让我算算。算了一会儿,刘锁柱说,报告首长,是民国二十一年的春天。

陈秋石站住,逼视着刘锁柱问,你没记错?

刘锁柱吓坏了,说,首长,我再想想。刘锁柱又想了一阵子,胸脯一挺,理直气壮地说,报告首长,再想一遍,还是民国二十一年的春天。

陈秋石不说话了,把眼神从刘锁柱的脸上移开,投向一个很远很远的地方。

再往下走,刘锁柱的心里就犯开了嘀咕。刘锁柱不是个笨人,陈秋石几次询问陈三川的情况,尤其是对陈三川的身世来历感兴趣,恐怕不光是因为陈三川打仗勇敢,还有更深的背景,那么是什么呢?他也风言风语听说,陈秋石早年离家出走参加红军,留下一个刚满月的儿子。按照时间推算,他的儿子应该同陈三川差不多的年纪。想到这里,刘锁柱不禁打了一个寒战。

还不到响午开饭的时候,陈秋石一行回到南岳书院,快进大门的时候,陈秋石突然停住了步子,两眼发直,两手颤抖。刘锁柱不知道发生了什么事情,东张西望,突然,就像屁股被谁踢了一脚,嗷的一声叫了起来,首长,你看,你看,你的老山羊!

陈秋石站着没动。那老山羊早已看见陈秋石,起先慢跑,渐渐放开蹄子,一路撒欢跑了过来,一直跑到陈秋石的面前,把脑袋拱进陈秋石的怀里,上下磨蹭。

陈秋石顿时泪流满面。

五

这年夏天,淮上独立旅进行了一次大的调整,两个县大队和六个区中队充实到野战部队,兵力达到一百二十多人,武器装备也得到了更新,全旅共有一百多挺机枪。其中有三十挺装备了攻坚营,这个攻坚营是一个名副其实的敢死队。

旅部成立了随营学校,由副旅长刘汉民兼任校长,袁春梅兼任政委,刘大楼为教导主任,他已经提升为旅部参谋处副处长了。作战科科长冯知良和组织科长江碧云分别负责战术和政治授课。随营学校集中部分团营干部,进行大兵团作战战术和政策教育。

开学第一天晚上,袁春梅就跟陈三川谈话,希望他珍惜随营学校的时间,在文化和政策学习上有大的进步,做好打大仗的准备。陈三川说,袁副政委放心,打什么样的仗我都不怕。

袁春梅说,你虽然年轻,但已经是个营级指挥员了,不久的将来还要准备担负更重的担子,不能再像过去那样挥大刀片子抡手榴弹了,要学战术,以巧取胜。

陈三川说,随营学校搞的教材,别说我看不懂,马团长天天学文化,他看着照样头疼。

袁春梅说,冰冻三尺,非一日之寒,得一点一点积累。以后战争结束了,还要掌握政权,建设国家,没有文化是不行的。

陈三川说,战争结束了就没有仗打了?那怎么行,那我这身本事不就废了吗？

袁春梅说,怎么叫废了呢？搞建设也需要指挥员。你看现在好多地方干部,就是一手抓武装斗争,一手抓政权建设,这都是为将来做准备的。

陈三川眯缝着小眼睛看着袁春梅,挠挠头皮说,搞政权建设我恐怕不行。要是不让我打仗,我就只能到屠宰场去了。

袁春梅说,你是个有志气的人,一个堂堂的营长,不能把自己的眼光放得那么低,不能说没有仗打了就去杀猪宰牛,一定要学文化,学政策。

那天在杜家老楼圩沟外面,袁春梅同陈三川谈了很长时间。陈三川分明能够感受到,这个袁副政委对他一直是高看一眼,发自内心的喜爱,多少有点恨铁不成钢的感觉。在别人的眼里,袁副政委是一个很泼辣的女首长,传说连新旅长赵子明都让她三分,还听说袁副政委是老旅长陈秋石的相好。但在陈三川的心目中,她就是一个能干的、能给他带来温暖的长辈。在淮上独立旅里,只要袁副政委发话,就是错的,他也坚决执行。

可是学习对于陈三川,仍然是一件头疼的事,文化底子薄是一个方面,问题是现在他的精力还很不集中。用许得才的话说,这小子发情了。

那一次在二道湾那个土坎子后面,他强行在方艾蒿身上完成了一个男人的洗礼,事毕之后,方艾蒿就像死了一样,脸色苍白,缓缓地把自己的衣服穿好,还拍了拍身上的灰,然后看也不看陈三川一眼,像是身边根本就没有这个人,径直走了。

陈三川跟在后面喊,方艾蒿,你装什么正经,你已经是我的人了,你早晚得嫁给我,我自己的东西,提早拿来用,有错也不大。

方艾蒿还是不理他,头也不回。方艾蒿在流泪,方艾蒿的泪就像倾盆大雨,跟在身后的陈三川看不见的。

快到二道湾路口的时候,方艾蒿停下来了,陈三川也停下来了。方艾蒿回头,向陈三川凄然一笑说,好了,陈三川,我跟你讲,我这次回来,是向你娘还愿的。我原以为你是个英雄,是条汉子,我是打算嫁给你。可是有了今天这一次,我不会嫁给你了。你走吧,你走你的阳关道,我过我的独木桥。以后战场上见面,你我就是不相干的人。

陈三川说,你怎么能这样说?咱俩都那个了,你不嫁给我,你嫁给谁?谁会要一个破瓜呢?

方艾蒿说,那就是我的事了。你记住,我就是到觉灵寺当尼姑,也不会给你当婆娘的。说完,挥手抹了一把眼泪,转身疾步下山。

陈三川跟在后面喊,方艾蒿,我娘临死对你说的什么话,你还没有对我讲呢。

远远地,方艾蒿的声音飘过来,陈三川,你听清了,你娘临死之前只说过一句话,陈三川不是人,是狼,你千万不要嫁给他。

陈三川跺脚大喊,你胡扯,你给我回来!

方艾蒿再也没有理他,一阵风样,扑到山下,隔着老远,陈三川看清楚了,河边泊着一叶扁舟,扁舟上坐着万大叔。陈三川好几次想追过去,跑了几步又停下了,他心虚得很,他不敢在这个时候去见万大叔。

这以后,陈三川的日子就难过了,他不知道方艾蒿会不会把他的丑事跟万大叔讲,也不知道方艾蒿的话是不是真的。一个多月过去了,方艾蒿再也没有露面,他不知道会发生什么。终于有一天,在难熬的折磨中,他似乎明白了,他做错了,他留给方艾蒿的是羞耻,是不能对人说的屈辱。他糟蹋了方艾蒿。

有一次半夜里,他梦见了方艾蒿,方艾蒿披头散发,衣不遮体,血红的嘴唇向他凑来。方艾蒿说,陈三川你真不是人,你不配当一名抗日军人。我要找你讨还血债,我就是被你害死的。

梦里醒来,浑身淋漓,冷汗把被褥都浸湿了。下身还膨胀得厉害,像是刚从锅灶里抽出来的烧火棍。他恨啊,恨自己两腿间夹的那个不争气的玩意儿,他恨不能把它割下来扔了,就像他小时候看见那两匹马交媾时想得那样,趁那玩意儿像鳖头一样全部伸出肚子,挥刀把它连根砍下来,一了百了。

万寿台到随营学校找陈三川,已经是一个半月之后的事情了。当天下午,陈三川向学习班长,他的团长马建科请假说,万大叔来了,我想去看看他。马建科说,那好啊,老战友了,能请他吃一顿就好了。能不能让许得才给他炸几根油条?

陈三川说,万大叔是到旅部医院看病的,他的腿又疼了,在旅部医院吃饭,不用咱们管饭。

陈三川只知其一,不知其二。万寿台腿疼病犯了是不错,可他这次到旅部来,却不是为了自己看病。

晚上吃罢饭,陈三川来到旅部医院所在的西马庄,在庄子背后塘埂上,万寿台抽着旱烟,一个劲儿叹气。

陈三川望着一明一暗的烟锅,如坐针毡,局促不安地问,万大叔你怎么啦,怎么不说话啊?

万寿台又吸了两锅烟,把烟嘴往鞋底上磕了几下,吧嗒几下嘴说,你这小子啊,真是太野了,胆子也太大了。

陈三川知道事情败露了。陈三川说,万大叔,我错了,可我也不晓得为什么要犯这样的错。

万寿台说,你就不怕军法治罪?咱们这支队伍是革命的武装,是有三大纪律、八项注意的。

陈三川说,可是,方艾蒿是我娘给我说的媳妇,我不过就是提早下手了,这也犯了军纪?

万寿台慢吞吞地又装了一锅烟丝,看着天上的星星说,三川,天上的星就是地下的心。地上每死一个人,天上就多一颗星。你娘恐怕也在天上。你娘要是知道你这么蛮干,不知道会多难过!

陈三川说,万大叔,方艾蒿找你了吗?她都跟你说了?

万寿台说,你把人家黄花姑娘祸害了,你知道后果吗?

陈三川说,我说了,我早晚会娶她。

万寿台说,你那么干,人家还会嫁给你吗?

陈三川说,我向她赔不是,我给她下跪,我给她做牛做马,怎么就不行呢?

万寿台说,你知道吗,方艾蒿怀上了,怀上了你的孽种。

陈三川呼啦一下站起来说,万大叔,好啊,这回就生米做成熟饭了,我要当爹了。

万寿台说,蹲下,傻小子,你不光害了方艾蒿,你也害了自己。

黑暗中陈三川的小眼睛闪闪发光。陈三川说,咋啦,我这就向马团长报告,明媒正娶方艾蒿。

万寿台说,明媒正娶?凭什么?你小子鬼迷心窍了。咱们部队的规定是二五八团,二十五岁以上,八年革命经历,团以上干部,你占哪一条?

陈三川说,我参加革命也快八年了,我从十二岁就当游击队员了。

万寿台说,三条只有一条沾边,那怎么行?就算你三条都沾边,也得看实际情况。在咱们淮上独立旅,三十岁以上的老革命,有一千个,你看有几个带了家眷?再说了,就算你符合条件,可是你也不能强奸啊!

陈三川说,我没有强奸,我只不过是把事情先做了。

万寿台叹了一口气,苦笑说,方艾蒿不同意,你还打她,这不是强奸是什么?知道在咱们队伍上,强奸是什么罪吗?

陈三川说,枪毙。

万寿台说,好,知道就好。你的罪就是枪毙罪。

陈三川呆若木鸡,愣了半天才说,万大叔,好汉做事好汉当,这件事情是我的罪,我去自首好了。

万寿台说,好,还算你小子有种。可是你想过没有,你去自首,把事情挑明了,方艾蒿她怎么办,她还有脸活吗?

陈三川说,那万大叔你说怎么办,我总不能带着她跑吧,再说,她也不跟我跑。

万寿台说,算了,我也不跟你多讲了。你小子要管好自己,再也不能犯错误了。

陈三川说,万大叔,还有没有别的办法?

万寿台说,有,就看运气了。

自那以后,陈三川的日子就更难过了。白天搞战术研究,什么兵力配置,火力配置,防御纵深,进攻正面,还有三点一线,结合部切割,等等等等,搞得陈三川眼冒金星。到了夜里,又是心惊肉跳。现在他的那玩意儿倒是老实了,一想起方艾蒿,那玩意儿立马就瘪了下去,就像霜打的茄子。

后来陈三川才知道了,方艾蒿在商城治病的时候,同一个地方区长相识了,病好之后,也留在地方工作,在那个区长的手下当妇抗会主任。清明节前,她跟随她的心上人到西华山参加郑秉杰组织的民运会议,会后请万寿台引路,去向黄寒梅告别——因为工作需要,她很快就要跟那个区长成亲,然后直接到淮上州,以茶叶店老板娘的身份开展工作。她不可能嫁给陈三川,她要向黄寒梅解释。遇见陈三川她是有思想准备的,她也确实有话要对陈三川说,哪里想到见面不久,就发生了那样的事!那个时候,她杀人之心都有,可是她没有杀人,她打落门牙吞进肚子里,悲愤地离开了。可是她没有想到,就在那个清明节,陈三川已经把他的种子植进她的身体。她是个孤儿,无依无靠,她只有去找万大叔。在黄寒梅最后的日子里,她惊恐至极,夜里她是睡在万大叔的铺上,万大叔睡在门口,万大叔曾经就像父亲一样呵护着她。万大叔得知她的事之后,自己想了一招,把自己的老寒腿又放进凉水里泡了半夜,第二天早上就起不来床。兵工厂的人把万大叔抬下山,用拉炸药的马车运到了杜家老楼。

万大叔为什么要住院呢,就是为了方艾蒿,据说医治老寒腿需要一种名叫火斛的中草药,这种药配上土酒和鳖甲可以打胎。

知道了这一切,陈三川更是痛恨,他恨那个夺走方艾蒿的区长,也恨方艾蒿,还恨他的娘,不该给他这么一个念头。当然,他最恨的还是那个死鬼爹,如果不是他抛弃了他们娘儿俩,他会变得这么畜牲吗?

六

以后陈秋石总结自己的人生,说过这样的话,战争年代,他曾经三次被软禁,两次住院,也就等于上了五次学。红军时期,他由团长去抗大当教员,因为说了错话,被革职并软禁,他懂得了政治斗争和军事斗争的关系。在石门益民医院住院,他有工夫去回顾和分析战例。而这次,他更是有了时间总结抗战以来他所指挥的包括苍南战斗、漳河峪战斗和官亭埠战役等诸多战例。

最初的时光,陈秋石感到自己的心灵获得了很大的自由,精神充分松弛下来,可是两天之后就耐不住寂寞了。淮上州的形势是什么样子,他不清楚,没有电报,没有敌情通报,没有战斗总结,这样的日子他过不来。

厨师自然没有带来,那是国民党给他的,当初接受这个礼物,完全是出于礼貌,他不可能在这个时候让一个国民党的厨师跟在后面。你一个犯了错误、革职养病的干部,难道我们的炊事员做饭就不能吃?这话不用别人说,他自己就觉得不合适。

在南岳书院住下不久,陈秋石让史吉合在客厅里挂了一幅他亲手绘制的《淮上州军事地形图》,饭后无事,就召集史吉合、刘锁柱和一个连长、两个排长开会,美其名曰南岳军校。

有一次陈秋石指着妙皋峰西南的茶岭问史吉合等人，如果在觉灵寺一线进行防御，这个高地是不是重点？史吉合说，当然是重点，觉灵寺南临浠史河，东倚南天门，背靠西华山，而茶岭同妙皋峰呈犄角之势，也是觉灵寺的门户。无论敌人从东边迂回，还是从水路登陆，这都是必经之路。

陈秋石说，未必，我觉得茶岭这个地方未必是进攻的最佳路线，我们从北往南看，这里山势绵延，而实际上临河的一面，可能是悬崖绝壁。

史吉合惊讶地问，首长，难道你去过茶岭？

陈秋石说，这个地方我不用去，从地貌特征就能分析出来。你们看，从茶岭的分水点到浠史河北岸，只有三十米，而高差是一百二十多米，你们完全可以用勾股定理计算出山的那一面是个什么角度。

史吉合趴在图上看了半天说，明天我就带人实地勘察。

第二天早上，史吉合带着一个班，结合战术训练，越野二十公里，到茶岭的东边，隔着五里路从反方向观察，果然那是一道绝壁。史吉合回来就说，首长神算，这个地方是我们的一道天然屏障，不是设防重点。

陈秋石说，看地形好比烧香拜佛，需要悟性。所谓横看成岭侧成峰，远近高低各不同。别看是古诗，它实际上阐明了战术地形的一个很重要的道理。

史吉合等人连连称是。

南岳书院是个好地方。不管外面的世界怎样波谲云诡，这里却始终是清静的，直到老山羊和梁楚韵到来。

那天，当他和刘锁柱等人从妙皋峰下来，回到南岳书院的时候，老山羊的出现立即让他预感到发生了什么大事。果然，史吉合很快就从南岳书院奔了出来，表情复杂地向他报告，首长，出事了，出大事了。

陈秋石平静地问,到底是什么事?

史吉合说,有人冲进山庄,问哨兵你的住处。我们不告诉,她还骂人。你回去看吧,一看就知道了。

陈秋石笑笑,没说话。凭直感,他知道不是敌情。

哪里想到,比敌情还要复杂。陈秋石一行匆匆回到住处一看,他的那间客房完全变了样子,地被扫过了,桌子上的东西也被重新码放,铺上多出一床被子。迎着他惊愕的目光,梁楚韵从木板桌前站起来,正笑吟吟地看着他。

陈秋石马上就明白发生了什么事情,厉声喝道,你这是干什么?

梁楚韵说,报告首长,我来和你一起坐牢。

陈秋石拉下脸说,胡闹,成何体统,赶快出去!

梁楚韵说,陈旅长,我是奉命前来,你没有权力让我出去。

陈秋石火了,气得脸都青了,结结巴巴地说,梁楚韵同志,请你尊重我,也尊重你自己!

梁楚韵也严肃起来,眼眶里还汪了一层水雾,看着陈秋石,期期艾艾地说,陈旅长,我不知道你是怎么想的,可你知道我是怎么想的吗?在太行山,在百泉根据地,同志们都知道,我是组织上介绍给你的爱人,可你从来不拿正眼看我。我理解,你是个指挥员,是个战术专家。我在等待,我在等待中真的爱上了你。如今你已经不再肩负重任了,你也该得到你应该得到的爱情了。也许我冒昧了,可是我没有别的办法,我只能这样,我将和你在一起,绝不分离,哪怕杀头!

陈秋石良久地看着梁楚韵,突然一声苦笑说,他妈的这是怎么搞的,怎么搞出这么个节外生枝的爱情。

他回首四顾,身后已无一人,史吉合和刘锁柱都在门外探头探脑。陈秋石无奈,从床边搬出太师椅,一屁股坐下去,闭上眼睛,像是睡着了。

梁楚韵说,陈旅长,请你不要责怪我。你知道,我是个编脚本的人,我编了很多脚本,但是,这一次我要用我的行动编一个无字的脚本。革命者的爱情应该是浪漫的。

陈秋石睁开眼睛,看着梁楚韵,缓缓地摇了摇头,半天才说,梁楚韵同志,我真是被你搞糊涂了,你简直是在搞恶作剧。我们之间有什么爱情可谈?我从来就不知道组织上把你介绍给我,就是有,爱情这东西也是两厢情愿的事情,也不能搞包办代替啊!再说,你知道我的儿子今年多大了吗?他要是还活着,比你只小两三岁,今天应该是十八周岁一个月零四天,你知道这意味着什么吗?

梁楚韵说,我知道,这什么也不意味,革命者的爱情是没有年龄限制的,你知道赵旅长比他爱人田秋韵大多少吗?大了十五岁,而你只比我大十四岁。

陈秋石不说话了,看着梁楚韵继续苦笑,摇头晃脑。苦笑了一阵,陈秋石把头抬起来了,对梁楚韵说,你还是个孩子,年轻人总是意气用事。这件事情我不再批评,但是你要理智。你的心意我接受……

梁楚韵说,不是心意,是爱情。

陈秋石还是苦笑说,好,就算是爱情,也得浪漫一点吧,你这么把铺盖卷儿往我床上一放,这就是爱情了?这就像土匪抢压寨夫人嘛。

梁楚韵噗嗤一笑说,陈旅长,别忘记咱们一起排练过《三打穆家寨》,就是穆桂英招亲。这是特殊时期的爱情,假戏真做。

陈秋石说,荒唐!

梁楚韵说,陈旅长,你知道我是怎么来的吗?在淮上州我听说你被革职了,我恨不能当时就飞到你的身边,给你安慰,分享你的磨难。回到杜家老楼,我有几个夜晚,坐到天亮,我天天都在打听你的去向,可是没有人告诉我,我找不到你。后来,就是昨天晚上,我们的老山羊,我们最亲爱的战友,老山羊它出现了。你知道吗,在大别山,除了你,没有任何人能够骑上老山羊的脊背,可是昨天,它主动找到了我,它跪在我的面前,让我骑了上去,然后它驮着我,一匹马和一个人,在战火还没有灭尽的山区,跋山涉水,连路都不用问,就直接找到这里,就来到了你的身边,你说这是天意还是神意?你问问它吧,问问我们的老山羊,你不接受我,你还能辜负它吗?

梁楚韵说得动情,霎时热泪滚滚,最后竟然放声大哭,哭声里有激动,也有委屈。

陈秋石下意识地往门外看去,这一看他又吃了一惊。不知道什么时候,老山羊也来到门口,两只湿漉漉的大眼睛正在向里张望。看见陈秋石注意到它了,它似乎有点羞怯,把脸稍微偏了一下。

陈秋石心里不禁暗暗叫奇,半天没有说话。他此刻已经明白了,眼前这个姑娘,不仅是被爱情冲昏了头脑,也被老山羊冲昏了头脑。当下没法解决,还是采取缓兵之计。陈秋石拿定主意,站起身来,把手掌往梁楚韵的肩头一按,梁楚韵哽咽了一声,安静下来。陈秋石说,好了,小梁同志,我都知道了,我全明白了。关于爱情的问题嘛,我们可以从长计议。可是,眼下我这个身份,你这个身份,都不太好明确,不太好在这里谈情说爱,你说是不是?

梁楚韵说,我也是被逼的啊,鬼才想把爱情搞成这个样子!

陈秋石说,从爱情到婚姻,还有一段路程,你不能来了就把铺盖放到我的床上。你要知道,我虽然离职修养,可我还是一个高级干部,我们不能把笑柄留给同志,更不能留给敌人。

梁楚韵抬起泪眼说,陈旅长,你不能撵我,我从昨天下午到现在,粒米未沾,滴水未进。

陈秋石说,你既然来了,就先住下。但你现在就住在我这里,绝对不合适。南岳书院房子有的是,我让史参谋再给你找一间房子,你住下歇歇,抽空我们慢慢地培养感情,好吗?

梁楚韵说,陈旅长,你可不能骗我啊!

陈秋石说,唉,我这么大个人了,怎么能骗你呢,君子一言,驷马难追。来,史参谋,帮小梁把东西搬出去,给她再找一间房子。

梁楚韵这才破涕为笑,走到门口,不放心,又回头说,陈旅长,我这次来,可是违反纪律的,我是豁出去了。你不会通知旅部来领人吧?

陈秋石说,我为什么要通知他们来领人?在我这里,坏人变成好人,好人变成能人,傻瓜变成聪明人。我们南岳书院又多了一个女将。他们就是来领人,我还要挡道,你就放心吧!

把梁楚韵安抚妥帖之后,陈秋石给赵子明写了一封信,谈了他对当前淮上州战局的分析。信里没有提到梁楚韵的事情。他想等几天再说。

第三天,派出去的通信班带回了赵子明的密信,让陈秋石深感失望。陈秋石让史吉合再派出通信班,又给赵子明送了一封信,更详细地阐明了他对当前国军兵力调整的怀疑,他怀疑杨邑的一旅已经部署在西华山当面。这次赵子明回信明确答复,老陈的判断正确,杨邑一旅已陆续进入肥西的尚派河和岳西的马尾镇。

过了两天,赵子明亲自来到南岳书院,还带着刘大楼和冯知良等人。梁楚韵一看这架势就慌了,她以为是来抓她的。

赵子明到南岳书院来当然不是为了抓梁楚韵,他是就国军调防的问题来请教陈秋石,同时根据军区的指示,把陈秋石转移到杜家老楼。但是陈秋石坚持不走,陈秋石说,请神容易送神难,你们把我弄到这里,前不着村,后不着店,让我当了两个多月睁眼瞎,我回去干什么?我既不是旅长也不是副旅长。我在你们身边,你们指挥我看不顺眼,我批评吧不合适,我不批评吧忍不住。我难受你也难受,还是让我留在这里当神仙吧。

赵子明说,据内部情报,国民党反动派正在上天入地侦察你的去向,我怕你在这里不安全。

陈秋石说,我和国民党反动派是一家的,他们侦察我,我有什么不安全?说不定他们找到我,还给我送好烟好酒呢。

赵子明说,情报已经证实你的分析,杨邑部已经移师西华山当面,兵力已多出我们几倍。这里确实不安全。

陈秋石说,哦,那我明白了,你们是防备我当徐庶啊,我跟你表态,我不会走,我就是投奔杨邑,也一定会事先向组织报告。我陈秋石不会干那鸡鸣狗盗的事情。

赵子明苦笑说,老陈你怎么这样想?我跟你讲,想让你转移到杜家老楼,不是对你进行防范,而是想让你参与指挥。你小气了,就这点委屈都受不了,还给组织上摆架子!

陈秋石说,我不是给组织上摆架子,而是给你扫清绊脚石。我回到杜家老楼,你的军事指挥权就会受到削弱。

赵子明说,你老陈可以恨我,但你不能小看我。我兼这个旅长,不是我自己要的。哪个王八蛋愿意兼这个旅长!我也是被逼的。我已经跟军区报告了几次,要他们派军事干部过来,实在不行,把韩子君再派回来也行,可他们就是不理。我琢磨,没准这是军区的战术,故意把你藏起来,麻痹敌人,同时让你养精蓄锐。一旦开战,你出其不意浮出水面,打他一个措手不及。

陈秋石哈哈大笑说,老赵你是政工干部,怎么也这么浪漫?你想象力太丰富了。

赵子明说,你挖苦人啊!

陈秋石说,把你刚才的想象加以渲染,传播出去。让反动派搞不清楚,我到底是被养起来了还是真的受贬。

赵子明沉吟一下说,你别坑我,如果军区真的搞什么策略,让我给戳穿了,我不是罪该万死了?

陈秋石说,哈哈,你我都过高地估计自己的能力和作用了。现代战争不比冷兵器战争,一员大将就能抵挡十万兵马。没那回事。

你传播那个消息,只不过让反动派生疑,不知我们葫芦里面到底装的是什么药,他不敢轻易下手。同时,你说我被藏起来了,他们会挖地三尺找我,因为他们不知道我在哪里,不知道我在干什么,只要我在暗处,对他们才是真正的威胁。

赵子明又沉思了片刻说,老陈,有道理,给他们把水搅浑。

陈秋石说,山中只一日,世上已千年。老赵,你们在杜家老楼,吃香喝辣,吆五喝六,可我呢,我这日子也过得太清苦点了吧。

赵子明说,你这是站着说话不腰疼。我们哪里吃香喝辣的了?我们天天紧张得要死,生活清贫得要死。袁春梅那个政治部,政治觉悟比谁都高,天天宣传,要准备同反动派作战,要争取广大民众的支持,要我们防止李自成的悲剧。过去我们有了伙食尾子,自己可以买只鸡吃,现在好,旅首长的伙食尾子都由政治部保管使用,拿去给老乡排忧解难了,我们一天三顿两顿是稀,两个月只吃了一次肉。你这里倒好,天天有白菜豆腐吃。今天晚上给我搞顿肉吃吧,我都快馋死了。

陈秋石哈哈大笑。

忙里偷闲,陈秋石跟赵子明商量,设计把梁楚韵弄回旅部去,赵子明装聋作哑。赵子明说,啊,这个事情嘛,也不是什么大事。你这南岳书院一群秃驴,多个女同志也不是什么坏事。你老陈身正不怕影子斜,你操那个心干什么?

陈秋石急了说,老赵,你简直是不安好心,毁我一世英名。

赵子明说,笑话!你有什么英名?人家有情有义,我不能当半吊子你说是不是?就让她在这里红袖添香,也算是组织上对你的弥补。

赵子明不仅没有打算把梁楚韵弄走,还召集南岳书院的干部开会,明确表示,南岳书院所有的干部都要对陈秋石同志的安全负责,梁楚韵同志尤其要照顾好陈秋石同志的起居,当好生活副官。在这个公开的场合下,赵子明还不怀好意地公开揭露了陈秋石要把梁楚韵弄回旅部的阴谋。赵子明说,陈秋石这个人有很多优点,但是也有一个缺点,就是歧视女同志。人家梁楚韵同志冒着生命和革职的危险,跋山涉水地来看望他,他刚才居然鬼鬼祟祟地建议我给梁楚韵同志另外分配工作,让梁楚韵同志离开南岳书院,太无情无义了。

陈秋石哭笑不得。

散会后梁楚韵找赵子明,托赵子明给她的战友田秋韵捎一份礼物,她用石头雕刻的一个母子相依图。赵子明欣然接受,并且说,楚韵,你也老大不小了,抓紧战机啊。组织上已经给你创造了最好的战机。

可是陈旅长他……梁楚韵欲言又止。

赵子明说,我知道我知道,他脑子里还拐不过弯。时间,时间,在时间面前一切都会改变。

梁楚韵说,陈旅长这个人很难对付,他的内心钢硬,几乎完全不受外界干扰。

知道知道,精诚所至,金石为开啊。组织上相信你。

赵子明说着,向梁楚韵一挥手,好像真的给梁楚韵下达任务。

晚饭前散步的时候,陈秋石不满地说,老赵,你跟梁楚韵说那么多干什么?陷我于不仁义啊!搞出问题你负责吗?

赵子明说,搞出什么问题?咱们一起从太行山过来的,组织上给我介绍田秋韵,我笑纳了,你倒好,婉言谢绝。你是什么意思?就显得你清高我自私?我就睁一只眼闭一只眼,看着梁楚韵把你搞臭。

陈秋石当真气愤起来,说老赵你太阴险了,晚上坚决不给你吃肉。

可是陈秋石说了没用,等他和赵子明回到餐厅,酒席都摆好了。不仅杀了一只鸡,蒸了一块腊肉,还有刘锁柱的队伍从浠史河里摸来的鱼。赵子明一坐到桌子边上两眼就放光,吆喝道,啊,这么多好吃的东西！老陈，我恨不得也被革职，到南岳书院养一个假病。

赵子明在南岳书院住了一个晚上，第二天早上陈秋石把他送出两里开外。陈秋石问，老赵，你还记得官亭埠战役缴获的那些铁皮筏子吗？

赵子明说，我记得老韩当时跟我商量，让民运科发了一些给溧史河沿岸老乡，感谢支前。还有几个打烂的，拉到兵工厂，回炉炼铁做炸弹了。

陈秋石失声叫道，你们怎么能那样处理，太没有战略眼光了。那是作战物资啊！

赵子明不悦地说，老陈你这是什么话，你还真的以为离开你，大别山就没有军事指挥员了？我告诉你，那是做给章林坡看的，因为章林坡要清查战利品，我们就放风说铁皮筏子奖励参战百姓了。藏之于民，取之于民，你要是觉得有用，我们再把它收回来就是。事先讲好的，不许毁坏，一旦战争需要，两块大洋一个回收。

陈秋石说，原来是这样，很好。你最近就派人落实这件事情，查清堪用的还有多少，尽量集中，也许很快就会派上用场。

赵子明苦笑地看着陈秋石说，老陈，我是来看望你的，不是来接受你的指挥的。

陈秋石笑笑说，那你看着办吧。

七

万大叔出院那天，陈三川很想送他一道回西华山，但是团长马建科不批假。马建科说，送伤员病号是医院担架队的事，不是你当营长的事情。陈三川说，可是万大叔他不用担架抬，他跟着送给养的队伍走，我想跟他一道回西华山看看。

马建科说,陈三川,你看看你在随营学校的成绩吧,冷水洗卵,越洗越短,连六大攻防原则都说不清楚,你还好意思溜号?再这样下去,你的营长恐怕都当不成了。

陈三川说,打仗是真枪实弹的事情,要靠勇敢,光背那些卵子条文,就能把敌人背死了?是英雄是好汉,咱们战场上比比看!

但是马建科就是不准陈三川的假。

陈三川的确想回西华山看看,他这段时间在随营学校,过的是牛马不如的日子,严重的问题是战术课老是考不及格,兼任战术课教务主任的冯知良,就像专门跟他作对,每堂课都要提问他,出他的洋相。西华山的日子多好啊,在那里他是一个营长,屁股后面还有勤务员,威风凛凛的。而在这里,不要说他了,团长马建科都是普通一兵,跟他一样站岗,跟他一样要挨冯知良的挖苦。

有一次冯知良搞了个《黄石崖防御战斗想定》,让学员标图分配兵力火力,陈三川把自己的一个营搞了个一线配置,冯知良问,你的预备队呢?

陈三川振振有词地回答,我不要预备队。

冯知良说,那怎么行,你的三点配置,兵力和火力是均衡的,进攻之敌随时可能改变进攻重点,这时候你的第二梯队就要保障重点。

陈三川说,我人在阵地在,我所有的防御阵地都是重点。

冯知良觉得跟他说不清楚,很恼火,说,你根本都没有搞清楚防御的目的是什么,完全是草莽英雄的思路。

等到搞火力分配的时候,更是牛头不对马嘴。重火器阵地倒是都在制高点上,但是互相之间不能策应,一旦某点失守,就无法支援。冯知良说,你这样配置是有危险的,伸缩不能自如,进退不能畅通。只要有一个点支撑不住,其他阵地就会腹背受敌,这是不科学的。

陈三川说,你说的这个情况不存在,我的所有的点都是敌人打不垮的,只要有一个人在,阵地就绝不会丢失。

冯知良火了,一拍桌子说,乱弹琴,打仗是科学,不是你说不丢失就不丢失的。万一你一个阵地全部牺牲了,没有预备队,没有友邻火力兵力支援,这个阵地立即就成了敌人的阵地,那不就全盘崩溃了吗?防御不等于死守,也不等于决战,更不等于守地盘子。防御往往只有一个目的,就是争取时间,争取到时间,防御任务也就完成了,这时候就要考虑撤退,考虑转移战场。你这个配置,整个就是决战的架势,上来就是背水一战、破釜沉舟,这个思路要不得。

陈三川还是不服气,争辩说,我不打算撤退,不当逃兵,这有什么错?

冯知良说,你当然错了,我再说一遍,无论是进攻还是防御,都不是决一死战,它只是战斗中的一个环节,攻和防是会改变的,所以我们在兵力和火力配置上,一定要考虑退路。

陈三川说,仗还没打,就让我考虑逃跑,我不干!

冯知良咬牙切齿地说,陈三川,你简直是胡搅蛮缠,我说过让你逃跑了吗?我是说要考虑战术机动,战斗当中,战术机动是每时每刻都可能发生的事情,什么叫灵活机动的战略战术,这就是!你懂不懂?

陈三川虽然不再争辩了,但是对于冯知良,还是看不顺眼,总认为这个人看不起自己,对自己横挑鼻子竖挑眼。小分队战术的基本原则他并不是一无所知,他是一个有经验的指挥员,他知道在战斗当中情况千变万化,全靠临机处置,哪能等你如此这般安排妥帖了再去打仗?

陈三川没有想到,他后来竟然成了随营学校的反面典型,冯知良抓住他的那个想定作业不松,搞了三堂课分析,围绕三个课题、一、基本原则;二、可能出现的敌情变化;三、敌变我变的对策。就这三个课题,逼着以陈三川为代表的所谓"经验派"反复在现地演练。陈三川先是被指定为守军营长,对付敌人一个团的进攻,各种各样的、变化无穷的、意想不到的进攻,开始手忙脚乱,最终熟能生巧。然后冯知良再让他担任攻击部队的营长,对付他的团长马建科,也是变化多端,一会儿左路,一会儿右路,一会儿强攻,一会儿佯攻。搞了一个礼拜,陈三川把攻防战斗中的各种名词、火力兵力配置和机动方案,搞得滚瓜烂熟。这时候他还不知道,就是这堂课,给他此后的战绩打下了厚实的基础。

陈三川想随万寿台回一趟西华山,还有一个不可告人的原因,他想通过万寿台找到方艾蒿。自从得知方艾蒿怀上他的种之后,他的心就像猫抓的,夜夜睡不着,上课他老犯困,这也是他的战术课成绩落后的重要原因。他担心万大叔的方子不灵,还担心万大叔偷药被人发现,更担心方艾蒿会告发他。总之他有太多的担心。

半夜里心惊肉跳,他就想,他妈的这个玩意儿真操蛋,给自己惹了那么大的麻烦,真是应该挨马鞭子。他在被窝里揪住自己的物件,使劲拧,使劲掐,他恨不能把它扯出来狠狠地扇几耳光子,然后把这二两肉交给政治部去公审,就像当年在楚城国民党公审他一样。也许那时候还会有人出来辩护,说那不是陈三川的错,是陈三川裤裆下面那个家伙的错,把它枪毙,留下陈三川继续战斗。

陈三川什么都想到了,就是没有想到,他遇到的麻烦,他解决不了的问题,敌人帮他解决了。

三个月后陈三川才知道,万大叔在旅部医院住了十二天,药倒是攒了一些,但是没有派上用场。

春天过后是夏天,进入夏天,大别山的形势就一天一个说法。而后来传来的消息是,方艾蒿跟着她的那个男友区长周来喜,在淮上州建立联络点,刚刚落脚,电台刚刚启用,就被国民党军统特务侦听到了。后来国民党的龙柏少校带着行动小组,把方艾蒿和周来喜包围在茶叶铺里,方艾蒿为了掩护周来喜,出门诈降,周来喜逃脱,方艾蒿被国军特务活捉,拉响了身上的手榴弹,跟两名特务同归于尽了。

消息是江碧云说的,江碧云在这年的春天同淮西地委书记郑秉杰结婚,就在婚礼上,传来淮上州周来喜联络点被破坏的消息。

陈三川最初得到这个噩讯,悲从心中来,恶从胆边生。他差点儿就回西华山了,他要回去找一挺机关枪打到淮上州,为方艾蒿报仇。

江碧云及时地制止了陈三川。江碧云说,我知道黄大婶临死之前想把你托付给方艾蒿,但是我不知道方艾蒿对你有没有感情。现在她人牺牲了,国民党军正抓住我们搞情报工作这个话茬,指责我们破坏和平,我们也抓住他们杀害我无辜抗日干部的事实在进行斗争。这个时候,你可不能莽撞啊,你要真是潜到淮上州去杀人放火,那我们的斗争就被动了。

那一夜,陈三川主动为马建科等人承担了夜岗,半夜里站在哨位上,望着黑黝黝的山坳和看不见的淮上州,回想自己在二道湾土坎后面的所作所为,心如刀绞,泪如雨下。陈三川不知道他为什么会哭得那么撕心裂肺,直到第二天早上,他发了一场高烧,并且说开了胡话,而此时他的心里才似乎有些明白了,他之所以那么不可遏止地流泪,哭得滔滔不绝,除了悲痛和自责,还有庆幸。

绝对是庆幸。多少年后回忆这一幕,已经为人夫、为人父的陈三川,不得不在自己的心底承认,他在方艾蒿死后的那一天夜里的那场大哭,绝对有庆幸的成分。

陈三川上课不打瞌睡了,不打瞌睡的陈三川似乎聪明起来,学战术也不那么吃力了,计算兵力火力分配差错率明显减少。月考成绩判出来之后,冯知良高兴地拍着陈三川的肩膀说,不是朽木,你开始发芽了。

三天之后,陈三川揣着合格证书,跟着马建科,意气风发地回到了西华山。他们接到指示,鉴于淮上州国军行动诡异,随营学校在校学员提前结业,各就各位,准备战斗。

八

陈秋石的草帽是梁楚韵编的,他没有想到这个洋学生还有这个本事。梁楚韵告诉他,这是跟老乡学的。

有了这顶草帽扣在陈秋石的头上,梁楚韵就觉得她和陈秋石之间已经有了实质性的联系。

陈秋石钓鱼,她就在一边看,每当钓上一条,陈秋石甩竿,她摘鱼,那种快乐,就像个孩子。但多数的时候,陈秋石都会让她把鱼再放回水里,有的说太小,有的说太丑,有一次钓了一条硕大的肥鱼,陈秋石放下鱼竿,到鱼篓前弯腰一看,心疼得直吸冷气,跺脚扼腕说,这个傻家伙,它怎么上来了?快把它放回去。

梁楚韵说,没见过这么钓鱼的,钓了放,放了钓。

陈秋石笑笑说,钓鱼嘛,就是个乐趣。这是条母鱼,你看它一肚子子,不知道有多少小鱼在里面。

梁楚韵说,那你已经把它钓上来了,它的嘴也受伤了,它还能活吗?

陈秋石说,鱼这东西,嘴不怕破。但愿它接受教训,不再上钩了。

梁楚韵不吭气了,看看陈秋石,又看看河面。

初夏的溧史河无限风光,涟漪微微,倒映群山,河岸杨柳依依,野花簇拥。水天之间,白鹭翻飞,嬉戏追逐。

梁楚韵来到南岳书院已经一个多月了,陈秋石最终没能把她赶走,不过陈秋石说得明白,留在南岳书院,就是一个战士,所有的人都是同志关系,什么爱情啊婚姻啊,提都不要提。谁提了,立马卷铺盖走人。

梁楚韵有时候想,就这样也很好,在他的身边,近距离地呼吸他的气息,感受他的心跳,也是难得的福分。以后不打仗了,她还要把没有完成的《一门两将》和《把酒问青天》写完。如果没有这段时光,那就损失大了。

不过,梁楚韵渐渐地不喜欢听陈秋石讲战术了。陈秋石往地图下面一站,就不是人了,就像一个奇怪的动物,心无两用,物我两往,似乎满脑子都是地形兵力,旁若无人,只有路线和阵地。这时候的陈秋石是乏味的,是没有任何感情色彩的。

钓鱼,这是难得的人间烟火了。等陈秋石重新坐定,梁楚韵问,你说鱼会接受教训吗?

陈秋石笑笑说,那是它们的事,我怎么知道?

梁楚韵又问,你说鱼有感情吗?

陈秋石说,子非鱼,安知鱼之乐?

梁楚韵笑了,随口接道,子非我,安知我不知鱼之乐?

有鱼上钩了。陈秋石手腕一抖,刚想往上甩,又改了主意,双手抱着鱼竿,就像推磨一样把鱼引到岸边,让梁楚韵过去侦察,看看是不是孵子母鱼。梁楚韵小心翼翼地抓住,捧了一半在水面,扭过脸冲陈秋石粲然一笑说,首长太神了,果然是条母亲鱼。好像还是刚才的那条呢。

陈秋石说,啊,有这回事?那它可真是太傻了,一棵树上吊死啊?把它放了。

梁楚韵放了鱼,看着陈秋石,脸色突然黯了下来,叹了一口气,闷闷地回到陈秋石的身边,两手抱着腿,看着河面发呆。

陈秋石说,小梁,不是说好了吗,我们这样相处多么坦荡,多么快乐,多么平静。你难道愿意破坏这快乐、破坏这平静吗?

梁楚韵想想说,我知道我应该控制感情,可是我没办法控制,我就像那条鱼,明明知道前面就是危险,可偏偏还是要咬钩。

陈秋石严肃起来了,把鱼竿一放说,如果再讨论这个话题,我们马上回去,你还是回杜家老楼吧。

梁楚韵不动。

陈秋石站起来说,走吧小梁同志,看来你不适合在南岳书院继续逗留了,而且你对我的兴趣不感兴趣,还是回去工作吧。

梁楚韵突然把头抬起来了,这次她没有退却,迎着陈秋石严肃的目光,她没有别的武器,她满腹的委屈没有别的地方可以宣泄,那就全都集中在她的眸子里,两个眼眶盈满了晶莹的液体,终于决堤了,顺着红扑扑的脸颊无声无息地流淌。梁楚韵一句话也不说,就那么双手抱膝,偏着脑袋,仰着脸,一动不动,一眨不眨地怒视着陈秋石。

陈秋石正在色厉内荏地吆喝要回去,猛地看到梁楚韵这副情景,腿杆子立即僵硬了,正挥舞着的手也固定在眼前,好半天才收回去。陈秋石的表情急剧变化,挤出一副苦笑,小梁,你这是干什么?史吉合他们都在那边看着呢,有话好商量。

梁楚韵还是不吭气,就以一个姿势纹丝不动地、坚决地看着陈秋石,就像雕像,仿佛只有那两行潸然不断的溪流才能证明她还活着。

陈秋石真的慌了,他从来没有见过一个女子这么大流量的泪水,也从来没有见过一个女子这么大面积的愤怒,还没有见过一个女子这么长时间的沉默。陈秋石说,小梁,如果我伤害了你,你可以批评。我们今晚就可以开民主生活会,有话就在会上说。

梁楚韵终于开口了,梁楚韵说,陈旅长,自从我来到南岳书院,我已经第七次听到你说赶我走的话了。我太缺乏自尊了,我太没有骨气了。可是今天我要说,我真的走了,我不是为了自尊,也不是为了骨气,我要解放你,免得我在这里你连钓鱼都心不在焉,都要借题发挥。陈旅长,我走了。

说完,两手撑着地面,费力地站了起来,眼睛空洞地看着远处,转身,向河岸高坎上一步一步地走去。

陈秋石大骇,张着两手追了上来说,小梁,梁楚韵,你怎么啦,你怎么能这样想？就是回去，你也不能这样回去。今天晚上，在民主生活会上，你批评吧，你把你的话说完了，我让刘锁柱送你回去。

梁楚韵凄然一笑说，我不会参加你的民主生活会，我是不会把我心里的话拿到民主生活会说的。

陈秋石当真不知所措了，见梁楚韵头也不回径直走去，赶紧招呼史吉合等人，还愣着干什么，赶紧收家伙，晚上开民主生活会。

这天晚饭，梁楚韵拒绝吃饭。被她拒绝的，还有民主生活会。但是她拒绝没用，陈秋石拎着马灯，带着史吉合和刘锁柱一干人等，到她的房间来开会。说是开会，其实没有人发言，只有陈秋石一个人在劝说，说同志之间，应该互相谅解，同志有了缺点，应该公开提出批评。我们革命队伍，讲究上下平等，也讲究男女平等。别说我陈秋石已经革职了，就是还当旅长，只要错了，你们中的任何人都可以提出批评，乃至严厉批评……

谁都能听得出来陈秋石这是玩弄花招，东拉西扯企图把水搅浑，大家都不知道该怎么接茬。梁楚韵倒是不哭了，坐在床边苦笑，脸色像死人一样。民主生活会，开得比冰霜还冷。

陈秋石说，我个人认为，梁楚韵同志来到南岳书院，给我们带来了新鲜的活力，教警卫战士唱歌，教基层干部学文化，还帮助我这个丢掉乌纱的冷宫旅长整理战例，帮助史参谋绘制作战地图，做了大量有益的工作，功不可没。可是她现在突然提出要回到杜家老楼去，我个人是不同意的。你们大家也发表看法，同意不同意梁楚韵同志离开我们？

梁楚韵被陈秋石这一席话说蒙了，蒙了半天明白过来，又控制不住了，噙着泪水说，好，我来说说。这是民主生活会，同志们都不是外人，这里没有一个同志不知道我为什么要到南岳书院来。我向同志们坦白，我爱陈旅长，早在太行山百泉根据地，我就是组织上介绍给陈旅长的……

梁楚韵同志！

一声断喝之后,大家定睛望去,陈秋石脸色铁青,怒目圆睁,逼视着梁楚韵说,太不像话了,把我们纯洁的同志关系庸俗化,成何体统!

梁楚韵也吓坏了,可是这时候她没有退路了,她必须把话说完。梁楚韵呼啦一下站了起来,提高嗓门说,陈旅长,你就是枪毙我,我也要说话。我爱你是不错,我不顾一切地到南岳书院,就是为了追寻我的爱。可是,你是石头吗,你是草木吗?草木也有情啊!你为什么要对我这样,为什么动不动就撵我走?我走,我今天就走,我看看老山羊会不会再把我驮回去?今生今世,我再也不见你了,让你和你的战术大显身手吧,让你去当坐怀不乱的柳下惠吧!

陈秋石本来是站着的,被梁楚韵一席话说得热血喷涌,双手颤抖,一屁股跌在板凳上,一只手指着梁楚韵,低沉地吼道,你,你,你太放肆了,太不知轻重了,你要深刻检讨……

就在这时候,意外的事情发生了,先是听见门外一声长鸣,老山羊突然扬蹄怒吼,接着,屋里的马灯突然炸裂,一阵风吹过,灯火灭了。

刘锁柱和史吉合等人同时擎枪在手,一前一后挡住了陈秋石。刘锁柱大呼,有情况,保护首长!

就在那一瞬间,又一个身体冲了上来,梁楚韵一把抱住了陈秋石。

九

后来发生的事情证明杨邑的感觉是对的。

四月底那天上午,他在齐云山看见的确实是陈秋石,说看见不准确,应该是感觉到了,在两公里的距离上,在齐云山东侧的妙皋峰半山坡上，陈秋石确实出现过，尽管在他们中间隔着长长的路程和密密麻麻的树丛。杨邑后来为他和陈秋石几乎在同一时间内出现在觉灵寺东西两侧而惊惶不已，他觉得在这片战场上，正面交锋的不仅是他和他的学生，还有他们的灵魂。

陈秋石被革职，杨邑是在半个月以后才知道的，他当时的心情很复杂，一方面对郭得树下的套子不以为然，觉得太龌龊了；另一方面，他也觉得这个时候让陈秋石失去兵权，未尝不是一件好事。两军开战在即，师生反目成仇，厮杀于同一战场，他心理是有障碍的。更重要的是，一旦撕破面皮，真的交火，陈秋石滴水不漏的用兵艺术，多少还有点让他畏惧。

关于陈秋石被革职之后的去向，在国军内部有很多传说，一种说法是陈秋石已被秘密押送到江淮军区，正在接受调查。还有一种说法，陈秋石已被其老上级接到太行山，又在百泉根据地重执兵符。第三种说法，陈秋石根本就没有离开大别山，正藏匿于某处，修身养性，随时准备东山再起。

杨邑倾向于后一种说法。他一直纳闷，临阵易将乃兵家大忌，更何况陈秋石在抗战中将大别山北麓战场了然于心，光是一个陈秋石，就足以对国军的进攻构成很大的威慑，共军高级机关未尝那么愚蠢，难道就看不透这一点？或许这就是陈秋石本人制造的一个假象，向国军示弱，麻痹国军神经也未可知。而师部那些自以为是的家伙还真的以为把陈秋石除掉了，弹冠相庆，以为从此可以在大别山北麓独霸天下，从此可以如入无人之境了。对此，杨邑忧心忡忡。

军事调处的最后阶段，国军秘密调整了兵力，杨邑的一旅进驻肥西以西，岳西以南，其当面正是觉灵寺。觉灵寺的南边，就是西华山，北边是南岳山。西华山是淮上独立旅起家的地盘，驻扎的是精锐第三团，原来是韩子君和郑秉杰的看家队伍，尤其以政权建设牢固著称，淮上独立旅的兵工厂、被服厂、物资采购站和转运站都在西华山的深山老林里,甚至还有秘密的弹药储备机构,是淮上独立旅的大后方。因为地势显要,易守难攻,历来为兵家不争之地,当年日本人南下,从这里都是绕道而行,所以郑秉杰得以坐大。章林坡把杨邑的第一旅调动到西华山当面,也是深谋远虑的。

用兵谨慎,尽量不打无准备之仗,这是师生一脉相承的特点。杨邑调防至西华山当面之后,几次攀登觉灵寺主峰和妙皋峰、齐云山周边高地,对西华山境内进行详细勘察。他很快就发现,西华山确实是一个天然的屯兵基地。在抗日战争中,因同友军毗邻,这里没有太强的防御部署,而眼下情况陡变,共军似乎还没有从抗战的布局中调整过来,这不知道是掉以轻心还是自恃无忌,看来陈秋石失去兵权不是虚传。杨邑长长地出了一口气。

岂料,自从那次他在齐云山下隐隐约约感觉到陈秋石的气息之后的第五天,情况发生了变化。情报显示,共军也做了兵力调整,其三团陈三川营和宁可家营已经分别在妙皋峰东南和西南设防。杨邑再次登上齐云山,看了半天也没有看出共军布防的痕迹,就在快要下山的时候,他才恍然大悟,共军的防御体系是没有工事的。

杨邑更加明显地感觉到了陈秋石的存在。这种小正面、少侧翼、大纵深、宽间隔的配置方式,不是常规打法,一般人是不敢运用的。六个点式支撑体系,高低搭配,远近照应,看似没有防御工事,正面全在控制之内,可以说是对这个地形的极佳利用。

这只能解释是陈秋石的手笔。

当然,这种点式防御配置,也有漏洞,它应对的是大部队正面防御作战,却很难保障接合部的安全,尤其是夜间小分队偷袭,很有可能得逞。让杨邑百思不得其解的是,如果陈秋石果然在西华山庄,难道他看不出这个漏洞吗?

"5·21事件"发生后,杨邑分析了整个战斗过程,他还是没有搞明白,陈秋石是真的没有察觉防御漏洞,还是故意放开一条通道,甚至有可能他就在等待,就在暗中配合这个事件。如果真是这样,那就太可怕了。

所谓的"5·21事件",就是龙柏偷袭南岳书院事件。

这段时间,密切关注陈秋石去向的,除了杨邑,还有章林坡和郭得树。郭得树密令龙柏,率领一个由三十人组成的精锐小分队,化装成残余汉奸董占水的队伍,连续二十多天,一直在西华山东南和西南方活动,其足迹已经印上了齐云山和觉灵寺,有几次甚至同陈秋石等人擦肩而过。

5月21日那天下午,龙柏在距离妙皋峰约三里路的浔史河边,隔岸锁定了来此钓鱼的一行人,龙柏疑惑那个戴草帽的人就是陈秋石,在高倍望远镜里,还出现了梁楚韵和史吉合,更证实了龙柏的判断,龙柏根据陈秋石钓鱼的位置分析,陈秋石就住在南岳书院。龙柏当即用电台向郭得树报告,郭得树给龙柏下了一道指令,活捉陈秋石,活捉不成,即将其击毙。郭得树同时密令其亲信,杨邑部二团一营营长洪大,进入西华山西侧,接应龙柏。这个杨邑并不知道。

当夜月黑风高,龙柏率队从西华山西侧潜入,成功地避开陈三川的巡逻队,向南岳书院扑去,而在龙柏的小分队距离书院还有两公里的时候,院子内的一匹战马突然警觉,扬起四蹄长鸣不已。等龙柏接近书院的时候,他不知道,陈秋石已经离开南岳书院。

抵达南岳书院之后,龙柏以石击路,引诱暗哨离开哨位,将其手刃,然后潜入书院附近,三挺轻机枪的枪口已经对准了有亮光的那间房屋,一切就绪之后,龙柏指挥轻重二十支枪一齐扫射,并于混战中亲率突击小组径奔院内。

龙柏最后看到的情况是,从那间亮灯的房间里冲出数人,一边还击一边突围,在激战中多数倒下。此时担任警卫的一个排已经从西边冲了过来,东边似乎也有部队行动的声音。龙柏不敢恋战,边打边撤,仍按原路后退。

　　从东边杀过来的是陈三川指挥的一个连,在西华山西侧的二道湾同龙柏短兵相接,立即展开包围。龙柏的手下损失大半,其余在洪大的接应下仓促回窜。陈三川的队伍追至二道湾,同洪大的队伍展开激战,势不可当,洪大且战且退,被陈三川追到孙庄,战斗中洪大本人挨了一枪,差点儿送命。

　　第二天早上,淮上独立旅就给新编第七师送去一份措辞激烈的通报,称国军的此次行动,为第二个皖南事变,破坏和平,杀害我正在养病的高级指挥员,章林坡师长必须对此次行为负责。紧接着,《江淮日报》和《新华时报》都以大幅版面刊登"5·21事件"的消息,南岳书院血流成河,数名新四军官兵横尸血泊之中,惨不忍睹,书院内外,一片狼籍。报道并且说,我军正在南岳书院养病的高级将领陈秋石身负重伤,危在旦夕。而龙柏向郭得树报告说,早死了,早死了。共军这是制造假象。

　　郭得树问,你亲眼看见陈秋石被击毙了吗?

　　龙柏说,他们在屋里开会,陈秋石站着讲话,我和五个狙击手一齐瞄准。陈秋石就是一百条命,也躲不过我在十秒钟之内射出去的五百发子弹。他已经是一个筛子了。

　　郭得树说,关键是你有没有看见他中弹倒下?

　　龙柏说,我当然看见了,我还听见有人喊,首长中弹了,快来保护首长!我们撤出南岳书院之后,听见里面在大喊,首长,你醒醒啊,还有人喊,首长不行了,赶快叫医生。里面还有女人的哭声。在二道湾我们被截住了,那支部队简直就像虎狼,红了眼向我们突击,里面有人喊,为首长报仇,血债要用血来还。

　　终于,郭得树相信了龙柏的话,还没等他向章林坡报告,章林坡的电话就来了,让他马上赶到师部,随他一起到西黄集把重伤的陈秋石接过来,到国军医院里抢救。章林坡并且说了这样的话,兄弟阋于墙,手足难分,只要大别山的战争还没有打起来,我们同淮上独立旅就还有和解的可能。和谈还有希望,不要轻言放弃;战争没有好处,不要轻易发动。

郭得树心领神会,驱车前往师部,章林坡已经下楼待发了。

路上,章林坡说,可惜了,可惜了。这些汉奸真是胆大包天,一代将星陨落在草寇手里,真是奇天大冤。

郭得树笑笑说,是啊,陈秋石抗战中在大别山打出了八面威风,他不仅是鬼子的死对头,也是汉奸的断路财神啊。汉奸如今穷途末路,积怨深重,下此毒手,不足为奇!

两人相视一笑。

车队过了窑冈嘴,远远看见一队人马,走近了一看,为首的是袁春梅,立在路中间,拦住了去路。

章林坡和郭得树跳下车,章林坡大张着两手向袁春梅说,怎么样,陈将军怎么样了?我们来把他接到淮上州,我那里有美国医生。

袁春梅站定,冷冷地看着章林坡和郭得树,一句话也不说,脸上突然滚落两行泪珠。

章林坡趋步上前,想拉袁春梅的手,但见袁春梅目光阴森,于是尴尬地缩回来,搓着手说,袁女士你怎么啦,难道,陈将军……不测?我们的医院都准备了啊……

袁春梅还是满脸冰霜,冷冷地说,不用了,陈秋石同志殉国了。

章林坡似乎遭受了雷击,浑身一震,转眼就是热泪纵横,双手伸向袁春梅,连声说,袁女士,没想到啊,发生了这样悲惨的事情,章某心如刀绞啊……

袁春梅把手抱在胸前,逼视章林坡说,章将军,我们更没有想到,煮豆燃萁,亲痛仇快,竟然发生在抗战刚刚胜利的今天。

章林坡泣不成声,顿足悲鸣,一连声说,一定要查办!可惜我一代名将,没有死在敌寇手里,竟然为我民族败类所害,汉奸残余,困兽犹斗啊!章某作为警备司令,驻军最高长官,难逃其咎,我一定要督察侦破,我要把凶手千刀万剐!

袁春梅说,章师长,不用侦破了,凶手就在贵部,而且我们已经调查了,这次行动不是汉奸残余所为,而是贵部有人蓄意谋杀,是有组织有步骤的,他的背后是谁,我们清楚,章将军也应该不糊涂。

章林坡说,袁女士啊,陈秋石将军罹难,我的悲痛不亚于贵军任何一位同仁。你这样说,我可以理解,这个时候,你们说出什么过头话我都不会在意的。

袁春梅说,我正准备去淮上州,不是去报丧的,我奉命向章将军转达我新四军淮上独立旅通牒,请章将军敦促贵部交出凶手。我部正在筹备丧事,我们希望章将军深明大义,从补救和平局势出发,尽快查出凶手,祭奠陈秋石将军。

章林坡说,袁女士,此时此刻,我和贵部将领一样痛心疾首。虽然贵部指责凶手藏匿我部未必属实,我也鼎力寻查。若果在我部,章某愿亲献凶犯首级于陈将军灵前。若非我部奸细所为,侦缉凶犯章某也责无旁贷。

见章林坡说得动情,袁春梅的脸色似乎有所缓和,抹抹眼泪,庄重地说,那好,我部拭目以待。

章林坡说,一定,一定,请相信我章某的为人。虽然谈判失败了,但我军和贵部曾在抗战中携手并肩,共赴国难。我本人更是钦佩陈将军的人格学识。陈将军的丧事,由我们两家操办。一定厚葬,一定厚葬。

袁春梅说,那倒不必了。我们对贵部的唯一要求,就是对杀害陈秋石将军的凶手绳之以法。明天我们在南岳书院举行陈秋石将军公祭大会,届时我们希望看见章将军兑现承诺。告辞了!

章林坡望着袁春梅离去的背影,想笑,可是嘴一咧,当真哭了起来,哭得热气腾腾。他自己也不知道他为什么会大哭。

447

十

南岳书院天低云暗。悲愤的哭声从压抑的胸腔里渗出,穿过高墙,密密匝匝地洒落在山庄外面的毛竹林里。

一口大黑棺材安放在书院正中。官兵佩戴黑纱,肃穆伫立。十几名战士在山庄外面撒纸钱。

陈三川身背双枪,臂佩黑纱,立于大门一侧,密切注视来来往往的人流。陈三川是昨天夜里才知道陈秋石被乱枪打死了,也不知道为什么,当他听刘锁柱说"陈旅长死了"这句话的时候,他的心脏突然一阵抽搐,接着就有呕吐的感觉,好像有什么东西从自己的躯体里被抽了出去,此后的几个小时,他一直感到腿软心慌。

公祭大会设在书院内,正房悬挂着白底黑字横幅,两边瀑布一般悬挂着挽幛。除了国民党地方官员,新编第七师派出了郭得树和杨邑作为代表参加。章林坡没能交出凶手,支吾说正在侦缉,请友军长官海量。赵子明等人严词抗议,鉴于天热,怕尸体腐烂,公祭大会还是如期召开了。

大会开始后,赵子明致追思词,历数陈秋石将军抗战功绩,在场的人无不唏嘘。

赵子明致辞完毕,宣布入殓,八个新四军战士把陈秋石的遗体从山庄的地窖里抬出来,由袁春梅和梁楚韵等人护卫两边,移进棺材。郭得树在离棺材三步远的地方,看得很清楚,陈秋石的遗体换了一身黄呢子将军服,领口上还缀着将星。遗容经过乡村仵作的处理,还算整洁,面容安详。

杨邑一看这情景,顿时老泪纵横,泣不成声。

郭得树没有眼泪,哭不出来,憋了半天,才把眼圈憋红,假惺惺地想凑上去,说几句缅怀的话,可是还没有等他靠近棺材,意外发生了。

参加公祭大会的人群里,突然号叫着跑出一个人来,凶神恶煞一般把袁春梅和梁楚韵扒拉开,不由分说,一头扑到棺材上,疯了一样扯开覆盖在遗体上面的红绸子,捶胸顿足嚎啕,首长,我对不起你啊,我害了你啊,我没有良心,我罪该万死……啊……啊……

郭得树本来想更近一点看看陈秋石的遗容,没想到这个程咬金半路杀出来,一胳膊肘把他捅了一个趔趄,差点儿倒在地上。郭得树好不容易才站稳,举目看去,不禁倒吸了一口冷气。原来是冯知良。

袁春梅和梁楚韵赶紧上前将冯知良架住,但冯知良这天力气大得惊人。赵子明一看要出事,手一挥,陈三川一个箭步上来了,不知道使了个什么招数,正哭喊着的冯知良,马上停止了嚎啕,被陈三川拖了下来,两眼无神地看着天空,好大一会儿才发出一声曲里拐弯的狼一般的呻吟,首长,我对不起你啊……啊……首长……

有了这个小插曲,赵子明不敢怠慢,赶紧招呼部队行动,瞻仰遗容程序草草结束,然后就合上棺盖,由陈三川和刘锁柱封棺。刘锁柱一边抡锤一边痛哭,首长,我再也见不到你了,往后谁能给我讲战术呢?谁还叫我一进二退三转移四机动呢?首长,你在天之灵保佑我们打胜仗啊……

在刘锁柱泪如雨下的当口,陈三川却一言不发,铁青着脸,小眼睛里喷射着仇恨的光芒。他下锤很重,咚咚的声音,一声一声地敲击在人们的心上。

然后由新四军淮上独立旅八名首长抬棺至山庄门外,刘锁柱手下的一名连长带着一个班护送,用马车送往觉灵寺北麓安葬。

郭得树回到淮上州的第三天下午,章林坡召开紧急作战会议。章林坡在会上说,目前各地光复战争如火如荼,而我淮上州始终按兵不动,半壁河山仍在共匪赤化之中。这不是章某畏战,诸位想必有所耳闻,前段日子,共军军事巨匠陈秋石先生革职后去向不明,对我潜在威胁极大。此人诡计多端,若在暗处谋划,不知道祸起何处。如今,我可以负责任地告诉大家,我们心头之大隐患消除了。陈秋石先生为汉奸余孽所杀,说真的,我这心里还真是痛惜……啊!

郭得树微笑插话,英雄惜英雄啊!

章林坡眼圈一红说,陈秋石将军若在,我部会有很多难言之隐。跟陈秋石作战,民心军心舆论都是问题。现在好了,陈秋石先生已作古,死人管不了活人的事,我们的行动开始了。说完,刷的一下拉开帷幕,一幅大型作战地图赫然升起。

新任参谋长乔闻天春风满面,手持袖珍金属指挥棒,开始部署任务。

杨邑没有想到,同共军开战的第一仗,居然是他的第一旅,而且是进攻西华山。

早些时候,杨邑也对未来战局进行过预测,第一仗在西华山打不是没有可能,但是可能性很小。首先,西华山一带地形正面太小,能够通过的路径十分有限,进攻部队即便得手,队形也会被迫拉长,会造成首尾不能相顾的局面,这是进攻战斗最忌讳的;其次,纵深太大,战线拉长之后,各部之间协调存在严重问题,很容易被共军各个击破。这个仗如果让杨邑指挥,他会坚持首轮进攻西黄集和棋仙寺,由东向西,由北向南,层层剥皮,最后让西华山成为一个孤岛,迫使他们投降或者逃遁。

问题是,现在的作战方案不是杨邑制定的,据说这个乔参谋长很有些来头,他到任已经快十天了,今天是第一次在作战会上露面,这么多天他躲在哪里?在干什么?杨邑一无所知。也许他就是在等待今天。

当然,现在进攻西华山,杨邑并不怯阵。准备是早就有的,而且是针对陈秋石的。陈秋石他都不怕,他还怕谁?那个赵子明指挥打仗,杨邑几乎没有听说过,尽管他也曾经是杨邑的学生。

在返回尚派河的路上,杨邑其实已经有了对策。按照师部的部署,一旅将于明天夜里打响,占领西华山,吸引司坡店、西黄集等地共军分兵来援。二旅一部在窑冈嘴至西黄集一线布防,阻击共军增援部队。三旅机动至棋仙寺一带集结,向南作为预备队,向北可以直取杜家老楼。杨邑前思后想,觉得乔闻天的这个计划还算妥帖,即便不能像章林坡展望的那样在一个月之内横扫大别山共军,但是拿下西华山并给共军重创还是有可能的,至少不会吃亏。

杨邑的信心还是建立在陈秋石死亡的基础上,这倒不是因为他怕陈秋石,而是他认为陈秋石突然被杀,给赵子明留了一个很难擦的屁股。根据杨邑的勘察分析,淮上独立旅的布防,基本上都是陈秋石的风格,譬如说西华山的防御,就是小正面、少侧翼、大纵深、宽间隔的配置方式,这种防御态势陈秋石敢,别人不敢,因为陈秋石还有下一步的动作,战斗发起后,他可能会用运动战的方式循环使用有限的兵力,对进攻之敌形成拉锯式反复杀伤。而要实施第二步,必须对兵力火力和时机都把握得相当准确才行。而赵子明能够做到这一点吗?杨邑对此完全可以轻视。

杨邑向章林坡禀报他对当面之敌情判断时,信誓旦旦地说过这样的话:陈秋石在南北两个方向上的设防都是无可挑剔的,就像古战争中的天罡阵,变化多端,奥妙无穷。正是因为它太有学问了,也给共军带来了麻烦,因为下一步该怎么变化,除了陈秋石,谁也不懂。这就好比一个高明的厨师把菜做了一半,突然撒手不管了,后面的厨师再高明,也不知道该怎么接手,甚至不知道该不该放盐。

这番话说得章林坡频频点头。章林坡说,老杨说得对。上峰可能也就是出于这种判断,才十万火急地要我们迅速展开行动。

接下来的战斗很有意思。杨邑抓住了西华山防御的软肋,那就是杨邑曾经发现的,并且被"5·21事件"证明了的,陈秋石在西华山点式防御配置,应对的是大部队正面作战,如果以小分队尤其是夜间偷袭,这种防御结构会不攻自破。

战斗发起在凌晨零时零分,杨邑的先头部队一个营,在洪大的率领下,按照当初龙柏偷袭南岳书院的路线向西华山运动,此举虽有轻兵深入之嫌,但意在试探虚实。

洪大轻车熟路,率领一个营分两路长驱直入。按照杨邑的分析,洪大的部队只要越过第一道防线,就可以直奔西华山,没想到在二道湾,出现了意外的情况,共军陈三川指挥一个营突然从侧翼出现,包抄过来。洪大大惊,急电杨邑,要求回撤,杨邑却坚定不移地要求洪大就地固守待援。

恰好是陈三川营的出现,更加坚定了杨邑的分析,因为他从陈三川营仓促行动中,看出共军乱了阵脚。如果是陈秋石指挥这样的战斗,他是不会在战斗打响的最初时光调整部署的,他至少要等到天明,把情况摸清楚再说。

杨邑见时机成熟了,遂命令后续部队两个团共七个营,从四个方向分六路向西华山挺进。照杨邑的计算,即便是西华山共军倾巢而动,也不过一个团的兵力,挡不住国军的步伐。

事情的发展证实了杨邑的判断,这七个营顺利地通过了第一道防线,受到的抵抗相当微弱。因为共军的防御配置都在山上,黑灯瞎火的往山下乱打,对国军基本上构不成杀伤。只有一个营在妙皋峰东南高地上遭到刘锁柱一个营的反抗,但是国军进入纵深之后,迅速汇拢,刘锁柱营一触即溃。大军于是蜂拥而至。

杨邑在指挥所里美美地睡了一觉,他感到这次战斗真是太对不起他的得意门生了,人都死了,他这个先生还利用了学生的失误,把他的继任者打得丢盔卸甲,壮志未酬身先死,常使英雄泪满襟啊!

在负疚和得意交织的矛盾中,杨邑进入了一个神奇的状态,在他的哈喇子流出来之前,他还在向陈秋石道歉,对不起秋石兄,愚师这也是不得已而为之,两军相对,各为其主啊!你我师生之间,断无此等恩怨……

天快亮的时候,他被一阵吵闹惊醒了。马弁和警卫阻挡不住,门外冲进来洪大和二团团长刘楷杰,洪大一进门就差点儿跪下了,大嘴一咧哭开了,旅座,大事不妙啊,我的队伍……

杨邑一个激灵站起来,扔掉大氅,眉头一皱说,怎么回事?不要恐慌,慢慢说。

洪大连哭带喊,旅座,我们按照你的命令,一直没有停止进攻,几次打退共军的拦截,眼看就要进入西华山了,可是……我的队伍却不见了。

杨邑惊叫一声,你说什么,你的队伍不见了,你的队伍呢?

洪大说,我也不知道,恐怕只有天知道了。说完,两腿一软,颓然倒地。

杨邑怒视刘楷杰,你的部队呢?

刘楷杰倒是镇定,两腿一并说,报告旅座,我的队伍还在,不过少了一个营,去向不明。

杨邑抬头看了看天,东方已经露出鱼肚白。杨邑说,好啊,细水流沙,可我这是两块大石头,你能一口吞下去吗?

洪大和刘楷杰面面相觑。

十一

杨邑去掉的那两个营——准确地说,是两个营加一个连,现在都集中在妙皋峰北于家洼。作为淮上独立旅的接收大员,袁春梅正在给他们训话,内容无非是中国人不打中国人,要和平不要内战,不给反动派当炮灰,等等。愿意起义参加新四军的,我们欢迎;愿意回家的,发给路费。

这些人当中,除了一名副团长和士兵,还有不少营连级军官,多数人听说过新四军有个女司令,今日一睹真颜,当真英姿飒爽。过去在官亭埠战役中,都是生死兄弟,如今反目成仇,本来就不自愿。十几个人表示愿意参加新四军,另外一些人表示愿意接受路费回家。副团长童治安说,长官,先给碗稀饭喝吧。

袁春梅说,好,都是自家兄弟,来了就是客,把饭抬上来。

不多一会儿,几个战士抬着大桶大筐过来了,桶里装的是猪肉炖萝卜,筐里装的是大米干饭。一筐残缺不全的海碗往地上一倒,白光耀眼。这些士兵从昨天夜里到现在,没吃没喝,一见到猪肉炖萝卜大米干饭,那还了得,一拥而上,洼里再也没有人说话,一片蚕食的沙沙声。

这些俘虏记得,昨天夜里几支队伍一起向西华山隆隆开进,基本上没有遇到像样的抵抗,走一段打一阵,打一阵乱一阵。过了二道湾,营长找不到连长,连长找不到排长,排长找不到兵。过了妙皋峰,不断遇到有人喝问,哪部分的?

黑灯瞎火的,谁也看不清楚谁,散兵游勇们就回答,是某某部分的。

东边有人喊,向左就是西华山庄。

西边也有人喊,向右就是西华山庄。

官兵们走着走着,有的走到一个路口,稀里糊涂地挨了一棒子,又稀里糊涂地被缴了械。有的走进一座房子,琢磨这恐怕就是西华山庄了,鬼鬼祟祟地往里进,进一个缴械一个。

童治安是在兵工厂附近被俘的,当时他的身后还跟着电台兵,几分钟之前还在跟团长刘楷杰通话。刘楷杰要他收拢队伍,在西华山庄会师,等他搞清东西南北,才发现他已经在西华山庄门口了,正要组织武装侦察,没想到身后的士兵笑嘻嘻地走过来说,团副你的任务完成了,把枪交给我吧。童治安这才知道,他指挥了一路的兵,都被搞散了,留在他身后的兵,却是新四军。

多年后杨邑在一本书上看见一个名叫克劳塞维茨的军事家写过这样一段话,"防御者留在自己前方的要塞,就像大冰块一样分裂着敌人进攻的洪流",感触颇深。杨邑说,那个老克真应该到中国江淮西华山来看看,淮上独立旅在西华山设置的点式防御体系,真的像天罡阵那样深不可测,以极少的兵力扼守要点,迫使进攻部队分流,流入事先布好的陷阱里,顾头不能顾尾,顾尾不能顾头,顾中间则首位不能相顾,兼之左不顾右,上不顾下,焉有不败之理?国共两军的西华山战斗,就是克氏防御理论的经典运用。

杨邑的西华山战斗最终无功而返,而章林坡和乔闻天亲自督战的西黄集进攻战斗则是另外一种打法。赵子明指挥部队在窑冈嘴以西只设置了一道阻击阵地,却有三个梯队轮番参战,而且缩小了防御正面,结合部暴露不多,兵力绝对集中,完全是寸土不让的架势。

战斗从夜里打到天亮,阵地前尸存遍野。章林坡眼巴巴地盼望西华山传来捷报,以吸引共军西黄集守军回援,可是迟迟没有消息。

好消息迟迟没来,坏消息却不期而至。

早晨七点,杨邑在电台里报告,共军采取穿插分割的战术,使国军两个营有余的兵力陷于不拔,五百多人去向不明,西华山战斗以进攻失利而告破产。杨邑还吞吞吐吐地禀报了自己的判断,疑惑共军在西黄集以东地区会采取死守要点,吸引我军主力堆积,从而以火力杀伤。

章林坡差点儿没有晕过去,眼当时就黑了,厉声质问杨邑,共军西华山防线到底有多少兵力?

杨邑老老实实地回答,建制部队仅有两个营的兵力。

章林坡气不打一处来,又问,那共军的主力在哪里?

杨邑说,依卑职浅见,其主力应云集在西黄集,准备打我歼灭战。

章林坡怒吼，胡说八道！西华山乃共军后方基地，战斗最先打响，共军能够按兵不动吗？

杨邑说，窃以为，共军并未分兵，其战术乃反其道而行之，以防御假象迷惑我军，待我兵力集中于不利展开地区，必然反攻，守点拉线铺面，是陈秋石防御战术的一贯伎俩，望师座明察。

章林坡根本不相信杨邑的判断，扔掉话筒，怒火满腔地对乔闻天说，杨邑无能，视共军为虎。什么狗屁守点拉线铺面？西华山进攻失利乃杨邑轻敌所致，并非共军蓄意制造。

乔闻天说，从前两轮进攻来看，共军乃仓促应战，兵力调整十分勉强。西黄集之所以久攻不下，可以理解为困兽犹斗，而不是守点打援。

章林坡说，参谋长言之有理！如果是陈秋石活着，什么都有可能发生，而现在指挥淮上独立旅的，都是白面书生，他们不可能有那么大的气魄去跟我玩战术。

乔闻天说，可恨就可恨在不仅西华山没有减轻北线的压力，反而受挫。如果西华山的共军部队掉头向北，对我形成夹击之势，西黄集这块骨头就更难啃了。

章林坡说，这一点我已经想到了。不过，这种舍本求末的买卖，没有大手笔是不敢做的。我料定赵子明不敢轻易出动西华山守军，他要防止杨邑杀回马枪。

乔闻天说，如此甚好！我部只要坚持至下午，权且放弃进攻棋仙寺，调三旅机动部队南下，西黄集应该不难攻下。

章林坡说，就按参谋长的方案办。

于是再打，再打还是打不下去。乔闻天整合了两个团的兵力，从正面向共军防线突击，另以一个团从侧翼迂回，经过一个多小时的鏖战，三个团各有一部分，总共将近两千人都用在窑冈嘴至西黄集之间不足一公里的地段上。当乔闻天搞清楚各部位置之后，大吃一惊,失声叫道,怎么会这样?挤成了一个坨坨,战斗队形怎么展开?这仗是怎么打的?

二旅副旅长白知贤在电台里报告,部队进攻所经路线状况很差,部队为了抢占西黄集,争先恐后走捷径,多数没有遇到反抗。几支部队齐头并进,走到一起才发现,全在一个山沟里。

乔闻天顿时就蒙了,结结巴巴地说,师座,情况不妙啊,这就像猛虎赶羊群,一点一点,一步一步,全都赶在虎口下了。

章林坡也紧张起来,眼看乔闻天标图的手在颤抖,自言自语地说,怎么会,怎么会?

乔闻天说,在官亭埠战役中,陈秋石就是采取这种战术,把松冈联队的两个中队和汉奸的两个团驱赶至官亭埠东南,聚而歼之。

陈秋石?章林坡打了一个冷战。不会吧,陈秋石在哪里?陈秋石前几天已经被埋在妙皋峰了,难道他借尸还魂了?难道他诈尸了?难道他阴魂不散?

就在章林坡神情恍惚的当口,一个参谋跌跌撞撞地跑到掩蔽部,脸如土灰,报……告,师座,大事不妙……陈秋石来了,他……要跟……师座……通话……自始至终,这个参谋没有说出一句完整的话。

章林坡腾的一下跳起来,什么,你他妈的见鬼了吗?

参谋说,报……告,师座……就是见鬼!他要跟师座通话。

章林坡一屁股瘫软下去,闭上眼睛,两颗眼泪从眼角落下。

乔闻天问,陈秋石在哪儿?

参谋还在结巴,在,在二号……指挥所……电台……里……

乔闻天冷静下来了,对章林坡说,师座,我去吧。

章林坡无力地向外摆摆手,待乔闻天走出门,章林坡一跃而起,追上去说,我去,我去见见这个已经死了的人,我去见见这个僵尸!

在二号指挥所里,章林坡终于听到了他既熟悉又痛恨的声音:

章林坡将军,我想你不应该意外,兵不厌诈嘛,当然也包括诈尸。

章林坡对着话筒咬牙切齿地说,你想怎么样?

陈秋石说,很简单,我想和平。现在,请允许我把当前的态势向章将军介绍一下。自昨晚章将军悍然发起大别山战争以来,我军先后在西华山战场、窑冈嘴战场、西黄集战场毙伤贵部一千余人,其中生擒七百人。目前,我西黄集两个团已对进犯之敌两千余人进行集中控制,贵部兵力虽强,但无法展开战斗队形,坐以待毙。另,我部之西华山部队两个营业已实现战术机动,在司坡店以北二十里集结待命,如果需要,他们会在一个小时之内投入西黄集战斗。再有,我部棋仙寺守卫二团,已以小部兵力钳制贵部三旅,而以主力南下至罗家集以南十公里处。如果需要,他们会在半小时之内投入西黄集战斗。基本情况就是这样,请章将军权衡。

章林坡的军装早已不知飞到哪里去了,里面的衬衣也被扯得乱七八糟,脑门上汗珠滚滚,眼神错乱迷离,拿着话筒的手不停地抖动,半天才说出话来——请问,你是人还是鬼?

话筒那头平静地说,我是新四军淮上独立旅旅长陈秋石。

章林坡恶狠狠地骂,你他妈的不是死了吗?

电台那头说,和平没有实现,我怎么能死呢,虽死犹生啊!

章林坡说,你到底要我怎么办?

电台那头说,很简单,我要和平。

章林坡说,那你就先撤。

电台那头说,那是不可能的,贵部从哪里来,还请回到哪里去。

章林坡把话筒高高地举起来,牙帮骨在那一瞬间高高凸起,就在即将往下扔的当口,他的手又停在空中,然后转着圈子,像啃梨子那样对着话筒喊,遵命,遵命,他——妈——的,老——子——遵——命!

十二

梁楚韵恍然如梦。

当一切都平静下来之后,梁楚韵粗略地计算过,那天晚上从马灯罩突然炸裂,马灯熄灭,到马灯重新燃起,前后不过十分钟的时间,陈秋石基本上没有说话,完全受史吉合和刘锁柱的支配。等陈秋石出门,老山羊已经等在门口了。陈秋石上马之后,史吉合还朝马屁股后面拍了一掌,但是老山羊没动,抬起蹄子原地转圈。这时候陈秋石又从马背上跳下来说,老山羊不着急,就说明问题不大,不要风声鹤唳。刘锁柱你马上带人到书院外面巡查,史参谋把地图取下来。

果然,很快就有战士过来报告,南岳书院西北暗哨被杀,接着,刘锁柱也跑了回来,扯住陈秋石就往马身上推,陈秋石问,怎么回事?刘锁柱火急火燎地说,有一股身份不明的人,已经潜到书院外围,动机不明。

陈秋石笑笑说,有什么不明白的?冲我来的嘛。守株待兔,兔来了。

史吉合说,果然在首长意料之中。首长你快走,剩下的事情交给我。

陈秋石这才上马说,好,同志们都注意安全。小梁跟我走。

梁楚韵说,不,我不走,我留在这里掩护首长。

刘锁柱低声喝令,梁同志,你别给我添乱了,你赶快走吧。说完,一挥手,两个战士冲上来,架起梁楚韵。

老山羊还是不走。陈秋石说,小梁,你看,老山羊在等你呢。上马,让史吉合留在这里演戏!

梁楚韵说,首长你先走,我跟战士们一起战斗。

陈秋石说,时间不多了,敌人的枪口恐怕已经瞄准了这个院子,你再不走,就是破坏我的计划了。

梁楚韵这才犹犹豫豫地接近老山羊。陈秋石一把抓住梁楚韵的胳膊,梁楚韵刚刚在马背上坐稳,老山羊就像得到指令,屁股往下一坠,矮下去半截,驮着陈秋石和梁楚韵,几乎是贴着地面,刷的一下蹿出山庄大门。

那是梁楚韵第一次同陈秋石挨得那么近,夜风在耳边呼啸,露水迎面打在脸上,就像雨水。陈秋石揽住她的腰,一股男人的厚实的气息沁入她的肺腑。她不知道老山羊会把他们带到哪里,带到哪里她都不管,只要她和陈秋石在一起就行了。

老山羊啊老山羊!此刻在梁楚韵的感觉里,老山羊不是一匹战马,老山羊简直就是一个慈祥的老人,就是善解人意的神灵。她似乎明白了,为什么在陈秋石第一次跨上马背之后,老山羊踯躅不前,原来老山羊是在等她啊,老山羊不仅把她带到了南岳书院,带到了陈秋石的身边,老山羊还想把她带到陈秋石的心里。这个知情知义的畜牲啊,这个比人更懂人间冷暖的畜牲啊,这个虽然不会说人话却比人更有感情的畜牲啊,它就是自己的再生父母啊!

奔跑中,梁楚韵腾出手来,在马脖子上抚摸了一下。老山羊在那一瞬间,似乎感觉到什么,头颅猛地往上扬了一下,似乎向她致意。

就在这个时候,身后枪声大作,就像暴风骤雨。

梁楚韵大声问,首长,他们能安全撤退吗?

陈秋石说,放心,这出戏史吉合他们已经排练过五六次了。

梁楚韵问,难道首长知道敌人要来偷袭?

陈秋石说,敌人就是敌人,他不偷袭就不叫敌人了。

梁楚韵问,这出戏怎么收场?

陈秋石说,以陈秋石被乱枪打死而告结束。

梁楚韵不吭气了,她发现老山羊已经踏上了另一条道路,应该是前往西华山的路线。

身后的枪声渐渐微弱,梁楚韵的心跳却在加快。一场战斗结束了,另外一场战斗还不知道是什么结局。她不知道这个夜晚的奇遇会不会改变陈秋石,这个奇遇会不会从根本上改变她的命运。但是,有了今夜,她也就感到了无限满足,她必须珍惜这千载难逢的机会,她要一分一秒地品味这马背上的时光。在陈秋石的臂弯里,她进入到一个鲜花盛开的世界。

然而,梁楚韵的美梦很快就破灭了。不知道什么时候,老山羊把他们带到了一个半山坡上,她猛地惊醒,听见有人跟陈秋石说话,陈旅长,南岳书院发生的事情旅部已经知道,袁副政委率领旅部骑兵连前来接应首长,正在途中。请首长在此休息等待。

梁楚韵睁开蒙眬双眼,但见夜色浓暗,繁星满天,三营营长许得才带着几个荷枪实弹的战士立于马前。陈秋石拍拍她的肩膀说,小梁同志,醒醒。说完,翻身下马,把她给接了下去。

这才知道,老山羊已经把他们驮到三团三营的防区千秋岭。许得才让战士们在阵地边上,用树枝临时搭了个窝棚,让陈秋石休息。陈秋石说,小梁,到窝棚睡一觉,压压惊。

梁楚韵说,那你怎么办?

陈秋石说,野战条件,我有一顶活动帐篷。要不要我表演给你看看?

说完,对许得才说,给我抱一捆干草来。

许得才说了声好,叫了几个战士,不仅抱来干草,还带来一个背包。陈秋石亲自动手,把干草铺在马肚子下面,自己躺上去,再扯过一捆干草压在自己身上,对许得才说,把背包拎到窝棚去,给小梁同志安个铺,她也累了。

梁楚韵在窝棚里,翻来覆去睡不着,一阵一阵还兀自发笑,是那种幸福的傻笑。一阵一阵又很忧伤,是那种没有名堂的忧伤。天快亮的时候,她向外边看了一眼,除了警戒,战士们都在露营,窝棚四周东倒西歪地躺着六七个战士。她钻出被窝,把被子和褥子抱出去,横着盖在几个战士的身上,然后轻手轻脚地来到老山羊的身边。她惊奇地发现,老山羊的眼睛是闭着的,老山羊也在睡觉。老山羊是站着睡觉的。她在老山羊的身边站了很久,借着朦胧的晨光,她看见陈秋石睡得很香,打着轻微的呼噜,脸上还沾着草屑。她突然产生冲动,看了老山羊一眼,老山羊仍然闭着眼睛,似乎也进入香甜的梦中。她不再犹豫,轻轻地扒开陈秋石身上的草捆。就在她刚要躺下的时候,她发现老山羊向她眨了一下眼睛,她怀疑自己看错了,直起腰来,歪起脑袋去看老山羊,老山羊却是双目紧闭,甚至也打起了呼噜。

梁楚韵笑了,笑话自己疑神疑鬼。笑笑,重新钻进草窝。她很想跟陈秋石说说话,可是不敢。就这样躺在一堆草里做上一梦,已经是天大的幸福了。梁楚韵这样想着,很快就睡着了,嘴角凝着一丝傻笑。

袁春梅率领骑兵连护卫着江淮军区曹政委,赶到千秋岭,天色已经大亮了。一线警戒分队前面引路,到了山腰,执勤的排长正要过来报告,曹政委摆摆手制止了。曹政委微笑着说,同志们乱了一夜,估计刚刚消停,让他们多睡一会儿。陈秋石同志呢?

排长指指东边的老山羊说,陈旅长在马肚子下面睡觉呢。

曹政委说,啊,马肚子下面还能睡觉?

袁春梅说,陈秋石的马不是一般的马。在太行山的时候,打仗野营,他经常在马肚子下面睡觉。

排长说,我去喊陈旅长起来。

曹政委说,别动,让我们来欣赏马腹下的战术专家是个什么睡相。

说完,带头往山腰走。

大约还有二十几步的时候,老山羊突然醒了,睁开眼睛看了看,后腿一屈,屁股往下一坐,就地一个打滚,挡住了众人的视线。陈秋石和梁楚韵猛然惊醒,你看看我,我看看你,陈秋石说,你怎么在这里?

梁楚韵说,我也不知道我怎么就在这里了。

陈秋石恼火地嘟囔道,乱弹琴,像什么样子?

梁楚韵惊叫道,看,什么人来了。

陈秋石一骨碌跳起来,凭借微弱的晨光,揉揉眼睛看,果然是曹政委。陈秋石一振,赶紧拍打身上的草屑,大步迎了上去,敬礼。

曹政委站定,看着陈秋石说,哈哈,陈秋石,你的老山羊果然名不虚传啊,我们想看看卧虎雄姿,可它偏偏不让看,它也是个战术专家啊!

陈秋石一脸尴尬,放下敬礼的手说,昨夜狼奔豕突,凌晨才得安歇,不知道首长亲自到一线,有失迎迓。

曹政委环顾左右,啊,这个小同志就是梁楚韵啰!

梁楚韵上前敬礼说,报告首长,我是梁楚韵。我正想喊陈旅长起床呢。

曹政委哈哈大笑说,好好,好。你们昨夜的遭遇我都知道了,小梁,你们继续休息。山上能打火造饭吗?

许得才从一旁闪出来说,报告首长,昨夜接旅部命令,说今天有重要首长到千秋岭宣布重大决定,我已经让人把锅抬到山上,我会炸油条。

曹政委明白了,哈哈大笑说,好好好,神马夜奔,露营沉睡,战地炸油条,晨曦听捷报,这是革命的浪漫,战斗的浪漫,胜利的浪漫。

曹政委让许得才和梁楚韵等人回避,在千秋岭的主峰上,曹政委向陈秋石宣布江淮军区的紧急命令,鉴于大别山北麓战事一触即发,军区决定恢复陈秋石的旅长职务,并立即着手组织自卫战争。

这以后,就有了西华山的分割战和西黄集的虎驱羊群战斗。

作为一个女人,梁楚韵当然能够感受到袁春梅对她的戒备,那天在千秋岭上,袁春梅似乎已经察觉到她和陈秋石同卧马腹,袁春梅后来还讥讽地说过,是啊,是革命的浪漫,战斗的浪漫,谁能把陈秋石这个阵地拿下来,才是胜利的浪漫。

梁楚韵不会听不出来袁春梅的弦外之音。但是她不在乎。她想,即便有情人不能成眷属,有了神马夜奔这个经历,有了马腹下的共眠,她和陈秋石之间,已经有了道不清理还乱的关系,这就是她的胜利,让袁副政委心酸吧。

十三

章林坡对淮上独立旅的首轮进攻,以失败而告结束。此后,大别山北麓又沉寂了很长时间。战火间歇,谈判重开。围绕几个要点的归属,国共双方反复扯皮。

章林坡不断受到上峰申饬,被斥责为无能将军、草包司令。章林坡憋了一肚子气,打吧,确实有难处,陈秋石重掌兵符,经过西华山和西黄集两次交锋,淮上独立旅一帮泥腿子扬眉吐气,精神抖擞嗷嗷叫,恨不得天天有仗打。

西黄集战斗,国军两千多人被困,如果章林坡再坚持打下去,就算把淮上独立旅打烂,他自己的两千人也就尸骨难收了。无计之计,章林坡只好装孬,答应了陈秋石的退兵条件。不想,这一退就不可收拾了,淮上独立旅派出一个营,尾随"护送"撤退的国军,送到窑冈嘴,既不往前送了,也不后退了,就在窑冈嘴扎下根来。鉴于当时情况危急,陈秋石还在威慑国军的安全,章林坡只好让窑冈嘴的守军一起撤退。

窑冈嘴从此被淮上独立旅占据。章林坡已经搞清楚了,霸占窑冈嘴的是共军一个叫陈三川的家伙。他几次动议把窑冈嘴收回来,杨邑却劝他说,那个小子是个贼大胆亡命徒,淮上独立旅之所以把他派到窑冈嘴,就是让他跟咱们死缠滥打,打出是非。一旦他得了理,他能打到三十铺来。还是不惹的好。

章林坡说,岂有此理,短短二十天工夫,我军连丢四镇,居然让一个泼皮无赖打到我的西大门了,卧榻之侧,岂容他人酣睡?我必须把这个钉子拔掉。

杨邑说,那就正中了共军的奸计了。西华山和西黄集两役,我军一蹶不振,下层多有动摇,而此时敌焰正炽,这时候挑衅,很难奏效,搞得不好就是自寻其辱。

章林坡恨恨地说,那你说怎么办,老子就这样眼看着这个亡命徒在我的西大门耀武扬威?

杨邑说,我们不能跟猪摔跤啊!跟猪摔跤,我们也会滚到泥里,而这正是猪喜欢看到的结局。

章林坡说,都是你们这群无能之辈干的好事,成事不足败事有余!

杨邑说,西华山进攻失利卑职固然有失察之责任,可是卑职也是按照师座的方案实施的。再说,那次战斗的真正重心还是西黄集,相比之下,卑职的失利只不过是其中很小的一部分。

章林坡听懂了杨邑的话,西华山战斗也好,西黄集战斗也好,归根到底,责任还在他自己身上,他被陈秋石捉弄了。

那个陈三川确实可恨,自从他把窑冈嘴霸占之后,这一带就再也没有安静过。早在军事调处时期,这小子就是西黄集的守军营长,在窑冈嘴至西黄集之间搞了很多莫名其妙的工事,这次把防线向前推了六十里,更是趾高气扬,天天带着部队在河滩上搞什么攻坚演习,龙腾虎跃,杀声震天。有一次居然在离分界线不到一里路的马店进行实弹射击,机关枪和步枪一起搞,搞得国军阵地上的官兵心惊肉跳。

武打不行,文打就更不行。杨邑在西华山战斗之后,被章林坡调回师部,专门进行谈判。每次谈判,淮上独立旅派来的代表都是袁春梅。袁春梅这个女人更是得理不饶人,每当杨邑提出要收回窑冈嘴的时候,袁春梅就冷笑。袁春梅说,我军说话算数,说不进攻就不进攻。如果你们想打,我们随时奉陪。

杨邑说,窑冈嘴自抗战以来,就是国军的地盘,一个西黄集战斗失利,你们就派出一个饿狼营,天天滋事寻衅,简直就是骑在国军头上撒尿。你我师生一场,就不能给我这点面子?哪怕你把阵地往后退一里路也行。

袁春梅说,什么师生?你参与策划,阴谋杀害陈秋石,还有点师生情分吗?

杨邑大呼冤枉,说千真万确不知道是谁企图杀害陈秋石。你我各为其主,虽然泾渭分明,但是暗箭伤人的事我从来不干,更何况秋石是我的得意门生了,愚师的人品你应该清楚,不应该这样诋毁愚师。

袁春梅说,如果杨先生还有良知,我倒是劝你,还是及早认清形势,弃暗投明。

杨邑害怕袁春梅又像当年那样做他的策反工作,赶紧说,袁同学,咱们还是谈谈窑冈嘴吧。我们两个磨嘴皮子不下十次了,你回去跟秋石说,就算给我个人一点面子,往后退个里把路,我也好跟上峰交代啊。

这次袁春梅还真的给了他面子,回到杜家老楼向陈秋石一汇报,陈秋石说,好,杨邑先生轻易不开口,开口我不能让他把话咽回去。你去跟杨先生说,不仅可以后退里把路,我还可以把防线收缩到西黄集,但是有个条件,他们必须让原先占领窑冈嘴的三团二营调回到窑冈嘴,其他的部队只要来了,我就派陈三川去打。

回到谈判桌上,袁春梅把陈秋石的意见如实转告,杨邑大喜过望,会后向章林坡汇报,章林坡也觉得问题不大,他不相信那个二营已经被淮上独立旅策反了,他怀疑陈秋石提出让那个二营重新回到窑冈嘴,是搞反间计。章林坡决定将计就计,用二营的番号,换上别的部队两个连。

乔闻天得到消息后,连忙劝阻,说师座何必?就是一个窑冈嘴,孤军深入,是倚仗近期他们打了胜仗,士气高昂,而我军士气低落,不敢冒犯。现在他让出窑冈嘴,一定有企图,而且明确提出让原守军去守窑冈嘴,恐怕有更深的阴谋。

章林坡说,这是个机会,也许陈秋石真是看在老杨的面子上,给了一个台阶呢。

乔闻天说,不可能。陈秋石可以给他的先生祝寿,磕头行礼都可以,但是让地盘的事他绝对不会做。我看这件事情还是从长计议,万不能再上陈秋石的当了。

章林坡听乔闻天这么一说,也感到一股寒气从脚心升起,他确实也不是很有底气,跟陈秋石打交道,什么事情都有可能发生。

后来在谈判的时候,杨邑就跟袁春梅讲,算了,窑冈嘴既然贵部占领了,现在换防也不合适,弄得不好节外生枝。

袁春梅回到杜家老楼,把情况跟陈秋石一说,陈秋石抚掌大笑。袁春梅问陈秋石,你敢把窑冈嘴拱手相让,是不是螳螂捕蝉,黄雀在后?

陈秋石说,我跟你说实话,我根本就没有别的打算,我就是不想要窑冈嘴了。

袁春梅惊问,为什么?

陈秋石说,我军兵力有限,我天天都在发愁防线过长。在将来的白卫战争中,我方首先处于防御地位,而防御正面越大,隐患越多。窑冈嘴前出我方地盘十里之多,一旦他们发起攻击,窑冈嘴首当其冲,而增援及后方保障都很困难。其实杨先生有所不知,这个窑冈嘴到了我的手里,简直就是个烫馍,吃,吃不下,扔,舍不得。我本来想做个顺水人情给杨先生,没想到他还不敢要。

袁春梅说,照你这么说,我好像明白了一点,可是你为什么还要提出让他们原来的守军来守窑冈嘴呢?

陈秋石狡黠一笑说,虚虚实实啊!其实我根本就不知道原来的守军是什么样的队伍,可是送礼也得有理由啊!我是临时编了一个条件,以打消他们的顾虑,没想到他们更顾虑了。

袁春梅也笑了说,那是啊,你是战术专家啊,他们被你搞怕了。你打个喷嚏,他们也怀疑你是在搞战术。

就是那次谈话,袁春梅提到了陈秋石的"个人问题",袁春梅说,老陈,经过这么多年的风雨,我觉得我们都发生了很大的变化。你说是吗?

陈秋石说,你说什么变化?我老了,这就是变化。

袁春梅说,你才三十七岁,怎么就老了呢。男人四十还一朵花呢。

陈秋石说,春梅同志,你不会说你现在愿意嫁给我吧?

袁春梅脸一红说,我说嫁给你,你会答应吗?

陈秋石说,我想答应,我巴不得答应,可是我不能答应。

袁春梅说,为什么?

陈秋石说,往事啊,你不知道吗?我的往事就是我的心病。真人面前不说假话,这些年只要一想到我当年做的蠢事,我就有万箭穿心的疼痛。

袁春梅说,这么多年过去了,你也不能老是生活在自责当中啊,你应该有新的感情生活。

陈秋石说,新的感情生活?什么新的感情生活?袁春梅同志,我跟你讲,我得不到我妻子和儿子的确切消息,我就什么都不能做。我没有什么新的感情生活。

袁春梅说,我能感觉到,梁楚韵对你一往情深,已经不能自拔了。你应该为那个年轻人想想。

陈秋石怔怔地看着袁春梅说,啊,你提梁楚韵干什么?难道你是为她说项?

袁春梅说,我觉得你这样过于自责非常可怕。

陈秋石说,你把你那个梁楚韵管好,最好调离我远一点。我跟你讲,她完全不了解我。

袁春梅说,不了解有什么?可以加深了解嘛。

陈秋石有点恼火,愠怒地说,了解什么,我压根儿就没有那份心思。就算我将来会找个伴侣,跟她也没有关系。我怎么可能娶一个仅比我儿子大两三岁的姑娘呢?这不是天天杀我吗?

袁春梅愕然,问题原来在这里。袁春梅说,老陈,我觉得你有些想法非常奇怪,不近人情,总是把两个根本不相干的问题扯到一块。

陈秋石说,任何事情都不是孤立的,这就好比打仗,前线的风吹草动,总是来自后方的决策。为人子,我不孝;为人夫,我抛妻;为人父,我舍下幼子。他们还在这个世界上吗?如果在,又在哪里?我的儿子今年已经二十岁了,他才是男婚女嫁的年龄,我这个当爹的,不能为自己的儿子张罗婚事,自己却去谈什么爱情,简直是天大的笑话,那才真是禽兽不如!

袁春梅不说话了,看着天上的云彩发呆。

第 十 章

一

杨邑最后一次来到西华山庄,已经是西黄集战斗之后第二年的事情了。这一年国内外发生了很多重大事件,国军在东北、西北和华北战场连连失利,大别山外的战争如火如荼。大别山北麓,围绕窑冈嘴、西黄集、棋仙寺等地的归属问题,也展开数次争夺战斗。淮上独立旅虽然有陈秋石这样用兵如神的战术专家,也不乏陈三川这样英勇顽强的斗士,但是毕竟实力悬殊,国军新编第七师在这一年内扩编了一个坦克团,一个骑兵团,平原和丘陵地区的战争形势,对淮上独立旅极其不利。

这年春天,淮上独立旅被迫放弃商城、楚城等大部分地区,主力转移到玫山和霍州,依托浠史河和大别山,同章林坡展开了游击战,情景颇有点像红军长征,打仗不多,走路不少,有时候一天能走一百多公里,官兵一度衣衫褴褛,食不果腹。兵员消耗越来越大,逃兵也出现了。

赵子明动议,向江淮军区提出要求,跳出大别山,参加大兵团会战,但是陈秋石迟迟不表态。部队的通讯设备有了很大的改善,还有一台大功率的收音机。陈秋石天天都听收音机,隔三差五会有情报站送来最新的号外。陈秋石对赵子明说,随着北方战局的变化,我军很快就要渡江,但是在渡江之前,应该有一次决战,决战的地点,应该就在大别山附近。

赵子明说,那就更应该把我们调出去,现在给养、弹药和兵员都得不到补充,部队很快就拖垮了。

陈秋石说,老赵,你说得对。可是你想想,在最应该把我们调出去的时候,没有把我们调出去,这是为什么?难道上级不知道我们的困难吗?不是,答案只有一个,我们在这里的作用巨大。山雨欲来风满楼啊,我总感觉到,我们的身边,很快就有一场大战。这个时候,我们不能向上级诉苦。上级要我们坚持,一定有战略意图。

赵子明那时候也能感觉到一点大战来临之前的气息,但是他不知道,此后在大别山以北发生的战役,就是决定中国江山的淮海战役。

就在陈秋石和赵子明就要不要跳出大别山的问题展开讨论之后不久,一份由人工传送的绝密命令到了陈秋石和赵子明手上。命令很简短,就是几句话:秘密行动,摆脱纠缠,迅速北上,集结宿城。

陈秋石看完命令,一头扑在地图上,举着放大镜看宿城,目光在东西南北各二百公里的范围内扫描,良久,抬起头来对赵子明说,我分析我们华东野战军要同刘邓大军会合,可能会在徐州和蚌埠一带举行决战。

赵子明惊讶地说,打什么仗,要两个野战军一起打?

陈秋石说,在江北把国军元气消耗殆尽,渡江战役的压力就会减轻,过了江就是秋风扫落叶。要是我在西柏坡,我也会这么指挥。

陈秋石讲这话的时候,眼睛里闪动着无限神往,可是具体到任务,却又犯开了踌躇。

自从淮上独立旅放弃北方之后,国军步步紧逼,章林坡抓住了大好时机,咬牙切齿地发誓,要把淮上独立旅消灭在大别山北麓,以雪当年西黄集和西华山之耻。淮上独立旅势单力薄，加之丘陵平原作战缺乏优势，兵力悬殊越来越大，只好避而不战，以西华山为中心，同新编第七师捉迷藏。

陈秋石越躲，章林坡越得意，打了几个小仗，重创了淮上独立旅的几个小分队，就在报上大肆宣扬，声称击毙共匪若干若干，共匪首领陈秋石赵子明袁春梅一干人等在逃，不日即缉拿归案云云，讥讽陈秋石"根本不是什么常胜将军，而是一个骗子。官亭埠战役乃国军浴血奋战取得的辉煌胜利，而为无耻骗徒贪天之功为己有"等等，不一而足。

在深山老林里，淮上独立旅真的到了悲怆的境地，东西北三面处于国军新编第七师的合围之中，只有南面是大别山天堑，即使翻越过去，也是国军的封锁线，而且南辕北辙，想从那里绕到宿城，比登天还难。

旅部开了一天诸葛亮会，各团团长都集中过来了，还有就近部队的营长。诸葛亮会上没有诸葛亮，众人一筹莫展。倒是三团副团长陈三川血气方刚，提出来集中优势兵力，直取尚派河，从杨邑的防线薄弱处，杀开一条血路冲出去。这个建议当即遭到副旅长刘汉民的讥笑。刘汉民说，陈副团长，我们的任务是北上，不要说重围难突，就是有利可图，也不能干。这时候我们要考虑的是全身而退，绝不能让敌人纠缠。

这次会议没有结果。散会的时候，陈秋石把陈三川留下来了。出乎陈三川意料，陈秋石并没有说突围的事情，而是问了一些同战争似乎毫无关系的事情，譬如老家是哪里的，家里都有些什么人，对父母还有什么印象等等。陈三川一一回答，家是哪里的不知道，家里只有一个娘，没有别人。娘死了，就什么都不知道了。

陈秋石问，你没有见过你父亲吗？

陈三川迟疑了一下回答，没有，我娘说我爹早就死了。

陈秋石怔怔地看着陈三川说,那你怎么知道你是属兔的?

陈三川说,我娘说的啊。

陈秋石又问,你对你小时候的情况难道一点印象都没有,譬如说你们家过去的房子?

陈三川局促不安地说,要说印象,还真有点。我经常做梦,梦见我的老家有很大的房子,院子里有很多花草,还有圩沟,有吊桥。

陈秋石不动声色,看着陈三川。

陈三川说,可那不是我的老家,那是杜家老楼。

陈秋石问,你跟你娘到东河口,是从哪条路过去的?

陈三川说,我要是能记得,我早就找回去了。陈旅长问这些干啥?

陈秋石说,作为指挥员,必须了解下属的情况,知己知彼嘛,你们也应该这样。

陈三川真的长成了一条壮汉,膀大腰圆,脸上还长出了络腮胡子,黝黑的皮肤衬得小眼睛雪亮。

陈秋石说,下午在作战会上,你提出来集中优势兵力,直取尚派河,从杨邑的防线杀出去,有没有具体的想法?

陈三川想了一会儿说,实在没有办法,只好拼了。

陈秋石说,拼可以,可是拼命完不成任务啊。我们的任务是甩掉他们,北上集结。

陈三川说,我认为可以采取声东击西的办法,派出一支小部队,就像当年张飞在当阳长坂,二十余骑搞得尘土四起,声势浩大地从东线北上,掩护主力从西线秘密穿插。

陈秋石看着陈二川,眼睛里闪过几许温情,几许欣赏,点头说,好,你有战术思想了,想法是好的,但实施起来有很多问题。现在不是冷兵器时代了,敌人是美式机械化装备,通讯联络也很方便,一旦东线暴露一点蛛丝马迹,不仅西线不能突围,东线的部队也必然陷入绝境。

陈三川说,那也不能就这么干等着啊!

陈秋石说,办法倒是有,但都不是最好的办法。我们要以最小的代价夺取最大的胜利。

陈三川说,旅长,打仗哪能不死人,怕死人,那就不打仗好了。

陈秋石说,死人是要死的,但是我们必须最大程度地减少牺牲。

陈三川说,官亭埠战役也牺牲了很多同志,那时候旅长不也是下了决心吗?

陈秋石说,此一时,彼一时,情况不一样了。陈三川你过来看。

陈三川得令,顺着陈秋石手指的方向俯身琢磨沙盘。

陈秋石说,假如给你两个营,今夜从妙皋峰山下摸出去,在抵达尚派河之前,你有把握不暴露吗?

陈三川说,这个应该可以,我们一营是攻坚营,训练过夜间穿插,行动干脆利落。

陈秋石说,那好,进入尚派河南侧高地之后,就在这里分兵,以一个营猛攻尚派河前沿阵地,另以三个连,分三个梯队陆续骚扰尚派河西侧环形工事,交替掩护前进,抵达西黄集,你估计要多长时间?

陈三川说,正常情况急行军大半天,考虑敌情因素,估计至少得一天。

陈秋石说,好,要的就是这个一天。天没亮出发,一路奔袭,天黑后进入西黄集东漍史河河湾,在那里收拢部队,趁敌立足未稳,继续向北猛插。不要恋战,不要收尸,重伤丢下,直到只剩下最后一个人……陈秋石不说了,陈三川发现,陈秋石的眼睛泪花闪烁。

陈三川直起腰说,旅长,我明白了,把这个任务交给我们吧,我们保证完成任务!

陈秋石站着没动,像是没有听见陈三川的话,抬起头来,看着门外,目光空洞。陈三川说,旅长,这是最好的办法,两个营,足够我在敌人中间开花,我会像孙悟空大闹天宫那样,把东线敌军的防御体系搞得乱七八糟,即使不能全部吸引他的兵力,也至少可以钳制他东线动弹不得。这样,我主力可以从玫山由西路突围。首长,这是个好办法啊!

陈秋石还是望着窗外,就像梦呓一样语无伦次地嘀咕,飞蛾扑火,自取灭亡,涅槃……他突然转过脸来说,陈三川你知道吗,我有个儿子,如果他还在人世,应该和你差不多大……哦,不,我看过你的档案,他应该比你小一岁零六天。我不能确定,他再长一岁零六天,能不能像你这样勇敢。

两行泪水从陈秋石的眼角涌出,悄然无声地落下。陈三川见陈秋石说得动情,也被感染了,激动地说,首长,你就把我当作你的儿子吧,当作一个可以信赖的勇敢的儿子。

陈秋石说,啊,是吗,你是可以当我的儿子。可是我怎么能让我儿子飞蛾扑火呢,那我这个父亲岂不是该杀?

陈三川急了,提高嗓门请战,首长,你的方案是眼下最好的办法了,你既然有了主意,为什么还要犹豫呢,你常教导我们,当断不断,反为其乱,可这一次你为什么要这样优柔寡断?

陈秋石说,我也知道这是没有办法的办法,可是两个营的兵力,深入敌后,完全有可能被敌人反复绞杀,就像当年西路军一样,任人宰割。

陈三川说,旅长,你不能再犹豫了,你不能因为顾虑牺牲就让我们干瞪眼啊!

陈秋石说,陈三川,我早就知道你是一员虎将,打起仗来不要命,自己抱着机关枪往前冲。过去我经常批评你,一直不在公开场合表扬你,你知道为什么吗?

陈三川说,知道,首长是恨铁不成钢。首长希望我用脑子打仗而不是脑袋。

陈秋石点点头说,很好。陈三川,我再跟你讲一遍,一个称职的指挥员,绝不能把身先士卒当作荣誉。只要还有一个战斗员活着,这个指挥员就要履行指挥职责,他不能把自己简单地交给机关枪,他必须对整个战斗负责,因此,除了必须冲锋在前的决战,凡是战斗没有结束就先牺牲的指挥员,往往都是没有把任务完成好的指挥员。你明白我的意思吗?

陈三川说,我明白,可是一打起来我往往就忍不住往前冲。

陈秋石说,那就是说,你没有找到指挥的感觉。一个优秀的指挥员,不能混同于一个机枪射手。如果你能保证自始至终地贯彻我的战术意图,我可以考虑把穿插敌后的任务交给你。

陈三川说,我理解了,就会坚决执行,请首长下命令吧!

陈秋石背着手踱步,踱了两圈说,你做好准备,我再想想。

二

这一次,陈秋石确实犹豫了,尽管江淮军区的电报一封接着一封,下面请战的呼声一浪高过一浪,他就是按兵不动。他在他的沙盘面前枯坐,一坐就是几个小时,有时候正吃着饭,想到一个问题,马上就放下碗筷,全神贯注扑在沙盘上。

可是,最后的结果总是失望。似乎所有的希望之路都被新编第七师堵死了。

转机出现在第三天晚上,这时候离军区规定的集结时间只剩下两天了,可以说箭在弦上了。

这天晚上,陈秋石喝了一点稀饭,请来了赵子明、刘汉民和袁春梅。几个晚上没有睡觉的陈秋石显得憔悴,但精神很好,丝毫没有倦意。几个人开了一个小会,参谋处副处长刘大楼率领几个战斗班排出去,这才分头行动。

刘大楼的队伍干什么去了呢?用袁春梅的话说,叫着打草惊蛇。果然,第二天一大早,杨邑就派副官过来了,照会淮上独立旅的作战科长冯知良说,杨副师长突然想起,今天是南湖分校建校十九周年纪念日,虽然两军对垒,但毕竟是师生,母校生日还是应该庆祝一下。过了今日,哪怕明日开战,也可以向母校有个交代了。杨副师长随后就到,还带来了宴会的菜肴和酒茶。

冯知良做为难状,说赵政委和袁副政委不知道到哪里去了,陈旅长到觉灵寺拜佛去了。杨将军倘若今天上午过来,恐怕很难见到这几个弟子。

副官赶紧打道回府,半路上截住杨邑的乌龟壳小汽车,把冯知良的话复述一遍,杨邑沉吟半天说,昨夜佯动,今天没人,难道真的给我搞了个空城计?他不见我,我偏去见他。

前面没有公路了,杨邑只好徒步,小晌午一行人赶到西华山庄,老远看见尘土飞扬,一彪人马汗涔涔地驰骋而来,走近了,陈秋石翻身下马,给杨邑敬礼说,先生突然光临,学生有失远迎,失礼了。

杨邑打量这队人马,全都湿漉漉的。杨邑说,一大早的,鞍马劳顿,这是从哪里凯旋啊?

陈秋石说,实话不瞒先生,贵部封锁紧密,部队给养困难,学生带领他们进山打猎去了。说着,闪身往后一指说,先生请看,大别山可供果腹的东西还真不少呢。

杨邑粗粗浏览,几匹马的后面,确实有麂子、山羊、猪獾之类,还有几只野鸡。杨邑心里冷笑,他知道淮上独立旅已经接受命令,正在心急火燎地要突围,此时此刻,哪有心思打猎啊?杨邑不动声色,王顾左右而言他说,秋石,今日是南湖分校建校十九周年纪念日,你我虽然分属两个阵营,但师生之谊尚存。愚师特备酒菜,你把赵同学和袁同学召集过来,酒桌上一笑泯恩仇,至于将来战场上你死我活,那是今天以后的事情了。

陈秋石为难地说,先生有此情谊,学生敢不从命?只是赵子明和袁春梅都在山上打猎,联络不便,能不能改日?我们几个当学生的到尚派河去拜访先生,补过这个纪念日。

杨邑想了想说,看来只好这样了,愚师今天走了十里路,无功而返。

陈秋石说,拂了先生一片美意,学生诚惶诚恐。明日上午,定去尚派河谢罪。

杨邑离开西华山庄,还没有回到尚派河,就向章林坡禀报,西华山庄行动异常,只有少量人员装模作样,打扫庭院,修理器械,搬运物资。看似闲散,实则外松内紧,疑为空城计。共军今夜突围的可能性极大。昨夜流窜至东线密林的小股人员,应为先遣。

章林坡问,西线有什么动静没有?

杨邑说,暂时还不清楚。声东击西是陈秋石惯用的手段,西线玫山李家集至成陵一线,应该是他们的突破口。卑职以为,我西线兵力足以抵挡,怕的是陈秋石声东击东,所以还是要加强东线防御。

章林坡得此情报,同乔闻天趴在地图上琢磨半天,他觉得淮上独立旅在东线搞得动静并不大,完全是佯攻的架势,因此还是把防范重点放在了西线。

让章林坡和杨邑都没有想到的是,陈秋石这一次确实搞了个声东击东,但不是常规意义上的实而实之,而是采取水陆并用的方式,派遣陈三川率领两个营并加强一个机枪连,组成"铁锤支队",任命陈三川为支队长,在陆地上横冲直撞,一路北进势不可当。按照章林坡的部署,东线守军不跟共军小部队纠缠,重点阻击尾随的大部队,岂料把陈三川的两个营放走之后,不见后续部队,章林坡急调两个营截击西路李家集,这两个营也扑空。一时间章林坡的指挥所乱成一团,各个要点都报告,没有发现共军的主力部队。

一个白天,章林坡的机动部队疲于奔命,人困马乏,几乎无力再战。当晚,多数部队蜷缩在据点里,即使外面打枪,也懒得理会,至多伸头探脑看一眼,骂一声"妈的又是狼来了",然后接着回去睡觉。

就在章林坡盲人摸象搞得晕头转向的时候,淮上独立旅的突围才真正开始,将近两百张铁皮筏子和一百艘渔船分别从妙皋峰、觉灵寺、千秋岭等地同时下水,载走了两千多名官兵。头天夜里刘大楼带领的七个小分队,只是在杨邑的防区里虚晃一枪,立即南下西进,埋伏在距离觉灵寺仅十里路的西河口大堤附近,到了规定时间,三十个炸药包同时起爆,浬史河水陡涨,原本干涸的几个河段,也都在半个小时之内蓄满了水,载着大大小小几百条船只,浩荡东去,在尚派河三岔口,掉头向北。

很多年以后,军事科学院一位教授指出,当年淮上独立旅跳出大别山的战例,可以作为重兵之下突围的经典战例,不仅心理战玩得出神入化,时间差打得好,而且所有的兵力都没有浪费,均兼顾了两种以上功能。由于有了水上行动,原先陈秋石最担心的陆地诱饵会被全歼的问题也因此一并解决了,水陆两路互相支援互相接应,一路打打停停,终于于次日凌晨抵达紫阳关,这里有江淮军区派遣的三个团沿途接应。

另外还有一笔精彩之处是对特务营的运用。刘大楼爆破西河口大堤,最初在章林坡指挥所引起的反响是,西线出事了,共军炮击西线。而刘大楼在完成任务之后,率领小分队穿插李家集,再一次给章林坡造成错觉,以为共军真是突击西线,这种错觉一直持续了两个小时。而两个小时之后,一切都晚了。

一仗下来,刘大楼被提升为副参谋长。

三

颖淮岗是个好地方。淮河从大别山由南向北逶迤而来,在皖东北地区掉头向东,冲积出一片平原,此处水草肥美,百姓择水而居,这里也就成了人烟稠密的所在。

淮上独立旅跳出大别山后,奉命在颖淮岗休整,进行大兵团作战战术训练和政策教育,同时对人员思想进行摸底,团以上干部的历史要重新登记。因为这段时间部队中有些人出现了模糊认识,对于同国民党军作战有消极情绪,譬如三团营长许得才,自从抗战胜利之后,一直闹情绪,认为革命成功了,要回家种地,过那种婆娘孩子热炕头的日子,还差点儿开小差了。像许得才这样的人并不是一个两个。这就需要整顿了。

这个运动以后被称为新式整顿运动。

袁春梅一夜之间忙起来了,虽然政委赵子明是运动的总领导人,但具体工作由袁春梅负责。

戎马倥偬,岁月匆匆,想当年,在太行山下百泉抗日根据地,袁春梅之所以在南下干部团名单已经确定之后,还大闹司令部,坚持回到大别山,就有一个动机,要搞清楚她的爱人究竟是怎样被捕的,又是怎样变节的。那时候她很怀疑这是组织上制造的一个假象,进一步说,她非常怀疑是赵子明之流制造的一个阴谋,目的就是割断她和爱人的情感,促使她向陈秋石投怀送抱。然而来到大别山之后,经过战争检验,她不仅没有找到根据,反而越来越觉得自己的想法幼稚,完全是感情冲动所致。但是,她对于赵子明甚至也包括陈秋石,仍然是怀有戒心的。军事调处期间,她一方面对陈秋石在同国民党的斡旋中表现出来的高超斗争艺术深感钦佩,但另一方面,在军事斗争侧面,她又隐隐感到陈秋石的态度似乎不太坚决，多次避战，尤其是陈秋石和杨邑的来往，好像有点神秘，有点说不清楚。军事调处后期，江淮军区接到检举，认为陈秋石同国民党军礼尚往来，军事斗争消极，袁春梅虽然觉得对陈秋石的处理有失公正，但是她也认为，说陈秋石同国民党军的来往过从甚密，并非空穴来风。这个同志有时候原则性就是差点。

西黄集战斗之后，部队中有人反应，说我军已经把敌人两千多官兵围困起来，基本上是死狗了，而陈秋石却同国民党军达成协议，把这一个多团的兵力放走了。放虎归山是一回事，重要的是，两千多条枪啊，有重武器，有轻武器。

陈秋石的解释是，西黄集不是决战，而是摩擦，在决战条件不成熟的前提下，不能逼虎伤人。战争的目的不是杀戮，而是从心理上征服。话虽然说得冠冕堂皇，但两千多条枪就这么眼睁睁地看着敌人扛跑了，对此，袁春梅是有看法的。有一次在会上，袁春梅就这个问题还同陈秋石争论过，袁春梅说，部队反映，西黄集战斗就不应该把那股敌人放跑，煮熟的鸭子又飞了，两千多条枪啊，可惜了。

陈秋石说，煮熟的鸭子飞了还可以飞回来。要那两条枪干什么，我们现在不缺枪，缺的是人。

袁春梅说，可是我们的队伍很快就要扩大，等我们的兵员充足了，武器怎么解决？

陈秋石说，那很简单，我既然能把他放跑，也能把他重新围起来。那些破枪破炮，让国军再给我扛几天，到我们需要的时候，我们自然会把它缴获过来。

陈秋石说得信誓旦旦，袁春梅也知道他不是吹牛，但思来想去，她就是觉得哪里不对劲。你陈秋石打仗打得出神入化，这是有目共睹的。但是你不能把战争当游戏，你不能让战士们流血牺牲去展示你的指挥才华。

北上突围的最后一战，是陈三川的"铁锤支队"在大埠口阻击国军的追兵,当时地形条件非常有利,陈三川指挥一个连诱敌深入,将敌人两个营诱至南天门峡谷,另外在陈留岗设置了伏击阵地。陈三川的部队牵制了敌人两个团的追兵,并且限敌于不便展开地区。这时候只要水上纵队派出两个营的兵力,从敌侧后包抄,至少可以全歼南天门的敌人。当时指挥所里争论得非常厉害,连赵子明都主张接着打下去,认为这是顺手牵羊的事情,一举消灭敌人追兵,挫敌士气,鼓舞我军斗志。但是陈秋石就是不表态,最后还是急电陈三川,放弃南天门反伏击战,立即北上。袁春梅当时差点儿拍了桌子,质问陈秋石,陈旅长,你到底站在什么立场上?为什么对国军一再手软?你的屁股坐在哪一边?

陈秋石当时没理她,对冯知良说,告诉所有部队,北上,北上,排除一切干扰,排除一切诱惑,目标明确,任务明确,就是北上。

陈秋石的态度激怒了袁春梅,袁春梅说,陈旅长,北上不是逃跑,我们已经冲出重围,现在形势非常有利,敌人追兵气焰嚣张,能打为什么不打?

陈秋石说,打仗是一门艺术,走一步要看几步,不能因为贪图蝇头小利而耽误大事。

袁春梅说,主力部队完全冲出来了,殿后的部队战斗积极性正高,而且阵势已经显示十分有利,我坚决主张打。

陈秋石说,春梅同志,打是可以,会有点战果,但是比起我们顺利及时赶到集结地域,这点战果微不足道。我们现在的任务是北上,绝不能被敌人纠缠。请你不要再干扰我的决心。

部队顺利突围,到了颖淮岗,袁春梅直接到"铁锤支队"了解情况,陈三川信誓旦旦地告诉她,即便不给他增援部队,哪怕再给他三个小时的时间,他就可以全歼国军的一个营。而在没有重创这一个营的情况下,仓皇撤退,反而让死狗有了喘息的机会,反过来咬人。"铁锤支队"北撤的时候,这股敌人尾随追击,给"铁锤支队"带来很多麻烦,伤亡四十余人。

这一下,袁春梅就理直气壮了。在新式整顿动员会上,袁春梅就毫不客气地指出,陈秋石同志应该就南天门战斗进行反省,要说清楚,为什么放弃南天门战斗,部队的同志很有看法,认为这是逃跑主义。

陈秋石不买这个账,微笑着问袁春梅,部队的同志?那不就是陈三川吗?我跟你说,事情不是你想象的那样,也不是陈三川想象的那样。螳螂捕蝉,黄雀在后,这是起码的道理。

袁春梅说,我们没有看出来,黄雀在哪里,我们只看见了由于你陈旅长指挥失误,使我们坐失良机。我们甚至有理由怀疑,你陈旅长的屁股到底是坐在哪一边?

陈秋石苦笑着说,袁春梅同志,你说我指挥失误,我得承认,人无完人,我又不是诸葛亮可以神机妙算,我不可能把所有的问题都看得很清楚,但是南天门战斗我没有指挥失误,因为我在有利的条件下看到了最不利的一面。

袁春梅说,是吗,我们为什么没有看出来?赵政委你清楚吗?

通常情况下,赵子明是不愿意同袁春梅正面交锋的。这个同志脾气大,动不动就上纲上线。当然,赵子明更不会认为袁春梅比陈秋石更会打仗。但是这一次,赵子明却觉得真理在袁春梅这一边。他也觉得在南天门的问题上,陈秋石保守了一点。赵子明左顾右盼,打哈哈说,事情都过去了,还老纠缠干什么?打仗嘛,情况千变万化,陈旅长不主张打,自然有他的道理。

袁春梅更来气了,说,赵政委你不要回避实质性的问题,你也很清楚,南天门战斗完全就是放弃了一次胜利。

赵子明说,我是没有看到敌情恶化,但是我们的任务是北上。

袁春梅,我再说一遍,北上不是逃跑!我们有了消灭敌人的机会,却拱手相让了,这是一个严重的问题。陈旅长你要说清楚,你的屁股到底坐在哪里?

陈秋石见袁春梅不依不饶,终于火了,冷冷地说,袁春梅同志,你可以怀疑我的指挥不正确，但是你不能怀疑我的立场。你问我屁股到底坐在哪一边，我可以告诉你，三十多年前，我刚学会走路的时候，一跤摔倒在隐贤集的塘埂上，从此以后，我的屁股就没有离开过中国的土地。

关于南天门战斗的争论，以陈秋石的避战而告段落，却从此在袁春梅的心里埋下疑窦。袁春梅后来居然形成了这样的看法，陈秋石在抗日战争中作战是积极的，在同国军的战斗中态度是消极的。而赵子明则产生了另外一个看法，一个同政治品质无关的看法，赵子明认为陈秋石在作战指挥上，防御的才能大于进攻的才能，陈秋石一贯强调的收缩式兵力使用原则，更适合于防御而不是进攻。

四

部队进驻颍淮岗之后，有了闲暇时间，袁春梅把政治部的人员召集起来开会，布置了新式整顿运动任务，然后把梁楚韵单独留下了。

谈话是在颍淮岗东边的淮河岸边进行的。秋高气爽，视野辽阔，蓝天白云丽日，丽日下白鹭翻飞，河水浩淼东去，在阳光下波光潋滟。梁楚韵想，这是个谈情说爱的地方，却被顶头上司叫来谈话，不知道她要谈什么，没准是一场情场战斗呢。

走在淮河岸边，袁春梅似乎漫不经心地向梁楚韵询问了很多情况，包括家庭出身，参加革命的经历等等。最后，关心到梁楚韵的创作。袁春梅说，我看过你写的《一门两将》和《把酒问青天》，立意都很好。你写了一个战术专家，在抗日战争中以民族利益为重，指挥部队作战出神入化，建立了赫赫功勋，这很好。作为一个文艺战士，你可能不太适合当一个戏剧编导，但是我觉得你可以考虑文学创作,像鲁迅那样,做一个以笔代枪的战士,向敌人抛射投枪。

梁楚韵愕然说,袁副政委,你开什么玩笑?我怎么能像鲁迅那样,我给鲁迅提鞋都不够。

袁春梅笑笑说,我是打个比方。你的那些作品,现在演没法演,印没法印,只能等到全国胜利了,也许你就是个作家了。

梁楚韵说,我没有想到那么多,我就是想写。

袁春梅说,是啊,诗言志,想写就说明内心有感情要表达,有理想要抒发。但是,我们要搞清楚,革命的感情和个人的感情是有区别的。我们革命者应该把个人感情放在第二位,而应该把革命的感情放在第一位。

梁楚韵说,我不明白袁副政委的意思。

袁春梅说,你明白,我也明白。从工作关系讲,我们是上下级;从私人角度出发,我们应该是姐妹。

梁楚韵没说话,看着天上的一只飞鸟。

袁春梅说,我跟你说,你的那点小心思,我看得再清楚不过了。那次在千秋岭,你和陈旅长居然一起在马肚子下过夜,很能说明问题哦!

梁楚韵的脸顿时涨红了,她很想反抗,一起在马肚子下过夜怎么啦,我就是爱陈旅长,我愿意同陈旅长在一起。可是她没有说话,弯腰捡起一块薄薄的石片,平行着朝河面削了过去。石片在水面上穿过一串水花,起起伏伏,隐入水中。

袁春梅扭头看了梁楚韵一眼,梁楚韵又弯腰捡起了一块石片。袁春梅说,当然,战争年代,同在一个马肚子下过夜也算不了什么,我在太行山打游击的时候,也和男同志在一条炕上通腿。关键是,我们要有正确的恋爱观。

梁楚韵直起腰,眼睛仍然盯着河面,像是问河水,我想知道,什么叫正确的恋爱观?

袁春梅没有想到梁楚韵会提出这样的问题,脸皮一紧,想了想说,我认为,正确的恋爱观,就是不在不该谈恋爱的时候谈恋爱。

梁楚韵站住,正视袁春梅,突然嘻嘻一笑说,袁副政委认为我和陈旅长谈恋爱了吗?

袁春梅愣住了,把手往上挥了一下,挥到胸前又停下了,愠怒地看着梁楚韵说,梁楚韵同志,谁给你的权力,用这种口气跟我说话?

梁楚韵嬉皮笑脸地说,报告袁副政委,你说,我应该怎么跟你说话?

袁春梅说,梁楚韵,你不要这么吊儿郎当的。我跟你讲,你对上级这个态度,放到国民党军阀手里,那是要扇耳光子的。

梁楚韵仍然挤眉弄眼,一副玩世不恭的模样说,袁副政委,可是你不是军阀啊,你要是军阀,我早就跑了。

袁春梅说,你是不是认为我是你的情敌,认为我和陈旅长之间也有那种……那种藕断丝连的关系?我跟你讲,我和陈旅长,曾经是有过那么一点意思,在百泉根据地的时候,你也知道。可是,我们没有陷入个人的感情纠葛当中,我们把精力都放在革命事业上。我们的关系是纯洁的。

梁楚韵笑笑。梁楚韵心里想,袁副政委,按资历,按年龄,你和陈旅长旗鼓相当,但是你们之间并不是珠联璧合。爱情是不分年龄的,也是不讲资历的。你已经老了,你唤不起陈旅长的激情了。而我,正是年轻的时候,豆蔻年华,风华正茂,在这个问题上,袁副政委你不是我的对手。

袁春梅说,我知道你在想什么,你还年轻,你是用年轻人的思路去理解爱情。这远远不够。我今天约你谈话,就是要告诉你,必须从个人感情的泥潭里拔出来,不要被一时冲动迷惑了双眼。你不能再留在旅部,像个蝴蝶一样在陈秋石的身边飞来飞去,你不能影响我们高级指挥员的形象。

梁楚韵顿时愣住了,袁副政委,我怎么影响高级指挥员的形象了?在百泉根据地的时候,不是你们组织上要把我介绍给陈旅长当爱人吗?

袁春梅说,此一时,彼一时,现在情况不一样了,我们要保证陈秋石同志心无旁骛地投入到战争当中,直至最后胜利。领导已经研究了,这段时间,派你和冯知良同志一起到郭阳镇去,到"铁锤支队"去,到基层去,同那些战斗在一线的年轻人在一起,去感受朝气蓬勃的战斗激情。这样,无论对你的创作,还是调整个人感情,树立正确的恋爱观,都有好处。

梁楚韵的脸色由红变白,又由白变红,咬着嘴唇说,袁副政委,这是为什么?难道这是对我的惩罚吗?

袁春梅说,这不是惩罚,这是革命需要。

梁楚韵低沉但却坚决地说,我要是不同意呢?

袁春梅说,这是命令,我相信你不会违抗命令。

一句话,梁楚韵就被发配到郭阳镇了。

在前往郭阳镇的路上,梁楚韵的心里充满了悲愤,她一遍又一遍地在心里说,袁副政委,你以为让我离开旅部就能扼杀我的爱情吗?你错了,野火烧不尽,春风吹又生,你想棒打鸳鸯,可是你做不到。除非你在战场上派人打我的黑枪,只要我死不了,我就要把我的爱情坚持到底。只要我再见到陈旅长,我就豁出去了,我一定要让他知道,我爱他!

可是,梁楚韵尽管在心里呼喊出了暴风骤雨,但是有一条她还是没有底气:陈旅长爱她吗?这是一个天大的问题。在这个问题上,她不能否认袁春梅的看法,袁春梅说,你就死了这条心吧,现在的陈秋石,心里没有爱情,只有战争。就他那有限的一点情感空间,还被他那杳无音信的妻子和孩子占满了,谁也别想挤进去。

不要自寻烦恼,不要自讨苦吃!

梁楚韵这么告诫自己。

五

　　一年多了，冯知良的心始终浸泡在暗无天日的折磨当中，他不知道为什么在新式整顿运动刚刚开始的时候，就让他离开旅部，难道组织上察觉那件事情了，难道组织上已经着手调查了？

　　自从军事调处期间出了那档子丑事，冯知良的噩梦就开始了。那时候他有很多打算，当陈秋石被革职养病的消息传来之后，他几乎每天都做好了应变准备，他想向袁春梅坦白自己的变节，但是他最终没有，他想再等等。后来传说陈秋石被江淮军区枪决，他把自己的手枪擦了又擦，一颗小小的子弹被他擦得晶莹剔透，他随时准备用这颗子弹结束自己耻辱的生命。

　　奇怪的是，他的行为没有引起组织上的怀疑。在那段时间他又同王梧桐见了两面，尽管王梧桐热情似火，可是他却控制了自己。他以爱情的名义动员王梧桐弃暗投明。他说，梧桐啊，你应该和我一样，为反对内战做出自己的努力。只有这样，我们才能看见光明，只有和平，我们的爱情才能地久天长。

　　他没有想到王梧桐会那么痴情，痴情到不分东西南北的地步。王梧桐说，行啊，你要我做什么，我就做什么。我才不管他什么国军共军呢，我是个女人，我只认爱情。

　　冯知良跟王梧桐说，这话你不能讲，你只能讲，你是为了国军的利益，想从我这里搞到共军的情报。你要争取他们的信任。然后把新编第七师的兵力部署给我搞一份。

　　王梧桐说，好，他们利用我们的爱情破坏了和平，我们也利用他们来维护我们的爱情。我知道，只要给你弄到有价值的情报，你的上级就会宽恕你，是吗？

　　他苦笑着说，就算是吧。

过了两天,再见面的时候,王梧桐愁眉苦脸地说,知良,我对不起你,我搞不到他们的兵力部署,我根本就进不了作战室。

冯知良说,作战室里的部署图都是假的,搞到了也没有用。但是你要给我留心,只要国军的队伍调动,你要想办法告诉我。

后来王梧桐果然给冯知良传递了几次情报,尤其重要的是,在军事调处的最后阶段,新编第七师秘密增加了一个炮兵团,还有一个特种兵营,情报当天就被淮上独立旅获悉,袁春梅召开记者招待会,就国军增加兵力发表谈话,揭露国军明修栈道,暗度陈仓的阴谋,使章林坡十分被动,不得不推迟进攻西黄集的计划,也从而使淮上独立旅争取了时间。

冯知良的犯罪感并没有因此而消除。军事调处结束,从淮上州回撤的时候,国军没有暴露他,组织上也没有发现他,他意外地全身而退,他不知道国军打的是什么算盘,也不知道组织上葫芦里装的是什么药。他对自己说,是福是祸躲不掉,恪尽职守,听天由命吧。

他在等待,等待组织上的调查和审判。就是枪毙,他也认了。一失足成千古恨,一副赤胆忠心,坏在一个女人的手上,英雄气短,竟是为了男女私情,枪毙也是罪有应得。

情况突然发生变化,是在"5·21事件"之后。在追悼陈秋石的公祭大会上,他再也控制不住自己了。是谁害死了陈秋石?是国军,可罪魁祸首是谁?如果不是他捏造的那份《关于陈秋石同国军的交往》的狗屁材料,陈秋石也不会被革职,不会被软禁在南岳书院,那么也就不会被小股敌人暗算。说到底,是他杀了陈秋石。想当初,在太行山百泉根据地的时候,陈秋石是那么器重他,耳提面命,把他从一个白面书生,培养成一个深谙战术的参谋。到了太行山之后,把他提拔成作战科长,还动议让他当副参谋长。可以说,陈秋石在淮上独立旅的军事干部当中,最欣赏的就是他。可是,他却把陈秋石置于死地。

就是在那次公祭大会上,他决定把自己消灭了,他不顾一切地扑向棺材,他要向陈秋石做最后的忏悔,他要把自己的罪行全都坦白出来。他抓住了陈秋石的手,可是就在那一瞬间,他像遭受雷击一样,他的心战栗不已——天哪,抓在他手里的陈秋石的手是热的,就在他惊恐万状的时候,陈秋石的手动了一下,居然还握住了他的手,用力握着,一下,两下,三下。他是个聪明人,就在那一刹那间,他就明白了,陈秋石没有死,陈秋石只是让国军以为他死了,陈秋石利用自己的假死正在导演一出好戏。明白过来的冯知良继续放声嚎啕,他哭得是那么逼真,那样的撕心裂肺,以至于把那场假戏推向了高潮。他的泪水不可遏止,汹涌澎湃,那里面的成分太复杂了。

事后陈秋石曾经说过,我死了,很多人痛哭,但是冯知良是真哭。冯知良把我的眼泪都快哭出来了。

这以后,他一直寻找机会,他要当面向陈秋石坦白他在军事调处期间的所作所为,他不奢望得到宽恕,他就是要说清楚,他宁愿被审判被枪毙,他也不愿意就这样苟且。

可是,没有机会。突围北上的前一天夜晚,他已经做好最后的准备了,他去陈秋石的住处,在门外徘徊很久,最后敲了敲门,陈秋石在里面答应,请进。他进去了,站在陈秋石的对面,他的心咚咚地跳。陈秋石说,啊,是小冯啊,这么晚了,有什么事情?他说,首长,我,我对不起你……

陈秋石说,啊,怎么啦?突围方案定不下来,不是你的事。一将无能,累死三军,还是我这个旅长无能啊。

他说,不是,不是这个问题。我……

他说不下去了。他看见陈秋石的面前乱七八糟扔了一地烟头,那是他从淮上州带回来的一条炮台牌香烟。陈秋石平时不抽烟,只要陈秋石抽烟了,就意味着这个战术专家遇到难题了。陈秋石抽烟越多,就说明遇到的难题越大。这个时候冯知良还不知道,陈秋石的烟卷里，已经被刘大楼加了大烟土，刘大楼说这是为了给首长提神。冯知良望着陈秋石那双布满血丝的眼睛和疲惫不堪的身躯，终于没有把话说出来。他无声地弯下腰去，一个一个地捡那些烟头，眼泪一颗一颗地落在地面上。

陈秋石说，不要捡了，没有了我就不抽了。

他哽咽着说，首长，这些烟丝都是好烟丝，我再给你卷一根吧。说这话的时候，他心如刀绞。他真希望陈秋石发现他的异常，问问他到底有什么事情。可是没有，陈秋石什么也没有问，继续去看地图，直到他把烟头剥好，捡出金黄色的烟丝，再卷了一个烟卷，送到陈秋石的手上，打着火，这才无声无息地退了出去。

这一退，就没有机会了，第二天北上突围行动就开始了，然后是一路征战，再然后是新式整顿运动，他和梁楚韵一道被派往郭阳镇。

六

冯知良到了郭阳镇之后，很快就遇到一件麻烦事。

陈三川现在管着大半个团，又被任命为"铁锤支队"支队长，独立开展训练，显而易见是把他的部队当作攻坚部队。陈三川很得意，组织部队训练倒是有声有色，但他自己却很少跟班作业。

在南天门战斗中，"铁锤支队"缴获的战利品多数都被丢弃了，有两辆摩托车，陈三川硬是逼着俘虏开过来了。到了郭阳镇，陈三川就让俘虏教他开摩托车。俘虏把摩托车开到淮河大堤上，还没跑出三里路，回来的时候他同陈三川的位置就调了个，他坐在偏斗里，陈三川开着摩托车，一会儿呼呼喘气，一会儿风驰电掣，精神抖擞，耀武扬威，那俘虏从偏斗里下来，脸色还是白的。

陈三川有了这辆摩托车，派人到郭阳镇买汽油，买不到，就把郭阳镇上最大一家杂货铺老板常相知给抓了过来，限定他三天之内给"铁锤支队"送一千斤汽油。常相知哭丧着脸说，报告长官，我们只经营山珍河鲜，不知道从哪里搞汽油。汽油是军用品，除非到国军那里去抢。

陈三川说，到哪里去搞我不管你，三天之内不把汽油给我送来，我把你人吊起来，把你的杂货铺一把火烧了。

这件事情是中午发生的，下午冯知良就知道了，找陈三川谈话说，陈副团长，你不能这样处理问题。我们要讲群众政策。

陈三川说，什么狗屁群众政策，这家伙是财主，不是群众。对这些富人，老子只有一个政策，那就是榨他的油。

这件事情要是放在太行山百泉根据地，冯知良是绝不会就此罢休的，但是现在冯知良已经没有那个底气了，他知道这个陈三川铁皮脑袋不怕打，是赫赫有名的战斗英雄，在部队很有威信，自己断然驾驭不住他，也就只好睁一只眼闭一只眼了。

没想到就出事了。过了两天，常相知不知道想了什么办法，还真的给"铁锤支队"送来了几桶汽油，没有一千斤，也有四五百斤。陈三川快活得哈哈大笑，吆五喝六地让俘虏把油加好，他要骑摩托去旅部开会。

这当然是假话，因为旅部根本就没有通知要开会。冯知良对陈三川的半吊子行为正在暗暗发愁，没想到又出现了一个半吊子。指导小组的梁楚韵听见外面轰轰烈烈的，跑出房间一看，陈三川骑在摩托车上，立马就来了精神，问陈三川，陈副团长，你要往哪里去？

陈三川说，我哪里也不去，我要到淮河大堤转一圈。

梁楚韵跳脚喊道，好啊，我跟你一起去。

冯知良急忙阻止说，梁楚韵，你疯了，他根本不会开摩托车！

陈三川说，胡说！我是老把式了。梁教员你上来，看我给你玩大把戏。

梁楚韵二话不说,跳上了摩托车后座。陈三川更加得意,一脚油门下去,摩托车嗖一下蹿出老远。梁楚韵吓得赶紧抱住陈三川的腰。

冯知良在后面大喊,你们给我回来,你们这是在破坏纪律!你们要为自己的行为负责!

陈三川说,砍头不过碗大的疤,小腿一伸拉球倒。

梁楚韵在后面说,陈三川,不许说脏话!

陈三川说,好好好,我不说脏话,可是你说我该说什么话?

梁楚韵说,你应该说人话,文明话。

陈三川说,我凭什么要听你的话?你既不是我婆娘,也不是旅长,你的话不是脏话是鬼话。

梁楚韵大怒,松开陈三川的腰说,陈三川,把车停下来,让我下去!

陈三川没有理她,打了一把方向,把摩托车开到大堤上,任梁楚韵在后面又捶又摇。梁楚韵大吼,陈三川,你想干什么?

陈三川说,是你自己跳上来的,不是我逼你上来的,上车容易下车难,上了我陈三川的车,就由不得你了。

梁楚韵大叫,你混蛋!

七

江淮军区被整编为华东野战军十一纵队,淮上独立旅为该纵三旅。纵队开完成立大会,曹政委单独找袁春梅谈了一次话,内容是什么,赵子明不知道,陈秋石也不知道。袁春梅谈完话出来,脸色十分难看,也让赵子明满腹狐疑。

回颖淮岗的路上,赵子明几次想问,曹政委都谈了些什么,但是袁春梅脸色阴沉,心事重重,赵子明就把话咽下了。中途在马皇岗休息吃饭的时候，趁袁春梅上茅房的工夫，赵子明跟陈秋石嘀咕，不对劲啊，曹政委为什么单独找袁春梅谈话，你我是军政一把手，我们旅里有什么事，不应该通知我们吗？

陈秋石说，不做亏心事，不怕鬼敲门。你老赵怎么回事，这么疑神疑鬼的。

赵子明说，我能不疑神疑鬼吗？这个鸟新式整顿运动，好多干部都重新登记，刘汉民为什么被审查，不就是因为他当过几天国民党教官吗？你我都是国民党黄埔军校毕业的，我在西路军的时候还被俘过，没准有人在这上面做文章呢。

陈秋石说，你讲的这两条都没有问题。我们是南湖分校毕业生，这是不错，可那是组织上派去的，袁春梅也是，她不出问题我们就不会出问题。至于你在西路军被俘的事情，组织上早有结论，证明你没有变节。我估计曹政委找袁春梅谈话，不关你我的事，你不要多疑。

赵子明说，老陈，我跟你讲，我不知道什么时候得罪过袁春梅，自从开展新式整顿运动之后，她就很活跃，找了不少人谈话，调查我在西路军被俘时候的表现。她还怀疑她男人在白区工作被俘，同我有关系。你说这是不是天大的笑话？那时候她男人在芜湖国军的军统站工作，我们在太行山百泉根据地，十万八千里，可她硬是捕风捉影，说是我把情报透露给太行山的国军特务，导致她男人被捕变节。

陈秋石吃了一惊说，还有这样的事情？我怎么不知道，闻所未闻啊。

赵子明说，说起来还跟你有关系。那时候你犯病，说是相思病。成城司令员说，解铃还须系铃人，暗示我们做袁春梅的工作，让她跟你重叙旧情。我也就是那么一说，结果她就认为我搞阴谋。

陈秋石紧张起来，问，你是怎么说的？

赵子明说，我说，白区工作，情况很复杂。我们有些同志，本来是很好的同志,往往会经不起考验,有的能经得起考验,却又献出了宝贵的生命……就这一句话,后来不幸言中了,袁春梅心里留下了疙瘩,好像她男人被俘变节真是我搞的阴谋似的。

陈秋石说,你是不该那样说,你那样说没有依据。

赵子明说,可是你想想,我再糊涂,也不能去暴露自己的地下同志啊,那我成什么人了,那不是叛徒吗?这个同志心胸这么狭隘!新式整顿运动搞来搞去,搞到我头上来了。听说袁春梅把我祖宗八代的历史都查出来了,连军阀给我爷爷做寿的事情都翻出来了,看来她想把我打成投机革命呢?你也得小心,别看你们过去是恋人,这个女人要是钻进牛角尖,那是六亲不认的。

陈秋石说,君子坦荡荡,小人常戚戚。我没有什么把柄让她抓的。我倒是听说她在帮我找妻子儿子呢。

赵子明说,那恐怕不一定。西黄集战斗你没有把章林坡那两千人马赶尽杀绝,南天门战斗你放弃一次伏击战,还有,你接受国民党的礼物,这些问题,说小可小,说大可大。

陈秋石说,老赵,我们不要以小人之心,度君子之腹。袁春梅不是那种整人的人。

赵子明说,那就好,害人之心不可有,防人之心不可无。政治斗争是残酷的,我是宁信其有,不信其无。

正说着,袁春梅回来了,赵子明马上闭嘴。袁春梅说,你们嘀咕什么,为什么见到我一句话都没有了?

赵子明说,我们什么也没有说,我们在等你吃饭呢。

陈秋石说,新式整顿运动已经搞了这么长时间了,我们一个副旅长兼参谋长老是被隔离写检查,总不是个事吧,该有个结论了。曹政委没有跟你谈?

袁春梅冷冷地说,岂有此理,这么大的事情,上级不跟你们旅长政委谈,会跟我这个副政委谈?

说着,端起碗,旁若无人地大吃起来。

赵子明这次的担心不是没有道理，曹政委找袁春梅单独谈话，确实通报了几个情报，也多数同三旅有关。关于袁春梅爱人在芜湖做地下工作被俘的事情，现已查明，确系叛徒出卖，这个叛徒不是来自太行山，更不是军队，而是芜湖地下组织内部的人。但是袁春梅的爱人最后也成了叛徒，这件事情组织上不希望成为袁春梅的包袱。曹政委通报的第二个情况是，有人反映，淮上独立旅在跳出大别山之前，陈秋石和杨邑有过一次单独见面，就在觉灵寺内，两个人都表示，抗日战争并肩战斗，打内战能不打就不打，能避战就避战；非打不可的，尽量小打，能不伤亡的，尽量减少伤亡。曹政委说，如果这个秘密会晤真的存在，那问题就很严重，联系到陈秋石抗战之后的表现，令人忧虑，至少要对这个同志监控使用。纵队党委赋予袁春梅同志秘密监视任务，一旦发现陈秋石同志同杨邑秘密接触，或在战场上有异常行为，要及时向纵队报告，必要时采取果断措施。这就是袁春梅心事重重的主要原因。

曹政委还向袁春梅通报了另外一个令人瞠目结舌的情况。早在她接替陈秋石担任军事调处执行小组负责人之后不久，江淮军区接到的《关于陈秋石同国军的交往》是署名的，写信人就是淮上独立旅作战科长，也是她当时的直接下属冯知良。军区出于保护干部的目的，没有公布冯知良的名字。后来军区情报部门侦察出来了，冯知良写这封信，是因为同国军女军官王梧桐发生奸情，为敌人胁迫。我方没有对冯知良采取进一步的措施，敌人也没有对王梧桐采取进一步的措施，都是一个目的，放长线，钓大鱼。目前看来，冯知良在返回部队后，没有做过间谍工作，一方面可以解释为洗心革面，一方面也可以解释为隐藏得更深。曹政委说，关于冯知良的问题，我们有专人监控，你们旅里，也只限于你本人知道，留意就行，不到紧急情况，没有必要向陈旅长和赵政委通报。

从纵队部回来后不久，袁春梅就带了两个干事，到郭阳镇检查"铁锤支队"新式整顿运动。

袁春梅到郭阳镇是个下午,陈三川居然不在家,问冯知良陈三川到哪里去了,冯知良支支吾吾,一会儿说下连队去了,一会儿说可能带部队去察看淮河水情去了。袁春梅不动声色地观察冯知良,果然发现这个人的神情有点诡异,不像过去那样干脆利索,脸上弥漫着委顿之气。袁春梅又问梁楚韵到哪里去了,冯知良还是不清楚。问急了,冯知良才说,梁楚韵可能跟陈三川到郭阳镇去了。陈三川搞了一辆摩托车,经常带着梁楚韵兜风。

袁春梅听了心里一动,又问,经常是什么意思,是单独行动还是带着部队行动?

冯知良老老实实地回答,就一辆摩托车,通常都是两个人。

袁春梅不吭气了。冯知良见瞒也瞒不住,索性把自己的担忧说了出来,袁副政委,陈三川这个人你是了解的,身上有严重的军阀作风,我觉得让他独当一面管着这个"铁锤支队",早晚会出问题。

袁春梅打量着冯知良,淡淡一笑说,你认为会出什么问题?不就是带着梁楚韵骑摩托车吗,我看也没有什么大问题。年轻人嘛,图个新鲜,贪玩一点,用不着大惊小怪。

冯知良感到很奇怪,袁副政委的严肃他一向是知道的,过去在淮上州搞军事调处,对下属抓纪律滴水不漏,为什么对陈三川明显地放任自流?冯知良硬着头皮说,他这段时间有点骄傲自满,动不动就把郭阳镇的财主叫过来训一顿,敲诈勒索。这明显是违反群众纪律的。

袁春梅说,哦,还有这件事情?那是要注意。你这个运动指导组长,也要发挥作用,主动找他谈。

冯知良嘴巴张了张,想讲什么,又打住了。他知道袁春梅自从进入大别山以后,接手的第一件工作就是处理陈三川擦枪走火事件,而且处理得非常漂亮,袁春梅和陈三川两个人都因此声名大震。就从那时候起,陈三川就对袁春梅感恩戴德,袁春梅对陈三川也格外垂青,陈三川越过了很多资历和能力比他强的人,先后提升营长和副团长,都是袁春梅力排众议争取的。部队也有人传说,袁春梅已经把陈三川认作干儿子了,这个传说不一定可信,但是陈三川确实在多种场合表示过,只要是袁副政委的命令,指到哪里,他打到哪里,刀山火海,在所不辞。袁副政委和陈三川的关系冯知良不是不清楚,再说,他现在心里还埋藏着一颗定时炸弹,成天觉得自己像个蝙蝠,这个时候,他既不想给自己惹麻烦,更不想得罪陈三川。

八

袁春梅到"铁锤支队"这天,陈三川既没有下连队,也没有去察看淮河水情,而是到郭阳镇西南十八里的左家庄喝喜酒去了。

左家庄有个豪绅叫左实达,富甲一方,且仗义疏财,在当地口碑甚好。"铁锤支队"住进郭阳镇之后,地方区长郑福德向陈三川介绍左实达的情况,说这是一个开明士绅,在抗战中对地方政权支持很大,一直是我党的可靠朋友和忠诚盟友。抗战结束后,国民党的政权也在拉拢左实达,但左实达对于国民党没完没了地要钱要粮很反感。正好左实达的二少爷在农历十六娶亲,那边国民党的区公所肯定要去捧场,如果"铁锤支队"的陈司令能够到场,对于我们的当地政权就是一个极好的支持。

陈三川对于郑福德喊他陈司令感到很受用。他的部队对外叫"铁锤支队",他这个副团长就是"铁锤支队"的一号,不仅当地干部称呼他陈司令,有的营连长也称呼他陈司令。陈三川听了郑福德的介绍,大大咧咧地问,啊,我知道,要我去捧场,喝喜酒要带什么礼物啊?

郑福德说，陈司令你本人去了，就是最好的礼物。你把咱们队伍的面子给了他，我这个区长腰杆子就硬了。

陈三川连想都没想就应承下来。

梁楚韵这段时间心情好多了，用袁春梅的话说是到基层感受了朝气蓬勃的战斗生活，她在同陈三川的接触当中逐渐改变了对这个人的看法，发现陈三川并不是她原先认为的草莽英雄，而是一个很有心计的人，这对于她认识革命者、认识这支军队，都是有益无害的。尤其是后来陈三川教会了她开摩托车，简直太浪漫了。那段日子，她似乎忘记了忧愁，忘记了爱情受挫的痛苦，甚至忘记了战争的严酷。生活在郭阳镇上的梁楚韵，就像回到了少女时代，天真活泼。陈三川给她的印象越来越好，接触了一段时间，她甚至忽视了他是一个战功卓著的副团长，而是一个稚气未脱的小弟弟——陈三川比她小三岁。

陈三川在跟梁楚韵单独相处的时候，也很轻松。一起散步、聊天，陈三川总是要问她，大城市的人是不是顿顿都有肉吃，大城市是不是有很多摩托车，大城市里有没有大河，大城市里的人睡的是什么样的床。她告诉陈三川，等把国军打败了，他就可以当一个大城市的人了，他要是好好学文化，还可以当大城市的市长，市长比县长官还大。

跟陈三川在一起，她快乐，陈三川也快乐。她没有想到，有一棵危险的苗子已经在陈三川的头脑里生根发芽了。

农历十六那天，陈三川并没有打算带她一起去左家庄，陈三川的理由是他去执行任务，帮助地方干部巩固政权。梁楚韵开始也没想到要跟去，可是陈三川快出发的时候，她脑子一热说，我也去看看地主老财是怎么办喜事的。陈三川也是脑子一热，觉得带上这个既漂亮又有文化的来自大城市的女干部，正好可以抬高身价，就同意了。

早晨吃过饭，陈三川让七连副连长岳麓山选了十几个战士，驾着两辆马车,他自己则开着摩托,驮着梁楚韵,耀武扬威地出发了。

在左家庄,陈三川和他的随行受到了极高的礼遇,连国民党区公所的官员都知道陈三川当年只身要饭参加公审的事情,自然也知道这个人从十二岁就参加游击队,在抗战中屡建功勋的事迹。陈三川被安排在首席,真是无限风光,当地名流贤达纷纷敬酒,陈三川来者不拒,一边大碗喝酒,一边高谈阔论,大肆渲染当年如何如何,挖苦国军抗战消极内战积极,国民党区公所的官员惟有附和,压根儿不敢争辩。

国民党的区长说,什么叫英雄?"英雄"两个字就写在马背上,写在女人的肚皮上,写在酒杯里。来,我敬你一杯!

陈三川哈哈大笑说,英雄谈不上,打仗不含糊。你们国民党打仗打不过我,喝酒也不行。说完,一饮而尽。

梁楚韵分明已经感到陈三川失控了,好几次在下面踢他的腿,陈三川哈哈大笑说,梁教员,你别踢我啊,我没有醉。我跟你讲,当年官亭埠战役结束,庆功大会之后,我一个人喝了一坛子酒,照样跟鬼子战斗,那天晚上我杀了两个鬼子,三个汉奸。

梁楚韵知道他彻底醉了,官亭埠战役之后的当天夜里,哪里有过战斗啊?陈三川是把他在要饭送审的路上发生的事情搬到官亭埠战役中了。

陈三川说,你们几个国民党的狗腿子都给我听着,我"铁锤支队"住在郭阳镇,离左家庄也就一袋烟的工夫。左实达左大爷是我的朋友,也是我们"铁锤支队"的朋友。你们谁要是为难老左,我的人认你是朋友,我的枪是不识字的。

国民党区公所的官员低眉顺眼地说,陈司令发话,我们哪里敢造次?左大爷不仅是陈司令的朋友,更是我们地方的一块招牌啊!

陈三川说,那就好。还有我们的地方政权,郑福德区长,虽不是我们"铁锤支队"的,也是我"铁锤支队"的依靠力量。你们这些反动派的狗腿子,要是敢给我的地方政权使绊子,我"铁锤支队"

就是打到南京,也可以杀一个回马枪。你们都给我小心点!

梁楚韵又在桌下踩了陈三川一脚,陈三川大叫,他妈的谁踩我?老子没醉!

这次喝喜酒,陈三川不仅空手而去,还满载而归。他的两辆马车上装了两头肥猪,两匹绸缎,还有一麻袋咸鱼。

因为陈三川在筵席上喝多了,回来的路上由梁楚韵驾驶摩托。梁楚韵刚学不久,还不太熟练,希望岳麓山也坐摩托,陈三川说,算了,你慢慢开,岳麓山还要带部队呢。

离开左家庄的时候,陈三川虽然步伐有点摇晃,但神志还是清醒的,跟人告别,打躬作揖都还能坚持,但是再往前走,话就多了。陈三川说,梁教员,你看我没醉吧,我跟你讲,那些国民党的狗腿子,全都不是我的对手。

梁楚韵说,你喝醉了,有失风度。以后我再也不参加这样的场合了。

陈三川坐在偏斗里,红头紫脸,斜睨着梁楚韵说,我醉了?笑话,我怎么会醉?你们文化人说的,酒逢……什么……千杯少……

梁楚韵说,酒逢知己千杯少。可是你今天遇到知己了吗?宴席上的地主老财,贤达名流,国民党的土豪劣绅,全都在看咱们的笑话!真正的泥腿子!

陈三川说,你说什么,谁是泥腿子?你没看见吗,他们一个个见到我就像耗子见猫,孙子一样。谁说我是泥腿子,我毙了他!

梁楚韵已经非常不耐烦了,看看后面的马车已经被拉开了好大的距离,似乎有点担心,放慢了速度,敷衍说,好了好了,别说话了,早点回郭阳镇吧,我总觉得哪里不对劲,会不会出事啊?

陈三川说,出什么事?梁教员,梁楚韵,我跟你讲,在郭阳镇,有我陈三川,天大的事情都不是事情。我……倒是希望出点什么事情……

陈三川说着,上身一偏,双手抱住了梁楚韵。

梁楚韵没有思想准备,感觉到陈三川的手不仅搂住了她的腰,还上上下下地乱摸,梁楚韵大怒,嘎吱一下刹了车,没想到刹车太急,车把一歪,摩托车滚到路边的沟里,车头把梁楚韵的前胸戳了一下,钻心剧痛。梁楚韵挣扎着想爬起来,却没有料到又被一个重物扑过来,压住她动弹不得,一股刺鼻的酒肉味熏得她快要窒息了,一阵一阵狂风般的呼吸扑面而来,陈三川在她身上气喘吁吁,语无伦次,梁教员,梁主编,梁楚韵,我,救救我,快啊,我受不了了,我快不行了……梁楚韵听见她的军装被撕裂的声音,一双强壮有力的大手伸进她的裤腰。梁楚韵手脚并用,踢打撕咬,嘴里大骂,陈三川,你这个畜生,你想找死吗,你想被枪毙吗?

陈三川已经不顾一切了,像是一头发情的动物,一言不发,一声不吭,不屈不挠,目标明确,撕扯梁楚韵的裤带。

梁楚韵挣扎着喊,陈三川你疯了,你简直狗胆包天十恶不赦,你住手,现在住手还来得及!

陈三川当然不会住手,陈三川说,我不怕枪毙,我要把你日了,枪毙也值了。陈三川似乎用尽了最后的力气,咔嚓一声,梁楚韵的裤带被扯断了,陈三川就那么哈哈大笑地翻身骑到了梁楚韵的身上。

就在这时候,枪响了。

九

枪响的那一瞬间,陈三川松手了,看了梁楚韵一眼,似乎明白了什么,眼睛一闭,两手一张,从梁楚韵的身上滚了下来。

梁楚韵从地上爬起来,拍拍身上的泥土草屑,四下看了看,上了大路,向郭阳镇方向径奔而去。

十多分钟之后,岳麓山带着两辆胶轮马车火速赶到,陈三川还在路下的沟里酣然大睡,脸上有好几道血口子,军装也被扯得乱七八糟。岳麓山让战士们到附近寻找梁楚韵,找了一个多小时,也没见人影。岳麓山这时候就有几分明白了。

众人七手八脚把陈三川抬上马车,一直回到营地,陈三川还是没有醒过来。

梁楚韵回到营地不到二十分钟,正在恶狠狠地洗着自己,袁春梅过来了。梁楚韵抓着毛巾,怔怔地看着袁春梅,袁春梅一脚门里一脚门外,也在看着梁楚韵。袁春梅不说话,梁楚韵也不说话。等梁楚韵换上一件干净衣服,袁春梅才自己动手搬了一条板凳,在门后坐下了。

出了什么事?袁春梅问。

什么事也没有。梁楚韵回答。

什么事也没有,怎么搞得这么狼狈?军装扯烂了,脸上还有伤痕。

梁楚韵控制住情绪,平静地说,摩托车翻了,摔的。

哦,袁春梅点点头说,那就好,没出大事。梁楚韵,你知道你到"铁锤支队"的任务吗?

梁楚韵说,当然知道,我是新式整顿运动指导小组成员嘛,宣传新形势下的斗争原则,帮助部队提高认识,准备反击国民党反动派的进攻。

袁春梅说,可是你做得怎么样呢?你找多少干部战士谈话了?你给部队上过几次课?你成天和陈三川坐着摩托车招摇过市,给部队留下什么样的影响?

梁楚韵凄然一笑说,袁副政委,你批评得对,我确实没有做好本职工作,我要求把我调回旅部。继续让我留在"铁锤支队"搞什么指导,恐怕还要出大事。

袁春梅说,你们今天干什么去了?到底发生了什么事情?我看你们不像仅仅翻车。

503

梁楚韵说，就是翻车，难道我们去摔跤了？

袁春梅说，好吧，你先休息一下，晚上你们指导小组要开一个会，我也参加，听听你们的汇报。

陈三川那一醉醉得厉害，当天没醒，夜里没醒，直到第二天上午，岳麓山在他铺前一个劲地喊，才把他喊醒。岳麓山告诉他，袁副政委来了，正在操场上等他。

陈三川一个鲤鱼打挺跳了下来，手忙脚乱地找鞋子，一边找一边大骂，他妈的，袁副政委来了为什么不早告诉我，你们吃了蒙汗药了吗？

岳麓山心想，你才吃了蒙汗药了，也不知道你是真的醉得不省人事还是装醉。岳麓山见陈三川找到鞋子了，让勤务兵端了一盆水过来说，陈副团长，你得把脸洗洗啊，脸上都是眼屎，袁副政委看了不恶心啊！

岳麓山一提醒，陈三川重视起来，不仅把脸洗了，还换了一件干净的洋布衬衣，又让岳麓山给他找个镜子来。岳麓山说，咱们一群和尚，我到哪里给你找镜子？除非去找梁楚韵。

陈三川正扣着扣子，一听"梁楚韵"这三个字，浑身一抖，手僵在那里，两眼看着墙壁出神，直到岳麓山又喊了一声，这才回过神来，深一脚浅一脚地往外走。

老远看见袁春梅立在操场边的一个草垛子旁边，岳麓山就不往前走了，陈三川有点魂不守舍，慢吞吞地往前走，正走着，猛听到一声清脆的断喝，跑步！

陈三川的两条腿立即就软了，又不敢不跑，迈出两条腿，就像踩在棉花上，差点儿没有跪下去。好不容易才跑步到袁春梅眼前，摇晃了一下，终于站稳了，抬臂给袁春梅敬礼说，报告袁副政委，我……我……"铁锤支队"支队长陈三川奉命来到！

袁春梅冷冷地看着他，没说稍息，看了很久才问，陈三川，你知道我为什么找你吗？

陈三川说,报告袁副政委,我不知道。

袁春梅说,我昨天下午就来到郭阳镇了,结果呢,你去喝喜酒去了,你擅离职守这是第一个错误;你酒后失态,沉醉不醒,出丑卖乖,这是第二个错误;你醉后翻车,几乎酿成重大伤亡事故,这是第三个错误。看看你这个样子,还能独当一面当这个"铁锤支队"的支队长吗?

陈三川这时候真的醒了,脑门上冷汗直冒,不知道怎么搞的,鼻子一酸,差点儿就哭了出来,结结巴巴地说,报告袁副政委,我错了,我一时糊涂,我酒后乱性啊,我千不该万不该动那样的念头,让我戴罪立功吧,打完了国民党反动派再枪毙我吧……

袁春梅心中早已明白,却是不动声色,一脸冷峻,任陈三川不打自招。陈三川蹲了下去,一把鼻涕一把眼泪说,袁副政委,我辜负了你的培养,我对不起你,我知道我该死,我知道我丢大人了,我怎么办啊,让我到火线上去吧,让我去跟敌人拼命吧,让我这双没有出息的手去多杀几个敌人吧。我对不起你啊……

袁春梅终于把眉头蹙紧了,喝道,锤子,你给我站起来!

陈三川一凛,惶惶地站了起来。

把眼泪擦干!

陈三川捋起袖子,把脸上涂得黑一块白一块。

袁春梅向陈三川走近两步,降下声调说,好汉做事好汉当,哭什么哭?陈三川我跟你讲,你就是三条错误,玩忽职守,酒后失态,翻车伤人。形象是受到了影响,但是还不算犯罪。从现在开始,你给我好好反省,认真学习文化,组织部队开展新式整顿运动。至于错误,你已经向我检查了,组织上就不追究了,你也不用再向其他同志交代了。你听明白没有?

陈三川木然而立,半天才回过神来,喃喃地说,难道,难道,我就这么过关了?

袁春梅说,年轻人,有些出格的事可以理解。你这个年龄,也的确是容易犯感情错误的年龄,你要把握住自己,把你的热情和精力放在工作上,放在革命事业上。梁楚韵我带走,"铁锤支队"还是交给你。你能不能将功补过,战场上看。你听明白了没有?

陈三川的小眼睛眨巴了几下,这下他听明白了,胸脯一挺,大声回答,报告袁副政委,我听明白了!

十

新式整顿运动一共搞了一个半月,三旅的运动成果不大,一度把副旅长兼参谋长刘汉民隔离审查,是因为他的家庭背景比较复杂,但是查来查去,没有现实的问题。处理的结果,是把参谋长免了,专任副旅长。剩下的,就是小打小闹了,把许得才等二十几个有开小差思想和行动的干部集中办了一个学习班,教育一番,也就算了。

没想到在运动就要结束的时候,还真的揪出了一个叛徒。这个人就是冯知良。

自从淮上独立旅跳出大别山之后,国民党新编第七师奉命在豫东配合万元田部围剿中原野战军的一个旅,结果被中原野战军采取围点打援的战术,损兵折将,中原野战军的一个团夜袭新编第七师师部,要不是杨邑率领一个团拼死相救,章林坡差点儿就被乱枪击毙或者被俘。章林坡对杨邑纵有一千个不满,但关键时刻,总是杨邑帮助他化险为夷,这大约也是章林坡对杨邑始终能够给予谅解的重要原因。

豫东战役以豫东城落入中原野战军之手而告结束。新编第七师返回淮上州喘息,待恢复元气之后,又奉命东进北上,也是冲着大决战来的。如此,新编第七师和华东野战军十一纵的三旅几乎是前后脚涌到蚌埠以南宿城外围。

章林坡的先遣部队两个营，由中校副团长龙柏率领，首先占领的就是左家庄。旅部对新编第七师的行动已有察觉，陈秋石命令陈三川，在大规模战斗展开之前，不要同敌人正面交锋，目前的任务是密切监视，趁敌立足未稳，伺机抓获零星人员，有价值的带回，没价值的放掉。

　　左实达是墙头上的草，风吹两边倒，这个人谁都不得罪，共军来了他是共军的朋友，国军来了他也不会拒之门外。陈三川估计国军到了左家庄也要同左实达联系，便让郭阳镇的区长郑福德去左家庄摸底，果然，郑福德回来报告说，国军先遣分队的队部设在左家庄南头，今晚左实达设宴为国军先遣分队的长官接风。

　　陈三川这就动开了脑筋，当天晚饭后，陈三川命令岳麓山率领两个班，从水路用船把两辆摩托运到左家庄北面的河湾，再抬上岸，埋伏在左家庄东北角树林里。

　　郑福德以左实达朋友的身份，也参加了那次宴会。宴会很热闹，就像当初陈三川喝喜酒那次，左家庄和郭阳镇的头面人物差不多都到场了，龙柏在酒席上趾高气扬，大言不惭地说，共军三旅从来就是新编第七师的手下败将，如今流窜至皖北，不日国军展开强大攻势，江淮天下还是国军的，望诸位精诚团结同舟共济，早日消灭匪患，云云。当然，龙柏不会喝醉，直到宴席结束，他还是清醒的，离开左府的时候，还特意到左家庄街头查看了警戒。他没有想到，就在他和四名军官快要回到队部的时候，从两家农户之间的巷子里，突然跳出几个彪形大汉，一顿拳打脚踢，两名军官当场毙命，一名逃脱，龙柏和另一名军官被生擒。龙柏被捆住手脚了还在大喊，老子的潜伏哨遍布左家庄，你们插翅难逃！

　　哪里想到，转眼之间两辆摩托车丌过来了，他被塞进偏斗里挣扎着扭过头去看，不禁倒吸了一口冷气，原来驾驶摩托车的是陈三川。他认得陈三川，知道这是个亡命徒，但是他没有想到这个泼皮会开摩托车。

陈三川开着摩托车,神气活现,哈哈大笑说,龙柏你这个狗特务,老子早就想跟你比试比试了,怎么样,回到老子的营地,我把你放了,摔跤还是拼刺刀,随你挑。

　　龙柏还在大喊,来人啦,他妈的让共匪摸进来了,人都在哪里?

　　忙里偷闲,陈三川腾出一只手,照他脑门上给了一巴掌,哈哈笑道,喊个卵,你的潜伏哨早让老子的队伍给摸了。再喊我把你的那玩意儿割下来喂狗。

　　陈三川夜闯左家庄,生擒龙柏的消息,很快就传到旅部。陈秋石命令陈三川,就地审问,搞清敌人这次出动的兵力和战斗编组。

　　陈三川得令,高兴得要死。这段时间没有仗打,他急得火烧火燎的,他甚至把那次斗胆非礼梁楚韵,都归结到是因为没有仗打造成的。要是有仗打,手里有机关枪突突地响,裤裆里面的机关枪就用不着上膛了。前些日子,他甚至让岳麓山出去打听哪里有办红白喜事的,他可以无偿地去帮老百姓杀猪。岳麓山搞了好几天,才打听到一家要杀猪,但是听说"铁锤支队"的陈司令要亲自动手,那家人连连求饶,他不知道这个陈司令为什么要帮人杀猪,陈司令杀的猪肉他们不敢吃。

　　这下好了,他总算搞到一头活猪了,够他好好地杀一阵子了。

　　陈三川审讯俘虏的办法很别致,他既不搞逼供信,也不搞公堂对簿,他说话算话,他要跟龙柏比武艺,白手格斗。

　　陈三川说这话的时候,冯知良也在场。龙柏一看冯知良,就像见了救命稻草,给冯知良递眼色说,你们虐待俘虏,你们的长官是要惩罚你们的。

　　冯知良冷冷地看着他,一言不发。

　　龙柏话里有话地说,冯知良,难道你忘了在军事调处期间我是怎么关照你的吗?你不能坐视不管啊。

　　冯知良说,我不会忘记你的关照,可惜我没办法关照你。

　　龙柏咬牙切齿地说,你等着,你让我吃皮肉之苦,我就要你的命。

冯知良冷笑一声说,悉听尊便,自从被你关照之后,我的命就不值钱了。谁想要谁拿去。

陈三川听不明白他们在说什么,不耐烦了,说,老冯你跟他啰嗦没用,看我的!

龙柏虽然是特务出身,也有几招功夫,但是比起陈三川还是逊色多了。再说,龙柏已经三十多岁了,陈三川二十刚出头,身强力壮,血气方刚。几个回合下来,龙柏鼻青脸肿,瘫在地上说,陈三川你个活土匪打死我吧,老子再也不跟你比了,老子打不过你行不行?

但陈三川坚持公平竞争,坚持礼尚往来,他给龙柏一拳,就一定要逼着龙柏还他一拳。龙柏实在打不动了,趴在地上不肯起来,陈三川把一只脚踩在龙柏的屁股根子上,踩得龙柏哇哇大叫。

陈三川往下跺了一下脚说,狗特务你听清楚,比武结束了,现在是审讯的时候了,我提的问题,你要是不老实回答,我不光把你的尿踩出来,我能把你那个尿尿的家伙踩没影儿你信不信?

龙柏说,我信我信。

龙柏被折腾得奄奄一息,终于说出了新编第七师的战斗编组和进攻部署。陈秋石需要的情报他说了,陈秋石不需要的情报他也说了。龙柏最后说,大爷,给我一口水喝吧,给我一口水,我给你一个更重要的情报。

半碗水喝完,龙柏抹抹嘴说,陈三川你这个半吊子,老子跟你无冤无仇,你把老子往死里打。可你知道吗,你身边那个写记录的人,那个叫冯知良的人,你知道他是什么人吗?

陈三川大怒,问龙柏,你他妈的说清楚,冯知良是什么人?

龙柏指着冯知良说,你问他自己吧,他是你们的叛徒,他把国军女军官日了,让老子捉奸捉住了,他就写了诬告信。你们那个战术专家当初为什么被革职,就是这个人干的。

陈三川目光如炬,怒视着冯知良质问,这狗杂种说的是真的?

冯知良平静地点头说,是的,把我捆起来送到旅部吧,我希望陈旅长亲自枪毙我。

第十一章

一

参加兵团作战会议的,都是各个纵队的司令员政委,惟有十一纵多了个三旅旅长陈秋石,显然是三旅的任务特殊。

前往兵团部的路上,陈秋石和韩子君并驾齐驱。韩子君说,老陈,我这个纵队司令员,能不能当好,全靠你们三旅了。陈秋石说,韩司令,你分析兵团把我也叫去开会,三旅的任务会是什么?

韩子君说,应该是攻坚吧,三旅是十一纵实力最强的,你又是战术专家,我分析可能是攻城第一梯队。

陈秋石说,要是那样就好了,一切行动听指挥,你韩司令说怎么打我就怎么打。

韩子君琢磨了一阵子,勒住马缰绳说,啊,你这么一说,我也觉得不像。不可能把你这个战术专家当敢死队长用啊?你分析三旅的任务会是什么?

陈秋石说,我也不清楚,可是我有一个很不好的预感,我怀疑是让我守荟河。

韩子君想了想说,那好啊,防御正是你的强项啊。

陈秋石说,韩司令,不瞒你说,这次西集团战斗,我什么任务都敢接受,就是不愿意守荟河。

韩子君奇怪地问,为什么?荟河不是天险,也是障碍,易守难攻。再说,要守也至少是我们一个纵队守,不可能是你一个旅守。

陈秋石叹了一口气说,但愿如此。不过,我对这次战斗不太乐观。我分析了敌我力量和任务,我觉得宿城战役准备得有点仓促了,兵力可能不够。在这样的前提下,不可能有更多的兵力保障西侧,守荟河的兵力不会超过一个旅。

这年秋天,成城率领原晋冀鲁豫野战军两个纵队南下,渡过黄河,同江淮野战军两个纵队合并为第九兵团,此次直接指挥蚌埠西侧宿城战役。这是两支部队合并后的第一次高层作战会议,上下级之间原来就有很多旧部故知,见面后大家异常兴奋。成城握着陈秋石的手说,当年我让你参加南下干部团,把你派到大别山,不知道有多少人指责我不珍惜人才。我怎么不珍惜人才了?我要顾全大局啊。你看,失之东隅,收之桑榆,现在我们的战术专家给我带来了一个能守善攻的劲旅。

成城说这话的时候,一直握着陈秋石的手,陈秋石的心里却是一咯噔,他从成城的笑谈中听出了弦外之音。

陈秋石说,谢谢首长器重,秋石受之有愧。

成城说,宿城战役,是我来到江淮的第一场战役,也是我和你陈秋石见面后的第一次配合。陈秋石同志,你要给我捧场哦。

陈秋石的心里又是一紧,马上说,不是配合,是我听从指挥。

成城说,哈哈,那就好,君子一言,驷马难追。咱们说好,你要是不听我的指挥,我就听你的指挥,你说好不好?

陈秋石说,岂敢!当然是我听首长指挥。

兵团参谋长部署作战任务的时候,各纵队首长都是摩拳擦掌,积极请战,惟有陈秋石沉默不语,眼看其他部队的任务都明确了,陈秋石越来越证实了自己的判断,脸也就越拉越长。

一切都部署就绪,只剩下三旅了。参谋长放下指挥棒,请示道,司令员,最后一个任务,是不是请司令员直接指示?

成城向参谋长点了点头,站起身来,开始踱步,踱到陈秋石的身边,回过头来深沉地看了陈秋石一眼问,陈秋石同志,我想,下棋下到这一步,你应该清楚你的棋路了。

霎时,指挥部里一片寂然,十几个兵团和纵队首长齐刷刷地扭过脸来看陈秋石。

天寒地冻,风从门缝里挤进来,寒冷刺骨,陈秋石却是满头大汗,那是冷汗。陈秋石老老实实地说,首长,任务我是明确了,可是……

可是什么?你陈秋石是个战术专家,你不可能看不出这一步棋的重要性?没有可是,只有必须。你必须回答,你有绝对把握。

陈秋石说,报告司令员,我没有把握。

成城的脸倏然拉长了,盯着陈秋石说,你说什么,你再说一遍!

陈秋石有点迟疑,但还是清清楚楚地说,我没有把握。

谁也没有想到,看似和蔼爽朗的兵团司令,会突然发火。成城一拳砸在桌子上,茶壶茶杯一阵乱跳。成城说,参谋长在部署任务的时候,我一直在观察你。我敢断言,整个兵团的作战计划你已经了然于心,对于贵部未来的作战任务,你更是心知肚明,但是你的表情告诉我,你对这个任务持排斥态度,你说是不是啊我的战术专家同志?

陈秋石惶恐地站起来说,报告司令员,我的确有压力。

成城挥手打断了他的话说,废话,没有压力我会把任务交给你?我告诉你,小压力我不会交给你,中压力我不会交给你,大压力我还不会交给你。只有特大的压力,我才会把它交给你。你明白了吧?

陈秋石说,我明白,可是我底气不足,我只能尽力而为。

成城说,那不行,宿城战役开始之后,你必须保证在荟河北岸坚守两天以上,哪怕战斗到最后一个人。两天之后,无论宿城战役结果如何,我都允许你撤退。

其他的首长终于明白了,原来是让三旅固守荟河。陈秋石盯着沙盘,良久不语。韩子君有些着急,在一边说,老陈,先把任务接受下来,我们再想办法。

陈秋石说,军中无戏言,我脑子一热把任务接受了,守不住怎么办?我的部队打光了是小事,可是荟河一旦失守,新编第七师突击北上,宿城攻坚部队就会腹背受敌,那我不是千古罪人吗?

成城说,我给你调一个工兵连。

陈秋石还是不表态,吭吭哧哧地说,防守正面太大,我一个旅根本撒不开。

成城说,我再给你一个骑兵营。我手上的部队只有这些了,你不要得寸进尺。

陈秋石说,我不要骑兵营,那个地形,骑兵根本展不开,等到骑兵展开了,防线也就破了。

成城强压怒火说,你还有什么要求?

陈秋石说,我不要增加兵力,我只要收缩防线。马头集以南,我鞭长莫及,防不胜防。

成城大怒道,岂有此理!我让你防守,你一再讨价还价,这还像个旅长吗?我跟你讲清楚,荟河防线,二十三公里正面,全部由十一纵队三旅负责。陈秋石,回去让你的警卫员把你的床铺草给烧了。要么让敌人越过荟河,从你的尸体上踏过来,要么你把敌人挡在荟河以西,我给你打一张红木大床。散会!

二

秋末冬初,狂风卷着沙土在田野上呼啸,淮北平原一片萧瑟。陈秋石牵着老山羊,率领部队顶风前进。

经过一夜半天急行军,部队终于在荟河以东布防完毕,然而这只是常规防线,陈秋石比任何人都清楚,他不能按常规打法了,按部就班地防守要点,等待敌人来攻,无异于坐以待毙。

韩子君对陈秋石在兵团作战会上的表现深感忧虑,一是成城给陈秋石的压力太大,二是陈秋石的情绪前所未有的低落。他听说过,早在太行山百泉根据地时期,陈秋石就曾经因为战术压力太大而临阵犯病,他真怕陈秋石这次过不了那个坎,他要是急火攻心犯病了,那麻烦就大了,让他韩子君指挥一个旅固守荟河,那是不可想象的。

那次会后成城私下里跟韩子君说,你不要怕,陈秋石死不了,这个人什么都怕,就是不怕压力。他现在之所以忧心忡忡,是因为他没有找到更好的办法。你等着,他一定会有对策的。

同时,成城还给韩子君交底,他也充分考虑到荟河阻击战的艰巨,已经悄悄地做了个绝密计划,从九纵和十纵各抽调了两个营,战斗前期参加宿城攻坚,第一阶段结束,立即向西,增援陈秋石。

这样一说,韩子君才稍微踏实了一点。

然而,陈秋石却始终不踏实,再给他一个旅都不够,别说两个营了。

荟河布防之后,陈秋石就带着刘大楼和冯知良勘察地形,不仅勘察防线,也勘察敌人可能进攻的路线。刘大楼提出,荟河来源于淮河,如果从上游放水,增加河面宽度,同时也就增加敌人进攻的难度。冯知良提出,应在敌人赶到之前,迅速炸毁防御地段内三座大桥。同时在我防御阵地挖掘壕沟,阻敌机械化行动。

按说,该想到的都想到了,陈秋石还是觉得不稳妥,兵力毕竟有限啊,一旦一处失守,被敌人撕裂了口子,那就如同洪水猛兽,不可阻挡。陈秋石交代,桥可以炸,路可以挖,但是现在都不要行动,有桥有路,敌人的进攻重点尚可判断,无桥无路,那就不知道敌人首先会从哪里进攻。

旅部设在荟河岸边的黄村,头天晚上,陈秋石几乎一夜没有合眼。一直在分析地形敌情,他根据兵团作战会议的精神,几乎把整个战区未来十天的战局都看明白了。半夜里刘大楼和冯知良过来陪他宵夜,他喝了一碗稀饭,然后吸了一根放了烟土的烟卷,就进入到思维活跃的状态。他曾经设想,把战火引到荙河以外,引到章林坡部队的占领区,向楚城方向杀回马枪,或者把章林坡部队拖回淮上州,在大别山的深山老林里跟他周旋。但是这个设想很快就被自己否决了,因为章林坡的部队风尘仆仆而来,就是冲着淮海战役的。章林坡只有一个任务,就是东进北上,仅凭三旅这点力量,根本拖不动他。

那一夜,是陈秋石抽烟最多的一夜,几乎把刘大楼给他搞的一点烟土消耗光了。当东边露出一抹晨曦的时候,陈秋石终于睡着了,只睡了不到半个小时,突然醒了,坐起来就喊,冯知良!

冯知良早已等在门外,应声而来。

陈秋石让冯知良展开地图,然后问,你还记得我当年在太行山下指挥的那个漳河峪战斗吗?

冯知良说,我研究过,战场移动十二公里,那是精彩的一笔。

陈秋石说,你看看这个地形,除了荙河,哪里还有防守的价值?

冯知良几乎不假思索地回答说,除了荙河,哪里都没有防守价值。荙河以西根本无险可守。

陈秋石说,那荙河以东呢?

冯知良吓了一跳,眼睛瞪得老大,半天才回过神来说,旅长,你怎么能这么想?这也太冒险了。一旦被敌人突破,那就不堪设想啊!

陈秋石说,是啊,当年日军的水上大队要是避开我的漳河峪防线,抗大分校都完了,我那一次已经做好了杀头的准备了,可是鬼子他最后还是来了,我的脑袋也保住了。这次成城司令员让我的警卫员把我的床铺草烧了,我跟你说实话,直到一个小时以前,我都认为这次完了。但是,现在我不这么认为了,我总算看到了守住荙河的唯一希望。那就是放弃荙河。

冯知良两眼盯着地图,屏住呼吸,心跳得厉害。

陈秋石说,是啊,没有一个人会认为,放弃荟河能保住荟河,包括成城司令员,包括章林坡,包括杨邑,也包括你。好了,这就是我的战机。在最没有可能的时候,往往存在着最大的可能。你来看!

冯知良不知道那天是怎么离开陈秋石住处的,回到作战室里,他的两条腿还是软的。起先他认为陈秋石被逼疯了,走投无路了,才出此下策。但是两个小时后,当他再也找不到守住荟河防线更好的办法的时候,他就不能不承认,陈秋石这步险棋,不仅是没有办法的办法,也是一步高棋。

这之后,冯知良就为了落实陈秋石的计划展开了紧张而秘密的行动,这简直就是一个阴谋,既欺骗了敌人,也欺骗了上级,既不为敌人的情报机关所能察觉,也完全出于内部决策者的意料之外。在谋划的过程中,他既诚惶诚恐又亢奋不已。他终于成了陈秋石最得力的助手,最可靠的同盟,即便这一仗打死,他也可以瞑目了。

两个月前,冯知良是被一根绳子捆到颍淮岗的,陈三川亲自押送。那一路上冯知良没有少吃苦头,陈三川命令战士,不给饭吃,不给水喝。陈三川倒是没有揍他,不过陈三川的话句句都像钢刀。陈三川说,老兄啊,没想到你这个作战科长还是个叛徒,不知道你给敌人多少情报?冯知良不语,蜷曲在马车上任陈三川嬉笑怒骂。到了颍淮岗,陈三川还不怀好意地对冯知良说,如果是枪毙,你希望不希望我亲自下手?我枪法准,保证不让你受罪。这样我还欠你一个人情,杀叛徒比杀猪更像个正经活计。

冯知良那时候想了很多,他想也许不会枪毙他,他毕竟没有出卖过情报,此后也没有做过间谍工作。但是,他可能会被关押,至少也会被审判,然后发配,监视劳动,或者到敢死队去等待战死。

他什么都想到了,就是没有想到,会给他一个既往不咎留用查看的处分,他还能够继续当他的作战科长。当陈秋石亲自为他松绑,并向他宣布这个处分决定的时候,他几乎愤怒了,大喊大叫,为什么不杀我?为什么不处分我?让我到战斗连队去吧,让我用战斗行动洗刷我的耻辱!

关于冯知良的处理,在旅部是有过激烈争论的。冯知良被押到的时候,旅部正好在开会,总结新式整顿运动情况。陈三川把冯知良推得踉踉跄跄。一个双手被反绑着的人一头闯进会场,把大家吓了一跳。陈秋石站起来问,怎么回事?

陈三川义愤填膺地把审讯龙柏的情况一五一十报告了,几个首长盯着冯知良,目光里充满了厌恶和憎恨。袁春梅说,这件事情我知道,本来还要观察的,既然公开了,还有什么话说,拉出去毙了!

赵子明说,按说冯知良也没有给部队带来重大损失,可以不杀。但是叛变了,不杀不足以惩戒部队。老陈,咱们来个挥泪斩马谡吧。

陈秋石站着没动,看看冯知良,又看看大家,突然笑了说,干什么这么剑拔弩张的?冯知良的问题又不是一天两天了,你们现在才清楚?我跟诸位同志哥交个底,冯知良的事情我早就知道。同志哥还记得我陈秋石的公祭大会吗?那一次,冯知良扑倒在我的棺材前,抓住了我这具尸体的手,他发现了,我的手是热的,我的手还可以动弹。就在那个时候,他明白了,我是诈死。我也明白了,他在忏悔,他有难言之隐要对我说。后来有很多次,他想向我坦白他在军事调处期间做过的不光彩的事情,可是我没有给他机会,我在观察他,我在观察中发现,这个同志并没有变节。

袁春梅冷笑说,陈秋石同志,你不能毫无原则姑息养奸。你要知道,当初诬告你同国军暗送秋波,就是出自这个叛徒的手笔,而且是按照敌人的意志。

陈秋石说,我当然知道。冯知良的那份检举材料,虽然有夸张的成分,但我认为从他的本意来说,并不是想把我这个所谓的战术专家置于死地。严格地说,向上级反映自己的看法也是正常的。

袁春梅说,可是他帮助敌人实施了阴谋,剥夺了一个高级指挥员指挥作战的权利,这是什么行为?

陈秋石说,我们看问题,不能光看表面,还要看实质,不能只看过程,不看结果。袁春梅同志,在冯知良诬告我的这件事情上,敌人达到什么目的了呢,真的把我们的淮上独立旅搞垮了?没有,反而被我们将计就计,出其不意,打了他一个措手不及,从而夺取了西华山和西黄集战斗的胜利。从一定程度上讲,冯知良的错误行为,反而帮助了我们。

袁春梅说,这完全是两码事,主观愿望和客观效果不能混为一谈。无论结果是什么,我们都不能容忍冯知良的变节行为。

陈秋石说,我诬告不同意把冯知良的问题定性为变节行为,我只认为冯知良同志犯了错误,被敌人抓住了弱点。敌人要了阴谋,使了手段,冯知良同志也是敌人阴谋的受害者。而后来呢,冯知良同志已经认识到自己的错误了。从军事调处结束到现在,这个同志勤勤恳恳,一直在创造条件立功赎罪。所以,我建议,对冯知良同志留用查看。

袁春梅大声嚷嚷,我不同意,我坚决不同意,绝不能允许冯知良这样的人继续留在作战指挥部门工作。

赵子明见两个人吵得不可开交,也感到很为难,陈秋石讲的有道理,袁春梅更有道理。但是,赵子明也知道,陈秋石更多地出于战争的考虑,而袁春梅是不管战争的,袁春梅只从政治的角度考虑问题。赵子明思来想去,最后和了一把稀泥说,我看这样,关于冯知良的问题,今天不做结论,让冯知良把事件的前因后果写个检讨。我们大家都冷静一下,过两天看冯知良的态度,再做决定。

有了赵子明的这句话,陈秋石和袁春梅都不做声了,后来陈秋石亲自给冯知良松绑,对刘大楼吩咐,先关起来,给他纸笔,让他好好反省。

那个下午,冯知良满肚子话,滔滔不绝地写在了纸上,他深刻地检讨了自己的灵魂,暴露了丑恶,把他同王梧桐交往、被龙柏捉奸以及龙柏诱骗他写诬告信的过程,详细地披露了,甚至连敌人使用兽用春药在生理上摧毁他的细节都毫无保留。第二天这份检查在旅首长中间传阅,几位首长除了叹息冯知良的失足,更多的是对敌人阴谋的痛恨。这天,终于一致通过对冯知良留用查看的提议。

这以后,冯知良的包袱就卸掉了,从颍淮岗到荟河东岸,所有的军事行动他都参与了,提出了很多积极的建议,陈秋石对他的信任依然如故。

只不过,这一次陈秋石的想法过于出格,风险太大。冯知良在制订计划的时候,经常琢磨,万一失败怎么办,万一失败他就把全部责任扛到自己的肩膀上,杀头他去。可是他又知道,没有万一,只能成功,不能失败。万一这个计划失败了,陈秋石的责任是一百个冯知良也承担不起的。

三

梁楚韵似乎在一夜之间发现自己变老了,她不知道自己应该活泼还是呆板,不知道自己应该当个聪明人还是应该当个傻子,不知道自己是个热情的人还是个冷血动物。袁副政委说得对,弄明白自己喜欢谁、不喜欢谁固然重要,更重要的是弄明白谁喜欢你、谁不喜欢你,为什么不喜欢你。

陈三川的非礼给梁楚韵带来的伤痛是严重的,那不是一次性的疼痛,后果是慢慢才品尝出滋味的。梁楚韵回顾她的经历,也是从热血少年走过来的,她十五岁就跟着老师同学一起投奔太行山抗日根据地,那是以断绝家庭关系为代价的。在最委屈的日子,她差点儿跟着一个男生逃走,但是她最终没有走,因为她舍不得她刚刚得到的一个角色。

那还是在到百泉根据地之前,是在山西的平定县,抗战进入到最艰难的岁月,没有粮食吃,连司令员和政委都吃糠咽菜,却把仅有的小米送到抗敌剧社,给小演员吃。她是女兵当中年纪最小的,二十多斤小米,炊事员给她掺点玉米糁子熬稀饭,她吃了一个半月才知道,她是吃小灶的,那些年纪大的男女演员吃的都是红薯干加野菜。那段日子,虽然艰苦,可是精神快乐,她并且因此成熟起来坚强起来。后来排了一场戏,名叫《松花江上》,她被指定扮演动员未婚夫参加抗联的女主角碧玉,她已经把台词背得滚瓜烂熟,可是就在公演前夕,团领导说她扮相太嫩,嗓音太娇,缺乏革命者的成熟气质,换了刚刚从北京过来的二十岁的女大学生柳林子扮演碧玉,而让她扮演一个丫环。那一次对她打击太大了。

就在下部队公演的头天下午,她的同学穆本找她,说这个地方太糟糕了,连饭都吃不饱,还怎么抗日?他已经跟国军的一个团长联系了,如果他们到国军队伍,凭他们的文化,去了就是中尉军官,每个月有十块大洋的军饷,买鸡可以买二十只,天天可以吃鸡。

她说,那能行吗,那不是开小差吗?

穆本说,什么开小差,到国军也是抗日啊,那是正规军,军装军粮军饷一应俱全,哪像八路军搞得像叫花子一样,连鬼子都看不起。

穆本这样一说,她就动心了。那年她刚刚十六岁,她知道的事情还很少,她还缺乏独立思考的能力。她和穆本约定,夜里三更趁穆本站岗的时候一起逃走,往南过两个村庄,就是国军的营地。

恰好那天晚上出事了。梁楚韵刚刚睡下不久,就听见副队长呐喊,说快来人啊,柳林子不行了。后来就听见团部那边乱糟糟的,一阵一阵的叫医生,叫担架。梁楚韵也被叫起来去帮忙烧水,这才搞清楚,柳林子小产了,原来她到平定抗日根据地,是带着身孕来的,这几天排戏用力了,在台上蹦跶,把肚子里的小生命蹦跶掉了。

梁楚韵那时候还不是很懂事,没有搞清楚这件事情对于她意味着什么,直到后来田秋韵指点她说,柳林子生病了,十天半月起不了床,又该你演碧玉了。梁楚韵这才恍然大悟。等到下半夜穆本站岗的时候,左等右等,梁楚韵也没去,穆本后来自己投奔了国军,中尉没有当上,只当了一个上士书记员,反而在一次战斗中阵亡了。

梁楚韵留了下来,还是没有当上女主角。柳林子在小产后的第二天晚上就从床上爬起来了,嚷嚷说轻伤不下火线,非要登台不可。梁楚韵鸡飞蛋打,跑没跑掉,主角也没有当上,却又因祸得福,她后来学写剧本,首先就写了一个《不能动摇》,原型就是穆本,这个小剧在平定根据地很是红火了一阵子。

屈指算来,她也是个小小的老革命了,应该成熟了,她却没有成熟,尤其在感情方面,白痴得厉害。她怎么能想到陈三川会对她下手呢?尽管陈秋石对她从来都是板着脸,从来都以长辈和首长自居,但是在她心里,已经把陈秋石作为自己的爱人了,她可以等待,陈秋石接受她的爱是早晚的事,哪里就想到半路杀出个程咬金来!这日子简直他妈的昏天黑地。

那次从郭阳镇回到颍淮岗的路上,袁春梅跟她做过一次长谈。袁春梅说,年轻人,感情用事,很正常。你也老大不小的了,陈三川既然对你有那份心思,我看也不是什么坏事。

她不吭气,她在心里把袁春梅恨得牙痒,她甚至怀疑陈三川之所以敢对她施暴,就是袁春梅在后面撑腰,没准是这个女人暗中授意的呢,袁春梅就是要把她从陈秋石的身边拉开。

袁春梅说,陈三川其实是一个很优秀的指挥员,年轻有为,前途无量。我建议你冷静一段时间,多接触几次。一个人的优点和缺点都不是一下子就能暴露的。情人眼里出西施,就是这个道理。

她还是不吭气。袁春梅越是夸奖陈三川,她的心里就越是窝火。陈三川算什么？陈三川给陈秋石提鞋都不配，她怎么能接受陈三川？一起打仗可以，一起骑摩托车可以，让她嫁给陈三川，除非太阳从西边出来。

在对陈三川的痛恨当中，她更加仰慕陈秋石了。什么是男人，陈秋石就是。无论是学识、涵养还是风度，那都是一座难以企及的高峰。那次在南岳书院遇险，梁楚韵第一次近距离地领略了这个男人的风度。情况已经万分危急了，据说敌人的偷袭分队机枪都架在西华山庄的围墙上了，陈秋石居然还摸了摸自己的风纪扣，并且顺手把她的军帽戴正了，然后冲她狡黠一笑说，好了，我们走，让他们演戏吧！

那一幕，很难从梁楚韵的记忆中抹去。

部队在荟河东岸布防之后，梁楚韵主编的战报被袁春梅强行改了一个名字，叫《阵线》，战地剧社也改成了"阵营"。袁春梅赋予梁楚韵的主要任务就是跟踪一线部队，尤其是"铁锤支队"，及时报道"铁锤支队"的战绩。梁楚韵的手下只有两个人，一个女孩子是从剧社调来的胡亚捷，另一个是残废军人张世旭，张世旭的腿一条长一条短，跑部队不合适，那就只能由梁楚韵亲自出马了。梁楚韵明白袁春梅的用心，就是要她和陈三川多接触。

梁楚韵没有想到，陈三川会以这样的方式来化解他们之间的死结，陈三川给她投稿了。陈三川到旅部开会，亲自给她送来一篇稿子，题目是《战士与花朵》。陈三川在稿子里写道，有一个战士，有一天看到房东家养了一盆漂亮的花，他本来只是想看看，却情不自禁地动手去摸了一下，谁知那是含羞草，经过那个战士肮脏的大手一摸，那花就再也不肯开了。那个战士很后悔，想对花儿说几句话，可是花儿再也不露面了。那战士在稿件的后面提问，主编同志，你说那个战士该怎么办呢？如果他死去能够换回花儿的原谅，那他就在战场上英勇杀敌，流尽最后一滴鲜血，他希望他的血能够给花儿当一点肥料。

梁楚韵大为惊讶,她怀疑这是有高人指点,但字确实是陈三川的鬼画符。看内容,虽然幼稚,却也不乏真情。

梁楚韵看稿子的时候,陈三川就在门外焦虑不安地看天,太阳像是蒙上了抹布,乌蒙蒙的。梁楚韵知道陈三川等在外面,想了好一阵子才一头冲出门外,陈三川赶紧立正敬礼,像个虔诚的小学生。梁楚韵把那张黄草纸往陈三川面前一摔,头不头脸不脸地吼了一句,什么花呀草的,像个指挥员吗?把心思用到打仗上!

陈三川还是立正,不屈不挠地说,梁教员,对不起,我错了。我说的是心里话,我要在战场上弥补我的错误。

梁楚韵冷笑一声说,谁教你的?来这一套,下作!

陈三川木然而立,他不明白"下作"是什么意思。

梁楚韵也不知道她这一声"下作"骂的是谁,是陈三川还是其他人。不过,自从有了这次会面,梁楚韵心里的乌云还是散去了不少。

四

农历十一月初二,陈秋石带着刘大楼和冯知良,越过纵队,驰骋二十多公里,直接到兵团部去了。

成城当时正和参谋长下棋,见陈秋石一行风尘仆仆地赶到,吃惊地问,大战在即,你到兵团部来干什么?

陈秋石说,首长,你交给我的任务我没办法完成,我临阵脱逃,先到兵团部接受军法审判。

成城脸一沉说,扯淡!你搞什么鬼?

陈秋石说,首长,我说的是真的。除非首长答应借兵给我。

成城说,他妈的,又来要挟我。我哪有兵?我这里一个萝卜一个坑,该加强给你的都加强给你了,难道你想把我的警卫营调去?

陈秋石说,首长,请到作战室,我把我的最新思路向首长汇报。

成城一听这话来了精神,哈哈一笑说,好,我就知道,你陈秋石必有制胜良策,老汉洗耳恭听。

在兵团部作战室里,陈秋石只讲了三分钟不到,集中的意思有两个,一个是空间上的,把战场东移十公里,在牛尾岗至当阳河一线构筑二道防御工事,这也是三旅真正的防御体系;二是时间上的,迫使国军新编第七师在宿城战役发起的前一天进攻荟河。

陈秋石的话还没有讲完,成城的脸色就变了,瞪着陈秋石大骂,你陈秋石安的什么心?你是想指挥整个兵团啊,你是想牵着我的鼻子走啊?啊,东移十公里,亏你想得出来,你是想让整个兵团给你擦屁股啊?提前一天,他妈的国民党能听你的指挥吗?他要是不提前,你能拿机关枪把他撵过来吗?

陈秋石一言不发,微笑。

成城自己动手,把地图哗的一下拉开,继续暴跳,看看吧,这就是你这个战术专家给老子下的套子,我要是听你的,整个兵团就会被拖到荟河阻击战里面。借我两个纵队用一天?你想得美,你一下子指挥两个纵队还加上你们十一纵!啊,虎驱羊群,我这只虎要是被羊纠缠住怎么办,我身后还有个宿城啊……

成城吼着吼着,突然不吼了,盯着陈秋石看了半天,又看了看参谋长,猛地一拍脑门说,啊,是啊,有道理啊,死守是有困难,变被动为主动,以时间换空间,两个纵队虚晃一枪,虎驱羊群,羊群怎么能把虎缠住呢?

陈秋石说,首长高见。

成城说,他妈的什么首长高见,这分明是你在引诱我上当嘛。参谋长,你说,咱们上不上他这个当?

参谋长说,司令员,陈秋石同志这个战术专家确实名不虚传。我刚才一直在分析牛尾岗至当阳河一线的地形,看似平淡,但稍加修整,这就是一个坚固的防御阵地。陈旅长提出的以时间换空间,我们可以理解为把一个兵团的兵力当作两个兵团使用,把一个战役当成两个战役打,把一个战场当作两个战场使用。陈秋石同志借用的两个纵队,从行动路线上看,正是集结宿城的路线,用半天时间帮助陈秋石打两仗,完全是顺手牵羊的事情。

成城还不放心,我这里大部队一动,宿城的敌人转移怎么办,夹击我兵团主力怎么办?

参谋长说,司令员,那样的话,战役就活了,西边敲山震虎,东边围点打援,那比我们原先的作战计划还要出彩。把西边的敌人放进来打,把他打烂之后再撑回荟河以西。陈旅长,你是这样设计的吗?

陈秋石回答,参谋长一语道破天机。

成城沉默了,沉默很久,突然一拍桌子说,不行,我不能同意。

陈秋石面无表情,看着地图。

成城说,陈秋石,你知道我为什么不同意吗?

陈秋石说,司令员是担心我守不住牛尾岗至当阳河的防线,让整个兵团腹背受敌。

成城咧嘴笑了,哈哈,不是,你陈秋石既然把整个战局都分析到了,你还能守不住防线?那不是搬起石头砸自己的脚吗?我告诉你我为什么不同意,因为我不想被一个旅长指挥。

陈秋石说,首长,我明白了,你已经同意了。

成城说,我要是不同意呢?

陈秋石说,除非首长有更好的办法,否则,这就是最好的办法。

成城说,我当然有更好的办法。不过我现在不告诉你。你在兵团住一夜,待命。

陈秋石知道事情有了转机,大声说,我服从。

兵团开了半夜会,到了第二天早上,华东野战军第九兵团七号命令形成了,十一纵三旅即刻启动最新防御作战方案,三旅旅长陈秋石为战役第一阶段西集团总指挥,协调九纵、十纵并加强十一纵之一旅,于农历十一月初十之前,对进驻阻击战之敌形成包围态势,静观敌变,分割穿插,迫敌东向,并相机转移战场,在牛尾岗至当阳河一线,对敌实施阻击,坚决阻敌于荟河以西。

陈秋石最后向成城提出的要求,是增援一个榴弹炮营,据说整个兵团只有两个榴弹炮团,但是成城终于还是同意了。这个榴弹炮营成了陈秋石手上的一个秘密法宝,由陈秋石亲自指挥使用。

返回的路上,刘大楼说,旅长,我算开眼界了,成城司令员喜怒无常,劈头盖脸上来就骂人,幸亏旅长底气足,要是我被他三板斧一砍,下面的话就不敢说了。

陈秋石笑笑说,我了解他,什么叫宰相肚里能撑船,成城司令员就是。他越是同意的事,他越是说不同意,他逼着你把所有的困难,所有可能遇到的问题都想到,都拿出对策,他才会最后拍板。

刘大楼说,这回好了,旅长你一下子指挥大半个兵团,我们三旅的压力该减轻了。

陈秋石摇摇头说,成城司令员同意了,我这心里反而不踏实。战争既是科学,又是艺术,在战斗没有结束之前,所有的方案都是纸上谈兵。再周密的方案,也往往赶不上情况的变化。所以你们司令部还是要把各种意想不到的情况估计得充分一些,不能手忙脚乱。

刘大楼说,冯科长这些天一直在沙盘上演算,敌情也一直跟踪,直到目前,我们还是心中有数的。

陈秋石说,战斗第二阶段,牛尾岗至当阳河之间的四个高地是要点,要用得力部队,让刘副旅长亲自指挥,战斗打响后,冯知良的指挥位置也应该在牛尾岗。

刘大楼说,陈三川的"铁锤支队"一直嗷嗷叫要打头阵,是不是把驱赶羊群的任务交给他们?

陈秋石不语,过了一阵子才说,我对陈三川不是太放心,这个同志战斗作风过硬,但是有勇无谋,往往求胜心切。这一点章林坡的部队是了解的。但是，真正的攻坚部队也只有他了。刘副参谋长，你回去后向袁副政委报告，请她抽空到"铁锤支队"搞一次教育，尤其是要找陈三川谈话，我对他只有一个要求，一切行动听指挥。

五

杨邑嘴里衔着一只大烟斗，笑眯眯地看着眼前这个被人称为疯子的女人，半天没有说话。

疯女人昨天夜里被巡逻队在左家庄东南抓获，起先以为是共军的探子，后来搞清楚了，原来是师部政训处的打字员王梧桐，搜遍全身，并没有发现情报。

当年军事调处失败，工作人员各回各部，然而王梧桐自从同冯知良失去联系，就得了一种奇怪的病，两手发抖，嘴角流口水，而且胡言乱语，天天骂郭得树过河拆桥，玩弄阴谋诡计。有时候半夜里发出尖叫，把女子宿舍搞得乌烟瘴气。

情况报到章林坡那里，章林坡说，他妈的，这个女人还真跟共军搞出感情了，多给她点复员金，让她滚蛋。

听说复员，王梧桐的病情一下子就减轻了很多，她打算卷了铺盖就到杜家老楼去找冯知良。这件事情被郭得树知道了，赶紧找章林坡劝阻。郭得树说，经过反复考察，王梧桐就是一个女半吊子，王梧桐同共军冯知良之间的关系纯粹是男女关系，没有政治背景，也没有情报交易。这个人放走无益，留下无害，没准以后会有用场。

章林坡说，有什么用处？疯疯癫癫的，天天念叨她那个共军情人，真他妈的不要脸，要不是看在她还有个叔叔在国防部，老子恨不得毙了她！

郭得树说,现在把她放走,她很有可能到共军那里去找冯知良,冯知良不就暴露了吗?

章林坡说,那个冯知良有用吗?我看未必,暴露了也没有什么了不起,借共军之手把这两个狗男女杀了更好。

郭得树说,冯知良已经按照我们的意图把陈秋石臭了一下,有了一次,就会有第二次。我们现在也不必逼他,就让他体面地回到共军内部,那就是一颗定时炸弹,不知道什么时候可以起爆。所以说,不能让王梧桐去捣乱。

章林坡想了想说,杀不能杀,放不能放,那你说怎么办?

郭得树说,不能再让她留在机要室了,弄到政训处算了。

章林坡欣然同意,这样才把王梧桐留下来。郭得树对王梧桐编了个谎话,说冯知良已经被共军逮捕了,听说被秘密关押了,国军在想办法营救,一旦营救出来,就会告诉她,他亲自给他们主持婚礼。在此之前,让她不要乱说乱动。

王梧桐鬼迷心窍,很容易就相信了郭得树的鬼话,这以后当真老实了许多,除了没完没了地写日记和寄不出的情书,就是坐在镜子前发呆。只要部队有行动,共军到过的地方,她都要打听冯知良的情况,没想到这一次真让她打听到了。

新编第七师从豫东战场下来,休整数日,即开到皖东北,尾随追击淮上独立旅,龙柏的先遣部队在左家庄遭到偷袭,龙柏被共军抓获,又卖出冯知良,这些事件在左家庄几乎家喻户晓。主力上来之后,政训处的军官要同国民党地方党部和地方士绅打交道,了解民情民俗。王梧桐和两个同行在左家庄待了一个上午,又在左实达的家里吃了一顿中午饭,就搞清楚了,冯知良过去并没有被捕,而是刚刚被捕的。那顿中午饭王梧桐味同嚼蜡,下午返回师部的时候就悄悄地察看了路线,后半夜偷了一匹马,直奔荟河东岸,没想到在左家庄被杨邑手下的巡逻队发现了。

杨邑刚见到王梧桐的时候,她大吵大闹,拳打脚踢,像个母兽。两个兵扭住她,还很费劲。杨邑也不吭气,就那么看着她闹,终于闹累了,王梧桐老实下来,恶狠狠地瞪着杨邑。

杨邑问,你到荟河去干什么?

王梧桐直截了当地说,找我男人。

杨邑说,大言不惭,哪里有你的男人?难道你不知道,两军对垒,那边就是共军的阵地啊!

王梧桐说,什么两军对垒?当年你们当官的是怎么说的?中国人不打中国人。你们这些狗官利用了我,毁了冯知良,你们伤天害理,你们狼心狗肺,你们缺德冒烟,你们生了孩子没屁眼儿……

王梧桐连珠炮般一阵乱骂,骂得杨邑哭笑不得,直摇头。杨邑抽了几口烟,站了起来,走到王梧桐的面前。王梧桐猛地啐了一口,杨邑脸一偏,躲开了。

杨邑掏出手绢,下意识地擦擦下巴说,啊,乱世离情,以死相随,也是难得。没想到你还是一个重情重义的刚烈女子呢。

王梧桐不说话,趁身后的士兵一愣神,抬腿向后踢了一脚。

杨邑看着王梧桐说,王梧桐,我问你,如果我把你放了,到了荟河东岸,见到冯知良,你会怎么说?

王梧桐说,你别管,那是我的事。

杨邑又问,你估计他们会对你怎么样?

王梧桐说,杀了也是我自己的事情,我愿意。

杨邑说,那好,我写一封信,你带在身上,交给他们的旅长陈秋石。我估计,有了这封信,他们就不会杀你。

王梧桐愣住了,她不相信这是真的。过了一会儿,王梧桐说,你不会又是利用我搞离间计吧,我不能给你们当枪使。

杨邑说,话不能这么说。你知道的,陈秋石是我的学生,他们那个部队有好多人都是我的学生。国军和共军的关系,是理不清扯不断的关系,就像你和冯知良的关系。虽然各为其主,但是我们个人之间还是有感情的。我这封信,不是搞离间计,也不是下战书,说到底就是一封家常的问候信,再说到底,就是为了给你一个路条。你这个样子,就是回到师部,也没有好果子吃,远走高飞算了。我成全你。

王梧桐直瞪瞪地看着杨邑,一时竟不知道如何作答。眼前的杨旅长,王梧桐过去是认识的,也听说这个人比较仁义,深得部属爱戴,还是个战术专家,在抗战中同淮上支队一起打了不少漂亮仗,官亭埠战役中他是重要指挥官。这次落到他的手里,也许真是因祸得福啊!

杨邑见王梧桐安静下来了,挥挥手示意士兵放开她,然后说,王梧桐,既然我把你放走,你也可以算是我的信使。你这个样子不行,蓬头垢面的像什么样子。我马上叫人来,带你去洗个澡,换身干净衣服,中午好好吃饭。饭后,我派人送你过荟河。

王梧桐怔怔地看着杨邑,热泪突然盈眶,喃喃地说,长官,这是真的?

杨邑笑笑说,当然是真的。你去了之后问问他们的女长官袁春梅,当年在汉口,我也是这么放她走的。说到底,我们个人之间并没有恩怨啊!

当天下午,王梧桐果然带着杨邑的亲笔信上路了。在荟河以西,由杨邑手下的一名连长带领一个警卫班护送,到了北段的风云桥头,连长选了一个位置喊话,共军兄弟们,我们旅长杨邑将军派遣王梧桐上尉给贵军旅长陈秋石将军送信,请不要开枪。

隔岸防守的部队是刘锁柱营,接到报告,刘锁柱亲自到河岸观察,王梧桐他是认识的。刘锁柱见国民党军只有一个班,而且那个女军官确实是王梧桐,就不再请示了,自作主张带着一个班,从风云桥头跑步过来,两边很默契地交接,分别的时候,互相还敬了礼。

杨邑给陈秋石的信出乎意料的简单——

秋石兄:淮上分手,遂成陌路,心中坎坷,难以尽述。今送去王梧桐女士。恋爱中人,迷途羔羊,望善待之。愚师杨邑拙笔

陈秋石接到这封信,良久不语。尽管杨邑信中既没有提到战争,也没有提到师生之谊,但仅凭杨邑对待王梧桐的态度,陈秋石也能感受几分性情。寥寥数语,字里行间,还有几分无奈,几分苍凉。

王梧桐当天就换了军装,被分配在《阵线》报社给梁楚韵当副手,以后在甄别的时候,因为她是在荟河战役之前主动投奔过来的,被定性为起义,在渡江战役之后,有情人终成眷属。

在国军方面,章林坡听说杨邑擅自把王梧桐送到陈秋石的队伍上,十分恼火,把杨邑叫去训了一顿。杨邑哼哼哈哈地说,何必呢,一个女人,为了爱情,都疯了,也是可怜。送人鲜花,手留余香啊!

章林坡说,你说得轻巧,我的队伍倘若都跑到共军那边,那我不完蛋了吗?

杨邑还是嬉皮笑脸,说,那不一样,她是奔着爱情去的啊。她到那边,咱们多了个朋友,她留在这里,咱们多了个对头。

章林坡说,我明白了,你老杨一贯做这种和稀泥的事情,我甚至怀疑你是给自己留后路。

杨邑说,师座这么认为,那卑职也没有办法,就算是吧。

尽管章林坡对杨邑很不满意,但是也不再深究了。自从豫东战役之后,杨邑在新编第七师的威信再次膨胀,因为在战局最危险的时候,是杨邑及时调整了部署,从共军的重重包围中杀开一条血路,救了师部,章林坡本人还是杨邑直接指挥手下的一个营长从死人堆里背出来的。

六

　　袁春梅是在突然间产生那个联想的——陈三川到底是谁的儿子,陈三川同陈秋石之间会不会有血缘关系？这个想法产生的时候,她正在观看"铁锤支队"的攻坚战术表演。陈三川在动员大会上讲话,腰板笔挺,一只手卡着腰,小眼睛炯炯有神,声若洪钟。陈三川从当前的战局讲到"铁锤支队"的任务,从战术训练讲到思想作风,一二三四,头头是道。

　　"铁锤支队"经过筛选,现有两个营另两个连,并且配属了工兵排、云梯排,还有一个庞大的运输队,作为一个独立的攻坚部队而存在。陈三川虽然还是三团的副团长,实际上已经脱离了三团的工作,而成为"铁锤支队"的一号首长。

　　当新的荟河防御作战方案基本成熟之后,陈秋石委托袁春梅到"铁锤支队"驻地,反复向陈三川灌输全局观念,强化服从意识。袁春梅找陈三川长谈一次,同时还做了两件事,一是教会了陈三川写情书,二是教会了陈三川做报告。陈三川在"铁锤支队"训练誓师大会的动员报告,每一句话都是袁春梅教的。连续两个傍晚,袁春梅让陈三川到河湾里,面对竹林树木和滔滔河水,慷慨陈词。袁春梅望着这个一天天强壮并成熟的年轻指挥员,心里很有成就感。袁春梅对陈三川有个昵称,叫"锤子",不过这个雅号是袁春梅的专利,其他人是不敢用的。

　　离开"铁锤支队"的那个下午,陈三川亲自把袁春梅送到龙湾。袁春梅下马说,转眼之间,我回到江淮已经四个年头了,这几年我眼看着你从一个不自觉的少年革命者到一个有胆有识有勇有谋的指挥员,我真是打心眼儿高兴。

　　陈三川说,袁副政委对我的培养和帮助,我一辈子也不会忘记,来世做牛做马……

袁春梅赶紧打断说,锤子,这样的话以后不要说了,我们革命者不搞个人感恩戴德那一套,尤其不能做牛做马。在这次荟河防御作战中,你要记住,第一是服从命令,第二还是服从命令。这不仅是陈旅长对你的要求,也是我对你的要求。

陈三川说,我记住了。

说话间走到河岸,夕阳西下,远处是一望无际的辽阔平原,平原之上霞飞满天,蔚为壮观。袁春梅望着流金溢彩的河面问,锤子,你知道淝水之战的典故吗?

陈三川茫然地看着袁春梅。

袁春梅说,你再往前面看,那里就是淝水的主河道,我们脚下这条荟河是淝水的一个分支。中国有两个成语就诞生在这里,一个是"投鞭断流",一个是"风声鹤唳,草木皆兵"。

陈三川望着袁春梅,他对这些东西显然陌生。

袁春梅说,打仗不仅要靠人多,还要靠意志和战术。比如淝水战役,晋军能够处变不惊,以弱胜强,还善于制造假象,抓住秦军士兵畏战的心理,一声呐喊,就把他神经搞崩溃了。淝水之战是中国战争史上以弱胜强的最典型的例子。你作为一个指挥员,以后还要准备担负更重要的责任,这些历史应该了解。

陈三川说,我吃亏就吃亏在没有文化上,好多事都不知道。

袁春梅说,是啊,没有文化就没有知识,没有知识就没有见解。你过去学文化不太上进,这可能是你以后发展的最大障碍。不过,你能认识到这一点,亡羊补牢还来得及。等战争胜利了,我把你送到速成学校读两年书,你觉得怎么样?

陈三川说,我听袁副政委的。

袁春梅从"铁锤支队"回到旅部的当晚,遇到一件高兴的事情,原来是郑秉杰来了。郑秉杰现在是江淮省委派遣的支前委员会主任,到十一纵协商支前工作,顺便回老部队看看。当晚旅部搞了一个猪头,炖了一锅白菜粉条,款待郑秉杰,还喝了一点酒。

饭后袁春梅陪郑秉杰去郑店,路上袁春梅问,郑主任,听说当年陈三川母子到东河口,最先接触的就是你,是吗?

郑秉杰说,是啊。

袁春梅问,他们是从哪里来的呢?这个问题好像一直是个谜。陈三川当时年幼,没有记忆,但我估计黄寒梅应该跟你说说来历。

郑秉杰想了半天说,差不多有十五六年了,有些事情我已经记不太清了。可是我一直有个感觉,我感觉陈三川同陈秋石同志有关系。

袁春梅心里一动,看了郑秉杰一眼,等他的下文。

郑秉杰说,黄寒梅当年到东河口的时候,我记得她最早说的是来自玫山的隐贤集,但是后来又改口了,说他们母子来自胭脂河。而且她到东河口当年秋天,曾经离开过几天,据她当时的东家老桂说,她是到隐贤集了。我在淮上支队的时候,了解过陈秋石同志的情况,陈秋石也是隐贤集人。当年跟你和赵子明同志一起到黄埔南湖分校,那个时候他的孩子刚刚满月。而陈家圩子闹土匪,是民国二十一年春天,黄寒梅和陈三川到东河口,也是这年春天,具体日子我记不清楚了。据隐贤集的老人讲,土匪董占水抢劫了陈家圩子,只杀了老两口,陈家儿媳和孙子并没有罹难。那么他们到哪里去了呢,我怀疑他们就是流落到东河口的黄寒梅娘儿俩。

袁春梅惊讶地说,没想到你了解得这么详细!

郑秉杰说,当然,我原先就有疑问,可是那时候没想到调查,前年到地方工作,隐贤集和胭脂河这两个地方我都去过。

袁春梅说,我跟你讲,我也一直有这个感觉,但是我没有依据。我的疑问有两个,一个是陈秋石同志的妻子名字叫蔡菊花而不是黄寒梅,陈秋石同志的孩子叫陈继业而不是陈三川;第二个是,陈秋石同志的孩子出生在民国十七年,而陈三川的档案记录是出生在民国十六年,陈三川的年龄比陈秋石的儿子大一岁零六天。

郑秉杰说,你的疑问也是我的疑问。蔡菊花变成黄寒梅、陈继业变成陈三川,不难解释,大别山里一个约定俗成的规矩,凡是从土匪手里逃出命的,都会改名字,防止土匪的眼线赶尽杀绝。至于年龄倒是个问题,为什么会多出一岁零六天,如果没有这一岁零六天的差距,我们基本上就可以做出结论,陈三川就是陈秋石同志的后代。

郑秉杰说完,他自己有些吃惊,袁春梅也有些激动。袁春梅说,如果我们把这件事情搞清楚了,对陈秋石同志就是个天大的好消息,对我们的革命事业也是一个贡献。郑主任,你在地方担任领导,比我们要便利得多,这件事情还是请你多费心。

郑秉杰说,这是我应该做的。我对黄寒梅和陈三川母子,是很有感情的。如果为陈旅长找到骨肉,对黄寒梅在天之灵也是个慰藉。

袁春梅说,不过,在这件事情没有彻底搞清楚之前,我们还是要保密,尤其不能让陈秋石同志知道,以防止他情绪波动。这些年来,这件事情一直是他的心病,如果没有确切的把握,这层窗户纸是不能捅破的。

郑秉杰说,你放心,这一点我也想到了。

七

荟河防御战于农历十一月初十拉开帷幕。头两天,情报称共军两个纵队分别从宿城北和阳刚集向荟河运动,章林坡根本不相信。根据章林坡对战局的把握,宿城战役在即,共军不可能另外抽出两个纵队来防守荟河。第二天,国军战区侦察机从头上掠过,不久就通报下来了,共军果然有大部队向荟河运动。

茫茫平原,一览无余,飞机侦察的结果应该是可靠的。当天中午,集团军的命令就下来了,着新编第七师火速拔营,在共军大部队立足未稳之际,突击荟河,抢占滩头阵地。

章林坡相信了,杨邑却不相信。杨邑接到拔营的命令之后,趴在地图上琢磨了很长时间,然后对参谋说,把电话接乔参谋长。

杨邑直接同新编第七师参谋长乔闻天通话,直言不讳地问,参座,共军哪里有那么多部队,难道是从天上掉下来的?

乔闻天说,根据长官部掌握的情况,共军华东野战军和中原野战军两大主力会合,部队不断涌向徐州、蚌埠一带,连美国都在震惊,分析共军要在这里决战。这个时候,别说多出两个纵队,就是多出八个纵队也是可能的。杨旅长不要迟疑,迅速拔营,出击荟河。

杨邑放下电话,半天不语,抽了两锅烟才把参谋长蒋宏源叫来,传达了进攻荟河的命令,并做了具体部署。杨邑交代蒋宏源,首轮投入少量部队,进行侦察式进攻,发现异常,立即停止。

蒋宏源问,那如果攻击顺利该如何处置?

杨邑说,即便进攻顺利,也要节制,就地修复工事,固守待命。

蒋宏源又问,师部命令乘胜追击该如何处置?

杨邑闭上眼睛,过了一会儿才说,那就回话,受到阻击。

杨邑这样做,实际上是给他的部队留了一条后路。不管上面怎样通报,他就是不相信共军会派出两个纵队来对付新编第七师。按照兵力和火力,共军三个纵队加起来也不一定比得过新编第七师,但是荟河战场将是他守我攻,而且共军一贯是以少胜多,怎么这次如此铺张?

杨邑决定,走一截看一截。

十一月初十这天,杨邑的先头团抵达荟河西岸河道最窄处,以炮火和一个营的兵力压制东岸,工兵架设浮桥,虽然遭到东岸猛烈阻击,但是杨邑从枪炮声里能够听出来,对方自信得很,对方还击的火力有条不紊,似乎国军提前抢占荟河是意料之中的事情,所以打起来也是按部就班,好戏显然还在后头。杨邑通过电话把他的感觉向章林坡报告了,师座,你听对岸还击的声音。

章林坡说,我听见了,没有听出什么异常。

杨邑说,很有章法啊,不像是仓促应战啊。

章林坡说,笑话,听枪声你就能听出他们的心思?很有章法,说明他们训练有素啊,他要是一触即溃,那还要我新编第七师干什么?你不要疑神疑鬼,尽快给我拿下荟河!

杨邑捏着电话,心神不定,侧耳捕捉战场信息,甚至扑下身子把耳朵贴在地面上听,好像他能从地面的震动声中听出共军的真正意图。杨邑越听越不对劲。又把蒋宏源叫来问,你有没有发现什么问题啊?

蒋宏源一头雾水说,到目前为止,战斗都是按计划进行的,共军阻击得很顽强,但是在我三番五次火力打击下,最终难以支撑。难道旅座发现了异常?

杨邑沉吟良久,摇摇头说,没有,我还没有掌握确凿的情报。但是,我总觉得哪里有问题。

蒋宏源茫然地看着杨邑,不知道该怎么说,他也感觉到杨邑的疑心病太重了,从受领任务到拔营出征,到战斗进入到白热化程度,他始终都是忧心忡忡瞻前顾后,而他又说不出来为什么。难道是被共军打怕了,心有余悸了?

那个上午,杨邑芒刺在背,在临时指挥所里转来转去,直到前方来报,浮桥终于架设成功,另外两个营计划从上游放船登岸,杨邑这才决定,亲自到前沿阵地,随第一梯队登岸。他要亲自去察看对方的情况。

蒋宏源不同意杨邑随第一梯队登岸,蒋宏源说,如果共军得知旅座登岸,这个仗就没法打了。

杨邑说,我是越来越不放心了,陈秋石这个人你们太不了解,他要是给你个常规打法,那就肯定不正常。我得亲自去把把他的脉。

蒋宏源说,旅座,荟河战斗共军投入的是几个纵队的兵力,已经成了兵团规模了,它不是陈秋石一个旅长能够指挥的啊。

这句话算是说到了要害,杨邑给说愣住了。是啊,共军动用了围攻宿城的兵力,局势确实不是陈秋石能够左右的。难道真的是共军在荟河增加了兵力,要搞铜墙铁壁?

且慢,杨邑的迟疑只存在了几分钟。几分钟后,杨邑的脑子就像过了电一样,咔嚓一下亮了一道火花。杨邑扔掉烟斗,扑在地图上,拿起放大镜去找他要找的位置。终于,他找到了,也看清了那几根线条,那几个箭头,还有那一片花花绿绿的颜色。杨邑把放大镜往地图上一摔,冲茫然不知所措的蒋宏源苦笑了一下说,陷阱,陷阱,共军的那两个纵队是在机动中作战,他的目标不是我们,而陈秋石在荟河虚晃一枪,过了荟河,就是本部的死亡陷阱。又上当了!

蒋宏源说,不会吧,上峰……难道,难道……看杨邑满脸悲壮,蒋宏源心里一虚,把话咽下了。

就在这时候,不远处传来隆隆的声响,临时指挥所在呼啸声中战栗,顶棚上哗哗落下尘土。

蒋宏源一惊,喊道,炮声,哪里来的炮声?

杨邑镇定下来,瞥了蒋宏源一眼说,不是炮声,是爆炸,来自西边。我的后方出事了。

几分钟后,一个参谋一头冲了进来,慌里慌张地报告,共军约一个团的兵力,从郭阳镇西北迂回至一旅背后,向我辎重部队发起攻击,弹药车炸毁三辆,粮食来不及抢运,已被共军抢劫。共军攻势甚猛,直逼左家庄。

杨邑拿起烟斗,装上烟丝,点火的时候,蒋宏源发现他的手在颤抖。杨邑深吸一口,吐出大团浓雾,对蒋宏源说,我明白了,他们这是驱赶我,我不能上这个当。传令,进攻荟河部队立即停止进攻……

蒋宏源惊叫,旅座,荟河东岸唾手可得,师部和集团军……见杨邑神色冰冷,目光似剑,蒋宏源不敢往下说了。

杨邑继续口述,以二团火速西向,于半小时内抵达左家庄东侧皇岗,展开战斗队形,一团欠二营在左家庄东无名高地占据有利地形。三团就地出击。旅部所有部队全部出动,由我直接指挥,驰援左家庄,对共军突击后方部队实施合围。

蒋宏源惨叫道,旅座,不能啊,军法如山,我不能下达这个命令啊……

杨邑喝道,来人,把参谋长给我押下去!

蒋宏源哭丧着脸说,旅长,你可以枪毙我,可是,攻占荟河是我部的任务啊!

杨邑喝道,向师部报告,共军两个纵队有形无实,意图迫我提前进攻,荟河以东有共军陷阱,建议放弃荟河。我部后方遭敌袭击,拟转移战场,歼灭敌深入孤军。

蒋宏源问,师部要是不同意怎么办?

杨邑说,把情况禀报清楚,然后关掉同师部联系的电台,我的部队我当家,放弃荟河!

八

陈三川的仗打得酣畅淋漓,部队前天夜里就出发了,先是进行水上远征,乘船先后进入荟河、泚河、淮河,再转入一条不知名的河沟,直到今天上午十点钟,迂回至郭阳镇西北。这里离荟河陆上距离不过三十公里,而"铁锤支队"却绕道近二百里。自始至终,部队没有启用电台,几乎每时每刻的行动,都是按照冯知良交给他的时间表落实的,直到荟河战斗打响,按照冯知良的规定,陈三川才命令启动电台,六分钟后,电台里传来命令:实施突击!

杨邑的如意算盘是,放弃那个深不见底的荟河,杀一个回马枪,能消灭共军突击部队自然皆大欢喜,即便不能全歼,也可以打探虚实,待情况查明后,继续进攻荟河为时不晚。在他的眼里,荟河防线就是一面篱笆墙,共军可以随时把它搬走,他也可以随时把它搬走。而且杨邑也分析出来了,共军的这股似乎从天而降的部队,一定是从水上远征过来的,利用水路是陈秋石回到江淮之后作战的一大特点。那么,既来之,则战之,不能让这股远离后方依托的共军跑了。

此时杨邑暗自庆幸,由于他的顾虑,一旅对于进攻荟河始终打打停停,打打看看,战斗进行了三个多小时,多数都是炮兵和工兵在忙乎,几乎没有伤什么元气,以逸待劳,又有后方支撑,围歼共军突袭部队应该没有什么大的问题。

杨邑的这招来得厉害,不仅是章林坡没有想到,陈秋石也没有想到。当荟河前沿报告荟河南段的三个要点攻势时强时弱的时候,陈秋石就有预感,他知道这一段是杨邑的任务地段,那时候陈秋石有一丝侥幸,他知道他的老师用兵谨慎,瞻前顾后是可以理解的。而当"铁锤支队"敌后突袭成功之后,前沿急报,进攻敌军火力突然减弱,兵力似乎也有减少,进攻不紧不慢。

这时候陈秋石的预感就不是预感了,而是担心。

刘大楼说,虎驱羊群,羊不来,怎么办?

陈秋石忧心忡忡地说,虎不来还不要紧,早晚会来,我最担心的是,羊群变成了狼群,而我的虎群会变成牛群。

刘大楼说,会吗?

陈秋石说,但愿不会。命令"铁锤支队",见好就收,停止进攻,做好善后,交替掩护后撤。

刘大楼倒是把命令发出去了,但是从"铁锤支队"传来的消息是,进攻仍在继续。陈秋石雷霆震怒,大骂,无知草莽,误我大事!

十分钟后,冯知良率领一个机枪连,一个步兵连,从荟河南段突击,试图迟滞杨邑的行动。这两个连队是陈秋石手里的最后预备队了,而且在冥冥中似乎就是为陈三川准备的。由于杨邑进攻部队回援,荟河西岸守敌出现薄弱环节,冯知良突击成功,然而杯水车薪,能不能把"铁锤支队"接应回来,仍是未知数。

现在轮到陈秋石芒刺在背了。

后来的情况没能按照陈秋石的意愿进行。

一个小时后,"铁锤支队"发来急电,报告杨邑以本旅全部合围"铁锤支队",陈三川数次组织突围不成,已被压制在左家庄东北狭窄地带,情况十分危急。

陈秋石什么都想到了,就是没有想到杨邑敢临阵回撤,放弃荟河。杨邑跑了意味着什么?意味着陈秋石的计划成了夹生饭,也意味着"铁锤支队"成了瓮中之鳖。

看了电报,陈秋石双手发抖,喝了一声,来人,刘大楼……话没有说完,眼前一黑,就倒在地上。

"铁锤支队"经过两夜一天的远征,部队已是人困马乏。战斗前一阶段,突袭国军一旅供给部队,尚能得心应手,部队越战越勇。陈三川抱着机关枪带头冲锋,从左家庄东北泗店,一直打到皇岗,如入无人之境。陈三川更加亢奋,号召部队发扬连续作战精神,直捣杨邑老巢。

可是打着打着,情况不对了,打着打着,进攻不动了。突然之间,炮火漫天,子弹像飞蝗一样扑向"铁锤支队",部队霎时伤亡一片,战斗减员在一个小时内达到三百多人。就连陈三川也觉得不能进攻了,这才开始后撤。可是这时候的局势已经由不得陈三川了,杨邑真的变成了狼,三千多兵力在炮火的增援下,把"铁锤支队"一步一步地逼到了皇岗至泗店之间不到一公里的正面上。

按说,"铁锤支队"本来是有退路的,那就是从水上撤走。可是当初登岸的时候,陈三川拙劣地模仿韩信,搞什么破釜沉舟背水一战,部队扔下船只就往上冲,这些船只大多顺流漂走。

按说,陈三川还是可以突围的,就是在杨邑的二团赶到之前,从泗店和皇岗之间敌兵力空虚部位向北突击,这样就可以同冯知良率领的两个精锐连队兵会一处。可是在皇岗东南,"铁锤支队"同敌人的先遣营迎头碰上,支队政委夏文化拼命地喊,不能恋战,迅速撤退!陈三川却杀红了眼,强令一营迅速展开,占领有利地形。陈三川说,老子是撤退,不是逃跑,撤退就要像撤退的样子。遇到敌人不打,那就是临阵脱逃!

结果是,敌人越打越多,"铁锤支队"的兵力越来越少。陈三川终于搞清楚了,他的"铁锤支队"七百兵力,遇到的是杨邑的一个旅。就在夏文化痛心疾首的时候,陈三川还哈哈大笑,说,好啊,老子这回值了,老子的半个团,跟杨邑的一个旅叫板,叫花子变成阔佬了。撤什么撤,老子哪里也不撤了,就在这里跟杨邑决一雌雄!

战斗间隙,夏文化把两个营长和几个连长召集起来开诸葛亮会,研究撤退方案。陈三川拎着盒子枪,指着夏文化说,与其逃跑被消灭,不如迎面冲上去。我主力部队正在荟河打阻击战,我在这里牵制敌人一个旅,死了都是英雄,活着都是功臣!谁再说撤,老子擦枪走火是不负责任的!

结果,研究撤退的诸葛亮会变成了研究死守的会,陈三川说,孙悟空钻进白骨精的肚子里,要闹就闹大的,一不做,二不休,干脆不防御了,把敌人的指挥部给我查清楚,万军丛中取上将首级。再一轮战斗,不惜一切代价,专门打他的指挥部,活捉杨邑!

这以后,战斗又出现了转机。夏文化坚决不同意分兵突击,而且这时候已经判明杨邑的指挥位置回到了左家庄。在敌人炮火还没有展开的时候,陈三川把部队横向分成两路,纵向三个梯队,回过头去,直扑左家庄。

当蒋宏源向杨邑报告"铁锤支队"逼近左家庄的时候,杨邑也吃了一惊,他甚至怀疑是陈秋石在直接指挥这支部队,太出乎意料了,怎么会呢,这不是自投罗网吗,难道有诈?后来他听说这个"铁锤支队"是陈三川指挥的,他就明白了。

杨邑对蒋宏源说,这个亡命徒,他要拼命,他妈的他拼命还要找大个的。那好,老子成全他。

"铁锤支队"再次陷入重围,部队被迫进入左家庄河湾。

战斗从黄昏打到夜幕降临,"铁锤支队"弹尽粮绝,这时候别说敌军重重包围了,就是给他一条路,部队也走不动了。

杨邑在不该犯错误的时候终于犯了个错误,他认为重围之中的"铁锤支队"已经是菜板上的肉了,他让蒋宏源布置好包围圈,然后就睡大觉了,他想等天亮了再好好地品尝这块送到嘴边的肥肉。

然而,月黑风高之际,一支部队从左家庄南侧的一条灌渠里悄悄登岸,冯知良的两个连呈扇形展开,摸到了左家庄河湾,这里正是前些日子陈三川活捉龙柏的地方。

这次战斗就比较顺利了。冯知良已经侦察明白,杨邑包围圈的第一道防线是一个团,分散在河湾的四面八方共有九个点,每个点一个连,每个哨所一个排,每个排有一个班睡觉,一个班警戒,一个班巡逻,这种点、线、面互相结合、动和静轮番交替的支撑体系是杨邑发明的。

冯知良率队潜入河湾之后,很快就找到了陈三川,陈三川此时身上中了三颗子弹,一块弹片,浑身被撕破的军装包裹起来,已经不像个人了,但是他仍然没有倒下,而且正在召开秘密会议,要求干部们写血书,明早最后一战,与敌人同归于尽。冯知良告诉陈三川,他已经从河湾找到了一个秘密通道,过了河湾,有三十条铁皮筏子,还有几艘渔船,只要进入洇河,就能顺利撤退。

陈三川说，都打成这个样子了，还回去干什么？回去还给部队添累赘，不如打光算了。

冯知良说，陈旅长率领三团，已经秘密接近郭阳镇，荟河东岸的部队也做好了接应的准备。"铁锤支队"必须返回，否则我对陈旅长没法交代。

如此一说，陈三川才表示同意撤退。

夜里清点人数，还能走路的有四百多人。虽然有冯知良安排的武装通道，但毕竟几百人行动，还没有离开河湾，就被敌人发现了。杨邑的部队收缩得快，很快形成了阻击线。好在是夜里，也好在负责保障通道的有一个机枪连，火力凶猛，终于杀开一条血路冲了出去。

九

章林坡没想到他会在荟河战役中栽那么大的跟头，说到底，提前拔营出击荟河并不完全是他的责任，命令来自长官部。甚至可以说，新编第七师在荟河战役中全军覆没，他都可以不负责任，问题是没有全军覆没，而且杨邑的一旅还在郭阳镇重创共军攻坚部队"铁锤支队"，几乎全歼陈三川部。

章林坡的麻烦与其说是荟河战役给他带来的，不如说是杨邑给他带来的。杨邑的捷报不仅为他自己违抗命令、擅自行动洗清了罪责，也从而为集团军提供了一个替罪羊。

显然，在荟河战役中，集团军的决策是失误的，被共军的隐真示假、诱敌深入之计所迷惑，新编第七师倾巢而动去进攻所谓的荟河防线，是集团军直接指挥的，导致一个团被歼，两个团受到重创，伤亡近四千人，荟河防线仍在共军之手，并且更加牢固，以新编第七师的战力，短时期内根本无法突破，只好放弃，主力绕道迂回宿城,途中又被共军穿插分割,到了宿城,基本上损失过半。

这个责任谁来负呢?这就成了问题。因为集团军只是宏观指挥,具体的仗还是新编第七师打的,而新编第七师于火线之上未能及时察觉共军企图,未能采取灵活战术,未能将计就计,那是你新编第七师自己的责任,集团军当然是不负责任的。而杨邑能够在战役前期,审时度势,毅然从荟河前沿撤出,杀了共军一个回马枪,几乎歼灭共军后方突击部队"铁锤支队",这说明集团军的指挥是无可挑剔的,是给了新编第七师充分自主权力的。

事后章林坡自己反思,也不得不承认自己作为荟河战役的主要指挥官,确实犯了机械教条的错误,当他的另外两个旅向荟河发起冲击的时候,杨邑一再提醒,不能轻兵深入,要谨慎突击。侧翼的两个旅长也对共军荟河防守时强时弱表示疑惑,而此时章林坡和乔闻天已经被胜利冲昏了头脑,急于大功告成,刚愎自用,指挥部队一鼓作气突破了荟河,然而就在此时,悲剧发生了。

当第一阵炮声传来的时候,章林坡还在侥幸地认为,这是共军孤注一掷,发起反攻的信号,可是长时间没有传来进攻部队遭受炮击的消息,章林坡就开始不安了。共军为什么要打炮?共军的炮弹落在哪里了?

二十分钟后,答案有了,共军一个榴弹炮营的火力,十分钟急促射,两百多发炮弹准确地落在一个名叫王拐岗的地方,硬是把淮河大堤撕破了一道口子。淮河本来是向东南流的,当王拐岗决口形成之后,滔滔河水突然掉头,从一百多米高差的堤上瀑布一般泻下,向西北方向迅猛冲击,转眼之间就在荟河以东七公里的地方,沿泚河故道重新铺设了一条大河,将新编第七师的进攻部队分割成六七个小块,而且拥挤在新旧两条河流之间的狭长地带,部队惊惶失措,狼奔豕突,自相残杀者无数,几乎重演了当年苻坚的悲剧。

十天之后,在宿城外围,已经被革职的章林坡悲愤交加,带着参谋人员推演荟河战例,他终于明白了当初杨邑为什么拒不执行他的命令,擅自把部队从荟河撤回。当时杨邑只知道共军有诈,而不知道诈在哪里。现在章林坡搞清楚了,陈秋石再一次运用了江淮作战的地形优势,把水的作用充分发挥出来了。章林坡从当地的史志中搞清楚了,荟河到了这一段,原来就是春秋孙叔敖治水时期设计的泄洪通道,而王拐岗这个地方,早在三国时期,就被曹操的大将张辽用来抵挡东吴吕蒙和甘宁的军队,并创造了水助人战、人随水涨的传奇。章林坡看完史志上这一段记述,长叹一声,突然愤而骂道,他妈的,什么战术专家,只不过心眼儿多一点细一点罢了,旁门左道,雕虫小技而已,而已!

骂归骂,章林坡虽把陈秋石骂得一钱不值,心里却丝毫没有因此而舒服起来,就算他是雕虫小技旁门左道,可是他却把你打得丢盔卸甲落荒而逃。自古成败论英雄啊!

部队从荟河抽身之后,几经周折,辗转到宿城外围,然而今非昔比,战斗减员严重,全师只剩下七千人不到,缩编成乙种师。章林坡既然要承担荟河战役指挥不当的责任,师长是万万不能再当下去了,调到长官部去当高参。集团军这次倒是知人善任,将杨邑提升为代理师长,组织部队迅速进入决战准备,单等长官部发表正式任命。

杨邑也是踌躇满志,觉得自己征战一生,劳苦功高,官亭埠战役举国震惊,他虽然不是主要指挥官,但在国军方面,却是功劳最大者,再加上荟河战役自己明察秋毫,在章林坡的高压下,不仅保住了部队,还给共军攻坚部队以重创,这说明他始终是一个清醒的、明白的指挥官,当个师长也是顺理成章的事情。

从集团军受命回来的路上,杨邑和乔闻天坐在同一辆中吉普上,乔闻天说,荟河战役有很多问题,我是有责任的,我这个参谋长没有当好。乔闻天讲这话,既不是谦虚,也不是承担责任的意思,其实就是向杨邑表明一种姿态,他不推诿,不落井下石。

杨邑却没给乔闻天面子,他一向瞧不起这个自以为是的参谋长,认为这个少壮派自恃有后台老板,比较嚣张。这次荟河战役失利,他确实起了推波助澜的作用。根据过去的经验,如果不是他在一边监督,章林坡不会那么固执己见,章林坡对杨邑的意见往往还是很重视的。杨邑直截了当地说,是啊,当参谋长的,是不该在长官头脑发热的时候火上加油。

乔闻天怔了一下,讪讪地说,以后,还请师座指点。

杨邑说,乔参谋长,看来我们以后经常要和陈秋石打交道了。我跟你说,不要说你们,就是我这个教官,对他也是琢磨不透。

乔闻天说,从荟河战役我研究出一个特点,陈秋石这个人,胆大包天不一定,心细如发却是一点不含糊,他能把什么问题都想到,什么不利因素都能避开,什么优势都能用上。

杨邑说,你能看到这一点很好,陈秋石打仗,最大的特点就是细。所以说,我们跟他们打仗,永远都要慎之又慎,要摸清他的真实意图。只知其一,不知其二,则宁可不打。知其一,也知其二,而不知其三,则只能假打或小打。

乔闻天说,问题是,军令如山,有时候不得不打,躲是躲不掉的啊!

杨邑说,谋事在人,成事在天。荟河战役,我也是顶着你们的压力,章师长还扬言要枪毙我。可是我顶住了。枪毙我不要紧,关键是作为一个指挥官,不能把部队打没了。

乔闻天说,是,师座一席话,胜读十年书。

杨邑说,这些话,只是一己之见,未必真经。总而言之,跟共军作战,尤其是跟陈秋石打仗,绝不能想当然,一定要谨慎。打得赢就打,打不赢就跑,这不是共产党发明的。好汉不吃眼前亏,留得青山在,不怕没柴烧,这些话对于我们当指挥官的,是有警示作用的。

乔闻天说,是,卑职一定认真体会,悉心揣摩。

回到部队,杨邑就让马弁到一旅营地把他的东西搬到师部营地,又把一旅副旅长兼参谋长蒋宏源叫到师部进行交接,当晚就交代乔闻天做出计划,在战斗前夕,对缩编部队进行考核。

然而,天有不测风云。杨邑的代理师长只当了三天半,一百个小时不到,长官部的复电就到了,任命乔闻天为新编第七师师长,杨邑仍为一旅旅长,只不过又兼上了副师长。委任电是副师长兼政训处长郭得树宣读的,事前杨邑并不知道,郭得树也没有说明,直到全师上校以上军官到齐,杨邑还在以师长的身份主持会议。听完任命,杨邑当头挨了一棒,木然伫立,半天说不出话来,直到郭得树等人纷纷向乔闻天表示恭贺,这才渐渐回过神来,很不自然地向乔闻天挤出一个似笑非笑的表情,右臂情不自禁地抬了起来,又情不自禁地放下了,这个礼他终于没敬,生硬地说,恭贺啊乔师长!

乔闻天倒是大度,哈哈一笑说,老杨,转眼之间,你我的位置又颠倒了,我知道你心里不舒坦,但是我相信你作为一个战功卓著的党国军官,一定会以党国利益为重,辅佐本人。

杨邑转向郭得树问,为什么不提前通知我,是故意给我难堪吗?

郭得树皮笑肉不笑地说,老杨,你误会了。长官部的急电是绝密的,从集团军送来的时候就是密封的,我也不知道内容,我还以为你当师长是铁板钉钉的事情呢。不过你兼副师长了,好歹也算提升啊。

杨邑苍白的脸上挤出一丝苦笑说,无所谓,我要兼这个副师长干什么?我旅长不当都可以,我早就想告老还乡了。

乔闻天说,老杨,话不能这么说,你是我们新编第七师的老前辈,德高望重,今天在这个场合说这样的话,有失君子风度哦。

杨邑口气很冲地说,我不是君子,哪里来的风度?我就是个小人,小人是什么事情都可以做得出来的。

郭得树见杨邑转不过这个弯,担心当场搞僵,让乔闻天下不了台,于是和稀泥说,部队自从荟河失利,东奔西跑,士气萎靡。今天新师长上任,乃我新编第七师之大喜日子,我看是不是可以安排一次聚餐,一是庆祝,二是振奋士气。乔师长你看呢?

乔闻天王顾左右而言他,哈哈笑着说,啊,郭副师长想得周到,你就安排吧。

这一天杨邑的情绪低落到了极点,无论如何也装不出笑脸打不起精神。连中午饭都没有吃,就回到一旅,对蒋宏源说,他妈的败军之将,乌合之众,有什么好庆贺的!再跟共军开仗,有他们的好看!

蒋宏源说,师部通知今晚各伙食单位杀猪聚餐,我们怎么办?

杨邑说,问问部队,还有猪吗?妈的杀人还差不多,部队被他们搞得马瘦毛长,还黑起屁股眼儿提虚劲!叫军乐队晚上六点给我吹唢呐,十支唢呐一起吹,向师部的方向吹。

蒋宏源诧异地问,这是什么意思?

杨邑说,什么意思也没有,就按我说的办。

蒋宏源走后,杨邑躺在铺上,越想越恨,他恨的还不仅是长官部临时变卦,煮熟的鸭子飞走了,师长前面又给他加了个"副"字,更恨乔闻天和郭得树暗中勾结,着实把他羞辱了一番。杨邑不是傻子,在那难堪的一幕结束之后不久,他就判断出来了,今天这个任命宣读仪式,是乔闻天和郭得树精心策划出来的,他们就是要看他杨邑出洋相,就是要让他当众受辱,就是要让他失态,要让他站立不稳,从而让他威风扫地。他知道,就在荟河战役结束后不久,郭得树便在私下说过,看杨邑现在说话嗓门比过去大多了,好像一个荟河战役下来,他就成诸葛亮了,别人都是阿斗。他逞什么能?无论怎么说,他临阵抗命就是犯罪。倘若我军将校都违抗上峰命令,那仗还怎么打?就是杨邑担任代理师长之后,郭得树似乎也没有对他毕恭毕敬,反而阴阳怪气地说过,老杨,你当了师长,可不能鼓励部队抗命啊。

杨邑也很后悔他今天上午不应该失态,不应该像泼妇骂街那样摔脸子,而应该像人们推崇的那样宠辱不惊。可是他能够做到宠辱不惊吗,简直是欺人太甚!不知道长官部到底是怎么裁决荟河战役的,如此是非不分功过不明,如此用人不公,党国还有希望吗?

以后章林坡以高参的身份回到新编第七师视察防务,曾经跟杨邑做过一番推心置腹的谈话。章林坡上来就说,水至清则无鱼,人至察则无徒。你老杨吃亏就吃亏在太明白了。

杨邑说,老长官此话怎讲?

章林坡说,论战术,我部能和共军陈秋石对话的也只有你老杨了,但是老杨你要明白,军人并不光是要打仗的,军人还要讲人际关系。你老杨这些年人际关系一塌糊涂,也幸亏是在我手下,我不计较你,还给你撑腰,你才没有吃大亏。

杨邑不吭气,他琢磨章林坡的话未必没有道理。这些年章林坡对他确实不算太差,前些年他还曾在背后嘀咕章林坡不干正事,抗战不力,但是章林坡似乎并没有迁怒于他,一笑了之。章林坡这个人总体来说还是有胸怀的,尤其是荟河战役被革职了,到长官部去当了个鬼高参,架子小了许多,人味更多了许多,同杨邑见面,不仅没有生分,反而增加了些许袍泽故知的亲切。

杨邑说,无所谓,不在其位,不谋其政。江山板荡之际,风雨飘摇,我等前途命运皆是未知数。我当个旅长,胳肢窝里过日子,进退自如,倒也逍遥。

章林坡盯着杨邑看了很久才说,你刚才这话再也不能出去说了,祸从口出啊,你吃亏恐怕就吃亏在你的嘴上。

杨邑见章林坡神色凝重,话里有话,有点心虚,不禁问道,高参是不是听到了什么?

章林坡几次欲言又止,最后还是忍不住说了,老杨,你是不是在乔闻天面前说过,跟共军作战,能不打就不打。只知其一,不知其二,则宁可不打。知其一,也知其二,而不知其三,则只能假打或小打。不能把部队打光了?

杨邑愕然道,这个意思我是说过,但原话不是这样的,而且这仅仅是针对同陈秋石作战而言,具体到作战对象。我并没有说过同共军作战,能不打就不打的话。我的出发点是为了避免上当,保存部队。

章林坡说,问题就在这里。你之所以没有当上师长,就是这番话给你惹的麻烦。保存部队干什么,倘若党国江山都丢了,还要部队干什么,投降共军啊?

杨邑默然,半天才说,难道我被乔闻天暗算了?

章林坡没有直接回答,叹了一口气说,老杨,我跟你讲,打仗我不如你,可是当官你不如我。我再说一遍,我们军官也不一定就非要会打仗不可。仗打得再好,可是没有城府不行。你别看我现在被挂起来了,我跟你讲,只要局势明朗,我想东山再起的话,不出三个月,别说官复原职,就是官升一级都是有可能的。而你就不行了,书呆子只能打仗,带兵都差一截。我把话撂在这里,如果你不注意搞好和上峰的关系,再这么自以为是,那你这个旅长就当到头了。还有你的那个学生陈秋石,你别看他现在耀武扬威,可是一旦战争结束了,他的好日子也就结束了。尺有所短,寸有所长,这个人的弱点我现在搞明白了,他也就是一个战术机器而已,一旦战争结束,这样的人是没有用的。

杨邑说,老长官你不能按照国军的思路去衡量共军,他们是任人为贤的。

章林坡哈哈大笑说,你老杨还是糊涂啊!用人之际,任人为贤;养人之际,唯亲是举。在这个问题上,国军也罢,共军也罢,都是一样的。韩信为什么哀叹走狗烹良弓藏,就是这个道理。在中国官场上,只要天下太平了,品质和能力都是次要的,关键要看听不听话。像陈秋石这样的人,他听谁的话?他只听指挥能力比他高超的人的话,那怎么行,比他能力高超的有几个?那不是把自己的路都堵死了吗?

十

荟河战役中部队缴获了很多帐篷,野战医院不用再到老乡家里号房子了,索性在大堤下面一个避风处,十几顶帐篷一支,野战医院就有了。

淮海战役第二个阶段,陈秋石没有参加,陈三川也没有参加。陈三川是因为身负重伤,被冯知良救回之后,当即送到旅部医院,和他一起来的,还有老山羊。

再后来,陈秋石也住进了医院。赵子明和袁春梅到医院探视,陈秋石问起陈三川的情况,翻着眼皮子嘟囔,把他救活,等我出去了,亲手枪毙他!

袁春梅说,老陈你怎么这样想问题?事情已经过去了,而且陈三川身负重伤,"铁锤支队"牵制了敌人一个旅,给荟河战役减轻了多少压力啊!

陈秋石说,他要是按照我的计划进行,我的压力会更小。我的计划是一个月亮,他给我打出了一个缺口。什么事情过去了?新的战斗还在等着我们,像这样违抗命令的人,不杀不足以教育部队。

袁春梅说,老陈,你病了,安心养病吧,不要钻牛角尖了。

陈秋石说,我没有病,你们才病了。放我回去,我要指挥作战。

赵子明说,老陈你放心,刘汉民同志代理你指挥,第二阶段我们二旅打得很好。

陈秋石说,你们什么意思,你是说离开我地球照样转动?你说对了,地球离开我是照样转动,可是你们看,地球离开我它就转得慢多了。月亮呢,月亮为什么还不出来?

袁春梅说，真是讲鬼话，这是上午，哪里来的月亮？

陈秋石说，当然有月亮，你们看，那就是月亮。月亮在笑话老子，又把战斗打成了夹生饭。

陈秋石住进医院，是兵团成城司令员下的命令。

荟河战役后半截，因为陈三川一意孤行，"铁锤支队"遭到杨邑重兵围剿，陈秋石得讯，急火攻心，突然犯病。后来抽了一阵大烟，又经陶院长打了一针，虽然身体还有点虚弱，但神志清醒了，荟河战役自始至终还是他在指挥，调兵遣将，从容应对，看不出他犯病了。直到荟河战役结束，各战场清点战果，冯知良向他报告国军新编第七师已经全线回撤，陈秋石这才一屁股坐在石头上，半天不语，眼珠子发直。这情景把在场的人吓坏了，因为从来没有人看见陈秋石这么长时间发呆，他发呆了，说明他内心情感的波澜太大了。而陈秋石在发呆的过程中，还不断咬牙切齿重复一句话，枪毙！

赵子明和袁春梅都知道，陈秋石旧病复发了，这是瞒不住的事情，只好层层报告。

成城指示，让陈秋石住院，什么药也不给，就是让他离开指挥部，好吃好喝，找人陪他下棋打牌，分散他的注意力。

赵子明提出来让梁楚韵到医院来陪同陈秋石，他有一个冠冕堂皇的理由，说他担心这一次陈秋石病情加重，让梁楚韵陪同，随时可以记录陈秋石的言论，有些战术思想是很宝贵的，陈秋石在病中，更有可能出现奇思妙想。

袁春梅反对的理由也很正当，成城司令员要求创造条件让陈秋石远离战争，你把梁楚韵派去让他回忆战争，这会引起他情绪动荡。

赵子明不知道袁春梅的真实想法，他也不想得罪袁春梅，只好放弃这一提议。

陈秋石倒是听话，在医院里安静地待了十多天，偶尔闹着要出院,每闹一次,赵子明和袁春梅就要往医院跑一次。他们的为难倒在其次,更为难的是成城,因为荟河战役之后,韩子君就提出来,改任政治委员,让陈秋石担任纵队司令员,兵团也有这个意思,基本上形成共识了,恰在这个时候陈秋石犯病了,确实不好办。

陈秋石住院,不用吃药打针,行动也相对自由。等陈三川恢复得差不多了,他经常到陈三川的病房去。陈三川睡着的时候,他就那么不动声色地看着这个年轻人,医生和护士闻讯跟过来,他会摆摆手示意他们不要声张,这个时候,他就像一个正常人。有一次陈三川从睡梦中醒来,看见窗前站着陈秋石,连忙起身,要下床敬礼,陈秋石伸出胳膊,做了一个威严的手势,无声地命令陈三川躺下。陈三川没敢动弹,看着陈秋石说,首长,我错了,我不该恋战,害得首长着急上火。

陈秋石默默地看着陈三川,什么话也没说,看了很长时间,叹了一口气,缓缓地转身出门了。

又过了几天,陈三川能够下地活动了,让护士把他架到帐篷外面晒太阳,陈秋石老远看见,也慢吞吞地走过来。护士赶紧搬了一条凳子过来。陈秋石也不说话,就在陈三川身边坐着,看着陈三川。陈三川心虚,还想检讨,陈秋石又摆手制止了。陈秋石说,陈三川,吃一堑,长一智,你能认识到错误就很好。但是我要告诉你,你需要改正的不是错误,而是性格。性格决定成败,如果你不改掉好战的性格,就是认识到错误也还是零,再遇到情况,头脑还会发热。

陈三川说,首长,我懂了。

陈秋石说,打仗是一门艺术,是全局的艺术,我们每个人,每支部队,都是全盘的一个棋子。我们有时候需要舍卒保车,有时候又需要舍车保卒,这就要看卒子和大车谁对全局更重要。所以,车也好,卒也好,都不能凭着自己的好恶行动,必须有全局观念。

陈三川似乎受到震动,低头不语,然而最受震动的还是医务人员。陶至章那天也在场,在他听来,陈秋石的话句句在理,逻辑严谨,观点清晰,根本就不像一个精神病患者说的。陶至章甚至认为,陈秋石的病其实已经好了,就把自己的分析向袁春梅汇报了。

袁春梅得到这个消息,也很高兴,这次她是单独探视,她要看看陈秋石的病情到底好转没有。恰好这一天,她遇到了一件稀奇的事情。

自从陈三川能够下地活动之后,陈秋石经常到陈三川的病房来,后来很少提到战争了,而是不厌其烦地盘问陈三川的身世。陈秋石问,我记得你曾经跟我说过,你对小时候的老家还有印象,你说你们家的房子就像杜家老楼,也有圩沟,那我问你,你还记得一个磨盘吗?你小时候是不是跟家里人经常围着磨盘吃饭?

陈三川挠着头皮想了半天才说,首长你这么一说,好像我还真的围着磨盘吃过饭。

陈秋石来了精神说,你再想想,你们家圩沟上是不是有个吊桥?

陈三川困惑地看着陈秋石,他不明白旅长为何对他的家事始终锲而不舍地关注,他只能理解这是首长对他个人的关心。陈三川回答说,记不得了,首长这么一说,我也隐隐约约记得门前好像是有一个吊桥。

护士给陈三川端来一碗红枣稀饭,这是为了给陈三川补血的。陈三川说,请首长吃吧。陈秋石笑笑说,你有你的病号饭,我有我的病号饭,那是不一样的。

陈三川也确实饿了,就端起碗喝稀饭。那稀饭确实好喝,是糯米熬红枣。陈三川开始还有点斯文相,半碗下去,动作就加快了,呼呼啦啦地一阵吸溜,转眼之间就见底了。陈三川在放碗之前的一个瞬间,出其不意地做了一个动作,他把刚刚准备放下的碗又举到了眼前,伸出舌头,闪电般地舔了一圈,正准备舔第二圈的时候,似乎突然想起不雅,旅长就在身边,他怔怔地放下碗,扭头去看陈秋石,这一看把他吓坏了,他不知道自己做错了什么事情,旅长就像被惊吓了似的,脸色苍白并扭曲着,一双眼睛直勾勾地看着他。

陈三川顿时紧张起来,局促不安地站了起来,想问什么,却没敢开口。

陈秋石终于平静下来了,仍然目光炯炯地看着陈三川,说话的声音有些颤抖,陈三川,你把刚才的动作再给我做一遍。

陈三川吓坏了,他想肯定是他刚才那个不雅的动作让旅长生气了,旅长恐怕很快就要大动肝火了,他刚才还有一丝侥幸,他还以为他的那个动作旅长没有看见呢。可是旅长既然生气了,命令他把那个动作再做一遍,他也不能不做。陈三川怯怯地拿起碗,先是捂在脸上,从碗沿上看陈秋石。就在这一瞬间,他的心里也升腾起一股无名之火,陈旅长你干什么,你笑话我吗?你是富贵人家出身,你当然不能体谅贫穷人家的日子,我舔碗怎么啦,我舔碗是因为我珍惜粮食,那是劳动人民的血汗。我就是要舔,我要好好地舔,我要慢慢地舔,我要舔给你看看,你就笑话吧,我要让你知道,贫穷人家出身的人,之所以不雅,是因为你们的阶级剥削造成的。

有了这个念头,陈三川的底气就足了,他甚至还向陈秋石冷冷地笑了一下。然后正式开舔,左三圈右两圈,从外沿到碗底,循序渐进。舔完了,陈三川把碗一扔,迎着陈秋石冰冷的目光,顺口吟道:大米稀饭胜白银,粘在碗底亮晶晶,舌头一卷刮肚里,勤俭持家不丢人。

匆匆赶来的袁春梅正好看见了那一幕,陈秋石闭上了眼睛,两颗硕大的泪珠从他的眼角涌出,顺着消瘦的脸颊,滚滚而下。

第十二章

一

成城司令员亲自到十一纵三旅来看望陈秋石,他没有想到这一次陈秋石犯病犯得这样厉害,赵子明在电话里向成城报告的时候形容,这老兄就像妖魔附体,经常说些不着边际的话,而且口口声声说自己有罪,对不起组织,对不起一家老小。

在陈秋石念叨的诸多"对不起"里,还有一个老山羊。

老山羊老了。在荟河战役的最后阶段,老山羊驮着陈秋石到一线指挥阻击章林坡的进攻,一块弹片打进了老山羊的腹部。陈秋石当即命令陶至章抢救老山羊,陶至章抗议说,人我都救不过来,我哪有工夫救马,我又不是兽医!

陈秋石火了,厉声喝道,我的马至少等于一个连的兵力,你一定要把它救活。

陶至章没有办法,只好匆匆忙忙地给老山羊做手术,弹片还没有取出来,冯知良指挥一队人马把陈三川抬上来了。陶至章二话不说,转身就扑到了陈三川的手术台上。陈秋石无奈,只好命令一个护士接着给老山羊做手术。

袁春梅闻讯赶来,见陈秋石围着老山羊团团转,气不打一处来,一把扯住陈秋石说,你还像个旅长吗,你的攻坚主力团长身负重伤,奄奄一息,你却为一匹马在这里消耗医生的精力。

陈秋石一甩袖子说，陈三川是罪人，老山羊是功臣。

袁春梅说，陈旅长，你要为你的行为负责，不仅要负政治责任，还要负道德责任。

陈秋石拍着老山羊的肚皮说，难道你们就忍心看着我的老山羊这么死去，我不能见死不救啊！

老山羊似乎听明白了陈秋石的话，那当口，老山羊竭力地把脑袋扬起来，向陈秋石的怀里拱。

袁春梅掏出手枪拎在手上说，陈旅长，你要是还在这里添乱，我就把这匹马杀了。

陈秋石也火了，拍拍腰里的手枪说，你要是敢对我的马动手，我就敢对你下手。

袁春梅咬了咬嘴唇，咔嚓一声打开保险，枪口对准了马头。就在这一瞬间，一个人从袁春梅的身后蹿上来，一把架起了袁春梅的胳膊。

袁春梅和陈秋石都愣住了，定睛看去，是梁楚韵。梁楚韵脸色绯红，胸脯剧烈起伏。袁春梅说，梁楚韵，你到这里干什么？

梁楚韵说，陈旅长，袁副政委，不要再吵了，把老山羊交给我。

陈秋石看着袁春梅，袁春梅也看着陈秋石，两双眼睛就像四只手在秋风中触摸。最终，袁春梅把手枪装起来了，冲陈秋石吼道，马比人大，你陈旅长对部属什么感情？

陈秋石也收起手枪，弯腰蹲下，深情地向老山羊注视了一会儿，再直起腰杆，对梁楚韵说，谢谢你小梁，我的老山羊就交给你了，是死是活，它信赖你。

说完，平静地拍了拍马头，转身扬长而去。

没有医生，也没有护士，梁楚韵找来了两个轻伤员帮忙，搞了半瓶酒精，用刺刀把老山羊腹部的弹片取了出来，后来又喊了一个卫生员，给老山羊的伤口进行消毒缝合，老山羊居然奇迹般地活了下来。

这以后,梁楚韵隔三差五就来看望老山羊。再往后,陈秋石终于发病,也住进了医院,梁楚韵再来,也捎带着把陈秋石给看了。只不过,现在她已经心灰意冷了,她终于明白,陈秋石不可能接受她。

成城在赵子明和袁春梅的陪同下,赶到医院的时候,陈秋石正在帐篷外面看着警卫员洗刷他的老山羊。这是他每天必修的课目,自从住进野战医院之后,每天有两件事情必做,一是看看老山羊,二是看看陈三川。

成城本来是带着任命书来的,兵团决定任命陈秋石为十一纵队司令员。可是当成城和陈秋石晤面之后,这个任命书他始终没有从文件包里掏出来。

陈秋石见到成城,似乎并没有多少反常,还站起来给成城敬了个礼,嘴里念念有词,华野十一纵队三旅旅长陈秋石正在养病,随时准备接受新的作战任务。

赵子明同袁春梅对视一眼,觉得陈秋石今天的表现还算正常。

可是这正常没有持续多久,陈秋石的眼皮子就开始打架,哈欠连天,眼泪一把,鼻涕一把。赵子明和袁春梅都心照不宣,知道这伙计烟瘾犯了,可谁也不敢说穿。

成城打量着陈秋石,眼前的这个汉子已经瘦骨嶙峋,脸上胡子拉碴的,头发也有点乱糟糟的。成城皱起眉头说,怎么搞的,把你们的旅长搞成这个鬼样子!你们医院就没有剃头的?

赵子明说,老陈最近情绪波动很大,说是不让他出院去指挥作战,他就不剃头。

成城说,啊,还有这样的事情?

赵子明说,确有其事,我自己动手给他剃头他都不干。

成城沉吟片刻说,老赵,你还记得在百泉根据地吗,那一次老陈的病是怎么治好的?

赵子明说,是因为打仗。后来司令员交给他一个任务,单独指挥一次战斗,战斗胜利了,老陈的病也就全好了。

成城说,那就奇怪了,老陈这次犯病的时候,不就是在战斗当中吗?这次为什么不灵光了?难道精神受了什么重大刺激?

赵子明一眼瞥见,刘大楼借着给陈秋石擦脸的工夫,好像把什么东西放在陈秋石的鼻子底下了,赶紧分散成城的注意力,拉拉成城的袖子说,首长,有些事情当着老陈的面不好说,我单独向你报告。

没想到这句话把陈秋石惹住了,陈秋石打了两个喷嚏,似乎来了精神,在一旁阴阳怪气地说,老赵你又搞什么鬼把戏,为什么不当着我的面说,难道你又想把我打成投降派?你这个人一贯搞鬼把戏,不是纯洁的革命者。

赵子明悄悄地说,司令员,你看看,这伙计真的又犯病了,这次不同往常,这次来得厉害。

成城看着陈秋石,若有所思地说,他这个样子,三分像人,七分像鬼,怎么能领兵打仗啊?

岂料陈秋石听得明白,又一竿子插上来说,报告司令员,陈秋石同志不是三分像人,七分像鬼,陈秋石同志正常得很。赵子明和袁春梅等人暗中勾结,要剥夺我的指挥权,恢复他们的政治委员的最后决定权。他们又把我软禁起来了。请司令员把我放出去,我要打倒蒋介石,解放全中国。

成城的眉头又皱起来了,想了一会儿才说,这家伙一会儿说人话,一会儿说鬼话,真搞不明白,他是真的犯病还是假装的?

赵子明说,他讲人话是真的,讲鬼话也是真的。他犯病就是这个样子。

陈秋石说,岂有此理,老赵你为什么一再强调我犯病了?我什么病也没有,不信你们让我回到指挥位置上,给你一个团进攻,给我一个团防御,我让你竖着进来,横着出去。

成城笑了,走到陈秋石面前,拍拍他的肩膀说,老陈,我相信你。你病了是真的，我们能把你的病治好也是真的。不过，淮海战役第三阶段还没有开始，部队还在集结休整，你再给我安心休养一段时间，有了任务，尤其是重大任务，我再找你。你听明白了吗？

陈秋石敬礼回答，我明白了。

成城回到兵团，左思右想，最后还是决定让陈秋石离职休养，不一定住院，也可以到解放区，他甚至想把陈秋石送到太行山百泉根据地或者北平去。但是征求陈秋石意见的时候，这伙计坚决不干。陈秋石说，我没病，我要继续指挥我的部队。

陈秋石越是这么说，兵团首长越是不放心，再三让赵子明和袁春梅做工作。陈秋石终于松口了，说可以离职休养，但他只能回到玫山隐贤集。

赵子明让袁春梅同淮上州地委书记的郑秉杰联系，郑秉杰说，隐贤集解放了，地方政府已经对陈家圩子进行修缮，盖了三间砖墙瓦房，还有一个小披厦，欢迎陈旅长回故里休养，医疗和警卫工作都由地委负责。

赵子明喜出望外，跑到医院把情况向陈秋石说明了，陈秋石大睁着双眼看着淮河大堤，一句话也不说。赵子明说，老兄，你倒是给个话，回不回隐贤集？

陈秋石说，老赵你安的什么心，我身强力壮的，百病没有，你为什么老是逼我离职休养，难道我就没有用了吗？成城司令员跟我说过，有了任务，尤其是重大任务，他再找我。我要是到了隐贤集，他到哪里去找我？

赵子明说，老陈，你看你这个样子，一会儿像人，一会儿像鬼，你怎么能指挥部队打仗呢？

陈秋石说，我从来没有像鬼，我清醒得很。

赵子明说，还有，你现在还抽上大烟了，烟瘾一上来就犯困，这让兵团首长知道了，不枪毙你也得撤职。

陈秋石说，造谣，国民党反动派造谣，你也造谣。国民党反动派当年造谣说我死了,可我还活着。你造谣说我抽大烟,可是我没抽,我从来不抽那东西。

赵子明说,老陈,听我劝,好好回到家乡休养一阵子,等我们把国民党反动派打倒,再派人接你。

陈秋石说,反动派靠你是打不倒的,反动派要靠我来打倒。

说着,又打开了哈欠,嘟嘟囔囔地说,刘大楼呢,把我的白粉放到哪里去了?火速取来。

二

梁楚韵站在淮河大堤向东瞭望,但见阡陌纵横,水网交织,油菜花地在水网稻田中间一簇一簇地跳跃。雨后上午的太阳照在河面上,像是倒进了一河流霞,满眼都是金色。刚刚从鏖战中脱颖而出的淮河,又迎来了一个生机盎然的春天。

淮海战役结束后,部队就地休整,扩充兵员,征集粮草,进行思想教育。三旅受纵队直接指挥,同纵队部一起驻扎在宿城。《阵线》报社全体调到纵队政治部,《阵线》报改名为《解放》,梁楚韵担任宣传科副科长兼《解放》报社主编,为副团级干部。

在这个好天气里,梁楚韵和王梧桐来到荟河大堤上,这里既是古战场,又是荟河战役旧址,硝烟刚刚散去,尘埃刚刚洗落,空气中弥漫着清新的田野气息,让人心旷神怡。

王梧桐现在进入到一个神奇的境界,自从她单枪匹马起义过来,一直享受特殊照顾,只要条件允许,就给她一顶帐篷,让她单独住。有几次她约冯知良到她的帐篷小坐,难免心猿意马,想重温肌肤之亲,但是每次都被冯知良婉言谢绝。王梧桐说,我们过去已经有了,为什么现在就不能有?

冯知良说,在这个问题上,我已经犯过一次错误了,我不能犯第二次错误。

王梧桐说,首长的意思,就是让我们两个人在一起。

冯知良说,那我们更要自觉,不能得寸进尺。我们还没有结婚,就不能睡在一起,不能连累首长。

虽然不能住在一起,渴望与日俱增,但这种渴望也恰恰让王梧桐倍感兴奋,倍感甜蜜,甚至有一种初恋的焦灼的幸福。

王梧桐一直是战报的编辑,她不仅能写,还能画。她画了很多战地速写,有人物,有山水,有花鸟。这些素描画有的被刊登在战报上,更多的是被她藏起来了,那些被藏起的作品,多数与爱情有关,多数与冯知良有关。令她始料不及的是,她的作品会被陈旅长看中,抑或说她这个人会被陈旅长看中。陈旅长住院期间,她经常由冯知良领着去见陈旅长。

陈秋石向王梧桐描述了一个人的形象,陈秋石说,你先给我画一张嘴出来,大嘴,厚嘴唇。

她于是画了一个厚厚的大嘴唇,陈秋石盯着她的作品说,有点像,又不太像,太厚了一点。

她于是又把大嘴改得稍微薄一些。

陈秋石反复琢磨说,还是有出入,上面比下面应该厚一点。

她于是又把上面改得厚一些。

然后又画鼻子,是个蒜头鼻,陈秋石一会儿说离嘴巴太近,一会儿又说鼻头太大,反反复复,没完没了。画了鼻子又画眼睛,然后再画耳朵,一个人物肖像让她画了十几个半天,改了一百多次,最后就成了一个农妇的样子。是一个不太俊俏的女人。

陈秋石拿着定稿说,就这样吧。画画的事,是重要的军事机密,跟谁都不要说。

后来冯知良告诉她,她画的那个女人,很有可能就是陈旅长失散多年的妻子。她愕然,她不相信陈旅长会有那么其貌不扬的妻子。而且她知道,梁楚韵对陈旅长一往情深,陈旅长就应该有梁楚韵那样的大家闺秀和知识女性做妻子,而不是那个嘴大眼小的女人。

那幅画被陈旅长收起来了,此后她再也没有见到过。

梁楚韵跟王梧桐相处得很好,俨然闺中密友。梁楚韵有一次跟她开玩笑说,军事调处期间,老太太管得那么严格,没想到还是让你钻了空子。你当时是不是受命于郭得树,想搞我们的情报?

王梧桐坦然回答,压根儿不是,我就是喜欢冯知良,这个人其实很不浪漫。他越是不苟言笑,我对他越是感兴趣。一来二去,就有意思啦。

梁楚韵说,你们那时候难道就没有想到后果,没有想到结局?

王梧桐说,爱情是没有阶级的,也是没有阵营的。我那时候什么都不想,管他妈的,就是想和冯知良在一起。

梁楚韵说,好,你是个真女人。

王梧桐说,什么叫真女人,难道你是假女人?

梁楚韵说,我不是真女人。真女人敢爱敢恨,敢作敢当。我不能,所以我是假女人。

王梧桐说,我跟你讲,在国军里面,那些狗官骂我不知廉耻,骂我没心没肺。去他妈的!我怎么不知廉耻了,我又没有水性杨花,我只是和我爱的人在一起。我怎么没心没肺了?我就是为了爱情不顾一切。一个女人,没有爱情,那叫什么,那不是一堆死肉吗?

王梧桐的话让梁楚韵久久不能平静,她甚至有点羡慕王梧桐,不管不顾,旁若无人,我行我素,爱得真真切切。虽然也遭到一些磨难,可是那个过程,每个细节都是有滋有味的。

陈秋石住院,暂时不承担指挥责任,老山羊伤后痊愈,也不再驰骋战场,这匹战马的编制现在落到了《解放》战报编辑部,负责驮运印刷器械和机关资料。但是梁楚韵坚持一条,老山羊归她直接使用,她从来不让虚弱的老山羊驮运物资。部队行动的时候,她要求王梧桐和张世旭等人自己扛东西,她牵着马走。

老马识途,老山羊这个久经沙场的老马,虽然已经风烛残年,仍然高昂着头颅,别人给它洗澡喂料,概不接受,除了陈秋石,它只对梁楚韵俯首贴耳,这让梁楚韵既感动又纳闷。冥冥中,她觉得在江淮这块土地上,最了解和最同情她的,就数老山羊了。

这期间,袁春梅找她谈过一次话,征求她对陈三川的看法。她冷笑着问袁春梅,你是不是想当月下老人,把我配给陈三川啊?

袁春梅对她直来直去的诘问并不感到意外,也不难堪。袁春梅笑笑,用很平静的口吻说,就算是月下老人又怎么样?组织上关心同志,给我们的指挥员牵线搭桥,是常有的事情。在百泉根据地,你没有经历过?

袁春梅的平静让梁楚韵心里更不舒服,她突然意识到不该做出一副被害人的样子,她应该把腰杆挺直一些,她的目光不应该闪烁,她可以直接对视袁春梅。但是她最后还是选择了躲避,她没有袁春梅的那种战争经历,也没有袁春梅做地下工作练就的那副胆魄,同袁春梅进行精神上的武装斗争,她不是对手。当然,她也有她的私有武器,而且杀伤力很强,当她想起她的武器的时候,底气就足了,嫣然一笑说,袁副政委难道忘记了,在百泉根据地,就是组织上把我介绍给陈秋石同志的啊,当时好像你还参与了。

袁春梅怔了一下,这件事情过去七八年了,她差不多都快忘记了,没想到却被梁楚韵拿来做挡箭牌。袁春梅不动声色地看着梁楚韵说,那是历史了,新的一页翻开了。组织上考虑,你也老大不小了,应该在战斗中建立革命的爱情。

梁楚韵反击道,组织上?谁是组织?

袁春梅说,我正代表组织上跟你谈话。

梁楚韵说,就算你代表组织,可组织上也不能一女二嫁呀。再说,如果我同陈秋石同志建立了爱情,难道就不是革命的爱情?

袁春梅的眉头倏然跳了一下,然后她笑了,微笑着说,梁楚韵同志,你不要钻牛角尖了。我跟你说,你和陈秋石同志之间根本就不可能有什么爱情。你太不了解他了。

梁楚韵反唇相讥,这么说,袁副政委你是非常了解陈秋石同志了?

我?袁春梅没想到梁楚韵会这么放肆,但她这一次有备而来,不慌不忙地说,可以这么说吧,我是比较了解他。

梁楚韵也豁出去了,不卑不亢地说,袁副政委,你是不是认为我是横在你和陈旅长之间的绊脚石,如果你承认你有这个心思,我可以退出。我们都是革命军人,应该光明磊落,不能拉大旗作虎皮。

袁春梅的脸皮紧了一下,右手下意识地摸了摸腰间的武装带。梁楚韵看见了这个细节,却假装没有看见,就那么笑容可掬地看着袁春梅。袁春梅不发火,她更不会发火,同王梧桐接触多了,她发现她的脸皮厚多了,战斗意志坚强多了,手段也似乎高明起来了。

这次谈话仍然没有结果,袁春梅临走的时候说,梁楚韵同志,我劝你自重一点,不要再纠缠陈秋石同志了。你这样做,给我们的部队带来了很不好的影响,同志们是有看法的。

梁楚韵冲着袁春梅的背影说,袁副政委,你这样乱点鸳鸯,拆散下属的做法,同志们也是有看法的。

自那以后,袁春梅就再也没有找过她。

可是,梁楚韵心里并不好受,虽然她同袁春梅差不多撕破了脸皮,并且没有败下阵来,但是她知道,这种胜利仍然只是空中楼阁,仍然是无本之木,因为陈秋石对她始终是隔膜的,陈秋石对她的一片深情,不是视而不见,而是置之不理。

随着年龄一天一天地增大,她对于爱情的理解也一天一天地变化着,一天一天地现实着。心灰意冷的时候,她甚至想过,接受陈三川也没有什么不好,陈三川毕竟年轻,血气方刚,前程无量。爱情是少年人的事业,婚姻则是成年人的工作,作为一个女人,如果得不到理想的爱情,那么有个理想的婚姻也不错。

问题是,陈三川是她理想的婚姻伴侣吗?

在这个春暖花开莺飞草长的日子,望着波光粼粼的河面,梁楚韵再次产生回上海的念头,她有些厌倦了,她当年毅然投身革命,是为了抗日,是爱国。日本鬼子投降之后,支撑她的是爱情。可是日本鬼子已经投降了,为什么战争还没有结束?况且她的爱情也看不到希望,那她为什么还要留在这里?

王梧桐在不远处写生,这个女人被爱情滋润得像是熟透的桃子,梦里都是笑声。

如果说这里还有什么值得她留恋的,也许就是老山羊了。老山羊躺在东边的堤坝上晒太阳,优哉游哉。她突然想,人和牲口谁更幸福?她不知道,她只知道,人有时候并不比牲口可爱。

三

梁楚韵在荟河堤坝上想家的时候,部队正在酝酿开展一个运动,这个运动的主旨就是反对消极情绪,集中战斗意志,将革命进行到底。

三旅抓的第一个典型,也是最大的典型,就是许得才。还是在荟河战役开始之前,许得才就嚷嚷要回家,他已经快四十岁的人了,听说儿子都讲媳妇了,他还天天背个大枪跟子弹比谁跑得快,心里很不痛快。

团长马建科找他谈话,说革命还没有成功,你不能光想着婆娘孩子热炕头。

许得才说,当年我跟郑团长参加革命,郑团长红口白牙跟我说过,打完日本鬼子,给我在东河口开个饭店,我当老板。可是日本鬼子消灭了,还有国民党。打来打去没个完了。

马建科说,你这话在我面前说可以,出去可不能说了,不然给你扣一个消极逃跑、贪生怕死的帽子,你就完蛋了。

许得才说,我还要怎么样?这个四不像的营长我早就不想当了,国民党的营长吃香喝辣,屁股后面有几根枪跟着,马弁卫士都有,我这个鸟营长跟战士们吃一样喝一样,行军自己背铺盖,打仗还要跑到他们前面。革命有哪样好,我一点光也没有沾上,我还不如回家炸油条呢,参加革命快十年了,耽误我卖多少油条啊,少说也有三万根,洋钱少挣一千块不止。

马建科说,你这个鸟人怎么老是这样算账?日本鬼子打来了,别说你油条卖不成,你命都保不住。你要是再嚷嚷回家,我就把你捆起来送给旅政治部,让他们枪毙你。

许得才知道旅政治部厉害,他怕那个袁副政委,这才闭上嘴,老实了一阵子。

在荟河战役中,许得才的部队担负东翼阻击,这伙计留了个心眼儿,布置兵力的时候给自己留了个预备队,用两个排的兵力保障后撤通道,拉开了不战而退的架势。这件事情被马建科察觉了,马建科要治罪,情况报到旅部,陈秋石带着刘大楼过来察看一番说,许得才很会用兵嘛,这个地形就应该有个后撤通道。

马建科说,旅长你不知道,这个老油条不是为了部队后撤,而是为了逃跑。

陈秋石问许得才,你是打算逃跑吗?

许得才振振有词地说,马团长是半吊子,我不是。我要是逃跑,我就不会跟着部队离开大别山了,我怎么会在战斗即将开始的时候逃跑,那不是找枪毙吗?

陈秋石说,言之有理。我看许营长不会逃跑,我不仅不批评他,我还要表扬他。我跟你们讲,一个聪明的指挥员,打仗就是要考虑退路。当然,我这样说并不是鼓励逃跑,我鼓励的是保存。作为指挥员,逃跑者固然可耻,先死者同样可耻,你们听明白我的话没有?

马建科等人一头大汗,连忙说,听明白了。

陈秋石说,许得才,我问你,一旦防线被突破,你的这个预备队将如何使用?

许得才知道陈秋石没有把他当成怕死鬼,有点感动,精神头也就足了,见陈秋石发问,立正回答,报告旅长,我分析我这个地形,死守是不可能的。陈旅长用兵,不会让我们拼光,既然在不该拼光的地方拉开拼光的架势,只能是虚晃一枪。既然是虚晃一枪,我就不能造成更大的伤亡。当防线被突破的时候,我的预备队实际上是第二梯队,可以同前沿部队交替掩护,迅速撤退至第二战场集结待命。

许得才报告的时候,陈秋石似乎并没有认真听,两眼望着天空发愣。等许得才报告完毕,陈秋石转过脸来问,说完了?

许得才说,报告旅长,完了。

陈秋石又问,你怎么知道荟河阻击战还会有第二战场?

许得才顿时愣住,张口结舌,最后挤出两个字,猜的。

陈秋石说,猜的?你没有依据,凭空猜测,怎么能按此用兵,这岂不是盲人摸象?你要是猜错了,我没有第二战场,防线还没有突破,你就带部队撒腿后撤,那不就是逃跑吗?你知道临阵脱逃该怎么处置吗?

许得才脸如死灰,结结巴巴地说,知道,临阵脱逃,枪毙。

陈秋石说,好了。马团长,派一个班到许得才这里督战,发现许得才有临阵脱逃迹象,就地枪决。

说完,转身走了,吓得许得才好半天才说出话来,他妈的,什么叫聪明反被聪明误?老子就是。这一仗打完,我要是不回家炸油条,那我就把我自己给炸了。

离开许得才防御阵地的路上,陈秋石问刘大楼和马建科,你们觉得许得才这个人怎么样?

马建科说,这家伙老奸巨猾,有作战经验,但就是胆小,每次打仗,他总往后缩,不像陈三川,一遇到硬骨头就嗷嗷叫往自己怀里抢。不过,要是逼急了,他打仗还是有些鬼点子的。

陈秋石又问刘大楼,刘副参谋长,你说呢?

刘大楼笑笑说,他不仅跟敌人猜心思,也跟首长猜心思,这家伙聪明过头了。

陈秋石说,是啊,他倒是走到我们的前面了。没有根据,凭空猜测,这是很危险的。不过话又说回来了,有时候还真的需要基层指挥员动动心思。能猜出个毛七毛八,也是本事。

马建科看着陈秋石说,旅长,这么说不用派督战队了?

陈秋石说,那是吓唬他的,我哪有兵力给他当警卫?这么一个很有心计的营长,我怎么过去不知道?

马建科说,他老是消极,嚷嚷革命成功了,他要回家炸油条,政治上一塌糊涂,我们一直是把他当作反面典型的。

陈秋石笑道,哈哈,尺有所短,寸有所长。我看这个人有前途,此仗不死,可以当团长,至少也可以当团参谋长。

后来荟河战役打响,许得才惊喜地发现,他的猜测是对的,陈旅长果然搞了个第二战场。十几门大炮一轰,王拐岗决堤,旧河道霎时升起,东西两路是水,南北两路是兵,脚下是石头,天上是炮弹,章林坡的两个旅被困在狭长的地带里,损兵折将,许得才没有费太大的事儿,就从一道防线顺利转移,在战斗中歼敌上百,还俘虏了两个连。

一仗下来,许得才就不嚷嚷要回家炸油条了,到处跟人吹牛说他会神机妙算,他把旅长的计谋都参悟透了。他不说他是猜的,而说是判断的。他是根据敌情、我情、天时地利分析的。

不知道是谁把陈秋石的那句话透露出去的,许得才听说陈旅长对他评价很高,并且说了"此仗不死,可以当团长,至少也可以当团参谋长",就更是趾高气扬,心里琢磨,要是能当上团长或者参谋长,那就不回家了,油条可以以后炸,也可以让别人去炸。当了团长还炸什么油条啊,以后就等着吃油条吧。

偏偏事与愿违。许得才眼巴巴地等了一个多月,部队倒是调整了,马建科调到旅里当参谋长,三团的新团长居然是陈三川,参谋长则是刘锁柱。陈三川这半吊子一回来,就摆出一副首长的架势,煞有介事地找许得才谈话,批评他不该老是惦记回家炸油条。陈三川说,什么是小农意识?你老许就是。革命是大事,比炸油条要重要一万倍。以后回家炸油条的话再也不要讲了,再讲就是动摇军心,动摇军心是要枪毙的。

许得才暗暗地骂,这个半吊子,当年偷老子的油条,就像个强盗,如今猴子穿上花褂子,他还以为他就成了花姑娘了。老子能给你帮工?休想。当然,这话只能心里想,嘴上是不敢说的。许得才哼哼哈哈地说,三川,啊,陈团长,你大叔我,啊,不,我许得才一定改正,一定听从你的指挥,你让打到哪里我就打到哪里,你让打到什么时候,我就打到什么时候。

陈三川有点不相信,狐疑地看着他说,不回家炸油条了?

许得才说,哪能呢,那是说着玩的。我老许还等着跟你打下天下坐江山呢。陈团长,以后你要是当了师长旅长的,给我一个团长总可以吧?

陈三川哈哈大笑着说,革命不是当官做老爷,你老许不要老是惦记当官,你给我把仗打好,不该你的你要不着,该你的跑不掉。

许得才点头哈腰地说,那是那是,陈团长觉悟高,往后我啥也不提,就跟在你屁股后面好好打仗。

陈三川满意了,挥挥手说,好,那就看你的行动了。

许得才没有让陈三川失望,他当天夜里就采取了行动,把枪留在铺盖上,把那口他背了几年的黑锅背在身上,趁查哨的机会,脚底抹油,一溜烟往西径奔。

一夜狂奔,又饿又累,直到第二天早上,他终于跑到荟河岸边,看见一只渔船顺流而下,喜出望外,连忙掏出两块大洋比划,想让船家弄点稀饭喝喝。船上的人倒是热心,把船靠了过来,他已经饥不择食,低着头进了船舱,等他抬起头来,惊叫一声,刚要夺路而逃,已经来不及了,他被扭住了胳膊。

陈三川坐在船舱里,哈哈大笑。

四

渡江战役之前,华野被整编为第三野战军,成城兵团各纵队,有的直接升格为军的建制,有的合并为军,只有十一纵队特殊,仍然沿用原来的番号,并受领了一项特殊的任务。

国军新编第七师在淮海战役的前一阶段,进攻荟河受到重创,在第二阶段增援宿城的时候,又被成城兵团分割包围,基本上溃不成军了。除了杨邑的一旅尚且比较完整以外,其余两个旅和师直属部队大部被歼。在战役后期,章林坡不知道使了什么招数,说服长官部,把新编第七师残部提前从淮海战场上撤了下来,这才避免了全军覆没的厄运。撤下来的部队只剩下四千多人,划归罗杰英的第七集团军第二军,章林坡为军长,新编第七师番号不变,但只有一个旅带四个团的建制。这支部队既没有退到江南,也没有从海上逃遁,而是回到了淮上州,在大别山重整旗鼓,安营扎寨,固守一隅,成为解放军渡江的一颗钉子。

十一纵的任务就是尾随老对手,回到大别山,前期牵制消耗,在渡江战役之前,将其消灭。

这是一个独立性很强的任务,韩子君多次向兵团和华野首长进言,鉴于陈秋石的指挥才能,加上对新编第七师熟悉,还是应该由陈秋石负十一纵最高军事责任。为此,成城在与部队分手的前十天,又到十一纵营地考察陈秋石的现状。

纵队召开行动部署会议的时候,陈秋石也参加了,他此刻的身份仍然是三旅旅长。当参谋长把行动方案宣读完毕之后,成城问陈秋石,老陈,过去是你守他攻,现在情况恰好相反,他守你攻。如果让你指挥,战略上你有什么想法?

陈秋石说,两个问题必须解决。一个是时间,我在什么时候牵制,牵制多长时间,这个要搞清楚;第二是空间,现在我们不知道敌人的部署,因而我方回到大别山,也是盲人摸象。

成城说,你远距离地分析,新编第七师会采取什么样的防御方式?

陈秋石说,我不是纵队首长,这不是我考虑的问题。

成城火了,一拍桌子说,怎么不是你考虑的问题?荟河战役,你把兵团的方案都考虑了。现在主力部队要东进,你们要西下,分手在即,火烧眉毛了,你还端架子。你的病到底好了没有?

陈秋石说,我的病当然好了。让我指挥十一纵,我百病消除。

成城说,那好,那你就把你的设想说出来听听。

陈秋石打了一个哈欠,眼窝有些酸涩。他想离开座位,成城吼道,给他烟!

陈秋石身后的刘大楼赶紧给陈秋石递了一支烟卷,当然是经过加工的。陈秋石用颤抖的手把烟点着,深吸一口,长长地吐了一口气,然后从自己的文件包里掏出一份《大别山敌情分析图》,摊在桌子上,平静地说,各位请看,根据大别山北麓的地形和新编第七师现有兵力及装备,我分析他会采取抗日时期的收缩式防御,北临淮河,南倚玫山,其重点仍然在东南西黄集和棋仙寺一线……

成城和韩子君对视一眼,双方的眼里都有惊喜。到目前为止,陈秋石还是胸有成竹,并无异常现象。

那个上午,陈秋石讲了一个多小时,条理清楚,逻辑严谨,分析透彻,应对正确,丝毫不像一个精神病患者。

会后成城问韩子君和赵子明,这家伙到底是怎么回事,我都怀疑他没有病。

赵子明说,麻烦就在这里,你永远不知道他什么时候是清醒的,不知道他什么时候会犯病。

韩子君说,据我所知,当年太行山的医生把他诊断为妄想型精神分裂症,是不对的,陈秋石这种病很像西方人说的,是间歇型失忆症,其主要症状就是在强刺激下大脑会出现短暂的空白,对周围的人或事记忆模糊,所以往往也会不知所云,听起来像胡言乱语。但是这个病有一个特点,就是不会失去理智,也不会走极端。

成城说,哦,这个病也真的蹊跷,难道他生病也有战术?这家伙,他给敌人神一出鬼一出,给老子也来这一套,把部队交给一个半疯的人,我们怎么能放心?

韩子君趁机说,我听说司令员在太行山就说过,陈秋石同志的病,只有一味良药,就是打仗。

成城说,是有这个事,可是今非昔比,而且这次好像持续的时间比较长,他是不是有什么思想问题啊?

赵子明说,要说,也可能有一点。抗战胜利了,部队恋家厌战的情绪有些苗头,估计陈秋石同志也有一点。据说在部队北上宿城之前,他就几次念叨,战争胜利了,他要回家找儿子,这对他的意志是有影响的。

成城说,你们过去是怎么解决的?

赵子明说,还是首长那句话,让他打仗,逐渐分散他的精力。

成城不语,沉吟良久才问,如果把十一纵的军事指挥权交给陈秋石,你们放心吗?

韩子君说,我是双手赞成的。第一,自曹政委牺牲之后,我一直军政一肩挑,压力太大;第二,陈秋石出任十一纵司令员,对新编第七师是个极大的震慑;第三,陈秋石指挥打仗,我军更有信心。

成城问赵子明,你能保证不出问题吗?

赵子明说,我认为,陈秋石同志的病是个坏事,但是如果加以利用,也可以成为好事。当年军事调处失败,反动派派小分队暗杀陈秋石,然后进攻解放区,我们还将计就计制造了陈秋石同志牺牲的假象,引诱敌人轻兵深入,一举取得西黄集和西华山两个战场的胜利。如果有五天不讲错话,就说明他的病已经好了,陈秋石同志已经六天没有说错话了。

成城说,看来你们的意见都比较一致,我回兵团后向其他首长汇报你们的想法。你们要做好两手准备。

成城离开十一纵之后的第二天,兵团司令部和政治部联合签署的命令到了,任命陈秋石为十一纵司令员。

五

许得才被陈三川五花大绑送到旅部,袁春梅亲自提审,说你许得才怎么回事,眼看革命就要胜利了,你一个营长居然开小差。我记得在官亭埠战役长岭山战斗中,你还是很懂战术的,怎么做出这种糊涂事?

许得才翻翻眼皮,哑着嗓子说,我当然懂战术,要不是因为我懂战术,早就被你们瞎指挥给毁掉了。我一点都不糊涂。

袁春梅说,你说说吧,你为什么要开小差?

许得才说,我不是开小差,我是回家。

袁春梅说,为什么在这个时候回家?

许得才说,因为你们不公。

袁春梅惊讶地问,怎么不公了?

许得才说,我渴了。陈三川公报私仇,让人一直捆着我,我的嗓子都快冒烟了。

袁春梅让警卫员给许得才端了一碗水,许得才喝了一口,噗嗤一下吐出来说,凉水,我年纪大了,不能喝生水,我要是拉稀,臭你是小事,把我身子骨搞坏了是大事。

袁春梅笑笑说,嘀,你还挺讲究。

袁春梅让警卫员重新给许得才找来开水,还给他放了几片大叶子茶,许得才闻闻,然后咕噜咕噜一顿牛饮,喝完了,抹抹嘴唇说,我饿了,我从昨天夜里到现在,粒米未沾。

袁春梅一拍桌子说,许得才,你开小差还有理了是不是?你不要得寸进尺。从实招来,你为什么要开小差?说清楚,给你喝稀饭。

许得才眼皮一耷拉,不说话了。

袁春梅问,你刚才说我们办事不公,怎么不公了?

许得才说,荟河战役之前,陈旅长到我的防御阵地上视察,对我的战术计划给予高度评价。陈旅长说,此仗不死,这个人可以当团长,至少也可以当团参谋长。荟河战役我的营歼灭上百敌人,还缴了两个连的械,可是我还是营长。你们把陈三川派来当团长。凭什么?陈三川有勇无谋,乱打一气,把"铁锤支队"差点儿打光了,破坏了陈旅长的作战计划,要不是陈旅长及时派出冯知良冒险深入左家庄,他就完蛋了,可是居然让他当团长。我能服吗?像他那样瞎指挥,我在他手下,早晚会当冤死鬼,我当然不干。我就是牺牲了,也得牺牲个正经处。你们既然这样是非不分,我为什么要留在这里?此处不留爷,自有留爷处。

袁春梅真的火了,站起来,盯着许得才说,啊,我明白了,原来你是嫌官小啊,你还想要挟组织啊!许得才我告诉你,我们革命军人不论职务高低,都是人民的勤务员,我们的干部能上能下。像你这样利欲熏心,怎么配当一个革命者?

许得才嘿嘿一声冷笑说,说的比唱的还好听,什么能上能下,为什么只有我能上能下?我许得才从二十六岁参加革命,也是十个年头了,我年龄不比别人小,伤疤不必别人少,功劳不比别人差,能力不比别人低,连二流子刘锁柱都当了团参谋长,我还当个营长,我一没投降鬼子,二没投降国军,三没有把部队丢掉,为什么不提升我？

袁春梅说，你说呢，你说为什么？

许得才说，明人不做暗事，那我就说了，说错了你扇我耳光子。

袁春梅说，我不扇你耳光子，我们按政策办。

许得才说，部队有传说，你不知道？

袁春梅说，我不知道，什么传说？

许得才说，有人说，陈三川是你的干儿子，陈三川屡次犯错，还能一路提升，就是因为有袁副政委抽台。

袁春梅似乎并不意外，微笑地看着许得才说，你相信吗？

许得才说，我不能不信，反正陈三川比我走运。

袁春梅说，好，那我告诉你，你的话是一派胡言，你把我们革命者的关系庸俗化了。我跟你讲，这是我们内部有些心怀叵测的人造谣。这个谣言我以后再查。

许得才不吭气。

袁春梅说，现在我告诉你，你为什么一直当这个营长。你这个人，打仗瞻前顾后，前怕狼后怕虎，而在个人利益上，又斤斤计较。就凭你这个觉悟，能提升你吗？

许得才说，干革命不公正，那还叫什么革命，那跟国民党还有区别吗，那还不如日本鬼子，日本鬼子做事最公正。

许得才说完这句话，就后悔了。袁春梅盯着他，把他盯得发毛。许得才说，袁副政委，我不是那个意思，我是说……袁春梅还是盯着他，直到把他盯得满头大汗才问，许得才，你是说日本鬼子公正？日本鬼子侵略我们的国家，烧杀抢掠，你说日本鬼子公正？你他妈的难道是汉奸？

许得才吓坏了，连忙说，我是说，日本鬼子用人……日本鬼子用人是……公正的，不，不是，是说日本鬼子赏罚分明，一是一，二是二……

袁春梅啪的一声拍了一下桌子，怒目圆睁，咬牙切齿地说，许得才,你知道干部临阵脱逃是什么结果吗?

许得才可怜巴巴地看着袁春梅,袁副政委,我不是临阵脱逃,我是回家。不,我不是回家,我是开小差……

袁春梅冷冷一笑说,你的事可大可小,开小差和临阵脱逃有什么区别?你是一个营长,我们甚至不排除你携枪投敌的可能。临阵脱逃可以枪毙你一次,携枪投敌可以枪毙你一次,美化日本鬼子,可以枪毙你一次,诬蔑指挥机关任人唯亲,可以枪毙你一次。不过,枪毙你四次需要四颗子弹,那太浪费了。我派一个神枪手,给你一颗子弹,省下三颗子弹,也算是你最后对革命做出贡献了。来人啦,先把许得才送到改造队,等我们有空了,审判后枪毙!

许得才哀嚎一声,袁副政委,我一时糊涂,可我罪不该死啊!

这以后,许得才的日子就难熬了。改造队里被监视劳动的,多数都是所谓的落后分子,多数都是开小差的,一说起来,主要是抗战胜利后,产生了革命胜利了,该回家享受抗战胜利果实了。一个营的副教导员说了一句春秋无义战的话,就被关进来了。还有一个参谋说了一句,不是说中国人不打中国人吗?也被关进来了。不过他们的情况比许得才要好一点,因为没有人说要枪毙他们,他们只是在这里改造的。

在改造队里,吃不饱不说,还要干很重的活。淮海战役中,部队缴获了很多武器装备,有些已经被损坏了,就让改造队拆卸,重新组装。许得才属于死刑犯,随时等着杀头,重活当然由他们这号人来干,干得不好还挨打。

有一次发现一枚哑弹,扔不敢扔,留不敢留,改造队的队长决定把它引爆。可是没有人懂行,队长把许得才找来说,老许,反正你也是死刑犯,躲过初一躲不过十五。我听你天天喊冤,你要真是冤枉的,对革命对战友有感情,那你就把这枚哑弹给收拾了,成功了,你就算戴罪立功了。不成功,你要是死了,没准还可以平反当烈士呢。

许得才拍屁股大喊,我不干,我又不是工兵,我从来没有摆弄过这玩意儿。难道你们想暗杀我?

队长说,你过去是个炸油条的,你过去摆弄过枪吗?你后来不也摆弄得很好吗?

许得才嚷道,袁副政委说,审判了再枪毙我,为什么不审判就想把我弄死?

队长说,现在部队正在忙着转移,谁有工夫审判你啊,你现在是死是活就是改造队说了算。

好说歹说,许得才坚决不干。队长说,那好,我们改造队的口粮有限,你不干活,那就不要吃饭了。

三顿饿下来,许得才蔫了,主动找到队长说,我日他奶奶,我算倒八辈子霉了,我认了。先给两碗稀饭。万一我死了,我也不能当饿死鬼啊。

队长不仅让人给了许得才两碗稀饭,还给了他一块巴掌大的杂面饼子。许得才吃饱喝足,扛着那枚四十多斤重的炮弹,跑到三里开外,居然把它大卸八块,炸药倒了半麻袋。后来许得才用这些炸药做原料,把它装进美式铁皮罐头盒子里,做成了二十多个土炸弹。部队从淮海撤出的时候,改造队用这些土炸弹在淮河里炸晕了一千多斤鱼,改造队顿顿吃鱼,吃得有人想吐。队长表扬许得才是能工巧匠,许得才说,龟孙才是能工巧匠,再让我拆哑弹,我就下你黑手!

六

陈秋石把什么都想到了,就是没有想到后来的战局变化得那么快。他带着部队刚刚启程,兵团的通报就来了,敌人突然调整部署,原定新编第七师固守江北的计划被放弃了,乔闻天正组织部队向江南撤退,华野指示十一纵立即转向,追击乔闻天。

部队火速行动,当夜即改变了行军路线,从庐州斜插东南,径奔安庆,直逼通城。在离长江还有一百多公里的铅山,封锁了新编第七师过江的道路。

铅山战役在渡江战役前五天打响。虽然准备仓促,但陈秋石还是勘察了现地,利用敌人急于夺路而逃的心理,搞了一个棉花阵,在通城至红山之间的二十公里地带上,以营为作战单位,三个营为一片,三个片为一面,互相支撑。陈秋石在同刘大楼和冯知良研究作战方案的时候一再强调,这次战役,既不是攻城掠地,也不是消灭敌人,就是跟他打消耗战。时间我们耗得起,敌人耗不起。拖住两天敌人不能突围,他就会绝望,我最后一战迫使他放弃突围,缴械投降,乃战役最高目标。

在研究各片指挥员的时候,陈秋石发现了一个问题,许得才不见了。陈秋石问刘大楼,我记得在荟河战役之前我说过,这个人在荟河战役中如果不死,可以当团长。这个人在荟河战役中表现怎么样?

刘大楼说,荟河战役中他表现很好,可是打完这一仗,他就不行了,开小差被抓起来了。

陈秋石的脸一下拉长了,阴沉沉地看着刘大楼说,开什么玩笑,这么多年都过去了,他都没有跑,为什么在胜利到来之际开小差?一定有什么误会。

刘大楼这才支支吾吾地把许得才开小差的经过告诉了陈秋石。

陈秋石脸一沉问,他人在哪里?

刘大楼说,应该还没有杀掉。政治部搞了个改造队,负责驮运粮食,我在通城的时候还见过许得才,鼻涕一把眼泪一把求我,把他放回连队,当战士也行。

陈秋石说,赶快把他给我找来,我要亲自审问。

刘大楼说，改造队归政治部管，像许得才这样的重刑犯，都是袁副政委亲自管着，我出面恐怕不行。

二十分钟不到，陈秋石就亲自来到三旅政治部所在地，迎面碰上梁楚韵。梁楚韵一怔，闪到一边敬礼说，司令员……眼圈儿一红，不说话了。

陈秋石站住了，没有还礼，很在意地看了梁楚韵一眼说，小梁，最近很少看到你了，还好吗？

梁楚韵说，好，很好。

梁楚韵心里说，抬头不见低头见，他居然说好久没见了。视而不见啊！但是她没说，袁春梅严令她离司令员远一点，她得知趣。她基本上已经死心了，她不想让莫名其妙的感情再打破相对平静的生活。

陈秋石说，我要感谢你，老山羊由你照管，我很放心。

梁楚韵的心里涌上一层感动。是啊，自从老山羊从陈秋石身边退役之后，一直是由她负责饲养，从淮海战场辗转来到长江以北，有时候她牵着老山羊散步，往往能看见陈秋石在远处向这边凝视。陈秋石不靠近她，她也不好随便靠近陈秋石。毕竟，他们之间还有个老山羊。

陈秋石说，你们的战报我每期都看，不仅有消息通讯，还有战术分析，这很好。等战斗空闲了，我也给你们写几篇稿子。

梁楚韵半信半疑地说，真的？首长是大才子，你要是给我们投稿，那对我们的支持就太大了。

陈秋石笑笑说，什么大才子？我读文学书是在十七岁之前，那时候还读《红楼梦》呢，莎士比亚的书也读了几本。十七岁以后，就是战争了，都是金戈铁马，没有人味了。

梁楚韵想了想说，首长没有把文学梦一直做下去，江淮大地少了一个作家，我军却多了一个军事天才。

陈秋石说，什么军事天才？笑话！小梁我跟你说，这是逼的，我就是因为不想打仗,才学会了打仗!

梁楚韵说,我懂了,这就叫,从战争中学习战争,在战斗中成长。

陈秋石笑笑说,就算是吧。你们袁副政委在吗?

梁楚韵笑容收敛了,看看不远处的帐篷说,在,刚刚散会。

陈秋石走后,梁楚韵望着他的背影,突然发现这个男人有点苍老了,原先那挺拔的背影似乎被什么东西压住了,有些松松垮垮的。但是,她的心情还是好了起来,似乎在突然间找到了另外一种感觉,百泉根据地那个跟她一起仅仅排练过一次戏的男人形象又浮现出来,在脑子里挥之不去。

也许,她该考虑跟他建立新的关系了,就这么给他当个下属,当一个亲近的同志,把那些难忘的回忆留在心底,可能也是一种美好的结局。

陈秋石找到袁春梅,开门见山提出来要亲自过问许得才的事情。事实上袁春梅并没有打算枪毙许得才,当然她也不想轻易放过他。陈秋石提出要见许得才,袁春梅也不能挡着不让见。

陈秋石说,我还不知道政治部搞了个改造队。这个改造队到底是干什么的?

袁春梅说,你不知道,不是我的责任,因为前段时间你在生病。淮海战役之前,部队里有很多同志同国民党军队过去有联系,一起参加过抗日斗争。两军开战,有些同志有模糊认识,荟河战役之后,根据兵团的指示,搞整军运动,主要是抓厌战情绪,宣传同国民党反动派作战的意义,改造队就是在这个背景下成立的。你要去看,我不反对,但是你不能否定我们的政治工作。

陈秋石说,我有几个胆子要去否定你的政治工作?但是,我要提醒你,不能搞捕风捉影。过去在红军时期,延安整风时期,我们有很多同志就是被无限上纲给毁了,造成多大的影响啊!

袁春梅说,我们这个改造队不存在这个问题,到目前为止我们还没有杀过一个人,我们的目的就是要改造他们。

陈秋石说,那就好。

陈秋石和袁春梅赶到改造队的时候,许得才伙同几个改造对象正从马车上向下搬粮食,这是地方支前部队刚刚送来的。但凡分到旅部的粮食,都是由改造队搬运的。许得才扛着一个麻袋,看样子有百十斤重,他这个年龄确实有点力不从心,往前走的时候,腿杆子有点打弯。颤颤巍巍走了二十多步,往下卸的时候,怕闪着腰,正在艰难地磨着屁股,突然觉得肩膀上一轻,等粮食卸下来,许得才直起腰,揉揉眼睛,顿时愣住了,帮他卸粮食的是陈秋石。

七

铅山战役第一阶段基本上实现了陈秋石的战役设想,十一纵在通城至红山之间的二十公里地带上,将一个旅化整为零,占据了三十多个制高点,这些制高点互相支撑,密不透风。战役发起后,由三旅作为主攻,突击新编第七师西南结合部,直逼其师部所在的青城山。乔闻天的部队已经做好渡江准备了,但是在十一纵先头部队和郑秉杰率领的地方部队一个独立团的袭扰下,行动迟滞了两天,这两天就让十一纵争取了主动,布防从容不迫。杨邑的一旅动作神速一些,在得到十一纵先头部队已经尾随追上的时候,杨邑就向乔闻天建议,即使仓促,哪怕部队分散行动,也不能在铅山滞留,但乔闻天不听。乔闻天说,我军建制还在,我又不是丧家之犬,我为什么连船都没有凑齐就跑?笑话!

乔闻天打心眼里还是看不起地方武装和十一纵的小部队。

杨邑当机立断,以策应为名,率部先向江边运动,就在一旅快要接近江岸的时候,乔闻天急电飞驰,通报共军主力赶到,铅山出现共军防御阵地,命杨邑火速回援。

杨邑骂了半天娘，没有办法，只好率部返回铅山，途中不断遭到袭扰，损失不断增加。回援乔闻天，杨邑本来就不积极，遇到阻击，就有了理由，走走停停，直到一天后才赶到三色堇，而此时共军并没有展开大规模攻击，乔闻天命杨邑就在三色堇待命。

农历十七，天上一轮圆月悬挂，乔闻天率新编第七师师部向江边运动，至后半夜，只是遭到微弱抵抗。消息传来，杨邑不禁替乔闻天捏了一把汗，他想到了当年进攻西华山的教训。果然，到了天亮，证实了杨邑的预感。新编第七师师部和一个旅向南突击了二十多公里，已经在不知不觉中被分割成三十多块，成了细水流沙，互相不能照应，上下联络中断。

杨邑急电乔闻天，声称再不收拢部队，就有被共军分割蚕食的可能。乔闻天此时也意识到了本部可能已陷入迷魂阵，紧急收拢部队，然而各部都报告，根本打不出去，也不知道往哪里打。军心混乱，无力再战。

战斗至晌午，乔闻天只收拢不到三千人，连忙调整战斗队形，不顾一切向江边突击。

战役发起之前，在部署兵力的时候，陈秋石把三旅三团放在了旋风寨，这是铅山至江北之间的唯一通道。陈秋石给陈三川交代的任务非常明确，只守不攻，只打不追。这样用兵，显然表明陈秋石对陈三川已经不信任了。不仅给了陈三川一个被动的、次要的任务，而且陈秋石力排众议，把许得才等二十多人从改造队里放出来，各就各位，许得才被任命为三团副团长，负有当机立断的责任。

陈三川最初不知道将要从三色堇突围的是杨邑的一旅，战斗进行两个小时，杨邑派出四个连队，分别从三个方向向陈三川防御阵地迂回包抄，打开了两个缺口，主力部队在一个小时之内突了出去。

这时候就出现问题了。陈三川一看阵地出现缺口，被敌军撕破，伤亡增加，特别是当他知道当面之敌是杨邑所部之后，更是怒不可遏,当即决定放弃阵地,追击杨邑。

许得才和团政委夏文化力劝不得擅自行动,陈三川大怒说,司令员要我们死守,是因为还有敌人在包围圈里,如今敌人已经逃跑了,我还在这里守什么?

许得才说,司令员部署,一旦敌人突出,也不要追击,这是战术考虑。我料定司令员早有安排,这股敌人根本逃不出司令员的掌心!

陈三川喝道,你老许一贯贪生怕死,你留在这里好了!警卫员,备马!

许得才说,你他妈的陈三川,你说谁怕死?

陈三川说,你就是,你这个开小差的人,还想在我面前指手画脚?我是团长,你给我滚开!

许得才刷的一下把枪拔出来了,指着陈三川的鼻子说,陈三川,你给我听着,司令员给我密令,我有战场临机处置之权。你要是追击也行,你只能带走一个营,剩下两个营,继续坚守阵地。

陈三川说,你真有密令?

许得才从军装上兜里掏出一张纸,交给夏文化说,政委,你念给他听。

夏文化正在为难,他也觉得既然敌人已经突围,死守确实不算上上策,但是听说有司令员手谕,问题就解决了。夏文化展开许得才交来的信函,高声朗读,三旅三团陈三川,此次固守三色堇,将是围歼敌人最后的保障。倘敌人夺路而逃,切记穷寇勿追。死守三色堇,并加固工事。

手谕读完,陈三川愣住了,问夏文化,这是真的?

夏文化说,是真的,这是陈司令员的手迹。

陈三川一下子泄气了,一屁股坐在地上,嘟嘟囔囔地说,司令员为什么要这样,为什么不相信我,为什么要让许得才骑在我的头上?

夏文化说,陈团长你不要想得太多,司令员这样做也是知人善任。你还是团长,该你出击的时候,一定会派上大用场。

陈三川恼怒地看着许得才说,阴谋,你老许搞阴谋,你一定是做了手脚,你还想夺我的兵权啊!好,我不跟你争了,我连一个营也不要了。我在这里睡大觉。

说完,当真把腿一伸,靠在工事墙壁上闭上了眼睛。

部队修工事的时候,夏文化问许得才,老许,你认为还有敌人会从这里突围?

许得才说,天机不可泄露。

夏文化说,你老许,跟我也卖关子。我不清楚战场形势,怎么帮你控制部队?

许得才说,我实话跟你讲,我也不知道司令员的葫芦里面装的是什么药,他神机妙算,走一步看三步,哪是我们这些土包子能够参透的啊。但是政委我跟你讲,坚决执行陈司令员的命令,就能确保打胜仗,这是一点都不含糊的。

八

后来的事实果然证明了许得才不是盲目崇拜。杨邑的部队突围之后,离开三色堇不到四十公里,突然遭到强烈的抵抗,杨邑只用了不到三分钟就判断出来了,他的当面之敌至少有七个团,而且炮火猛烈,这基本上是十一纵的主力了,也就是说,陈秋石把乔闻天残部放过了,而集中兵力打他的部队。

搞清楚这个事实,杨邑不禁仰天大笑,哈哈,陈秋石啊陈秋石,我没有白教你这个学生,你我真是天造的缘分啊,我没想到愚师最终还是败在你的手里。好,那就让我血流成河,那就看你万古长青吧!愚师成全你!

这天夜里,杨邑收拢部队,还有将近两个整团的兵力。他决定不打了,他要杀回三色堇,在十一纵的心脏里爆炸成仁。

在杨邑和陈秋石戎马生涯中,这对师生真正厮杀这才正式开始。

天近拂晓,杨邑指挥余部,精简了伤员,丢弃了尸体,呈三路纵队,向三色堇进发。这一路杀得凶猛,攻关夺隘,所向披靡。

在战斗最激烈的时候,陈秋石把王梧桐叫到指挥所,启动了国军的A2密码,从电台里联络上了杨邑。陈秋石说,先生在上,请听弟子忠言,贵部完全进入本部的伏击圈,我劝先生念及三千无辜,放下武器,接受我军改编。

杨邑咬牙切齿地说,陈秋石,我部一息尚存,决不投降,带兵来打吧。

陈秋石说,先生,弟子之所以放走了乔闻天,就是为了挽留先生。乔闻天残部已经为我所困,贵部再打下去,成不了功,也成不了仁,何苦一意孤行?贵部尚余三千穷兵,鞍马劳顿,弹尽粮绝,何必飞蛾扑火?贵部我部,都是中国人,抗战中情同手足,患难与共。先生不能草菅人命啊!

杨邑说,陈秋石,你我身为军人,一个忠字我不能丢掉!打吧,愚师残生无益,愿留朽骨于青山绿水之间。

陈秋石说,先生珍重,弟子失礼,非我所愿。

话说到这里,就说不下去了。这边杨邑泪流满面,那边陈秋石似乎也在哽咽。

仗接着打了下去。

陈三川意外地受到进攻,不禁喜出望外。

许得才喜形于色,眉飞色舞地说,陈三川,你现在明白了吧,这就叫围三阙一,司令员太高了。在杨邑最初进攻的时候,我们这里是司令员故意放给他的逃路,因为这时候杨邑部队战斗力正在旺盛阶段,如果围死了,他没有退路了,只能死战,那就是逼虎伤人了。而现在呢,他又被打回来了,已经疲惫不堪,信心锐减,而我团以逸待劳。这仗打得好玩啊!

陈三川说,他妈的,你老许一个炸油条的,你还以为你是诸葛亮啊?司令员的战术我早就明白了,我不说罢了,不然我为什么没有坚持出击?

许得才说,那是因为你不敢!

陈三川说,胡说,还有我陈三川不敢的?我是领悟到司令员的战术意图才放弃出击的。

许得才说,好,那你聪明了。就算是吧。

前三轮敌人攻势凌厉,渐渐式微,三团负责的三色堇当面只有一个团不到的兵力,看来敌人已是强弩之末,陈三川数次率部前出,只几个回合,敌人就转道了,不知道撤向哪里。

而在另外几个战场上,杨邑的部队虽然受到重创,但还是没有遭到毁灭性的打击,杨邑甚至怀疑陈秋石的部队的枪口抬高了。

到了中午,部队师老兵疲,几乎完全失去进攻能力了。几名军官过来劝说杨邑放弃抵抗,杨邑始而暴怒,继而沉默不语。清点人数,伤亡倒是不大,但弹药消耗殆尽。蒋宏源对杨邑说,旅座,显然陈秋石是手下留情了,否则他两个冲击,我部就不堪收拾了。

杨邑当然明白处境,黯然看着蒋宏源说,参谋长意下如何?

蒋宏源说,陈秋石说得对,毕竟都是中国人,抗战中同甘共苦过来了,情分还在。放下武器,就算投降,也不丢人,弃暗投明吧。

杨邑断然否决。杨邑说,参谋长,你有这样的想法,我不怪你。你看着办吧,愿意活命的,你就带着他们投降。我,要么战死,要么突围。

蒋宏源说,旅座如果坚持抵抗,卑职愿意跟随到底。

此后不久,杨邑召集营以上军官二十余人开会,宣布投降。同共军交涉事由团长洪大负责。其余不愿意投降的人,由他和蒋宏源率领,沿三色堇西侧山林突围。

杨邑在突围的时候,并不知道当面之敌是陈三川的"铁锤支队",更不知道陈三川事实上已经把他最后的路线给封锁了。

杨邑带领最后的三十余骑,历尽千辛万苦,衣衫褴褛,终于从三色堇西侧的山林里潜出,刚刚登上麒麟高地,蒋宏源突然失声叫道,旅座,不好!

杨邑惊了一下,站稳脚跟,顺着蒋宏源手指的方向,他的眼睛被一个栗色的身影刺痛了——那是老山羊。

杨邑二话没说,举起了手枪,对准了自己的脑门。蒋宏源眼疾手快,上前一步架起了杨邑的胳膊。杨邑定定神说,好吧,我再活几分钟,我见见我的高足再死。

先生别来无恙?

这轻轻的一声问候,就像来自杨邑的身边。杨邑侧过脸去,他看见了,陈秋石就站在他左边的一棵树下。

杨邑怒视陈秋石,一言不发。

陈秋石说,先生鞍马劳顿,弟子备酒压惊。请先生上马。

杨邑突然笑了,哈哈大笑,笑着笑着,泪水滚滚而下。好啊,陈秋石,你是当世英雄,愚师的一把骨头就是你的勋章。

陈秋石不紧不慢地说,先生,弟子敬佩你的道德人格,尤其难忘抗战并肩。国民党腐烂成泥,大势已去,请先生三思,还是弃暗投明。

杨邑冷笑道,我要是不从呢?

陈秋石说,请先生再给学生一个机会。

杨邑说,好吧,割下我的人头,邀功讨赏吧。休想让我的脚挪动一步!

陈秋石说,先生真的不愿意成为我军的座上宾?我兵团司令员成城将军正在安庆等待,今晚宴请先生。

杨邑说,陈秋石,你我枉自师生一场,你还是不了解我的为人啊,我怎么能以败军之将的身份去给你们增添笑料?

陈秋石说,既然先生去意已决,弟子不敢强留。那就请先生上马。这匹老山羊先生是认得的,它也已经老了,让它跟着你吧。

杨邑愣住了,困惑地看着陈秋石,陈秋石,你这是干什么?你要给我一条华容道?

陈秋石指着脚下的小路说,这条路不是华容道,但它会记住那些抗日有功的人,在这条路上,你会看见你不曾看见的东西。

九

陈秋石率领指挥员勘察地形的那天,天气并不是很好,江宽浪涌,视野里有些混沌,然而极目远眺,指挥员们还是清楚地看见了对岸的每一个目标。

铅山战役结束,十一纵归建成城兵团,被整编为第七军,陈秋石被任命为代军长,率部参加了渡江战役,具体任务是从铅山航渡到北泰之间渡江,突破敌吴玉山防线。这时候部队的装备已经有了很大的改善。

副参谋长冯知良制订的渡江方案中,赋予陈三川的109团为第一梯队。这一仗,陈三川打得漂亮,神不知鬼不觉地玩了一个精彩的战术。

战役发起在当天下午三点,炮兵开始试射,挑逗对岸火力。敌榴炮做出反应,第七军炮队当即以七门山炮集火压制,很快就把敌榴炮阵地打哑了。四点四十五分,冯知良指挥实施效力射。炮兵果然争气,落实了陈秋石"一个萝卜一个坑"的指示,首发即把对岸的灯塔摧毁。接着,煤塔东南土矶垄附近的弹药所被击中,顿时火光冲天,江水抖颤,南岸烟雾弥漫。

夜幕降临,陈秋石见时机成熟,命令109团起航突击。

命令下达之后,好半天看不见战船,冯知良沉不住气了,连陈秋石都有些茫然。正纳闷间,左侧突然传来喧嚣,在距离原计划进攻出发地段约两公里的地方,一支航渡编队如离弦之箭,争趋中流。各船尾的回光把满江映得流光溢彩,像天上的星星落下来,洒满了江面。

原来是陈三川雇用了当地纤夫,在战斗发起的前两个小时,秘密地把船队拖至上游马丁湾,战斗打响后,顺流而下,稍微调整舵向,船队就像离弦之箭,越过了第一梯队所有部队,势不可当地向对岸冲去。

陈秋石站在江边的一个土坎子上,焦灼地注视着江面。此时部队已经撒出,交给漆黑的夜和滔滔江水了。他为陈三川出其不意的神速感到欣慰,他发现这小子打仗终于会动脑子了。同时他又担心,109团不是第一梯队,任务是后续增援,而转眼之间,这小子就成了渡江先锋,会不会再次上演荟河战役的悲剧,一头扎进敌人的重兵包围圈?陈秋石对此不是很有把握。

十几分钟后,一名参谋叫起来,军长,刘师长请你上机。

陈秋石一把抓过电台话筒,里面传来了刘汉民的声音:军长,109团的船队突然跑到了最前面,挡都挡不住,怎么办?

连陈秋石也为难了。按照渡江的总体原则,谁最有利谁先登岸,谁先登岸谁先打,这是没有二话说的。放在别人身上,陈秋石是没有顾虑的,但是放在陈三川身上,他就觉得麻烦了。陈秋石最后对刘汉民说,109团率先登岸,精神可嘉,但是一定要控制陈三川,只许占领滩头阵地,掩护后续部队登岸,离开江岸,死路一条!

话音刚落,守敌似乎发现了江面情况异常,打出一串长长的照明弹,把夜空照得如同白昼,触目惊心。顷刻之间,长江南岸喧嚣起来,万炮齐鸣,江面上掀起冲天的水柱。

有几支船队被打散了。

陈秋石看得真切,对着电台高喊,刘汉民,偷渡不成了,按计划强攻。告诉部队,全力前进,不要让109团一鸟独飞。二梯队按计划起渡,成败在此一举,一定不能犹豫!

刘汉民朗声回答,是!请军长放心!

陈秋石是放心的,然而此刻却揪心不已。这时候他担心的不是陈三川莽撞,而是担心109团的伤亡。但是,他不能让陈三川停止前进,也不能让他放慢速度,与其在江面挨打,不如在登岸中牺牲。现在已经没有什么战术可讲了,冲击冲击再冲击,这就是最好的战术。从这个意义上讲,陈三川做的并没有错。

放下话筒,陈秋石擎起望远镜,借着敌人的炮火和照明弹,观察江面情况,擎着望远镜的双手微微悸动。

陈三川由后续部队变成了突击部队,在水上运动四十多分钟,这四十多分钟只能挨打,毫无还手之力,只有靠炮火掩护。可是陈秋石能控制的炮火少得可怜,火力密度太小,又难以持久,对敌沿岸步兵的压制更是力不从心。再加上敌江岸还设有水雷、地雷、鹿砦等障碍物,给登岸造成极大困难和伤亡。

陈秋石第一次感到了束手无策,也第一次产生了心慌意乱的感觉。

陈三川的船队越抵近敌岸,敌人的火力越密集猛烈,在距敌岸一百米左右时,陈三川所在的指挥船上的老船工被流弹打伤,接着桅杆也被炮火削断,连同帆篷倒入江中。船失控了,陈三川亲自冲上去迎着弹雨,把定舵柄。眼看兄弟战船相继超越,陈三川跳起来,指着那面在风雨中猎猎作响的"打过长江去"的红旗高声呼喊,同志们,记得我们109团的称号是什么吗?

战士们喊,锤子,锤子,我们是钢铁的锤子!

陈三川说,好,老子要第一个打过长江去,把铁锤砸到南京,砸到蒋介石的脑门上!

战士们嗷嗷叫,拿起铁锹、钢盔奋力划水,不到十分钟,109团

593

的船只重新冲到前面。

守敌眼见解放军开始登岸,阵脚大乱,用火焰喷射器封锁滩头,妄图阻止登岸部队。

警卫员催了几次,陈秋石仍然没进掩蔽部,执拗地盯着江面。

骤然,他的眼前升起了一片灿烂。在流星一般交错飞扬的火网里,他看见了他心中的那把大火——在灯塔两侧,火光闪了一下,由小变大,由弱到强,渐渐放大,升至空中。

那是陈三川部队燃起的篝火。登岸成功了!

可是问题接着也来了。陈三川登岸成功,并不意味着第七军登岸成功,这小子动作过于神速,把大部队远远抛在身后。从战略上讲,提前打乱敌人江防,占据滩头阵地,当然是可取的。可是这样一来,109团孤军深入,缺少后方依托,倘若敌人将其退路割断,就有可能全军覆没。

果然,刘汉民报告,目前只有109团登岸,其余部队上不去。陈三川兵分两路,正在阻击国军增援部队,当面之敌约两个旅,炮火也很厉害,109团陷入重围,情况非常危急。

陈秋石的脑海里一片空白,半天才拿起话筒说,告诉陈三川,至少坚持一个小时。同时命令其余渡江部队,全力增援109团!

二十分钟后,刘汉民报告,终于又上去了两个营,情况有所缓解,但是这两个营被打乱了建制,目前只听到几处微弱的战斗声,还是杯水车薪。

陈秋石火了,喊道,他妈的,后续部队怎么回事,为什么陈三川的部队能上去,他们就上不去!不惜一切代价,给我往上冲!

话音刚落,一发炮弹在附近落下,陈秋石摇晃了一下,倒在血泊之中。

十

陈三川的感觉好极了,他第一次受到兵团的通报表扬,而且在这次表扬中,几乎没有提到他英勇善战,而是说他足智多谋。关于战术问题,过去一直是陈三川的软肋。曾经有个时期,别人一说他不怕死,他就很恼火,气鼓鼓地回击道,你才不怕死呢。那时候在他的心目中,不怕死就是傻逼的另一种说法。现在好了,兵团的表彰通报中说他是运用战术的典范,创造了巧妙利用天时地利的杰出战例。

陈三川没有料到他会以那样的方式同成城司令员见面。

第七军自渡江以后,兼程追击二十六天,行程一千五百里,实施主要战斗十二次,歼敌一万二千余。部队整日与淫雨泥泞为伍,头上无伞,足下无履,吃不上饭,睡不好觉,不分昼夜地穷追猛打。陈三川的 109 团一路领先,更是士气膨胀。

109 团追到南坪湾的时候,有一天遇上几个胡子拉碴的老兵,其貌不扬,好像走累了,坐在路边休息。陈三川骑着高头大马过来,看这几个老兵有点不顺眼,嫌他们挡路,骂了一声,他妈的,好狗不挡路,坐在这里干什么,要休息去找个饭店去!

说完打马疾驰,马蹄扬起的灰尘落了老兵们一头一脸。

没有想到,这几个人当中的一个,身手不凡,一跃而起,把陈三川的马头拦住了。这时候那个年纪稍大的老兵走了过来,厉声喝道,你是哪部分的?

哪部分的?陈三川嘿嘿一笑,昂起头,眯起眼,不屑地说,问我是哪部分的?说出来吓你一跳,老子就是飞兵渡江,第一个把红旗插上吴玉山那一部分的!

那老兵顿时火冒三丈,大吼一声,他妈的给我滚下来!

陈三川怔了一下,开始意识到有点不妙了,但仍硬着头皮虚张声势地问,你是哪个部分的?

嘿嘿,那老兵冷笑一声说,我是指挥你们把红旗插上吴玉山那一部分的。老子是成城!

陈三川立马傻眼了,连忙翻身"滚"下马来,向成城规规矩矩地敬了一个礼,司令员,我……

成城说,去告诉你们韩军长和赵政委,要他们在大皋店等我。

就是这一次开的头,部队开展了反骄横活动。

陈三川本来以为他会受到处理,没有想到,韩子君军长和赵子明把他叫去骂了一顿之后,却宣布了一项让他目瞪口呆的决定,他被任命为副师长了。

与陈三川升任副师长命令一起下达的,还有陈秋石离职休养的命令。陈秋石在渡江战役的最后阶段,不幸被冷炮击中,颈部受伤,肺部洞穿,后经抢救,却因失血过多,身体非常虚弱,一路上靠担架抬着走。兵团在渡江战役之后就调整了人事,由韩子君接任军长,赵子明为政治委员,陈秋石名义上保留第七军副军长的职务,袁春梅调任军部供给部副政委。

南下追击到江西上饶,兵团决定,陈秋石留下养伤。

部队拔营南下的前一天,陈三川被袁春梅叫去了,袁春梅带着他上了一辆嘎斯吉普车,说是要去兜风。出乎意料的是,同行的还有梁楚韵。

坐在嘎斯吉普车里,袁春梅问陈三川,锤子,这些年来,你想过一个人没有?

陈三川说,想过,我想我娘。

袁春梅问,还有呢?

陈三川说,还有一个人,我对不起她。

袁春梅说,是谁?

陈三川说,方艾蒿,袁副政委可能不认识。

袁春梅哦了一声,想了想说,我听说过。

陈三川说,说好了,革命成功了我们就成亲,可是,我,我害了她。

袁春梅没有说话,也没有追问陈三川的话是什么意思。袁春梅说,还有一个人你不能忘记,你的父亲。

陈三川愣住了,直着眼睛看袁春梅说,袁副政委,我的父亲,我的父亲,他还活着?

袁春梅说,是的。他还活着。你的父亲当年离开了你和你的母亲,公正地说,他有嫌弃你们娘儿俩的想法,但是他并没有打算抛弃你们。可是后来,他参加了革命,身不由己。在抗日战争时期,也包括后来解放战争时期,他一直念叨他的妻子和儿子,他在任何时候,都能准确地说出你的出生年月日,他曾经数次托人查找你们娘儿俩的行踪,他一直不相信你们会离开人间。

陈三川的心剧烈地跳动,冲动地抓住了袁春梅的手说,袁副政委,你这是要带我到哪里去?你是要带我去找我的父亲吗?他在哪里?

袁春梅没有回答,打开公文包,取出一张黑白素描画,展开后问陈三川,锤子,这个人你认识吗?

陈三川怔怔地看着,突然嚎啕一声,娘,娘,这是我娘啊……

袁春梅说,这就是你父亲用了几个月的时间,反复回忆,我们战报的一个记者反复修改,最后被你父亲认可的。这么多年来,他一直愧疚,一直寻求赎罪,所以他再也没有成亲,他一直在寻找你……

陈三川泪眼婆娑地看着袁春梅说,这么说,我的父亲就在我们的身边?

袁春梅点点头说,是的。

陈三川说,可是他为什么一直没有认我?

597

袁春梅说,他在寻找,他一直在寻找,他把所有的答案都寻找到了,最后只剩下一个谜底,那就是你的年龄。你的年龄比他的儿子大了一岁零六天。直到渡江战役之前,郑秉杰同志终于从你的老家找到了一个叫陈小嘴的老太太,老人家说出了你的出生年月,也说出了一件往事。你在三岁的时候患过一场热病,当地有个孙半仙,制造了一个所谓辟邪的办法,给你改了年龄,由属龙变成了属兔,这就为你的父亲制造了障碍。

陈三川大喊,啊,不,这不可能!

在袁春梅叙述的时候,梁楚韵的内心剧烈地动荡着。她比陈三川更早地知道了袁春梅说的那个人是谁了。此时此刻,真是百感交集。梁楚韵冷静地说,陈三川同志,这不是梦,袁副政委说的是真的。我们很快就要见到你的父亲了。是吗?袁副政委。

袁春梅说,是的。

嘎斯吉普七绕八拐,终于驶进一个院落,在一幢三层洋楼前停下了。上楼的时候,陈三川只觉得心虚气短,两腿发飘,这时候梁楚韵下意识地把他搀扶上了。

终于到了,终于看见那个人了,他躺在病床上,闭着眼睛,身上插了很多管子。陈三川早已泣不成声,喊了一声,父亲,父亲,我总算找到你了,我是你的儿子啊……

陈秋石的眼睛睁开了,陈三川看见了那双曾经威严的眼睛,梁楚韵看见了那双曾经冷峻的眼睛,此刻它们却是那样平静,那样温柔,充满着深情。陈秋石从床单下伸出一只手来,拉住了陈三川的手,缓缓地说,我知道,我知道你是我的儿子,我三年前就知道了……可是我一直在证实……把眼泪擦干。

陈三川挥手擦了擦眼睛,刚刚擦完,眼泪又涌了出来,无声无息,没完没了。

陈秋石说,儿子,父亲对不起你们娘儿俩,你们娘儿俩都是好样的。我这个战术专家,是你们娘儿俩的苦难换来的……

陈三川说,不,不,父亲,父亲,我都明白了。

袁春梅说,老陈,不要激动。父子相认,是天大的好事,等你康复了,我们好好庆祝一下。

陈秋石说,谢谢你们为我们父子团圆做出的努力,向郑秉杰同志转告我的问候。还有你,小梁,三川文化程度低,你们作为战友,要多帮助他。

梁楚韵也是泪流满面,拉着陈秋石的手说,首长,请原谅我……我的幼稚。首长的意思我……明白了。

陈秋石说,袁春梅同志,请向组织报告,我想回到隐贤集。

袁春梅说,一定,等你伤势好转了,我陪你回隐贤集。

补　记

一

陈秋石的伤基本痊愈后,在袁春梅的陪同下,回到了淮上州,挂名为淮上州军分区副司令员,享受正军职待遇。袁春梅转业后担任淮上州副专员,按照省委指示,其主要任务是照顾陈秋石,基本上不用上班。郑秉杰主持的淮上州地委投入人力财力,将陈家圩子主体建筑恢复,陈秋石和袁春梅夫妇在此读书看报,种花养鱼,倒也清闲。陈秋石的病情逐年好转。

朝鲜战争爆发后第二年,兵团司令员成城回国,专程到玫山隐贤集看望陈秋石,陈秋石大喜,同成城秉烛长谈。成城问,老陈你给我讲实话,淮海战役之后,渡江战役之前,你犯病是真是假?陈秋石说,假作真时真亦假,真作假时假亦真。成城说,五次战役之后,我军转攻为守,你是防御专家,志愿军首长委托我来看看你的身体状况,希望你能到朝鲜,主持东海岸清川江线防务。

陈秋石说,我脱离战事已久,恐怕不能胜任,我还是种我的田吧。

成城说,我不相信你一个战术专家真的甘于躬耕垄里。你今晚不要回答,跟袁春梅商量一下,明天早晨回话。

第二天早上吃饭的时候,过来陪同的只有袁春梅。成城问,陈秋石呢?

袁春梅说，老首长来了，老陈高兴，昨晚酒喝多了，乱说一气，我担心旧病复发，让淮上州医院接走了。

成城愣了半晌说，他妈的，这老小子又开小差了。

饭后，成城怏怏离去。临走时交代袁春梅，你跟老陈说，他要后悔还来得及，我在朝鲜等他。

第七军入朝作战，陈三川参加了临津江战役、三华里战役和四次战役。第五次战役后，归国途中同梁楚韵结婚，此时他已是第七军三师的师长了。

自成城走后，陈秋石常常在傍晚望着西天的云霞发愣，袁春梅说，我知道你的心思，你要是想回到战场，我陪你去朝鲜。

陈秋石说，不，我已经不适应战争了。

身体恢复之后，陈秋石让人把圩沟的水放掉，请来合作社的农民挖了做肥料，他自己也挥锹干活，乡亲们兴奋地说，司令官跟咱们一起挑塘泥，咱这粮食比肉还金贵。孙半仙的儿子孙武勇说，老陈，你抗战的时候就是司令，怎么混了十多年，又混成了个副的？陈秋石哈哈大笑说，没有混好呗。

这次清淤泥，没有想到清出个天大的好事来，几个农民从圩沟里挖出一坛子大洋，一千三百六十五块。这当然是陈家的财产。

建国之初，山村医疗卫生条件很差，袁春梅建议把这笔钱捐出去办医院，陈秋石说，还是建学校吧。治病救人，好人坏人能人蠢人都有，办了学校，培养一批文化人，可以从根本上长久地改善我们的医疗卫生条件，病人自然而然就少了。

隐贤集从此有了一所公办中学。陈秋石彻底辞去军职，担任中学校长，袁春梅也辞去公职，在隐贤中学担任教导主任。

一个大雪纷飞的清晨，袁春梅起床后打扫庭院，开门后吃了一惊，门口雕像一样立着一匹老马，袁春梅失声叫道，是老山羊！

陈秋石闻讯从屋里奔出来，扑在老山羊的身上，老山羊已经僵硬了。在老山羊的身下，一个物件微微地蠕动。陈秋石夫妇把雪扒开，忙乎了半天才发现，马腹下面躺着的是杨邑。陈秋石二话不说，招呼袁春梅，把失去知觉的杨邑架到家中。

杨邑在陈家圩子住了下来。这以后陈秋石夫妇才知道，当年杨邑从铅山逃脱之后，并没有回到国军队伍，而是潜回芜湖老家，隐瞒历史在乡下当了一名教师。而在芜湖解放前夜，军统特务找到杨邑，企图拉拢他进行破坏活动。芜湖公安局当时接到一份特务潜伏名单，就是杨邑所为。政府给杨邑的结论是历史罪人，现实功臣，监督改造。可是在前不久的三反五反运动中，当地贫协对政府的结论当耳旁风，把杨邑当成历史和现实双料反革命，经常游斗殴打，并把老山羊充作农用马匹。杨邑不堪忍受，更觉得对不起老山羊，于是潜逃，投奔隐贤集。

陈秋石对杨邑不客气地说，早知今日，何必当初？铅山战役之后，先生要是听我劝告，你就是起义功臣，这时候应该在朝鲜战场大显身手，何至于被一群无知农民追赶如丧家之犬？

杨邑说，愚师一时糊涂，不撞南墙不回头。如今家破人亡，心寒齿冷。此次能与高足重逢，当面忏悔，死亦瞑目。

陈秋石说，先生何必言死？无知农民，既不代表政府，也不代表人民。不过目前三反五反闹得风声鹤唳，我建议先生留在隐贤集，等过了这个风头，我亲自把先生送回家乡，向政府坦白历史，论证功过是非，确保先生享有公民权。

杨邑说，就怕拖累高足。

陈秋石说，先生再也不要这样说了，弟子如今也是一个散淡乡民，不存在拖累。

这以后，隐贤中学就多了一位周老师，周老师负责教语文，所带的班级语文成绩在淮上州名列前茅。

老山羊被秘密地埋葬在陈家墓地，安葬的时候，陈秋石和袁春梅鞠躬默哀，杨邑却扑通一声跪倒在墓前，泣不成声。

陈三川和梁楚韵回到隐贤集，已经是一九五四年的事情了，陈秋石问陈三川对小时候的事情还有没有记忆。陈三川说,我想起来了,圩子外面有个吊桥,院子里面有个磨盘。

有一次吃饭,老子带头,儿子响应,爷儿俩居然舔起了碗,袁春梅和梁楚韵惊异地看着这一对父子,左三圈右两圈,从外沿到碗底。舔完碗爷儿俩一前一后地唱:大米稀饭胜白银,粘在碗底亮晶晶,舌头一卷刮肚里,勤俭持家不丢人。

陈三川夫妇回到隐贤集这段日子,周老师再也没有到陈家圩子吃饭,而是缩在学校大门不出。有一次陈三川和梁楚韵在当地几名干部陪同下巡视隐贤集,陈三川指指点点,梁楚韵突然在围观的人群中发现一张熟悉的面孔,她怀疑自己看错了,定睛再看,那张脸不见了,取而代之的是一副微微弯曲的背影。

梁楚韵感到十分震惊,但是她没有声张,也没有询问。当天晚上在院子里乘凉的时候,陈三川把袁春梅拉到一边,询问前年成城来请陈秋石出山的事情。在另一处,梁楚韵趁机对陈秋石说,父亲,隐贤集的历史我已经知道了,而隐贤集的现实,还是个隐贤集。我想父亲应该明白我的意思。

陈秋石笑笑,答非所问地说,是啊,我在当地人的心目中,也算是个名流贤达啊。不过我留在隐贤集,可不是为了当隐士,我就是喜欢这里的花草山水,一方水土一方人啊!

梁楚韵说,化剑为犁,在隐贤集又有了新的内容。父亲,我看见了。

陈秋石沉默了一会儿说,哦,是吗,你担心吗?

梁楚韵说,父亲做的事,我还用担心吗?我支持。

陈秋石说,好,就不要告诉三川了,免得他有思想压力。

梁楚韵说,儿媳知道了。不过父亲你还得告诉我一件事情。

陈秋石问是什么事,梁楚韵说,我记得在铅山战役之后,父亲从我手里把老山羊要过去,我当时不给,父亲说,老山羊老了,让他再帮我一个忙吧。后来我知道,父亲是把老山羊托付给那个人了。

如今，我看见他了，可是老山羊在哪里？

陈秋石眼睛有些湿润，过了很长时间才说，陈家墓地，三棵松。

翌日清晨，梁楚韵和陈三川来到陈家墓地，她看到了有三棵醒目的针叶松，松树环绕着一个土坟。

梁楚韵摘下军帽，跪下，磕了三个头。

一九五五年初，军区筹建陆军指挥学院，为正军职，在研究院长人选的时候，已经担任大军区司令员的成城想起了赋闲的陈秋石，第二次赶到隐贤集看望，向陈秋石谈了请他出山的想法。陈秋石有点犹豫，说离开野战军这么多年了，怕不能胜任。成城指着陈秋石的书架和报刊说，你老陈隐居多年，并非闭塞，我不相信你就甘心当个寓公了此残生。陈秋石说，如果第三次世界大战爆发，我一定出山。成城说，现在我们就要准备应对第三次世界大战。你老陈思想上要有准备。陈秋石最后说，我服从命令。

本来这件事情已经是铁板钉钉了，没想到节外生枝，就在任命即将下达之前，一份秘密的举报信到了政治机关，揭发陈秋石在抗战结束后同国民党军官过从甚密，并在铅山战役中擅自放跑了国民党军官杨邑，而杨邑在逃跑之后，回到国军，担任高参，在阻截我军渡江战役中，穷凶极恶，给我军带来很大伤亡。

就是这样一份莫须有的罪名，导致陈秋石未能当上陆军指挥学院院长，在以后的几十年里，他都是一个军分区的挂名副司令员。

第一次授衔的时候，陈三川带着梁楚韵再次回到淮上州，陈三川为大校师长，梁楚韵为第七军中校宣传处长。陈秋石笑眯眯地看着儿子和儿媳妇笔挺的军装，抽着烟斗说，哈哈，孩子们都是校官了，很好啊。老子要是在抗战之后十年不打仗，老子至少也是少将。

陈三川说，爸爸，你要不是在铅山战役中放跑了杨邑，你现在当中将都有可能。韩子君都是大军区副政委了，中将。

六十年代初,西南发生战事,陈秋石终于调回第七军,担任参谋长,而此时陈三川已经担任副军长。陈三川的第三个女儿潇潇满岁后,一直由陈秋石和袁春梅抚养。战史办主任冯知良和子弟小学校长王梧桐夫妇对陈秋石感激不尽,常到陈秋石家为潇潇辅导。陈潇潇偶尔回父母家,发现父母永远吵架,父亲总在骂人。陈潇潇不满其父的粗鲁,经常向冯知良打听爷爷奶奶和父母的往事,冯知良支支吾吾总是不愿意说,但陆陆续续还是透露了一些。

陈潇潇十六岁那年,陈秋石由军参谋长改任陆军学校副校长,陈三川升任军长。陈潇潇问爷爷,为什么解放后爷爷的官一直比爸爸的官小?陈秋石笑而不答。

陈潇潇说,别人都说爷爷是军事天才,是武曲星下凡喔。陈秋石说,如果真有下凡的事情,我宁肯是文曲星下凡。我不是什么军事天才,我就是因为不想打仗,才学会了打仗。二十岁那年,陈潇潇问爷爷,听说在战争年代,我妈妈原来是组织上介绍给你的爱人,而且她也追求过你。妈妈如果是嫁给你该有多好啊,那我就是爷爷的女儿了。

陈秋石说,你当我的孙女,有什么不好吗?

陈潇潇说,好,可是我希望爸爸也像爷爷那样,温文尔雅,而不是动不动就发脾气。

杨邑的事情直到改革开放之后才有结果。八十年代初,陈秋石在离休前给时任江淮省人民政府省长的郑秉杰写了一封信,列举杨邑积极抗日,消极内战,抗日有功,反特有功的事实,省政府派专案组到隐贤集调查,人们这才知道,这个十几年一直是淮上州教育系统模范人物的周老师,原来是国民党的少将。杨邑在铅山战役之后,根本没有回到国军,担任所谓的高参,更不存在在渡江战役中穷凶极恶地堵截我军,后来的罪名都是强加的。

杨邑的甄别座谈会由郑秉杰主持,陈秋石在会上说,杨邑这个敌人不是个坏敌人,说到底,杨邑是一个对历史有过、对人民有错、对国家有功、对现实有用的人。甄别后,杨邑担任淮上州政协副主席、文史委员会主任。

第二次授衔当年年底,陈三川升任军区司令员,授中将军衔。这时候陈秋石已近八十高龄,因心脏病、肺病并发久住医院。命令宣布当天,陈三川到医院看望父亲,陈秋石让陈潇潇找出一份战例,对陈三川说,司令司令,发号施令,一定要珍惜那些执行命令的人。

陈三川翻阅陈秋石的战例方案,原来是荟河战役的战例。陈三川说,父亲,这件事情难道你一直都没有放下吗?

陈秋石说,我可以放下,但是你必须拿起。

陈三川不服气地说,父亲,这件事情我并没有错,事实上兵团当时对我的打法也是持肯定态度的。

陈秋石说,兵团的结论也不一定就是真理啊!我不是跟你说谁是谁非,我是想让你知道,作为一个指挥员,如何选择最佳的打法。

陈三川说,父亲,我不同意你对荟河战役的结论,荟河战役,要是按照你的打法,我不知道要少消灭多少敌人!

陈秋石笑笑说,是啊,可是你有没有想过,如果按照我的打法,你身边要少牺牲多少战友?

陈三川顿时愣住,嘴唇嚅动,半天没有说出话来。

写本好书送给你

1999年秋天某日,我骑着一辆破旧的自行车,驮着我的第一部长篇小说退稿,在白石桥至平安里之间的大街小巷里沮丧穿行。这已经是第二次遭到退稿了。我的创作史也可以说就是一部退稿史,从童年到中年,从短篇小说到中篇小说,退稿似乎就是我写作的影子,我走多快它跟多快。按说,像我这样一个老油条,对退稿应该有充分的思想准备,但是这一次却不行,我觉得打击特别大。我1991年从解放军艺术学院毕业之后,到解放军出版社当编辑,几乎天天跟战史、军史乃至兵法战术打交道,还编辑和帮助若干战将整理过回忆录,自认为在战争文化这个炉膛里已经炼得一身功夫,这部作品凝聚了我对小说的诸多理解,从酝酿、设计、写作,再到反复修改,较之同时期创作的另一部作品《仰角》,付出的劳动应在后者三倍以上,可结果却是连出版水平都达不到,我不能不对自己的文学功底产生怀疑,同时也对小说判断标准产生了困惑。

抱着这堆退稿,我回到家,一气之下把它扔到书柜的角落里,很长时间都不愿意碰它,我已经没有勇气当然更没有信心再把它投出去。那段时间我很不自信,这是没有办法的事情,自信是建立在成功的基础之上的。我也不打算修改了,我把我的精力转移到《仰角》上,我想,也许是那种历史战争的东西我还陌生,驾驭不了,而《仰角》属于当代军事题材,我的生活积累和感受相对要丰富一些,写起来也要轻松自如一些。

转机出现在不久后的一个上午。

那天,我作为解放军出版社的编辑,到总参游泳馆招待所去看望来京出差的成都军区作家裘山山,本意是向她约稿,碰巧遇到了《当代》杂志的洪清波,三言两语玩笑声中就算认识了。我当时没有提稿子的事情,我确实拿不准这部屡遭退稿的作品能不能拿到人民文学出版社这样的文学大厂去制作。但是似乎又有些不甘心,过了两天,我先把稿子送到裘山山那里,裘山山看了之后,很有把握地对我说,我看很好,我把它推荐给洪清波,以后你就直接跟他联系。

希望之光终于冉冉升起。

我在焦灼的等待中大约又过了半个月,一直没有消息。这中间,我给裘山山打电话试探,裘山山安慰我说,洪清波这个人看稿子很挑剔,处理稿子很慎重,他没有回话,也许不是坏事。

后来我还是忍不住拨通了洪清波的电话,我诚惶诚恐不知道该怎么寒暄,洪清波却是开门见山,第一句话是,稿子我看了。说完这句话,他不说了,等待我的反应。我迫不及待地问,怎么样?洪清波好像笑了一下,慢吞吞地说,不怎么样。

你能想象出来我当时的心情吗?这一次就不仅仅是失望了,这一次是绝望,当时如果稿子在我手里,我可能会放把火把它烧了。我故作镇定强打起精神,苦笑说,那就算了。

洪清波说,不过,我有些拿不准,又把它交给图书编辑脚印看了。你再等几天,看看他们是什么态度。

我说好。我心想,既然洪清波这样的资深编辑没有看好,那就说明稿子真的欠水准,别人会不会高看一眼,可能性很小。

大约过了一个星期,脚印给我打来电话说,稿子我看了,高贤均副总编也看了,认为很好。高副总编要亲自跟你谈谈。

那天我骑着自行车,脚下生风,奔驰在朝内大街,深秋的寒风透过敞开的夹克在我胸前鼓荡,我的心却热乎乎的。在高贤均的办公室,我和脚印、洪清波三个人当听众,高贤均激情澎湃,神采飞扬,一会儿站起来,一会儿坐下去,双手挥舞着讲了一个多小时。洪清波最担心的作品中诸如国共关系、正面人物的负面性格、我军内部斗争等等敏感问题,到了高贤均那里,几乎都提出了巧妙的处理办法。高贤均说,目前是稍微敏感了一点,要在似与不似之间做足工夫,只要把握尺度,恰到好处,这部作品就是一部创新的军事文学力作。梁大牙这个人物为当代军事文学增加了一个全新的形象。高贤均对这部作品的前景做了两条预测:参加茅盾文学奖有很强的竞争力,获得五个一工程奖问题不大。高贤均说完,洪清波和脚印又就具体细节的修改提了一些建设性的意见,我当时觉得都不是太难解决的问题。

就是这一次,确定这部稿子由《冰河》改为《历史的天空》。

我是哼着小调离开人民文学出版社的。北京的天是明朗朗的天,绝处逢生好喜欢。在这期间又有好消息,解放军文艺出版社确定出版《仰角》,他们提了几条修改意见,责任编辑刘静在电话里说,你可以改,也可以不改。我斩钉截铁地回答,不改。这时候我的心思都在《历史的天空》上,哪里管什么《仰角》啊!

初稿本来是手写的,改改抄抄太费事,吃了不少苦头。后来,我用了一个晚上,向我的同事、当时的解放军出版社办公室主任薛舜尧学会了电脑开机、关机和简单的输入、编辑,以后就一发不可收拾。我办公室里的那个286老电脑几乎夜以继日地运转。很快,我就把修改稿送到了人民文学出版社,这次不用高贤均看了,脚印和洪清波看。就是这次,我获得了洪清波的高度信任,以后他屡次评价我是最会领会编辑意图、最会落实修改意见的人,一句话说到底,我的修改,让他的担忧烟消云散。

1999年岁末,在贵州黄果树召开的全军长篇小说创作笔会上,我同时校对《仰角》和《历史的天空》两部清样,那种感觉真是很幸福,我总算可以出版长篇了,而且出手就是两部。

然而,没有想到的是,《历史的天空》出版不久,高贤均就患肺癌住院了。初次见面时的高贤均红光满面,是那样的朝气蓬勃,那样的思维敏捷,谁想到他会得这种病呢?那段时间,我经常去看他,他一天天消瘦,却仍然谈笑风生。因为化疗和放疗的折磨,连吃饭吞咽都困难了,他还关心《历史的天空》在读者中的反应。我们都忌讳提他的病,他自己却不,他掰着指头算他生命的倒计时,盘算着还要做哪些事情,如数家珍。我试探着提出请他到街上吃顿饭,他欣然同意。那是一个中午,我记得参加那次聚会的有洪清波、脚印、何启治等人,席间,他频频举起饮料瓶跟我们碰杯,笑声朗朗,听不出一丝忧伤。

据脚印说,在评选第三届人民文学奖的时候,高贤均抱病登台,就《历史的天空》讲了很长时间,足可见他对这部作品的厚爱。作为一个业余作者,我感谢高贤均慧眼识珠;作为一个曾经的编辑,我钦佩高贤均的敬业精神。

2002年,我在胶东半岛基层部队代职,8月的一天,突然接到脚印电话,她哽咽着通知我,高贤均去世了。我半天不语。当天晚上,我在渤海湾一块礁石上坐了很长时间,眺望漆黑的夜空和磷火点点的苍茫大海,我的泪水无声无息地流淌。他临终之前,我不在他的身边,因此在我的心目中,他一直都是情绪饱满、思维敏捷的样子,他在被确诊罹患恶疾之后,即使明知大限将至,也从无悲凉,仍然豁达。我记得我在出京之前最后一次到北京肿瘤医院看他,他从外面散步回来,头上戴着红色的毛线帽,上身穿着黑红相间羽绒服,下身一条牛仔裤,步履轻捷,好像还伴着什么节奏一跳一跳的。那时候,他的病已是晚期的晚期了。如果说这个世界上真有能够坦然面对死亡的人,我见过的,目前只有高贤均。

高贤均对《历史的天空》前景的预测,无一没有实现,这部作品先后获得第十届中国人民解放军文艺奖、第八届全国五个一工程奖、第六届茅盾文学奖等多种奖项。

2005年7月,我从茅盾故居乌镇领奖回来,约同脚印和洪清波到京郊凤凰岭看望安葬在这里的高贤均,在弯腰鞠躬的一刹那,我的泪水又止不住地往下流。高先生,你的预测证实了,你在生命最后阶段的努力没有白费,可是你却不能同我们一起分享这成功的喜悦了。

下山的路上,脚印说,别哭了,往后,写出好作品,再交给人民文学出版社,这就是对高贤均最好的回报。

我抬头看天,说了一声,好。

徐贵祥

2008年9月27日